唐宋史料筆記叢刊

酉陽雜俎

上

〔唐〕段成式 撰
許逸民 許桁 點校

中華書局

圖書在版編目(CIP)數據

酉陽雜俎/(唐)段成式撰;許逸民,許桁點校. —北京:中華書局,2018. 10(2025. 6 重印)
(唐宋史料筆記叢刊)
ISBN 978-7-101-13449-0

Ⅰ. 酉… Ⅱ. ①段…②許…③許… Ⅲ. 筆記小説-中國-唐代 Ⅳ. I242. 1

中國版本圖書館 CIP 數據核字(2018)第 217567 號

責任編輯:孫文穎
責任印製:陳麗娜

唐宋史料筆記叢刊
酉陽雜俎
〔唐〕段成式 撰
許逸民 許 桁 點校
*
中華書局出版發行
(北京市豐臺區太平橋西里 38 號 100073)
http://www.zhbc.com.cn
E-mail:zhbc@zhbc.com.cn
北京新華印刷有限公司印刷
*
850×1168 毫米 1/32 · 20⅞印張 · 4 插頁 · 400 千字
2018 年 10 月第 1 版 2025 年 6 月第 5 次印刷
印數:7501-8500 册 定價:98.00 元

ISBN 978-7-101-13449-0

目録

酉陽雜俎前集卷六

酉陽雜俎前集卷七

酉陽雜俎前集卷八

酉陽雜俎前集卷九

酉陽雜俎前集卷十

酉陽雜俎前集卷十一

酉陽雜俎前集卷十二

酉陽雜俎前集卷十三

點校説明

二〇一五年七月，四卷本酉陽雜俎校箋正式出版，原以爲這種面向學術的小衆之書，很快會被紛繁的大衆圖書市場所湮没，朝華夕拾，遽歸寂寥。孰知一切出乎意料之外，這樣一部在學術上十足冷僻，在篇幅上又嫌繁多的書，竟然在一年多的時間内，連番刷印四次，印數已然過萬。若原作者段成式在天有知，恐怕也會受寵若驚吧。與此同時，因爲箋注本卷帙偏多，也有讀者呼籲最好能另行出版一種白文點校本。中華書局遂決定，在箋注本基礎上，化繁爲簡，精益求精，重新整理一箇白文本，並編入唐宋史料筆記叢刊，以滿足廣大讀者的閲讀需求。這便是在箋注本多次刷印之後，又返回原點，再作一箇白文點校本的有趣緣由。

在此前出版的箋注本前言中，對段成式的出身、生卒、仕履、性格、偏好、爲學、交遊諸多方面，乃至酉陽雜俎一書的創作初衷、著述過程、學術價值及其版本源流，已有過較爲翔實的考論，這裏不擬再作簡單的重複。現在衹想就段成式的人格養成及其魅力，以及酉陽雜俎漸次成書的變遷過程兩箇方面，再作簡要的補充和闡述。

段成式（八〇三？—八六三）字柯古，祖籍齊郡鄒平（今屬山東），自稱東牟（今山東蓬萊）人（見本書續集卷五寺塔記序）。又以其先人墓塋在荆州，亦有稱之爲南郡（今湖北荆州）人者（舊唐書李商隱傳）。其父文昌（七七三—八三五）字墨卿，穆宗朝曾爲相，文宗朝則以使相歷鎮淮南、荆南、西川，封鄒平郡公。段成式自身最早離家任職的記録，見本書續集卷四貶誤：「予大和初，從事浙西贊皇公幕中。」此時他已二十五歲，先此則未見他有科考登第之事，大抵跟隨父宦遷徙京、蜀兩地。在浙西幕府不足一年，又回到乃父任所，流轉於揚州、荆州、成都、長安等地。直至其父大和九年（八三五）卒後，成式始以父蔭入官，爲秘書省校書郎。算下來，他此時約當三十五六，已近不惑之年。嗣後，先則「職於京洛」，後則出爲吉州、處州、江州刺史，所在多有善政。其間亦嘗寓居襄陽，與李商隱（八一三？—八五八）、温庭筠（八一二？—八七〇？）等以詩書自娱，詩風綺麗，號爲「三十六體」，遂成爲晚唐詩壇的一大佳話。

成式出仕之前，漫漫三十餘年，正是其人格養成並當大展人生鴻圖的時段，然而一箇明顯的事實是，他在而立之年前後，似乎無意於仕進，這讓人深惑不解。史傳從不言他有參預科考之舉，莫非因爲其父曾有所禁制？非也。以其年少「多禽荒」，其父文昌誡勸之不遺餘力。莫非是其才力不逮？亦非也。他在其父力勸之後，依然遊獵郊野，獵後「諸從事各送兔一雙，其書中徵引典故，無一事重疊者」，其「藝文該贍」若此，連其父都不勝驚詫，又豈能與癡愚才盡之輩等量齊觀。

那麼，段成式之一生究竟欲以何種面目昭顯於世呢？箋注本前言曾就前賢所説揣斷爲五點：（一）少好馳獵，放達好奇。（二）研精苦學，博聞多識。（三）出處自適，爲政有善聲。（四）嫻於文學，尤精駢儷。（五）該悉内典，酷好小説。這五點自然是事後諸葛亮之論，其中儘管也能些許透露成長的痕跡，但極難據此分辨出其不同的人生階段。如果偏重其早年而言，我認爲最緊要，也最令人感動的，還應該是他特立獨行的性格和無比强烈的求知欲望。如上文所説，他以貴公子出身，卻無心科考折桂，這恐怕就是他的一箇不同於流俗之處。再看他的求知欲望與信條：其一，本書前集卷八：「成式以君子『恥一物而不知』，陶貞白每云：『一事不知，以爲深恥。』」其二，舊唐書本傳：「以蔭入官，爲秘書省校書郎。研精苦學，秘閣書籍，披閲皆遍。」其三，南楚新聞：「唐段成式詞學博聞，精通三教，復强記，每披閲文字，雖千萬言，一覽略無遺漏。」其四，本書卷首自序：「夫易象『一車之言』，近於恠也；詩人『南淇之奥』，近乎戲也。固服縫掖者，肆筆之餘，及恠及戲，無侵於儒。無若詩、書之味大羹，史爲折俎，子爲醯醢也。炙鴞羞鼈，豈容下箸乎？固役而不恥者，抑志怪小説之書也。」段成式以一事不知爲恥，精通儒釋道三教，尤傾情於志怪小説的爲人爲學觀念，已經衆所周知。

再來説酉陽雜俎的成書過程，箋注本輯佚部分的按語中，曾引據新唐書、宋史藝文志一併著録酉陽雜俎三十卷和廬陵官下記二卷，指明「二書性質大略相同」，又據元、明以來書目中已不載廬陵官下記的事實，推斷後者之「佚文當已爲輯佚家闌入酉陽雜俎一書」。所録佚文，則收録有「處士許畢」事，指明其取自説郛（涵芬樓本）卷三六引酉陽雜俎「語録」條，並引宋黄伯思東觀餘論卷下跋段太常語録後：「此卷本是廬陵官下記上篇，亦段太常作。」説明廬陵官下記二卷，其上卷又稱語録，且語録之文字後來也已併入酉陽雜俎。至於語録、廬陵官下記、酉陽雜俎三者，是否標誌着酉陽雜俎漸次成書的三箇具體時段，當日尚未作深入討論。不久前，承周勳初先生惠賜大著鍾山愚公拾金行蹤（復旦大學出版社二〇一六年版），有幸拜讀其中酉陽雜俎成書考一文（原載選堂文史論苑，上海古籍出版社一九九四年版），不禁茅塞頓開，油然生感。周先生徑直將酉陽雜俎的成書過程分爲三步走：「第一次編集：語録」，「第二次編集：廬陵官下記」，「第三次編集：酉陽雜俎」。這樣做脈絡簡捷清晰，其判定也似有其充足的合理性，畢竟語録與廬陵官下記二者合爲一集而改稱廬陵官下記，有宋人的目驗證據在，今人不容生疑。止是第三次廬陵官下記與酉陽雜俎的合集，究竟是段成式親手所爲，還是唐、宋以後人所爲，史無明文，恐難遽作結論，因爲二書在宋代依然各自單獨行世，宋人所編類書亦有廬陵官下記與酉陽雜俎同時並引者。因此，我大體上贊同周先生的卓見，惟對第三次編集的真相猶存疑問。

本書既然是箋注本的一箇簡本，則其遵行的校勘原則與箋注本自無二致，這裏不妨將箋注本有關例言改寫如下：（一）本書以明萬曆三十六年（一六〇八）李雲鵠校本（即趙琦美脈望館刻本，一九三七年上海商務印書館四部叢刊初編據此本縮印）爲底本，以明初陶宗儀輯説郛本（一爲張宗祥重校本，簡稱涵芬樓本；一爲清順治宛委山堂本，簡稱四庫本）、明崇禎六年（一六三三）毛晉汲古閣輯刻津逮秘書本（簡稱津逮本）、清嘉慶十年（一八〇五）張海鵬照曠閣輯刻學津討原本（簡稱學津本）爲通校本，並以太平御覽、太平廣記、類説、歲時廣記、續博物志等宋人類書爲參校本。（二）本書底本原署「明四川道監察御史李雲鵠校」，原本行間小字校語當屬李氏的筆録。其校但云「一作某」，不言所據。今經覆案，知其一作大多得自廣記一書，然亦有少數校語未能覓得來歷。此次重校，凡已檢得李校出處者，一律按新證據出校，李校也便自行消亡；凡未獲新證者，依舊保留李校，冠稱「原校」，以與新校相區別。（三）校改底本文字一律從嚴，凡所校改，必詳列版本、書證依據。通常認爲字有可疑，事可再議者，若無版本、書證可採，則視同「義可兩存」，止注異文，不輕改原文。

這箇白文點校本雖説是箋注本的一箇簡本，但絶不是箋注本的簡單重現，後出轉精乃是本書的最大愿望。也許天遂人愿，因爲排除了箋注所帶來的紛擾，一心一意細讀原文，結果還真有了不少新的發現。譬如前集卷四「突厥之先曰射摩」條，四見「阿嚈」之名，三處作「阿吙」，一處作「呵吙」，此爲同一人，箋注本出於謹慎，仍保留了異稱，其實徒增事端，今則統一爲「阿吙」。再如前集卷六「咸陽宫中有鑄銅人十二枚」條，原文：「筵下有銅管，上口高數尺。其一管空，内有繩，大如指，使一人吹空管，一人紉繩，則琴瑟竽筑皆作。」箋注本引西京雜記，明言「其一管空，一管内有繩，大如指，使一人吹空管，一人紐繩，則衆樂皆作」，此處「内有繩」者顯非上句之空管，箋注本太過拘泥，未直接補出底本之脱文，今則據西京雜記在「内有繩」前補「一管」二字，以更切近段成式原書之實。又如前集卷二十肉攫部「白鴔」條，原作「白鴿」，諸本並同，箋注本雖按鷹鷲之屬出注，但對「鴿」字未加校改。今日讀來，鷹鷲與白鴿一無關聯，「鴿」字當是下文所説「羅烏鴔」、「羅麻鴔」之「鴔」字訛文，「鴔」同「鶻」，今亦據此而改之。諸如此類，讀後自可了然。總之，這箇白文點校本不完全是箋注本的影子，還是另下了一番功夫的。

説過以上有關點校則例的具體事項，還想就操辦這箇白文點校本的實際工作情況作一箇説明。去年，中華書局約辦此事時，適逢我有其他事情尚在進行中，一時不得空閒。經過協商，決定此事分階段推進，先期可以按照點校本的要求，將箋注本化繁爲簡，這一工作便交由小女許桁來完成，先期完成初稿。然後再由我來通讀初稿，提出具體修改意見。最後階段的結稿工作，仍由許桁獨自完成。經過緊張的工作，現在稿子行將殺青，回顧整箇書稿的重編過程，我儘管没有大的驚喜，也還是感到滿意的。許桁在工作中很認真，仔細分辨校語與箋注的區别，最大限度地保證了校勘的完整性。隨着工作的日漸深入，慢慢也學會了發現問題，進而修正問題。譬如她曾提醒我，爲什麽箋注已提供足够的書證，而原文中的脱衍誤倒之處有改有不改？這使我立刻驚覺，重新考慮了校改的分寸和體例統一問題，從而讓白文點校本的校勘質量有了新的提升。通過這次做整理助理工作，我感覺許桁在專業學習的積極性和實際工作能力方面，都呈現出可喜的變化。

最後，這裏還要特别感謝本書的責任編輯孫文穎先生。孫先生在箋注本出版時，已付出過十分艱辛繁複和卓有成效的勞動，這次又和許桁一起，共商體例，規劃進度，審讀樣稿，嚴格要求書稿品質，充分體現了中華書局年輕一代編輯良好的學術素養和不斷進取的精神風貌，這一切都令我由衷地欽敬與感動。

許逸民

二〇一七年三月二十五日

酉陽雜俎序

唐太常少卿段成式撰

夫易象「一車之言」，近於怪也；詩人「南淇之奧」〔一〕，近乎戲也。固服縫掖者，肆筆之餘，及怪及戲，無侵於儒。無若詩、書之味大羹，史爲折俎，子爲醯醢也。炙鴞羞鼈，豈容下箸乎？固役而不恥者，抑志怪小説之書也。成式學落詞曼，未嘗覃思，無崔駰真龍之嘆〔二〕，有孔璋畫虎之譏。飽食之暇，偶録記憶，號酉陽雜俎，凡三十篇，爲二十卷，不以此閒録味也。

〔一〕南淇之奧　「淇」，原作「箕」，今據詩衛風淇奧改。按，詩衛風淇奧（第三章）：「瞻彼淇奧，緑竹如簀。有匪君子，如金如錫，如圭如璧。寬兮綽兮，猗重較兮。善戲謔兮，不爲虐兮。」毛傳：「淇，水名；奧，隈也。」鄭箋：「君子之德，有張有弛。故不常矜莊，而時戲謔。」

〔二〕崔駰真龍之嘆　「駰」，原作「驷」，今據後漢書改。按，後漢書崔駰傳：「元和中，肅宗始修古禮，巡狩方岳。駰上四巡頌以稱漢德，辭甚典美，文多故不載。帝雅好文章，自見駰頌後，常嗟嘆之，謂侍中竇憲曰：『卿寧知崔駰乎？』對曰：『班固數爲臣説之，然未見也。』帝曰：『公愛班固詔而忽崔駰，此葉公之好龍也。試請見之。』駰由此候憲。憲屣履迎門，笑謂駰曰：『亭伯，吾受詔交公，公何得薄哉？』遂揖入爲上客。」

酉陽雜俎前集卷一

忠志

高祖少神勇。隋末，嘗以十二人，破草賊號毋端兒數萬〔一〕。又龍門戰，盡一房箭，中八十人。

〔一〕毋端兒　「毋」，原作「無」，新、舊唐書作「母」，資治通鑑卷一八二作「毋」，胡三省注：「毋，音無，姓也。」今據改。

太宗虬鬚，嘗戲張弓挂矢。好用四羽大笴，長常箭一扶〔一〕，射洞門闔。

〔一〕扶　津逮本、學津本並作「膚」，字通。

上嘗觀漁於西宮，見魚躍焉，問其故。漁者曰：「此當乳也。」於是中網而止。

骨利幹國獻馬百疋，十疋猶駿〔一〕，上爲製名〔二〕。「決波騟」者，近後足有距，走歷門三限不躓，上猶惜之。隋内庫有交臂玉猿，二臂相貫如連環，將表其轡〔三〕。上後嘗騎與侍臣遊，惡其飾，以鞭擊碎之。

〔一〕十疋猶駿　「猶」，津逮本、學津本作「尤」，通。下同。

〔二〕上爲製名　原校：「一曰文皇御製十駿名。」

〔三〕將表其轡　「將」，玉海卷一四九引酉陽雜俎作「特」。

貞觀中，忽有白鵲，搆巢於寢殿前槐樹上，其巢合歡如腰鼓。左右拜舞稱賀，上曰：「我常笑隋煬帝好祥瑞。瑞在得賢，此何足賀！」乃命毁其巢，鵲放於野外〔一〕。

〔一〕野外　五色綫卷上引酉陽雜俎作「野林」。

高宗初扶牀，將戲弄筆，左右試寘紙於前，乃亂畫滿紙。角邊畫處〔一〕，成草書「敕」字。太宗遽令焚之，不許傳外。

〔一〕角邊畫處　「畫」，説郛（涵芬樓本）卷三六引酉陽雜俎作「盡」。

則天初誕之夕，雌雉皆雊。右手中指有黑毫，左旋如黑子，引之，長尺餘〔一〕。

〔一〕長尺餘　津逮本無「長」字。

駱賓王爲徐敬業作檄，極疏大周過惡。則天覽及「蛾眉不肯讓人」、「狐媚偏能惑主」，微笑而已。至「一抔之土未乾，六尺之孤安在」〔一〕，不悦，曰：「宰相何得失如此人！」

〔一〕六尺之孤安在　「安在」，舊唐書李勣傳附敬業傳作「何託」。

中宗景龍中，召學士賜獵，作吐陪行〔一〕，前方後圓也。有二大鵰，上仰望之，有放挫啼曰：「臣能取之。」乃懸死鼠於鳶足，聯其目，放而釣焉。二鵰果擊於鳶盤。狡兔起前，上舉撾擊斃之，帝稱：「那庚！」從臣皆呼萬歲。

〔一〕作吐陪行　「吐陪」不可解，疑有悮字，或當作「地陣」，蓋以戰喻獵，取「天、地、人三陣」説之地陣也。參見六韜。

三月三日，賜侍臣細柳圈，言帶之免蠆毒。

寒食日，賜侍臣帖綵毬〔一〕，繡草宣臺。

〔一〕帖綵毬　「綵」，原作「繰」，今據津逮本、學津本改。

立春日，賜侍臣綵花樹。

臘日，賜北門學士口脂、蠟脂，盛以碧鏤牙筩。

上嘗夢日烏飛，蝙蝠數十，逐而墮地。驚覺，召萬回〔一〕。僧曰：「大家即是上天時。」翌日而崩。

〔一〕萬回　亦作「萬迴」。按，萬迴，俗姓張，虢州閺鄉（今河南靈寶西北）人。幼癡，八九歲始能言。稍長，有神異。武則天詔入内道場，賜號法雲公。開天傳信記、宋高僧傳卷一八有傳。

睿宗嘗閲内庫，見一鞭，金色，長四尺，數節有蟲齧處，狀如盤龍，靶上懸牙牌，題象耳皮〔一〕，或言隋宮庫舊物也。上爲冀王時，寢齋壁上蝸跡成「天」字，上懼，遽掃之。經數日如初。及即位，彫玉、鑄黄金爲蝸形，分寘於釋道像前。

〔一〕象耳皮　五色線卷下引酉陽雜俎作「象耳鞭」。

玄宗，禁中嘗稱阿瞞，亦稱鴉。壽安公主，曹野那姬所生也。以其九月而誕，遂不出降。常令衣道服，主香火。小字蟲娘，上呼爲師娘。爲太上皇時，代宗起居，上曰：「汝在東宮，甚有令名。」因指壽安：「蟲娘是鴉女，汝後與一名號。」及代宗在靈武，遂令蘇發尚之〔一〕，封壽安焉。

〔一〕蘇發　原作「蘇澄」，本書續集卷四記有「醫官蘇澄」事，此蓋與彼相混，今據新唐書、唐會要、唐語林改。按，唐會要卷六公主：「玄宗三十女：永穆，降王繇」，「壽安，降蘇發。」

天寶末，交趾貢龍腦，如蟬蠶形。波斯言老龍腦樹節方有。禁中呼爲瑞龍腦，上唯賜貴妃十枚，香氣徹十餘步。上夏日嘗與親王碁，令賀懷智獨彈琵琶，貴妃立於局前觀之。上數枰子將輸，貴妃放康國猧子於坐側，猧子乃上局，局子亂，上大悅。時風吹貴妃領巾於賀懷智巾上，良久，回身方落。賀懷智歸，覺滿身香氣非常，乃卸幞頭，貯於錦囊中。及上皇復宮闕，追思貴妃不已。懷智乃進所貯幞頭，具奏他日事。上皇發囊，泣曰：「此瑞龍腦香也。」

安禄山恩寵莫比，錫賚無數。其所賜品目有：桑落酒，闊尾羊窟利，馬酪，音聲人兩部，野豬鮓，鯽魚并鱠手刀子，清酒，大錦，蘇造真符寶轝，餘甘煎，遼澤野雞，五朮湯，金石淩湯一劑及藥童昔賢子就宅煎，蒸梨，金平脱犀頭匙筯，金銀平脱隔餛飩盤，平脱着足疊子，金花獅子瓶，熟線綾接靿，金平脱大馬腦盤〔一〕，銀平脱破方八角花鳥屏風〔二〕，銀鑿鏤鐵鏁，帖白檀香牀〔三〕，緑白平細背席，繡鵝毛氊兼令瑶令光就宅張設〔四〕，金鸞紫羅緋羅立馬，寶雞袍〔五〕，龍鬚夾帖席〔六〕，八斗金渡銀酒甕，銀瓶平脱掏魁織錦筐，銀笊籬，銀平脱食臺盤，油畫食藏。又貴妃賜禄山金平脱裝具玉合，金平脱鐵面椀。

〔一〕金平脱大馬腦盤　原作「金大腦盤」，今據安禄山事跡補正。按，安禄山事跡卷上：「（天寶）十載正月一日，是禄山生日」，「玄宗賜金花大銀盆二，金花銀雙絲平二，金平脱酒海一并蓋，金平脱杓一，小馬腦盤二，金平脱大盞四，次盞四，金平脱大馬腦盤一，玉腰帶一，並金魚袋一，及平脱匣一，紫細綾衣十副，内三副錦襖子並半臂，每副四事，熟錦細綾□□三十六具。」

〔二〕銀平脱破方八角花鳥屏風　「方」，原作「觚」；「鳥」，原作「烏」，今並據安禄山事跡改。按，安禄山事跡卷上：「九載八月，禄山獻俘入京」，「玄宗賜銀平脱破方八角花鳥藥屏風一具，方圓一丈七尺。」

〔三〕帖白檀香牀　「白」，原校：「一作花。」

〔四〕兼令瑶令光就宅張設　安禄山事跡作「兼黄金瑶光等並全兩内帳設」。

〔五〕寶雞袍　「寶」字原屬上讀，按，白孔六帖卷一二引酉陽雜俎以「寶雞袍」三字立目，錦繡萬花谷外集卷三五引酉陽雜俎以「賜寶雞袍」四字立目，今據改。

〔六〕龍鬚夾帖席　「席」字原闕，今據安禄山事跡補。

肅宗將至靈武一驛〔一〕，黄昏。有婦人長大，攜雙鯉，咤於營門，曰：「皇帝何在？」衆謂風狂〔二〕，遽白上〔三〕，潛視舉止。婦人言已，止大樹下。軍人有逼視，見其臂上有鱗。俄天黑，失所在。及上即位，歸京闕，虢州刺史王奇光奏女媧墳云：「天寶十三載，大雨晦冥，忽沉。今月一日夜，河上有人覺風雷聲，曉見其墳湧出。上生雙柳樹，高丈餘，下有巨石。」兼畫圖進。上初克復，使祝史就其所祭之。至是而見，衆疑向婦人是其神也〔四〕。

〔一〕肅宗將至靈武一驛　紺珠集卷六引酉陽雜俎作「肅宗以太子起兵討禄山至靈武」。

〔二〕衆謂風狂　太平廣記卷三〇四「女媧神」條引酉陽雜俎作「衆以爲狂」。

〔三〕遽白上　同上書無「遽白」二字，「上」字屬下讀。

〔四〕是其神也　「是」字原闕，今據廣記補。

代宗即位日，慶雲見，黄氣抱日。初，楚州獻定國寶一十二，乃詔上監國。詔曰：「上天降寶，獻自楚州，神明生曆數之符，合璧定妖災之氣。」初，楚州有尼真如，忽有人接去天上，天帝言：「下方有災，令此寶鎮之，其數十二，楚州刺史崔侁表獻焉。」一曰玄黄，形如笏，長八寸，有孔。辟人間兵疫。二曰玉雞，毛文悉備〔一〕，白玉也。王者以孝理天下則見。三曰穀璧，白玉也，如粟粒，無彫鐫之跡。王者得之，五穀豐熟。四曰西王母白環，二枚。所在處，外國歸伏。五曰碧色寶，圓而有光〔二〕。六曰如意寶珠，大如雞卵〔三〕。七曰紅靺鞨，大如巨栗，赤如櫻桃〔四〕。八曰琅玕珠，二枚，逾常珠，有逾徑一寸三分。九曰玉玦，形如玉環，四分缺一。十曰玉印，大如半手，理如鹿形，啖入印中〔五〕。十一曰皇后採桑鉤，細如箸，屈其末。十二曰雷公石斧，長四寸，闊二寸〔六〕，無孔。其一缺〔七〕。諸寶寘之日中，皆白氣連天。

〔一〕毛文悉備　「文悉備」三字原闕，今據舊唐書補。按，舊唐書肅宗紀：「建巳月庚戌朔。壬子，楚州刺史崔侁獻定國寶玉十三枚：一曰玄黄天符，如笏，長八寸，闊三寸，上圓下方，近圓有孔，黄玉也；二曰玉雞，毛文悉備。」

〔二〕碧色寶圓而有光　此七字原闕，今據舊唐書補。

〔三〕大如雞卵　册府元龜卷二五此句下尚有「光如皎月」四字。

〔四〕赤如櫻桃　此四字原闕，太平廣記引作「赤爛若朱櫻，視之可應手而碎，觸之則堅重不可破也」，今據舊唐書補。

〔五〕啖入印中　册府元龜卷二五此句下尚有「以印物，則鹿形著焉」八字。

〔六〕長四寸闊二寸　此六字原作一「形」字，屬上讀，今據舊唐書補正。

〔七〕其一缺　此三字原闕，今據新唐書補。按，新唐書五行志二：「上元二年，楚州獻寶玉十三：曰玄黄天符，形如笏，長八寸，有孔，云辟兵疫；曰玉雞毛，白玉也；曰穀璧，亦白玉也，粟粒自然，無彫鐫迹；曰西王母白環二；曰如意寶珠，大如雞卵；曰紅靺鞨，大如巨粟；曰琅玕珠二，形如玉環，四分缺一；曰玉印，大如半手，理如鹿，陷入印中；曰皇后採桑鉤，如箸，屈其末；曰雷公石斧，無孔。其一缺。凡十三。寘之日中，白氣連天。」

禮異

西漢，帝見丞相，謁者贊曰：「皇帝爲丞相起。」御史大夫見皇帝，稱「謹謝」。

漢木主，纏以皓木皮〔一〕，寘牖中，張綿絮以障外。外不出室堂之上〔二〕。坐爲五時衣、冠履、几杖、竹籠。爲俑人〔三〕，無頭，坐起如生時。

〔一〕纏以晧木皮　「纏」，原作「縲」，當是「纒（纏）」之形訛。「晧木」，原作「桔木」，今據漢舊儀改。按，續漢書禮儀志下劉昭注：「漢舊儀曰：『高祖崩三日，小斂室中牖下。作栗木主，長八寸，前方後圓，圍一尺，寘牖中，望外，内張綿絮以障外，以晧木大如指，長三尺，四枚，纏以晧皮四方寘牖中，主居其中央。』」

〔二〕外不出室堂之上　原作「不出時玄堂之上」，今據漢舊儀補正。

〔三〕坐爲五時衣冠履几杖竹籠爲俑人　原作「以籠爲俑人」五字，語有未通，按，此條當源出漢舊儀，而續漢書禮儀志下劉昭注引漢舊儀有「坐爲五時衣、冠履、几杖、竹籠」十一字。或初時傳鈔有脱漏，淺人乃改「竹籠」爲「以籠」，與下連讀，其謬益甚，今據續漢書禮儀志下劉昭注引漢舊儀補正。

凡節，守國用玉節，守都鄙用角節。使山邦用虎節，土邦用人節，澤邦用龍節。門關用符節，貨賄用璽節，道路用旌節。古者安平用璧，興事用圭，成功用璋，邊戎用珩〔一〕，戰鬭用璩，城圍用環，災亂用雋〔二〕。大旱用龍〔三〕，龍節也〔四〕。大喪用琮。

〔一〕邊戎　紺珠集卷六引酉陽雜俎作「邊鄙」。

〔二〕災亂用雋　「雋」，原作「儁」，今據津逮本、學津本改。按，「雋」、「嶲」、「巂」、「瓗」四字互通，瓗者瓊也。説文玉部：「瓗，瓊或从巂。」

〔三〕大旱用龍 「龍」，玉芝堂談薈卷二六引酉陽雜俎作「瓏」。説文玉部：「瓏，禱旱玉也。爲龍文。」

〔四〕龍節也 紺珠集卷六引酉陽雜俎作「龍即節也」。此三字乃「龍（瓏）」之釋文，疑屬後人旁注闌入正文。

北齊迎南使，太學博士、監舍迎使。傳詔二人騎馬荷信在前，羊車二人捉刀在傳詔後。監舍一人，典客令一人，並進賢冠。生朱衣騎馬罩繖十餘，絳衫一人，引從使車前。又絳衫騎馬、平巾幘六人，使主、副各乘車，但馬在車後。鐵甲者百餘人，儀仗百餘人，剪綵如衣帶，白羽間爲矟，髻髮絳袍，帽凡五色，袍隨髻色。以木爲矟、刃、戟，畫綵爲蝦蟆幡。

梁正旦，使北使乘車至闕下，入端門，其門上層題曰朱明觀。次曰應門，門下有一大畫鼓。次曰太陽門，左有高樓，懸一大鍾。門右有朝堂，門闢，左右亦有二大畫鼓。北使入門，擊鍾磬，至馬道北、懸鍾内道西北立。引其宣城王等數人後入，擊磬，道東北面立。

其鍾懸外東西廂，皆有陛臣。馬道南、近道東有茹茹〔一〕、崑崙客，道西近道有高句麗、百濟客，及其升殿之官三千許人。位定，梁主從東堂中出，云齋在外宿，故不由上閤來。擊鍾鼓，乘輿警蹕，侍從升東階，南面幄内坐。幄是緑油天皂裙，甚高。用繩係着四柱。憑黑漆曲几。坐定，梁諸臣從西門入，着具服，博山遠遊冠，纓末以翠羽、真珠爲飾，雙雙佩帶劒，黑舄。初入，二人在前導引，次二人並行，次一人擎牙箱班劒箱，别二十人具省服，從者百餘人。至宣城王前數步，北面有重席爲位，再拜，便次出。引王公登獻玉，梁主不爲興。

〔一〕茹茹　原作「茹」一字，與下「崑崙」連讀，於史無説，蓋闕一「茹」字，今據北齊書、周書、隋書補正。按，「茹茹」，亦作「蠕蠕」，梁書作「芮芮」，即北方古族柔然，在今内蒙古河套東北、陰山以北一帶。

魏使李同軌、陸操聘梁，入樂遊苑西門内青油幕下。梁主備三仗，乘輿從南門入，操等東面再拜，梁主北入林光殿。未幾，引臺使入。梁主坐皂帳，南面。諸賓及群官俱坐定，遣中書舍人殷靈宣旨慰勞〔二〕，具有辭答。其中庭設鍾懸及百戲。殿上流杯池中行酒具，進梁主者題曰「御杯」，自餘各題官姓之杯，至前者即飲。又圖象舊事，令隨流而轉，始至訖於座罷，首尾不絶也。

〔一〕遣中書舍人殷靈　「中書舍人」，「中」字原闕，「書舍人」三字不詞，今據隋書補。按，隋書百官志上：「中書省寘監、令各一人，掌出内帝命。侍郎四人，功高者一人主省内事。又有通事舍人、主事令史等員，及寘令史，以承其事。通事舍人，舊入直閤内。梁用人殊重，簡以才能，不限資地，多以他官兼領。其後除通事，直曰中書舍人。」「殷靈」，本書前集卷三貝編作「殷炅」，諸史無傳，仕履難詳。

梁主常遣傳詔童賜群臣歲旦酒〔一〕、辟惡散、却鬼丸三種。

〔一〕梁主常遣傳詔童賜群臣歲旦酒　紺珠集卷六引酉陽雜俎作「梁武每歲旦賜群臣歲旦酒」。

北朝婚禮〔一〕，青布幔爲屋，在門内外，謂之青廬。於此交拜，迎婦。夫家領百餘人，或十數人，隨其奢儉，挾車俱呼：「新婦子！」催出來。至新婦登車乃止。壻拜閤日，婦家親賓婦女畢集，各以杖打聟爲戲樂〔二〕，至有大委頓者。

〔一〕北朝婚禮　類説卷四二引酉陽雜俎此句前尚有「士大夫家婚禮露帳，謂之『入帳』。新婦乘鞍，北朝餘風也」凡二十一字。

〔二〕各以杖打聟：原注：「聟，說文壻字。」

律：有甲娶，乙、丙共戲甲〔一〕，旁有櫃，比之爲獄，舉寘櫃中，復之〔二〕，甲因氣絶。論當鬼薪。

〔一〕共　原作「其」，今據學津本改。

〔二〕復　説郛卷五一下引段成式婚雜儀注作「覆」。「復」、「覆」通。

近代婚禮〔一〕，當迎婦，以粟三升填臼，席一枚以覆井，枲三斤以塞窗，箭三隻寘户上。婦上車，聟騎而環車三匝。女嫁之明日〔二〕，其家作黍臛〔三〕。女將上車，以蔽膝覆面。婦入門，舅姑以下，悉從便門出，更從門入，言當躪新婦跡〔四〕。又婦入門，先拜豬櫼及竈。娶婦，夫婦併拜，或共結鏡紐。又娶婦之家，弄新婦。臘月娶婦，不見姑。

〔一〕近代婚禮　類説卷四二引酉陽雜俎作「近世婚禮：當迎婦，以粟填臼，以席覆井，以枲塞窗。婦上車，壻騎而繞之匝。婦入門，先拜灶。成禮之明日，行黍。世俗相傳，莫究其義」。

〔二〕女嫁之明日　「女嫁」，紺珠集卷六、類説卷四二引酉陽雜俎並作「成禮」。

〔三〕作黍臛　類説卷四二引酉陽雜俎此句下尚有「世俗相傳，莫究其義」八字。

〔四〕躪　津逮本、學津本作「躝」，義同。

婚禮納綵〔一〕，有合歡、嘉禾〔二〕、阿膠、九子蒲、朱葦、雙石、綿絮、長命縷、乾漆。九事皆有詞：膠漆，取其固〔三〕；綿絮，取其調柔；蒲、葦，爲心可屈可伸也；嘉禾，分福也〔四〕；雙石，義在兩固也。

〔一〕婚禮納綵　紺珠集卷六、類説卷四二引酉陽雜俎此句緊接上條「作黍臛」句下，句前並有「世代相傳，莫究其義」八字。

〔二〕嘉禾　原作「嘉木」，今據津逮本、學津本改。太平御覽卷八三九引白虎通：「德至於地，則嘉禾生。嘉禾者，大禾也。」

〔三〕取其固　類説卷四二引酉陽雜俎：「惟納綵九物，義乃可見：膠漆，取其固；綿絮，取其調柔；蒲葦，爲其可屈可伸也；嘉禾，分福也；雙石，義在兩固也。」

〔四〕分福　通典卷五八作「頒禄」。

北朝婦人，常以冬至日，進履韈及韡。正月，進箕帚、長生花。立春，進春書，以青繒爲幟〔一〕，刻龍象銜之〔二〕，或爲蝦蟆。五月〔三〕，進五時圖、五時花，施帳之上。是日，又進長命縷、宛轉繩，皆結爲人像帶之。夏至日，進扇及粉脂囊，皆有辭。

〔一〕青繒爲幟　「繒」，錦繡萬花谷後集卷四引酉陽雜俎作「綌」。「幟」，原作「䡵」，白孔六帖卷三、歲時廣記卷八引酉陽雜俎作「青繒爲幟」，錦繡萬花谷後集卷四引酉陽雜俎作「青綌爲幟」，今據改。

〔二〕刻龍象銜之　「象」，原作「像」，今據歲時廣記卷八引酉陽雜俎改。

〔三〕五月　歲時廣記卷二三「進花圖」條引酉陽雜俎作「五月五日」。

秦、漢以來，於天子言「陛下」，於皇太子言「殿下」，將言「麾下」，使者言「節下」、「轂下」，二千石長史言「閤下」，父母言「膝下」，通類相言稱「足下」〔一〕。

〔一〕通類相言稱足下　「言稱」，類說引酉陽雜俎作「稱言」。

天咫

舊言月中有桂，有蟾蜍。故異書言，月桂高五百丈，下有一人常斫之，樹創隨合。人姓吳，名剛，西河人。學仙，有過，謫令伐樹。

釋氏書言，須彌山南面，有閻扶樹，月過，樹影入月中。或言月中蟾、桂，地影也；空處，水影也。此語差近。

僧一行，博覽無不知，猶善於數，鉤深藏往，當時學者莫能測。幼時家貧，隣有王姥，前後濟之數十萬。及一行開元中承上敬遇，言無不可，常思報之。尋王姥兒犯殺人罪，獄未具，姥訪一行求救。一行曰：「姥要金帛，當十倍酬也。明君執法，難以請求〔一〕，如何？」王姥戟手大罵曰：「何用識此僧！」一行從而謝之，終不顧。一行心計渾天寺中工役數百，乃命空其室内，徙大甕於中，又密選常住奴二人，授以布囊，謂曰：「某坊某角有廢園，汝向中潛伺，從午至昏，當有物入來。其數七，可盡掩之，失一則杖汝。」奴如言而往。至酉後，果有群豕至，奴悉獲而歸。一行大喜，令寘甕中，覆以木蓋，封於六一泥，朱題梵字數十，其徒莫測。詰朝〔二〕，中使叩門急召。至便殿，玄宗迎問曰：「太史奏昨夜北斗不見，是何祥也？師有以禳之乎？」一行曰：「後魏時，失熒惑，至今帝車不見。古所無者，天將大警於陛下也〔三〕。夫匹婦匹夫不得其所，則隕霜赤旱，盛德所感，乃能退舍〔四〕。感之切者，其在葬枯出係乎〔五〕？釋門以瞋心壞一切善，慈心降一切魔。如臣曲見，莫若大赦天下。」玄宗從之。又其夕，太史奏北斗一星見，凡七日而復。成式以此事頗怪，然大傳衆口，不得不著之。

〔一〕難以請求　「請」，太平廣記卷九二「一行」條引明皇雜録作「情」。

〔二〕詰朝　南部新書作「詰旦」，義同。

〔三〕大警　宋高僧傳作「大儆」。

〔四〕退舍　明皇雜録作「退藏」，宋高僧傳作「退之」。

〔五〕係　明皇雜録作「繫」，通。

永貞年，東市百姓王布，知書，藏鏹千萬，商旅多賓之。有女，年十四五，豔麗聰悟，鼻兩孔各垂息肉，如皂莢子，其根如麻線，長寸許，觸之，痛入心髓。其父破錢數百萬治之，不差。忽一日，有梵僧乞食，因問布：「知君女有異疾，可一見，吾能止之。」布被問大喜，即見其女。僧乃取藥，色正白，吹其鼻中。少頃，摘去之，出少黄水，都無所苦。布賞之百金，梵僧曰：「吾修道之人，不受厚施，唯乞此息肉。」遂珍重而去，行疾如飛。布亦意其賢聖也。計僧去五六坊，復有一少年，美如冠玉，騎白馬，遂扣其門曰：「適有胡僧到無？」布遽延入，具述胡僧事。其人吁嗟不悦，曰：「馬小踠足，竟後此僧。」布驚異，詰其故，曰：「上帝失樂神二人，近知藏於君女鼻中。我天人也，奉帝命來取，不意此僧先取之，當獲譴矣。」布方作禮，舉首而失。

長慶中，八月十五夜，有人翫月〔一〕，見林中光屬天如疋布〔二〕。其人尋視之，見一金背蝦蟆，疑是月中者。工部員外郎張周封嘗説此事，忘人姓名。

〔一〕八月十五夜有人翫月　津逮本、學津本作「有人翫八月十五夜月」。

〔二〕見林中光屬天如疋布　津逮本、學津本作「光屬於林中如疋布」，紺珠集卷六引酉陽雜俎作「望林中白氣如疋練」。

太和中，鄭仁本表弟，不記姓名，常與一王秀才遊嵩山。捫蘿越澗，境極幽夐，遂迷歸路。將暮，不知所之，徙倚間，忽覺叢中鼾睡聲。披蓁窺之，見一人布衣，衣甚潔白〔一〕，枕一襆物，方眠熟。即呼之曰：「某偶入此徑，迷路，君知向官道否？」其人舉首略視，不應，復寢。又再三呼之，乃起坐，顧曰：「來此！」二人因就之，且問其所自。其人笑曰：「君知月乃七寶合成乎？月勢如丸，其影，日爍其凸處也〔二〕。常有八萬二千户修之，予即一耳。」乃起，與二人指一支徑〔三〕：「但由此，自合官道矣。」言已，不見。

數。」因開襆，有斤鑿數事，玉屑飰兩裹，授與二人，曰：「分食此，雖不足長生，可一生無疾

〔一〕衣甚潔白　「衣」字原闕，今據太平廣記卷三七四「鄭仁本弟」條引酉陽雜俎補。

〔二〕凸處　群書類編故事卷一引作「凹處」。

〔三〕支徑　太平廣記卷三七四「鄭仁本表弟」條引酉陽雜俎作「歧徑」。

酉陽雜俎前集卷二

玉格

道列三界諸天數，與釋氏同，但名别耳。三界外曰四人境，謂常融、玉隆、梵度、賈奕四天也。四人天外曰三清，大赤、禹餘、清微也。三清上曰大羅。又有九天，波利等九名。

天圓十二綱，天綱運關〔一〕，三百六十轉爲一周天，運三千六百周爲陽孛。地紀推機，三百三十轉爲一度，地轉三千三百度爲陰蝕〔二〕。天地相去四十萬九千里〔三〕，四方相去萬萬九千里〔四〕。

〔一〕天綱運關　「天綱」二字原闕，與下「地紀推機」失對，今據雲笈七籤卷二劫運引上清三天正法經補。按，雲笈七籤卷二劫運引上清三天正法經：「天關在天西北之角，與斗星相御。北斗九星則天關之綱柄，玉晨之華蓋，梵行九天十二辰之氣。斗綱運關，則九天並轉。」

〔二〕陰蝕　原作「陽蝕」，今據雲笈七籤卷二劫運引上清三天正法經改。

〔三〕天地相去四十萬九千里　按，學林卷二天地：「段成式酉陽雜俎曰：『自地去天十一萬餘里。』」與此異。

〔四〕萬萬九千里　文始傳作「九千萬萬里」。

名山三百六十。福地七十二。崑崙爲天地之齊。又九地、三十六土〔一〕、八酒仙宮，言冥謫陰者之所。

〔一〕三十六土　原作「四十六土」，今據魏書改。按，魏書釋老志：「泰常八年十月戊戌，有牧土上師李譜文來臨嵩岳，云老君之玄孫，昔居代郡桑乾，以漢武之世得道，爲牧土宮主，領治三十六土人鬼之政。」

有羅酆山，在北方癸地，周迴三萬里，高二千六百里。

洞天六宮，周一萬里，高二千六百里，是爲六天鬼神之宮〔一〕。

〔一〕是爲六天鬼神之宫　津逮本、學津本句前重出「洞天六宫」四字。

六天：一曰紂絶陰天宫，二曰泰煞諒事宫〔一〕，三曰明辰耐犯宫〔二〕，四曰恬照罪氣宫〔三〕，五曰宗靈七非宫，六曰敢司連苑宫〔四〕。人死皆至其中，人欲常念六宫名。空洞之小天，三陰所治也。又耐犯宫主生，紂絶天主死。禍福續命，由恬照第四天鬼官北斗君所治，即七辰北斗之考官也。項梁城酆都宫頌曰：「紂絶標帝晨，諒事構重阿。炎如霄漢煙，勃若景耀華。武陽帶神鋒，恬照吞清河。閶闔臨丹井〔五〕，雲門鬱嵯峨。七非通奇靈，連苑亦敷魔。六天横北道，此是鬼神家。」凡有二萬言，此唯天宫名耳。夜中微讀之，辟鬼魅。

〔一〕泰煞諒事宫　真誥作「泰煞諒事宗天宫」。按，真誥闡幽微一：「第一宫名爲紂絶陰天宫，以次東行；第二宫名爲泰煞諒事宗天宫；第三宫名爲明晨耐犯武城天宫；第四宫名爲恬昭罪氣天宫；第五宫名爲宗靈七非天宫；第六宫名爲敢司連苑屢天宫。凡六天宫，是爲鬼神六天之治也，洞中六天宫亦同名，相像如一也。」

〔二〕明辰耐犯宫　真誥作「明晨耐犯武城天宫」。

〔三〕恬照罪氣宫　「恬」，原作「怙」，今據真誥改。

〔四〕敢司連苑宮　真誥作「敢司連宛屢天宮」。

〔五〕閶闔　原作「開闔」，今據真誥改。按，真誥闡幽微一：「項梁城作酆都宮誦曰：『紂絶帶帝晨，諒事遘重阿。炎如霄中煙，勃若景曜華。武陽帶神峰，恬昭吞青河。閶闔臨丹井，雲門鬱嵯峨。七非通奇蓋，連宛亦敷魔。』」

酆都稻，名重思，其米如石榴子，粒稍大，味如菱。杜瓊作重思賦曰：「霏霏春暮〔一〕，翠矣重思。靈氣交被〔二〕，嘉穀應時。」

〔一〕暮　真誥作「茂」。按，真誥闡幽微一：「酆都山上，樹木、水澤如世間，但稻米粒幾大，味如菱，其餘四穀不爾，但名稻爲重思耳。杜瓊作重思賦曰：『霏霏春茂，翠矣重思。靈炁交被，嘉穀應時。四節既享，祝人以祀。神禾鬱乎，浩京巨穗。横我元臺，爰有明祥。帝者以熙，此之謂矣。』」

〔二〕靈氣　原作「雲氣」，今據真誥改。

夏啓爲東明公，文王爲西明公，邵公爲南明公，季札爲北明公。四明主領四方鬼〔一〕。至忠至孝之人，命終，皆爲地下主者，一百四十年乃授下仙之教，授以大道。有上聖之德，命終，受三官書爲地下主者，一千年乃轉三官之五帝，復一千四百年，方得遊行太清，爲九宮之中仙。又有爲善爽鬼者、三官清鬼者，或先世有功在三官，流逮後嗣，或易世練化〔二〕，改氏更生，此七世陰德，根葉相及也。命終，當道遺腳一骨以歸三官，餘骨隨身而遷。男左女右，皆受書爲地下主者，二百八十年乃得進受地仙之道矣〔三〕。

〔一〕四明主　原作「四時主」，今據真誥改。真誥闡幽微一：「四明公復有賓友四人。然此四公後並當升仙階也。四明主領四方鬼。」

〔二〕或易世練化　「或」字原闕，今據真誥補。按，真誥闡幽微二：「先世有功在三官，流逮後嗣。或易世鍊化，改氏更生者，此七世陰德，根葉相及也，既終，當遺腳一骨，以歸三官，餘骨隨身而遷也。男留左，女留右，皆受書爲地下主者，二百八十年，乃得進受地仙之道矣。」

〔三〕進受地仙之道　「受」，原作「處」，今據真誥改。

炎帝甲爲北太帝君，主天下鬼神。三元品戒〔一〕、九真明科〔二〕、九幽章皆律也，連苑曲泉、泰煞九幽、雲夜九都、三靈萬掠、四極九科，皆治所也。三十六獄，流沙赤等號。溟澪獄，北岳獄也。又二十四獄，有九平、元正、女青、河伯等號〔三〕。人犯五千惡爲五獄鬼，六千惡爲二十八獄囚〔四〕，萬惡乃墮薜荔獄也〔五〕。

〔一〕三元品戒　「戒」，原作「式」，今據正統道藏改。按，道藏洞玄部節律類有太上洞玄靈寶三元品戒功德輕重經一卷，簡稱洞玄三元品戒經。

〔二〕九真明科　原作「明真科」，今據道藏改。按，道藏正一部有太上九真明科一卷，又名玄都九真明科，簡稱九真明科。

〔三〕河伯等號　「河伯」，原作「河北」，今據太真玉帝四極明科經改。按，太真玉帝四極明科經卷一：「（酆都山）山下又有八獄，第一無量獄，第二太真獄，第三玄都獄，第四三十六天大獄，第五天一北獄，第六河伯獄，第七累劫獄，第八女青獄。」

〔四〕二十八獄囚　「獄囚」，原作「獄獄囚」，衍一「獄」字，今據雲笈七籤删。按，雲笈七籤卷九二仙籍語論要記：「凡人有一千惡者後代祆逆，二千惡者爲奴廝，三千惡者六疾孤窮，四千惡者惡病流徙，五千惡者爲五獄鬼，六千惡者爲二十八獄囚，七千惡者爲諸方地獄徒，八千惡者墮寒冰獄，九千惡者入無邊底獄，一萬惡者墮薜荔獄。萬惡之基，起於三業，一一相生，以至千萬惡。墮薜荔獄者，永無原期，渺渺終天，無由濟拔，得不痛哉！」

〔五〕薜荔獄　「獄」字原闕，今據雲笈七籤補。

罪簿有黑、緑、白簿，赤丹編簡。刑有捷蒙山石〔一〕，副太山，搪夜山石，塞河源〔二〕，及西津水，寘東海，風刀，電風，積夜河。

〔一〕刑有揵蒙山石　「揵」，原作「搪」，今據雲笈七籤改。按，雲笈七籤卷七四方藥：「傳非其人，宣洩寶文，身考三官，死爲下鬼，揵濛山石，填積夜之河。」

〔二〕塞河源　「塞」，原作「寒」，今據雲笈七籤改。按，雲笈七籤卷五三雜秘要訣法：「輕洩秘文，殃及七玄，身爲下鬼，充塞河源。」

鬼官有七十五品。仙位有九太帝，二十七天君，一千二百仙官，二萬四千靈司，三十二司命。三品、九品、七城〔一〕、九階、二十七位、七十二萬之次第也。

〔一〕七城　原校：「城，一作地。」

老君西越流沙，歷八十一國，烏弋、身毒爲浮屠，化被三千國，有九萬品戒經，漢所獲大月支復立經是也。孔子爲元宮仙。

佛爲三十三天仙〔一〕，延真宮主〔二〕，所爲道在竺乾有古先生，善入無爲。

〔一〕佛爲三十三天仙　「三十三」，魏書作「三十二」。魏書釋老志：「經云：佛者，昔於西胡得道，在三十二天，爲延真宮主。勇猛苦敏，故其弟子皆髡形染衣，斷絶人道，諸天衣服悉然。」

〔二〕延真宮主　原作「延賓官主」，今據魏書釋老志改。

釋老志亦曰，佛於西域得道。陶勝力言：「小方諸國多奉佛，不死，服五星精〔一〕，讀夏歸藏，用之以飛行也。藏經，菩薩戒也〔二〕。」

〔一〕服五星精　「星」，原作「笙」，今據真誥改。按真誥協昌期一：「大方諸之西，小方諸上，多有奉佛道者，有浮圖，以金玉鏤之。或有高百丈者，數十層樓也。其上人盡孝順而不死，是食不死草所致也。皆服五星精，讀夏歸藏經，用之以飛行。」

〔二〕藏經菩薩戒也　此六字原另作一條，闕頭斷尾，語意難明，今據津逮本、學津本與上條相接，合爲一條。按，「藏經」前津逮本、學津本皆有一字空格，此種情況，依照本書條目分合通例，固然可以另分一條，但獨作一條則不明所指，其分立並無意義。四庫全書本以其六字費解，於空格處補一「此」字，成「此藏經，菩薩戒也」，既無版本依據，亦無助於釋義。今細讀原文，以爲此六字仍當屬於陶弘景真誥中語，前注引真誥協昌期，末有自注曰：「依如三弟子（許按，廣弘明集卷八釋道安二教論服法非老：「又清浄法行經云：佛遣三弟子震旦教化，儒童菩薩，彼稱孔子；光浄菩薩，彼稱顔淵；摩訶迦葉，彼稱老子。」），不作比丘形服，世人謂在家真菩薩家耳。」或此「藏經菩薩戒也」六字，即由上注訛脱變易而來。

方諸山在乙地。

太極真仙中，莊周爲闈編郎。八十一戒，千二百善，入洞天。二百三十戒，二千善，登山上靈官；萬善，升玉清。

名在瓊簡者〔一〕，白誌見腹〔二〕；名在籙籍者〔三〕，目有緑筋；名在金赤書者，陰有伏骨；名在琳札青書者，胸有偃骨；名在星書者，眼四規。名在方諸者，掌理迴菌。有前相，皆上仙也，可不學，其道自至。其次鼻有玄山，腹有玄丘，亦仙相也。或口氣不潔，性耐穢，則壞玄丘之相矣。

〔一〕名在瓊簡者　此五字原在「白誌見腹」句下，當屬錯簡。説見下。按，錦繡萬花谷前集卷三〇、説略卷一八引真誥：「名在瓊簡者，目有緑筋；名在赤書者，陰有伏骨；名在琳札者，胸有偃骨；名在星書者，眼有四規，皆上仙也。其次鼻如玄山，腹有玄丘，亦仙相也。」

〔二〕白誌見腹　此四字原在「名在瓊簡者」前，今據三洞珠囊乙正。按，三洞珠囊卷八相好品引金書仙誌真記及後聖九玄道君列紀：「若太素有瓊簡金名者，則其人必白誌見於腹，口中有紫氣。其爲人也，慈德而通神，潛仁而下衆。」

〔三〕名在籙籍者　此五字原在「掌理迴菌」下，且「籙」悞爲「緑」，亦屬錯簡，今據道君列紀經乙正。按，初學記卷二三引道君列紀經：「斗中若有玄籙玉籍者，則目有緑筋。」又三洞珠囊卷八相好品：「若斗中有玄玉籙籍者，則其人心中有九孔，肺外有錦文，頤下有玉丸，目中有緑筋，眉角當上有干雙理順文城郭，秃鬢露顙，明堂平白。干理爲通真之津，廣顙爲受靈之宅。其爲人也，慈愛窮賤，仁及鳥獸。」

五藏、九宫、十二室、四支、五體、三焦、九竅、百八十機關、三百六十骨節、三萬六千神，隨其所而居之。魂以精爲根，魄以目爲户。三魂可拘，七魄可制。庚申日，伏尸言人過。本命日，天曹計人行。三尸，一日三朝。上尸青姑，伐人眼。中尸白姑，伐人五藏。下尸血姑，伐人胃命。亦曰玄靈。又曰：一居人頭中，令人多思欲，好車馬，其色黑；一居人腹，令人好食飲、恚怒，其色青；一居人足，令人好色喜煞。七守庚申，三尸滅；三守庚申，三尸伏。

仙藥有：鍾山白膠，閬風石腦，黑河珊瑚〔一〕，太微紫麻，太極井泉，夜津日草，青津碧荻，圓丘紫柰，白水靈蛤，八天赤薤〔二〕，高丘餘粮，滄浪青錢〔三〕，三十六芝，龍胎醴，九鼎魚，火棗交梨，鳳林鳴醅，中央紫蜜，崩岳電柳，玄都綺葱〔四〕，夜牛伏骨，神吾黄藻，炎山夜日，玄霜絳雪，環剛樹子，赤樹白子，徊水玉精，白琅霜，紫漿〔五〕，月醴，虹丹，鴻丹。

〔一〕黑河珊瑚　「珊瑚」，原作「蔡瑚」，今據漢武帝内傳改。按，漢武帝内傳（守山閣叢書本）：「（王母曰）其次藥有八光太和，斑龍黑胎，文虎白沫，出於西丘。七元飛節，九孔連珠，雲漿玉酒，玄圃瓊腴，鍾山白膠，王屋青敷，閬風石髓，黑阿珊瑚。」

〔二〕八天赤薤　「天」，漢武帝内傳作「陔」。按，漢武帝内傳（守山閣叢書本）：「上掘蘭園之金精，下摘圓丘之紫柰。鸞水靈蛤，八陔赤薤，萬載一生，流光九隊，有得食之，後天而逝。」

〔三〕滄浪青錢　「滄浪」，漢武帝内傳作「東滄」。按，漢武帝内傳（守山閣叢書本）：「其次藥有九丹金液，紫華紅英，太清九轉，五雲之漿，玄霜絳雲，騰躍三黄，東瀛白香，炎洲飛生，八石十芝，威僖九光，西流石膽，東滄青錢，高丘餘糧，精石瓊田，太虚還丹，盛次金蘭，長光緑草，雲童飛千，子得服之，白日昇天。此飛仙之所服，地仙之所見也。」

〔四〕玄都綺葱　「玄都」，原作「玄郭」，今據漢武帝内傳改。按，藝文類聚卷八一引漢武内傳：「西王母曰：『仙人上藥，有玄都綺葱。』」

〔五〕紫漿　原作「紫醬」，並校：「一作漿。」今據改。按，真誥甄命授一：「或爐轉丹砂之幽精，粉鍊金碧之紫漿。」

藥草異號：丹山魂雄黄；青要女空青；靈華泛腴薫陸香；北帝玄珠消石、東華童子青木香〔一〕；五精金羊起石〔二〕；流丹白膏胡粉〔三〕；亭炅獨生雞舌香；倒行神骨戎鹽；白虎脱齒金牙石；九靈黄童石流黄〔四〕；陸虚遺生龍骨；章陽羽玄白附子；緑伏石母慈石；絳晨伏胎茯苓；七白靈蔬薤日華，一名守宅，一名家芝。凡二十四名。伏龍李；蘇牙樹〔五〕。

〔一〕東華童子青木香　「華」，上清太上帝君九真中經卷下、雲笈七籤卷六八並作「桑」。按，雲笈七籤卷六八引太上景四蘂紫漿五珠絳生神丹方：「（藥名口訣）第八東桑童子七兩（口訣是青木香）。」

〔二〕五精金羊起石　「羊起石」，上清太上帝君九真中經卷下、雲笈七籤卷六八並作「陽起石」。按，雲笈七籤卷六八引太上景四蘂紫漿五珠絳生神丹方：「（藥名口訣）第十一五精金羊五兩（口訣是陽起石）。」

〔三〕流丹白膏胡粉　「胡粉」，雲笈七籤卷六八作「粉霜」。按，雲笈七籤卷六八引太上景四蘂紫漿五珠絳生神丹方：「（藥名口訣）第十三流丹白膏九兩（口訣是粉霜）。」

〔四〕九靈黄童石流黄　「九」、「童」二字原闕，今據上清太上帝君九真中經卷下、雲笈七籤卷六八補。按，雲笈七籤卷六八引太上景四蘂紫漿五珠絳生神丹方：「（藥名口訣）第十八九靈黄童三兩（口訣是石硫黄）。」

〔五〕蘇牙樹　「牙」，真誥作「玡」。按，真誥稽神樞四：「（桐柏山）樹則蘇玡、琳碧，泉則石髓、金精，其山盡五色金也。」

圖籍有：符圖七千章。雌一王檢，四規明鏡，五言經，柱中經〔一〕，飛龜帙，飛黄子經，鹿盧蹻經，含景圖，卧引圖〔二〕，菌芝圖〔三〕，木芝圖，大隗新芝圖〔四〕，牽牛經，玉珎記〔五〕，朧成記，玉策記〔六〕，丹臺經〔七〕，日月廚食經，金樓經〔八〕，三十六水經，中黄經，文人經〔九〕，協龍子記，鹿臺經〔一〇〕，玉胎經，官氏經〔一一〕，鳳綱經〔一二〕，六陰玉女經，白虎七變經，九仙經〔一三〕，十上化經，勝中經，百守攝提經〔一四〕，步三綱六紀經〔一五〕，白子變化經，隱首經，入軍經，泉樞經，赤甲經，金剛八疊録〔一六〕。

〔一〕五言經柱中經　原作「五柱中經」，今據抱朴子内篇遐覽補正。

〔二〕卧引圖　抱朴子作「觀卧引圖」。

〔三〕菌芝圖　「菌」，原作「園」，今據抱朴子改。

〔四〕大隗新芝圖　「隗」，抱朴子作「魄」。

〔五〕玉珎記　「珎」，同「珍」。類篇卷一：「珍，知隣切。説文：『寶也。』俗作『珎』，非是。」

〔六〕玉策記　原作「玉案記」，今據抱朴子改。

〔七〕丹臺經　「臺」，抱朴子作「壺」。「經」，原校：「一作記。」

〔八〕金樓經　抱朴子所記無此經，疑當作「金鴈經」。

〔九〕中黄經文人經　原作「中黄丈人經」，今據抱朴子補正。
〔一〇〕協龍子記鹿臺經　原作「協龍子鹿臺經」，今據抱朴子補正。
〔一一〕官氏經　「官」，抱朴子作「宫」。
〔一二〕鳳綱經　「綱」，抱朴子作「網」。
〔一三〕九仙經　抱朴子所記無此經，疑當作「水仙經」。
〔一四〕勝中經百守攝提經　原作「滕中有首攝提經」，按抱朴子所記有勝中經、百守攝提經，今據改。又抱朴子「勝中經」之「勝」字，疑當作「滕」。
〔一五〕步三綱六紀經　「步」字原闕，今據抱朴子補。
〔一六〕金剛八疊録　原校：「(録)」，「一作經。」

老君母曰玄妙玉女，天降玄黄，氣如彈丸，入口而孕。凝神瓊胎宫，三千七百年。赤明開運，歲在甲子，誕於扶力蓋天西那玉國鬱察山丹玄之阿〔一〕。

又曰：老君在胎八十一年，剖左腋而生，生而白首。

又曰：青帝劫末，元氣改運，託形於洪氏之胞。

又曰：李母本元君也，日精入口，吞而有孕，三色氣繞身，五行獸衛形，如此七十二年而生陳國苦縣賴鄉渦水之陽九井西李下。具三十六號，七十二名。又有九名，又千二百。

老君又曰九天上皇洞真第一君、大千法王、九靈老子、太上真人、天老、玄中法師、上清太極真人、上景君等號。形長九尺，或曰二丈九尺。耳三門，又耳附連環，又耳無輪郭。眉如北斗，色緑，中有紫毛，長五寸。目方瞳，緑筋貫之，有紫光。鼻雙柱，口方，齒數六八。頤若方丘，頰如横壟，龍顔金容，額三理，腹三誌，頂三約，把十蹈五，身緑毛，白血，頂有紫氣。

〔一〕西那玉國鬱察山　「鬱察山」，原作「鬱寥山」，今據雲笈七籤改。按，雲笈七籤卷九釋銅玄智慧大誡經：「洞玄智慧大誡經：元始天尊以開皇元年七月一日於西那玉國鬱察山浮羅之獄長桑林中，授太上大道君智慧上品大誡法文。」

人死，形如生，足皮不青惡，目光不毁，頭髮盡脱，皆尸解也。白日去曰上解，夜半去曰下解，向曉向暮謂之地下主者。太乙守尸，三魂營骨，七魄衛肉，胎靈録氣，所謂太陰練形也。趙成子死後五六年〔一〕，肉朽骨在，液血於内，紫包發外〔二〕。又曰：若人暫死，適太陰，權過三官，血沉脈散，而五藏自生，白骨如玉，三元權息〔三〕，太神内閉，或三年至三十年〔四〕。

〔一〕趙成子死後　「死」字原闕，今據真誥補。按，真誥運題象四：「趙成子死後五六年，後人晚山行，見此死尸在石室中，肉朽骨在。又見腹中五臟自生如故，液血纏裹於内，紫包結絡於外。」

〔二〕紫包發外　「包」，原作「色」，今據真誥改。見上。

〔三〕三元權息　原作「三光惟息」，今據真誥改。按，真誥運題象四：「若其人暫死適太陰，權過三官者，肉既灰爛，血沈脈散者，而猶五臟自生，白骨如玉，七魄營侍，三魂守宅，三元權息，太神内閉。或三十年二十年，或十年三年，隨意而出。當生之時，即更收血育肉，生津成液，復質成形，乃勝於昔未死之容也。」

〔四〕或三年至三十年　此句意猶未了，顯有脱文。按，無上秘要卷八七尸解品引洞真太極帝君填生五藏上經：「若其人或蹔死而適太陰，權過三官者，肉既灰爛，血沈脈散者，而猶五藏自生，白骨如玉，七魄營侍，三魂守宅，三元歡息，大神内閉，太一録神，司命秉節，五老扶華，帝君寶質，或三十年二十年，或十年五年，隨意而出。當生之時，即更收血育肉，生津結液，復質反胎，成形濯質，乃勝於昔未死之容也。真人練身於太陰，易貌於三官者，此之謂也。」

又曰：白日尸解自是仙，非解尸也。鹿皮公吞玉華而流蟲出户〔一〕。王西城漱龍胎而死訣，飲瓊精而扣棺。仇季子咽金液而臭徹百里，季主服霜散以潛升，而頭足異處。墨狄咽虹丹而投水〔二〕。甯生服石腦而赴火。柏成納氣而胃腸三腐。

〔一〕鹿皮公吞玉華而流蟲出户　「户」，原作「尸」，今據真誥改。按，真誥運題象四：「南人告云：得道去世，或顯或隱。託體遺跡，道之隱也。或有再酣瓊精而扣棺，一服刀圭而尸爛。鹿皮公吞玉華而流蟲出户，仇季子咽金液而臭聞百里。」原注：「『南人』即南真夫人也。此諸仙人出諸傳記，而事跡有參差不同者。」

〔二〕墨狄　原作「黑狄」，今據真誥改。

句曲山五芝，求之者，投金環二雙於石間，勿顧念，必得矣。第一芝名龍仙，食之爲太極仙。第二芝名參成，食之爲太極大夫。第三芝名燕胎，食之爲正一郎中。第四芝名夜光洞草〔一〕，食之爲太清左御史。第五芝名料玉〔二〕，食之爲三官真御史。

〔一〕夜光洞草　即夜光芝。「草」，原作「鼻」，今據雲笈七籤改。按，雲笈七籤卷一一四西王母傳：「又大茅君盈南治句曲之山，元壽二年八月己酉，南嶽真人赤君、西城王君、方諸青童並從王母降於茅盈之室。頃之，天皇大帝遣繡衣使者泠廣子期賜盈神璽玉策，太微帝君遣三天左宫御史管脩條賜盈八龍錦輿紫羽華衣，太上大道君遣協晨大夫石叔門賜盈金虎真符、流金之鈴，金闕聖君命太極真人使正一上玄玉郎王忠、鮑丘等賜盈以四節燕胎流明神芝。四使者授訖，使盈食芝佩璽，服衣正冠，帶符握鈴而立。四使者告盈曰：『食四節隱芝者位爲真卿，食金闕玉芝者位爲司命，食流明金英者位爲司禄，食長曜雙飛者位爲真伯，食夜光洞草者揔主左右御史之任，子盡食之矣，壽齊天地，位爲司命，授東嶽上卿，統吴越之神仙，綜江左之山源矣。』言畢，使者俱去。」

〔三〕料玉　一作「玉芝」，見前。

真人用寶劍以尸解者，蟬化之上品也。鍛用七月庚申、八月辛酉日，長三尺九寸，廣一寸四分，厚三分半，杪九寸〔一〕。名子干，字良非。

〔一〕杪九寸　「杪」，原作「鈔」，今據津逮本、學津本改。

青烏公入華山，四百七十一歲，十二試，三不過。後服金汋而升太極，以爲試三不過，但仙人而已，不得真人位。

有傅先生，入焦山七年，老君與之木鑽，使穿一盤石，石厚五尺〔一〕，曰：「此石穴，當得道。」積四十七年，石穿，得神丹〔二〕。

〔一〕石厚五尺　「尺」，紺珠集卷六、類説卷四二引酉陽雜俎並作「寸」，疑是。

〔二〕得神丹　同上二書此句下並有「服之果仙去」五字。

范零子，隨司馬季主入常山石室。石室東北角有石匱，季主戒勿開。零子思歸，發之，見其家父母大小，近而不遠，乃悲思。季主遂逐之。經數載，復令守一銅匱，又違戒，所見如前，竟不得道。

衛國縣西南有瓜穴，冬夏常出水，望之如練，時有瓜葉出焉。相傳苻秦時，有李班者，頗好道術。入穴中。行可三百步，朗然有宮宇〔一〕，牀榻上有經書。見二人對坐，鬚髮皓白。班前拜於牀下，一人顧曰：「卿可還，無宜久住。」班辭出。至穴口，有瓜數箇，欲取，乃化爲石。尋故道得還，至家，家人云班去來已經四十年矣。

〔一〕朗然　津逮本、學津本作「廓然」。

長白山，相傳古肅然山也，峴南有鍾鳴。燕世，桑門釋惠霄者，自廣固至此峴聽鍾聲，稍前，忽見一寺，門宇炳焕，遂求中食。見一沙彌乃摘一桃與霄，須臾又與一桃，語霄曰：「至此已淹留，可去矣。」霄出，迴頭顧，失寺。至廣固，見弟子，言失和尚已二年矣。霄始知二桃兆二年矣。

高唐縣鳴石山，巖高百餘仞。人以物扣巖，聲甚清越。晉太康中，逸士田宣隱於巖下，葉風霜月，常拊石自娛。每見一人，着白單衣，徘徊巖上，及曉方去。宣於後令人擊石，乃於巖上潛伺。俄然果來，因遽執袂。詰之，自言姓王，字中倫，衛人，周宣王時，入少室山學道，比頻適方壺，去來經此，愛此石響，故輒留聽。宣乃求其養生，唯留一石，如雀卵。初則凌空百餘步猶見，漸漸煙霧障之。宣得石含，輒百日不饑。

荆州、利水間，有二石若闕，名曰韶石。晉永和中，有飛仙，衣冠如雪，各憩一石，旬日而去。人咸見之。

貝丘西有玉女山。傳云，晉太始中，北海蓬球，字伯堅，入山伐木，忽覺異香，遂遡風尋之。至此山〔一〕，廓然宫殿盤欝，樓臺博敞。球入門窺之，見五株玉樹。復稍前，有四婦人，端妙絶世，自彈棊於堂上〔二〕。見球，俱驚起，謂球曰：「蓬君何故得來？」球曰：「尋香而至。」遂復還戲。一小者便上樓彈琴，留戲者呼之曰：「元暉何爲獨升樓？」球樹下立，覺少饑，乃舌舐葉上垂露。俄然，有一女乘鶴西至，逆恚曰：「玉華，汝等何故有此俗人！王母即令王方平行諸仙室。」球懼而出門，迴顧，忽然不見。至家，乃是建平中。其舊居閭舍，皆爲墟墓矣。

〔一〕遂遡風尋之至此山　太平廣記卷六二「蓬球」條引酉陽雜俎作「遂遡風尋至北山」。

〔二〕自彈碁　「碁」，亦作「棊」。太平廣記卷六二「蓬球」條引酉陽雜俎作「共彈棊」。

晉許旌陽，吴猛弟子也。當時江東多蛇禍，猛將除之，選徒百餘人。至高安，令具炭百斤，乃度尺而斷之，寘諸壇上。一夕，悉化爲玉女，惑其徒。至曉，吴猛悉命弟子，無不涅其衣者，唯許君獨無，乃與許至遼江。及遇巨蛇，吴年衰，力不能制，許遂禹步敕劍登其首，斬之。

孫思邈嘗隱終南山，與宣律和尚相接，每來往，互參宗旨。時大旱，西域僧請於昆明池結壇祈雨，詔有司備香燈，凡七日，縮水數尺。忽有老人，夜詣宣律和尚求救，曰：「弟子昆明池龍也，無雨久，匪由弟子。胡僧利弟子腦，將爲藥，欺天子，言祈雨。命在旦夕，乞和尚法力加護。」宣公辭曰：「貧道持律而已，可求孫先生。」老人因至思邈石室求救，孫謂曰：「我知昆明龍宮有仙方三十首〔一〕，爾傳與予，予將救汝。」老人曰：「此方上帝不許妄傳，今急矣，固無所恡。」有頃，捧方而至。孫曰：「爾第還，無慮胡僧也。」自是池水忽漲，數日溢岸，胡僧羞恚而死。孫復著千金方三十卷〔二〕，每卷入一方，人不得曉。及卒後，時有人見之。

〔一〕有仙方三十首　「三十」，原作「三千」，今據類説卷四二引酉陽雜俎、太平廣記卷二一「孫思邈」條引仙傳拾遺及宣室志、宋高僧傳卷一四唐京兆西明寺道宣傳改。

〔二〕千金方三十卷　「三十」，原作「三千」，今據類説卷四二引酉陽雜俎改。

玄宗幸蜀〔一〕，夢思邈乞武都雄黄，乃命中使賫雄黄十斤，送於峨眉頂上。中使上山未半，見一人，幅巾被褐，鬚鬢皓白，二童青衣丸髻夾侍，立屏風側，以手指大盤石曰：「可致藥於此。上有表，録上皇帝。」中使視石上，朱書百餘字。遂録之，隨寫隨滅，寫畢，石上無復字矣。須臾，白氣漫起，因忽不見〔二〕。

〔一〕玄宗幸蜀　類説卷四二引酉陽雜俎作「明皇幸蜀」。

〔二〕因忽　類説卷四二引酉陽雜俎作「倏忽」。

同州司馬裴沆常説，再從伯自洛中〔一〕，將往鄭州，在路數日。晚程偶下馬，覺道左有人呻吟聲，因披蒿萊尋之。荆叢下見一病鶴，垂翼俛咮，翅關上瘡壞無毛，且異其聲〔二〕。忽有老人，白衣曳杖，數十步而至，謂曰：「郎君年少，豈解哀此鶴耶？若得人血一塗，則能飛矣。」裴頗知道，性甚高逸，遽曰：「某請刺此臂血不難。」老人曰：「君此志甚勁〔三〕，然須三世是人，其血方中〔四〕。郎君前生非人，唯洛中胡蘆生〔五〕，三世是人矣。郎君此行，非有急切，可能卻至洛中〔六〕，干胡蘆生乎〔七〕？」裴欣然而返。未信宿至洛，乃訪胡蘆生，具陳其事，且拜祈之。胡蘆生初無難色，開襆取一石合，大若兩指，援針刺臂滴血下，滿其合〔八〕，授裴曰：「無多言也。」及至鶴處，老人已至，喜曰：「固是信士！」乃令盡其血塗鶴。言與之結緣，復邀裴曰：「我所居去此不遠，可少留也。」裴覺非常人，以丈人呼之，因隨行。纔數里，至一莊，竹落草舍，庭廡狼藉。裴渴甚，求茗，老人指一土龕：「此中有少漿，可就取。」裴視龕中，有杏核一扇如笠，滿中有漿，漿色正白。乃力舉飲之，不復饑渴，漿味如杏酪。裴知隱者，拜請爲奴僕。老人曰：「君有世間微禄，縱住亦不終其志。賢叔真，有所得，吾久與之遊，君自不知。今有一信，憑君必達。」因裹一襆，物大如羹椀，戒無竊開。復引裴視鶴，鶴所損處，毛已生矣。又謂裴曰：「君向飲杏漿，當哭九族親情，且以酒色爲誡也。」裴還洛，中路閲其附信〔九〕，將發之，襆四角各有赤蛇出頭，裴乃止。其叔得信〔一〇〕，即開之，有物如乾大麥餅，升餘〔一一〕。其叔後因遊王屋〔一二〕，不知其終。裴壽至九十七矣。

〔一〕再從伯自洛中　「再從伯」，類説卷四二引酉陽雜俎作「從伯」。「洛中」，雲笈七籤卷一一二引神仙感遇傳作「洛」。

〔二〕且異其聲　雲笈七籤卷一一二引神仙感遇傳作「異其有聲，惻然哀之」。

〔三〕甚勁　雲笈七籤卷一一二引神仙感遇傳作「甚佳」。

〔四〕方中　同上書作「方中用」。

〔五〕胡蘆生　太平廣記卷四六〇「裴沆」條、類説卷四二引酉陽雜俎並作「胡盧生」。

〔六〕可能　太平廣記卷四六〇「裴沆」條引酉陽雜俎、雲笈七籤卷一一二引神仙感遇傳並作「豈能」。

〔七〕干　雲笈七籤卷一一二引神仙感遇傳作「爲求」。

〔八〕滴血下滿其合　雲笈七籤卷一一二引神仙感遇傳作「滴如乳下，滿合」。

〔九〕中路閲其附信　「附信」，太平廣記卷四六〇「裴沆」條引酉陽雜俎作「所持」。

〔一〇〕其叔得信　此句並以下數句，雲笈七籤卷一一二引神仙感遇傳作「其叔開之，有物如乾大麥餅，因食之，入王屋山，不知所終」。

〔一一〕升餘　同上書引作「因食之」。

〔一二〕王屋　同上書引作「王屋山」。

明經趙業〔一〕，貞元中，選授巴州清化縣令。失志成疾，惡明，不飲食四十餘日。忽覺空中雷鳴〔二〕，頃有赤氣如鼓，輪轉至牀，騰上〔三〕，當心而住。初覺精神遊散，奄如夢中，有朱衣平幘者，引之東行。出山斷處，有水東西流，人甚衆，久立視。又之東，行一橋，飾以金碧。過橋北，入一城。至曹司中，人吏甚衆。見妹壻賈奕〔四〕，與己爭殺牛事，疑是冥司，遽逃避。至一壁間，墻如石黑，高數丈，聽有呵喝聲。朱衣者遂領入大院，吏通曰：「司命過人。」復見賈奕，因與辨對。奕固執之，無以自明。忽有巨鏡徑丈，虛懸空中。仰視之，宛見賈奕鼓刀，趙負門，有不忍之色，奕始伏罪。朱衣人又引至司，入院，一人被褐帔紫霞冠，狀如尊像，責曰：「何故竊撥幞頭二事，在滑州市，隱橡子三升？」因拜之無數。朱衣者復引出，謂曰：「能遊上清乎？」乃共登一山，下臨流水，其水懸注騰沫，人隨流而入者千萬，不覺身亦隨流。良久，住大石上，有青白暈道。朱衣者變成兩人，一道之，一促之，乃升石崖上立，坦然無塵。行數里，旁有草如紅藍，莖葉密無刺，其花拂拂然飛散空中。又有草如苣，附地，亦飛花，初出如馬勃，破，大如疊，赤黄色。過此，見火如山，横亘天，候焰絶乃前。至大城，城上重譙，街列菓樹，仙子爲伍，迭謡鼓樂，仙姿絶世。凡歷三重門，丹雘交焕，其地及壁，澄光可鑑。上不見天，若有絳暈都覆之。正殿三重，悉列尊像。見道士一人，如舊相識，趙求爲弟子，不許。諸樂中如琴者，長四尺，九絃，近頭尺餘方廣，中有兩道横，以變聲。又如一酒榼，三絃，長三尺，腹面上廣下狹，背豐隆。頃有過録，乃引出闕南一院，中有絳冠紫霞帔，命與二朱衣人坐廳事，乃命先過戊申録。録如人間詞狀，首冠人生辰，次言姓名、年紀，下注生月日；别行横布六旬甲子；所有功過，日下具之，如無，即書無事。趙自窺其録，姓名、生辰日月，一無差錯也。過録者數盈億兆，朱衣人言：「每六十年，天下人一過録，以考校善惡，增損其筭也。」朱衣者引出北門，至向路，執手别，曰：「遊此，是子之魂也。可尋此行，勿返顧，當達家矣。」依其言，行稍急，蹶倒，如夢覺，死已七日矣。趙著魂遊上清記，叙事甚詳悉〔五〕。

〔一〕明經趙業　「趙業」，太平廣記卷三八一「趙裴」條引酉陽雜俎作「趙裴」，類説卷四二引酉陽雜俎作「趙光」。

〔二〕空中雷鳴　「空」，津逮本、學津本作「室」。

〔三〕騰上　太平廣記卷三八一「趙裴」條引酉陽雜俎作「騰空上」。

〔四〕妹聟　太平廣記卷三八一「趙裴」條引酉陽雜俎作「妹壻」（「聟」同「壻」），類説卷四二引酉陽雜俎作「妹夫」。

〔五〕詳悉　太平廣記卷三八一「趙裴」條引酉陽雜俎作「該悉」。

史論在齊州時，出獵，至一縣界，憩蘭若中。覺桃香異常，訪其僧，僧不及隱，言近有人施二桃〔一〕。因從經案下取出，獻論，大如飰椀。時饑，盡食之，核大如雞卵。論因詰其所自，僧笑：「向實謬言之。此桃去此十餘里，道路危險，貧道偶行腳見之，覺異，因掇數枚。」論曰：「今去騎從〔二〕，與和尚偕往。」僧不得已，導論北去荒榛中。經五里許，抵一水，僧曰：「恐中丞不能渡此。」論志決往，乃依僧解衣，戴之而浮。登岸，又經西北，涉二小水。上山越澗，數里，至一處，奇泉恠石，非人境也。有桃數百株，枝幹掃地〔三〕，高二三尺，其香破鼻。論與僧各食一蔕，腹果然矣〔四〕。論解衣，將盡力苞之。僧曰：「此或靈境，不可多取。貧道嘗聽長老説，昔日有人亦嘗至此，懷五六枚，迷不得出。」論亦疑僧非常，取兩箇而返。僧切戒論不得言。論至州，使招僧，僧已逝矣。

〔一〕近有人　太平廣記卷四七二「史論」條引酉陽雜俎作「近有一人」。

〔二〕今去騎從　「今」，同上書作「願」。

〔三〕枝幹掃地　「枝」字原闕，今據太平廣記卷四七二「史論」條引酉陽雜俎補。

〔四〕腹果然矣　同上書引作「腹飽矣」。

壺史

武攸緒，天后從子。年十四，潛於長安市中賣卜，一處不過五六日。因徙升中岳，遂隱居，服赤箭、伏苓。貴人王公所遺鹿裘、藤器，上積塵蘿，棄而不用。晚年肌肉始盡，目有紫光，晝見星月，又能辨數里外語。安樂公主出降，上遣璽書，召令勉受國命，蹔屈高標。至京，親貴候謁，寒温之外，不交一言。封國公。及還山，敕學士賦詩送之。

玄宗學隱形於羅公遠〔一〕，或衣帶，或巾腳〔二〕，不能隱。上詰之，公遠極言曰：「陛下未能脱屣天下，而以道爲戲，若盡臣術，必懷璽入人家〔三〕，將困於魚服也〔四〕。」玄宗怒，慢罵之。公遠遂走入殿柱中，極疏上失。上愈怒，令易柱破之。復大言於玉碣中〔五〕，乃易碣觀之，碣明瑩，見公遠形在其中，長寸餘。因碎爲十數段，悉有公遠形。上懼，謝焉，忽不復見。後中使於蜀道見之，公遠笑曰：「爲我謝陛下。」

〔一〕羅公遠　新唐書作「羅思遠」。按，新唐書方技張果傳附羅思遠傳：「又有羅思遠，能自隱。帝學，不肯盡其術，試自隱，常餘衣帶，及思遠共試，則驗。厚錫金帛，然卒不得。帝怒，裹以幞，壓殺之。數日，有中使者自蜀回，逢思遠駕而西，笑曰：『上爲戲何虐也！』」

〔二〕巾腳　開天傳信記作「幞頭腳」，唐語林卷五作「頭巾腳」。

〔三〕懷壐入人家　原作「壞壐人家」，今據津逮本、學津本改。

〔四〕困於魚服　「魚服」，原作「魚腹」，今據津逮本、學津本改。

〔五〕玉碣　原作「五碣」，津逮本、學津本並作「石碣」，今據太平廣記卷二二「羅公遠」條引仙傳拾遺改。

邢和璞偏得黄老之道，善心筭，作潁陽書疏〔一〕，有叩奇，旋入空。或言有草，初未嘗睹。成式見山人鄭昉説：崔司馬者，寄居荆州，與邢有舊。崔病積年且死，心常恃於邢。崔一日覺卧室北墻有人斸聲，命左右視之，都無所見。卧室之北，家人所居也。如此七日，斸不已。墻忽透明如一粟，問左右，復不見。經一日，穴大如盤。崔窺之，墻外乃野外耳。有數人，荷鍬钁，立於穴前。崔問之，皆云：「邢真人處分開此，司馬厄重，倍費功力。」有頃，導騶五六，悉平幘朱衣，辟曰：「真人至。」見邢輿中，白幍垂綬，執五明扇，侍衛數十，去穴數步而止，謂崔曰：「公筭盡，璞爲公再三論，得延一紀，自此無苦也。」言畢，壁如舊。旬日，病愈。又曾居終南，好道者多卜築依之。崔曙年少，亦隨焉。伐薪汲泉，皆是名士。邢嘗謂其徒曰：「三五日有一異客，君等可爲予各辦一味也〔二〕。」數日，備諸水陸，遂張筵於一亭，戒無妄窺。衆皆閉户，不敢謦欬〔三〕。邢下山延一客，長五尺，闊三尺，首居其半，緋衣寬博，横執象笏。其睫疏長，色若削瓜，鼓髯大笑，吻角侵耳。與邢劇談，多非人間事故也。崔曙不耐，因走而過庭。客熟視，顧邢曰：「此非泰山老師乎？」邢應曰：「是。」客復曰：「更一轉，則失之千里，可惜！」及暮而去。邢命崔曙，謂曰：「向客，上帝戲臣也。言泰山老師，頗記無？」崔垂泣言：「某實泰山老師後身，不復憶，幼常聽先人言之。」房琯太尉祈邢筭終身之事，邢言：「若來由東南，止西北，禄命卒矣。降魄之處，非館非寺，非途非署。病起於魚飧，休於龜兹板〔四〕。」後房自袁州除漢州，及罷歸，至閬州，舍紫極宫。適雇工治木，房怪其木理成形，問之，道士稱：「數月前，有賈客施數段龜兹板，今治爲屠蘇也。」房始憶邢之言。有頃，刺史具鱠邀房，房嘆曰：「邢君神人也。」乃具白於刺史，且以龜兹板爲託。其夕，病鱠而終。

〔一〕作潁陽書疏　「潁陽」，原作「穎陽」，今據新唐書改。按，新唐書藝文志三：「邢和璞潁陽書三卷，隱潁陽石堂山。」

〔二〕各辨一味　「各」字原闕，今據太平廣記卷二一五「邢和璞」條引酉陽雜俎補。

〔三〕謦欬　原作「磬欬」，今據太平廣記卷二一五「邢和璞」條引酉陽雜俎改。

〔四〕休於龜兹板　「於」，太平廣記卷二一五「邢和璞」條引酉陽雜俎作「材」。

王皎先生善於術〔一〕，於數未嘗言。天寶中，偶與客夜中露坐，指星月曰：「時將亂矣。」爲隣人所傳。時上春秋高，頗拘忌。其語爲人所奏，上令密詔殺之。刑者钁其頭數十，方死。因破其腦，視之，腦骨厚一寸八分。皎先與達奚侍郎來往〔二〕，及安、史平，皎忽杖屨至達奚家，方知異人也。

〔一〕王皎先生善於術　「王皎」，説郛本作「玉皎」，並校：「一作畋。」「善於術」，原作「善他術」。今據説郛（涵芬樓本）卷三六引酉陽雜俎改。

〔二〕與達奚侍郎來往　「來往」，説郛本作「還往」。

翟天師名乾祐，峽中人。長六尺，手大尺餘，每揖人，手過胸前，卧常虚枕。晚年往往言將來事，常入夔州市，大言曰：「今夕當有八人過此，可善待之。」人不知悟。其夜，火焚數百家。「八人」乃「火」字也〔一〕。每入山，虎群隨之。曾於江岸〔二〕，與弟子數十翫月，或曰：「此中竟何有？」翟笑曰：「可隨吾指觀。」弟子中兩人，見月規半天，瓊樓金闕滿焉。數息間，不復見。

〔一〕八人　太平廣記卷三〇「翟乾祐」條引酉陽雜俎、仙傳拾遺此上有「曉之者云」四字。

〔二〕曾於江岸　同上書此一句作如下數句：「曾於江上，與十許人翫月。或問曰：『月中竟何所有？』乾祐笑曰：『可隨我手看之。』乃見月規半天，瓊樓金闕滿焉。良久乃隱。」

蜀有道士陽狂，俗號爲灰袋，翟天師晚年弟子也。翟每戒其徒：「勿欺此人，吾所不及。」常大雪中，衣布褐，入青城山，暮投蘭若，求僧寄宿。僧曰：「貧僧一衲而已，天寒如此，恐不能相活。」但言：「容一牀足矣。」至夜半，雪深風起，僧慮道者已死，就視之，去牀數尺，氣蒸如炊，流汗袒寢，僧知其異人。未明，不辭而去。多住村落，每住不逾信宿。曾病口瘡，不食數月，狀若將死。人素神之，因爲設道場。齋散，忽起，就謂衆人曰：「試窺吾口中有何物也？」乃張口如箕，五藏悉露。同類驚異，作禮問之，唯曰：「此足惡！此足惡！」後不知所終。成式見蜀郡郭采真尊師說也。

秀才權同休友人，元和中落第〔一〕，旅遊蘇、湖間。遇疾貧窘，走使者本村墅人〔二〕，雇已一年矣，疾中思甘豆湯，令其取甘草〔三〕。雇者久而不去，但具火湯水。秀才且意其怠於祇承，復見折樹枝盈握，仍再三搓之，微近火上，忽成甘草。秀才心大異之，且意必有道者。良久，取麤沙數掊，挼捘，已成豆矣。及湯成，與飲無異〔四〕，疾亦漸差。秀才謂曰：「余貧迫若此，無以寸步。」因褫垢衣授之：「可以此辦少酒肉，予將會村老，丐少道路資也。」雇者微笑：「此固不足辨，某當營之。」乃斫一枯桑樹，成數筐札，聚於盤上，噀之，悉成牛肉。復汲數瓶水，頃之，乃旨酒也。村老皆醉飽，獲束縑三千〔五〕。秀才慙謝雇者曰：「某本驕稚，不識道者久，今返請爲僕。」雇者曰：「予固異人，有少失，謫於下賤，合役於秀才。若限未足，復須力於他人。請秀才勿變常，庶卒某事也。」秀才雖諾之，每呼指，色上面蹙蹙不安。雇者乃辭曰：「秀才若此，果妨某事也。」因説秀才修短窮達之數，且言：「萬物無不化者，唯淤泥中朱漆筯及髮，藥力不能化。」因去，不知所之也。

〔一〕元和中落第　「落第」，雲笈七籤卷一一二權同休引神仙感遇傳作「舉進士下第」。

〔二〕壄人　原作「懋人」，並校：「一作墅。」太平廣記卷四二「權同休」條引酉陽雜俎作「墅人」，雲笈七籤卷一一二引神仙感遇傳作「村人」，今據津逮本、學津本改。按，「壄」，古野字。

〔三〕令其取甘草　「取」，太平廣記卷四二「權同休」條引酉陽雜俎、雲笈七籤卷一一二引神仙感遇傳並作「市」。

〔四〕與飲無異　津逮本、學津本作「與甘豆無異」，太平廣記卷四二「權同休」條引酉陽雜俎作「與常無異」，雲笈七籤卷一一二引神仙感遇傳作「與真無異」。

〔五〕束縑三千　「三千」，太平廣記卷四二「權同休」條引酉陽雜俎作「五十」，雲笈七籤卷一一二引神仙感遇傳作「三十緡」。

寶曆中，荊州有盧山人，常販燒朴石灰〔一〕，往來於白洑南草市〔二〕，時時微露奇跡，人不之測。賈人趙元卿好事，將從之遊，乃頻市其所貨，設菓茗，詐訪其息利之術。盧覺，竟謂曰：「觀子意，似不在所市，意有何也？」趙乃言：「竊知長者埋形隱德，洞過蓍龜，願垂一言。」盧笑曰：「今且驗〔三〕：君主人午時有非常之禍也，若是吾言〔四〕，當免，君可告之。將午，當有匠餅者，負囊而至，囊中有錢二千餘〔五〕，而必非意相干也。可閉關，戒妻孥勿輕應對。及午，必極罵，須盡家臨水避之。若爾，徒費三千四百錢也。」時趙停於百姓張家，即遽歸語之。張亦素神盧生，乃閉門伺也。欲午，果有人狀如盧所言，叩門求糴，怒其不應，因足其户〔六〕，張重簀捍之。頃聚人數百，張乃自後門，率妻孥回避之。差午，其人乃去，行數百步，忽蹶倒而死。其妻至，衆人具告其所爲。妻痛切，乃號適張所，誣其夫死有因。官不能評，衆具言張閉户逃避之狀。識者謂張曰〔七〕：「汝固無罪，可爲辦其死〔八〕。」張欣然從斷，其妻亦喜。及市檟就畢，正當三千四百文。因是，人赴之如市。盧不耐，竟潛逝。至復州界，維舟於陸奇秀才莊門。或語陸：「盧山人，非常人也。」陸乃謁〔九〕。陸時將入京投相知，因請決疑。盧曰：「君今年不可動，憂旦夕禍作。君所居堂後，有錢一甁〔一〇〕，覆以板，非君有也，錢主今始三歲。君慎勿用一錢，用必成禍，能從吾戒乎？」陸矍然謝之。及盧生去，水波未定，陸笑謂妻子曰：「盧生言如是，吾更何求乎！」乃命家僮鍬其地，未數尺，果遇板，徹之，有巨甕，散錢滿焉。陸喜，其妻以裙運紉草貫之〔一一〕。將及一萬，兒女忽暴頭痛不可忍。陸曰：「豈盧生言將徵乎？」因奔馬追及，且謝違戒。盧生怒曰：「君用之，必禍骨肉。骨肉與利輕重，君自度也。」棹舟去之不顧。陸馳歸，醮而瘞焉，兒女豁愈矣。盧生到復州，又常與數人閑行，途遇六七人，盛服俱帶，酒氣逆鼻。盧生忽叱之曰：「汝等所爲不悛，性命無幾！」其人悉羅拜塵中，曰：「不敢，不敢。」其侶訝之，盧曰：「此輩盡劫江賊也。」其異如此。趙元卿言〔一二〕：「盧生狀貌，老少不常，亦不常見其飲食。」嘗語趙生曰：「世間刺客，隱形者不少。道者得隱形術，能不試，二十年可易形〔一三〕，名曰脱離。後二十年，名籍於地仙矣。」又言：「刺客之死，屍亦不見。」所論多奇恠，蓋神仙之流也。

〔一〕販燒朴石灰　「燒」，原作「橈」，今據學津本、太平廣記卷四三「盧山人」條引酉陽雜俎改。

〔二〕白洑南草市　「洑」，原作「湫」，並注：「一作洑。」今據太平廣記卷四三「盧山人」條引酉陽雜俎改。

〔三〕今且驗　太平廣記卷四三「盧山人」條引酉陽雜俎作「今日且驗」。

〔四〕若是吾言　「是」，同上書作「信」。

〔五〕有錢二千餘　同上書作「有銀二兩餘」。

〔六〕足其户　「足」，同上書作「蹴」。
〔七〕識者　太平廣記卷四三「盧山人」條引酉陽雜俎作「理者」。
〔八〕辨其死　同上書作「辨其送死」。
〔九〕陸乃謁　太平廣記卷四三「盧山人」引酉陽雜俎作「陸乃請之」。
〔一〇〕甈　同上書作「瓻」。
〔一一〕以裙運　太平廣記卷四三「盧山人」條引酉陽雜俎作「亦搬運」。
〔一二〕趙元卿　原作「趙元和」。按，本條前稱趙元卿，未見出現第二人，此亦當作「趙元卿」，今據太平廣記卷四三「盧山人」條引酉陽雜俎改。
〔一三〕可易形　太平廣記卷四三「盧山人」條引酉陽雜俎作「可以化形」。

長慶初，山人楊隱之在郴州，常尋訪道者。有唐居士，土人謂百歲人，楊謁之，因留楊止宿。及夜〔一〕，呼其女曰：「可將一下弦月子來〔二〕。」其女遂帖月於壁上，如片紙耳。唐即起祝之曰：「今夕有客，可賜光明。」言訖，一室朗若張燭。

〔一〕及夜　紺珠集卷六引酉陽雜俎作「是夜月暗而不設燈」。
〔二〕一下弦月子　太平廣記卷七五「王先生」條引酉陽雜俎作「一箇弦月子」、錦繡萬花谷後集卷一引酉陽雜俎作「一弦月子」。按，太平廣記「王先生」條明言「是日乃八月十二日也」，則此時月當上弦而非下弦，疑「下」乃「箇」之訛，「箇」亦作「个」，與「下」字形近。

南中有百姓，行路遇風雨，與一老人同庇樹陰，其人偏坐敬讓之。雨止，老人遺其丹三丸，言有急事即服。歲餘，妻暴病卒。數日，方憶老人丹事，乃毁齒灌之，微有煖氣，顔色如生。今死已四年矣，狀如沉醉，爪甲亦長。其人至今舁以相隨，説者於四明見之矣。

酉陽雜俎前集卷三

貝編

釋門三界二十八天，四洲，至華嚴藏世界，八寒、八熱地獄等，法自三身、五位，四果，七支，至十八界，三十七道品等，入釋者率能言之。今不復具，録其事尤異者。

鬘持天十住處，十六分中輪王樂不及其一〔一〕。

〔一〕十六分中輪王樂不及其一　「一」，原作「二」，今據正法念處經改。按，正法念處經卷二九觀天品：「如金輪王所受之樂，比於天樂，十六分中不及其一。」

四種樂，一無怨，二隨念，及天女不念餘天等〔一〕。身香百由旬。迦留波陁天，此言象跡〔二〕，有十地也。

〔一〕二隨念及天女不念餘天等　其間有脱文，據正法念處經當作「二隨念能行，三餘天不能勝其威德，四天女不念餘天」，脱十二字。按，正法念處經卷二二觀天品：「觀鬘持天第五住處，見鬘持天有地，名一切喜。衆生何業生於彼處？見持戒人，心有正信，以花供養諸佛如來，自力致財，買花供養，是人命終，生於善道，生一切歡喜行天。生彼天已，受四種樂。何等爲四？一者無怨，二者隨念能行，三者餘天不能勝其威德，四者天女不念餘天。」

〔二〕此言象跡　「言」，原作「由」，今據妙法蓮華經玄義改。按，妙法蓮華經玄義卷四下：「次迦留波陀天，此言象跡，亦有十處：一名行涼華，昔持戒熏心受三自歸，稱南無佛，所有蜂聲尚勝餘天，況復果報耶。次名勝蜂歡喜，昔信心持戒，有慈悲利益衆生，華香伎樂供養佛塔。三名妙聲，昔施佛寶蓋。四名香樂，昔信心持戒，香塗佛塔。五名風行，昔信心持戒，施僧扇得涼，六天香風悉來熏之，皆倍倍增，香風尚爾，況念香風隨念皆得。六名散華歡喜，昔見持戒人，説戒時施澡缾，或道路中盛滿浄水，施人澡缾。七名普觀，昔見持戒人以善熏心，於破戒人病，不求恩惠，悲心使安心，不疲厭供養病人。八名常歡喜，昔見犯法者應死，以財贖命，令其得脱。九名香藥，昔見持戒人信三寶，大福田中施末香塗香，浄心供養，如法得財，施已隨喜。十名均頭，昔見人得罪於王，鬘髮受戮，救令得脱。」

目不瞚，衆蜂出妙音。

六天香風，皆入此天。
四天王，十地彩地。
質多羅地，八林。
箜篌天十地，金流河。
無影山。
有影隨〔一〕。
烏隨。
其行處，地同其色〔二〕。
衆烏説偈〔三〕。
白身天，身色如拘勿頭花〔四〕。
無足。
柔煗，隨足上下。
樂遊戲天。
乘鵝殿。
寶樹枝葉如殿。

三十三天九十九那由他天女〔五〕。

憶念樹，物隨意而出。

十花池。

千柱殿。

六時林，一日具六時。

〔一〕有影隨　「隨」，原作「遊」，今據正法念處經改。按，正法念處經卷二四觀天品：「四天王天，無量天也。如是盡觀於須彌山四面受樂，右遶遊行，日月遊行，遶須彌山，隨在何方，須彌山王則有影現，人説爲夜。」

〔二〕地同其色　「地」，原作「池」，今據同上書改。按，正法念處經卷二四觀天品：「復有衆鳥，名曰岸行，住於河岸，金蓮花中，流出香飲。復有衆鳥，名曰影遊，隨行其處，地則同色。」

〔三〕衆烏説偈　疑當作「彼烏説偈」，即佛本行經偷食烏事。

〔四〕身色如拘勿頭花　「拘勿頭花」，正法念處經作「拘牟頭華」。

〔五〕三十三天九十九那由他天女　「那由他」，原作「那由」，今據同上書補。按，正法念處經卷二五觀天品：「是人命終，生善法殿，作釋迦提婆，姓憍尸迦，名能天王，有九十九那由他天女，以爲眷屬，恭敬圍繞。」

千輻輪殿，天妃舍支所坐也〔一〕。

衣無經緯。

將死者，塵着身。

馬殿，千鵝駕。

金剛綖帶。

行林，隨天所至。

衆鳥金臆〔二〕。

大象百頭，頭有十牙，牙端有百浴池。頂有山，名曰界莊嚴。鼻有河，如閻牟那河，水散落世界爲霧。脅有二園，一名喜林，二名樂林。象名伊羅婆那。

光明林，四維有如意樹〔三〕。帝釋將與脩羅戰，入此林四樹間，自見勝敗之相。

甲冑林〔四〕，甲冑從樹而生，不可破壞。

〔一〕天妃舍支　「舍支」，原作「舍友」，按，「舍支」亦作「舍脂」，正法念處經作「天后舍脂」，今據改。按，正法念處經卷二五觀天品：「天后舍脂，乘千輻輪七寶之殿，真金毗琉璃、硨磲、馬瑙，天青珠寶，大青珠寶，以爲莊嚴。駕百千鵝，閻浮檀金爲身，珊瑚爲足，赤寶爲目，赤蓮華寶以爲其身，珊瑚爲嘴，真珠爲翅，以駕其殿，隨帝釋念而有所至。」

〔二〕衆鳥金臆　「鳥」，原作「烏」，今據同上書改。按，正法念處經卷二七觀天品：「或有衆鳥，金臆銀翅，赤寶爲背，目如赤寶。或有衆鳥，白銀爲臆，真金爲翅，青毗琉璃以爲兩目，赤寶瞳華，雜寶爲背。以七寶色種種衆鳥，以爲莊嚴。」

〔三〕有如意樹　「如」字原闕，今據同上書補。按，正法念處經卷二七觀天品：「諸天復詣光明林中，名曰雜林。住光明林，如意之樹，以爲莊嚴。」

〔四〕甲胄　原作「甲胃」，今據津逮本、學津本及正法念處經改。

蓮出摩偷，美飲也。倐一千二百善業者，生此天〔一〕。上妙之觸，如觸迦旃隣提鳥，此鳥輪王出世方見。

〔一〕生此天　原作「此生天」，今據津逮本、學津本改。

開合林，開目，常見光明。

夜摩天，住虛空，閻婆風所持也。

積崖山，高三百由旬，有七楞七廂〔一〕。

〔一〕有七楞七廂　「七楞七廂」，原作「七榻七箱」，今據正法念處經改。按，正法念處經卷三八觀天品：「如是山中分分地處，彼處一切善分分處，七楞七廂，皆有園林種種間雜。」

始生天者五相：一光明覆身而無衣〔一〕；二見物生希有心；三弱顏；四疑；五怖。又五相〔二〕：一近蓮池，花不開；二近林，蜂離樹；三聽天女歌，而生厭離〔三〕；四近樹，花萎；五殿不行空。又見身光衣觸〔四〕，重如金剛〔五〕。及照毗琉璃鏡〔六〕，不見其頭〔七〕。

〔一〕光明覆身　原作「光覆身」，今據正法念處經補。按，正法念處經卷三九觀天品：「此始生天有五種相，所謂一者光明覆身，身無衣服，心作是念，勿令他天見我裸露，即於念時，他見有衣而實無衣。此是初相。始生天子又復更有第二之相，所謂見物生希有，於園林等，未曾見來，見則遍看。此第二相。始生天子又復更有第三之相，謂見天女，弱顏羞慙，心生疑慮，未敢正看。此第三相。始生天子又復更有第四之相，若見餘天，雖前近之，心生疑慮，意志不定。此第四相。始生天子又復更有第五之相，欲昇虛空，心生怖畏。設飛不高，安詳不速，去則不遠近地而遊。或傍城壁，或依附城。此第五相。」

〔二〕又五相　「五相」，原作「五木」，今據同上書改。按，正法念處經卷三九觀天品：「彼欲退天，有相出現，相如有病。所謂相者，彼天若前近蓮花池，花則不開。此是初相。又彼退天第二相者，若近林樹，若蓮花池，蜂則離林，離蓮花去。此第二相。又彼退天第三相者，若彼天子，共諸天女遊戲之時，聞其歌音，則生厭離。此第三相。又彼退天第四相者，若近樹林，彼樹之花，一切皆萎。此第四相。又彼退天第五相者，欲在所戲殿舍遊行，不能行空。此第五相。如是五種是夜摩天欲退之相。」

〔三〕生厭離　原作「出壓離」，今據同上書改。

〔四〕又見身光衣觸　「身光」，同上書作「彼天」，疑是。按，正法念處經卷三九觀天品：「又退相現，彼天衣觸，重如金剛。如是見已，其心則愁。心既愁已，於可愛聲味觸色香，心則不樂。既如是已，即爾便近無常之火。又復更有異退相現，謂於處處，若毗琉璃石等壁中，或於鏡中，或於異處，看自身像，則不見頭。又退相現，或見自頭乃在於地。見如是相，死近不遠。」

〔五〕重如金剛　「重」字原闕，今據同上書補。

〔六〕照毗琉璃鏡　同上書作「若毗琉璃石等壁中，或於鏡中」。

〔七〕不見其頭　「頭」，原作「道」，今據同上書改。

天女九退相：一皮緩；二頭花散落；三赤花在頭〔一〕，變爲黄；四風吹無縷衣，如人衣觸〔二〕；五飛行意倦；六觸水而濁；七取樹花，高不可及；八見天子，無媚；九髮散，麄澁。又唇動不止，瓔珞花鬘皆重。

〔一〕赤花在頭　「頭」，原作「道」，今據正法念處經改。按，正法念處經卷四〇觀天品：「爾時天主牟修樓陀共諸天衆，在於園林妙蓮花池，成就無量種種諸欲，漸次更上一切觀察山峰之上，其餘地處。既到彼已，善業力故，即便得見惡道門開，見有天女時至欲退。彼欲退故，先九相現。所謂一者皮緩太軟，以其皺故。二者身動，以身動故，頭上着花離散墮落。復有第三退相已現，謂着赤花，在頭則黃。復有第四退相已現，謂有風來吹其衣服，無縷之衣則如縷成，如人衣觸。復有第五退相已現，謂空中飛則生疲倦，地行亦爾。復有第六退相已現，謂身汗水本清今濁。復有第七退相已現，謂至樹下取花取果，樹枝則舉，高不可得，則不能取。復有第八退相已現，謂天子來，共行欲者，則見天女色醜無媚。復有第九退相已現，謂有風來散其頭髮，令不柔軟，觸則麄澁。此退相現，天數十日，於人中數經二千年，猶故不退。」

〔二〕衣觸　原作「依觸」，今據同上書改。

十二種雜垢布施〔一〕，生此天。群鳥青影，覆萬由旬。

〔一〕雜垢　原作「離垢」，今據正法念處經改。按，正法念處經卷四觀天品：「復有十二種雜垢布施，何等名爲十二種垢？」

摩尼珠中有金字偈〔一〕。

〔一〕摩尼珠　正法念處經卷四觀天品作「大毗琉璃寶珠」。

四天王天有十二失壞，常與脩羅鬭戰等。三十三天八種失壞，有劣天不爲帝釋所識等。夜摩天六失壞，食劣生慙等。兜率陁天四失壞，不樂鵝王説法聲等。化樂天四失壞，天業將盡，其足無影等。他化自在天四失壞，寶翅蜂捨去等。色界天下石，經一萬八千三百八十三年方至地〔一〕。

〔一〕一萬　原作「十方」，今據釋迦方誌、法苑珠林改。按，釋迦方誌卷上封疆篇：「且如智度論，從色界天下一大石，經一萬八千三百八十三年方始至地。」又法苑珠林卷二三界篇：「智度論云：

『譬如從色界初際下一丈石，經一萬八千三百八十三年方至於地。』」

閻浮提人生三肘半至四肘，骨四十五，脈十三，身蟲有毛燈、瞋血、禪都摩蟲，流行血中。

善色蟲，處糞中，令人安樂。

起根蟲，飽則喜。

歡喜蟲，能見衆夢。

又有痶瘓、蓸等。

賖婆羅人穿脣。駱駞面人〔一〕。

有一足人〔二〕，師子有翼，女人狗面。有林名吱多迦，羅刹所住。眴目間行百千由旬。洲有赤地、黑、玉銅、康白等〔三〕。

〔一〕駱駞面人　原作「駞面目」，今據正法念處經補正。按，正法念處經卷六七身念處品：「是修行者復觀異人，謂取衣人、賖婆羅人穿其脣口，以珠莊嚴；駱駞面人，其國縱廣一百三十由旬。觀彼國土，隨順觀外身。」

〔二〕有一足人　原作「有諸人二足」，今據同上書改。按，正法念處經卷六八身念處品：「或以天眼，見過摩醯陀羅山，見有一渚，縱廣一百由旬。有一足人，住在此渚，飲食根果，以自存生，壽命五十歲，樹葉爲衣，不爲屋宅，住在樹下。於此國中，多有師子猛惡之獸，其師子身皆有兩翼。土田調適，無寒無熱，一切女人皆如狗面，口出妙音。」

〔三〕洲有赤地黑玉銅康白等　疑「赤地」當作「金地」，「黑」當作「黑雙」，「玉銅」當作「五銅」。按，正法念處經卷七〇身念處品：「此閻浮提洲，五百小洲，以爲圍遶。略説勝者，所謂金地洲，次名寶石洲，次名幢鬘洲，次名迦那洲，次名螺貝洲，次名真珠洲，次名圍洲，次名光明洲，次名毉沙波陀迦洲，次名康白洲，次名普賢洲，次名心自在洲，次名黑雙洲，次名香鬘洲，次名三角洲，次名須犀拏洲，次名賒那斯都洲，次名阿藍迦洲，次名楞迦洲（有十二山，羅刹所住），次名彌留毗羅迦洲，次名山住洲，次名赤貝洲，次名赤真珠洲，次名雪旋洲，次名沙塵遶洲，次名無道洲，次名五銅洲，次名覆洲，次名賒吉帝力洲，次名女國洲，次名饒樹洲，次名毉沙波陀洲，次名丈夫洲。閻浮提界，説如是等最勝小洲。此閻浮提，縱廣七千由旬。」

鬱單越，雞多迦等大河七十〔一〕。

〔一〕大河七十　「大」，原作「天」，今據正法念處經改。按，正法念處經卷六九身念處品：「鬱單越國僧迦賒山第四林，名曰温涼。或以天眼，見温涼林種種涼池，亦如上説。花葉果樹，河流具足。謂清涼河，廣一由旬，其水甚深。一名清浄河，次名無濁河」，「有如是等七十大河。」

自在無畏〔一〕，四天王否。名鴨音林〔二〕。麒麟陁樹，迦吱多那等〔三〕。二十五鹿名。有山，多牛頭旃檀。

〔一〕自在無畏　句前當有脱文。按，正法念處經卷六九身念處品：「鬱單越人，其身光明，猶如滿月，名離怖畏，實無怖畏，故名無畏。鬱單越人，住此山中，歡娛受樂，如四天王，夏四月時，於歡喜園，受五欲樂。有何等勝？四天王天無骨無肉，無有汗垢，鬱單越人所不能及。鬱單越人，遠離怖畏，勝四天處。四天王天住高山頂，宮殿而居，猶懷恐畏。鬱單越人無有宮宅，無我所心，是故無畏。鬱單越人，命終之時，一切上生，是故無畏。四天王天則不如是。」

〔二〕名鴨音林　「名」，原作「如」，今據同上書改。按，正法念處經卷六九身念處品：「白雲持山有諸園林，謂皷音聲林，次名鴨音林，次名憶念林，次名水聲林」，「有第二林，名鴨音聲。其林花池，有百千種，不可具説。」

〔三〕迦吱多那　同上書作「吱多迦樹」。

天人與阿修羅鬬，傷者於此塗香。

提羅迦樹，花見日光即開。

拘尼陁樹〔一〕，花見月光即開。

無憂樹，女人觸之，花方開。

尸利沙樹，足蹈即長。

又日、龍舌、鵝旋、鼻境界等花〔二〕。

〔一〕拘尼陁樹　正法念處經作「拘牟陀」。按，正法念處經卷六九身念處品：「復有花樹，名拘牟陀，無日則開。」

〔二〕又日龍舌鵝旋鼻境界等花　「日」，原作「白」；「龍舌」，原作「龍活」，今並據同上書改。按，正法念處經卷六九身念處品：「鬱單越國時樂山中，復有諸花生於季春，謂瞻蔔花，次名蘇摩那花，次名善色集花，次名徒摩羅花，次名香花，次名蜂蓮花，次名除飢香花，次名尸利沙花，次名赤花，次名等香花，次名常香花，次名耽婆羅味花，次名風萎花，次名百葉花，次名畏日花，次名諸蘭帝花，次名護色花，次名闍智羅花。時樂山中，有如是等二十種花生於季春。以鬱單越人善業力故，時樂山中於孟夏時，復有諸花，名吱多迦花，次名鳩吒闍花，次名賒多婆熙膩花，次名迦曇婆花，次名尼朱羅花，次名由提迦花，次名蘇摩那花，次名龍舌花，次名無間愛樂花，次名善味花，次名善香花，次名普葉花，次名一切攝取花，次名轉花，次名鼻境界花，次名五葉花，次名愛雨花，次名愛觀花，次名塗摩花，次名水流花，次名雪色花。有如是等二十種花，於時樂山生孟夏時。」

瞿陁尼，女人三乳〔一〕。有十億聚落，一萬二千城〔二〕。大國多伽多支，五大河，月力等。

弗婆提，三大林，峪鬘等〔三〕。

三大城，大者三億五十萬三千五百五十六聚落。

〔一〕女人三乳　「三」，原作「主」，今據正法念處經改。按，正法念處經卷七〇身念處品：「或以天眼，見瞿陀尼，多饒牛犢，一切女人，皆有三乳。如閻浮提女人，十月乃産，瞿陀尼人亦復如是。如閻浮提女人二乳流汁，瞿陀尼女人三乳流汁，亦復如是。」

〔二〕一萬二千城　「千」字原闕，今據同上書補。按，正法念處經卷七〇身念處品：「有瞿陀尼，縱廣九十由旬，有十億聚落，一萬二千城。」

〔三〕峪鬘等　「鬘」，原作「髩」，今據同上書改。按，正法念處經卷七〇身念處品：「或以天眼，見弗婆提國，縱廣八千由旬，多有眷屬。小洲具足，聚落城邑，河池林樹，洲渚山窟，行列樹林，花果禽獸，一切具足。有六大山，一名大波賒山，二名新鬘山，三名孔雀集山，四名獸峪山，五名海高山，六名真珠鬘山。遍弗婆提，如閻浮提有四大山，如前所説。大波賒山，縱廣三千由旬。於此山中，有三大林，其一一林皆悉縱廣一千由旬，一名須彌林，二名流水林，三名峪鬘林。」

南洲耳髮莊嚴。

北洲眼莊嚴。

西洲項腹莊嚴〔一〕。

東洲肩胜莊嚴。

〔一〕西洲項腹莊嚴　「項」，原作「頂」，今據正法念處經改。按，正法念處經卷七〇身念處品：「閻浮提人耳髮莊嚴，鬱單越人眼爲莊嚴，瞿陀尼人項腹莊嚴，弗婆提人肩髀莊嚴。」

生瞻部者，見白氎。生鬱單越者〔一〕，見赤氎，見母如鵝。生瞿陁夷，生黄屋，見母如牛。生弗婆提，見青氎，見母如馬。

〔一〕鬱單越　原作「鬱林越」，今據正法念處經改。按，正法念處經卷三四觀天品：「云何第二中陰有耶？若閻浮提人中命終，生鬱單越，則見細軟赤氎可愛之色」，「若於鬱單越，欲入母胎，從花池出，行於陸地，見於父母染欲和合。因於不浄，以顛倒見，見其父身乃是雄鵝，母爲雌鵝。

若男子生，自見其身作雄鵝身。若女人生，自見其身，作雌鵝身。」

阿修羅，一鬼攝〔一〕，摩及鬼〔二〕，有神通者；二畜攝，在海地下八萬四千由旬。

〔一〕一鬼攝　「一」，原作「以」，今據正法念處經改。按，正法念處經卷一八畜生品：「觀大海底，何等衆生住在其中？即以聞慧，知大海地下，天之怨敵名阿修羅。略説二種，何等爲二？一者鬼道所攝，二者畜生所攝。鬼道攝者，魔身餓鬼，有神通力。畜生所攝阿修羅者，住大海底須彌山側，在海地下八萬四千由旬。」

〔二〕摩及鬼　疑有訛脱。同上書作「魔身餓鬼」。

酒樹。

又有樹，群蜂流蜜，其色如金。

婆羅婆樹〔一〕，其實如甕。

〔一〕婆羅婆樹　正法念處經作「婆那娑樹」。按，正法念處經卷一八畜生品：「復有衆果，摩頭迦樹，鳳凰子樹，婆那娑樹。（原注：其果如甕。）」

四娵女，如影等，各有十二億那由他侍女。

壽五千歲。

地名月鬘、不見頂山。

十三處：鹿迷〔一〕、蜂旋、赤目魚，正走、水行、住空、住山窟、愛池、魚口等。

黃鬘林，鈴毗羅城〔二〕。

〔一〕鹿迷　正法念處經作「遮迷」。按，正法念處經卷一九畜生品：「所住境界，有十三處，何等十三？一名遮迷，二名勇走，三名憶念，四名珠瓔，五名蜂旋，六名赤魚目，七名正走，八名水行，九名住空，十名住山窟，十一名愛池，十二名魚口，十三名共道。」

〔二〕鈴毗羅城　此句原與下「戰時」句連屬，另作一條，按正法念處經，鈴毗羅城有四大林，其一即黃鬘，二者當相接，今故移上。

戰時，手足斷而更生，斷半身及斬首〔一〕，即死。

〔一〕斷半身及斬首　原作「半身及道」，今據正法念處經改。按正法念處經卷二一畜生品：「如是鬬時，若天被害，斬截手足，尋復還生，無所患苦。一切身分，亦復如是，無所患苦，色相不異，妙色具足，唯除斬首及斷半身。」

鬼恠，閻浮提下五百由旬，有三十六種。魔羅食鬘鬼〔一〕，此言九子魔〔二〕。遮吒迦鳥，唯得食雨〔三〕，蘇支目佉餓鬼受此身〔四〕。

〔一〕魔羅食鬘鬼　「食」，原作「令」，今據正法念處經改。按，正法念處經卷一六餓鬼品：「觀於魔羅食鬘餓鬼。（魔羅，魏言鬘，世人所奉九子魔是也。）」

〔二〕此言九子魔　「九」，原作「鬼」，今據同上書改。見上。

〔三〕唯得食雨　「雨」，原作「魚」，今據同上書改。按，正法念處經卷一六餓鬼品：「於畜生中，受遮吒迦鳥身，（此鳥唯食天雨，仰口承天雨水而飲之，不得食餘水。）常華饑渴，受大苦惱。」

〔四〕蘇支目佉餓鬼受此身　「蘇支目佉餓鬼」，原作「捨鵝鬼」，當是末三字「佉餓鬼」之形訛，今據同上書改。按，正法念處經卷一六餓鬼品：「觀於蘇支目佉餓鬼，（蘇支目佉，魏言針口。）知此衆生，於前世時，以財雇人，令行殺戮，慳貪嫉妒，不行布施，不失衣食，不施無畏，不以法施。如是惡人，身壞命終，受於針口餓鬼之身。」

畜生有三十四億種。龍住閻浮提者五十七億，龍於瞿陁尼不降濁水，西洲人食濁水則夭。鬱單越人惡冷風〔一〕，龍不發冷。於弗婆提洲不作雷聲，不起電光，東洲惡也。其雷聲，兜率天作歌唄音〔二〕，閻浮提作海潮音。

其雨，兜率天上雨摩尼，護世城雨美膳，海中注雨不絶如連輪，阿修羅中雨兵仗，閻浮提中雨清浄水。

〔一〕鬱單越惡冷風　「鬱」字原闕，今據正法念處經補。按，正法念處經卷一八畜生品：「知鬱單越人，若遇黑雲，冷風所吹，香花不敷。既見花合，心懷憂惱。黑雲起故，僧迦賒山，鳥鳴麁惡，衆樂音聲，悉無美音。於惡龍所，得此衰惱。法行龍王，不以黑雲冷風，飄颰如是四天下。法行龍王，以義安樂，利益衆生。」

〔二〕歌唄音　太平廣記卷四二四「閻浮龍」條引酉陽雜俎作「歌頌音」。

地獄一百三十六。

三角生死，善、無記也。

團生死，諸天也。

青生死〔一〕，地獄。

黄生死〔二〕，餓鬼。

赤業，畜生。

〔一〕青生死　「生」，原作「出」，今據妙法蓮華經文句、正法念處經改。按，妙法蓮華經文句卷四上：「云何衆生青生死，恒入闇地獄，常怖怕是也。」又正法念處經卷四生死品：「何者是青？不善業攝，地獄之人，入闇地獄，是青生死。」

〔二〕黄生死　「生」，原作「出」，今據妙法蓮華經文句、正法念處經改。按，妙法蓮華經文句卷四上：「云何衆生黄生死，餓鬼饑羸萎黄是也。」又正法念處經卷四生死品：「何者是黄？黄色業攝，生餓鬼中，互相加惡，迭共破壞，如是餓鬼，是黄生死。」

活地獄十六別處，下天五十年〔一〕，此獄一晝夜。

金剛蟲。

甕熱。

黄藍花心。彌泥魚。

排筒〔二〕。

〔一〕下天五十年　「五十」，原作「五千」，今據正法念處經改。按，正法念處經卷五地獄品：「罪業成就，命終生於活地獄中。如此人中，若五十年，彼四天王爲一日夜。彼數亦爾，三十日夜以爲一月，亦十二月以爲一歲。彼四天王若五十年，活大地獄爲一日夜。」

〔三〕排筒　同上書作「橐筒」。按，正法念處經卷五地獄品：「若以橐筒寘糞門中，皷橐吹之，若以利刀劈其手指。」

黑繩地獄旃荼處〔一〕，畏鷲處〔二〕。

〔一〕黑繩地獄旃荼處　「旃荼處」，原作「旃荼劇」，今據正法念處經改。按，正法念處經卷六地獄品：「觀察黑繩之大地獄，復有異處，彼見有處，名曰旃荼。」

〔二〕畏鷲處　「處」字原在下條與「合地獄」三字連讀，顯然舛悞，今據同上書移於此處。按，正法念處經卷六地獄品：「又彼比丘觀察黑繩大地獄處，名曰畏鷲處。」

合地獄〔一〕，上、中、下苦〔二〕。銅汁。河中，身洋如蘇〔三〕。鷲腹，火人。割刳處。堅鞦。炎口野干〔四〕。朱誅處〔五〕。鐵蟻。淚火處，以佉陀羅灰致眼中。鑞汁〔六〕，雹。

〔一〕合地獄　原作「處合地獄」，今「處」字已據正法念處經移入上條「畏鷲」下。見前。按，正法念處經卷六地獄品：「彼見聞知第三地獄，名合地獄。衆生何業，而生於彼？所謂作集惡不善業，燒煮衆生。彼見聞知衆生三種作集惡業，生合地獄，受惡果報。所謂殺生、偷盜、邪行，如是三種惡不善業，生合地獄。彼上惡業，則生如是根本地獄，中下惡業則生別處，有上中下三種苦受。」

〔二〕上中下苦　「苦」，原作「笘」，今據同上書改。見上。

〔三〕河中身洋如蘇　「河中身」與「洋如蘇」原截斷作兩句，依同上書「身洋如蘇」乃地獄人被擲入河中情景，今據改。又「如蘇」，同上書作「如生酥塊」。按，正法念處經卷六地獄品：「閻魔羅人取地獄人，寘彼河中，按令使没，彼地獄人迭互相沈。既相沈已，唱喚號哭。河中非水，熱赤銅汁，漂彼罪人，猶如漂本，流轉不停。如是漂燒，受大苦惱。彼鐵鉤河既燒漂已，彼地獄人，或有身如日初出者，有身沈没如重石者，有著河岸不没入者，或有罪人，身如水衣，有爲炎嘴鐵鷲食之如食魚者，或有身洋，其身猶如生酥塊者，有以鐵塼而打之者，或有身破百千分數如沙摶者，有在河中如洋銅者，有以熱灰燒其身者，有以炎鉗鉗其身已，寘熱灰中，復以鐵鉗連劚刺者，有擘其身猶如細縷，挽而打者，有挽其頭，令頭在下，在上打者，有寘鑊中，湯火煮之如熱豆者，有在鑊中迭互上下，速翻覆者，有寘在鑊偏近一廂，舉手向天而號哭者，有共相近而號哭者。久受大苦，無主無救。」

〔四〕炎口野干　「野干」，原作「夜于」，並注：「一作干。」今據同上書改。按，正法念處經卷六地獄品：「於地獄中見本男子，熱炎頭髮，一切身體皆悉熱炎。其身堅鞕，猶如金剛，來抱其身。既被抱已，一切身分皆悉解散，猶如沙摶。死已復活，以本不善惡業因故，於彼炎人，極生怖畏，走避而去，墮於嶮岸，下未至地。在於空中，有炎嘴烏，分分擭斲，令如芥子，尋復還合，然後到地。既到地已，彼地復有炎口野干而啖食之，唯有骨在，復還生肉。」

〔五〕朱誅處　「處」，原作「蟲」，今據同上書改。按，正法念處經卷六地獄品：「次復觀察合大地獄十六別處，何等十六？一名大量受苦惱處，二名割刳處，三名脈脈斷處，四名惡見處，五名團處，六名多苦惱處，七名忍苦處，八名朱誅朱誅處，九名何何奚處，十名淚火出處，十一名一切根滅處，十二名無彼岸受苦處，十三名鉢頭摩處，十四名大鉢頭摩處，十五名火盆處，十六名鐵火末處，合大地獄有如是等十六別處。」

〔六〕鑞汁　原作「鐫池」，今據同上書改。按，正法念處經卷七地獄品：「彼處唯有熱白鑞汁，滿彼池等。彼欲澡洗，即便入中。既入彼處，以惡業故，即有大黿，取而沈之。熱白鑞汁，煮令極熟。如是無量百千年歲，乃至不善惡業破壞無氣盡已。如是大黿，爾乃放之。」

號叫地獄：髮火流處〔一〕。火末蟲處〔二〕，四百四病〔三〕。火厚二百肘。

〔一〕髮火流處　「火流」，原作「流火」，今據正法念處經改。按，正法念處經卷七地獄品：「彼人以是惡業因緣，身壞命終，墮於惡處叫喚地獄髮火流處，受大苦惱。」

〔二〕火末蟲處　「末」，原作「未」，今據同上書改。按正法念處經卷八地獄品：「彼人以是惡業因緣，身壞命終，墮於惡處叫喚地獄火末蟲處，受大苦惱。所謂苦者，四百四病。何等名爲四百四病？百一風病，百一黃病，百一冷病，百一雜病。」

〔三〕四百四病　「病」，原作「痛」，今據同上書改。見上。

大號叫地獄。

舌長三居賖〔一〕，口生碓蟲〔二〕。火鬘處〔三〕，金舒迦色赤樹〔四〕，肉泥色也。魚腹苦。

〔一〕舌長三居賖　「舌長」，原作「闊廣」，今據正法念處經改。按，正法念處經卷八地獄品：「大地獄中受大苦惱。所謂苦者，其舌甚長，三居賖量。其體柔軟，如蓮花葉，從口中出。閻魔羅人執熱鐵犂，其犂炎然，耕破作道。熱炎銅汁，其色甚赤，以灑其舌。舌中生蟲，其蟲炎口，還食其舌。彼妄語人，罪業力故，舌受大苦，不能入口。彼地獄人，口中有蟲，名曰碓蟲，而拔其齒。」

〔二〕口生碓蟲　「碓蟲」，原作「確蟲」，並注：「一作碓。」今據正法念處經改。見上。

〔三〕火鬘處　「鬘」，原作「鬢」，並注：「一作鬟。」二者皆悮，今據同上書改。按，正法念處經卷九地獄品：「彼人以是惡業因緣，身壞命終，墮於惡處，在彼地獄，生火鬘處，受大苦惱。所謂苦者，如前所說，活等地獄所受苦惱，彼一切苦此中具受。復有勝者，所謂鐵板熾火炎燃，閻魔羅人執地獄人，寘鐵板上，復以鐵板寘罪人上，努力揩磨，一切身分爲血肉泥。其色甚赤，如金舒迦炎色赤樹。鐵板壓之，故令如是。」

〔四〕金舒迦色赤樹　「赤樹」二字原在「肉泥色也」與「魚腹苦」之間，蓋以此處有脱簡而悞倒，今據同上書乙正。見上。

燋熱地獄。

十一炎處〔一〕，火生十方，及饑渴火也。針風生龍口中。

彌泥魚旋〔二〕。

鑊量五十由旬，沸沫高半由旬。吹下三十六億由旬。

鬘塊烏處。

地盆蟲。

寘之皷中〔三〕，皷出惡聲〔四〕。

千頭龍。

〔一〕十一炎處　「十一」，原作「十二」，今據正法念處經改。按，正法念處經卷一〇地獄品：「觀大叫喚之大地獄，復有何處，復有異處，名十一炎，是彼地獄第十八處。」

〔二〕彌泥魚旋　「旋」字原闕，此當謂「赤銅彌泥魚旋」，今據同上書補正。按，正法念處經卷一〇地獄品：「彼見聞知，更復有餘大地獄勝於大叫喚之大地獄，十倍勝惡，惡業苦惱，勢力極惡，名爲焦熱，有十六處。何等十六？一名大燒，二名分荼梨迦，三名龍旋，四名赤銅彌泥魚旋，五名鐵鑊，六名血河漂，七名饒骨髓虫，八名一切人熟，九名無終没入，十名大鉢頭摩，十一名惡嶮岸，十二名金剛骨，十三名黑鐵繩摽刃解受苦，十四名那迦虫柱惡火受苦，十五名闇火風，十六名金剛嘴蜂，此是焦熱之大地獄十六別處。」

〔三〕寘之皷中　「中」，原作「牛」，今據同上書改。按，正法念處經卷一三地獄品：「彼地獄人，於一切時，常被燒煮，年歲無數。若脱彼處，閻魔羅人寘之皷中。既寘皷中，以惡業故，皷出畏聲，聞則心破。」

〔四〕皷出惡聲　「惡」，同上書作「畏」。見上。

阿鼻十六別處〔一〕。

衣裳健破，浣而速垢〔二〕。

將生阿鼻之相，死時見身如八歲兒。面在下，空中風吹，三千年受苦。勝如阿迦尼吒天樂。獄中臭氣，能壞欲界六天，有出、没之二山遮之。烏口處。黑肚處。一角、二角處。

〔一〕阿鼻十六別處　「處」，原作「劇」，今據正法念處經改。按，正法念處經卷一三地獄品：「觀察阿鼻大地獄處，此名毛起。最大地獄凡有幾處？普此地獄有十六處。」

〔三〕涴而速垢　「涴」，原作「完」，今據津逮本、學津本改。按，正法念處經卷一三地獄品：「若以好花寘頭及身，則速萎乾，衣裳健破，喜生垢穢，澡浴涴衣而速有垢。」

八寒地獄，多與常説同。

凡生地獄，有三種形：罪輕作人形；其次畜形；極苦無形，如肉軒、肉瓶等〔一〕。今佛寺中畫地獄變，唯隔子獄稍如經説〔二〕。其苦具悉，圖人間者，曾無一據。

〔一〕肉瓶　原作「肉屏」，今據佛説因緣僧護經改。按，佛説因緣僧護經：「復更前進，見一肉瓶，其火焰熾，叫聲呼苦，毒痛難忍。復更前進，見一肉瓶，其火焰熾，如前不異。」

〔二〕隔子獄　原作「子隔獄」，今據津逮本、學津本改。

舊説地獄中陰〔一〕，牛頭阿傍無情業所感現。

〔一〕中陰　原作「中蔭」，今據中陰經改。

人漸死時，足後最令冷，出地獄之相也。

器世將壞，無生地獄者。

阿修羅有一切觀見池，戰之勝敗，悉見池中。

鬘持天鏡林中天人，自見善惡因緣。

正行天頗梨樹，見人行法與非法〔一〕。毗留博叉常於此觀之〔二〕。

忉利天及人中七生事，見於殿壁中，無有第八生處〔三〕。

波利邪多天有波利邪多樹，見閻浮提人善不善相。行善則照百由旬，行不善則彫枯，半行善則半榮。

微細行天寶樹枝葉，悉見天人影像。上、中、下業亦見其中。

閻摩那婆羅天娑羅樹中見果報。其殿浄如鏡，悉見天人所作之業果報。

又第二樹中，有千柱殿，有業網。諸地獄十六隔處〔四〕，悉見其中。

〔一〕行法與非法　原作「行與非法」，今據津逮本、學津本改。

〔二〕毗留博叉　原作「毗留博天」，今據同上書改。按，正法念處經卷二四觀天品：「時毗留博叉入彼林中，觀諸世間，以林勢力，毗留博叉於此林中，見空行夜叉、地行夜叉及閻浮提法非法相，見增長果。於頗梨樹見人行法，心則歡喜；見行非法，心則不悅。」

〔三〕無有第八生處　原作「無法第八生」，且與下「波利邪多天」句連屬，今據同上書改。按，正法念處經卷二五觀天品：「以善業故，於殿壁中，自見其身，天中七生，人中七生，去來七返，無第八生，非於天中，非於人中，非地獄中，非餓鬼中，非畜生中。」

〔四〕諸地獄十六隔處　「處」，原作「劇」，今據同上書改。按，正法念處經卷三一觀天品：「時天帝釋復示諸天宫殿之壁，廣五由旬。於此鏡壁，初觀見於活地獄十六隔處。殺生之人，墮此地獄，具受無量種種楚毒。」

夜摩天無垢鏡地〔一〕，業地鏡中〔二〕，見自身額上所見過見業果〔三〕。

〔一〕夜摩天無垢鏡地　「無垢鏡地」，原作「撫垢鏡池」，今據正法念處經改。按，正法念處經卷四二觀天品：「爾時彼天次第而行，上彼山峰第一無垢如鏡之地。」

〔二〕業地鏡中　原作「池中」，今據同上書改。

〔三〕所見過見業果　「過見」二字疑衍。

又閻浮那陀塔影中〔一〕，見欲界罪福及三惡趣。言天象異者，若月將食，油脂沉水〔二〕，鳥下飛。日將蝕，諸方赤。

〔一〕閻浮那陀塔　原作「閻浮那施塔」，今據正法念處經改。按，正法念處經卷四七觀天品：「今此天中，又復更有閻浮那陀金寶妙塔，真珠網覆，有七寶柱而爲莊嚴，種種雜寶，種種光明，是迦那迦牟尼佛塔。」

〔二〕若月將食油脂沉水　「月」原作「有」，「油脂」原作「肥膩」，今據同上書改。按，正法念處經卷四九觀天品：「若諸沙門立沙門者，知地動相，世間染相。或晝或夜，如是思惟，地當欲動。今見有相，所謂地水，平等定住，風吹則動，雖動不濁，地欲動故，風吹則濁。或雨欲墮，蟻子運卵；月當欲蝕，油脂沉水，鳥在空中，近地下飛。日當欲蝕，諸方則赤。」

二十八宿：

昴爲首，一夜行三十時，形如剃刀，姓鞞耶尼，祭用乳，屬火。

畢形如立叉〔一〕，又屬水〔二〕，祭用鹿肉。姓頗羅墮〔三〕。

觜屬月之子〔四〕，姓毗梨佉耶尼〔五〕，形如鹿頭，祭用菓。

參屬日，姓天婆斯失絺，形如婦人黶，祭用醍醐。

井屬日，姓同參〔六〕，形如足跡，祭用粳米和蜜。
鬼屬木，姓炮波羅毗，形如佛胸前滿相〔七〕，祭同井。
柳屬蛇〔八〕，姓、祭與參同，形如蛇。
星屬火，形如河岸，姓賓伽耶尼，祭用烏麻。
張屬福德天，姓瞿曇彌〔九〕，形、祭如井。
翼屬林天，姓憍陳如，祭用黑豆，形同上。
軫屬毗沙梨帝天〔一〇〕，形如人手，姓迦遮延，祭用莠稗。
角屬喜樂天，姓質多羅延尼〔一一〕，形如上，祭用花。
亢，姓迦旃延尼〔一二〕，祭用菉荳。
氐，姓多羅尼，以花祭。
房屬慈天，姓阿藍婆，形如瓔珞，祭用酒肉。
心屬忉利天，姓迦羅延，形如大麥，祭用粳米。
尾屬臘師天，姓遮耶尼，形如蝎尾，祭用菓根。
箕屬清凈天，姓特叉迦旃延尼〔一三〕，形如牛角。
斗，姓莫迦邏尼〔一四〕，形如人拓石，祭如井。

牛屬梵天，姓梵嵐摩，形如牛頭，祭如參。

女屬毗紐天，姓帝利迦遮耶尼，形如心，祭以鳥肉。

虚，姓同翼，形如鳥〔一五〕，祭用鳥豆汁。

危，姓單羅尼，形如參，祭以粳米。

室屬蛇頭天，蝎天之子，姓闍都迦尼拘〔一六〕，祭用血。

壁，姓陁難闍。

奎，姓阿瑟吒，祭用酪。

婁屬乾闥婆天，姓阿含婆，形如馬頭，祭用大麥。

胃，姓跋伽毗〔一七〕，形如鼎足。

〔一〕畢形如立叉　「立叉」，原作「笠」，今據大方等大集經改。按，大方等大集經卷四一日藏分中星宿品：「復次寘畢爲第二宿，屬於水天，姓頗羅墮。畢有五星，形如立叉，一日一夜行四十五時。屬畢宿者，祭用鹿肉。」

〔二〕又屬水　「水」，原作「木」，今據同上書改。見上。

〔三〕姓頗羅墮　「姓」，原作「祭」，今據同上書改。見前。

〔四〕觜屬月之子　「月之子」，原作「日月之子」，今據同上書改。按，大方等大集經卷四一日藏分中星宿品：「復次寘觜爲第三宿，屬於月天，即是月子，姓毗梨伽耶尼。星數有三，形如鹿頭。一日一夜，行十五時。屬觜宿者，祭根及果。」

〔五〕毗梨佉耶尼　同上書作「毗梨伽耶尼」。見上。

〔六〕姓同參　「同」字原闕，今據津逮本、學津本補。

〔七〕形如佛胸前滿相　「前滿相」三字原闕，今據大方等大集經補。按，大方等大集經卷四一日藏分中星宿品：「次復寘鬼爲第六宿，屬歲星天，歲星之子，姓炮波那毗。其性温和，樂修善法。其有三星，猶如諸佛胸前滿相。一日一夜，行三十時。屬鬼星者，亦以粳米華和蜜祭之。」

〔八〕柳屬蛇　「蛇」字原闕，今據津逮本、學津本補。

〔九〕姓瞿曇彌　「彌」字原闕，今據津逮本、學津本補。

〔一〇〕軫屬毗沙梨帝天　「天」字原闕，今據大方等大集經補。按，大方等大集經卷四一日藏分中星宿品：「次復寘軫爲第四宿，屬毗沙梨帝天，姓迦遮延，蝎仙之子。其星有五，形如人手。一日一夜，行三十時。屬軫星者，作莠稗飦而以祭之。」

〔一一〕質多羅延尼　原作「貨多羅」，津逮本、學津本作「質多羅」，今據大方等大集經改。按，大方等大集經卷四一日藏分中星宿品：「次復寘角爲第五宿，屬喜樂天，姓質多羅延尼，乾闥婆子。止有一星，如婦人黶。一日一夜，行十五時。屬於角者，以諸華飦而用祭之。」

〔一二〕亢姓迦旃延尼　「迦旃延尼」原作「迦旃延」，今據大方等大集經補。按，大方等大集經卷四一日藏分中星宿品：「次復寘亢爲第六宿，屬摩姤羅天，姓迦旃延尼。」

〔一三〕特叉迦旃延尼　原作「持父迦」，津逮本、學津本作「特叉迦」，今據大方等大集經補正。按，大方等大集經卷四一日藏分中星宿品：「次復寘箕爲第四宿，姓特叉迦旃延尼。箕有四星，形如牛角。」

〔一四〕斗姓莫迦邏尼　「莫迦邏尼」，原作「莫迦還」，津逮本、學津本作「莫迦邏」。今據大方等大集經改。按，大方等大集經卷四一日藏分中星宿品：「次復寘斗爲第五宿，屬於火天，姓摸伽邏尼。斗有四星，如人拓地。一日一夜，行四十五時。屬斗宿者，末粳米華和蜜祭之。」

〔一五〕形如烏　原作「形如鳥」，鳥形非一，所言不確，今據大方等大集經改。按，大方等大集經卷四一日藏分中星宿品：「次寘北方第一之宿，名爲虛星，屬帝釋天娑婆天子，姓憍陳如。虛有四星，其形如烏。一日一夜，行三十時。屬虛宿者，煮烏豆汁而用祭之。」

〔一六〕闍都迦尼拘　原作「闍浮都迦」，今據大方等大集經改。按，大方等大集經卷四一日藏分中星宿品：「次復寘室爲第三宿，屬蛇頭天，蝎天之子，姓闍都迦尼拘。室有二星，形如腳跡。一日一夜，行三十時。屬室星者，肉血祭之。」

〔一七〕胃姓跋伽毗　「跋伽毗」，原作「馱伽毗」，今據大方等大集經改。按大方等大集經卷四一日藏分中星宿品：「次復寘胃爲第七宿，屬閻摩羅天，姓跋伽毗。胃有三星，形如鼎足。」

亢、虚、參、胃四星日〔一〕，不得入陣。

〔一〕亢虚參胃四星日　「日」字原闕，今據大方等大集經補。按，大方等大集經卷四日藏分中星宿品：「亢、虚、參、胃，此四宿日，不得入陣鬭戰，不可遠行，不得剃頭及以治鬚。」

軫宿生人，七步無蛇。

角宿生人，好嘲戲。

女宿生人；亢、參、危三宿日，作事不成；虚、觜〔一〕，事勝〔二〕。

〔一〕虚觜　「觜」，原作「角」，今據大方等大集經改。按，大方等大集經卷四二日藏分中星宿品：「女宿七日用事，其日得病，經十二月，石蜜及華祭於山神，乃得除愈。其日生者，遠行遇伴，宜以治生作柔軟事。其人有智，少於病疾，常得世間國王供養。軫宿之日入胎者平，無有善惡。鬼宿、房宿，此二宿日爲作障礙。星宿、心宿、女宿、畢宿，此四宿日宜造衆事。亢宿、危宿、參宿等日，作事不合。虚宿、觜宿，乃得和合，如意自在。」

〔二〕勝　「事」字原闕，並注：「一有『事』字。」今據補。

一千六百刹那爲一迦羅〔一〕，倍六十，名摸呼律多〔二〕。倍三十摸呼律多〔三〕，名爲一日夜。

〔一〕一千六百刹那爲一迦羅　「迦羅」，原作「迦那」，今據大方等大集經改。按，大方等大集經卷四二日藏分中星宿品：「一千六百刹那名一迦羅，六十迦羅名摸呼律多，三十摸呼律多爲一日夜。」

〔二〕摸呼律多　原作「横呼律多」，今據同上書改。見上。

〔三〕倍三十摸呼律多　「摸呼律多」四字原闕，今據同上書補。見前。

夜叉口煙爲彗。

龍王身光，曰憂流迦，此言天狗。

漢明帝始造白馬寺〔一〕。寺中懸幡，影入内，帝恠，問左右曰：「佛有何神，人敬事之？」

〔一〕漢明帝始造白馬寺　「漢明帝」，原作「魏明帝」，今據魏書改。按，魏書釋老志：「（漢）明帝令畫工圖佛像，寘清涼臺及顯節陵上，經緘於蘭臺石室。愔之還也，以白馬負經而至，漢因立白馬寺於洛陽雍門西。摩騰、法蘭咸卒於此寺。」

烏仗那國，有佛跡，隨人身福壽〔一〕，量有長短。

〔一〕隨人身福壽　大唐西域記作「隨人福力」。

那揭羅曷國，城東塔中有佛頂骨，周二尺〔一〕。欲知善惡者，以香埿印骨〔二〕，其跡煥然〔三〕，善惡相悉見。

〔一〕周二尺　大唐西域記作「周一尺二寸」。
〔二〕香埿　原作「香塗」，今據同上書改。
〔三〕其跡煥然　同上書作「其文煥然」。

北天健馱羅國，有大窣堵波。佛懸記，七燒七立，佛方盡〔一〕。玄奘言，成壞已三年〔二〕。

〔一〕佛方盡　「盡」，原作「城」，今據大唐西域記改。按，大唐西域記卷二健馱邏國大窣堵波周近諸佛像：「大窣堵波左右，小窣堵波魚鱗百數。佛像莊嚴，務窮工思，殊香異香，時有聞聽，靈仙聖賢，或見旋繞。此窣堵波者，如來懸記，七燒七立，佛法方盡。先賢記曰：成壞已三。初至此國，適遭大火，當見銀構，尚未成功。」

〔三〕成壞已三年　「成」，原作「城」，今據同上書改。見上。

西域佛金剛座，有標界銅觀自在像兩軀。國人相傳：「菩薩身没，佛法亦盡。」隋末，已没過胸臆矣。

乾陁國頭河岸〔一〕，有繫白象樹，花葉似棗，季冬方熟。相傳此樹滅，佛法亦滅。

〔一〕頭河　洛陽伽藍記卷五凝玄寺引京雲行紀作「辛頭河」。

北朝時，徐州角城縣之北，僧尼着白布法服，時有青布袈裟者。

波斯屬國有阿耆荼國，城北大林中有伽藍，昔佛於此聽比丘着亟縛屣〔一〕。亟縛，此言靴也。

〔一〕昔佛於此　「昔」，原作「音」，今據大唐西域記改。按，大唐西域記卷一一阿耆荼國大竹林附近諸遺跡：「城東北不遠，大竹林中伽藍餘址，是如來昔於此處聽諸苾芻着亟縛屣。（唐言靴。）」

寧王憲寢疾，上命中使送醫藥，相望於道。僧崇一療憲，稍瘳，上悦，特賜崇一緋袍魚袋〔一〕。

〔一〕特賜崇一緋袍魚袋　「特」，原作「持」，今據舊唐書改。按，舊唐書本傳：「僧崇一療憲稍瘳，上大悦，特賜緋袍魚袋，以賞異崇一。」

梁簡文帝有謝賜欝泥納袈裟表。

魏使陸操至梁，梁王座小輿，使再拜，遣中書舍人殷炅宣旨勞問。至重雲殿，引昇殿，梁主着菩薩衣，北面。太子已下，皆菩薩衣，侍衛如法。操西向以次立，其人悉西廂東面。一道人贊禮佛詞，凡有三卷，其贊第三卷中稱爲魏主、魏相高并南北二境士女。禮佛訖，臺使與其群臣俱再拜矣。

魏李騫、崔劼至梁同泰寺，主客王克、舍人賀季及三僧迎門引接〔一〕。至浮圖中，佛傍有執板筆者，僧謂騫曰：「此是尸頭，專記人罪。」騫曰：「便是僧之董狐。」復入二堂，佛前有銅鉢，中燃燈。劼曰：「可謂『日月出矣，爝火不息』。」

〔一〕舍人賀季　「賀季」，原作「賀季友」，「友」字當涉下「及」字悮衍，本書前集卷七「劉孝儀」條稱「梁賀季」可證，梁書卷四八、南史卷六二並有賀季傳，今據改。

盧縣東有金榆山。昔朗法師令弟子至此採榆莢，詣瑕丘市易，皆化爲金錢。

後魏胡后嘗問沙門寶誌國祚〔一〕，且言：「把棗與雞〔二〕，喚朱朱。」蓋爾朱也。有趙法和請占，寶公曰〔三〕：「大竹箭〔四〕，不須羽。東箱屋，急手作。」法和尋喪父。

〔一〕沙門寶誌　「沙門」，原校：「一作法師。」

〔二〕把棗與雞　「棗」，洛陽伽藍記作「栗」。按，洛陽伽藍記卷四白馬寺：「有沙門寶公者，不知何處人也，形貌醜陋，心識通達，過去未來，預睹三世。發言似讖，不可得解，事過之後，始驗其實。胡太后聞之，問以世事。寶公曰：『把粟與雞，呼朱朱。』時人莫之能解。建義元年，后爲爾朱榮所害，始驗其言。時亦有洛陽人趙法和，請占早晚當有爵否，寶公曰：『大竹箭，不須羽。東廂房，急手作。』時人不曉其意。經十餘日，法和父喪。大竹箭者，苴杖。東廂房者，倚廬。」

〔三〕寶公　原作「志公」，今據上文及同上書改。見前。

〔四〕大竹箭　「竹」字原闕，今據同上書補。見前。

歷城縣光政寺有磬石，形如半月，膩光若滴。扣之，聲及百里。北齊時，移於都內，使人擊之，其聲杳絶。卻令歸本寺，扣之，聲如故。士人語曰：「磬神聖，戀光政。」

國初，僧玄奘往五印取經，西域敬之。成式見倭國僧金剛三昧言，嘗至中天，寺中多畫玄奘麻屩及匙筯，以綵雲乘之，蓋西域所無者。每至齋日，輒膜拜焉。

又言那蘭陁寺僧食堂中，熱際有巨蠅數萬。至僧上堂時，悉自飛集於庭樹。

僧萬迴，年二十餘，貌癡不語。其兄戍遼陽，久絶音問，或傳其死，其家爲作齋。萬迴忽卷餅茹，大言曰：「兄在，我將饋之。」出門如飛，馬馳不及。及暮而還，得其兄書，緘封猶濕。計往返，一日萬里，因號焉。

天后時〔一〕，任酷吏羅織，位稍隆者，日別妻子。博陵崔玄暐〔二〕，位望俱極，其母憂之曰：「汝可一迎萬迴〔三〕，此僧寶誌之流，可以觀其舉止，知其禍福也〔四〕。」及至，母垂泣作禮，兼施銀匙筯一雙。萬迴忽下階，擲其匙筯於堂屋上，掉臂而去。一家謂爲不祥。經數日〔五〕，令上屋取之，匙筯下得書一卷，觀之，乃讖緯書也〔六〕，遽令焚之。數日，有司忽即其家，大索圖讖，不獲，得雪。時酷吏多令盜夜埋蠱，遺讖於人家，經月，告密籍之〔七〕。博陵微萬迴，則滅族矣。

〔一〕天后時　「時」字原闕，今據説郛（涵芬樓本）補。

〔二〕博陵崔玄暐　原作「博陵王崔玄暉」，按「崔玄暉」當作「崔玄暐」，而崔玄暐未嘗封王，「王」字實衍，今據兩唐書本傳、宋高僧傳改。按，宋高僧傳卷一八唐虢州閿鄉萬迴傳：「先是天后朝任酷吏行羅織事，官稍高隆者，日别妻子。博陵崔玄暐位望俱極，其母盧氏賢而憂之曰：『汝可一日迎萬迴，此僧寶誌之流，可以觀其舉止，知其禍福也。』乃召到家，母垂泣作禮，兼施中金匕筯一雙。迴忽下階，擲其匕筯向堂屋上，掉臂而去。一家謂之不祥。經數日，令升屋取之，匕筯下得書一卷，觀之，乃讖緯書也，遽令焚之。數日，有司忽來其家，大索圖讖，不獲，得雪。時酷吏多令盜投蠱道物及僞造秘讖，用以誣人，還令誣告得實，屠戮籍没其家者多。崔氏非聖人擲匕筯，何由知其僞圖讖也。」

〔三〕一迎　宋高僧傳作「一日迎」。

〔四〕知其禍福也　「知其」二字原闕，今據同上書補。

〔五〕經數日　津逮本、學津本作「一日」，説郛本作「經日」，今據宋高僧傳作改。見前。

〔六〕乃讖緯書也　「乃」字原闕，今據説郛本補。

〔七〕告密籍之　「告」，津逮本、學津本作「乃」。

梵僧不空，得總持門，能役百神，玄宗敬之。歲常旱，上令祈雨。不空言：「可過某日，今祈之〔一〕，必暴雨。」上乃令金剛三藏設壇請雨，連日暴雨不止，坊市有漂溺者。遽召不空，令止之。不空遂於寺庭中，捏泥龍五六，當溜水，胡言罵之〔二〕。良久，復寘之，乃大笑。有頃，雨霽。

〔一〕今祈之　「今」，原作「令」，今據太平廣記引酉陽雜俎改。按，太平廣記卷三九六「不空三藏」條引酉陽雜俎：「唐梵僧不空，得摠持門，能役百神，玄宗禮之。歲旱，命祈雨。不空言：『可過某日，今祈之必暴。』上乃命金剛三藏設壇請雨，果連淋注不止，坊市有漂溺者，遽召不空止之。遂於寺庭，建泥龍五六，乃溜水，胡言詈之。良久，復寘之，大笑。有頃，雨霽。」

〔二〕胡言罵之　「罵」，同上書作「詈」。

玄宗又嘗召術士羅公遠與不空同祈雨，互校功力〔一〕。上俱召問之，不空曰：「臣昨焚白檀香龍。」上令左右掬庭水嗅之，果有檀香氣。

〔一〕互校功力　太平廣記卷三九六「不空三藏」條引酉陽雜俎作「互陳其效」。

又與羅公遠同在便殿，羅時反手搔背，不空曰：「借尊師如意。」殿上花石瑩滑，遂激窣至其前，羅再三取之不得。上欲取之，不空曰：「三郎勿起，此影耳。」因舉手示羅如意。

又邙山有大蛇，樵者常見頭若丘陵，夜常承露氣。見不空，作人語曰：「弟子惡報，和尚何以見度？常欲翻河水陷洛陽城，以快所居也〔一〕。」不空爲受戒，説苦空，且曰：「汝以瞋心受此苦，復忿恨，吾力何及！當思吾言，此身自捨昔而來。」後旬月，樵者見蛇死於澗中，臭達數十里。不空每祈雨，無他軌則，但設數繡座，手簸旋數寸木神，念咒擲之。自立於座上，伺木神吻角牙出目瞚，則雨至〔二〕。

〔一〕以快所居也　「居」，宋高僧傳卷一唐京兆大興善寺不空傳作「懷」。

〔二〕則雨至　太平廣記卷三九六「不空三藏」條引酉陽雜俎作「雨輒至」。

僧一行窮數，有異術。開元中，嘗旱，玄宗令祈雨。一行言：「當得一器，上有龍狀者，方可致雨。」上令於内庫中遍視之，皆言不類。數日後，指一古鏡鼻盤龍，喜曰：「此有真龍矣！」乃持入道場，一夕而雨。或云是揚州所進，初範模時，有異人至，請閉户入室。數日開户，模成，其人已失。有圖，并傳於世〔一〕。此鏡，五月五日於揚子江心鑄之。

〔一〕有圖并傳於世　太平廣記卷三九六「一行」條引酉陽雜俎作「有圖並傳，見行於世」。

荆州，貞元初，有狂僧，些些其名者〔一〕，善歌河滿子。常遇醉五百，塗辱之，令歌，僧即發聲，其詞皆五百從前非慝也〔二〕，五百驚而自悔。

〔一〕些些其名者　原作「些僧其名者」，今據宋高僧傳改。按，宋高僧傳卷二〇唐江陵府些些傳：「釋些些師，又名青者，蓋是不與人交狎，口自言些些，故號之矣。德宗朝，於渚宫遊，衣服零落，狀態憨癡，而善歌河滿子。縱肆所爲，故無定檢。嘗遇醉伍伯，（伍）伯於塗中辱之，抑令唱歌。些便揚音揭調，詞中皆訐伍伯從前隱私惡跡，人所未聞事。伍伯慙惶，旁聽之者知是聖僧，拜跪悔過焉。」

〔二〕非慝　太平廣記卷九七「僧些」條引酉陽雜俎作「隱慝」，宋高僧傳作「隱私惡跡」。

蘇州，貞元中有義師，狀如風狂。有百姓起店十餘間，義師忽運斤壞其簷，禁之不止。

其人素知其神，禮曰：「弟子活計賴此。」顧曰：「爾惜乎？」乃擲斤於地而去。其夜市火，唯義師所壞簷屋數間存焉。常止於廢寺殿中，無冬夏常積火，壞幡木象悉火之。好活燒鯉魚，不待熟而食〔一〕。垢面不洗，洗之輒雨，吴中以爲雨候。將死，飲灰汁數斛，乃念佛而坐，不復飲食。百姓日觀之，坐七日而死。時盛暑，色不變，支不摧。安國寺僧熟地，常燒木佛，往往與人語，頗知宗要，寺僧亦不之測。

〔一〕不待熟而食　太平廣記卷八三「蘇州義師」條引酉陽雜俎作「不具湯而食」。

睿宗初生含涼殿〔一〕，則天乃於殿内造佛事，有玉像焉。及長，閑觀其側，玉像忽言：「爾後當爲天子。」

〔一〕睿宗初生含涼殿　此條原闕，津逮本、學津本有之，其真僞莫辨，姑且録以備考。

酉陽雜俎前集卷四

境異

東方之人鼻大，竅通於目，筋力屬焉。南方之人口大，竅通於耳。西方之人面大，竅通於鼻。北方之人，竅通於陰，短頸。中央之人，竅通於口。

無啓民，居穴食土。其人死，其心不朽，埋之〔一〕，百年化爲人。録民，膝不朽〔二〕，埋之，百二十年化爲人。細民，肝不朽，埋之，八年化爲人。

〔一〕埋之　此二字太平廣記卷四八〇「無啓民」條引酉陽雜俎在「其心不朽」句前。

〔二〕膝不朽　「膝」，太平御覽卷七九七引外國圖作「肺」。按，太平御覽卷三七六引博物志：「繆民，其肺不朽，百年復生。」

息土人美，耗土人醜。

帝女子澤，性妒，有從婢，散逐四山，無所依託。東偶狐狸，生子曰殃。南交猴，有子曰溪。北通玃猳，所育爲傖。

突厥之先曰射摩，舍利海有神〔一〕，神在阿史德窟西。射摩有神異，海神女每日暮，以白鹿迎射摩入海，至明送出，經數十年。後部落將大獵，至夜中，海神謂射摩曰：「明日獵時，爾上代所生之窟，當有金角白鹿出。爾若射中此鹿，畢形與吾來往，或射不中，即緣絶矣。」至明入圍，果所生窟中有白鹿金角起，射摩遣其左右固其圍，將跳出圍，遂煞之。射摩怒，遂手斬阿吩首領〔二〕，仍誓之曰：「自煞此之後，須以人祭天〔三〕。」即取阿吩部落子孫斬之以祭也。至今突厥以人祭纛，常取阿吩部落用之。射摩既斬阿吩〔四〕，至暮還，海神女執射摩曰〔五〕：「爾手斬人，血氣腥穢，因緣絶矣。」

〔一〕舍利海有神　「有」字原闕，今據太平廣記卷四八〇「突厥」條補。

〔二〕遂手斬阿吩首領　「阿吩」，原作「呵吩」，下文三稱阿吩，今據改。

〔三〕須以人祭天　「以」字原闕，今據太平廣記卷四八〇「突厥」條補。

〔四〕既　原作「即」，今據同上書改。

〔五〕執射摩　原作「報射摩」，今據同上書改。

突厥事祆神，無祠廟，刻氈爲形，盛於皮袋〔一〕。行動之處，以脂酥塗之，或繫之竿上，四時祀之。

〔一〕皮袋　太平廣記卷四八〇「突厥」條引酉陽雜俎作「毛袋」。

堅昆部落，非狼種，其先所生之窟，在曲漫山北，自謂上代有神，與牸牛交於此窟。其人髮黄目緑，赤髭髯。其髭髯俱黑者，漢將李陵及其兵衆之胤也〔一〕。

〔一〕漢將李陵及其兵衆之胤　「胤」，太平廣記卷四八〇「突厥」條引酉陽雜俎作「後」。

西屠，俗染齒令黑。

獠在牂牁。其婦人七月生子，死則豎棺埋之。

木耳夷，舊牢西，以鹿角爲器。其死則屈而燒之，埋其骨。木耳夷人，黑如漆。小寒則掊沙自處〔一〕，但出其面。

〔一〕掊沙　太平廣記卷四八一「牂牁」條引酉陽雜俎作「焙沙」。

木飲州，珠崖一州，其地無泉，民不作井，皆仰樹汁爲用。

木濮〔一〕，尾若龜，長數寸。居木上，食人。

〔一〕木濮　原作「木僕」，今據太平御覽卷七九一引永昌郡傳改。

阿薩部，多獵蟲鹿，剖其肉，重疊之，以石壓瀝汁。稅波斯、拂林等國。米及草子釀於肉汁之中，經數日，即變成酒，飲之可醉。

孝億國界，周三千餘里。在平川中，以木爲柵，周十餘里，柵內百姓二千餘家。周國大柵五百餘所。氣候常煖，冬不凋落，宜羊馬，無駝牛。俗性質直，好客侶。軀貌長大，褰鼻黄髮，緑眼赤髭，被髮，面如血色。戰具唯矟一色。宜五穀，出金鐵。衣麻布。舉俗事祆，不識佛法。有祆祠三百餘所〔一〕，馬步甲兵一萬。不尚商販，自稱孝億人。丈夫、婦人俱佩帶。每一日造食，一月食之，常喫宿食。

〔一〕有祆祠三百餘所 「百」，原校：「一作千。」

仍建國，無井及河澗，所有種植，待雨而生。以紫鑛泥地，承雨水用之。穿井即若海水又鹹。土俗俟海潮落之後〔一〕，平地爲池，收魚以作食。

〔一〕俟 太平廣記卷四八二「孝億國」條引酉陽雜俎作「伺」。

婆彌爛國，去京師二萬五千五百五十里。此國西有山，巉巖峻險〔一〕，上多猿。猿形絶長大，常暴田種，每年有二三十萬。國中起春以後，屯集甲兵，與猿戰。雖歲殺數萬，不能盡其巢穴。

〔一〕巉巖峻險 「巖」，太平廣記卷四八二「婆彌爛國」條引酉陽雜俎作「嵒」。

撥拔力國，在西南海中，不食五穀，食肉而已。常針牛畜脈取血，和乳生食〔一〕。無衣服，唯腰下用羊皮掩之。其婦人潔白端正，國人自掠賣與外國商人，其價數倍。土地唯有象牙及阿末香，波斯商人欲入此國，團集數千，賫綵布，没老幼共刺血立誓，乃市其物。自古不屬外國。戰用象牙排、野牛角爲矟，衣甲弓矢之器，步兵二十萬。大食頻討襲之。

〔一〕和乳生食　「食」，太平廣記卷四八二「撥拔力國」條引西陽雜俎作「飲」。

昆吾國，累墼爲丘，象浮屠，有三層，屍乾居上，屍濕居下，以近葬爲至孝，集大氈屋〔一〕，中懸衣服綵繒，哭祀之。

〔一〕集大氈屋　「屋」，原作「居」，今據太平廣記卷四八二「撥拔力國」條引西陽雜俎改。

龜兹國，元日，鬬牛馬駞〔一〕，爲戲七日，觀勝負，以占一年羊馬減耗蘩息也。

〔一〕鬬牛馬駞　「牛」，太平廣記卷四八一「龜兹」條引西陽雜俎作「羊」。

婆羅遮，並服狗頭、猴面，男女無晝夜歌舞。八月十五日，行像及透索爲戲。

焉耆國，元日、二月八日，婆摩遮；三日，野祀；四月十五日〔一〕，遊林；五月五日，彌勒下生；七月七日，祀先祖〔二〕；九月九日，麻撒〔三〕；十月十日，王爲猒法，王領家出宮，首領代王焉〔四〕，一日一夜，處分王事；十月十四日，每日作樂〔五〕，至歲窮。

〔一〕四月十五日　「日」字原闕，今據太平廣記卷四八一「龜茲」條補。

〔二〕祀先祖　「先」，同上書作「生」。

〔三〕麻撒　原作「牀撒」，並注：「作麻」。今據同上書改。

〔四〕王領家出宮首領代王焉　原作「王出酋家，酋領騎王馬」，今據太平廣記卷四八一「龜茲」條引酉陽雜俎改。

〔五〕每日作樂　「每日」二字原闕，今據同上書補。

拔汗那，十二月及元日〔一〕，王及酋領〔二〕，分爲兩朋，各出一人着甲，衆人執瓦石棒杖，東西互擊，甲人先死即止，以占當年豐儉。

〔一〕十二月及元日　津逮本、學津本作「十二月十九日」。按，據下文所引異域志，王及首領參預節日活動凡三日，即十月十日、十月十四日、元日，然則此處「及元日」三字應無悞，而「十二月」三字似有訛脱。津逮本、學津本所謂「十二月十九日」者，蓋淺人以文字漫漶而臆改。

〔三〕酋領　新唐書、太平廣記卷四八一「龜茲」條引酉陽雜俎、異域志卷上並作「首領」。

蘇都識匿國，有夜叉城〔一〕。城舊有野叉，其窟見在。人近窟住者五百餘家。窟口作舍，設關籥。一年再祭。人有逼窟口，煙氣出，先觸者死，因以屍擲窟中。其窟不知深淺。

〔一〕夜叉城　新唐書、太平廣記卷四八二「蘇都識匿國」條引酉陽雜俎並作「野叉城」。

馬伏波有餘兵十家不返，居壽泠縣〔一〕，自相婚姻，有二百户。以其流寓，號馬流〔二〕。衣食與華同。山川移易，銅柱入海，以此民爲識耳。亦曰馬留。

〔一〕壽泠縣　原作「壽洽縣」，今據水經注改。按，水經注温水：「鬱水又南自壽泠縣注於海。昔馬文淵積石爲塘，達於象浦，建金標爲南極之界。俞益期牋曰：『馬文淵立兩銅柱於林邑岸北，有遺兵十餘家不反，居壽泠岸南，而對銅柱。悉姓馬，自婚姻，今有二百户。交州以其流寓，號曰馬流。言語飲食，尚與華同。山川移易，銅柱今復在海中，正賴此民以識故處也。』」

〔二〕馬流　原作「馬留」，此條或直接採自俞益期牋，或轉引自水經注，皆當作「流」（流寓也）。本條末云「亦曰馬留」，如二處同作「留」，則不應有「亦曰」之説，必是前者作「馬流」，後者乃可謂「亦曰馬留」也。今據俞益期牋（水經注卷三六、太平御覽卷一八七引）改。

峽中俗，夷風不改。武陵蠻好着芒心接離〔一〕，名曰茅綏〔二〕。嘗以稻記年月。葬時，以笄向天，謂之刺北斗。相傳盤瓠初死，實於樹，以笄刺之下，其後化爲象〔三〕。

〔一〕武陵蠻好着芒心接離　「武陵」，原作「武寧」，地在今越南境内，無關「峽中俗」之説，今據太平廣記卷四八二「武陵蠻」條引酉陽雜俎改。武陵指今湘、鄂、渝三省交界地帶。「接離」，隋書地理志下作「接籬」，謂帽子。

〔二〕茅綏　原作「苧綏」，同上書作「亭綏」，今據隋書地理志下改。

〔三〕其後化爲象　原作「其後爲象臨」，「化」字原闕，「臨」字蓋涉下「臨邑縣有雁翅泊」條而衍，今據太平廣記卷四八二「武陵蠻」條引酉陽雜俎删補。

臨邑縣有鴈翅泊，泊傍無樹木，土人至春夏，常於此澤羅鴈鳥，取其翅，以禦暑。

烏秅西有懸渡國，山溪不通，引繩而渡，朽索相引二千里〔一〕。其土人佃於石間，壘石爲室，接手而飲，所謂猿飲也。

〔一〕二千里　「二千」字疑悮，水經注作「二十許里」。按，水經注河水一：「釋法顯曰：『度葱嶺已，入北天竺境。於此順嶺，西南行十五日，其道艱阻，崖岸險絶。其山唯石，壁立千仞，臨之目眩，欲進則投足無所。下有水，名新頭河。昔人有鑿石通路施倚梯者，凡度七百梯，度已，躡縣絙過河，河兩岸相去减八十步。九譯所絶，漢之張騫、甘英皆不至也。余診諸史傳，即所謂罽賓之境。有盤石之磴，道狹尺餘，行者騎步相持，絙橋相引，二十許里，方到縣度。阻險危害，不可勝言。』」

鄯善之東，龍城之西南，地廣千里，皆爲鹽田。行人所經，牛馬皆布氈卧焉。

嶺南溪洞中，往往有飛頭者，故有飛頭獠子之號。頭將飛一日前，頸有痕，匝項如紅縷，妻子遂看守之。其人及夜，狀如病，頭忽生翼，脱身而去，乃於岸泥尋蟹蚓之類食之。將曉飛還，如夢覺，其腹實矣。

梵僧菩薩勝又言：「闍婆國中有飛頭者，其人目無瞳子，聚落時有一人。」據于氏志怪〔一〕：「南方落頭民〔二〕，其頭能飛。其俗所祠，名曰蟲落，因號落頭民。吴朱桓有一婢〔三〕，其頭夜飛。」

〔一〕于氏志怪　原作「于氏志怪」，按此條當採自干寶搜神記，汪紹楹有校勘記云：「本條見法苑珠林四三，藝文類聚一七，太平御覽三六四、八八八引作搜神記。酉陽雜俎四引作『于氏志怪』，疑即本書。志恠或亦本書篇名之一。」今據改。

〔二〕落頭民　原作「落民」，今據搜神記補。按，太平御覽卷三六四引搜神記：「南方有落頭民。吳時，將軍朱桓得一婢，每夜卧後，頭輒飛去。或從狗竇，或從天窗中出入，以耳爲翼，將曉復還。數數如此，旁人恠之。夜照視，唯有身無頭，其體微冷，氣息裁屬，乃蒙之以被。至時頭還，礙被不得安，再三墮地，噫吒甚愁。而體氣急，疾若將死者。乃去被，頭復起傅頸得安，復如常人。時南征大將亦往往得之。又嘗有覆以銅盤者，頭不得進，遂死。」

〔三〕吳朱桓　原作「晉朱桓」，按朱桓卒於赤烏元年（二三八），未嘗入晉，今據搜神記改。

王子年拾遺記言：「漢武時，因墀國使〔一〕，南方有解形之民〔二〕，能先使頭飛南海，左手飛東海，右手飛西澤〔三〕。至暮，頭還肩上，兩手遇疾風，飄於海水外。」

〔一〕因墀國使　「使」下當有脱文，太平廣記卷四八二「飛頭獠」條引酉陽雜俎作「因墀國使有」，「有」字難通，或爲「言」字之訛。按，拾遺記卷九：「因墀國獻五足獸，狀如師子；玉錢千緡，其形如環，環重十兩，上有『天壽永吉』之字。問其使者：『五足獸是何變化？』對曰：『東方有解形之民，使頭飛於南海，左手飛於東山，右手飛於西澤，自臍以下，兩足孤立。至暮，頭還肩上，兩手遇疾風飄於海外，落玄洲之上，化爲五足獸，則一指爲一足也。其人既失兩手，使傍人割裹肉以爲兩臂，宛然如舊也。』因墀國在西域之北，送使者以鐵爲車輪，十年方至晉。及還，輪皆絶鋭，莫知其遠近也。」

〔二〕南方　拾遺記作「東方」，見前。

〔三〕西澤　太平廣記卷四八二「飛頭獠」條引酉陽雜俎作「西海」。

近有海客往新羅〔一〕，吹至一島上〔二〕，滿島悉是黑漆匙筯。其處多大木，客仰窺匙筯，乃木之花與鬚也。因拾百餘雙還，用之，肥不能使。後偶取攪茶，隨攪而消焉。

〔一〕新羅　異域志作「暹羅」，疑是。異域志卷上暹羅國：「國在海中，民多作商尚利，其名姓皆以中國儒名稱呼。其俗，男子皆割陰嵌八寶，人方以女妻之。海中有一島，島中之樹，其花鬚一匙二筯，狀如黑漆，人用之飲食，其油膩不能汙，若攪茶則化。」

〔二〕吹　太平廣記卷四八一「新羅」條引酉陽雜俎作「次」。

喜　兆

集賢張希復學士嘗言：「李揆相公將拜相，前一月，日將夕，有蝦蟆大如牀，見於寢堂中，俄失所在。

又言：「初授新州，將拜相，井忽漲水，深尺餘。」

鄭絪相公宅，在昭國坊南門〔一〕，忽有物投瓦礫，五六夜不絶。乃移於安仁西門宅避之，瓦礫又隨而至。經久，復歸昭國。鄭公歸心釋門，禪室方丈〔二〕。及歸，將入丈室，蟢子滿室，懸絲去地一二尺〔三〕，不知其數。其夕，瓦礫亦絶。翌日，拜相。

〔一〕昭國坊　原作「招國坊」，今據太平廣記卷一三七「鄭絪」條引祥異集驗改。下同。

〔二〕禪室方丈　太平廣記卷一三七「鄭絪」條引祥異集驗作「宴處常在禪室」。按，廣記所録謂出祥異集驗，其文字悉與雜俎同，知祥異集驗亦當採自雜俎。

〔三〕去地一二尺　「一」字原闕，今據同上書補。

成式見大理丞鄭復説〔一〕：淮西用兵時，劉沔爲小將，軍頭頗異之〔二〕，每捉生踏伏，沔必在數，前後重創，將死數四。後因月黑風甚，又令沔捉生，沔憤激深入，意必死。行十餘里，因坐將睡，忽有人覺之，授以雙燭，曰：「君方大貴，但心存此燭在，即無憂也〔三〕。」沔後拜將，常見燭影在雙旌上。及不復見燭，乃詐疾歸京〔四〕。

〔一〕大理丞鄭復　本書前集卷一六羽篇有稱「大理丞鄭復禮」者，與此「大理丞鄭復」應屬同一人，但其名爲一字爲二字，還是一字者爲名，二字者爲字，以其人兩唐書無傳，史料有闕，殊難詳考。

〔二〕軍頭頗異之　太平廣記卷一四三「劉沔」條引酉陽雜俎無此五字，錦繡萬花谷前集卷二三引酉陽雜俎無「頗異（易）之」三字。又「異」原作「易」，津逮本、學津本並校：「一曰異。」今據改。

〔三〕即無憂也　「即」字原闕，今據太平廣記卷一四三「劉沔」條、錦繡萬花谷前集卷二三引酉陽雜俎補。

〔四〕乃詐疾歸京　「京」，原作「宗」，按，太平廣記卷一四三「劉沔」條引酉陽雜俎作「乃輿疾歸京卒」，今據改。

禍兆

楊慎矜兄弟富貴，常自不安〔一〕，每詰朝禮佛像，默祈冥衛。或一日，像前土榻上，聚塵三堆，如冢狀。慎矜惡之，且慮兒戲，命掃去。一夕如初，尋而禍作。

〔一〕常自不安　太平廣記卷三六二「楊慎矜」條引酉陽雜俎作「常不自安」。

姜楚公皎，常遊禪定寺，京兆辦局甚盛。及飲酒，座上一妓絶色，獻杯整鬟，未嘗見手，衆恠之。有客被酒，戲曰：「勿六指乎〔一〕？」乃强牽視。妓隨牽而倒，乃枯骸也。姜竟及禍焉。

〔一〕勿六指乎　太平廣記卷三六二「姜皎」條引酉陽雜俎作「非支指乎」。

蕭澥初至遂州，造二幡刹〔一〕，施於寺，設齋慶之。齋畢，作樂，忽暴雷霹靂〔二〕，刹各成數十片〔三〕。至來年當雷霹日〔四〕，澥死。

〔一〕幡刹　津逮本、學津本作「幡竿」。

〔二〕忽暴雷霹靂　太平廣記卷三九四「蕭澥」條引酉陽雜俎作「忽暴雷震刹」。

〔三〕各　同上書作「俱」。

〔四〕來年當雷霹日　同上書作「來歲雷震日」。

物革

諮議朱景玄，見鮑容説〔一〕：陳司徒在揚州〔二〕，時東市塔影忽倒。老人言：「海影翻則如此。」

〔一〕鮑容　説郛（涵芬樓本）作「鮑客」，並校：「一作容。」「鮑容」，疑即鮑溶。按，唐才子傳卷六鮑溶傳：「溶字德源，元和四年韋瓘榜進士。在楊汝士一時。」

〔二〕陳司徒　太平廣記卷三六三「揚州塔」條引酉陽雜俎作「陳少遊」。

崔玄亮常侍在洛中，常步沙岸〔一〕，得一石子，大如雞卵，黑潤可愛，翫之。行一里餘，砉然而破〔二〕，有鳥大如巧婦，飛去。

〔一〕常步沙岸　太平廣記卷三九八「卵石」條引酉陽雜俎作「常閒步涉岸」。

〔二〕砉然　同上書作「劃然」。

進士段碩，常識南孝廉者〔一〕，善斫鱠，縠薄絲縷，輕可吹起。操刀嚮捷，若合節奏。因會客衒技，先起魚架之〔二〕，忽暴風雨，雷震一聲，鱠悉化爲胡蝶飛去。南驚懼，遂折刀，誓不復作。

〔一〕南孝廉　太平廣記卷三六四「南孝廉」條引酉陽雜俎作「唐南孝廉，失其名，莫知何許人」。

〔二〕先起魚架之　同上書作「先起架以陳之」。

開成末，河陽黄魚池，池冰作花如纈〔一〕。

〔一〕池冰作花如纈　「池」字原闕，今據白孔六帖卷三、錦繡萬花谷後集卷二引酉陽雜俎補。

河陽城南百姓王氏，莊有小池，池邊巨柳數株。開成末，葉落池中，旋化爲魚，大小如葉，食之無味。至冬，其家有官事。

婺州僧清簡，家園蔓菁，忽變爲蓮。

酉陽雜俎前集卷五

詭習

大曆中，東都天津橋有乞兒，無兩手，以右足夾筆，寫經乞錢。欲書時，先再三擲筆，高尺餘，以足接之[一]，未曾失落。書跡官楷，手書不如也。

〔一〕以足接之　此四字原闕，今據太平廣記卷二〇九「東都乞兒」條引酉陽雜俎補。按，脱此四字，「未曾失落」便無來由。

于頔在襄州，嘗有山人王固謁見于。于性快，見其拜伏遲緩，不甚知書生[一]。别日遊讌，不復得進[二]，王殊怏怏。因至使院，造判官曾叔政，頗禮接之。王謂曾曰：「予以相公好奇，故不遠而來，今實乖望矣。予有一藝，自古無者，今將歸，且荷公見待之厚，今爲一設。」遂詣曾所居，懷中出竹一節及小鼓，規纔運寸[三]。良久，去竹之塞，折枝連擊鼓子。筒中有蠅虎子數十〔四〕，分行而出，爲二隊〔五〕，如對陣勢。每擊鼓或三或五，隨鼓音變陣，天衡地軸，魚麗鶴列，無不備也。進退離附，人所不及。凡變陣數十，乃行入筒中。曾觀之大駭，方言於于公，王已潛去。于悔恨，令物色求之，不獲。

〔一〕不甚知書生　太平廣記卷七八「王固」條引酉陽雜俎作「不甚禮之」。

〔二〕進　同上書作「預」。

〔三〕規纔運寸　同上書有校勘記云：「明鈔本『規』作『視』，『運』作『過』。」

〔四〕蠅虎子數十　同上書句下有「枚」字。

〔五〕分行而出爲二隊　同上書作「列行而出，分爲二隊」。

張芬，曾爲韋南康親隨行軍，曲藝過人，力舉七尺碑，定雙輪水磑。常於福感寺趯鞠，高及半塔，彈力五斗〔一〕。常揀向陽巨筍，織竹籠之。隨長旋培，常留寸許，度竹籠高四尺，然後放長。秋深，方去籠伐之，一尺十節，其色如金，用成弓焉〔二〕。每塗墻方丈，彈成「天下太平」字，字體端妍〔三〕，如人模成焉。

〔一〕彈力　太平廣記卷二二七「張芬」條引酉陽雜俎作「彈弓力」。

〔二〕用成弓焉　原校：「一作彈弓。」

〔三〕端妍　原作「端嚴」，今據太平廣記卷二二七「張芬」條引酉陽雜俎改。

建中初，有河北軍將姓夏者，彎弓數百斤。嘗於毬場中，累錢十餘，走馬以擊鞠杖擊之，一擊一錢飛起，高六七丈〔一〕，其妙如此。又於新泥墻安棘刺數十，取爛豆，相去一丈，一一擲豆，貫於刺上，百不差一。又能走馬書一紙。

〔一〕高六七丈　「高」字原闕，今據太平廣記卷二二七「河北軍將」條引酉陽雜俎補。

元和中，江淮術士王瓊，嘗在段君秀家，令坐客取一瓦子，畫作龜甲，懷之一食頃，取出，乃一龜。放於庭中，循垣西行，經宿却成瓦子。又取花含，默封於密器中，一夕開花。

元和末，均州鄖鄉縣有百姓，年七十，養獺十餘頭，捕魚爲業，隔日一放出。放時，先閉於深溝斗門內，令饑，然後放之。無網罟之勞，而獲利相若〔一〕。老人抵掌呼之，群獺皆至，緣衿藉膝，馴若守狗。户部郎中李福，親觀之。

〔一〕相若　太平廣記卷四六六「鄖鄉民」條引酉陽雜俎作「甚厚」。

恠術

大曆中，荆州有術士，從南來，止於陟屺寺。好酒，少有醒時。因寺中大齋會，人衆數千，術士忽曰：「余有一伎，可代抃瓦盂珠之歡也。」乃合彩色於一器中，驔步抓目，徐祝數十言，方欲水再三〔一〕，噀壁上，成維摩問疾變相，五色相宣，如新寫。逮半日餘，色漸薄，至暮都滅。唯金粟綸巾鶖子衣上一花，經兩日猶在。成式見寺僧惟肅説，忘其姓名。

〔一〕欲水　太平廣記卷二八五「荆術士」條引酉陽雜俎作「飲水」。

丞相張魏公延賞，在蜀時，有梵僧難陁得如幻三昧，入水火，貫金石，變化無窮。初入蜀，與三少尼俱行，或大醉狂歌，戍將將斷之。及僧至〔一〕，且曰：「某寄跡桑門，别有藥術。」因指三尼：「此妙於歌管。」戍將反敬之，遂留連爲辦酒肉，夜會客，與之劇飲。僧假襠巾幗，市鉛黛，伎其三尼。及坐，含睇調笑，逸態絶世。飲將闌，僧謂尼曰：「可爲押衙踏某曲也〔二〕。」因徐進對舞〔三〕，曳緒回雪，迅赴摩趺，技又絶倫也。良久，曲終而舞不已，僧喝曰：「婦女風邪！」忽起取戍將佩刀，衆謂酒狂，各驚走。僧乃拔刀斫之，皆踣於地，血及數丈〔四〕。戍將大懼，呼左右縛僧。僧笑曰：「無草草。」徐舉尼，三支笻杖也，血乃酒耳。

又嘗在飲會，令人斷其頭，釘耳於柱，無血。身坐席上，酒至，瀉入脰瘡中，面赤而歌，手復抵節。會罷，自起提首安之，初無痕也。時時預言人凶衰，皆謎語，事過方曉。成都有百姓供養，數日，僧不欲住，閉關留之。僧因是走入壁角，百姓遽牽，漸入，唯餘袈裟角，頃亦不見。來日壁上有畫僧焉，其狀形似。日日色漸薄，積七日，空有黑跡，至八日，跡亦滅，僧已在彭州矣。後不知所之。

〔一〕及　太平廣記卷二八五「梵僧難陀」條引酉陽雜俎作「乃」。

〔二〕可爲押衙踏某曲也　「某」，原作「其」，今據同上書改。

〔三〕因徐進對舞　「進」，原作「對」，今據同上書改。

〔四〕血及數丈　「丈」，同上書作「尺」。

虞部郎中陸紹，元和中，嘗看表兄於定水寺，因爲院僧具蜜餌、時菓，隣院僧亦陸所埶也，遂令左右邀之。良久，僧與一李秀才偕至，乃環坐，笑語頗劇。院僧顧弟子煮新茗，巡將匝而不及李秀才。陸不平曰：「茶初未及李秀才，何也？」僧笑曰：「如此秀才，亦要知茶味？且以餘茶飲之。」隣院僧曰：「秀才乃術士，座主不可輕言。」其僧又言：「不逞之子弟，何所憚！」秀才忽怒曰：「我與上人素未相識，焉知予不逞徒也？」僧復大言：「望酒旗，翫變場者，豈有佳者乎！」李乃白座客：「某不免對貴客作造次矣。」因奉手袖中，據兩膝，叱其僧曰：「麁行阿師，争敢輒無禮！柱杖何在〔一〕，可擊之。」其僧房門後有筇杖子，忽跳出〔二〕，連擊其僧。時衆亦爲蔽護，杖伺人隟捷中，若有物執持也。李復叱曰：「捉此僧向墻。」僧乃負墻拱手，色青氣短，唯言乞命。李又曰：「阿師可下階。」僧又趨下，自投無數，衄鼻敗顙不已。衆爲請之，李徐曰：「緣對衣冠，不能煞此爲累。」因揖客而去。僧半日方能言，如中惡狀，竟不之測也。

〔一〕柱杖何在　「柱」，太平廣記卷七八「李秀才」條引酉陽雜俎作「拄」，於義爲勝。

〔二〕有筇杖子忽跳出　「子忽」，津逮本、學津本作「孑孑」，二字屬下讀。

元和末，鹽城腳力張儼，遞牒入京。至宋州，遇一人，因求爲伴。其人朝宿鄭州，因謂張曰：「君受我料理，可倍行數百。」乃掘二小坑，深五六寸，令張背立，垂踵坑口，鍼其兩足，張初不知痛。又自膝下至骭〔一〕，再三捋之，黑血滿坑中。張大覺舉足輕捷，纔午至汴。復要於陝州宿，張辭力不能。又曰：「君可暫卸膝蓋骨，且無所苦，當日行八百里。」張懼，辭之。其人亦不强，乃曰：「我有事，須暮及陝。」遂去，行如飛，頃刻不見。

〔一〕自膝下至骭　「骭」，原作「鼾」，今據津逮本、學津本改。按，太平廣記卷八四「張儼」條引酉陽雜俎作「骭」。

蜀有費雞師，目赤，無黑睛，本濮人也。成式長慶初見之，已年七十餘。或爲人解災，必用一雞，設祭於庭。又取江石如雞卵，令疾者握之。乃踏步作氣噓叱，雞旋轉而死，石亦四破。成式舊家人永安，初不信，嘗謂曰：「爾有大厄。」因丸符逼令吞之，復去其左足鞋及襪，符展在足心矣。又謂奴滄海曰：「爾將病。」令袒而負户，以筆再三畫於户外，大言曰：「過！過！」墨遂透背焉。

長壽寺僧昝言〔一〕：「他時在衡山，村人爲毒蛇所噬，須臾而死，髮解，腫起尺餘。其子曰：『昝老若在，何慮〔二〕。』遂迎昝至。乃以灰圍其屍，開四門。先曰：『若從足入，則不救矣。』遂踏步握固，久而蛇不至。昝大怒，乃取飰數升，擣蛇形，詛之，忽蠕動出門。有頃，飰蛇引一蛇，從死者頭入，徑吸其瘡。屍漸伍，蛇皰縮而死，村人乃活。」

〔一〕長壽寺僧昝　「寺」，太平廣記卷四五八「昝老」條引酉陽雜俎作「老」。

〔二〕何慮　同上書作「當勿慮」。

王潛在荆州，百姓張七政善止傷折〔一〕。有軍人損脛，求張治之。張飲以藥酒，破肉，去碎骨一片〔二〕，大如兩指，塗膏封之，數日如舊。經二年餘，脛忽痛，復問張。張言：「前爲君所出骨，寒則痛，可遽覓也。」果獲於牀下。令以湯洗，貯於絮中，其痛即愈。王公子弟與之狎，嘗祈其戲術，張取馬草一掬，再三挼之〔三〕，悉成燈蛾飛去〔四〕。又畫一婦人於壁，酌酒滿杯飲之，酒無遺滴，逡巡，畫婦人面赤，半日許，可盡濕起壞落。其術終不肯傳人。

〔一〕張七政　太平廣記卷八〇「張士政」條引酉陽雜俎作「張士政」。
〔二〕去　同上書作「取」。
〔三〕挼　同上書作「揉」。
〔四〕飛去　「去」字原闕，今據同上書補。

韓佽在桂州，有妖賊封盈，能爲數里霧。先是常行野外，見黄蛺蝶數十，因逐之，至一大樹下忽滅。掘之，得石函，素書大如臂，遂成左道。百姓歸之如市，乃聲言：「某日將攻桂州，有紫氣者，我必勝。」至期，果紫氣如疋帛，自山亘於州城。白氣直衝之，紫氣遂散。天忽大霧，至午，稍開霽，州宅諸樹，滴下小銅佛，大如麥，不知其數。其年，韓卒。

海州司馬韋斅，曾往嘉興，道遇釋子希遁，深於繕生之術，又能用日辰，可代藥石。見斅鑷白，曰：「貧道爲公擇日拔之。」經五六日，僧請鑷其半。及生，色若黳矣。凡三鑷之，鬢不復變。座客有祈鑷者，僧言取時稍差，拔後〔一〕，髭色果帶緑。其妙如此。

〔一〕拔　原作「別」，今據白孔六帖卷三一引酉陽雜俎改。

衆言石旻有奇術，在揚州，成式數年不隔旬與之相見，言事十不一中，家人頭痛嚔咳者，服其藥，未嘗效也。至開成初，在城親故間，往往説石旻術不可測。盛傳寶曆中，石隨錢徽尚書至湖州，嘗在學院，子弟皆以文丈呼之。於錢氏兄弟求兔湯餅，時暑月，獵師數日方獲。因與子弟共食，笑曰：「可留兔皮，聊志一事。」遂釘皮於地，壘墼塗之，上朱書一符，獨言曰：「恨校遲，恨校遲。」錢氏兄弟詰之，石曰：「欲共諸君共記卯年也。」至太和九年，錢可復鳳翔遇害，歲在乙卯。

江西人有善展竹，數節可成器。又有熊葫蘆，云翻葫蘆易於翻鞠。

厭盜法〔一〕：「七日〔二〕，以鼠九枚，寘籠中，埋於地。秤九百斤土覆坎，深各二尺五寸，築之令堅固。」雜五行書曰：「亭部地上土塗竈，水火盜賊不經；塗屋四角，鼠不食蠶；塗倉簞〔三〕，鼠不食稻；以塞埳，百鼠種絕。」

〔一〕厭盜法　原作「厭鼠法」，今據太平廣記卷二八三「厭盜法」條引酉陽雜俎改。

〔二〕七日　藝文類聚卷九五、太平御覽卷九一一引風角要占並作「七月」。

〔三〕塗倉簞　「簞」字原闕，今據齊民要術卷五種桑柘引雜五行書補。

雍益堅云〔一〕：「主夜神咒，持之有功德，夜行及寐，可已恐怖惡夢〔二〕。」咒曰「婆珊婆演底」。

〔一〕雍益堅　未詳。類説卷四二引酉陽雜俎有「主夜神咒」條，其文字與本條略同，惟缺少「雍益堅云」四字，而同書同卷引酉陽雜俎又有雍公養生法條云：「雍公云：『卧欲縮足，不欲左脅寢，每夕濯足，已四十餘年。今年六十九，未嘗有病。』」則雍益堅亦可稱「雍公」，當是巫祝之徒。

〔二〕已　類説卷四二「主夜神咒」條引酉陽雜俎作「卻」。

宋居士説：「擲骰子〔一〕，咒云『伊諦彌諦〔二〕，彌揭羅諦』，念滿萬遍〔三〕，彩隨呼而成。」

〔一〕擲骰子　類説卷四二引酉陽雜俎作「擲骰子法」。

〔二〕伊諦彌諦　太平廣記卷二八三「宋居士」條、類説卷四二「咒骰子」引酉陽雜俎並作「伊帝彌帝」。

〔三〕念滿萬遍　「萬」，同上二書並作「十萬」，海録碎事卷一四引酉陽雜俎作「千萬」。

雲安井，自大江泝别派，凡三十里。近井十五里，澄清如鏡，舟檝無虞。近江十五里，皆灘石險惡，難於沿泝。天師翟乾祐，念商旅之勞，於漢城山上結壇，攷召追命群龍。凡一十四處，皆化爲老人，應召而止〔一〕。乾祐諭以灘波之險，害物勞人，使皆平之。一夕之間，風雷震擊，一十四里，盡爲平潭矣。惟一灘仍舊，龍亦不至。乾祐復嚴敕神吏追之，又三日，有一女子至焉，因責其不伏應召之意。女子曰：「某所以不來者，欲助天師廣濟物之功耳。且富商大賈，力皆有餘，而傭力負運者，力皆不足。雲安之貧民，自江口負財貨至近井潭，以給衣食者衆矣，今若輕舟利涉，平江無虞，即邑之貧民無傭負之所，絶衣食之路，所困者多矣。余寧險灘波以贍傭負，不可利舟楫以安富商。所以不至者，理在此也。」乾祐善其言，因使諸龍皆復其故。風雷頃刻，而長灘如舊。天寶中，詔赴上京，恩遇隆厚。歲餘，還故山，尋得道而去。

〔一〕應召而止　「止」，太平廣記卷三〇「翟乾祐」條引酉陽雜俎作「至」。

玄宗既召見一行，謂曰：「師何能？」對曰：「惟善記覽。」玄宗因詔掖庭，取宮人籍以示之。周覽既畢，覆其本，記念精熟，如素所習。讀數幅之後，玄宗不覺降御榻，爲之作禮，呼爲聖人。先是一行既從釋氏，師事普寂於嵩山。師嘗設食於寺，大會群僧及沙門，居數百里者，皆如期而至，聚且千餘人。時有盧鴻者，道高學富，隱於嵩山。因請鴻爲文，讚嘆其會。至日，鴻持其文至寺，其師受之，致於几案上。鐘梵既作，鴻請普寂曰：「某爲文數千言，況其字僻而言恠，盍於群僧中選其聰悟者，鴻當親爲傳授。」乃令召一行。既至，伸紙微笑，止於一覽，復致於几上。鴻輕其疏脱，而竊恠之。俄而群僧會於堂，一行攘袂而進，抗音典裁〔一〕，一無遺忘。鴻驚愕久之，謂寂曰：「非君所能教導也，當從其遊學。」一行因窮大衍，自此訪求師資，不遠數千里。嘗至天台國清寺，見一院，古松數十步，門有流水。一行立於門屏間，聞院中僧於庭布筭，其聲簌簌。既而謂其徒曰：「今日當有弟子求吾筭法，已合到門，豈無人道達耶？」即除一筭，又謂曰：「門前水合却西流，弟子當至。」一行承言而入，稽首請法，盡受其術焉，而門水舊東流，今忽改爲西流矣。邢和璞嘗謂尹惛曰〔二〕：「一行其聖人乎？漢之洛下閎造太初曆〔三〕，云：『後八百歲當差一日，則有聖人定之。』今年期畢矣，而一行造大衍曆正其差謬〔四〕，則洛下閎之言信矣。」一行又嘗詣道士尹崇，借揚雄太玄經。數日，復詣崇，還其書。崇曰：「此書意旨深遠，吾尋之數年，尚不能曉。吾子試更研求，何遽還也。」一行曰：「究其義矣。」因出所撰太衍玄圖及義訣一卷以示崇。崇大嗟服，曰：「此後生顔子也。」至開元末，裴寬爲河南尹，深信釋氏，師事普寂禪師，日夕造焉。居一日，寬詣寂，寂云：「方有小事，未暇欵語，且請遲回休憩也。」寬乃屏息，止於空室。見寂潔正堂，焚香端坐。坐未久，忽聞叩門，連云：「天師一行和尚至矣。」一行入，詣寂作禮，禮訖，附耳密語，其貌絶恭，但頷云〔五〕：「無不可者。」語訖禮，禮訖又語，如是者三，寂惟云：「是，是，無不可者。」一行語訖，降階入南室，自闔其户。寂乃徐命弟子云：「遣鐘，一行和尚滅度矣。」左右疾走視之，一行如其言滅度。後寬乃服衰絰葬之，自徒步出城送之。

〔一〕抗音典裁　「典裁」，原作「興裁」，今據宋高僧傳卷五唐中嶽嵩山寺一行僧傳改。

〔二〕邢和璞嘗謂尹愔　「尹愔」，原作「尹惜」，今據太平廣記卷九二「一行」條引酉陽雜俎改。

〔三〕太初曆　原作「大衍曆」，今據漢書改。按，漢書律曆志上：「遂詔卿、遂、遷與侍郎尊、大典星射姓等議造漢曆。乃定東西，立晷儀，下漏刻，以追二十八宿相距於四方，舉終以定朔晦分至，躔離弦望。乃以前曆上元泰初四千六百一十七歲，至於元封七年，復得閼逢攝提格之歲，中冬十一日甲子朔旦冬至，日月在建星，太歲在子，已得太初本星度新正。姓等奏不能爲算，願募治曆者，更造密度，各自增減，以造漢太初曆。乃選治曆鄧平及長樂司馬可、酒泉候宜君、侍郎尊及與民間治曆者，凡二十餘人，方士唐都、巴郡落下閎與焉。」

〔四〕正其差謬　「其」，原作「在」，今據舊唐書方伎僧一行傳改。

〔五〕頷　原作「頟」，今據學津本改。

酉陽雜俎前集卷六

藝絶

南朝有姥善作筆，蕭子雲常書用，筆心用胎髮。開元中，筆匠名鐵頭，能瑩管如玉，莫傳其法。

成都寶相寺，偏院小殿中有菩提像，其塵不集，如新塑者。相傳此像初造時，匠人依明堂，先具五藏，次四肢百節。將百餘年，纖塵不凝焉。

李叔詹常識一范山人〔一〕，停於私第，時語休咎必中，兼善推步禁咒。止半年〔二〕，忽謂李曰：「某有一藝，將去〔三〕，欲以爲別，所謂水畫也。」乃請後廳上掘地爲池方丈，深尺餘，泥以麻灰，日汲水滿之。候水不耗，具丹青墨硯，先援筆叩齒，良久乃縱筆毫水上。就視，但見水色渾渾耳。經二日，搨以穊絹四幅〔四〕。食頃，舉出觀之，古松恠石，人物屋木，無不備也。李鷩異，苦詰之，惟言善能禁彩色，不令沉散而已。

〔一〕李叔簷常識一范山人　「李叔簷」，太平廣記卷二一三「范山人」條引酉陽雜俎作「李叔詹」。「范山人」，原作「范陽山人」，今據同上書改。

〔二〕止半年　「止」，原作「上」，今據同上書改。

〔三〕某有一藝將去　同上書作「某將去，有一藝」。

〔四〕襌絹　同上書作「緻絹」。「襌」、「緻」通。

天寶末，術士錢知微嘗至洛，遂榜天津橋表柱賣卜，一卦帛十疋。歷旬，人皆不詣之。一日，有貴公子意其必異，命取帛如數卜焉。錢命蓍，布卦成，曰：「予筮可期一生，君何戲焉？」其人曰：「卜事甚切，先生豈悮乎？」錢云：「請爲韻語。」曰：「兩頭點土，中心虛懸。人足踏跋〔一〕，不肯下錢。」其人本意，賣天津橋紿之。其精如此。

〔一〕人足踏跋　「踏拔」，一作「踏跋」。按，能改齋漫録卷二俗語踏䟢：「俗語以事之不振者爲踏䟢，唐人已有此語。酉陽雜俎：錢知微賣卜，爲韻語曰：『足人踏䟢，不肯下錢。』」

舊説藏彄令人生離〔一〕，或言古語有徵也〔二〕。舉人高映，善意彄，成式嘗於荆州藏鈎，每曹五十餘人，十中其九，同曹鉤亦知其處，當時疑有他術。訪之，映言但意舉止辭色，若察囚視盜也。

〔一〕舊説藏彄令人生離　「説」，原作「記」，今據太平廣記卷二二八「高映」條引酉陽雜俎改。

〔二〕古語有徵　「古」，津逮本及太平廣記卷二二八「高映」條引酉陽雜俎作「占」。

山人石旻猶妙打彄，與張又新兄弟善，暇夜會客，因試其意彄，注之必中。張遂寘鉤於巾襞中，旻曰〔一〕：「盡張空拳。」有頃〔二〕，言鉤在張君幞頭左翅中〔三〕，其妙如此。旻後居揚州，成式因識之，曾祈其術。石謂成式曰：「可先畫人首數十，遣胡、越異貌〔四〕，辨則相授〔五〕。」疑其見欺〔六〕，竟不及畫。

〔一〕旻曰　太平廣記卷二二八「石旻」條引酉陽雜俎作「旻良久笑曰」。

〔二〕有頃　「有」上原有「左」字，今據同上書删。

〔三〕言鉤在張君幞頭　「言」，原作「眼」，今據文義改。

〔四〕遣胡越異貌　「貌」字原闕，今據太平廣記卷二二八「石旻」條引酉陽雜俎補。

〔五〕辨則相授　同上書作「辯其相當授」。

〔六〕欺　同上書作「紿」，義同。

器奇

開元中，河西騎將宋青春，驍果暴戾，爲衆所忌〔一〕。及西戎歲犯邊，青春每陣〔二〕，常運矟大呼〔三〕，執馘而旋，未嘗中鋒鏑，西戎憚之，一軍始賴焉。後吐蕃大北〔四〕，獲生口數千，軍帥令譯問衣大蟲皮者：「爾何不能害青春？」答曰：「嘗見龍突陣而來〔五〕，兵刃所及，若叩銅鐵，我爲神助將軍也〔六〕。」青春乃知劍之有靈。青春死後，劍爲瓜州刺史李廣琛所得，或風雨後，迸光出室，環燭方丈。哥舒翰鎮西涼〔七〕，知之，求易以他寶，廣琛不與，因贈詩〔八〕：「刻舟尋化去〔九〕，彈鋏未酬恩。」

〔一〕爲衆所忌　「忌」，太平廣記卷二三一「宋青春」條引酉陽雜俎作「推」。

〔二〕每陣　同上書作「每臨陣」。

〔三〕常運矟大呼　同上書作「必獨運劍大呼」。「矟」，錦繡萬花谷、古今事文類聚引酉陽雜俎並作「臂」。

〔四〕吐蕃大北　「北」，原作「地」，今據太平廣記卷二三一「宋青春」條引酉陽雜俎改。

〔五〕嘗見龍　「龍」，同上書作「青龍」。

〔六〕我爲　同上書作「以爲」。

〔七〕哥舒翰鎮西涼　原作「哥舒鎮西」，今據同上書補正。

〔八〕因贈詩　同上書作「因贈之詩曰」。

〔九〕刻舟尋化去　「化去」，同上書及南部新書乙集作「已化」。

鄭雲逵少時，得一劍，鱗鋏星鐔，有時而吼。常在莊居，晴日，藉膝翫之。忽有一人，從庭樹窣然而下，衣朱紫〔一〕，紇髮，露劍而立，黑氣周身，狀如重霧。鄭素有膽氣，佯若不見。其人因言：「我上界人，知公有異劍，願借一觀。」鄭謂曰：「此凡鐵耳，不堪君翫。上界豈籍此乎〔二〕？」其人求之不已，鄭伺便良久，疾起斫之，不中，剕墮〔三〕，黑氣着地，數日方散。

〔一〕衣朱紫　太平廣記卷二三一「鄭雲逵」條引酉陽雜俎作「紫衣朱幘」。

〔二〕不堪君翫上界豈籍此乎　同上書此二句作「君居上界，豈籍此乎」。

〔三〕剕墮　原作「忽墮」，今據同上書改。按，左傳昭公二十六年：「苑子剕林雍，斷其足。」孔穎達疏：「『剕』，字從刀，謂以刀擊也。」

成式相識温介云〔一〕，大曆中，高郵百姓張存，以踏藕爲業。嘗於陂中，見旱藕稍大如臂，遂併力掘之。深二丈，大至合抱，以不可窮，乃斷之。中得一劍，長二尺，色青無刃，存不之寶〔二〕。邑人有知者，以十束薪獲焉。其藕無絲。

〔一〕相識温介　太平廣記卷二三二「張存」條引酉陽雜俎作「其友人温介」。

〔二〕存不之寶　「不之」，山堂肆考卷二〇七引酉陽雜俎作「不識爲」，佩文齋廣群芳譜卷六六引酉陽雜俎作「不知」。

元和末，海陵夏侯乙庭前生百合花〔一〕，大於常數倍，異之。因發其下，得甓匣十三重，各匣一鏡。第七者，光不蝕，照日光，環一丈，其餘規銅而已。

〔一〕海陵夏侯乙　「夏侯乙」，太平廣記卷二三二「百合花」條引酉陽雜俎作「夏侯一」。

高瑀在蔡州，有軍將甲知迴易〔一〕，折欠數百萬，迴至外縣，去州三百餘里。高方令錮身勘甲，憂迫計無所出，其類因爲設酒食開解之。坐客十餘，中有稱處士皇甫玄真者，衣白若鵝羽，貌甚都雅。衆皆有寬勉之辭，皇但微笑曰：「此亦小事。」衆散，乃獨留，謂甲曰：「予嘗遊海東，獲二寶物，當爲君解此難。」甲謝之，請具車馬，悉辭，行甚疾。其晚至州，舍於店中。遂晨謁高，高一見，不覺敬之。因謂高曰：「玄真此來，特從尚書乞甲性命。」高遽曰：「甲欠官錢，非瑀私財，如何？」皇請避左右，言：「某於新羅獲一巾子〔二〕，辟塵，欲獻此贖甲。」於懷内探出授高。高纔執，已覺體中虚涼，驚曰：「此非人臣所有，且無價矣，甲之性命，恐不足酬也。」皇甫請試之。翌日，因宴於郭外。時久旱，埃塵且甚，高顧視馬尾鬣及左右騶卒數人，並無纖塵。監軍使覺，問高：「何事尚書獨不霑塵坌？豈遇異人，獲至寶乎？」高不敢隱。監軍固求見處士，高乃與俱往。監軍戲曰：「道者獨知有尚書乎？更有何寶，願得一觀。」皇甫俱述救甲之意，且言：「藥出海東，今餘一針，力弱不及巾，可令一身無塵。」監軍拜請曰：「獲此足矣。」皇即於巾上抽與之。針，金色，大如布針。監軍乃劄於巾試之，驟於塵中，塵唯及馬騣尾焉〔三〕。高與監軍日日禮謁〔四〕，將討其道要〔五〕。一夕，忽失所在矣。

〔一〕有軍將甲　「甲」，原作「田」，今據太平廣記卷四〇四「辟塵巾」條引酉陽雜俎改。下同。

〔二〕言某於新羅　「言」字原闕，今據同上書補。

〔三〕塵唯及馬騣尾焉　同上書作「唯身及馬騣尾無塵」。

〔四〕日日禮謁　同上書作「旦具禮往謁」。

〔五〕將討其道要　「討」，同上書作「請」。

樂

咸陽宮中，有鑄銅人十二枚，坐皆三五尺，列在一筵上。琴筑笙竽，各有所執，皆組綬花彩，儼若生人。筵下有銅管，上口高數尺〔一〕。其一管空，一管内有繩〔二〕，大如指，使一人吹空管，一人紐繩〔三〕，則琴瑟竽筑皆作，與真樂不異。有琴長六尺，安十三絃，二十六徽，皆七寶飾之，銘曰「璵璠之樂」。玉笛長二尺三寸，二十六孔，吹之則見車馬，出山林，隱隱相次，息亦不見，銘曰「昭華之管」。

〔一〕上口　原作「吐口」，今據西京雜記改。按，西京雜記卷三：「復鑄銅人十二枚，坐皆高三尺，列在一筵上，琴筑笙竽，各有所執，皆綴花彩，儼若生人。筵下有二銅管，上口高數尺，出筵後。其一管空，一管内有繩，大如指。使一人吹空管，一人紐繩，則衆樂皆作，與真樂不異焉。」

〔二〕一管内有繩　「一管」二字原闕，今據同上書補。見上。

〔三〕紐繩　原作「紉繩」，今據同上書改。見上。

魏高陽王雍美人徐月華，能彈臥箜篌〔一〕，爲明妃出塞之聲。

〔一〕卧箜篌　洛陽伽藍記作「箜篌」。按，洛陽伽藍記卷三高陽王寺：「及雍薨後，諸妓悉令入道，或有嫁者。美人徐月華善彈箜篌，能爲明妃出塞之曲歌，聞者莫不動容。」

有田僧超，能吹笳，爲壯士歌、項羽吟。將軍崔延伯出師，每臨敵，令僧超爲壯士聲，遂單馬入陣。

古琵琶絃用鵾雞筋〔一〕。開元中，段師能彈琵琶，用皮絃，賀懷智破撥彈之〔二〕，不能成聲。

〔一〕古琵琶絃用鵾雞筋　原作「古琵琶用鵾雞股」，今據太平廣記卷二〇五「段師」條引酉陽雜俎改。

〔二〕賀懷智破撥彈之　「破撥」，同上書同，樂府雜録作「鐵撥」。按，太平御覽卷五八三引樂府雜録：「開元中，有賀懷智善琵琶，以石爲槽，鵾雞筋作絃，用鐵撥彈之。」「鐵撥」近是。

蜀將軍皇甫直别音律，擊陶器能知時月，好彈琵琶。元和中，嘗造一調，乘涼，臨水池彈之。本黄鐘而聲入蕤賓，因更絃，再三奏之，聲猶蕤賓也。直甚惑不悦，自意爲不祥。隔日，又奏於池上，聲如故。試彈於他處，則黄鐘也。直因切調蕤賓〔一〕，夜復鳴彈於池上，覺近岸波動，有物激水如魚躍，及下絃則没矣。直遂集客車水竭池，窮池索之〔二〕。數日，泥下丈餘，得鐵一片，乃方響蕤賓鐵也。

〔一〕切調　「切」字原闕，今據太平廣記卷二〇五「皇甫直」條引酉陽雜俎補。

〔二〕窮池　同上書作「窮泥」，屬上讀爲句。

王沂者，平生不解絃管，忽旦睡，至夜乃寤，索琵琶絃之，成數曲，一名雀啅蛇，一名胡王調，一名胡瓜苑。人不識聞，聽之者莫不流涕〔一〕。其妹請學之，乃教數聲，須臾總忘，不復成曲〔二〕。

〔一〕聽之者　「者」字原闕，今據朝野僉載補。按，朝野僉載卷五：「王沂者，平生不解絃管，忽旦睡，至夜乃寤，索琵琶絃之，成數曲，一名雀啅蛇，一名胡王調，一名葫瓜苑。人不識聞，聽之者莫不流淚。其妹請學之，乃教數聲，須臾總忘，不復成曲。」

〔二〕不復成曲　原作「後不成曲」，今據同上書改。見上。

有人以猿臂骨爲笛〔一〕，吹之，其聲清圓，勝於絲竹〔二〕。

〔一〕有人　廣博物志卷三五、格致鏡原卷四七引酉陽雜俎於此句前並有「昔晉時」三字，不知所出。

〔二〕勝於絲竹　編珠卷二「猿笛鳳笙」條引酉陽雜俎：「猿臂可爲笛，吹之，其聲圓於竹。」又海録碎事卷一六引酉陽雜俎作「絶勝竹」。

琴有氣。常識一道者，相琴知吉凶。

酉陽雜俎前集卷七

酒食

魏賈瑺，家累千金，博學，善著作。有蒼頭善別水，常令乘小艇於黃河中，以瓠匏接河源水。一日不過七八升。經宿，器中色赤如絳，以釀酒，名「崑崙觴」。酒之芳味，世中所絶〔一〕。曾以三十斛上魏莊帝。

〔一〕世中　太平廣記卷二三三「崑崙觴」條引酉陽雜俎作「世間」。

歷城北有使君林，魏正始中，鄭公慤三伏之際，每率賓僚避暑於此。取大蓮葉，寘硯格上。盛酒三升，以簪刺葉，令與柄通，屈莖上輪菌如象鼻〔一〕，傳噏之，名爲「碧筩杯」。歷下斅之〔二〕，言酒味雜蓮氣香，冷勝於水〔三〕。

〔一〕輪菌　原作「輪茵」，今據太平廣記卷二三三「碧筩酒」條引酉陽雜俎改。

〔二〕歷下斅之　「歷下」，原作「以下」，今據同上書改。又「斅」，同上書作「效」。

〔三〕冷勝於水　「水」，同上書作「冰」。

青田核〔一〕，莫知其樹實之形〔二〕。核大如六升瓠，注水其中〔三〕，俄傾水成酒。一名青田壺，亦曰青田酒〔四〕。蜀後主有桃核兩扇，每扇着仁處，約盛水五升。良久，水成酒，味醉人。更互貯水，以供其宴。即不知得自何處。

〔一〕青田核　太平廣記卷二三三「青田酒」條引古今注作「烏孫國有青田核」。

〔二〕莫知其樹實之形　同上書作「莫知其樹與實」。

〔三〕注水其中　同上書作「空之盛水」。

〔四〕亦曰青田酒　同上書作「因名其核曰青田壺，酒曰青田酒」。

武溪夷田强，遣長子魯居上城，次子玉居中城，小子倉居下城，三壘相次〔一〕，以拒王莽。光武二十四年〔二〕，遣武威將軍劉尚征之。尚未至，倉獲白鼈爲臛，舉烽請兩兄，兄至，無事。及尚軍來，倉舉火，魯等以爲不實，倉遂戰而死〔三〕。

〔一〕次　原注：「一作望。」

〔二〕光武二十四年　「二十四年」，後漢書作「二十三年」。按，後漢書光武帝紀下：「（建武二十三年）十二月，武陵蠻叛，寇掠郡縣，遣劉尚討之，戰於沅水，尚軍敗歿。」

〔三〕戰而死　太平廣記卷一三二「田倉」條引酉陽雜俎作「戰死焉」。

梁劉孝儀食鯖鮓，曰：「五侯九伯，令盡征之〔一〕。」魏使崔劼、李騫在坐，劼曰：「中丞之任，未應已得分陝。」騫曰：「若然，中丞四履，當至穆陵。」孝儀曰：「鄴中鹿尾，乃酒殽之最。」劼曰：「生魚熊掌，孟子所稱；雞跖猩脣，呂氏所尚。鹿尾乃有奇味，竟不載書籍，每用爲恠〔二〕。」孝儀曰：「實自如此，或是古今好尚不同。」梁賀季曰：「青州蟹黄，乃爲鄭氏所記。此物不書，未解所以。」騫曰：「鄭亦稱益州鹿尾〔三〕，但未是珍味〔四〕。」

〔一〕令盡征之　「令」，太平廣記卷二三四「劉孝儀」條引酉陽雜俎作「今」。

〔二〕每用爲恠　「恠」，同上書作「恨」。

〔三〕益州鹿尾　「尾」，同上書作「痿」。

〔四〕未是珍味　「珍味」，同上書作「尾耳」。

何胤侈於味，食必方丈，後稍欲去其甚者，猶食白魚、䱇脯〔一〕、糖蟹，使門人議之。學生鍾岏議曰〔二〕：「䱉之就脯〔三〕，驟於屈伸，而蟹之將糖，躁擾彌甚。仁人用意，深懷如怛。至於車螯〔四〕、母蠣，眉目內闕，慙渾沌之奇，脣吻外緘，非金人之慎。不榮不悴，曾草木之不若；無馨無臭，與瓦礫而何異〔五〕。故宜長充庖廚，永爲口實。」

〔一〕䱉脯　原作「䱉腊」，按，南齊書周顒傳：「後何胤言斷食生，猶欲食白魚、䱉脯、糖蟹，以爲非見生物。」今據改。

〔二〕學生鍾岏議　「學生」，原作「學士」，今據南齊書周顒傳、南史何尚之傳附何胤傳引鍾岏文改。

〔三〕就脯　原作「就品」，太平廣記卷二三四「䱉議」條引酉陽雜俎作「就腊」，今據南齊書周顒傳、南史何尚之傳附何胤傳引鍾岏文改。按，南齊書周顒傳：「後何胤言斷食生，猶欲食白魚、䱉脯、糖蟹，以爲非見生物。疑食蚶蠣，使學生議之。學生鍾岏曰：『䱉之就脯，驟於屈伸；蟹之將糖，躁擾彌甚。仁人用意，深懷如怛。至於車螯、蚶蠣，眉目內闕，慙渾沌之奇，礦殼外緘，非金人之慎。不悴不榮，曾草木之不若；無馨無臭，與瓦礫其何算。故宜長充庖廚，永爲口實。』竟陵王子良見岏議，大怒。」

〔四〕車螯　原作「車熬」，今據南齊書周顒傳、南史何尚之傳附何胤傳引鍾岏文改。見前注。

〔五〕何異　同上二書並作「何算」。

後梁王琳〔一〕，京兆人，南遷於襄陽。天保中，爲舍人。涉獵有才藻，善劇談。常爲䱉表，以譏刺時人。其詞曰：「臣䱉言：伏見除書，以臣爲糝熬將軍〔二〕、油蒸校尉、臛州刺史，脯腊如故。肅承將命，灰身屏息〔三〕，憑籠臨鼎，載兢載惕。臣美愧夏鱣，味慙冬鯉，常懷鮐腹之誚，每懼鼈巖之譏。是以嗽流湖底，枕石泥中，不意高賞殊宏〔四〕，曲蒙鈞拔〔五〕。遂得超升綺席，忝預玉盤。爰廁玳筵〔六〕，猥頒象筯，澤覃紫腴〔七〕，恩加黄腹。方當鳴薑動椒〔八〕，紆蘇佩欓。輕瓢纔動，則樞盤如煙；濃汁暫停，則蘭殺成列。宛轉緑齏之中，逍遥朱脣之内，銜恩噬澤，九殞弗辭。不任屏營之誠，謹到銅鎗門，奉表以聞〔九〕。」詔答曰：「省表具知。卿池沼搢紳，陂池俊乂〔一〇〕，穿蒲入荇，肥滑有聞，允堪兹選，無勞謝也〔一一〕。」

〔一〕後梁王琳　「王琳」，原作「韋琳」，今據太平廣記卷二四六「王琳」條（失出處）改。按，太平廣記卷二三四「䱉表」條引酉陽雜俎作「後梁韋林」，而同上書卷二四六「王琳」條則作「後梁王琳」。又卷二四六「王琳」條之後半，記事與本條悉同，當可證此之「韋琳」與彼之「王琳」應即同一人。一則所謂「韋琳」或「韋林」於史無徵，一則「王琳」條稱其在後梁仕履言之鑿鑿：「後梁王琳，明帝時爲中書舍人。博學，有才藻。好臧否人物，衆畏其口。」今據改。

〔二〕糝熬將軍　「糝」，原作「粽」，並注：「一作糝。」今據太平廣記卷二三四「䱉表」條引酉陽雜俎改。

〔三〕灰身　原作「含灰」，今據太平廣記卷二四六「王琳」條改。

〔四〕高賞殊宏　「宏」，原作「私」，太平廣記卷二三四「䱉表」條引酉陽雜俎作「臨」，今據同上書卷二四六「王琳」條改。

〔五〕曲蒙鈞拔　「鈞」，原作「釣」，今據同上書卷二三四及卷二四六改。

〔六〕爰廁玳筵　「爰」，原作「遠」，今據同上書卷二四六「王琳」條改。

〔七〕紫腴　「腴」，原作「膦」，並注：「一作腴。」今據同上書卷二三四、二四六改。

〔八〕鳴薑動椒　「椒」，同上書卷二三四、二四六並作「桂」。

〔九〕奉表以聞　同上書卷二三四「䱉表」條引酉陽雜俎作「奉表致謝以聞」。

〔一〇〕陂池俊乂　「池」，同上書作「渠」。

〔一一〕無勞謝也　同上書卷二四六「王琳」條此下尚有「時惡之。或以譏誚聞，孝明亦弗之罪也。其文傳於江表」四句。

伊尹干湯，言天子可具三群之蟲，謂水居者腥，肉玃者臊，草食者羶也。五味三材，九沸九變，三臡七菹，具酸楚酪。芍藥之醬，秋黃之蘇。楚苗，挫糟〔一〕，山膚，大苦。

甘而不噮，酸而不嚛〔二〕，鹹而不減，辛而不耀，淡而不薄，肥而不腴。

猩脣，獲炙，觾翠，蠲腴〔三〕，麋腱〔四〕，述蕩之掔，旄象之約，桂蠹石鰒，河隈之蘇〔五〕，鞏洛之鱒，洞庭之鮒，灌水之鰩〔六〕，珠翠之珍，萊黄之鮐〔七〕，臑鼈炮羔，臇凫臛鷸〔八〕。

御宿青粲〔九〕，瓜州紅麴〔一〇〕，冀野之粱〔一一〕，芳菰精稗，會稽之菰，不周之稻，玄山之禾，陽山之穄〔一二〕，南海之秬，壽木之華，玄木之葉，夢澤之芹，具區之菁。陽樸之薑〔一三〕，招摇之桂，越駱之菌〔一四〕，長澤之卵，三危之露，崑崙之井。

黄頷臛，醒酒鯖，餅餬，餦餭，粔籹，寒具，小螄，熟蜆，炙糌，蛆子，蟹[illegible]，葫精，細烏賊，細飄〔一五〕，梨酚，纍醬，乾栗，曲阿酒，麻酒，搌酒，新鰌子，石耳，蒲葉菘，西捭〔一六〕，竹根粟，菰首，鰡子鮈，熊蒸，麻胡麥，藏荔支，緑葹筍〔一七〕，紫[illegible]，千里蓴，鱠曰萬丈，蝨足紅綷，精細曰萬鑿百鍊，蠅首如蚯，張掖九蒸豉〔一八〕，一丈三節蔗，一歲二花梨，行米，丈松，炰鰌，蚶醬，蘇膏，糖頹雌子，新烏蝍。

醽醸法〔一九〕，樂浪酒法，二月二日法酒，醬釀法，緑酃法，豬骹羹，白羹，麻羹，鴿臛，隔冒法，肚銅法，大貘炙，蜀檮炙，路時腊，棊腊，獲天腊，細麵法，飛麪法，薄演法，籠上牢丸，湯中牢丸，櫻桃饆，蝎餅，阿韓特餅，凡當餅，兜豬肉，懸熟，杏炙，鼃炙，脂血，大扁餳，馬鞍餳，黄醜，白醜，白龍舍，黄龍舍，荆餳，竿炙，羌煑〔二〇〕，疏餅，餅餬餅。

餅謂之托，或謂之餦餭。飴謂之餃〔二一〕。飽餩謂之餚。餥、飵、餂〔二二〕、茹、嗑，食也〔二三〕。膜〔二四〕、膎、腩、脤、膰，肉也。膠、腸，膜也。臇、膹、腒，臛也〔二五〕。粭糈、粰、梳，饊也。饆、

⿰飠辛、⿰飠尞、⿰飠元，餌也〔二六〕。醦、醶、酮、⿰酉樂，醋也。酪、酨、⿰酉京，漿也〔二七〕。⿰鹵肖、⿰鹵奏、⿰鹵襄、⿰鹵扁，鹽也〔二八〕。醠、⿰酉齊、⿰酉俞、⿰酉最、⿱敄酉，醬也。

〔一〕楚苗挫糟　「挫糟」二字原在「山膚大苦」句下，今據津逮本、學津本乙正。

〔二〕酸而不嗛　「嗛」，吕氏春秋卷一四本味作「酷」。

〔三〕犓腴　原作「搊腴」，今據七發改。按，文選枚叔七發：「犓牛之腴，菜以筍蒲。」

〔四〕糜腱　「糜」，原作「縻」，今據津逮本、學津本改。

〔五〕河隈之蘇　「蘇」，津逮本、學津本作「穌」。

〔六〕灌水之鰩　「鰩」，原作「鯉」，並注：「一作鰩。」今據吕氏春秋改。按，吕氏春秋卷一四本味：「雚水之魚，名曰鰩，其狀若鯉而有翼。常從西海夜飛，遊於東海。」

〔七〕萊黄之鮐　「萊」，原作「菜」，今據晉張協七命改。按，文選張景陽七命：「靈淵之龜，萊黄之鮐。」

〔八〕臇鳧臛蠵　「臛蠵」，原作「蠙臛」，今據楚辭改。按，楚辭招魂：「鵠酸臇鳧，煎鴻鶬些。露雞臛蠵，厲而不爽些。」

〔九〕御宿青粲　「粲」，原作「祭」，並注：「一作粲。」今據王粲七釋改。按，北堂書鈔卷一四二「御宿青粲」條引王粲七釋：「乃有西旅遊梁，御宿青粲，瓜州紅⿰麥商，參糅相半。」

〔一〇〕瓜州紅⿰麥商　「⿰麥商」，原作「菱」，今據王粲七釋改。見上注。

〔一一〕冀野之粱　「粱」，原作「梁」，今據張衡七辯改。按，藝文類聚卷五七引張衡七辯：「會稽之菰，冀野之粱，珍羞雜遝，灼爍芳香，此滋味之麗也。」

〔一二〕陽山之穄　「陽山」，原作「楊山」，今據呂氏春秋改。

〔一三〕陽樸之薑　「陽樸」，原作「楊樸」，今據呂氏春秋改。按，呂氏春秋卷一四本味：「和之美者，陽樸之薑，招摇之桂，越駱之菌，鱣鮪之醢，大夏之鹽，宰揭之露，其色如玉。」

〔一四〕越駱之菌　「駱」，原作「酪」，今據呂氏春秋改。見上注。

〔一五〕細飄　原校：「一作魚鰾。」

〔一六〕西捭　津逮本、學津本作「西椑」。

〔一七〕緑葹筍　「葹」，原作「施」，今據吴均（一作吴筠，下同）食移改。按，藝文類聚卷七二引梁吴均食移：「今欲君之餘，江皐緑葹之筍，洞庭紫鬣之魚，崑山龍胎之脯，玄圃鳳足之葅，千里蓴羹，萬丈名膾，氣馨若蘭，色美如艾。」

〔一八〕張掖九蒸豉　疑當作「張掖北門之豉」。按，藝文類聚卷七二引梁吴均餅説：「公曰：『今日之食，何者最先？』季曰：『仲秋禦景，離蟬欲静，燮燮曉風，淒淒夜冷。臣當此景，唯能説餅。』公曰：『善。』季乃稱曰：『安定噎鳩之麥，洛陽董德之磨，河東長若之葱，隴西舔背之犢，抱罕赤髓之羊，張掖北門之豉，然以銀屑，煎以金銚，洞庭負霜之橘，仇池連蒂之椒，調以濟北之鹽，剉以新豐之雞，細如華山之玉屑，白如梁甫之銀泥。既聞香而口閎，亦見色而心迷。』公曰：『善。』」

〔一九〕⿰酉尌釀法　疑「⿰酉尌」字乃「酎」字之訛。按，史記孝文本紀：「高廟酎，奏武德、文始、五行之舞。」集解：「張晏曰：『正月旦作酒，八月成，名曰酎。酎之言純也。』」

〔二〇〕羌煑　原校：「一作炙。」

〔二一〕飴謂之⿰飠亥　「⿰飠亥」，原作「⿰飠彦」，今據方言改。按，方言卷一三：「飴謂之⿰飠亥，（音該。）⿰飠宛謂之⿰飠隋。（以豆屑雜餳也。音髓。）」

〔二二〕飵⿰飠占　原校：「二字皆从魚。」

〔二三〕茹嚃食也　「嚃」，原作「嘰」，今據方言卷一二改。

〔二四〕膜　原校：「一作餤。」津逮本、學津本作「一作餕」。

〔二五〕⿰月馬⿰月責⿰月員臛也　「⿰月責」，原作「⿰月賫」，今據廣雅改。按，廣雅卷八釋器上：「⿰月馬、⿰月責、⿰月員，臛也。」

〔二六〕饆⿰飠辛⿰飠尞⿰飠元餌也　疑有悮字。按，廣雅卷八釋器上：「⿰飠美、⿰飠齊、⿰飠令、餣、⿰飠元，餌也。」

〔二七〕酪酨⿰酉京漿也　「⿰酉京」，原作「醇」，今據廣雅改。按，廣雅卷八釋器上：「酪、酨、⿰酉京，漿也。」

〔二八〕⿰鹵肖⿰鹵奏⿰鹵襄⿰鹵扁鹽也　「⿰鹵襄」，原作「⿰鹵囊」，今據廣雅改。按，廣雅卷八釋器上：「⿰鹵肖、⿰鹵奏、⿰鹵取、⿰鹵昷、⿰鹵襄、⿰鹵扁，鹽也。」

折粟米法：取簡勝粟一石，加粟奴五斗舂之，粟奴能令馨香。

乳煮羊胯利法：檳榔詹闊一寸，長一寸半。胡飰皮。

鯉鮒鮓法：次第以竹枝賫頭，寘日中。

書復爲記賫字五色餅法〔一〕，刻木蓮花，藉禽獸形，按成之。合中累積五色，堅作道，名爲鬪釘。色作一合者，皆糖蜜副。起粄法、湯肱法、沙碁法、甘口法。

〔一〕書復爲記　「書復爲記」四字原接上條，語非連屬，今移於本條。

蔓菁薤藾菹法：飽霜柄者，合眼掘取〔一〕，作樗蒲形。

〔一〕合眼掘取　「眼」，疑當作「根」。

蒸餅法：用大例麪一升，練豬膏三合。

梨漤法。

腴肉法。

脺肉法。

瀹鮎法。

治犢頭，去月骨，舌本近喉，有骨如月。

木耳鱠〔一〕。

漢瓜菹，切用骨刀，豆牙菹。

肺餅法。

覆肝法，起起肝如起魚菹〔二〕。

葅族並乙去汁〔三〕。

〔一〕木耳鱠　疑當作「木耳菹」。齊民要術卷九作菹藏生菜法：「木耳菹：取棗、桑、榆、柳樹邊生猶軟濕者，（乾即不中用。柞木耳亦得。）煮五沸，去腥汁，出寘冷水中，净洮。又著酢漿水中洗，出，細縷切。訖，胡荽、葱白，（少著，取香而已。）下豉汁、醬清及酢，調和適口，下薑、椒末。甚滑美。」

〔二〕菹　原作「葙」，今據津逮本、學津本改。

〔三〕並乙去汁　「汁」，原作「法」，原校：「一作升。」津逮本、學津本校：「一曰汁。」今據改。

又鱠法：鯉一尺，鯽八寸，去排泥之羽。鯽員天肉腮後鬐前。用腹腴拭刀，亦用魚腦，皆能令鱠縷不着刀。

魚肉凍胚法：淥肉酸胚〔一〕，用鯽魚、白鯉、魴、鯸、鱖、鯜；煮驢馬肉，用助底欝驢肉。驢作鑪貯反。

炙肉，鱝魚第一，白其次〔二〕。已前日味〔三〕。

〔一〕淥肉酸胚　「淥」，齊民要術作「緑」。按，齊民要術卷八菹緑：「緑肉法：用豬、雞、鴨肉，方寸准，熬之。與鹽、豉汁煮之，葱、薑、橘、胡芹、小蒜細切與之，下醋。切肉名曰『緑肉』，豬、雞名曰『酸』。」

〔二〕白其次　「白」，疑當作「白鯉」。

〔三〕已前日味　此句與前後均不接，疑有脱衍。

今衣冠家名食，有蕭家餛飩，漉去湯肥〔一〕，可以瀹茗；庾家粽子，白瑩如玉；韓約能作櫻桃饆饠，其色不變。又能造冷胡突，鱠鱧魚臆，連蒸麞麞皮〔二〕，索餅；將軍曲良翰能爲驢騣、駝峰炙。

〔一〕漉去湯肥　太平廣記卷二三四「名食」條引酉陽雜俎作「漉去，其湯不肥」。

〔二〕連蒸麞麞皮　原作「連蒸詐草草皮」，並校：「一本無『蒸』字，『草草』作『麞麞』。」今據太平廣記卷二三四「名食」條引酉陽雜俎改。

貞元中，有一將軍家出飦食，每説物無不堪喫，唯在火候，善均五味。嘗取敗障泥、胡禄〔一〕，修理食之，其味極佳。

〔一〕胡禄　太平廣記卷二三四「敗障泥」條引酉陽雜俎作「胡盝」。

道流陳景思説，敕使齊日昇養櫻桃，至五月中，皮皺如鴻柿不落，其味數倍人，不測其法。

醫

盧城之東，有扁鵲冢。元魏時〔一〕，鍼藥之士以卮腊禱之，所謂盧醫也。

〔一〕元魏時　「元魏」，原作「云魏」，按古今事文類聚前集卷五八「以卮臘禱」條、古今合璧事類備要前集卷六七「卮臘禱墓」條引酉陽雜俎並作「元魏」，今據改。

魏時，有句驪客善用鍼。取寸髮，斬爲十餘段，以針貫取之，言髮中虚也。其妙如此。

王玄策俘中天竺王阿羅䣝順以詣闕〔一〕，兼得術士䣝羅邇娑婆〔二〕，言壽二百歲。太宗奇之，館於金飆門内，造延年藥，令兵部尚書崔敦禮監主之。言婆羅門國有藥名畔茶佉水〔三〕，出大山中石臼内。有七種色，或熱或冷，能消草木金鐵，人手入則消爛。若欲取水，以駱駝髑髏沉於石臼，取水，轉注瓠蘆中。每有此水，則有石柱似人形守之。若彼山人傳道此水者則死。又有藥名咀賴羅，在高山石崖下山腹中，有石孔，孔前有樹，狀如桑樹，孔中有大毒蛇守之。取以大方箭枝葉，葉下便有烏〔四〕，烏銜之飛去，則衆箭射烏而取其葉也。後死於長安。

〔一〕王玄策俘中天竺王阿羅䣝順以詣闕　「王玄策」，原作「王玄榮」，今據舊唐書改。按舊唐書太宗紀下：「（貞觀二十二年）五月庚子，右衛率長史王玄策擊帝那伏帝國，大破之，獲其王阿羅那順及王妃、子等，虜男女萬二千人，牛馬二萬餘以詣闕。使方士那羅邇娑婆於金飆門造延年之藥。」

〔二〕䣝羅邇娑婆　原作「䣝羅邇婆」，並校：「一有娑字。」按舊唐書西戎傳、新唐書西域傳上其術士名並作「那羅邇娑婆寐」，今據補。見上注。

〔三〕畔茶佉水　新唐書西域上天竺傳作「畔茶法水」。

〔四〕葉下便有烏　「烏」，同上書作「鳥」。

荆人道士王彦伯，天性善醫，尤別脈，斷人生死壽夭，百不差一。裴冑尚書子〔一〕，忽暴中病，衆醫拱手。或説彦伯，遽迎使視。脈之良久，曰：「都無疾。」乃煮散數味，入口而愈。裴問其狀，彦伯曰：「中無腮鯉魚毒也。」其子因鱠得病〔二〕。裴初不信，乃鱠鯉魚無腮者，令左右食之，其候悉同〔三〕，始大驚異焉。

〔一〕裴冑尚書子　「子」，太平廣記卷二一九「王彦伯」條引酉陽雜俎作「有子」。

〔二〕其子因鱠得病　同上書「因」前有「實」字。

〔三〕其候悉同　「候」，同上書作「疾」。

柳芳爲郎中，子登，疾重〔一〕。時名醫張方福初除泗州，與芳故舊，芳賀之，且言：「子病，唯恃故人一顧也。」張詰旦候芳，芳遽引視登。遥見登頂，曰：「有此頂骨，何憂也。」因按脈五息〔二〕，復曰：「不錯，壽且逾八十。」乃留方數十字，謂登曰：「不服此亦得。」登後爲庶子，年至九十而卒〔三〕。

〔一〕疾　太平廣記卷二一九「張萬福」條引酉陽雜俎作「疾重」。

〔二〕按脈五息　同上書作「診脈五六息」。

〔三〕年至九十而卒　新、舊唐書柳芳傳皆謂卒時「年九十餘」。

酉陽雜俎前集卷八

黥

上都街肆惡少，率髡而膚劄，備衆物形狀。恃諸軍，張拳强劫，至有以蛇集酒家，捉羊胛擊人者。今京兆尹薛公元賞〔一〕，上三日〔二〕，令里長潛部〔三〕，約三十餘人〔四〕，悉杖煞，屍於市。市人有點青者，皆灸滅之〔五〕。時大寧坊力者張幹，劄左膞曰「生不怕京兆尹」，右膞曰「死不畏閻羅王」。又有王力奴，以錢五千召劄工，可胸腹爲山亭院，池樹，草木，鳥獸，無不悉具，細若設色。公悉杖殺之。

又賊趙武建，劄一百六處番印、盤鵲等〔六〕，左右膞刺言：「野鴨灘頭宿，朝朝被鶻梢。忽驚飛入水，留命到今朝。」

又高陵縣捉得鏤身者宋元素，刺七十一處，左臂曰「昔日已前家未貧，苦將錢物結交親〔七〕。如今失路尋知己〔八〕，行盡關山無一人」，右臂上刺葫蘆，上出人首〔九〕，如傀儡戲有郭公者〔一〇〕。縣吏不解，問之，言葫蘆精也。

〔一〕今京兆尹薛公元賞 「尹」字原闕，今據太平廣記卷二六三「張幹等」條引酉陽雜俎補。

〔二〕上三日 原作「上言白」，今據太平廣記卷二六三「張幹等」條引酉陽雜俎改。按，新唐書薛元賞傳作「到三日」。按，新唐書本傳：「會昌中，（李）德裕當國，復拜京兆尹。都市多俠少年，以黛墨鑱膚，誇詭力，剽奪坊閭。元賞到府三日，收惡少，杖死三十餘輩，陳諸市，餘黨懼，争以火滅其文。」

〔三〕潛部 同上書作「潛捕」，義勝。

〔四〕約三十餘人 「十」，原作「千」，並校：「一作十。」今據同上書改。

〔五〕灸 同上書作「炙」。

〔六〕一百六 原作「一百六十」，今據同上書改。

〔七〕苦將錢物結交親 太平廣記卷二六三「張幹等」條引酉陽雜俎作「千金不惜結交親」。

〔八〕如今失路尋知己 同上書作「及至棲惶覓知己」。

〔九〕上出人首 同上書作「上劄出人首」。

〔一〇〕如傀儡戲有郭公者 「有」字原闕，今據同上書補。

李夷簡，元和末在蜀。蜀市人趙高，好鬬，常入獄，滿背鏤毗沙門天王。吏欲杖背，見之輒止。恃此，轉爲坊市患害。左右言於李，李大怒，擒就廳前，索新造筋棒，頭徑三寸，叱杖子：「打天王盡則已！」數三十餘不絶〔一〕。經旬日，袒衣而歷門叫呼，乞修理破功德錢〔二〕。

〔一〕數三十餘不絶　「絶」，太平廣記卷二六四「趙高」條引酉陽雜俎作「死」。

〔二〕乞修理破功德錢　「破」字原闕，今據同上書補。

蜀小將韋少卿〔一〕，韋表微堂兄也。少不喜書，嗜好劄青。其季父嘗令解衣視之〔二〕，胸上刺一樹，樹梢集鳥數十〔三〕，其下懸鏡，鏡鼻繫索，有人止於側牽之。叔不解，問焉。少卿笑曰：「叔不曾讀張燕公詩否？『挽鏡寒鴉集』耳。」

〔一〕韋少卿　類説卷四二引酉陽雜俎作「韋少微」，二者皆無考。

〔二〕季父　太平廣記卷二六四「韋少卿」條引酉陽雜俎作「叔父」。

〔三〕集鳥數十　「鳥」，類説卷四二引酉陽雜俎作「烏」。

荆州街子葛清，勇不膚撓，自頸已下，遍刺白居易舍人詩。成式常與荆客陳至，呼觀之，令其自解，背上亦能闇記。反手指其劄處，至「不是此花偏愛菊」，則有一人持盃臨菊藂；又「黄夾纈林寒有葉」，則指一樹，樹上掛纈，纈窠鏁勝絶細〔一〕。凡刻三十餘首〔二〕，體無完膚，陳至呼爲「白舍人行詩圖」也。

〔一〕纈窠鏁勝　太平廣記卷二六四「葛清」條引酉陽雜俎無「鏁」字。又「勝」，原校：「一作滕。」按，「勝」、「滕」字通。

〔二〕凡刻三十餘首　「餘首」，原作「餘處首」，後二字必衍其一，今據太平廣記卷二六四「葛清」條引酉陽雜俎删「處」字。

成式門下騶路神通，每軍較力，能戴石簦，靸六百斤石，齧破石粟數十〔一〕。背刺天王，自言得神力，入場人助多則力生〔二〕。常至朔望日，具乳糜，焚香袒坐，使妻兒供養其背而拜焉。

〔一〕齧破石粟數十　「粟」，太平廣記卷二八九「路神通」條引酉陽雜俎作「栗」。

〔二〕入場人助多則力生　同上書作「入場神助之則力生」。

崔承寵，少從軍，善驢鞠，逗脱杖捷如膠焉。後爲黔南觀察使。少，遍身刺一蛇，始自右手，口張臂食兩指，繞腕匝頸，齟齬在腹，拖股而尾及骭焉。對賓侶，常衣覆其手，然酒酣輾袒而努臂戟手，捉優伶輩曰：「蛇咬爾！」優伶等即大叫毁而爲痛狀，以此爲戲樂。

寶曆中，長樂里門有百姓刺臂，數十人環矚之。忽有一人，白襴屠蘇，頊首微笑而去〔一〕，未十步，百姓子刺血如衄，痛苦次骨。食頃，出血斗餘。衆人疑向觀者〔二〕，令其父從而求之。其人不承，其父拜數十，乃捻撮土若祝〔三〕：「可傅此。」如其言，血止。

〔一〕頊首　太平廣記卷二八六「長樂里人」條引酉陽雜俎作「傾首」。

〔二〕疑向觀者　同上書作「疑向觀者所爲」。

〔三〕撮土　同上書作「轍土」。

成式三從兄遘，貞元中，嘗過黄坑。有從者拾髑髗骨數片，將爲藥。一片上有「逃走奴」字痕〔一〕，如淡墨，方知黥蹤入骨也。從者夜夢一人，掩面從其索骨，曰：「我羞甚，幸君爲我深藏之，當福君。」從者驚覺毛戴，遽爲埋之。後有事，鬼髣髴夢中報之。以是獲財，欲至十萬而卒。

〔一〕逃走奴字痕　「字」，津逮本、學津本作「三字」。

蜀將尹偃，營有卒，晚點後數刻不至〔一〕，偃將責之。卒被酒，自理聲高，偃怒，杖數十，幾至死。卒弟爲營典，性友愛，不平偃，乃以刀剺肌，作「殺尹」兩字，以墨涅之。偃陰知，乃以他事杖殺典。及太和中，南蠻入寇，偃領衆數萬，保邛崍關。偃膂力絶人，常戲左右，以棗節杖擊其脛，隨擊筋漲擁腫，初無痕撻。恃其力，悉衆出關，逐蠻數里，蠻伏發，夾攻之，大敗，馬倒，中數十鎗而死。初出關日，忽見所殺典，擁黄案，大如轂，在前引，心惡之，問左右，咸無見者，竟死於陣。

〔一〕晚點後數刻不至　「不至」二字原闕，今據太平廣記卷一二二「蜀營典」條引酉陽雜俎補。

房孺復妻崔氏，性忌〔一〕，左右婢不得濃粧高髻，月給燕脂一豆，粉一錢。有一婢新買，粧稍佳，崔怒謂曰：「汝好粧耶？我爲汝粧！」乃令刻其眉，以青填之；燒鏁梁，灼其兩眼角，皮隨手燋卷〔二〕，以朱傅之。及痂脱，瘢如粧焉。

〔一〕性忌　太平廣記卷二七二「房孺復妻」條引酉陽雜俎作「性妒忌」。

〔二〕隨手　同上書無「手」字。

楊虞卿爲京兆尹，時市里有三王子，力能揭巨石，遍身圖刺，體無完膚。前後合抵死數四，皆匿軍以免。一日有過，楊令五百人捕獲〔一〕，閉門杖殺之。判云：「鏨刺四支〔二〕，口稱王子〔三〕，何須訊問，便合當辜〔四〕。」

〔一〕楊令五百人捕獲　「五百人」，太平廣記卷二六四「三王子」條引酉陽雜俎作「所由數人」。

〔二〕鏨刺　同上書作「刺劄」。

〔三〕口稱王子　「口」，原作「只」，今據同上書改。

〔四〕便合當辜　「便」，原作「何」，今據同上書改。

蜀人工於刺，分明如畫。或言以黛則色鮮，成式問奴輩，言但用好墨而已。

荊州，貞元中，市有鬻刺者〔一〕，有印，印上簇針爲衆物狀，如蟾、蝎、杵臼〔二〕，隨人所欲，一印之，刷以石墨。瘡愈後，細於隨求印〔三〕。

〔一〕市有鬻刺者　太平廣記卷二六三「荊州鬻劄者」條引酉陽雜俎作「市中有鬻劄者」。

〔二〕杵臼　同上書引作「鳥獸」。

〔三〕隨求印　「求」，同上書作「永」。

近代粧尚靨，如射月，日黄〔一〕，星靨。靨鈿之名，蓋自吴孫和鄧夫人也。和寵夫人，嘗醉，舞如意，悮傷鄧頰，血流，嬌婉彌苦。命大醫合藥，醫言：「得白獺髓，雜玉與虎魄屑，當滅痕。」和以百金購得白獺，乃合膏。虎魄太多，及差〔二〕，痕不滅，左頰有赤點如痣〔三〕，視之，更益甚妍也。諸嬖欲要寵者，皆以丹點頰，而後進幸焉。

〔一〕日黄　疑當作「月黄」。按，北户録卷三「鶴子草」條：「余訪花子事，如面光，眉翠，月黄，星靨，其來尚矣。」崔龜圖注：「月黄，星靨，蛾黄，嫠靨，皆類。」

〔二〕及差　「差」字原闕，今據太平廣記卷二一八「吴太醫」條引酉陽雜俎補。

〔三〕有赤點如痣　「痣」，原作「意」，今據同上書改。

今婦人面飾用花子，起自昭容上官氏所製，以掩點跡〔一〕。大曆已前，士大夫妻多妒悍者，婢妾小不如意，輒印面，故有月點錢點〔二〕。

〔一〕以掩點跡　「點」，説郛（涵芬樓本）卷三六引酉陽雜俎、南村輟耕録卷九「面花子」條引酉陽雜俎並作「黥」。

〔二〕月點錢點　同上書並作「月黥錢黥」。

百姓間，有戴青誌如黥。舊言婦人在草蓐亡者，以墨點其面，不爾則不利後人。越人習水，必鏤身，以避蛟龍之患。今南中有繡面狫子〔一〕，蓋彫題之遺俗也。

〔一〕南中有繡面狫子　「有」字原闕，太平廣記卷四八二「繡面獠子」條引酉陽雜俎補。

周官：「墨刑罰五百〔一〕。」鄭言：「先刻面，以墨窒之。」窒墨者，使守門。尚書刑德放曰〔二〕：「涿鹿者，鑿人顙也。黥人者，馬羈笮人面也。」鄭云：「涿鹿黥，世謂之刀墨之民。」

〔一〕墨刑罰五百　「五百」，原作「三百」，今據周禮改。按，周禮秋官司刑：「司刑掌五刑之灋，以麗萬民之罪。墨罪五百，劓罪五百，宮罪五百，刖罪五百，殺罪五百。」

〔二〕尚書刑德放　原作「尚書刑德攷」，今據太平御覽卷六四八引改。按，太平御覽卷六四八引尚書刑德放：「涿鹿者，竿人顙也。黥者，馬羈，竿人面也。（鄭玄曰：『涿鹿、黥皆先次刀笁（鋩）傷人，墨市（布）其中，故後世謂之墨土民也。』）」

尚書大傳：「虞舜象刑〔一〕，犯墨者皂巾。」白虎通：「墨者，墨其額也〔二〕，取法火之勝金〔三〕。」

〔一〕虞舜象刑　「虞舜」，尚書大傳作「唐虞」。按，北堂書鈔卷四四「唐虞象刑」條引尚書大傳：「唐虞象刑，畫衣冠，異章服，犯墨者蒙巾，犯劓者赭其衣，犯臏者以墨蒙其臏，犯大辟者著布衣無領，畫跪當黥，草纓當劓，履菲當刖，艾必當宮。」

〔二〕墨其額也　「墨其」二字原闕，今據白虎通補。按，太平御覽卷六四八引白虎通：「墨，墨其額也，取法火之勝金也，得火亦變而墨也。」

〔三〕取法火之勝金　「取法」，原作「取漢法」，衍「漢」字，今據白虎通删。

漢書：「除肉刑。當黥者，髡鉗爲城旦舂。」

又漢書：「使王烏等闚匈奴。匈奴法，漢使不去節，不以墨黥面，不得入穹廬。王烏等去節黥面，得入穹廬，單于愛之。」

晉令：「奴始亡〔一〕，加銅青若墨，黥兩眼。後再亡〔二〕，黥兩頰上。三亡，横黥目下，皆長一寸五分〔三〕。」

〔一〕奴始亡　「始」，晉令作「婢」。按，太平御覽卷六四八引晉令：「奴婢亡，加銅青若墨黥，黥兩眼。後再亡，黥兩頰上。三亡，横黥目下，皆長一寸五分，廣五分。」

〔二〕後再亡　「後」，原作「從」，今據晉令改。見前。

〔三〕皆長一寸五分　太平御覽卷六四八引晉令此下尚有「廣五分」三字。見前。

梁朝雜律：「凡囚未斷，先刻面作『劫』字。」

釋僧祇律：「印瘢者〔一〕，比丘作梵王法，破肉，以孔雀膽、銅青等畫身，作字及鳥獸形，名爲印黥〔二〕。」

〔一〕印瘢者　原作「涅槃印者」，今據僧祇律改。按，摩訶僧祇律卷二三明雜誦跋渠法之一：「爾時比丘度印瘢人出家，爲世人所譏：『云何沙門釋子度犯王法印瘢人出家？出家之人宜當完淨，此壞敗人何道之有！』諸比丘以是因緣，往白世尊。乃至，佛言：『從今日後印瘢人不應與出家。』印瘢者，破肉以孔雀膽、銅青等畫作字，作種種鳥獸像，不應與出家。若已出家者，不應驅出。若與出家受具足者，越比尼罪，是名印瘢。」

〔二〕印黥　當作「印瘢」。見上注。

天寶實録云：「日南廄山，連接不知幾千里，裸人所居，白民之後也。刺其胸前作花，有物如粉而紫色，畫其兩目下，去前二齒，以爲美飾。」

成式以君子「耻一物而不知」〔一〕，陶貞白每云：「一事不知，以爲深耻。」况相定黥布當王，淫著紅花欲落，刑之墨屬，布在典册乎！偶録所記，寄同志，愁者一展眉頭也。

〔一〕成式以君子耻一物而不知　此條原與上「日南厩山」條相接爲一條，今按太平廣記卷四八三「日南」條引酉陽雜俎至「以爲美飾」止，知「成式」以下云云，乃作者就黥一節所作結語，今在則另作一條。

雷

安豐縣尉裴顥〔一〕，士淹孫也，言：「玄宗嘗冬月，召山人包超，令致雷聲。超對曰：『來日及午有雷〔二〕。』遂令高力士監之。一夕，醮式作法，及明，至巳矣，天無纖翳。力士懼之，超曰：『將軍視南山，當有黑氣如盤矣。』力士望之，如其言。有頃，風起，黑氣彌漫，疾雷數聲〔三〕。明皇又每令隨歌舒翰西征〔四〕，每陣常得勝風。」

〔一〕安豐縣尉裴顥　「裴顥」，太平廣記卷三九三「包超」條引酉陽雜俎作「裴翾」。

〔二〕來日及午有雷　同上書作「來日午當有雷」。

〔三〕疾雷數聲　「疾」，原作「矣」，屬上讀，今據同上書改。

〔四〕明皇又每令隨歌舒翰西征　紺珠集卷六引酉陽雜俎「令」下有「裴顗」二字。

貞元初，鄭州百姓王幹，有膽勇。夏中作田，忽暴雨雷，因入蠶室中避雨。有頃，雷電入室中，黑氣陡暗。幹遂掩户，把鋤亂擊〔一〕。雷聲漸小〔二〕，雲氣亦斂，幹大呼，擊之不已。氣復如半牀，已至如盤，騞然墜地，變成熨斗、折刀、小折腳鐺焉。

〔一〕把鋤亂擊　「把」，太平廣記卷三九三「王幹」條引酉陽雜俎作「荷」。

〔二〕雷聲漸小　「雷」字原闕，今據同上書補。

李鄘在北都，介休縣百姓送解牒，夜止晉祠宇下。夜半，有人扣門云：「介休王暫借霹靂車，某日至介休收麥。」良久，有人應曰：「大王傳語，霹靂車正忙，不及借。」其人再三借之，遂見五六人秉燭，自廟後出，介山使者亦自門騎而入〔一〕。數人共持一物如幢，扛上環綴旗幡，授與騎者曰：「可點領。」騎者即數其幡，凡十八葉，每葉有光如電起。百姓遂遍報鄰村，令速收麥，將有大風雨。村人悉不信〔二〕，乃自收刈。至其日，百姓率親情，據高阜，候天色。及午，介山上有黑雲氣，如窑煙，斯須蔽天，注雨如綆，風吼雷震。凡損麥千餘頃，數村以百姓爲妖，訟之。工部員外郎張周封，親睹其推案〔三〕。

〔一〕介山使者　「介山」，津逮本、學津本並作「介休」。

〔二〕悉不信　太平廣記卷三九三「李鄘」條引酉陽雜俎作「悉不之信」。

〔三〕親睹其推案　紺珠集卷六引酉陽雜俎作「事見案牘中」。

成式至德坊〔一〕從伯父〔二〕，少時於陽羡家，乃親故也〔二〕，夜遇雷雨，每電起光中，見有人頭數十，大如栲栳〔三〕。

〔一〕至德坊　疑字有訛悮。按，太平廣記卷三九四「段成式伯」條引酉陽雜俎無此三字。

〔二〕乃親故也　同上書連上句作「少時於陽羡親舊舍」。

〔三〕大如栲栳　「如」，同上書作「於」。

柳公權侍郎嘗見親故説，元和末，止建州山寺中〔一〕，夜半，覺門外喧鬧，因潛於牕欞中觀之。見數人運斤造雷車，如圖畫者〔二〕。久之，一噓氣〔五〕，忽陡暗，其人兩目遂昏焉。

〔一〕止建州山寺中　「止」字原闕，今據太平廣記卷三九四「建州山寺」條引酉陽雜俎補。

〔二〕如圖畫者　同上書作「宛如圖畫者」。

處士周洪言，寶曆中，邑客十餘人，逃暑會飲。忽暴風雨，有物墜，如玃，兩目睒睒。衆人驚伏牀下。倏忽上堦，歷視衆人，俄失所在。及雨定，稍稍能起，相顧，耳悉泥矣〔一〕。邑人言，向來雷震，牛戰鳥墮，邑客但覺殷殷而已。

〔一〕耳悉泥矣　太平廣記卷三九四「周洪」條引酉陽雜俎作「但耳悉泥矣」。

元稹在江夏〔一〕，襄州賈塹有莊〔二〕，新起堂。上梁纔畢，疾風甚雨。時莊客輸油六七甕，忽雷震一聲〔三〕，油甕悉列於梁上，一滴不漏。其年，元卒。

〔一〕元稹在江夏　「在」，太平廣記卷三九四「元稹」條引酉陽雜俎作「鎮」。
〔二〕襄州賈塹有莊　同上書作「襄州賈墅有別業」。
〔三〕忽雷震一聲　「雷」字原闕，今據説郛（涵芬樓本）補。

貞元年中，宣州忽大雷雨，一物墮地，豬首，手足各兩指，執一赤蛇嚙之，俄頃雲暗而失。時皆圖而傳之。

夢

魏楊元稹能解夢〔一〕，廣陽王淵夢着衮衣〔二〕，倚槐樹。問元稹，元稹言：「當得三公。」退謂人曰：「死後得三公耳。『槐』字，『木』傍『鬼』。」果爲葛榮所殺〔三〕，贈司徒。

〔一〕楊元稹　洛陽伽藍記卷二作「楊元慎」。見下條注。

〔二〕廣陽王淵　即元淵，太平廣記卷二七七「元淵」條引酉陽雜俎作「後魏廣陽王元淵」。

〔三〕果爲葛榮所殺　「葛榮」，原作「爾朱榮」，今據魏書廣陽王建傳附深傳及洛陽伽藍記卷二景寧寺條改。

許超夢盜羊入獄，問楊元稹〔一〕。元稹曰：「當得城陽令〔二〕。」後封城陽侯。

〔一〕問楊元稹　此四字原闕，今據太平廣記卷二七七「許超」條引酉陽雜俎補。

〔二〕城陽　洛陽伽藍記作「陽城」。

補闕于堇〔一〕，善占夢。一人夢松生户前，一人夢棗生屋上〔二〕。堇言：「松丘壟間所植，『棗』字重『來』，重『來』，呼魄之象。」二人俱卒。

〔一〕補闕于堇　原作「補闕楊子孫堇」，「孫」字下並注：「一作于，一作玉。」今據太平廣記卷二七九「于堇」條引酉陽雜俎改。

〔二〕一人夢棗生屋上　此前四句，同上書作「一人夢松生户前，一人夢棗生屋上，以問補闕于堇」。

侯君集與承乾謀通逆〔一〕，意不自安。忽夢二甲士録至一處，見一人高冠鼓髯〔二〕，叱左右：「取君集威骨來！」俄有數人，操屠刀，開其腦上及右臂間，各取骨一片，狀如魚尾。因唫囈而覺，腦臂間猶痛。自是心悸力耗，至不能引一鈞弓。欲自首，不決而敗。

〔一〕侯君集與承乾謀通逆　太平廣記卷二七九「侯君集」條引酉陽雜俎作「唐貞觀中，侯君集與庶人承乾通謀」。

〔二〕高冠鼓髯　「鼓」，同上書作「奮」。

揚州東陵聖母廟主，女道士康紫霞，自言少時，夢中被人録於一處，言天符令攝將軍巡南岳，遂擐以金鏁甲，令騎，道從千餘人，馬蹀虚南去。須臾至，岳神拜迎馬前，夢中如有處分。岳中峰嶺溪谷，無不歷也。恍惚而返，雞鳴驚覺。自是生鬚數十根。

司農卿韋正貫應舉時，嘗至汝州，汝州刺史柳淩留署軍事判官。柳嘗夢有一人呈案，中言欠柴一千七百束。因訪韋解之，韋曰：「柴，薪木也，公將此不久乎？」月餘，柳疾卒。素貧，韋爲部署，米麥鏹帛，悉前請於官數月矣，唯官中欠柴一千七百束。韋披案，方省柳前夢。

道士秦霞霽，少勤香火，存想不怠。嘗夢大樹，樹忽穴，有小兒青摺鬐髮，自穴而出，語秦曰：「合土尊師。」因驚覺。自是休咎之事，小兒髣髴報焉。凡五年，秦意爲妖，偶以事訪於師，師遽戒勿言：「此修行有功之證。」因此遂絶。舊説夢不欲數占，信矣。

蜀醫昝殷言〔一〕：「藏氣陰多則夢數〔二〕，陽壯則夢少，夢亦不復記。」周禮有「掌三夢」，又「以日月星辰各占六夢」，謂日有甲乙，月有建破，星辰有居直，星有扶刻也〔三〕。又曰「舍萌于四方，以贈惡夢」，謂會民，方相氏四面逐送惡夢至四郊也。

〔一〕蜀醫昝殷言　太平廣記卷二八二「段成式」條引酉陽雜俎此句作「段成式常言，聞於醫曰」。

〔二〕藏氣陰多則夢數　「夢數」，原作「數夢」，今據同上書乙正。

〔三〕星有扶刻　「扶」，原校：「一作符。」

漢儀大儺侲子辭，有「伯奇食夢」。道門言夢者魄妖，或謂三尸所爲。釋門言有四：一善惡種子，二四大偏增，三賢聖加持，四善惡徵祥。成式嘗見僧首素言之，言出藏經，亦未暇尋討。又言夢不可取，取則著，著則悖入。夫瞽者無夢〔一〕，則知夢者習也。

〔一〕夫瞽者無夢　此下二句，太平廣記卷二八二「段成式」條引酉陽雜俎在上條「夢亦不復記」句下。

成式表兄盧有則，夢看擊鼓。及覺，小弟戲叩門爲街鼓也。

又成式姑壻裴元裕言〔一〕：「群從中有悦隣女者，夢女遺二櫻桃食之。及覺，核墜枕側。」

〔一〕姑壻裴元裕　「姑壻」，太平廣記卷二八二「段成式」條引酉陽雜俎作「姊壻」。

李鉉著李子正辯，言至精之夢，則夢中身人可見〔一〕，如劉幽求見妻，夢中身也，則知夢不可以一事推矣。愚者少夢，不獨至人，聞之騶皂〔二〕，百夕無一夢也。

〔一〕則夢中身人可見　太平廣記卷二八二「段成式」條引酉陽雜俎、南部新書辛集並作「則夢中之身可見」。

〔二〕聞之騶皂　「聞」，原作「問」，並注：「一作聞。」今據同上書改。

秘書郎韓臯〔一〕，善解夢。衛中行爲中書舍人，時有故舊子弟赴選〔二〕，投衛論屬，衛欣然許之。駁牓將出，其人忽夢乘驢〔三〕，蹶墜水中，登岸而靴不濕焉。選人與韓有舊，訪之，韓被酒，半戲曰：「公今選事不諧矣〔四〕。據夢，衛生相負，足下不沾。」及牓出，果駁放。韓有學術，韓僕射猶子也。

〔一〕秘書郎韓臯　原作「韓泉」，今據太平廣記卷二七九「衛中行」條引酉陽雜俎改。

〔二〕故舊子弟赴選　「赴」字原闕，今據同上書補。

〔三〕乘驢　同上書作「乘驢渡水」。

〔四〕公今選事　「今」，同上書作「今年」。

威遠軍小將梅伯成，善占夢〔一〕。近有優人李伯怜，遊涇州乞錢，得米百斛。及歸，令弟取之，過期不至。晝夢洗白馬〔二〕，訪伯成占之。伯成佇思曰：「凡人好反語〔三〕，洗白馬，瀉白米也。君所憂，或有風水之虞乎？」數日，弟至，果言渭河中覆舟，一粒無餘。

〔一〕善占夢　「善」字前原衍「以」字，今據太平廣記卷二七九「李伯憐」條引酉陽雜俎删。

〔二〕晝夢洗白馬　「晝」，同上書作「夜」。

〔三〕凡人好反語　「凡人」，同上書作「凡顛人」。

卜人徐道昇言：「江淮有王生者，榜言解夢。賈客張瞻將歸，夢炊於臼中，問王生。生言：『君歸不見妻矣。臼中炊，固無釜也〔一〕。』賈客至家，妻果卒已數月，方知王生之言不誣矣。」

〔一〕固無釜也　「固」，太平廣記卷二七九「張瞻」條引酉陽雜俎作「因」。

酉陽雜俎前集卷九

事感

平原高苑城東有漁津，傳云，魏末，平原潘府君字惠延，自白馬登舟之部，手中筭囊，遂墜於水，囊中本有鍾乳一兩。在郡三年，濟水泛溢，得一魚，長三丈，廣五尺。刳其腹中，得頃時墜水之囊〔一〕，金針尚在，鍾乳消盡。其魚得脂數十斛，時人異之。

〔一〕得頃時墜水之囊　「得頃時」，原作「有得一」，今據太平廣記卷四六六「潘惠延」條引酉陽雜俎改。

譙郡有功曹嶠。天統初〔一〕，濟南來府君出除譙郡，時功曹清河崔公恕，弱冠有令德。于時春夏積旱，送别者千餘人，至此嶠上，衆渴甚，思水，升直萬錢矣。來公有思水色，恕獨見一青烏〔二〕，於嶠中乍飛乍止，恠而就焉。烏起，見一石，方五六寸。以鞭撥之，清泉湧出。因盛以銀瓶，瓶滿，水立竭，唯來公與恕供療而已〔三〕。議者以爲盛德所感致焉，時人異之，故以爲目。

〔一〕天統初　「初」，太平廣記卷一六二「崔恕」條引酉陽雜俎作「中」。

〔二〕青烏　同上書作「青鳥」。下同。

〔三〕供療　同上書作「供飲」。

李彦佐在滄景，太和九年，有詔詔浮陽兵北渡黄河，時冬十二月，至濟南郡，使擊冰延舟〔一〕，冰觸舟，舟覆詔失。李公驚懼，不寢食六日，鬢髮暴白，至貌侵膚削，從事亦訝其儀形也。乃令津吏：「不得詔，盡死！」吏懼，且請公一祝，沉浮於河。吏憑公誠明，以死索之。李公乃令具爵酒，及祝〔二〕，傳語詰河伯，其旨曰：「明天子在上，川瀆山嶽，祝史咸秩。予境之内，祀未嘗匱〔三〕。爾河伯洎鱗之長〔四〕，當衛天子詔，何反溺之？予或不獲，予齋告於天，天將謫爾！」吏酹冰。辭已，忽有聲如震，河冰中斷，可三十丈。吏知李公精誠已達，乃沉鉤索之。一鉤而出，封角如舊，唯篆印微濕耳。李公所至，令務嚴簡〔五〕，推誠於物，著於官下〔六〕。如河水色渾駛流，大木與纖芥，頃而千里矣。安有舟覆六日，一酹而堅冰陷，一鉤而沉詔獲，得非精誠之至乎？

〔一〕擊冰延舟　「冰」，原作「水」，今據太平廣記卷一六二「李彦佐」條引酉陽雜俎改。
〔二〕及祝　「及」，原作「言」，今據同上書改。
〔三〕祀未嘗匱　「祀」，原作「祝」，今據同上書改。
〔四〕洎鱗之長　「鱗」，同上書作「鱗介」。
〔五〕今務嚴簡　同上書作「令嚴務簡」。
〔六〕著於官下　同上書作「著聲於官」。

盜俠

魏明帝起淩雲臺，峻峙數十丈，即韋誕白首處。有鈴下卒〔一〕，能着屐登緣，不異踐地，明帝恠而煞之，腋下有兩肉翅，長數寸。

〔一〕有鈴下卒　原作「有人鈴下」，今據紺珠集卷二引殷芸小説改。

高唐縣南有鮮卑城〔一〕，舊傳鮮卑聘燕，停於此矣。城傍有盜跖冢，冢極高大，賊盜嘗私祈焉。齊天保初，土鼓縣令丁永興，有群賊劫其部內，興乃密令人冢傍伺之。果有祈祀者，乃執諸縣，案煞之，自後祀者頗絕。

皇覽言：「盜跖冢在河東。」按，盜跖死於東陵，此地古名東平陵，疑此近之。

〔一〕高唐縣南有鮮卑城　「高唐縣」，原作「高堂縣」，今據太平廣記卷三九〇「丁永興」條引酉陽雜俎改。

或言刺客，飛天夜叉術也。韓晉公在浙西，時瓦官寺因商人設無遮齋〔一〕，衆中有一年少請弄閣，乃投蓋而上，單練䰄履膜皮，猿掛鳥跂，捷若神鬼。復建罌水於結脊下，先溜至簷，空一足，欹身承其溜焉，睹者無不毛戴。

〔一〕設無遮齋　「設」字原闕，今據白孔六帖卷二四「弄閣」條引酉陽雜俎補。

馬侍中嘗寶一玉精盌，夏蠅不近，盛水經月，不腐不耗。或目痛，含之立愈。嘗匣於臥內，有小奴七八歲，偷弄墜破焉。時馬出未歸，左右驚懼，忽失小奴。馬知之，大怒，鞭左右數百，將殺小奴，三日尋之不獲。有婢晨治地，見紫衣帶垂於寢牀下，視之，乃小奴蹶張其牀而負焉，不食三日而力不衰。馬睹之大駭，曰：「破吾盌，乃細過也。」即令左右摞殺之。

韋行規自言：少時遊京西，暮止店中，更欲前進，店前老人方工作，謂曰：「客勿夜行，此中多盜。」韋曰：「某留心弧矢，無所患也。」因進發。行數十里，天黑，有人起草中尾之。韋叱不應，連發矢中之，復不退。矢盡，韋懼，奔焉〔一〕。有頃，風雷總至。韋下馬，負一樹，見空中有電光相逐如鞠杖，勢漸逼樹杪。覺物紛紛墜其前，韋視之，乃木札也。須臾，積札埋至膝。韋驚懼，投弓矢，仰空乞命。拜數十，電光漸高而滅，風雷亦息。韋顧大樹，枝幹童矣。鞍馱已失，遂返前店。見老人方箍桶〔二〕，韋意其異人，拜之，且謝有悮也。老人笑曰：「客勿恃弓矢，須知劒術。」引韋入院後，指鞍馱言：「卻須取，相試耳〔三〕。」又出桶板一片，昨夜之箭，悉中其上。韋請役力汲湯，不許。微露擊劒事，韋亦得其一二焉。

〔一〕奔焉　「焉」，原作「馬」，今據太平廣記卷一九五「京西店老人」條引酉陽雜俎改。

〔二〕箍桶　原作「箛篅」，今據同上書改。

〔三〕卻須取相試耳　同上書作「卻領取，聊相試耳」。

相傳黎幹爲京兆尹時，曲江塗龍祈雨，觀者數千。黎至，獨有老人植杖不避。幹怒，杖背二十，如擊鞔革，掉臂而去。黎疑其非常人，命老坊卒尋之。至蘭陵里之內〔一〕，入小門，大言曰：「我今日困辱甚，可具湯也。」坊卒遽返白黎，黎大懼，因弊衣懷公服，與坊卒至其處。時已昏黑，坊卒直入，通黎之官閥。黎唯而趨入，拜伏曰：「向迷丈人物色，罪當十死。」老人驚起，曰：「誰引君來此〔二〕？」即牽上階。黎知可以理奪，徐曰：「某爲京兆尹，威稍損則失官政。丈人埋形雜跡，非證惠眼，不能知也。若以此罪人，是釣人以賊，非義士之心也。」老人笑曰：「老夫之過。」乃具酒設席於地，招坊卒令坐。夜深，語及養生之術，言約理辯，黎轉敬懼。因曰：「老夫有一伎，請爲尹設。」遂入。良久，紫衣朱鬟，擁劍長短七口，舞於庭中。迭躍揮霍，攙光電激，或橫若裂盤〔三〕，旋若規尺〔四〕。有短劍二尺餘，時時及黎之衽，黎叩頭股慄。食頃，擲劍植地，如北斗狀，顧黎曰：「向試黎君膽氣。」黎拜曰：「今日已後性命，丈人所賜，乞役左右。」老人曰：「君骨相無道氣，非可遽教，別日更相顧也。」揖黎而入。黎歸，氣色如病。臨鏡，方覺鬢剃落寸餘。翌日復往，室已空矣。

〔一〕至蘭陵里之內　「內」，太平廣記卷一九五「蘭陵老人」條引酉陽雜俎作「南」。

〔二〕誰引君來此　「君」，同上書作「尹」。下「君骨獻無道氣」句同。

〔三〕裂盤　同上書作「掣帛」。

〔四〕旋若規尺　「規尺」，同上書作「規火」，說郛（四庫本）卷一一二下引劍俠傳作「欻火」。

建中初，士人韋生移家汝州，中路逢一僧，因與連鑣，言論頗洽。日將銜山，僧指路謂曰〔一〕：「此數里是貧道蘭若，郎君豈不能左顧乎？」士人許之，因令家口先行。僧即處分步者先排比〔二〕。行十餘里，不至。韋生問之，即指一處林煙曰：「此是矣。」及至〔三〕，又前進。日已没，韋生疑之。素善彈，乃密於靴中取弓卸彈，懷銅丸十餘，方責僧曰：「弟子有程期，適偶貪上人清論，勉副相邀。今已行二十里，不至，何也？」僧但言：「且行。」至是，僧前行百餘步，韋知其盜也，乃彈之，正中其腦。僧初若不覺〔四〕，凡五發中之，僧始捫中處，徐曰：「郎君莫惡作劇〔五〕。」韋知無奈何，亦不復彈。見僧方至一莊，數十人列炬出迎。僧延韋坐一廳中，唤云〔六〕：「郎君勿憂。」因問左右：「夫人下處如法無？」復曰：「郎君且自慰安之，即就此也。」韋生見妻女别在一處，供帳甚盛，相顧涕泣。即就僧，僧前執韋生手曰：「貧道盜也，本無好意，不知郎君藝若此，非貧道亦不支也〔七〕。今日故無他，幸不疑也。適來貧道所中郎君彈悉在。」乃舉手搦腦後，五丸墜地焉。蓋腦銜彈丸而無傷，雖列言「無痕撻」，孟稱「不膚撓」，不啻過也。有頃布筵，具蒸犢，犢劄刀子十餘，以齏餅環之。揖韋生就坐，復曰：「貧道有義弟數人，欲令伏謁〔八〕。」言未已，朱衣巨帶者五六輩，列於階下。僧呼曰：「拜郎君。汝等向遇郎君，則成齏粉矣。」食畢，僧曰：「貧道久爲此業，今向遲暮，欲改前非。不幸有一子，伎過老僧，欲請郎君爲老僧斷之。」乃呼：「飛飛，出參郎君。」飛飛年纔十六七，碧衣長袖，皮肉如脂〔九〕。僧叱曰：「向後堂侍郎君。」僧乃授韋一劍及五丸，且曰：「乞郎君盡藝殺之，無爲老僧累也。」引韋入一堂中，乃反鏁之。堂中四隅，明燈而已。飛飛當堂執一短馬鞭，韋引彈，意必中，丸已敲落，不覺跳在梁上，循壁虛躡〔一〇〕，捷若猱玃。彈丸盡，不復中，韋乃運劍逐之。飛飛倏忽逗閃，去韋身不尺。韋斷其鞭數節〔一一〕，竟不能傷。僧久乃開門，問韋：「與老僧除得害乎？」韋具言之，僧悵然，顧飛飛曰：「郎君證成汝爲賊也，知復如何。」僧終夕與韋論劍及弧矢之事。天將曉，僧送韋路口，贈絹百疋，垂泣而別。

〔一〕僧指路謂曰　「路」，太平廣記卷一九四「僧俠」條引酉陽雜俎作「路歧」。
〔二〕僧即處分步者先排比　同上書作「僧即處分從者，供帳具食」。
〔三〕及至　此二字原闕，今據同上書補。
〔四〕初若不覺　「若」字原闕，今據同上書補。
〔五〕莫惡作劇　原作「莫作惡劇」，今據同上書改。
〔六〕唤　同上書作「笑」。
〔七〕亦不支也　「支」，原作「及」，今據同上書改。
〔八〕伏謁　同上書作「謁見」。

〔九〕皮肉如脂　「脂」，原作「腊」，今據津逮、學津本改。按，太平廣記卷一九四「僧俠」條有注謂明鈔本作「脂」。

〔一〇〕循壁虚躡　「躡」，原作「攝」，今據太平廣記卷一九四「僧俠」條引酉陽雜俎改。

〔一一〕斷其鞭數節　「數」字原闕，今據同上書補。

元和中，江淮有唐山人者，涉獵史傳，好道，常遊名山。自言善縮錫，頗有師之者。後於楚州逆旅遇一盧生，意氣相合〔一〕，盧亦語及爐火，稱唐族乃外氏，遂呼唐爲舅。唐不能相捨，因邀同之南嶽。盧亦言：「親故在陽羨，將訪之，今且貪舅山林之程也。」中途，止一蘭若。夜半，語笑方酣，盧曰：「知舅善縮錫，可以梗概語之。」唐笑曰：「某數十年重趼從師，衹得此術，豈可輕道耶？」盧復祈之不已，唐辭以師授有時日，可達嶽中相傳〔二〕。盧因作色：「舅今夕須傳，勿等閑也！」唐責之：「某與公風馬牛耳，不意盱眙相遇〔三〕，實慕君子，何至騶卒不若也。」盧攘臂瞋目，眄之良久曰：「某刺客也，如不得，舅將死於此〔四〕！」因懷中探烏韋囊，出匕首，刃勢如偃月，執火前熨斗，削之如札。唐恐懼具述，盧乃笑語唐：「幾悮殺舅。」此術十得五六，方謝曰：「某師，仙也，令某等十人，索天下妄傳黄白術者殺之。至添金縮錫，傳者亦死。某久得乘蹻之道者。」因拱揖唐，忽失所在。唐自後遇道流，輒陳此事戒之。

〔一〕意氣相合　「意」字原闕，今據太平廣記卷一九五「盧生」條引酉陽雜俎補。

〔二〕可達獄中　「達」，津逮本、學津本作「遲」。

〔三〕旰眙　原作「旰暗」，並校：「一作旰眙。」今據太平廣記卷一九五「盧生」條引酉陽雜俎改。

〔四〕如不得舅將死於此　原作「舅不得將死於此」，今據同上書改。

李廓在潁州，獲光火賊七人，前後殺人，必食其肉。獄具，廓問食人之故，其首言：「某受教於巨盜〔一〕，食人肉者夜入，人家必昏沉，或有魘不悟者〔二〕，故不得不食。」兩京逆旅中，多畫鸜鵒及茶椀〔三〕，賊謂之鸜鵒辣者，記嘴所向，椀子辣者，亦示其緩急也。

〔一〕受教　「受」，原作「授」，今據津逮本、學津本改。

〔二〕魘不悟者　「魘」，原作「饜」，今據津逮本、學津本改。

〔三〕多畫鸜鵒及茶椀　「畫」，原作「盡」，並校：「一作畫。」今據津逮本、學津本改。按，說郛（四庫本）卷一七下引盧陵官下記作「畫」。

酉陽雜俎前集卷十

物異

秦鏡　僰溪古岸石窟有方鏡，徑丈餘，照人五藏，秦皇世號爲「照骨寶」。在無勞縣鏡山〔一〕。

風聲木　東方朔西那汗國迴，得風聲木枝〔二〕，帝以賜大臣。人有疾則枝汗，將死則折。里語曰：「生年未半，枝不汗。」

〔一〕在無勞縣鏡山　「鏡山」，原作「境山」，今據上下文義改。

〔二〕得風聲木枝　太平廣記卷四〇七「汗杖」（許按，「杖」乃「枝」之悞。）條引酉陽雜俎作「得聲風木十枚」。按，别國洞冥記卷二：「太初二年，東方朔從西那汗國得聲風木十枚，獻帝。」

漢高祖入咸陽宫，寳中猶異者，有青玉燈檠，高七尺五寸。下作蟠螭，以口銜燈。燈燃，則鱗甲皆動，炳煥若列星。

珊瑚　漢積草池中珊瑚，高一丈二尺，一本三柯，上有四百六十二條。是南越王趙佗所獻，號爲烽火樹，夜有光影，常似欲燃。

石墨　無勞縣山出石墨，爨之，彌年不消。

異字　鏡山西有石壁，壁間千餘字，色黄，不似鐫刻，狀如科斗，莫有識者。

田公泉　華陽雷平山有田公泉，飲之，除腸中三蟲。用以浣衣，勝灰汁。

螢火芝〔一〕　良常山有螢火芝，其葉似草，實大如豆，紫花，夜視有光。食一枚，心中一孔明。食至七，心七竅洞徹，可以夜書。

〔一〕螢火芝　真誥作「熒火芝」。按，真誥卷一三稽神樞三：「良常山有熒火芝，此物在地如熒火狀，其實似草而非。大如豆形，紫花，夜視有光。得食一枚，心中一孔明。食七枚，七孔明，可夜書。計得食四十七枚，壽萬年。」

石人　尋陽山上有石人，高丈餘。虎至此，輒倒石人前。

冬瓜　晉高衡爲魏郡太守，戍石頭。其孫雅之，在廏中，有神來降，自稱白頭公。所拄杖，光照一室。又有一物，如冬瓜，眼遍其上也。

豫章船　昆明池，漢時有豫章船，一艘載一千人。

銅駞　漢元帝竟寧元年，長陵銅駞生毛，毛端開花。

簎　晉時，錢塘有人作簎，年收魚億計，號「萬匠簎」。

碑龜　臨邑縣北，有華公墓〔一〕，碑尋失，唯趺龜存焉。石趙世，此龜夜常負碑入水，至曉方出，其上常有萍藻。有伺之者，果見龜將入水，因叫呼，龜乃走，墜折碑焉。

〔一〕華公墓　太平廣記卷三七四「海畔石龜」條引酉陽雜俎作「燕公墓碑」。

陸鹽　昆吾國陸鹽，周十餘里，無水，自生末鹽。月滿則如積雪，味甘；月虧則如薄霜，味苦；月盡亦全盡。

潁陽碑　魏曹丕受禪處。後六字生金，司馬氏金行，明六世遷魏也。

泉　允街縣有泉〔一〕。泉眼中水，交旋如盤龍，或試撓破之，尋平成龍狀〔二〕。驢馬飲之，皆驚走。

〔一〕允街縣　原作「元街縣」，今據水經注改。水經注河水二：「湟水又東，逕允街縣故城南，漢宣帝神爵二年寘，王莽之修遠亭也。縣有龍泉，出允街谷，泉眼之中，水文成蛟龍，或試撓破之，尋平成龍，畜生將飲者，皆畏避而走，謂之龍泉，下入湟水。」

〔二〕尋平成龍狀　「平」，原作「手」，今據同上書改。見上注。又太平廣記卷三九九「元街泉」條引酉陽雜俎作「隨手成龍狀」。

石漆　高奴縣石脂水，水膩，浮水上如漆，採以膏車及燃燈，極明。

麝𩮜〔一〕　晉時，有徐景於宣陽門外，得一錦麝𩮜。至家開視，有蟲如蟬，五色，後兩足各綴一五銖錢〔二〕。

〔一〕麝𩮜　太平廣記卷四〇五「徐景」條引酉陽雜俎作「麝襆」。下同。

〔二〕後兩足各綴一五銖錢　「後」字原闕，今據同上書補。

玉龍　梁大同八年，戍主楊光欣，獲玉龍一枚，長一尺二寸，高五寸，彫鏤精妙，不似人作。腹中容斗餘，頸亦空曲。寘水中，令水滿，倒之，水從口出，水聲如琴瑟〔一〕，水盡方止。

〔一〕水聲　太平廣記卷四〇一「玉龍」條引酉陽雜俎作「出聲」。

木字　齊永明九年，秣陵安明寺有古樹，伐以爲薪，木理自然有「法大德」三字〔一〕。

〔一〕法大德　「大」，太平廣記卷四〇六「三字薪」條引酉陽雜俎作「天」。

木簡　齊建元初，延陵季子廟舊有湧井，井北忽有金石聲，掘深二尺，得沸泉。泉中得木簡，長一尺，廣一寸二分，隱起字曰「廬山道士張陵再拜謁」。木堅而白，字色黄。

赤木　宗廟地中生赤木，人君禮各得其宜也〔一〕。

〔一〕各得其宜　「各」，原作「名」，今據太平廣記卷四〇六「宗廟文木」條引酉陽雜俎改。

紅沫　練丹砂爲黄金，碎以染筆，書入石中，削去逾明，名曰紅沫。

鏡石 濟南郡有方山，相傳有奂生得仙於此。山南有明鏡崖，石方三丈，魑魅行伏，了了然在鏡中。南燕時，鏡上遂使漆焉。俗言山神惡其照物，故漆之。

承受石 筑陽縣水中，有孤石挺出，其下澄潭，時有見此石根，如竹根，色黄，見者多凶，俗號「承受石」。

錐 中牟縣魏任城王臺下池中，有漢時鐵錐，長六尺，入地三尺，頭西南指，不可動。

釜石 夷道縣有釜瀨，其石大者如釜，小者如斗，形色亂真，唯實中耳。

魚石 衡陽湘鄉縣有石魚山，山石色黑，理若生雌黄〔一〕。開發一重，輒有魚形，鱗鰭首尾有若畫。長數寸，燒之作魚腥。

〔一〕理若生雌黄 「生雌黄」，水經注作「雲母」。按，水經注漣水：「（漣水）東入衡陽湘鄉縣，歷石魚山，下多玄石。山高八十餘丈，廣十里，石色黑而理若雲母，開發一重，輒有魚形，鱗鬐首尾，宛若刻畫。長數寸，魚形備足，燒之作魚膏腥，因以名之。」

銅神　衡陽重安縣東有略塘〔一〕，塘有銅神，往往銅聲。激水，水爲變緑，作銅腥，魚盡死。

〔一〕衡陽重安縣東有略塘　「重安縣」，原作「唐安縣」，今據水經注改。按，水經注湘水：「承水出衡陽重安縣西，邵陵縣界邪薑山。東北流，至重安縣，逕舜廟下，廟在承水之陰，又東合略塘。」

材〔一〕　中宿縣山下有神宇，溱水至此，沸騰鼓怒，槎木泛至此淪没，竟無出者，世人以爲河伯下材。

〔一〕材　此字原闕，今據學津本補。按，本卷各條皆有題目，此處亦當有之。

皷杖　含洭縣翁水口下東岸，有聖皷杖，即陽山之皷杖也。横在川側，衝波所激，未嘗移動。衆鳥飛鳴，莫有萃者。船人悮以篙觸，必患瘧。

井　石陽縣有井，水半青半黄。黄者如灰汁，取作粥飲，悉作金色，氣甚芬馥。

燃石　建城縣出燃石，色黄，理疏。以水灌之則熱，安鼎其上，可以炊也。

石皷　冀縣有天皷山〔一〕，山有石如皷。河皷星摇動，則石皷鳴，鳴則秦土有殃。

〔一〕冀縣　當作「冀城縣」，在今甘肅甘谷東。按，隋書地理志上：「（天水郡）冀城，後周曰冀城縣，廢入黄瓜縣。大業初，改曰冀城。有石鼓崖。」

半湯湖　句容縣吴瀆塘有半湯湖，湖水半冷半熱，熱可以瀹雞。皆有魚，交入輒死〔一〕。

〔一〕交入輒死　「交」，原作「髮」，今據古今事文類聚卷一八、記纂淵海卷八引酉陽雜俎改。

鹽　朐愍縣鹽井，有鹽方寸，中央隆起，如張傘，名曰傘子鹽。

泉　玉門軍有蘆葭泉，周二丈，深一丈，駞馬千頭飲之不竭。

茯苓　沈約謝始安王賜茯苓，一枚重十二斤八兩，有表。

古鑊　虢州陵縣石城崗〔一〕，有古鑊一口，樹生其内，大數圍。

〔一〕虢州陵縣　唐虢州領六縣，内中無「陵縣」，疑當作「湖縣」，古鑊事亦恐與黄帝鑄鼎傳説相關。按，元和郡縣圖志卷六河南道一：「（虢州）湖城縣，本漢湖縣，屬京兆尹。即黄帝鑄鼎之處。後漢改屬弘農郡，至宋加『城』字爲湖城縣。荆山在縣南，即黄帝鑄鼎之處。」

君王鹽　白鹽崖有鹽，如水精，名爲「君王鹽」。

手板　宋山陽王休祐，屢以言語忤顔。有庾道敏者，善相手板，休祐以己手板託言他人者，庾曰：「此板乃貴，然使人多忤。」休祐以褚淵詳密，乃换其手板。别日，褚於帝前稱「下官」，帝甚不悦。

鼠丸　王肅造逐鼠丸，以銅爲之，晝夜自轉。

木囚　論衡言：「李子長爲政，欲知囚情。以梧桐爲人，象囚之形。鑿地爲埳〔一〕，以蘆葦爲郭藉〔二〕，卧木囚於其中。囚當罪，木囚不動。囚或冤，木囚乃奮起。」

〔一〕鑿地爲埳　「埳」，原作「臼」，今據論衡改。按，論衡亂龍篇：「李子長爲政，欲知囚情。以梧桐爲人，象囚之形。鑿地爲埳，以蘆爲槨，卧木囚其中。囚罪正，則木囚不動。囚冤侵奪，木囚動出。不知囚之精神著木人乎？將精神之氣動木囚乎？」

〔二〕以蘆葦爲郭藉　「郭」，論衡作「槨」。見上。

蘇秦金　魏時，洛陽令史高顯〔一〕，掘得黄金百斤，銘曰「蘇秦金」。

〔一〕高顯　洛陽伽藍記卷三、太平廣記卷三九一「高顯洛」條引洛陽伽藍記並作「高顯洛」，太平御覽卷八一一引郡國志作「高顯業」。魏書卷六八、北史卷八〇高肇傳並言：「肇弟顯，侍中、高麗國大中正，早卒。」不知是否即其人。

梨　洛陽報德寺梨，重六斤。

甑花　滕景真在廣州七層寺〔一〕，元徽中罷職歸家〔二〕。婢炊，釜中忽有聲如雷，米上芃芃隆起。滕就視，聲轉壯，甑上花生數十，漸長似蓮花，色赤有光似金，俄頃萎滅。旬日，滕得病卒。

〔一〕滕景真　太平廣記卷一四二「滕景直」條引廣古今五行記作「滕景直」，同上書卷三六一「滕景貞」條引酉陽雜俎作「滕景貞」，未詳孰是。

〔二〕元徽　原作「永徽」，「元徽」爲宋後廢帝劉昱年號（四七三—四七六），而「永徽」爲唐高宗李治年號（六五〇—六五五），太平廣記卷一四二「滕景直」條引廣古今五行記既稱「宋滕景直」，則此處自當用劉宋年號，今據改。

官金中，螻頂金最上，六兩爲一垛，有卧螻蛄穴及水皐形。當中陷處，名曰趾腹。又鋌上凹處有紫色，名紫膽。開元中，有大唐金〔一〕，即官金也。

〔一〕大唐金　原校：「一有『印』字。」按，諸本未見有作「大唐金印」者，而「大唐金」則有傳説故事，見太平廣記卷四〇〇「成弼」條引廣異記，文繁不録。

玄金　太宗時，汾州言：「青龍、白龍吐物在空中，有光如火，墜地，陷入二尺。掘之，得玄金，廣尺餘，高七寸〔一〕。」

〔一〕高七寸　「寸」，太平廣記卷四〇〇「玄金」條引酉陽雜俎作「尺」。

芝　天寶初〔一〕，臨川人李嘉胤，所居柱上生芝草，狀如天尊。太守張景佚拔柱獻焉。

〔一〕天寶　原作「天保」，今據本書前集卷一九廣動植四草篇及兩唐書五行志改。

龜　建中四年〔一〕，趙州寧晉縣沙河北，有大棠梨樹，百姓常祈禱。忽有群蛇數十〔二〕，自東南來，渡北岸，集棠梨樹下爲二積，留南岸者爲一積。俄見三龜徑寸，繞行積傍，積蛇盡死，乃各登其積。視蛇腹，悉有瘡，若矢所中。刺史康日知，圖甘棠梨三龜來獻〔三〕。

〔一〕建中四年　「四年」，太平御覽卷九三三引唐書作「三年」，新唐書五行志三作「二年」。

〔二〕忽有群蛇數十　「十」，太平御覽卷九三三引唐書作「千」。

〔三〕圖甘棠梨三龜來獻　新唐書五行志三作「刺史康日知圖其事，奉三龜來獻」。「梨」，津逮本、學津本作「奉」。

雪　貞元二年，長安大雪，平地深尺餘，上有薰黑色〔一〕。

〔一〕上有薰黑色　舊唐書五行志作「雪上有黃色，狀如浮埃」。

雨木　貞元四年，雨木於陳留，大如指，長寸許，每木有孔通中。所下其立如植，徧十餘里。

齒　梵衍那國有金輪王齒〔一〕，長三寸。

〔一〕梵衍那國　原作「梵那衍國」，今據大唐西域記改。按，大唐西域記卷一梵衍那國：「復有金輪王齒，長三寸，廣二寸。」

石柱　劫比他國有石柱〔一〕，高七十餘尺，無憂王所建。色紺光潤，隨人罪福，影其上。

〔一〕劫比他國　原作「劫化他國」，今據大唐西域記改。按，大唐西域記卷四劫比他國：「城東二十餘里，有大伽藍」，「有釋梵之像，形擬厥初，猶爲下勢。傍有石柱，高七十餘尺，無憂王所建。色紺光潤，質堅密理。上作師子蹲踞向階，彫鏤奇形。周其方面，隨人罪福，影現柱中。」

旃檀鼓　于闐城東南有大河，溉一國之田，忽然絶流。其國王問羅漢僧〔一〕，言龍所爲也，王乃祠龍。水中有一女子，淩波而來，拜曰：「妾夫死，願得大臣爲夫，水當復舊。」有大臣請行，舉國送之。其臣車駕白馬，入水不溺，中河而没〔二〕。後白馬浮出，負一旃檀鼓及書一函。發書，言大鼓懸城東南，寇至，鼓當自鳴。後寇至，鼓輒自鳴。

〔一〕羅漢僧　原作「羅洪僧」，今據大唐西域記改。按，大唐西域記卷一二瞿薩旦那國：「城東南百餘里有大河，西北流，國人利之，以用溉田。其後斷流，王深恠異。於是命駕問羅漢僧曰：『大河之水，國人取給，今忽斷流，其咎安在？爲政有不平，德有不洽乎？不然，垂譴何重也。』」，「其臣乃衣素服，乘白馬，與王辭訣，敬謝國人。驅馬入河，履水不溺，濟乎中流，麾鞭畫水，水爲中開，自兹没矣。頃之，白馬浮出，負一栴檀大鼓，封一函書。」

〔二〕中河而没　「没」字原闕，屬下讀作「中河而後白馬浮出」，語意扞格難通，今分作兩句，並據大唐西域記補「没」字。

石鞾　于闐國刹利寺有石鞾〔一〕。

〔一〕刹利寺　水經注河水二作「利刹寺」，疑誤。按，本卷後文「辟支佛鞾」條：「于闐國贊摩寺有辟支佛鞾，非皮非綵，歲久不爛。」「利刹寺」應即「刹利寺」，「石鞾」應即「辟支佛鞾」。

石阜石　河目縣有石阜石，破之，有鹿馬跡〔一〕。

〔一〕鹿馬跡　「鹿」，原作「禄」，今據水經注改。按，水經注河水三：「河水自臨河縣東逕陽山南」，「東流，逕石跡阜西，是阜，破石之文，悉有鹿馬之跡，故納斯稱焉。南屈，逕河目縣，在北假中，地名也。」

舍利　東迦畢試國有窣堵波〔一〕，舍利常見，如綴珠幡，循繞表柱〔二〕。

〔一〕東迦畢試國有窣堵波　「迦畢試國」，原作「迦畢誠國」，今據大唐西域記卷一改。

〔二〕循繞表柱　「柱」，原作「樹」，並校：「一作柱。」今據大唐西域記改。按，大唐西域記卷一迦畢試國：「聞諸先志曰：窣堵波中有如來骨肉舍利，可一升餘。神變之事，難以詳述。一時中窣堵波內忽有煙起，少間便出猛焰，時人謂窣堵波已從火燼。瞻仰良久，火滅煙消，乃見舍利，如白珠幡，循環表柱，宛轉而上，升高雲際，縈旋而下。」

蟻像〔一〕　健馱羅國石壁上有佛像。初，石壁有金色蟻，大者如指，小者如米，齧石壁如彫鐫，成立佛狀。

〔一〕蟻像　原作「蟣像」，今據大唐西域記改。按，大唐西域記卷二健馱羅國：「聞諸耆舊曰：數百年前，石基之隙有金色蟻，大者如指，小者如麥，同類相從，齧起石壁，文若彫鏤。廁以金沙，作爲此像，今猶現在。」

燋米　乾陁國，昔尸毗王倉庫爲火所燒，其中粳米燋者，於今尚存。服一粒，永不患瘧。

辟支佛鞾　于闐國贊摩寺有辟支佛鞾，非皮非綵，歲久不爛。

石駞溺　拘夷國北山有石駞溺水，溺下，以金銀銅鐵瓦木等器盛之皆漏，掌承之亦透，唯瓢不漏。服之，令人身上臭毛落盡得仙。出論衡。

人木　大食西南二千里有國，山谷間，樹枝上化生人首，如花〔一〕，不解語〔二〕。人借問，笑而已，頻笑輒落〔三〕。

〔一〕樹枝上化生人首如花　太平廣記卷四八一「大食國」條引酉陽雜俎作「樹枝上生花如人首」。

〔二〕不解語　同上書作「但不語」。

〔三〕頻笑輒落　紺珠集卷六引西陽雜俎作「笑輒落，謂之化生人」。

馬　俱位國以馬種蒔，大食國馬解人語〔一〕。

〔一〕大食國馬解人語　太平廣記卷四三五「馬」條引西陽雜俎作「大食國出解人語馬」。

石人　萊子國海上有石人，長一丈五尺，大十圍。昔秦始皇遣此石人追勞山，不得，遂立於此。

銅馬　俱德建國烏滸河中，灘派中有火祆祠。相傳祆神本自波斯國乘神通來此，常見靈異，因立祆祠。内無象，於大屋下寘大小爐，舍簷向西，人向東禮。有一銅馬，大如次馬，國人言自天下，屈前脚在空中而對神立，後脚入土。自古數有穿視者，深數十丈，竟不及其蹄。西域以五月爲歲，每歲日，烏滸河中有馬出，其色金，與此銅馬嘶相應，俄復入水。近有大食王不信，入祆祠將壞之，忽有火燒其兵，遂不敢毁。

蛇磧　蘇都瑟匿國西北有蛇磧，南北蛇原五百餘里，中間遍地毒氣如煙，飛鳥悉墜地，蛇吞食。或大小相噬及食生草。

石鼊　私訶條國金遼山寺中〔一〕，有石鼊，衆僧飲食將盡，向石鼊作禮，於是飲食悉具。

〔一〕金遼山　太平御覽卷九三二引支僧載外國事作「全道遼山」。

神廚　俱振提國尚鬼神。城北隔珍珠江二十里有神〔一〕，春秋祠之。時國王所須什物金銀器，神廚中自然而出，祠畢亦滅。天后使驗之，不妄。

〔一〕珍珠江　太平廣記卷四八一「俱振提國」條引酉陽雜俎作「真珠江」，當作「真珠河」。

毒槊　南蠻有毒槊，無刃，狀如朽鐵，中人無血而死。言從天雨下，入地丈餘。祭地，方撅得之〔一〕。

〔一〕祭地方撅得之　太平廣記卷四〇五「毒槊」條引酉陽雜俎作「祭地方掘入」，下並有「蠻中呼爲鐸刃」六字。

甲　遼城東有鏁甲，高麗言：「前燕時，自天而落。」

土檳榔　狀如檳榔，在孔穴間得之，新者猶軟，相傳蟾蜍矢也。不常有之。主治惡瘡。

鬼矢　生陰濕地，淺黄白色，或時見之。主瘡。

石欄干　生大海底，高尺餘，有根莖，上有孔如物點。漁人網罥取之，初出水正紅色，見風漸漸青色。主石淋。

壁影　高郵縣有一寺，不記名。講堂西壁枕道，每日晚，人馬車轝影，悉透壁上。衣紅紫者，影中鹵莽可辨。壁厚數尺，難以理究。辰午之時則無。相傳如此二十餘年矣，或一年半年不見。成式太和初，揚州見寄客及僧説。

醯石　成式群從有言：「少時嘗毁鳥巢，得一黑石，如雀卵〔一〕，圓滑可愛。後偶寘醋器中，忽覺石動，徐視之，有四足如綖〔二〕，舉之，足亦隨縮。」

〔一〕如雀卵　太平廣記卷四〇五「段成式」條引酉陽雜俎作「大如雀卵」。

〔二〕有四足如綖　「綖」，原作「蜒」，今據同上書改。

桃核　水部員外郎杜陟，常見江淮市人，以桃核扇量米，正容一升，言於九嶷山溪中得。

人足　處士元固言：「貞元初，常與道侶遊華山，谷中見一人股，襪履甚新，斷如膝頭，初無瘡跡〔一〕。」

〔一〕瘡跡　太平廣記卷三七四「華山道侶」條引酉陽雜俎作「痕跡」。

瓷椀　江淮有士人莊居，其子年二十餘，常病猒。其父一日飲茗，甌中忽靤起如漚，高出甌外，瑩浄若琉璃。中有一人，長一寸，立於漚〔一〕，高出甌中。細視之，衣服狀貌，乃其子也。食頃爆破，一無所見。茶椀如舊，但有微璺耳。數日，其子遂着神，譯神言，斷人休咎不差謬。

〔一〕立於漚　「漚」，太平廣記卷三六四「江淮士人」條引酉陽雜俎作「漚上」。

鐵鏡　荀諷者，善藥性，好讀道書，能言名理，樊晃常給其絮帛。有鐵鏡，徑五寸餘，鼻大如拳，言於道者處傳得。亦無他異，但數人同照，各自見其影，不見别人影。

大蟲皮　永寧王𨂝鐵舊有大蟲皮，大如一掌，鬢尾班點如犬者。

人腊　李章武有人腊，長三尺餘〔一〕，頭項髀肋成就〔二〕，云是僬僥國人。

〔一〕長三尺餘　「尺」，原校：「一作寸。」按，太平廣記卷四八〇「僬僥」條、紺珠集卷六引酉陽雜俎作「寸」。

〔二〕頭項髀肋成就　「髀」，原作「䏶」，字書無此字，今據同上書改。

牛黄　牛黄在膽中。牛有黄者，或吐弄之。集賢校理張希復言：「嘗有人得其所吐黄，剖之〔一〕，中有物如蝶飛去。」

〔一〕剖之　「之」字原闕，今據津逮本、學津本補。

上清珠　肅宗爲兒時，常爲玄宗所器，每坐於前，熟視其貌，謂武惠妃曰：「此兒甚有異相，他日亦吾家一有福天子。」因命取上清玉珠，以絳紗裹之，繫於頸。是開元中罽賓國所貢，光明潔白，可照一室。視之，則仙人、玉女、雲鶴、絳節之形，摇動於其中。及即位，寶庫中往往有神光，異日〔一〕，掌庫者具以事告。帝曰：「豈非上清珠耶？」遂令出之。絳紗猶在，因流泣，遍示近臣曰：「此我爲兒時，明皇所賜也。」遂令貯之以翠玉函，寘之於卧内。四方忽有水旱兵革之災，則虔懇祝之，無不應驗也。

〔一〕異日　太平廣記卷四〇二「上清珠」條引酉陽雜俎作「耀日」，屬上讀。

漢帝相傳以秦王子嬰所奉白玉璽〔一〕，高祖斬白蛇劍，劍上皆用七綵珠〔二〕，九華玉以爲飾，雜廁五色琉璃爲劍匣。劍在匣中〔三〕，光景猶照於外〔四〕，與挺劍不殊〔五〕。十二年一加磨礱〔六〕，刃若霜雪〔七〕。開匣板鞘，輒有風氣，光彩射人。

〔一〕漢帝相傳以秦王子嬰所奉白玉璽　「漢帝相傳以」五字，原作「漢太上皇爲□□」，今據太平廣記卷二二九「漢太上皇」條引酉陽雜俎及西京雜記卷一改。按，西京雜記卷一：「漢帝相傳以秦王子嬰所奉白玉璽，高祖斬白蛇劍。劍上有七采珠，九華玉以爲飾。雜廁五色琉璃爲匣。劍在室中，光景猶照於外，與挺劍不殊。十二年一加磨瑩，刃上常若霜雪。開匣拔鞘，輒有風氣，光彩射人。」按，漢書元后傳：「初，漢高祖入咸陽至霸上，秦王子嬰降於軹道，奉上始皇璽。及高祖誅項籍，即天子位，因服御其璽，世世傳授，號曰漢傳國璽。」

〔二〕劍上皆用七綵珠　原作「劍□□綵□□」，今據太平廣記卷二三九「漢太上皇」條引酉陽雜俎、西京雜記卷一改。

〔三〕劍在匣中　「匣」，同上二書並作「室」。

〔四〕光景　「光」字原闕，今據同上二書補。

〔五〕與挺劍不殊　「殊」，原作「昧」，今據同上二書改。

〔六〕磨礱　「礱」，原作「龍」，今據太平廣記卷二三九「漢太上皇」條引酉陽雜俎改。

〔七〕刃若霜雪　「若霜」二字原闕，按太平廣記卷二三九「漢太上皇」條引酉陽雜俎及西京雜記卷一並作「刃上常若霜雪」，今據補。

楚州界有小山，山上有室而無水。僧智一掘井，深三丈遇石，鑿石穴及土，又深五十尺，得一玉，長尺二，闊四寸，赤如榴花〔一〕。每面有六龜子，紫色可愛〔二〕。中若貯水狀，僧偶擊一角視之，遂瀝血，半月日方止。

〔一〕赤如榴花 「榴花」二字原闕，今據太平廣記卷三七四「楚州僧」條引酉陽雜俎補。

〔二〕紫色可愛 「紫色」二字原闕，今據同上書補。

虞鄉有山觀，甚幽寂，有滁陽道士居焉。太和中，道士嘗一夕獨登壇望，見庭忽有異光，自井泉中發。俄有一物，狀若兔，其色若精金，隨光而出，環繞醮壇。久之，復入於井。自是，每夕輒見。道士異其事，不敢告於人。後因淘井，得一金兔，甚小，奇光爛然，即寘於巾箱中。時御史李戎職於蒲津，與道士友善，道士因以遺之。其後戎自奉先縣令爲忻州刺史，其金兔忽亡去，後月餘而戎卒。

李師古治山亭，掘得一物，類鐵斧頭。時李章武遊東平，師古示之。武驚曰：「此禁物也，可飲血三斗。」驗之而信。

酉陽雜俎前集卷十一

廣知

俗諱五月上屋，言五月人蜕，上屋見影，魂當去。

金曾經在丘冢，及爲釵釧、溲器，陶隱居謂之辱金，不可合鍊。

鍊銅時，與一童女俱，以水灌銅，銅當自分爲兩段，有凸起者牡銅也，凹陷者牝銅也。

爨釜不沸者，有物如豚居之，去之無也。

竈無故自濕潤者，赤蝦蟆名鉤注居之，去則止。

飲酒者，肝氣微則面青，心氣微則面赤也。

脈勇，怒而面青；骨勇，怒而面白；血勇，怒而面赤。

山氣多男，澤氣多女。水氣多喑，風氣多聾。木氣多傴，石氣多力。阻險氣多癭，暑氣多殘〔一〕，寒氣多壽〔二〕。谷氣多痹，丘氣多尪。衍氣多仁，陵氣多貪。

〔一〕暑氣多殘　「殘」，說郛（涵芬樓本）卷三六引酉陽雜俎作「疾」，淮南子墬形訓作「夭」。

〔二〕寒氣多壽　「寒」，原作「雲」，今據淮南子改。

身神及諸神名異者，腦神曰覺元，髮神曰玄華〔一〕，目神曰虛監〔二〕，鼻神曰沖龍玉，舌神曰始梁〔三〕。

〔一〕玄華　無上秘要卷五、雲笈七籤卷三一引太上帝君太一造形紫元内二十四神回元經作「玄文華」。

〔二〕虛監　同上書作「虛監生」。

〔三〕始梁　同上書作「始梁峙」。

夫學道之人，須鳴天鼓，以召衆神也。左相叩爲天鐘，卒遇凶惡不祥叩之。右相叩爲天磬〔一〕，若經山澤邪僻威神大祝叩之。中央上下相叩名天鼓，存思念當道鳴之。叩之數三十六，或三十二，或二十七，或二十四，或十二。

〔一〕右相叩爲天磬　「叩」字原闕，今據類説卷四二引酉陽雜俎補。

玉女以黄玉爲誌，大如黍，在鼻上。無此誌者，鬼使也。

入山忌日，大月忌：三日、十一日、十五日、十八日、二十四日、二十六日、三十日；小月忌：一日、五日、十三日、十六日、二十六日、二十八日。

凡夢五藏，得五穀：肺爲麻，肝爲麥，心爲黍，腎爲菽，脾爲粟。

凡人〔一〕，不可北向理髮、脱衣及唾、大小便。

〔一〕凡人　二字所言過泛，據下引金書仙誌戒（雲笈七籤卷四〇引），其間當有脱略，作「凡學仙之人」爲是。按，雲笈七籤卷四〇引金書仙誌戒：「夫學仙之人，勿北向便曲，仰視三光；勿北向理髮，解脱衣裳。」

月朔日勿怒。

三月三日，不可食百草心。四月四日，勿伐樹木。五月五日，勿見血。六月六日，勿起土。七月七日，勿思忖惡事。八月四日，勿市履屣。九月九日，勿起牀席。十月五日，勿罰責人。十一月十一日，可沐浴。十二月三日，可戒齋。如此忌，三官所察。

凡存修，不可叩頭。叩頭則傾九天，覆泥丸〔二〕，天帝號於上境，太乙泣於中田，但心存叩頭而已。

〔二〕覆泥丸　雲笈七籤作「泥丸倒懸」。

老子拔白日：正月四日，二月八日，三月十二日，四月十六日，五月二十日，六月二十四日，七月二十八日，八月十九日，九月十六日，十月十三日，十一月十日，十二月七日。

隱訣言：「太清外術：生人髮掛菓樹，烏鳥不敢食其實；苽兩鼻兩蔕，食之，殺人；簷下滴菜，有毒；堇黄花及赤芹〔一〕，殺人；瓠，牛踐苗，則子苦；大醉，不可卧黍穰上，汗出，眉髮落；婦人有娠，食乾薑，令胎内消；十月食霜菜，令人面無光；三月，不可食陳葅；莎衣結，治蠼螋瘡；井口邊草，主小兒夜啼，着母卧薦下，勿令知之；船底苔，療天行；寡婦槁薦草節，去小兒霍亂；自縊死繩，主顛狂；孝子衿灰，傅面皯；東家門雞棲木作灰，治失音；砧垢，能蝕人履底；古櫬板作琴底，合陰陽，通神；魚有睫及開合〔二〕，腦中白連珠〔三〕，二目不同，連鱗，白鬐，腹下丹字，並殺人；鱉目白，腹下五字十字者，不可食；蟹腹下有毛，殺人；蛇以桑柴燒之，則見足出；獸歧尾，鹿斑如豹，羊心有竅，悉害人；馬夜眼，五月以後，食之殺人；犬懸蹄肉，有毒；白馬鞍下肉，傷人五臟；鳥自死〔四〕，目不閉，鴨目白，烏四距，卵有八字，並殺人；凡飛鳥投人家，口中必有物〔五〕，當拔毛而放之〔六〕；赤脈〔七〕，不可斷；井水沸，不可飲；酒漿無影者〔八〕，不可飲；蝮與青蝰〔九〕，蛇中最毒，蛇怒時，毒在頭尾；凡冢井間氣，秋夏中之殺人，先以雞毛投之，毛直下無毒，迴旋而下，不可犯，當以醋數斗澆之，方可入矣；頗梨，千歲冰所化也；琉璃、馬腦，先以自然灰煮之，令軟，可以彫刻，自然灰，生南海；馬腦，鬼血所化也。」

玄中記言：「楓脂入地爲琥珀。」世説曰：「桃濬入地所化也。」淮南子云：「兔絲，琥珀苗也。」

〔一〕赤芹　原作「赤芥」，今據陳藏器本草拾遺改。按，政和證類本草卷一一引陳藏器本草拾遺：「芹赤葉，害人。」

〔二〕魚有睫及開合　「開合」，原作「目合」，今據同上書改。按，政和證類本草卷二〇引陳藏器本草拾遺：「諸魚有毒者：魚有睫，殺人；目得開合，殺人；逆鰓，殺人；腦中白連珠，殺人。」

〔三〕腦中白連珠　原作「腹中白連珠」，今據同上書改。見前。

〔四〕鳥自死　「鳥」，原作「烏」，今據同上書改。按，政和證類本草卷一九引陳藏器本草拾遺：「諸鳥有毒：凡鳥自死，目不閉，勿食；鴨目白者，殺人；鳥三足四距，殺人；鳥六指，不可食；鳥死足不伸，不可食；白鳥玄首，玄鳥白首，不可食；卵有八字，不可食；婦人妊娠，食雀腦，令子雀目。凡鳥飛投人，其口中必有物，拔毛放之吉也。」

〔五〕口中必有物　「口」，原作「井」，今同上書改。見前。

〔六〕當拔毛而放之　「毛」字原闕，今據同上書補。見前。

〔七〕赤脈　「赤」，原作「水」，今據政和證類本草改。按，證類本草卷五引陳藏器本草拾遺：「諸水有毒：水府龍宮，不可觸犯；水中亦有赤脈，不可斷之；井水沸，不可食之，已上並害人。」

〔八〕酒漿無影者　「酒漿」，疑當作「地漿」。按，同上書：「夜中光者有毒，煮不熟者有毒，煮訖照人無影者有毒，有惡蟲鳥從下過者有毒，欲爛無蟲者有毒。」

〔九〕蝮與青蝰　「青蝰」，原作「青蛙」，今據外臺秘要方改。按，外臺秘要方卷四〇文仲療衆蛇螫方：「凡青蝰，中人立死。」

鬼書惟有業煞〔一〕，刁斗出於古器。

〔一〕鬼書惟有業煞　「惟」字原闕，今據法書要録補。無此字則不能顯「鬼書」之唯一性。法書要録卷二引梁庾元威論書：「鬼書惟有業殺，刁斗出於古器，尒㝵由乎内典，散隸露書，終是飛白，意謂此等並非通論，今所不取。」

百體中，有懸鍼書、垂露書、秦王破冢書、金錯書〔一〕、虎爪書、倒薤書、偃波書、幡信書〔二〕、飛白書〔三〕、籀書、繆篆書、制書、列書、日書、月書、風書、署書、蟲食葉書、胡書、篷書、天竺書、楷書、横書、芝英隸、鍾隸、鼓隸、龍虎篆、麒麟篆、魚篆、蟲篆、鳥篆、鼠篆、牛書、兔書、草書、龍草書、狼書、犬書、雞書、震書、反左書、行押書、檝書、藁書〔四〕、半草書。

〔一〕金錯書　原作「金鵲書」，今據初學記改。初學記卷二一引王愔文字志：「金錯書，八體書法不圖其形，或云以銘金石，故謂之金錯。」

〔二〕幡信書　原作「信幡書」，今據漢書、初學記改。按，漢書藝文志：「六體者，古文、奇字、篆書、隸書、繆篆、蟲書，皆所以通知古今文字，摹印章，書幡信也。」

〔三〕飛白書　原作「飛帛書」，今據法書要録卷二引梁庾元威論書改。

〔四〕藁書　原作「景書」，「景」乃「藁」之悞，今據法書要録卷二引梁庾元威論書及初學記卷二一引南齊蕭子良古今篆隸文體改。

召奏用虎爪書〔一〕，誥下用偃波書〔二〕，爲不可學，以防詐僞。

〔一〕召奏用虎爪書　「書」字原闕，今據初學記補。按，初學記卷二一引摯虞決疑要注：「尚書臺召人用虎爪書，告下用偃波書，皆不可卒學，以防矯詐。」

〔二〕誥下用偃波書　此句原在「以防詐僞」句後，今據初學記乙正。見前。

謝章、詔版用蚪腳書，節信用鳥書，朝賀用填書〔一〕，亦施於婚姻。

〔一〕填書　「填」，原作「慎」，並校：「一曰填。」今據墨藪改。按，墨藪卷一五十六種書：「十四填書者，亦用之。媒氏作，魏韋誕用題宮闕。王廙、王隱皆好之。」

西域書，有驢脣書、蓮葉書、節分書、大秦書、馱乘書、牸牛書、樹葉書、起屍書、右旋書〔一〕、覆書、天書、龍書、鳥音書等，有六十四種。

〔一〕右旋書　原作「石旋書」，今據佛本行集經改。按，「右旋書」即度其差那婆多書。佛本行集經卷一姨母養育品：「度其差那婆多書（隋言右旋）。」

胡綜博物。孫權時，掘得銅匣，長二尺七寸，以琉璃爲蓋，又一白玉如意，所執處皆刻龍虎及蟬形，莫能識其由。使人問綜，綜曰：「昔秦皇以金陵有天子氣，平諸山阜，處處輒埋寶物，以當王氣。此蓋是乎？」

鄧城西百餘里有穀城，穀伯綏之國。城門有石人焉，刊其腹云：「摩兜鞬，摩兜鞬，慎莫言〔一〕。」疑此亦周太廟金人緘口銘〔二〕。

〔一〕慎莫言　原作「鞬慎言」，今據藝文類聚卷六三、太平御覽卷一九二引盛弘之荆州記改。

〔二〕周太廟金人緘口銘　「周」，原作「同」，今據孔子家語改。按，孔子家語觀周：「孔子觀周，遂入太祖后稷之廟。廟堂右階之前有金人焉，三緘其口，而銘其背曰：『古之慎言人也，戒之哉，無多言，多言多敗。（下略）』」

歷城北二里有蓮子湖，周環二十里。湖中多蓮花，紅緑間明，乍疑濯錦。又漁船掩映，罟罾疏布，遠望之者如蛛網浮杯也。魏袁翻曾在湖燕集，參軍張伯瑜諮公言：「向爲血羹，頻不能就。」公曰：「取濼水〔一〕，必成也。」遂如公語，果成。時清河王怪而異焉，乃諮公：「未審何義得爾？」公曰：「可思湖目。」清河笑而然之，而實未解。坐散，語主簿房叔道曰：「湖目之事，吾實未曉。」叔道對曰：「藕能散血，湖目蓮子，故令公思。」清河嘆曰：「人不讀書，其猶夜行，二毛之叟，不如白面書生。」

〔一〕取濼水　「濼水」，原作「洛水」，按歷城即今山東濟南，而洛水却在今河南洛陽，二地懸隔，知作「洛水」悮。按水經注濟水二曰：「濟水又東北，濼水入焉。水出歷城縣故城西南，泉源上奮，水湧若輪。」

梁主客陸緬謂魏使尉瑾曰：「我至鄴，見雙闕極高，圖飾甚麗。此間石闕亦爲不下。我家有荀勗所造尺，以銅爲之，金字成銘，家世所寶此物。往昭明太子好集古器，遂將入内。此闕既成，用銅尺量之，其高六丈。」瑾曰：「我京師象魏，固中天之華闕，此間地勢過下，理不得高。」魏肇師曰：「荀勗之尺，是積黍所爲，用調鍾律，阮咸譏其聲有湫隘之韻。後得玉尺度之，過短。」

舊説不見輔星者，將死。成式親故常會修行里，有不見者，未周歲而卒。

相傳識人星不患瘧，成式親識中，識者悉患瘧。又俗不欲看天獄星，有流星入，當被髮坐哭之，候星卻出，災方弭。金樓子言：「余以仰占辛苦，侵犯霜露，又恐流星入天牢。」方知俗忌之久矣。

荆州陟屺寺僧那，善照射〔一〕，每言照射之法〔二〕：「凡光長而摇者鹿，帖地而明滅者兔，低而不動者虎。」又言：「夜格虎時，必見三虎並來，夾者虎威，當刺其中者。虎死，威乃入地，得之可卻百邪。虎初死，記其頭所藉處，候月黑夜掘之。欲掘時，而有虎來〔三〕，吼擲前後，不足畏，此虎之鬼也。深二尺，當得物如虎珀，蓋虎目光淪入地所爲也。」

〔一〕善照射　原作「照善射」，今據下「每言照射之法」句改。

〔二〕每言照射之法　「照」字原闕，今據太平廣記卷二二七「陟屺寺僧」條引酉陽雜俎補。

〔三〕而有虎來　「而」，同上書作「必」。

又言：「彫翎能食諸鳥羽。復善作風羽，風羽法：去括三寸，鑽小孔，令透笴，及鏤風渠，深一粒，自括達於孔，則不必羽也。」

道士郭采真言：「人影數至九。」成式常試之，至六七而已，外亂莫能辨。郭言：「漸益炬，則可別。」又說：「九影各有名，影神一名右皇，二名魍魎，三名洩節樞，四名尺鳧，五名索關，六名魄奴，七名竈囡〔一〕，舊鈔九影名在麻面紙中〔二〕，向下兩字魚食不記。八名亥靈胎，九魚全食不辨。」

〔一〕竈囡　「囡」，原校：「一曰𡇌。」

〔二〕舊鈔九影名在麻面紙中　此二句當屬後人校語，當非段公原書所有。下同。

寶曆中，有王山人，取人本命日，五更張燈，相人影，知休咎。言人影欲深，深則貴而壽。影不欲照水〔一〕、照井及浴盆中，古人避影亦爲此。古蠼螋、短狐、踏影蠱，皆中人影爲害。近有人善炙人影治病者〔二〕。

〔一〕照水　「水」，原作「冰」，今據白孔六帖卷二一「影不欲照水照井」條引酉陽雜俎改。

〔二〕善炙人影　「炙」，類説卷四二引酉陽雜俎作「灸」。

都下佛寺，往往有神像，鳥雀不污者。鳳翔山人張盈，善飛化甲子，言：「或有佛寺金剛鳥不集者，非其靈驗也，蓋由取土處及塑像時〔一〕，偶與日辰旺相相符也。」

〔一〕取土處　「土」，説郛（涵芬樓本）卷三六引酉陽雜俎作「水土」。

又言：「相寺觀當陽像，可知其貧富。故洛陽修梵寺有金剛二，鳥雀不集。元魏時，梵僧菩提達摩稱得其真相也。」

或言：「龍血入地爲琥珀。」南蠻記：「寧州沙中有折腰蜂，岸崩則蜂出。土人燒治，以爲琥珀。」

李洪山人善符籙，博知，常謂成式：「瓷瓦器璺者可棄。昔遇道者，言雷蠱及鬼魅多遁其中。」

近佛畫中有天藏菩薩、地藏菩薩，近明諦觀之，規彩鑠目，若放光也。或言以曾青和壁魚設色，則近目有光。又往往壁畫僧及神鬼，目隨人轉，點眸子極正則爾。

秀才顧非熊言：「釣魚當釣其有旋繞者，失其所主，衆鱗不復去，頃刻可盡。」

慈恩寺僧廣升言：「貞元末，閬州僧靈鑒善彈〔一〕。其彈丸方，用洞庭沙岸下土三觔，炭末三兩，瓷末一兩，榆皮半兩，泔澱二勺，紫礦二兩，細沙三分，藤紙五張，渴搨汁半合，九味合擣三千杵，齊手丸之，陰乾。鄭彙爲刺史時，有當家名寅〔二〕，讀書，善飲酒，彙甚重之。後爲盜，事發而死。寅常詣靈鑒角放彈〔三〕，寅指一樹節，其節目相去數十步，曰：『中之，獲五千。』一發而中，彈丸反射不破。至靈鑒〔四〕，乃陷節碎彈焉。」

〔一〕閬州僧靈鑒善彈　「彈」，原作「强」，今據太平廣記卷二二七「僧靈鑒」條引酉陽雜俎改。

〔二〕有當家名寅　「當」，原作「富」，今據太平廣記卷二二七「僧靈鑒」條引酉陽雜俎改。「當家」猶本家。

〔三〕角放彈　太平廣記卷二二七「僧靈鑒」條引酉陽雜俎「角」前有「較」字。

〔四〕至靈鑒　此下二句，太平廣記卷二二七「僧靈鑒」條引酉陽雜俎作「靈鑒控弦，百發百中，皆節陷而丸碎焉」。

王彦威尚書在汴州之二年，夏旱。時袁王傅季玘過汴〔一〕，因宴，王以旱爲言，季醉，曰：「欲雨，甚易耳。可求蛇醫四頭，十石甕二枚。每甕實以水，浮二蛇醫，以木蓋密泥之，分寘於鬧處。甕前後設席燒香，選小兒十歲以下十餘，令執小青竹，晝夜更擊其甕，不得少輟〔二〕。」王如言試之，一日兩夜，雨大注〔三〕。舊説，龍與蛇師爲親家焉。

〔一〕袁王傅季玘過汴　「過」，原作「遇」，今據太平廣記卷四七七「蛇醫」條引酉陽雜俎改。

〔二〕不得少輟　「輟」，原作「輒」，今據太平廣記卷四七七「蛇醫」條引酉陽雜俎改。

〔三〕一日兩夜雨大注　太平廣記卷四七七「蛇醫」條引酉陽雜俎、南部新書己集（不言出處）並作「一日兩度雨，大注數百里」。

酉陽雜俎前集卷十二

語資

歷城縣魏明寺中有韓公碑，大和中所造也。魏公曾令人遍録州界石碑，言此碑詞義最善，常藏一本於枕中，故家人名此枕爲「麒麟函」。韓公諱麒麟。

庾信作詩用西京雜記事，旋自追改，曰：「此吴均語，恐不足用也。」魏肇師曰：「古人託曲者多矣。然鸚鵡賦，禰衡、潘尼二集並載；弈賦，曹植、左思之言正同。古人用意，何至於此？」君房曰：「詞人自是好相採取，一字不異，良是後人莫辯。」魏尉瑾曰：「九錫或稱王粲，六代亦言曹植。」信曰：「我江南才士，今日亦無舉世所推。如温子昇獨擅鄴下，常見其詞筆，亦足稱是遠名。近得魏收數卷碑，製作富逸，特是高才也。」

梁遣黄門侍郎明少遐、秣陵令謝藻、信威長史王纘沖、宣城王文學蕭愷、兼散騎常侍袁狎、兼通直散騎常侍賀文發，宴魏使李騫、崔劼，温涼畢，少遐詠騫贈其詩曰：「蕭蕭風簾舉，依依然可想。」騫曰：「未若『燈花寒不結』，最附時事。」少遐報詩中有此語。劼問少遐曰：「今歲奇寒，江淮之間，不乃冰凍？」少遐曰：「在此雖有薄冰，亦不廢行，不似河冰一合，便勝車馬。」狎曰：「河冰上有狸跡，便堪人渡。」劼曰：「狸當爲狐，應是字錯。」少遐曰：「是狐性多疑，鼬性多預，狐疑猶預，因此而傳耳。」劼曰：「鵲巢避風，雉去惡政，乃是鳥之一長；狐疑鼬預，可謂獸之一短也。」

梁徐君房勸魏使尉瑾酒，一噏即盡，笑曰：「奇快！」瑾曰：「鄉鄴飲酒〔一〕，未嘗傾巵。武州已來，舉無遺滴。」君房曰：「我飲實少，亦是習慣。微學其進，非有由然。」庾信曰：「庶子之高卑，酒之多少，與時升降，便不可得而度。」魏肇師曰：「徐君年隨情少，酒因境多，未知方十復作，若爲輕重？」

〔一〕鄉鄴飲酒　津逮本、學津本作「卿在鄴飲酒」。

梁宴魏使，魏肇師舉酒勸陳昭曰：「此席已後，便與卿少時阻闊，念此甚以悽眷。」昭曰：「我欽仰名賢，亦何已也。路中都不盡深心，便復乖隔，泫嘆如何！」俄而酒至鸚鵡杯，徐君房飲不盡，屬肇師。肇師曰：「海蠡蜿蜒，尾翅皆張。非獨爲翫好，亦所以爲罰，卿今日真不得辭責。」信曰：「庶子好爲術數。」遂命更滿酌。君房謂信曰：「相持何乃急。」肇師曰：「此謂直道而行，乃非豆萁之喻。」君房乃覆椀。信謂瑾、肇師曰：「適信家餉致濡醁酒數器，泥封全，但不知其味若爲。必不敢先嘗，謹當奉薦。」肇師曰：「每有珍旨，多相費累，顧更以多慙。」

魏僕射收臨代，七月七日登舜山，徘徊顧眺，謂主簿崔曰：「吾所經多矣，至於山川沃壤，衿帶形勝，天下名州，不能過此。唯未審東陽何如？」崔對曰：「青有古名，齊得舊號，二處山川，形勝相似，曾聽所論，不能逾越。」公遂命筆爲詩，于時新故之際，司存缺然，求筆不得，乃以五伯杖，畫堂北壁爲詩曰：「述職無風政，復路阻山河。還思麾蓋日，留謝此山阿。」

舜祠東有大石，廣三丈許，有鑿「不醉不歸」四字於其上〔一〕。公曰：「此非遺德。」令鑿去之。

〔一〕有鑿不醉不歸四字　説郛（涵芬樓本）卷三六引酉陽雜俎無「有」字。

梁宴魏使李騫、崔劼，樂作，梁舍人賀季曰：「音聲感人深也。」劼曰：「昔申喜聽歌愴然，知是其母，理實精妙然也。」梁主客王克曰：「聽音觀俗，轉是精者。」劼曰：「延陵昔聘上國，實有觀風之美。」季曰：「卿發此言，乃欲挑戰？」騫曰：「請執鞭弭，與君周旋。」季曰：「未敢三舍。」劼曰：「數奔之事，久已相謝。」季曰：「車亂旗靡，恐有所歸。」劼曰：「平陰之役，先鳴已久。」克曰：「吾方欲館穀而旌武功。」騫曰：「王夷師熸，將以誰屬？」遂共大笑而止。樂欲訖，有馬數十疋馳過，末有閹人。騫曰：「巷伯乃同趣馬，詎非侵官？」季曰：「此乃貌似。」劼曰：「若值袁紹，恐不能免。」

歷城房家園，齊博陵君豹之山池。其中雜樹森竦，泉石崇邃，歷中祓禊之勝也。曾有人折其桐枝者，公曰：「何謂傷吾鳳條？」自後人不復敢折。公語參軍尹孝逸曰：「昔季倫金谷山泉，何必逾此。」孝逸對曰：「曾詣洛西，遊其故所，彼此相方，誠如明教。」孝逸常欲還鄴，詞人餞宿於此。逸爲詩曰：「風淪歷城水，月倚華山樹。」時人以此兩句，比謝靈運「池塘」十字焉。

單雄信幼時，學堂前植一棗樹。至年十八，伐爲鎗，長丈七尺，拱圍不合，刃重七十觔，號爲「寒骨白」。常與秦王卒相遇，秦王以大白羽射中刃，火出，因爲尉遲敬德拉折。

秦叔寶所乘馬，號「忽雷駮」。常飲以酒，每於月明中試，能豎越三領黑氈〔一〕。及胡公卒，嘶鳴不食而死。

〔一〕能豎越三領黑氈　類説卷四二引酉陽雜俎此句下尚有「溪澗當前，一躍而過」八字。

徐敬業年十餘歲，好彈射〔一〕。英公每曰：「此兒相不善，將赤吾族。」射必溢鏑，走馬若滅，老騎不能及。英公常獵，命敬業入林趁獸，因乘風縱火，意欲殺之。敬業知無所避，遂屠馬腹，伏其中，火過，浴血而立。英公大奇之。

〔一〕好彈射　類説卷四二引酉陽雜俎作「善騎射」。

玄宗常伺察諸王，寧王常夏中揮汗鞔鼓，所讀書乃龜兹樂譜也。上知之，喜曰：「天子兄弟，當極醉樂耳。」

寧王常獵於鄠縣界，搜林，忽見草中一櫃，扃鎖甚固。王命發視之，乃一少女也。問其所自，言：「姓莫氏，父亦曾作仕，叔伯莊居。昨夜遇光火賊，賊中二人是僧，因劫某至此。」動婉含嚬〔一〕，冶態横生。王驚悦之，乃載以後乘。時慕犖者方生獲一熊，寘櫃中，如舊鎖之。時上方求極色，王以莫氏衣冠子女，即日表上之，具其所由。上令充才人。經三日，京兆奏鄠縣食店〔二〕，有僧二人，以錢一萬獨賃店一日一夜，言作法事，唯舁一櫃入店中。夜久〔三〕，腷膊有聲。店人恠日出不啓門，撤户視之，有熊衝人走出，二僧已死，骸骨悉露。上知之，大笑，書報寧王云：「寧哥大能處寘此僧也〔四〕。」莫才人能爲秦聲〔五〕，當時號「莫才人囀」焉。

〔一〕動婉含嚬　太平廣記卷二三八「寧王」條引酉陽雜俎作「含嚬上訴」。
〔二〕京兆奏鄠縣食店　「京兆」，太平廣記卷二三八「寧王」條引酉陽雜俎作「京兆府奏」。
〔三〕夜久　同上書作「夜深」。
〔四〕大能　同上書作「善能」。
〔五〕秦聲　同上書作「新聲」。

一行公本不解弈，因會燕公宅，觀王積薪棊一局，遂與之敵〔一〕，笑謂燕公曰：「此但争先耳〔二〕。若念貧道四句乘除語，則人人爲國手。」

〔一〕遂與之敵　「敵」，紺珠集卷六、類説卷四二引酉陽雜俎並作「敵手」。

〔二〕此但争先耳　「争先」，紺珠集卷六引酉陽雜俎作「争先術」，類説卷四二引酉陽雜俎作「争先法」。

晉羅什與人棊，拾敵死子，空處如龍鳳形。或言王積薪對玄宗棊，局畢，悉持出。

黄𤓰兒矮陋機惠，玄宗常凴之行，問外間事，動有賜賚，號曰「肉杌」。一日，入遲，上怪之。對曰：「今日雨淖，向逢捕賊官與臣争道，臣掀之墜馬。」因下階叩頭。上曰：「外無奏，汝無懼。」復凴之。有頃，京兆上表論，上即叱出，令杖殺焉。

王勃每爲碑頌，先磨墨數升，引被覆面而卧。忽起，一筆書之，初不竄點，時人謂之腹藁。少夢人遺以丸墨盈袖〔一〕，自是文章日進〔二〕。

〔一〕遺以丸墨　「以」，紺珠集卷六引酉陽雜俎作「一」。

〔三〕自是文章日進　此六字原闕，今據紺珠集卷六、海録碎事卷九上、錦繡萬花谷前集卷二〇引酉陽雜俎補。

燕公常讀其夫子學堂碑頌，頭自「帝車」至「太甲」四句，悉不解，訪之一公。一公言：「北斗建午，七曜在南方，有是之祥，無位聖人當出。」「華蓋」已下，卒不可悉。

李白名播海内，玄宗於便殿召見，神氣高朗，軒軒然若霞舉。上不覺亡萬乘之尊，因命納履。白遂展足與高力士，曰：「去靴。」力士失勢，遽爲脱之。及出，上指白謂力士曰：「此人固窮相。」白前後三擬文選〔一〕，不如意，悉焚之，唯留恨、别賦。及禄山反，製胡無人，言「太白入月敵可摧」。及禄山死，太白蝕月〔二〕。衆言李白，唯戲杜考功「飰顆山頭」之句。成式偶見李白祠亭上宴别杜考功詩，今録首尾曰：「我覺秋興逸，誰言秋興悲。山將落日去，水共晴空宜」，「煙歸碧海夕，雁度青天時。相失各萬里，茫然空爾思。」

〔一〕白前後三擬文選　「文選」，原作「詞選」，按李太白全集卷三六附録六外記引酉陽雜俎作「文選」，又下文李白所擬恨賦、别賦皆出自文選，今據改。

〔二〕太白蝕月　類説卷四二引酉陽雜俎此句前有「果見」二字。

薛平司徒常送太僕卿周皓上，諸色人吏中，末有一老人，八十餘，著緋。皓獨問：「君屬此司多少時？」老人言：「某本藝正傷折，天寶初，高將軍郎君被人打，下頷骨脱，某爲正之，高將軍賞錢千萬，兼特奏緋。」皓因頷遣之，唯薛覺皓顔色不足，伺客散，獨留從容，謂周曰：「向卿問著緋老吏，似覺卿不悦，何也？」皓驚曰：「公用心如此精也。」乃去僕，邀薛宿，曰：「此事長，可緩言之。某少年常結豪族爲花柳之遊，竟蓄亡命，訪城中名姬，如蠅襢，無不獲者。時靖恭坊有姬，字夜來，稚齒巧笑，歌舞絶倫，貴公子破産迎之。予時與數輩富於財，更擅之。會一日，其母白皓曰：『某日夜來生日，豈可寂寞乎？』皓與往還，竟求珍貨，合錢數十萬，會飲其家。樂工賀懷智、紀孩孩，皆一時絶手。扃方合，忽覺擊門聲〔一〕，皓不許開。良久，折關而入。有少年紫裘，騎從數十，大詬其母，即將軍高力士之子也〔二〕。母與夜來泣拜，諸客將散。皓時血氣方剛，且恃扛鼎〔三〕，顧從者不相敵〔四〕，因前讓其怙勢，攘臂毆之，踣於拳下，遂突出〔五〕。時都亭驛有魏貞〔六〕，有心義，好養私客，皓以情投之，貞乃藏於妻女間。時有司追捉急切，貞恐蹤露，乃夜辦裝具，腰白金數挺，謂皓曰：『汴州周簡老，義士也，復與郎君當家，今可依之，且宜謙恭不怠。』周簡老蓋大俠之流，見魏貞書，甚喜。皓因拜之爲叔，遂言狀。簡老命居一船中，戒無妄出，供與極厚。居歲餘，忽聽船上哭泣聲。皓潛窺之，見一少婦，縞素甚美，與簡老相慰。其夕，簡老忽至皓處，問：『君婚未？某有表妹，嫁與甲，甲卒，無子，今無所歸，可事君子。』皓拜謝之。即夕，其表妹歸皓。有女二人，男一人，猶在舟中。簡老忽語皓：『事已息。君貌寢，必無人識者，可遊江淮。』乃贈百餘千，皓號哭而別，簡老尋卒。皓官已達，簡老表妹尚在，兒娶女嫁，將四十餘年，人無所知者。適被老吏言之，不覺自愧。不知君子察人之微也。」有人親見薛司徒說之也。

〔一〕忽覺擊門聲　太平廣記卷二七三「周皓」條引酉陽雜俎此句下尚有「甚急」二字。

〔二〕即將軍高力士之子也　此九字原闕，今據同上書補。

〔三〕且恃扛鼎　「扛鼎」，同上書作「其力」。

〔四〕顧從者不相敵　「不相」二字原闕，今據同上書補。

〔五〕踣於拳下遂突出　同上書作「紫衣者踣於拳下，且絶其頷骨，大傷流血，皓遂突出」。

〔六〕都亭驛有魏貞　同上書「都亭驛」下有「所」字。

大曆末，禪師玄覽住荆州陟屺寺，道高有風韻，人不可得而親。張璪常畫古松於齋壁，符載讚之，衛象詩之，亦一時三絶，覽悉加堊焉。人問其故，曰：「無事疥吾壁也。」僧那即其甥，爲寺之患，發瓦探鷇，壞牆薰鼠，覽未嘗責。有弟子義詮，布衣一食，覽亦不稱〔一〕。或恠之，乃題詩於竹曰：「大海從魚躍，長空任鳥飛。欲知吾道廓，不與物情違〔二〕。」忽一夕，有梵僧，撥户而進〔三〕，曰：「和尚速作道場。」覽言：「有爲之事，吾未嘗作。」僧勃視而出，反手闔户，門扃如舊。覽笑謂左右：「吾將歸歟。」遂遽浴訖，隱几而化。

〔一〕不稱　太平廣記卷九四「玄覽」條引酉陽雜俎作「不稱之」。

〔二〕欲知吾道闊不與物情違　同上書引此詩，此二句在「大海從魚躍，長空任鳥飛」前。

〔三〕撥户　同上書作「排户」。

馬僕射既立勳業〔一〕，頗自矜伐，常有陶侃之意，故呼田悦爲錢龍，至今爲義士非之。當時有揣其意者，乃先著謡於軍中，曰：「齋鍾動也，和尚不上堂。」月餘，方異其服色謁之，言善相，馬遽見。因請遠左右，曰：「公相非人臣，然小有未通處。當得寶物直數千萬者，可以通之。」馬初不實之，客曰：「公豈不聞謡乎？正謂公也。齋鍾動，時至也。和尚，公之名。不上堂，不自取也。」馬聽之，始惑〔二〕，即爲具肪玉紋犀及貝珠焉。客一去，不復知之。馬病劇，方悔之。

〔一〕馬僕射　「僕射」，原校：「一作侍中。」

〔二〕馬聽之始惑　「聽」，原作「不聽」，與「始惑」意相抵牾，今據學津本删正。

信都民蘇氏，有二女，擇良壻。張文成往見〔一〕，蘇曰：「子雖有財，不能富貴，得五品官即死。」時魏知古方及第，蘇曰：「此雖黑小，後必貴。」乃以長女妻之。女髮長七尺，黑光如漆，相者云大富貴。後知古拜相，封夫人云。

〔一〕張文成往見　「往見」，原作「往成」，學津本作「往相」，今據太平廣記卷二二四「蘇氏女」條引命定録改。

明皇封禪太山，張説爲封禪使。説女壻鄭鎰，本九品官。舊例，封禪後，自三公以下皆遷轉一級。惟鄭鎰因説，驟遷五品，兼賜緋服。因大脯次，玄宗見鎰官位騰躍，恠而問之，鎰無詞以對。黄幡綽曰：「此乃太山之力也。」

成式曾一夕堂中會，時妓女玉壺忌魚炙，見之色動。因訪諸妓所惡者，有蓬山忌鼠，金子忌虱尤甚。坐客乃兢徵虱拏鼠事，多至百餘條。予戲摭其事，作破虱録。

酉陽雜俎前集卷十三

冥跡

魏韋英卒後〔一〕，妻梁氏嫁向子集。嫁日，英歸至庭，呼曰：「阿梁，卿忘我耶？」子集驚，張弓射之，即變爲桃人、茅馬。

〔一〕魏韋英卒後　説郛（涵芬樓本）卷三六引酉陽雜俎無「後」字。

長白山西有夫人墓。齊孝昭之世〔一〕，搜揚天下才俊，清河崔羅什，弱冠有令望，被徵詣州，夜經於此。忽見朱門粉壁，樓臺相望。俄有一青衣出，語什曰：「女郎須見崔郎。」什怳然下馬，入兩重門内，有一青衣，通問引前。什曰：「行李之中，忽蒙厚命，素既不叙，無宜深入。」青衣曰：「女郎乃平陵劉府君之妻，侍中吴質之女。府君先行，故欲相見。」什遂前，入就牀坐。其女在户東立〔二〕，與什叙温涼。室内二婢秉燭，呼一婢，令以玉夾膝寘什前。什素有才藻，頗善風詠。雖疑其非人，亦惬心好也。女曰：「比見崔郎息駕庭樹，嘉君吟嘯，故欲一叙玉顔。」什遂問曰：「魏帝與尊公書，稱尊公爲元城令，然否？」女曰：「家君元城之日，妾生之歲。」什乃與論漢魏時事〔三〕，悉與魏史符合，言多不能備載。什曰：「貴夫劉氏，願告其名。」女曰「狂夫劉孔才之第二子，名瑶，字仲璋。比有罪被攝，乃去不返。」什乃下牀辭出，女曰：「從此十年，當更相逢。」什遂以玳瑁簪留之，女以指上玉環贈什。什上馬，行數十步，回顧，乃一大冢〔四〕。什屆歷下，以爲不祥，遂請僧爲齋〔五〕，以環布施。天統末，什爲王事所牽，築河於垣冢〔六〕，遂於幕下，話斯事於濟南奚叔布，因下泣曰：「今歲乃是十年，可如何也作罷。」什在園中食杏，忽見一人〔七〕，唯云：「報女郎信。」俄即去，食一杏未盡而卒。什十二爲郡功曹，爲州里推重，及死，無不傷嘆。

〔一〕齊孝昭　「齊」，原作「魏」，按下文稱「天統末」，天統乃北齊後主高緯年號（五六五—五六九），知此時已是北齊，而非北魏也，今據改。

〔二〕在户東立　「立」太平廣記卷三二六「崔羅什」條引酉陽雜俎作「坐」。

〔三〕漢魏時事　「時」，津逮本、學津本作「大」。

〔四〕乃一大冢　太平廣記卷三二六「崔羅什」條引酉陽雜俎「乃」下有「見」字。

〔五〕遂請僧爲齋　「請僧」二字，同上書作「躬」。

〔六〕築河於垣冢　同上書作「筑河隄於桓家冢」。

〔七〕忽見一人　此四字原闕，今據同上書補。

南巨川常識判冥者張叔言，因撰續神異記，具載其靈驗。叔言判冥鬼十人，十人數内，兩人是婦人。又烏龜、狐亦判冥〔一〕。

〔一〕又烏龜狐亦判冥　此七字原另作一條，今據津逮本、學津本與上接續爲一條。

于襄陽頔在鎮時，選人劉某人入京，逢一舉人，年二十許，言語明晤〔一〕。同行數里，意甚相得，因藉草，劉有酒，傾數杯。日暮，舉人指支逕曰：「某弊止從此數里，能左顧乎？」劉辭以程期，舉人因賦詩曰：「流水涓涓芹努牙〔二〕，織烏西飛客還家〔三〕。荒村無人作寒食，殯宫空對棠梨花。」至明旦，劉歸襄州，尋訪舉人〔四〕，惟有殯宫存焉〔五〕。

〔一〕言語明晤　「晤」，太平廣記卷三四四「襄陽選人」條引酉陽雜俎作「朗」。

〔二〕流水涓涓芹努牙　「芹努牙」，太平廣記卷三四四「襄陽選人」條引酉陽雜俎作「長芹牙」。

〔三〕織烏西飛客還家　「織烏西飛」，原作「織烏雙飛」，今據宋洪邁萬首唐人絶句卷六六襄州舉人一首改。

〔四〕尋訪舉人　同上書「尋訪」前有「因往」二字。

〔五〕惟有殯宮存焉　「惟有」二字原闕，今據同上書補。

顧況喪一子，年十七〔一〕。其子魂遊，恍惚如夢，不離其家。顧悲傷不已，因作詩，吟之且哭。詩云：「老人喪一子〔二〕，日暮泣成血〔三〕。心逐斷猿驚，跡隨飛鳥滅。老人年七十，不作多時別。」其子聽之感慟，因自誓：「忽若作人，當再爲顧家子。」經日，如被人執至一處，若縣吏者，斷令託生顧家，復都無所知。忽覺心醒開目，認其屋宇兄弟，親愛滿側，唯語不得。當其生也，已後又不記。年至七歲，其兄戲批之，忽曰：「我是爾兄，何故批我！」一家驚異。方敘前生事，歷歷不悮，弟妹小名，悉遍呼之，抑知羊叔子事非恠也。進士顧非熊，成式常訪之，涕泣爲成式言。釋氏處胎經言人之住胎，與此稍差。

〔一〕年十七　太平廣記卷三八八「顧非熊」條引酉陽雜俎作「數歲而卒」。

〔二〕老人喪一子　同上書作「老人哭愛子」，紺珠集卷六引酉陽雜俎作「老人喪愛子」。

〔三〕日暮泣成血　同上書作「日暮千行血」。

尸穸

近代喪禮，初死内棺，而截亡人衣後幅留之。又内棺加蓋，以肉飦黍酒著棺前，搖蓋叩棺，呼亡者名字，言起食，三度，然後止。

琢釘及漆棺，止哭，哭便漆不乾也。

銘旌出門，衆人掣裂將去。

送亡人，不可送韋革、鐵物及銅磨鏡。使蓋，言死者不可使見明也。董勛言：「禮弁服韎韐。」此用韋也。

刻木爲屋舍、車馬、奴婢、抵蟲等，周之前用塗車、蒭靈，周以來用俑。

送亡者，又以黃卷、蝎錢、菟毫、弩機、紙疏、掛樹之屬，又作輭車。車，古蔞也，蔞似屏。

世人死者，有作伎樂，名爲樂喪。魌頭，所以存亡者之魂氣也。一名蘇，衣被蘇蘇如也。一曰狂阻。一曰觸壙。四目曰方相，兩目曰俱〔一〕。據費長房識李娥藥丸，謂之方相腦，則方相或鬼物也，前聖設官象之。

〔一〕兩目曰俱　「俱」，原作「僛」，今據荀子改。按，荀子非相：「仲尼之狀，面如蒙俱。」楊倞注：「俱，方相也。其首蒙茸然，故曰蒙俱。」

又忌狗見屍，令有重喪。

亡人坐上作魂衣，謂之上天衣。

送亡者，不賫鏡奩蓋。

褮，鬼衣也。桐人起虞卿，明衣起左伯桃，挽歌起紼謳。故舊律，發冢棄市。冢者，重也，言爲孝子所重。發一蚖土則坐，不須物也。

「弔」字，矢貫弓也。古者葬棄中野。禮：「貫弓而弔，以助鳥獸之害〔一〕。」

〔一〕以助鳥獸之害 「助」字於義相反，疑當作「絶」或「逐」。按，吴越春秋勾踐陰謀外傳：「於是范蠡進善射者陳音，音，楚人也。越王請音而問曰：『孤聞子善射，道何所生？』音曰：『臣，楚之鄙人，嘗步於射術，未能悉知其道。』越王曰：『然，願子一二其辭。』音曰：『臣聞弩生於弓，弓生於彈，彈起古之孝子。』越王曰：『孝子彈者奈何？』音曰：『古者人民樸質，饑食鳥獸，渴飲霧露，死則裹以白茅，投於中野。孝子不忍見父母爲鳥獸所食，故作彈以守之，絶鳥獸之害。』」

後魏俗竟厚葬，棺厚高大，多用柏木，兩邊作大銅鐶鈕。不問公私貴賤，悉白油絡幰輀車，迺素稍仗，打虜鼓，哭聲欲似南朝。傳哭挽歌無破聲，亦小異於京師焉。

周禮方相氏敺罔象。罔象好食亡者肝，而畏虎與柏。墓上樹柏，路口致石虎，爲此也。

昔秦時，陳倉人獵得獸若彘，而不知名。道逢二童子，曰：「此名弗述，常在地中，食死人腦。欲殺之，當以柏插其首〔一〕。」

〔一〕當以柏插其首　史記秦本紀正義引晉太康地志作「拍捶」。

遭喪婦人有面衣。朞已下婦人著幗，不著面衣。又婦人哭，以扇掩面。或有帷幄内哭者。

漢平陵王墓，墓多狐。狐自穴出者，皆毛上坌灰。魏末，有人至狐穴前，得金刀鑷、玉唾壺。

貝丘縣東北齊景公墓，近世有人開之。下入三丈，石函中得一鵝，鵝迴轉翅以撥石。復下入一丈，便有青氣上騰，望之如陶煙，飛鳥過之，輒墮死，遂不敢入。

元魏時，菩提寺僧達多發冢取塼，得一人，自言姓崔名涵，字子洪，在地下十二年。如醉人，時復遊行，不甚辨了，畏日及水火兵刃。常走，疲極則止。洛陽奉終里多賣送死之具〔一〕，涵言：「作柏棺，莫作桑欀。吾地下見發鬼兵，一鬼稱是柏棺，主者曰〔二〕：『雖是柏棺，乃桑欜也。』」

〔一〕奉終里　原作「奉洛里」，今據洛陽伽藍記卷三改。按，洛陽伽藍記卷三菩提寺：「洛陽大市北奉終里，里内之人，多賣送死之具及諸棺槨。涵謂曰：『作柏木棺，勿以桑木爲欜。』人問其故，涵曰：『吾在地下，見人發鬼兵，有一鬼訴稱是柏棺，應免。主兵吏曰：「爾雖柏棺，桑木爲欜。」遂不免。』京師聞此，柏木踴貴，人疑賣棺者貨涵發此言也。」

〔二〕主者曰　同上書作「主兵吏曰」。又太平廣記卷三七五「崔涵」條引洛陽伽藍記作「吏曰」。

南朝薨卒，贈予者以密；應着貂蟬者，以鴈代之；綬者以書。

先賢大臣家墓〔一〕，揭杙題其官號姓名。五品以上，漆棺。六品以下，但得漆際。

〔一〕先賢大臣家墓　「家墓」，四庫本作「冢墓」。

南陽縣民蘇調女，死三年，自開棺還家，言夫將軍事，赤小荳、黄荳，死有持此二荳一石者，無復作苦。又言可用梓木爲棺。

劉晏判官李邈莊在高陵，莊客懸欠租課，積五六年。邈因官罷歸莊，方欲勘責，見倉庫盈羡，輸尚未畢。邈恠問，悉曰：「某作端公莊客二三年矣，久爲盜。近開一古冢，冢西去莊十里，極高大。入松林二百步，方至墓，墓側有碑，斷倒草中，字磨滅不可讀。初，旁掘數十丈，遇一石門，固以鐵汁，累日洋糞沃之方開。開時，箭出如雨，射殺數人。衆懼欲出，某審無他，必機關耳〔一〕。乃令投石其中，每投，箭輒出。投十餘石，箭不復發，因列炬而入。至開第二重門，有木人數十，張目運劍，又傷數人。衆以棒擊之，兵仗悉落。四壁各畫兵衛之像。南壁有大漆棺，懸以鐵索，其下金玉珠璣堆積，衆懼，未即掠之。棺兩角忽颯颯風起，有沙迸撲人面。須臾風甚，沙出如注，遂没至膝〔二〕，衆驚恐走〔三〕。比出，門已塞矣，一人復爲沙埋死。乃同酹地謝之〔四〕，誓不發冢。」

〔一〕機關　太平廣記卷三九〇「李邈」條引酉陽雜俎作「設機」。

〔二〕膝　同上書作「髁」。

〔三〕衆驚恐走　「走」，同上書作「退走」。

〔四〕酹地謝之　「酹」，原作「酧」，今據同上書改。

水經言〔一〕：「越王勾踐都琅琊，欲移允常冢，冢中風生，飛沙射人，人不得近，遂止。」

按漢舊儀：「將作營陵地，內方石〔二〕，外陟車石〔三〕，户交橫莫耶，設伏弩、伏火、弓矢與沙。」蓋古製有其機也。

又侯白旌異記曰：「盜發白茅冢，棺內大吼如雷，野雉悉雊。窟內，火起，飛焰赫然，盜被燒死。」得非伏火乎？

〔一〕水經言　太平廣記卷三九〇「李邈」條引酉陽雜俎此下至「蓋古製有其機也」，與上條本屬一條。

〔二〕內方石　同上書作「內方丈」，按二者皆非漢舊儀原文，其脫悞可參見續漢書禮儀志下：「方石治黃腸題湊便房如禮。」劉昭注：「漢舊儀載前漢諸帝壽陵曰：『天子即位明年，將作大將營陵地，用地七頃，方中用地一頃。深十三丈，堂壇高三丈，墳高十二丈。武帝墳高二十丈，明中高一丈七尺，四周二丈，內梓棺柏黃腸題湊，以次百官藏畢。其設四通羨門，容大車六馬，皆藏之內方，外陟車石。外方立，先閉劍户，户設夜龍、莫邪劍、伏弩，設伏火。』」

〔三〕外陟車石　原作「外沙演」，於義無取，「沙演」蓋「陟車」之形訛，今據續漢書禮儀志劉昭注引漢舊儀改。見前注。

永泰初，有王生者，住在揚州孝感寺北。夏月被酒卧〔一〕，手垂於牀，其妻恐風射，將舉之。忽有巨手出於牀前，牽王臂墜牀，身漸入地。其妻與奴婢共曳之，不禁，地如裂狀，初餘衣帶，頃亦不見。其家併力掘之，深二丈許，得枯骸一具，已如數百年者。竟不知何恠。

〔一〕夏月被酒卧　「卧」字原闕，今據太平廣記卷三六二「王生」條引酉陽雜俎補。

江淮元和中有百姓耕地，地陷，乃古墓也。棺中得裩五十腰。

處士鄭賓于言：「嘗客河北，有村正妻新死，未殮。日暮，其兒女忽覺有樂聲漸近，至庭宇，屍已動矣。及入房，如在梁棟間，屍遂起舞。樂聲復出，屍倒，旋出門，隨樂聲而去。其家驚懼，時月黑，亦不敢尋逐。一更，村正方歸，知之，乃折一桑枝如臂，被酒大罵尋之。入墓林，約五六里，復聞樂聲在一柏林上。及近樹，樹下有火熒熒然，屍方舞矣。村正舉杖擊之，屍倒，樂聲亦住〔一〕，遂負屍而返。」

〔一〕住　太平廣記卷三六四「河北村正」條引酉陽雜俎作「止」。

醫僧行儒說：「福州有弘濟上人，齋戒清苦〔一〕。常於沙岸得一顱骨，遂貯衣籃中。歸寺數日，忽眠中有物齧其耳，以手撥之落，聲如數升物，疑其顱骨所爲也。及明，果墜在牀下。遂破爲六片，零寘瓦溝中。夜半，有火如雞卵，次第入瓦下燭之。弘濟責曰：『爾不能求生人天，憑朽骨何也！』於是恠絕。」

〔一〕齋戒清苦　「清苦」，太平廣記卷三六四「僧弘濟」條引酉陽雜俎作「精苦」。

近有盜發蜀先主墓，墓穴，盜數人齊見兩人張燈對弈，侍衛十餘，盜驚懼拜謝。一人顧曰：「爾飲乎？」乃各飲以一杯，兼乞與玉腰帶數條，命速出。盜至外，口已漆矣，帶乃巨蛇也。視其穴，已如舊矣。

酉陽雜俎前集卷十四

諾臯記上

夫度朔司刑，可以知其情狀；登葆掌祀〔一〕，將以著於感通。有生盡幻，遊魂爲變。乃聖人定璇璣之式，立巫祝之官，考乎十煇之祥，正乎九黎之亂。當有道之日，鬼不傷人；在觀德之時，神無乏主。若列生言竈下之駒掇，莊生言户内之雷霆，楚莊爭隨兕而禍移，齊桓睹委蛇而病愈，徵祥變化，無日無之，在乎不傷人，不乏主而已。成式因覽歷代怪書，偶疏所記，題曰諾臯記。街談鄙俚，與言風波，不足以辯九鼎之象，廣七車之對。然遊息之暇，足爲鼓吹耳。

〔一〕登葆掌祀　「登葆」，原作「葆登」，今據山海經改。按，山海經海外西經：「巫咸國在女丑北，右手操青蛇，左手操赤蛇，在登葆山，群巫所從上下也。」

崑崙之墟，帝之下都，百神所在也。

大荒中有靈山，有十巫：咸〔一〕，即，盼，彭，姑，具，禮，抵，謝，羅，從此升降。

〔一〕咸　此下原衍「曰」字，今據山海經删。按，山海經大荒西經：「大荒之中，有山名豐沮玉門，日月所入。有靈山，巫咸、巫即、巫盼、巫彭、巫姑、巫真、巫禮、巫抵、巫謝、巫羅十巫，從此升降，百藥爰在。」

天山有神，是名渾敦。狀如橐而光，其光如火，六足，重翼，無面目，是識歌舞，實爲帝江。

形夭與帝争神，帝斷其首，葬之常羊山，乃以乳爲目，臍爲口，操干戚而舞焉。

漢竹宮用紫泥爲壇，天神下若流火。玉飾器七千枚，舞女三百人。一曰漢祭天神用萬二千柸，養牛五歲，重三千觔。

太一君諱臈，天秩萬二千石。

天翁姓張名堅，字刺渴，漁陽人。少不羈，無所拘忌。常張羅，得一白雀，愛而養之。夢天劉翁責怒，每欲殺之，白雀輒以報堅。堅設諸方待之，終莫能害。天翁遂下觀之，堅盛設賓主，乃竊騎天翁車，乘白龍，振策登天，天翁乘餘龍追之不及。堅既到玄宫，易百官，杜塞北門，封白雀爲上卿侯，改白雀之胤，不産於下土。劉翁失治，徘徊五嶽作災。堅患之，以劉翁爲太山太守，主生死之籍。

北斗魁：第一星神名執陰〔一〕，第二星曰葉詣〔二〕，第三星曰視金，第四星曰拒理〔三〕，第五星曰防仵，第六星曰開寶，第七星曰招摇〔四〕。

〔一〕執陰 「執」，原校：「一曰報。」

〔二〕葉詣 「詣」，原校：「一作譜。」

〔三〕拒理 「拒」，原校：「一作洰。」

〔四〕招摇 「摇」，原校：「一曰始。」

東王公諱倪，字君明。天下未有人民時，秩二萬六千石。佩雜色綬，綬長六丈六尺。從女九千。以丁亥日死。

西王母姓楊〔一〕，諱回，治崑崙西北隅。以丁丑日死。一曰婉妗。

〔一〕西王母姓楊　「楊」，説郛（涵芬樓本）作「楊氏」。

竈神名隗，狀如美女。又姓張名單，字子郭。夫人字卿忌，有六女，皆名察洽〔一〕。常以月晦日上天，白人罪狀，大者奪紀，紀三百日，小者奪筭，筭一百日。故爲天帝督使，下爲地精。己丑日，日出卯時上天，禺中下行署，此日祭得福。其屬神有天帝嬌孫、天帝大夫、天帝都尉、天帝長兄、硎上童子、突上紫官君、太和君、玉池夫人等。一曰，竈神名壤子也。

〔一〕察洽　「察」，原校：「一作祭。」説郛（涵芬樓本）校：「一作登。」

河伯，人面，乘兩龍，一曰冰夷，一曰馮夷。又曰人面魚身。金匱言一名馮脩〔一〕，河圖言姓呂名夷，穆天子傳言無夷，淮南子言馮遲。聖賢記言：「服八石，得水仙。」抱朴子曰：「八月上庚日，溺河。」

〔一〕一名馮脩　「脩」，原作「循」，今據史記正義、文選李善注改。

甲子神名弓隆，欲入水內，呼之，河伯九千導引，入水不溺。甲戌神名執明〔一〕，呼之，入火不燒。

〔一〕甲戌神　此下三句原另作一條，今據津逮本與上併爲一條。

太真科經説有鬼仙〔一〕，丙戌日鬼名䶉生；丙午日鬼名挺𩪼；乙卯日鬼名天陪〔二〕；戊午日鬼名耳述；壬戌日鬼名遣；辛丑日鬼名迡；乙酉日鬼名聶左；丙辰日鬼名天㴻；辛卯日鬼名㦗；酉虫鬼名髮廷迀；廁鬼名頊天竺〔三〕；語忘、敬遺二鬼名，婦人臨産呼之，不害人，長三寸三分，上下烏衣；馬鬼名賜；蛇鬼名倲石圭〔四〕；井鬼名瓊；衣服鬼名甚遼。神荼、鬱壘領萬鬼。舊儺詞曰：「甲作食殃〔五〕，胇胃食虎，雄伯食魅，騰簡食不祥〔六〕，攬諸食咎〔七〕，伯奇食夢〔八〕，强梁、祖名共食磔死寄生，窮奇、騰根共食蠱。」王延壽所夢，有遊光、𧰼敎、諸渠、印堯、夔瞿、傖獰、將劇、摘脈、堯峴等〔九〕。

〔一〕太真科經　疑即太真玉帝四極明科經。

〔二〕乙卯日鬼名天陪　「天陪」，津逮本作「天陪」。

〔三〕頊天竺　「竺」下原校：「一曰笙。」

〔四〕例石圭　「圭」，原校：「一曰至。」

〔五〕甲作食殅　原作「申作食」，下空格闕「殅」字，今據續漢書禮儀志中、新唐書禮樂志六補正。

〔六〕騰簡食不祥　「簡」，原作「蘭」，並校：「一曰簡。」又「不」字原闕，今據同上書補正。

〔七〕攬諸食咎　「攬」，原作「攪」，並校：「一曰攬。」今據同上書改。

〔八〕伯奇食夢　「伯奇」，原作「伯倚」，今據同上書改。

〔九〕堯峴等　原作「堯峴寺」，並校：「一曰堯峴等。」今據改。

吐火羅國縛底野城，古波斯王烏瑟多習之所築也。王初築此城，高二三尺即壞，嘆曰：「吾應無道〔一〕，天令築此城不成矣。」有小女名那息，見父憂恚，問曰：「王有隣敵乎？」王曰：「吾是波斯國王，領千餘國，今至吐火羅國中，欲築此城，垂功萬代。既不遂心，所以憂耳。」女曰：「願王無憂，明旦令匠視我所履之跡築之，即立。」王異之。至明，女起步西北，自截右手小指，遺血成蹤，匠隨血築之。逐日轉蹤〔二〕，匝，女遂化爲海神。其海至今猶在堡子下〔三〕，澄清如鏡〔四〕，周五百餘步。

〔一〕吾應無道　「應」，太平廣記卷三七四「波斯王女」條引酉陽雜俎作「今」。

〔二〕逐日轉蹤　同上書作「城不復壞」。

〔三〕其海至今猶在堡子下　「其海」，原作「其海神」，「神」字蓋涉上而衍，今據同上書删。

〔四〕澄清如鏡　同上書作「水澄清如鏡」。

古龜兹國王阿主兒者，有神異力，能降伏毒龍。時有賈人買市人金銀寶貨，至夜中，錢並化爲炭，境内數百家，皆失金寶。王有男，先出家，成阿羅漢果。王問之，羅漢曰：「此龍所爲，龍居北山，其頭若虎，今在某處眠耳。」王乃易衣持劒，默出至龍所。見龍卧，將欲斬之，因曰〔一〕：「吾斬寐龍，誰知吾有神力。」遂叱龍。龍驚起，化爲師子，王即乘其上。龍怒，作雷聲，騰空。至城北二十里，王謂龍曰：「爾不降，當斷爾頭。」龍懼王神力，乃作人語曰：「勿殺我，我當與王乘，欲有所向，隨心即至。」王許之。後常乘龍而行〔二〕。

〔一〕因曰　「因」，太平廣記卷四八一「龜兹」條引酉陽雜俎作「思」。

〔二〕後常乘龍而行　「常」，同上書作「遂」。

乾陁國，昔有王神勇多謀，號伽當〔一〕，討襲諸國，所向悉降。至五天竺國，得上細緤二條〔二〕，自留一，一與妃。妃因衣其緤謁王，緤當妃乳上，有鬱金香手印跡。王見驚恐，謂妃曰：「爾忽著此手跡之服，何也？」妃言：「向王所賜之緤。」王怒問藏臣，藏臣曰：「緤本有是，非臣之咎。」王追商者問之，商言：「南天竺國娑陁婆恨王有宿願，每年所賦細緤，並重疊積之，手染鬱金，柘於緤上，千萬重手印悉透。丈夫衣之，手印當背。婦人衣之，手印當乳。」王令左右披之，皆如商者言。王因叩劒曰：「吾若不以此劒裁娑陁婆恨王手足，無以寢食。」乃遣使就南天竺，索娑陁婆恨王手足。使至其國，娑陁婆恨王與群臣紿報曰：「我國雖有王名娑陁婆恨，原無王也，但以金爲王，設於殿上。凡統領教習，在臣下耳〔三〕。」王遂起象馬兵，南討其國。其國隱其王於地窟中，鑄金人來迎。伽色伽王知其僞，且自恃福力〔四〕，因斷金人手足。娑陁婆恨王於窟中，手足亦自落也〔五〕。

〔一〕伽當　原校：「一曰加色伽當。」按，大唐西域記作「迦膩色迦王」。

〔二〕得上細緤　「緤」，原作「緤」，今據太平廣記卷四八一「乾陀國」條引酉陽雜俎改。下同。

〔三〕在臣下　「在」，同上書作「皆」。

〔四〕福力　同上書作「神力」。

〔五〕手足亦自落也　「亦自落也」，同上書作「悉皆自落」。

齊郡接歷山，上有古鐵鎖，大如人臂，繞其峰再浹。相傳本海中山，山神好移，故海神鎖之，挽鎖斷，飛來於此矣。

太原郡東有崖山，天旱，土人常燒此山以求雨。俗傳崖山神娶河伯女，故河伯見火，必降雨救之。今山上多生水草。

華不注泉，齊頃公取水處，方圓百餘步。北齊時，有人以繩千尺沉石試之，不窮，石出，赤如血。其人不久坐事死。

桂州永豐縣東鄉里〔一〕，有卧石一，長九尺六寸。其形似人，而舉體青黄隱起，狀若彫刻。境若旱，便齊手而舉之〔二〕，小舉小雨，大舉大雨。相傳此石忽見於此〔三〕，本長九尺，今加六寸矣。

〔一〕桂州永豐縣　「桂州」，原作「荆州」，按唐荆州領縣七，無永豐，今據元和郡縣志改。按元和郡縣圖志卷三七嶺南道四桂州：「永豐縣，吴甘露元年，析漢荔浦縣之永豐鄉寘，隋開皇十年省入陽朔縣，武德四年復寘。」

〔二〕便齊手而舉之　太平廣記卷三九八「卧石」條引酉陽雜俎作「使祭而舉之」。

〔三〕忽見於此　同上書作「忽見如此」。

荆之淯水宛口傍〔一〕，義熙十二年〔二〕，有兒群浴此水。忽然岸側有錢，出如流沙〔三〕，因競取之〔四〕，手滿寘地，隨復去，乃衣襟結之〔五〕，然後各有所得。流錢中有銅車，以銅牛牽之，勢甚迅速。諸童奔逐，掣得車一腳，徑可五寸許，豬鼻，轂有六輻，通體青色。轂内黄鋭，狀如常運。于時沈敬守南陽〔六〕，求得車腳。錢行時，貫草輒便停破，竟不知所終往。

〔一〕荆之淯水宛口 「淯」，原作「清」，並校：「一曰淯。」今從水經注。按，水經注沔水中：「襄陽城東，有東白沙，白沙北有三洲，東北有宛口，即淯水所入也。」

〔二〕義熙十二年 「義熙」，原作「義興」，今據荆州記改。按，太平御覽卷八三六引盛弘之荆州記：「義熙十二年，有童子群浴南（按，當作「襄」）陽淯水，忽岸邊有錢出如流水，因競取之。手滿放地，尋復行去，乃以衫衣裹縛，各有所得。」

〔三〕出如流沙 「如」，太平廣記卷三九九「銅車」條引酉陽雜俎作「於」。

〔四〕因競取之 「競」，原作「竟」，今據盛弘之荆州記改。

〔五〕乃衣襟結之 「衣」，太平廣記卷三九九「銅車」條引酉陽雜俎作「以」。

〔六〕沈敬 「敬」字下原校：「一作敞。」按太平廣記卷四〇五「淯陽童子」條引洽聞記作「敞」，未知孰是。

虎窟山，相傳燕建平中，濟南太守胡諮，於此山窟得白虎，因名焉。

烏山下無水，魏末，有人掘井五丈，得一石函，函中得一龜，大如馬蹄，積炭五枝於函傍〔一〕。復掘三丈，遇盤石，下有水流洶洶然〔二〕。遂鑿石穿，水北流甚駃〔三〕。俄有一船，觸石而上〔四〕，匠人窺船上，得一杉木板，板刻字曰「吴赤烏二年八月十日，武昌王子義之船」〔五〕。

〔一〕積炭五枝　「枝」，太平廣記卷三九九「烏山龜」條引酉陽雜俎作「堆」。

〔二〕洶洶然　同上書作「猶湖然」。

〔三〕甚駃　「駃」，原作「駛」，今據同上書改。

〔四〕觸石而上　「上」，太平廣記卷三九九「烏山龜」條引酉陽雜俎作「至」。

〔五〕武昌王子義　太平廣記卷三九九「烏山龜」條引酉陽雜俎無「武昌王」三字。

平原縣西十里，舊有杜林〔一〕。南燕太上時〔二〕，有邵敬伯者，家於長白山。有人寄敬伯一函書，言：「我吴江使也，令吾通問於濟伯，今須過長白，幸君爲通之。」仍教敬伯，但於杜林中，取樹葉投之於水，當有人出。敬伯從之，果見人引入。敬伯懼水，其人令敬伯閉目。似入水中，豁然宮殿宏麗。見一翁，年可八九十，坐水精牀，發函開書，曰：「裕興超滅。」侍衛者皆圓眼，具甲冑。敬伯辭出，以一刀子贈敬伯曰：「好去，但持此刀，當無水厄矣。」敬伯出，還至杜林中，而衣裳初無沾濕。果其年宋武帝滅燕。敬伯三年居兩河間，夜中忽大水，舉村俱没，唯敬伯坐一榻牀，至曉著岸。敬伯下看之，乃是一大黿也〔三〕。敬伯死，刀子亦失。世傳杜林下有河伯家〔四〕。

〔一〕杜林　太平廣記卷二九五「邵敬伯」條引酉陽雜俎作「社林」。下同。

〔二〕南燕太上時　「時」，津逮本、學津本作「末」。

〔三〕乃是一大黿也　太平廣記卷二九五「邵敬伯」條引酉陽雜俎「乃」前有「牀」字。

〔四〕河伯家　「家」，津逮本作「冢」。

臨濟有妬婦津〔一〕，相傳言，晉太始中，劉伯玉妻段氏，字明光，性妬忌。伯玉常於妻前誦洛神賦，語其妻曰：「娶婦得如此，吾無憾矣。」明光曰：「君何得以水神美而欲輕我，吾死，何愁不爲水神。」其夜乃自沈而死。死後七日，託夢語伯玉曰：「君本願神，吾今得爲神也。」伯玉寤而覺之，遂終身不復渡水。有婦人渡此津者，皆壞衣枉粧，然後敢濟。不爾，風波暴發。醜婦雖粧飾而渡，其神亦不妬也。婦人渡河無風浪者，以爲己醜，不致水神怒。醜婦諱之，無不皆自毁形容，以塞嗤笑也。故齊人語曰：「欲求好婦，立在津口。婦立水傍，好醜自彰。」

〔一〕臨濟　原作「臨清」，今據太平廣記卷二七二「段氏」條、類説卷四二引酉陽雜俎改。

虞道施，義熙中，乘車山行。忽有一人，烏衣，徑上車，言寄載。頭上有光，口目皆赤，面被毛。行十里方去。臨别，語施曰：「我是駈除大將軍，感爾相容。」因留贈銀環一雙。

晉隆安中，吴興有人年可二十，自號「聖公」，姓謝，死已百年。忽詣陳氏宅，言是己舊宅：「可見還，不爾，燒汝。」一夕火發，蕩盡。因有鳥毛插地，繞宅周匝數重。百姓乃起廟。

大足初，有士人隨新羅使，風吹至一處，人皆長鬚，語與唐言通，號長鬚國。人物茂盛，棟宇衣冠，稍異中國地，曰扶桑洲。其署官品，有正長、戢波、目役〔一〕、島邏等號。士人歷謁數處，其國皆敬之。忽一日，有車馬數十，言大王召客。行兩日，方至一大城，甲士守門焉。使者導士人入，伏謁，殿宇高敞，儀衛如王者。見士人拜伏，小起。乃拜士人爲司風長，兼駙馬。其主甚美，有鬚數十根。士人威勢烜赫，富有珠玉，然每歸見其妻則不悦。其王多月滿夜則大會，後遇會，士人見姬嬪悉有鬚，因賦詩曰：「花無蘂不妍，女無鬚亦醜。丈人試遣惣無，未必不如惣有。」王大笑曰：「駙馬竟未能忘情於小女頤頷間乎〔二〕？」經十餘年，士人有一兒二女。忽一日，其君臣憂慼。士人恠，問之。王泣曰：「吾國有難，禍在旦夕，非駙馬不能救。」士人驚曰：「苟難可弭，性命不敢辭也。」王乃令具舟，令兩使隨士人，謂曰：「煩駙馬一謁海龍王，但言東海第三汊第七島長鬚國有難求救。我國絶微，須再三言之。」因涕泣執手而别。士人登舟，瞬息至岸。岸沙悉七寶，人皆衣冠長大。士人乃前，求謁龍王。龍宫狀如佛寺所圖天宫，光明迭激，目不能視。龍王降階迎士人，齊級升殿。訪其來意，士人具説，龍王即令速勘。良久，一人自外白曰：「境内並無此國。」士人復哀祈，言長鬚國在東海第三汊第七島。龍王復叱使者細尋勘速報。經食頃，使者返曰：「此島蝦合供大王此月食料，前日已追到。」龍王笑曰：「客固爲蝦所魅耳。吾雖爲王，所食皆稟天符，不得妄食。今爲客減食。」乃令引客視之，見鐵鑊數十如屋，滿中是蝦。有五六頭，色赤，大如臂，見客跳躍，似求救狀。引者曰：「此蝦王也。」士人不覺悲泣。龍王命放蝦王一鑊，令二使送客歸中國。一夕，至登州。回顧二使，乃巨龍也。

〔一〕目役　原校：「一作日波。」太平廣記卷四六九「長鬚國」條引酉陽雜俎作「日没」。

〔二〕頤頷　「頷」，原作「額」，今據同上書改。

天寶初，安思順進五色玉帶，又於左藏庫中得五色玉杯。上恠近日西賮無五色玉，令責安西諸蕃。蕃言：「比常進，皆爲小勃律所劫，不達。」上怒，欲征之。群臣多諫，獨李右座林甫贊成上意，且言：「武臣王天運，謀勇可將。」乃命王天運將四萬人，兼統諸蕃兵伐之。及逼勃律城下，勃律君長恐懼請罪，悉出寶玉，願歲貢獻。天運不許，即屠城，虜三千人及其珠璣而還。勃律中有術者言：「將軍無義，不祥，天將大風雪矣。」行數百里，忽驚風四起〔一〕，雪花如翼，風激小海水成冰柱，起而復摧。經半日，小海漲湧，四萬人一時凍死，唯蕃、漢各一人得還。具奏，玄宗大驚異，即令中使隨二人驗之。至小海側，冰猶崢嶸如山，隔冰見兵士屍，立者坐者，瑩澈可數。中使將返，冰忽消釋，衆屍亦復不見。

〔一〕忽驚風四起　「驚」字原闕，今據太平廣記卷四〇一「五色玉」條引酉陽雜俎補。

郭代公常山居〔一〕，中夜，有人面如盤，瞚目出於燈下。公了無懼色，徐染翰題其頰曰：「久戍人偏老，長征馬不肥。」公之警句也。題畢吟之，其物遂滅。數日〔二〕，公隨樵閒步，見巨木上有白耳，大如數斗，所題句在焉。

〔一〕郭代公　太平廣記卷四一七「郭元振」條引酉陽雜俎作「郭元振」。

〔二〕數日　同上書作「久之」。

大曆中，有士人莊在渭南，遇疾卒於京。妻柳氏，因莊居，一子，年十一二。夏夜，其子忽恐悸不眠。三更後，忽見一老人，白衣，兩牙出吻外，熟視之。良久，漸近牀前。牀前有婢眠熟，因扼其喉，咬然有聲，衣隨手碎，攫食之。須臾骨露，乃舉起，飲其五臟。見老人口大如簸箕，子方叫，一無所見，婢已骨矣。數月後，亦無他。士人祥齋，日暮，柳氏露坐逐涼，有胡蜂遶其首面。柳氏以扇擊墮地，乃胡桃也。柳氏遽取翫之掌中〔一〕，遂長。初如拳如椀，驚顧之際，已如盤矣。嚗然分爲兩扇，空中輪轉，聲如分蜂。忽合於柳氏首，柳氏碎首，齒著於樹。其物因飛去，竟不知何恠也。

〔一〕柳氏遽取翫之掌中　太平廣記卷三六三「柳氏」條引酉陽雜俎作「柳氏取寘堂中」。

賈相公耽，在滑州，境内大旱，秋稼盡損。賈召大將二人，謂曰：「今歲荒旱，煩君二人救三軍百姓也。」皆言：「苟利軍州，死不足辭。」賈笑曰：「君可辱爲健步，乙日〔一〕，當有兩騎，衣慘緋，所乘馬，蕃步鬣長，經市出城，君等蹤之，識其所滅處，則吾事諧矣。」二將乃裹糧，衣皂衣尋之。一如賈言〔二〕，自市至野，二百餘里，映大冢而滅。遂壘石標表誌焉〔三〕，經信而返〔四〕。賈大喜，令軍健數百人，具畚鍤，與二將偕往其所。因發冢，獲陳粟數十萬斛，人竟不之測。

〔一〕乙日　太平廣記卷三九〇「賈耽」條引酉陽雜俎作「明日」。

〔二〕一如賈言　同上書作「果有二緋衣」。

〔三〕遂壘石標表誌焉　同上書作「遂纍石表之」。

〔四〕經信而返　「經信」，同上書作「信宿」。

胡珦爲虢州，時獵人殺得鹿，重一百八十觔。蹄下貫銅鐶，鐶上有篆字，博物者不能識也。

博士丘濡說：汝州傍縣五十年前，村人失其女。數歲，忽自歸，言初被物寐中牽去，倏止一處，及明，乃在古塔中。見美丈夫，謂曰：「我天人，分合得汝爲妻，自有年限，勿生疑懼。」且戒其不窺外也。日兩返，下取食，有時炙餌猶熱。經年，女伺其去，竊窺之。見其騰空如飛，火髮藍膚，磔耳如驢焉〔一〕，至地，乃復人矣，女驚怖汗洽〔二〕。其物返，覺曰：「爾固窺我，我實野叉。與爾有緣，終不害汝。」女素惠，謝曰：「我既爲君妻，豈有惡乎？君既靈異，何不居人間，使我時見父母乎？」其物言：「我輩罪業，或與人雜處，則疫癘作。今形跡已露，任爾縱觀，不久當爾歸也〔三〕。」其塔去人居止甚近，女常下視，其物在空中，不能化形，至地，方與人雜。或有白衣塵中者，其物斂手側避。或見捥其頭，唾其面者，行人悉若不見。及歸，女問之：「向見君街中，有敬之者，有戲狎之者，何也？」物笑曰：「世有喫牛肉者，予得而欺之。或遇忠直孝養、釋道守戒律法籙者，吾悮犯之，當爲天戮。」又經年，忽悲泣，語女：「緣已盡，候風雨，送爾歸。」因授一青石，大如雞卵，言：「至家，可磨此服之，能下毒氣。」後一夕風雷，其物遽持女曰：「可去矣。」如釋氏言屈伸臂頃，已至其家，墜之庭中。其母因磨石飲之，下物如青泥斗餘。

〔一〕磔耳如驢　「磔耳」，原作「磔磔耳」，義複，今據太平廣記卷三五七「丘濡」條引酉陽雜俎刪一「磔」字。

〔二〕女驚怖汗洽　「女」字原闕，今據同上書補。

〔三〕爾歸　同上書作「歸爾」。

李公佐，大曆中，在廬州，有書吏王庚請假歸〔一〕。夜行郭外，忽值引騶呵避，書吏遽映大樹窺之，且恠此無尊官也。導騎後，一人紫衣，儀衛如節使〔二〕。後有車一乘，方渡水，御者前白：「車輌索斷。」紫衣者言：「檢簿。」遂見數吏檢簿，曰：「合取廬州某里張某妻脊筋〔三〕。」乃書吏之姨也。頃刻吏迴，持兩條白物，各長數尺，乃渡水而去。至家，姨尚無恙。經宿，忽患背疼，半日而卒。

〔一〕王庚　太平廣記卷三三八「李佐公」（許按，「佐公」另有其人，此當悞倒。）條引酉陽雜俎作「王庾」。

〔二〕節使　同上書作「大使」。

〔三〕張某妻脊筋　同上書句下有「修之」二字。

元和初，有一士人，失姓字〔一〕，因醉卧廳中。及醒，見古屏上婦人等，悉於牀前踏歌。歌曰：「長安女兒踏春陽，無處春陽不斷腸。舞袖弓腰渾忘卻，蛾眉空帶九秋霜。」其中雙鬟者問曰：「如何是弓腰？」歌者笑曰：「汝不見我作弓腰乎？」乃反首，髻及地，腰勢如規焉。士人驚懼，因叱之。忽然上屏，亦無其他。

〔一〕失姓字　疑即邢鳳。唐谷神子（鄭還古）博異志：「沈亞之以記室從隴西公謂軍涇州，昔見隴西公言：少從邢鳳遊，鳳帥家子，無他能。後寓居長安平康里南，以錢百萬質故豪家洞門曲房之第。即其寢而晝偃，夢一美人，自西楹來，環步從容，執卷且吟，爲古妝而高鬟長眉，方巾領繡帶，被廣袖之襦。鳳大悦，問：『麗人何自而臨我哉？』美人笑曰：『此妾家也。而君容於妾宇下，焉有所自？』鳳曰：『願示其書目。』美人曰：『妾好詩而常綴此。』鳳曰：『麗人幸少留，得賜觀覽於人。』美人授詩坐西牀，鳳發卷，視其首篇題之曰春陽曲，終四句，其後他篇皆累數十句。美人曰：『君必欲傳之，無令過一篇。』鳳即起從東廡下機上取綵牋，傳春陽之曲。其詞曰：『長安少女踏春陽，何處春陽不斷腸？舞袖弓彎渾忘卻，羅幃空度九秋霜。』鳳吟卒，請曰：『何謂弓彎？』曰：『妾昔年父母教妾此舞。』美人乃起，整衣張袖，舞數拍，爲弓彎之狀以示鳳。既罷，美人泫然良久，即辭去。鳳曰：『願復少從容。』須臾間竟去。鳳亦旋覺，昏然忘有所記。鳳更衣，即於懷袖中得其詞，驚視，方省所夢。時貞元中也。」又類説卷二四引博異志：「邢鳳寓居長安平康里，故豪洞門曲房之地也。晝夢一美人曰：『此妾家也。』取彩箋寫陽春曲曰：『長安少女踏春陽，何處春陽不斷腸？舞袖弓腰渾忘卻，羅幃空度九秋霜。』」又詩話總龜前集卷三六引脞説後集：「沈亞之嘗言，邢鳳居長安平康里，晝夢一婦人自楹而來，古狀高髻，作陽春曲曰：『長安少女翫春陽，何處春陽不斷腸？舞袖弓腰渾忘卻，蛾眉空帶九秋霜。』鳳曰：『何謂弓腰？』曰：『昔年父母教舞，作此弓彎狀。』舞罷辭去。鳳亦尋覺。」又全唐詩卷八六八邢鳳夢中美人歌：「長安少女踏春陽，何處春陽不斷腸？舞袖弓腰渾忘卻，羅衣空換九秋霜。」有題解云：「涇原節度使李彙説：貞元中，有帥家子邢鳳，居長安平康里南，賃一大第。即其寢而晝偃，夢一美人，古裝高鬟長眉，執卷而吟。鳳發其卷，美人曰：『君必欲傳之，無過一篇。』取彩箋，傳其春陽曲。問曲中『弓腰』何謂，美人曰：『父母教妾爲此舞。』乃起，整衣張袖舞數拍，爲弓腰狀，以示鳳。舞罷，辭去。鳳覺，仍於襟袖得此詞。」又，沈下賢集卷四雜著異夢録所記，與博異志略同。

鄭相餘慶在梁州，有龍興寺僧智圓，善總持敕勒之術，制邪理痛〔一〕，多著效，日有數十人候門。智圓臘高稍倦，鄭公頗敬之，因求住城東隙地，鄭公爲起草屋種植，有沙彌、行者各一人居之。數年，暇日，智圓向陽科腳甲。有婦人布衣，甚端麗，至階作禮。智圓遽整衣，恡問：「弟子何由至此？」婦人因泣曰：「妾不幸夫亡，而子幼小，老母危病。知和尚神咒助力，乞加救護。」智圓曰：「貧道本厭城隍喧啾，兼煩於招謝。弟子母病，可就此爲加持也。」婦人復再三泣請，且言母病劇〔二〕，不可舉扶，智圓亦哀而許之。乃言：「從此向北二十餘里，至一村，村側近有魯家莊，但訪韋十娘所居也。」智圓詰朝如言行二十餘里，歷訪悉無而返。來日，婦人復至。僧責曰：「貧道昨日遠赴約，何差謬如此！」婦人言：「只去和尚所止處二三里耳。和尚慈悲，必爲再往。」僧怒曰：「老僧衰暮，今誓不出。」婦人乃聲高曰：「慈悲何在耶？今事須去。」因上階牽僧臂，僧驚迫〔三〕，亦疑其非人，恍惚間以刀子刺之，婦人遂倒，乃沙彌悮中刀，流血死矣。僧忙然，遽與行者瘞之於飦甕下。沙彌本村人，家去蘭若十七八里。其日，其家悉在田，有人皂衣揭襆〔四〕，乞漿於田中。村人訪其所由，乃言居近智圓和尚蘭若。沙彌之父欣然訪其子耗，其人請問，具言其事，蓋魅所爲也。沙彌父母盡皆號哭，詣僧，僧猶紿焉。其父乃鍬索而獲，即訴於官。鄭公大駭，俾求盜吏細按，意其必冤也。僧具陳狀：「貧道宿債，有死而已。」按者亦以死論〔五〕。僧求假七日命〔六〕，持念，爲將來資糧，鄭公哀而許之。僧沐浴設壇，急印契縛擽，考其魅。凡三夕，婦人見於壇上，言：「我類不少，所求食處，輒爲和尚破除。沙彌且在，能爲誓不持念，必相還也。」智圓懇爲設誓，婦人喜，曰：「沙彌在城南某村幾里古丘中。」僧言於官，吏用其言尋之，沙彌果在，神已癡矣。發沙彌棺，中乃苕箒也。僧始得雪，自是絕不復道一梵字〔七〕。

〔一〕制邪理痛　「痛」，太平廣記卷三六四「僧智圓」條引酉陽雜俎作「病」。

〔二〕病劇　同上書作「病亟」。

〔三〕僧驚迫　「僧」字原闕，今據同上書補。

〔四〕揭襆　同上書作「褐襆」。

〔五〕亦以死論　「以」，原作「已」，今據太平廣記卷三六四「僧智圓」條引酉陽雜俎改。

〔六〕求假七日命　「命」，原作「令」，今據同上書改。

〔七〕自是絶不復道一梵字　同上書作「僧自是絶其術」。

元和初，洛陽村百姓王清，傭力得錢五鐶，因買田畔一枯栗樹，將爲薪以求利。經宿，爲隣人盜斫，創及腹。忽有黑蛇，舉首如臂，人語曰：「我王清本也，汝勿斫。」其人驚懼，失斤而走。及明，王清率子孫薪之，復掘其根，根下得大甕二，散錢實之，王清因是獲利而歸。十餘年巨富，遂甃錢成龍形，號「王清本」。

元和中，蘇湛遊蓬鵲山，裹糧鑽火，境無遺址。忽謂妻曰：「我行山中，睹倒崖有光如鏡〔一〕，必靈境也。明日將投之，今與卿訣。」妻子號泣，止之不得。及明遂行，妻子領奴婢潛隨之。入山數十里，遥望巖有白光，圓明徑丈。蘇遂逼之，纔及其光，長叫一聲。妻兒遽前救之，身如蠒矣。有蜘蛛，黑色，大如鈷鉧，走集巖下。奴以利刃決其網，方斷，蘇已腦陷而死。妻乃積薪燒其崖，臭滿一山中。

〔一〕有光如鏡　「如」字原闕，今據太平廣記卷四七六「蘇湛」條引酉陽雜俎補。

相傳裴旻山行，有山蜘蛛垂絲如疋布，將及旻。旻引弓射殺之〔一〕，大如車輪。因斷其絲數尺，收之。部下有金創者，剪方寸貼之，血立止也。

〔一〕射殺之　「殺」，太平廣記卷四七七「山蜘蛛」條引酉陽雜俎作「卻」。

酉陽雜俎前集卷十五

諾皐記下

和州劉録事者，大曆中罷官，居和州旁縣。食兼數人，尤能食鱠。常言鱠味未嘗果腹，邑客乃網魚百餘觔，會於野亭，觀其下筯。初食鱠數疊〔一〕，忽似哽，咯出一骨珠子〔二〕，大如黑豆，乃寘於茶甌中，以疊覆之。食未半，怪覆甌傾側，劉舉視之，向者骨珠已長數寸，如人狀。坐客競觀之，隨視而長。頃刻長及人，遂捽劉，因毆流血〔三〕。良久，各散走。一循廳之西，一轉廳之左，俱及後門，相觸，翕成一人，乃劉也，神已癡矣。半日方能言，訪其所以，皆不省。自是惡鱠。

〔一〕疊　太平廣記卷二二〇「劉録事」條引酉陽雜俎作「楪」。按，演繁録卷一一疊：「西陽雜俎『劉録事食鱠數疊』，今俗書『楪』字，悮。以其可疊，故名爲疊也。然楪字乃疊札爲之，則以『疊』爲『楪』，亦有理也。」

〔二〕咯出　太平廣記卷二二〇「劉録事」條引酉陽雜俎「咯」上有「因」字。

〔三〕因毆流血　「毆」，太平廣記卷二二〇「劉録事」條引酉陽雜俎作「相毆」。

馮坦者〔一〕，常有疾，醫令浸蛇酒服之。初服一甕子〔二〕，疾減半。又令家人園中執一蛇，投甕中，封閉七日。及開，蛇躍出，舉首尺餘，出門，因失所在。其過跡，地墳起數寸。

〔一〕馮坦　太平廣記卷四五八「馮但」條引酉陽雜俎作「馮但」。

〔二〕一甕子　「子」，同上書作「于」，屬下讀。

陸紹郎中言：「常記一人浸蛇酒，前後殺蛇數十頭。一日，自臨甕窺酒，有物跳出，齧其鼻將落。視之，乃蛇頭骨。因瘡毀，其鼻如劓焉。」

有陳朴，元和中，住崇賢里北街，大門外有大槐樹。朴常黄昏徙倚窺外，見若婦人及狐犬老烏之類〔一〕，飛入樹中，遂伐視之。樹凡三槎，一槎空中，一槎有獨頭栗一百二十，一槎中襁一死兒，長尺餘。

〔一〕狐犬老烏　「犬」，原作「大」，今據學津本改。按，太平廣記卷四〇七「崇賢里槐」條引酉陽雜俎作「老狐異烏」。

僧無可言：「近傳有白將軍者，常於曲江洗馬，馬忽跳出驚走。前足有物，色白，如衣帶，縈繞數匝。遽令解之，血流數升。白異之，遂封紙貼中，藏衣箱内。一日，送客至滻水，出示諸客。客曰：『盍以水試之。』白以鞭築地成竅〔一〕，寘蟲於中，沃盥其上。少頃，蟲蠕蠕而長，竅中泉湧，倏忽自盤若一席。有黑氣如香煙，徑出簷外。衆懼曰：『必龍也。』遂急歸，未數里，風雨驟至，大震數聲。」

〔一〕築地成竅　「築」，太平廣記卷四二四「白將軍」條引酉陽雜俎作「劃」。

景公寺前街中，舊有巨井，俗呼爲八角井。元和初，有公主夏中過，見百姓方汲，令從婢以銀稜椀就井承水，悮墜椀〔一〕。經月餘，出於渭河〔二〕。

〔一〕悮墜椀　「椀」，太平廣記卷三九九「八角井」條引酉陽雜俎作「井」。

〔二〕出於渭河　同上書「出」前有「椀(椀)」字。

東平未用兵〔一〕，有舉人孟不疑，客昭義。夜至一驛，方欲濯足，有稱淄青張評事者，僕從數十，孟欲參謁。張被酒，初不顧，孟因退就西間。張連呼驛吏索煎餅，孟默然窺之，且怒其傲。良久，煎餅熟，孟見一黑物如豬，隨盤至燈影而立〔二〕。如此五六返，張竟不察。孟因恐懼無睡，張尋大鼾。至三更後，孟纔交睫，忽見一人皂衣，與張角力，久乃相捽入東偏房中，拳聲如杵。一餉間，張被髮雙袒而出，還寢牀上。入五更，張乃喚僕，使張燭巾櫛，就孟曰：「某昨醉中，都不知秀才同廳。」因命食，談笑甚懽，時時小聲曰：「昨夜甚慙長者，乞不言也。」孟但唯唯。復曰：「某有程，須早發〔三〕，秀才可先也。」遂摸靴中，得金一挺，授曰：「薄貺，乞密前事。」孟不敢辭，即爲前去。行數日，方聽捕殺人賊。孟詢諸道路，皆曰：「淄青張評事至某驛，早發，遲明，空鞍失所在。」驛吏返至驛尋索，驛西閣中有席角，發之，白骨而已，無泊一蠅肉也。地上滴血無餘，惟一隻履在旁。」相傳此驛舊凶，竟不知何恠。舉人祝元膺常言：「親見孟不疑説，每每戒夜食，必須發祭也。」祝又言：「孟素不信釋氏，頗能詩，其句云：『白日故鄉遠，青山佳句中。』後常持念，溺於遊覽〔四〕，不復應舉。」

〔一〕東平未用兵　太平廣記卷三六五「孟不疑」條引酉陽雜俎「兵」下有「時」字。

〔二〕至燈影而立　「立」，同上書作「滅」。

〔三〕某有程須早發　同上書謂其明鈔本作「某有故，不可早發」。

〔四〕溺於遊覽　「溺於」二字原闕，今據同上書補。

劉積中，常於京近縣莊居〔一〕，妻病重〔二〕。於一夕，劉未眠，忽有婦人白首，長纔三尺，自燈影中出，謂劉曰：「夫人病，唯我能理，何不祈我。」劉素剛，咄之。姥徐戟手曰：「勿悔！勿悔！」遂滅。妻因暴心痛，殆將卒。劉不得已，祝之。言已，復出。劉揖之坐，乃索茶一甌，向口如咒狀，顧命灌夫人。茶纔入口，痛愈。後時時輒出，家人亦不之懼。經年，復謂劉曰：「我有女子及笄，煩主人求一佳壻。」劉笑曰：「人鬼路殊，固難遂所託。」姥曰：「非求人也。但爲刻桐木爲形，稍工者則爲佳矣。」劉許諾，因爲具之。經宿，木人失矣。又謂劉曰：「兼煩主人作鋪公鋪母，若可，某夕我自具車輪奉迎〔三〕。」劉心計無奈何，亦許。至一日，過酉，有僕馬車乘至門。姥亦至曰：「主人可往。」劉與妻各登其車馬，天黑至一處，朱門崇墉，籠燭列迎，賓客供帳之盛，如王公家。引劉至一廳，朱紫數十，有與相識者，有已歿者，各相視無言。妻至一堂，蠟炬如臂，錦翠争焕，亦有婦人數十，存歿相識各半，但相視而已。及五更，劉與妻恍惚間，卻還至家，如醉醒，十不記其一二矣。經數月〔四〕，姥復來拜謝曰：「小女成長，今復託主人。」劉不耐，以枕抵之曰：「老魅，敢如此擾人！」姥隨枕而滅，妻遂疾發。劉與男女酹地禱之，不復出矣。妻竟以心痛卒，劉妹復病心痛。劉欲徙居，一切物膠着其處，輕若屨屣，亦不可舉。迎道流上章，梵僧持咒，悉不禁。劉常暇日讀藥方〔五〕，其婢小碧，自外來，垂手緩步，大言：「劉四，頗憶平昔無？」既而嘶咽曰：「省躬近從泰山回，路逢飛天野叉，攜賢妹心肝，我已奪得〔六〕。」因舉袖，袖中蠕蠕有物，左顧似有所命，曰：「可爲安寘。」又覺袖中風生，衝簾幌。婢入堂中〔七〕，乃上堂對劉坐，問存殁，叙平生事。劉與杜省躬同年及第，有分，其婢舉止笑語，無不肖也。頃曰：「我有事，不可久留。」執劉手嗚咽，劉亦悲不自勝。婢忽然而倒，及覺，一無所記。其妹亦自此無恙。

〔一〕京　太平廣記卷三六三「劉積中」條引酉陽雜俎作「西京」。
〔二〕妻病重　「重」，同上書作「亟」。
〔三〕自具車輪　「輪」，同上書作「輿」。
〔四〕經數月　「月」，同上書作「日」。
〔五〕讀藥方　「讀」字原闕，今據同上書補。
〔六〕我已奪得　「已」，原作「亦」，今據同上書改。
〔七〕婢入堂中　「婢」字原闕，語欠明晰，令人不知入堂者爲何物，今據同上書補。

臨川郡南城縣令戴詧，初買宅於館娃坊。暇日，與弟閒坐廳中，忽聽婦人聚笑聲〔一〕，或近或遠，詧頗異之。笑聲漸近，忽見婦人數十，散在廳前，倏忽不見。如是累日，詧不知所爲。廳階前枯梨樹〔二〕，大合抱，意其爲祥，因伐之。根下有石，露如塊〔三〕，掘之轉闊，勢如鏊形，乃火上沃醯復鏊〔四〕，深五六尺，不透。忽見婦人繞坑，抵掌大笑〔五〕。有頃，共牽詧入坑，投於石上。一家驚懼之際，婦人復還，大笑，詧亦隨出。詧纔出，又失其弟，家人慟哭。詧獨不哭，曰：「他亦甚快活，何用哭也。」詧至死，不肯言其情狀。

〔一〕忽聽婦人聚笑聲　太平廣記卷三六五「戴詧」條引酉陽雜俎「婦人」上有「外有」二字。

〔二〕廳階前枯梨樹　同上書「前」下有一「有」字。

〔三〕露如塊　「塊」，同上書作「拳」。

〔四〕乃火上沃醯復鏊　「復」字原闕，同上書作「乃烈火其上，沃醋復鏊」，今據補。

〔五〕抵掌　同上書作「拊掌」。

獨孤叔牙常令家人汲水，重不可轉，數人助出之，乃人也。戴席帽，攀欄大笑，卻墜井中。汲者攬得席帽，掛於庭樹，每雨，所溜雨處輒生黄菌。

有史秀才者〔一〕，元和中，曾與道流遊華山。時暑，環憩一小溪。忽有一葉，大如掌，紅潤可愛，隨流而下。史獨接得，寘懷中。坐食頃〔二〕，覺懷中漸重〔三〕，潛起觀之，覺葉上鱗起，栗栗而動。史驚懼，棄林中，遽白衆曰：「此必龍也，可速去矣。」須臾，林中白煙生，彌於一谷。史下山未半，風雷大至〔四〕。

〔一〕史秀才 太平廣記卷四二二「史氏子」條引酉陽雜俎作「史氏子」，錦繡萬花谷後集卷四〇引作「史生」。

〔二〕坐食頃 「食頃」二字原闕，今據太平廣記卷四二二「史氏子」條引酉陽雜俎、錦繡萬花谷後集卷四〇引酉陽雜俎補。

〔三〕漸重 同上二書作「冷重」。

〔四〕風雷大至 「風雷」，太平廣記卷四二二「史氏子」條引酉陽雜俎作「風雨」。

史論作將軍時，忽覺妻所居房中有光，異之。因與妻遍索房中，且無所見。一日，妻早粧開奩，奩中忽有金色龜〔一〕，大如錢，吐五色氣，彌滿一室。後常養之。

〔一〕金色龜 原作「五色龜」，當涉下「五色雲」而悞，今據太平廣記卷四七二「史論」條引酉陽雜俎改。

工部員外郎張周封言：「舊莊城東狗脊觜西〔一〕，常築墻於太歲上，一夕盡崩。且意其基虛，工不至，乃率莊客，指揮築之。高未數尺，炊者驚叫曰：『怪作矣！』遽視之，飰數斗，悉躍出，蔽地著墻，勻若蠶子，無一粒重者，蠹墻之半，如界焉。因詣巫〔二〕，酹地謝之，亦無他焉。」

〔一〕狗脊觜　太平廣記卷三六二「張周封」條引酉陽雜俎作「狗架觜」。原校：「水經注言此狗架觜。」按，水經注渭水下：「川東亦曰白鹿原也，上有狗枷堡，三秦記曰：『麗山西有白鹿原，原上有狗枷堡。秦襄公時，有天狗來下，有賊則狗吠之，一堡無患，故川得厥目焉。』」

〔二〕詣　太平廣記卷三六二「張周封」條引酉陽雜俎作「謁」。

山蕭，一名山臊。神異經作「𤢖」。永嘉郡記作山魅，一名山駱。一名蚑〔一〕，一名濯肉，一名熱肉，一名暉，一名飛龍。如鳩，青色，亦曰治鳥〔二〕，巢大如五斗器，飾以土堊，赤白相間，狀如射侯。犯者能役虎害人，燒人廬舍。俗言山魈〔三〕。

〔一〕一名蚑　「蚑」，原作「蛟」，並校：「一曰蚑。」皆字之形訛，今據抱朴子改。

〔二〕治鳥　原作「治鳥」，今據搜神記改。按，太平御覽卷九二七引搜神記：「越地深山有鳥，大如鳩，青色，名曰治鳥。」

〔三〕山魈　原作「山蕭」，今據津逮本、學津本改。

伍相奴或擾人，許於伍相廟多已。舊説一姓姚，二姓王，三姓汪，昔值洪水，食都樹皮，餓死，化爲鳥都，皮骨爲豬都，婦女爲人都。鳥都左腋下有鏡印，闊二寸一分，右腳無大指，右手無三指，左耳缺，右目盲。在樹根居者名豬都，在樹半可攀及者名人都，在樹尾者名鳥都。其禁有打土壟法、山鵲法。其掌訣：右手第二指上節邊禁山都眼，左手目禁其喉。南中多食其巢，味如木芝。窠表可爲履屜，治腳氣。

舊説野狐名紫狐，夜擊尾火出。將爲怪，必戴髑髏，拜北斗，髑髏不墜，則化爲人矣。

劉元鼎爲蔡州，蔡州新破，食場狐暴〔一〕，劉遣吏主捕〔二〕，日於毬場縱犬逐之爲樂，經年所殺百數。後獲一疥狐，縱五六犬，皆不敢逐，狐亦不走。劉大異之，令訪大將家獵狗及監軍亦自誇巨犬至，皆弭耳環守之。狐良久緩跡，直上設廳，穿臺盤，出廳後，及城墻，俄失所在。劉自是不復令捕。道術中有天狐別行法，言天狐九尾，金色，役於日月宮，有符有醮日，可洞達陰陽。

〔一〕食場　「食」，原校：「一曰倉。」

〔二〕劉遺吏主捕　「主」，原作「生」，今據太平廣記卷四五四「劉元鼎」條引酉陽雜俎改。

南中有獸名風狸，如狙，眉長，好羞，見人輒低頭。其溺能理風疾。術士多言風狸杖〔一〕，難得於翳形草。南人以上長繩，繫於野外大樹下，人匿於旁樹穴中以伺之。三日後，知無人至，乃於草中尋摸，忽得一草莖，折之，長尺許，窺樹上有鳥集，指之，隨指而墮，因取而食之。人候其怠，勁走奪之。見人，遽齧食之，或不及，則棄於草中。若不可得，當打之數百，方肯爲人取。有得之者，禽獸隨指而斃。有所欲者，指之如意。

〔一〕風狸杖　紺珠集卷六引酉陽雜俎：「南方有獸，名風狸。穴有木，名曰風狸杖，可以蔽形及指取禽獸，極難得。」

開成末，永興坊百姓王乙掘井，過常井一丈餘，無水。忽聽向下有人語及雞聲，甚喧鬧，近如隔壁。井匠懼，不敢掘。街司申金吾韋處仁將軍，韋以事涉恠異，不復奏，遽令塞之。據亡新求周秦故事〔一〕，謁者閣上得驪山本，李斯領徒七十二萬人作陵，鑿之以章程〔二〕，三十七歲，固地中水泉。奏曰：「已深已極，鑿之不入，燒之不燃，叩之空空，如下天狀〔三〕。」抑知厚地之下，別有天地也。

〔一〕亡新求　太平廣記卷三九九「永興坊百姓」條引酉陽雜俎無此三字，文淵閣四庫全書本作「新莽求」。

〔二〕章程　原作「韋程」，今據太平廣記卷三九九「永興坊百姓」條引酉陽雜俎改。

〔三〕如下天狀　原校：「一曰如有天狀。」

大和三年，壽州虞候景乙，京西防秋迴。其妻久病，纔相見，遽言：「我半身被斫，去往東園矣，可速逐之。」乙大驚，因趣園中。時昏黑，見一物長六尺餘，狀如嬰兒，裸立，挈一竹器。乙情急，將擊之，物遂走，遺其器。乙就視，見其妻半身。乙驚倒，或亡所見。反視妻，自髮際眉間及胸，有璺如指，映膜赤色。又謂乙曰：「可辦乳二升，沃於園中所見物處。我前生爲人後妻，節其子乳致死，因爲所訟，冥斷還其半身。向無君，則死矣。」

大和末，荆南松滋縣南，有士人寄居親故莊中肄業。初到之夕，二更後，方張燈臨案，忽有小人，纔半寸，葛巾，杖策入門，謂士人曰：「乍到無主人，當寂寞。」其聲大如蒼蠅。士人素有膽氣，初若不見。乃登牀，責曰：「遽不存主客禮乎！」復升案窺書，詬罵不已，因覆硯於書上。士人不耐，以筆擊之墮地，叫數聲，出門而滅。頃有婦人四五，或姥或少，皆長一寸，呼曰：「真官以君獨學，故令郎君言展，且論精奧。何癡頑狂率，輒致損害，今可見真官！」其來索續如蟻，狀如騶卒，撲緣士人。士人怳然若夢，因齧四肢，痛苦甚。復曰：「汝不去，將損汝眼。」四五頭遂上其面。士人驚懼，隨出門。至堂東，遥望見一門，絶小，如節使之門〔一〕。士人乃叫：「何物恠魅，敢淩人如此！」復被鞴，且衆齧之〔二〕。怳惚間，已入小門内，見一人峨冠當殿，階下侍衛千數，悉長寸餘，叱士人曰：「吾憐汝獨處，俾小兒往，何苦致害，罪當腰斬。」乃見數十人，悉持刀攘臂迫之。士人大懼，謝曰：「某愚騃，肉眼不識真官，乞賜餘生。」久乃曰：「且解知悔。」叱令曳出，不覺已在小門外。及歸書堂，已五更矣，殘燈猶在。及明，尋其蹤跡，東壁古培下〔三〕，有小穴如栗，守宫出入焉。士人即率數夫發之，深數丈，有守宫十餘石。大者色赤，長尺許，蓋其王也。壤土如樓狀，士人聚蘇焚之。後亦無他。

〔一〕節使之門　「之門」，太平廣記卷四七六「守宫」條引酉陽雜俎作「牙門」。

〔二〕復被鞴且衆齧之　同上書作「復被衆齧之」，無「鞴且」二字。

〔三〕東壁古培下　「培」，同上書作「階」。

京宣平坊，有官人夜歸，入曲。有賣油者張帽，驅驢馱桶，不避〔一〕。導者搏之，頭隨而落，遂遽入一大宅門。官人異之，隨入，至大槐樹下，遂滅。因告其家，即掘之。深數尺，其樹根枯，下有大蝦蟆如疊，挾二筆鐠〔二〕，樹溜津滿其中也，及巨白菌，如殿門浮漚釘，其蓋已落。蝦蟆即驢矣，筆鐠乃油桶也，菌即其人也。里有沽其油者月餘，怪其油好而賤，及怪露，食者悉病嘔洩。

〔一〕不避 太平廣記卷四一七「宣平坊官人」條引酉陽雜俎作「避」下有「道」字。

〔二〕筆鐠 原注：「他荅反。捕器。又云器鐠，物頭也。」

陵州龍興寺僧惠恪，不拘戒律，力舉石臼。好客，往來多依之。常夜會寺僧十餘，設煎餅。二更，有巨手被毛如胡鹿，大言曰：「乞一煎餅。」衆僧驚散，惟惠恪掇煎餅數枚，寘其掌中。魅因合拳，僧遂極力急握之。魅哀祈，聲甚切，惠恪呼家人斫之，及斷，乃鳥一羽也。明日，隨其血蹤出寺，西南入溪，至一巖罅而滅。惠恪率人發掘，乃一坑礐石。

開成初〔一〕，東市百姓喪父〔二〕，騎驢市凶具。行百步，驢忽曰：「我姓白名元通，負君家力已足，勿復騎我。南市賣麩家，欠我五千四百，我又負君錢，數亦如之，今可賣我。」其人驚異，即牽行。旋訪主賣之，驢甚壯，報價只及五千。詣𡗝行，乃還五千四百，因賣之。兩宿而死〔三〕。

〔一〕開成初　紺珠集卷六、類説卷四二引酉陽雜俎作「開元中」。

〔二〕東市　同上書引作「長安東市」。

〔三〕兩宿而死　同上書引作「後數日，往問之，驢已死矣」。

鄆州闞司倉者，家在荆州。其女乳母鈕氏，有一子，妻愛之，與其子均焉，衣物飲食悉等。忽一日，妻偶得林檎一蔕，戲與己子，乳母乃怒曰：「小娘子成長，忘我矣。常有物與我子停，今何容偏！」因齧吻攘臂，再三反覆主人之子。一家驚怖，逐奪之，其子狀貌長短，正與乳母兒不下也。妻知其恠，謝之。鈕氏復手簸主人之子，始如舊矣。闞爲災祥，密令人持钁，闇擊之，正當其腦，騞然反中門扇。鈕大怒，詬闞曰：「爾如此，勿悔！」闞知無可奈何，與妻拜祈之，怒方解。鈕至今尚在，其家敬之如神，更有事甚多矣。

荆州處士侯又玄，常出郊，廁於荒冢上。及下，跌傷其肘，瘡甚。行數百步，逢一老人，問：「何所苦也？」又玄見其肘〔一〕。老人言：「偶有良藥，可封之，十日不開，必愈。」又玄如其言。及解視之，一臂遂落。又玄兄弟五六互病〔二〕，病必出血月餘。又玄兄兩臂忽病瘡六七處，小者如榆錢，大者如錢，皆人面〔三〕，至死不差。時荆秀才杜曄，話此事於座客。

〔一〕又玄見其肘　太平廣記卷二二〇「侯又玄」條引酉陽雜俎作「又玄具言，且見其肘」。

〔二〕兄弟五六　同上書作「兄弟五六人」。

〔三〕皆人面　同上書作「皆成人面」。

許卑山人言：「江左數十年前，有商人，左膊上有瘡，如人面，亦無他苦。商人戲滴酒口中，其面亦赤。以物食之，凡物必食，食多，覺膊内肉漲起，疑胃在其中也。或不食之，則一臂痹焉〔一〕。有善醫者，教其歷試諸藥，金石草木悉與之。至貝母，其瘡乃聚眉閉口。商人喜曰：『此藥必治也。』因以小葦筒毀其口，灌之。數日成痂，遂愈。」

〔一〕痹　太平廣記卷二二〇「侯又玄」條引酉陽雜俎作「瘠」。

工部員外張周封言：「今年春，拜掃假迴，至湖城逆旅，説去年秋，有河北軍將過此，至郊外數里，忽有旋風如斗器，常起於馬前。軍將以鞭擊之，轉大。遂旋馬首，鬣起如植。軍將懼，下馬觀之，覺鬣長數尺，中有細綆，如紅綫。馬時人立嘶鳴〔一〕，軍將怒，乃取佩刀拂之，因風散滅〔二〕，馬亦死。軍將割馬腹視之，腹中亦無傷〔三〕，不知是何恠也。」

〔一〕馬時人立嘶鳴　「人」字原闕，今據太平廣記卷三六五「河北軍將」條引酉陽雜俎補。

〔二〕因風散滅　「因風」，原作「風因」，今據同上書乙正。

〔三〕腹中亦無傷　「亦無傷」，同上書作「已無腸」。

唐宋史料筆記叢刊

酉陽雜俎

下

〔唐〕段成式 撰
許逸民 許桁 點校

中華書局

酉陽雜俎前集卷十六

廣動植之一 并序

成式以天地間，造化所産，突而旋成形者，樊然矣，故山海經、爾雅所不能究。因拾前儒所著，有草木禽魚，未列經史，或經史已載，事未悉者，或接諸耳目，簡編所無者，作廣動植，冀掊土培丘陵之學也。昔曹丕著論於火布，滕脩獻疑於蝦鬚〔一〕，蔡謨不識彭蜞〔二〕，劉縚悞呼荔挺，至今可笑，學者豈容略乎？

〔一〕滕脩獻疑於蝦鬚　「滕脩」，原作「滕循」，按，滕脩其名在三國志中凡三見，一作「循」，二作「脩」，而晉書卷五七有滕脩傳，今據改。

〔二〕蔡謨不識彭蜞　「蔡謨」，原作「蔡謀」，今據世説新語紕漏篇改。

總叙

羽嘉生飛龍，飛龍生鳳，鳳生鸞，鸞生庶鳥。

應龍生建馬〔一〕，建馬生騏驎，騏驎生庶獸。

介鱗生蛟龍〔二〕，蛟龍生鯤鯁，鯤鯁生建邪，建邪生庶魚。

介潭生先龍〔三〕，先龍生玄黿〔四〕，玄黿生靈龜，靈龜生庶龜。

日馮生玄陽閼〔五〕，玄陽閼生鱗胎，鱗胎生幹木，幹木生庶木。

招摇生程若，程若生玄玉，玄玉生醴泉，醴泉生應黄，應黄生黄華，黄華生庶草。

海閭生屈龍〔六〕，屈龍生容華，容華生蔈〔七〕，蔈生藻，藻生浮草。

甲蟲影伏，羽蟲體伏。

食草者多力而愚，食肉者勇敢而悍。

齕吞者八竅而卵生，咀嚼者九竅而胎生。

無角者膏而無前齒〔八〕，有羽者脂而無後齒〔九〕。

食葉者有絲，食土者不息。食而不飲者蠶，飲而不食者蟬，不飲不食者蜉蝣。蚓屬卻行〔一〇〕，虵屬紆行。蜻蛚屬注鳴〔一一〕，蜩屬旁鳴，發皇翼鳴，蚣蝑股鳴，榮原胃鳴。

蜩三十日而死。

鱣魚三月上官於孟津。

鷓鴣向日飛。

鯿與鱉魚，車螯與移角，並相似。

鳳，雄鳴節節，雌鳴足足。行鳴曰歸嬉，止鳴曰提扶。

麒麟，牡鳴曰逝聖，牝鳴曰歸和，春鳴曰扶助，夏鳴曰養綏。

鼈無耳爲守神〔一二〕。

虎五指爲貙。

魚滿三千六百〔一三〕，則爲蛟龍引飛去水。

魚二千觔爲蛟。

武陽小魚，一觔千頭。

東海大魚，瞳子大如三斗盎。

桃支竹以四寸爲一節，木瓜一尺一百二十一節。

木蘭去皮不死，荆木心方。

蛇有水、草、木、土四種。

孔雀尾端一寸名珠毛。

鶴左右腳裏第一指名兵爪。

蜀郡無兔、鴿。

江南無狼、馬。

朱提以南無鳩鵲。

鳥有四千五百種，獸有二千四百種。

鴞，楚鳩所生。

騾不滋乳。

蔡中郎以反舌爲蝦蟆，淮南子以蛩爲蟣蠓，詩義以蝨爲螻蛄，高誘以乾鵲爲蟋蟀〔一四〕。

兔吐子，鸕鷀吐鶵。

瓜瓠子曰犀，胡桃人曰蝦蟆。

蝦蟆無腸。

黿腸屬於頭〔一五〕。

科斗尾脱則足生。

鳥獸未孕者爲禽，鳥養子曰乳。

蛇蟠向壬，鵲巢背太歲，鸗伏戊己，虎奮衝破。乾鵲知來，猩猩知往。

鸛影抱，蝦蟆聲抱。

蟬化齊后，鳥生杜宇。

椰子爲越王頭，壺樓爲杜預項〔一五〕。

鷓鴣鳴曰「向南不北」，逃閆鳴「懸壺盧繫頸」〔一六〕。

豆以二七爲族，粟累十二爲寸。

〔一〕應龍生建馬　「建馬」，原作「建鳥」，今據淮南子改。按，淮南子墬形訓：「毛犢生應龍，應龍生建馬，建馬生麒麟，麒麟生庶獸，凡毛者生於庶獸。」

〔二〕介鱗生蛟龍　「介」，原作「分」，今據淮南子改。按，淮南子墬形訓：「介鱗生蛟龍，蛟龍生鯤鯁，鯤鯁生建邪，建邪生庶魚，凡鱗者生於庶魚。」

〔三〕介潭生先龍　「介」，原作「分」，今據淮南子改。按，淮南子墬形訓：「介潭生先龍，先龍生玄黿，玄黿生靈龜，靈龜生庶龜，凡介者生於庶龜。」

〔四〕玄魭　「魭」，原作「魧」，按，淮南子作「黿」，「魭」通「黿」，大鱉也，而「魧」則爲大貝，與淮南子文義不合，蓋形近而訛，今據淮南子改。下同。

〔五〕日馮生玄陽閼　「玄陽閼」，淮南子作「陽閼」，疑「玄」字涉上「玄鯇」字而衍。按，淮南子墬形訓：「日馮生陽閼，陽閼生喬如，喬如生幹木，幹木生庶木，凡根拔木者生於庶木。」

〔六〕海閭生屈龍　「閭」，原作「間」，今據淮南子改。按，淮南子墬形訓：「海閭生屈龍，屈龍生容華，容華生蔈，蔈生浮藻，浮藻生浮草，凡浮生不根茇者生於浮萍。」

〔七〕蔈　原作「葉」，今據淮南子改。見前。

〔八〕無角者膏而無前齒　「無前齒」，原作「先前」，今據大戴禮記補正。按，大戴禮記易本命：「齕吞者八竅而卵生，咀噍者九竅而胎生，四足者無羽翼，戴角者無上齒，無角者膏而無前齒，有羽者脂而無後齒。」

〔九〕有羽者脂而無後齒　原作「有角者脂而先後」，今據同上書補正。見前。

〔一〇〕蚓屬卻行　「蚓」，原作「蛚」，並校：「一曰蚓。」按「蛚」即蜻蛚，謂蟋蟀，非卻行者，今據周禮鄭玄注改。

〔一一〕蜻蛚屬注鳴　「蜻蛚」，周禮鄭玄注作「精列」。「注鳴」，原作「往鳴」，今據周禮鄭玄注改。

〔一二〕鼈無耳爲守神　「守神」，疑當作「神守」。按，埤雅卷二：「養魚經：『魚滿三百六十，則龍爲之長而引飛出水，内鼈則魚不復去。故鼈一名神守。』」

〔一三〕魚滿三千六百　「三千六百」，原作「三百六十年」，「年」字衍，今據説文删。按，説文虫部：「蛟，從虫交聲。池魚滿三千六百，蛟來爲之長，能率魚而飛，寘笱水中即蛟去。」

〔一四〕高誘以乾鵲爲蟋蟀　紺珠集卷六、海録碎事卷四上引酉陽雜俎亦有此語，惟不知高説出於何書。

〔一五〕龜腸屬於頭　「龜」，原校：「一曰黿。」

〔一六〕壺樓爲杜預項　「杜預項」，原作「杜宇項」，類説卷四二引酉陽雜俎作「杜預項」，海録碎事卷二二下引酉陽雜俎作「杜預頸」，今據類説改。按，太平御覽卷三六九引王隱晉書：「杜預初伐吴，吴人知預病癭，每見大樹似癭者，輒以刀斬破白，題曰『杜預頸』。」

〔一七〕懸壺盧繫頸　「頸」，原作「項」，並校：「一作頸。」今據北户録改。按，北户録卷一鷓鴣：「多對啼，每啼連轉數音，其韻甚高。廣志言鷓鴣鳴云『但南不北』（如逃閆聲云『懸胡盧繫頸』）。」

人參處處生，蘭長生爲瑞〔一〕。

有實曰果，又在木曰果。

小麥忌戌，大麥忌子。

薺、葶藶、菥蓂爲三葉，孟夏煞之。

烏頭殼外有毛，石蛄應節生花〔二〕。

木再花，夏有雹。李再花，秋大霜。

木無故叢生〔三〕。

枝盡向下，又生及一尺至一丈自死，皆凶。

邑中終歲無鳥〔四〕，有寇。郡中忽無鳥者，日烏亡。

雞無故自飛，去家，有蠱。雞日中不下樹，妻妾姦謀。

見蛇交，三年死。蛇冬見寢室，主急兵〔五〕。

人夜卧無故失髻者，鼠妖也。

屋柱木無故生芝者，白爲喪，赤爲血，黑爲賊，黄爲喜。其形如人面者，亡財；如牛馬者，遠役；如龜蛇者，田蠶耗。

德及幽隱，則比目魚至。

妾媵有制，則白燕來巢。

山上有葱，下有銀；山上有薤，下有金；山上有薑，下有銅錫；山有寶玉，木旁枝皆下垂，謂之寶苗〔六〕。

葛稚川：「嘗就上林令魚泉，得朝臣所上草木名二十餘種。隣人石瓊就余求借〔七〕，一皆遺棄。」

語曰：「買魚得鱮，不如食茹」；「寧去累世宅，不去鯽魚額」；「洛鯉伊魴，貴於牛羊」；「得合澗蠣〔八〕，雖不足豪，亦足以高」；「檳榔扶留，可以忘憂」；「白馬甜榴，一實直牛」；

「草木暉暉，蒼黄亂飛」。

〔一〕蘭長生爲瑞　「長」，疑當作「常」。按，太平御覽卷八七三引禮斗威儀：「君乘金而王，其政和平，則蘭常生。」

〔二〕石蚨應節生花　「石蚨」，原作「石蛣」，今據文選改。按，文選郭景純江賦：「瓊蚌晞曜以瑩珠，石蚨應節而揚葩。」張銑注：「石蚨春生花，冬死，故云應節揚葩。」

〔三〕木無故叢生　「生」字原闕，今據學津本補。

〔四〕終歲無鳥　「鳥」，原作「烏」，今據唐開元占經改。按，唐開元占經卷一一六引地鏡：「飛鳥俱翔障日，臣下有謀，宜警之；邑中終歲無鳥，兵起。」

〔五〕主急兵　「主」，原作「爲」，今據津逮本、學津本改。

〔六〕謂之寶苗　此四字原闕，今據白孔六帖卷五、紺珠集卷六、類説卷四二、海録碎事卷一五引酉陽雜俎補。

〔七〕就余求借　「余」，原作「之」，今據西京雜記改。按，西京雜記卷一：「余就上林令虞淵得朝臣所上草木名二千餘種，隣人石瓊就余求借，一皆遺棄。今以所記憶，列於篇右。」

〔八〕得合澗蠣　「澗蠣」，原作「瀾蠣」，今據南越志改。按，太平御覽卷九四二引南越志：「合澗洲圓蠣，土人重之，語曰：『得合澗一蠣，雖不足豪，亦可以高也。』」

羽篇

鳳　骨黑，雄雌夕旦鳴各異，黄帝使伶倫制十二籥寫之，其雄聲，其雌音。藥有鳳凰臺〔一〕，此鳳脚下物如白石者。鳳有時來儀，候其所止處，掘深三尺，有圓石如卵，正白，服之安心神。

〔一〕藥有鳳凰臺　「藥」，原作「樂」，蓋涉上「音」字而悮，今據陳藏器本草拾遺改。按，政和證類本草卷一九引陳藏器本草拾遺：「鳳凰臺，味辛平，無毒，主勞損積血，利血脈安。」

孔雀　釋氏書言：「孔雀因雷聲而孕。」

鸛　江淮謂群鸛旋飛爲鸛井。鸛亦好旋飛〔一〕，必有風雨。人探巢取鸛子，六十里旱，能群飛，薄霄激雨，雨爲之散。

〔一〕鸛亦好旋飛　「鸛」，原作「鶴」，今據太平廣記卷四六三「鸛」條引酉陽雜俎改。

烏　鳴地上無好聲。人臨行，烏鳴而前引，多喜。此舊占所不載。

貞元四年〔一〕，鄭、汴二州群烏，飛入田緒、李納境内，銜木爲城，高至二三尺，方十餘里，納、緒惡而命焚之，信宿如舊，烏口皆流血。

〔一〕貞元四年　「四年」，原作「十四年」，今據兩唐書改。按，舊唐書五行志：「（貞元四年夏）汴、鄭二州，群烏（許按：當作烏。下同。）飛入田緒、李納境内，銜木爲城，高二三尺，方十里。緒、納惡之，命焚之。信宿而視，烏口皆流血。」

俗候烏飛翅重，天將雨。

鵲　巢中必有梁。崔圓相公妻在家時，與姊妹戲於後園，見二鵲構巢，共銜一木，如筆管〔一〕，長尺餘，安巢中。衆悉不見。俗言見鵲上梁，必貴。

〔一〕如筆管　太平廣記卷四六一「崔圓妻」條引酉陽雜俎作「大如筆管」。

大曆八年，乾陵上仙觀天尊殿，有雙鵲銜柴及泥，補葺隟壞一十五處。宰臣上表賀。

貞元三年〔一〕，中書省梧桐樹上，有鵲以泥爲巢。焚其巢，可禳狐魅。

〔一〕貞元三年　「三年」，新唐書作「四年」。按，新唐書五行志：「貞元四年三月，中書省梧桐樹有鵲以泥爲巢。鵲巢知歲次，於羽蟲爲有知，今以泥露巢，遇風雨壞矣。」

燕　凡狐白、貉鼠之類〔一〕，燕見之則毛脱。或言燕蟄於水底〔二〕。舊説燕不入室，是井之虚也。取桐爲男女各一，投井中，燕必來。胸斑黑，聲大，名胡燕，其巢有容疋素者。

〔一〕貉鼠　太平廣記卷四六一「胡鷰」條引酉陽雜俎作「貂鼠」。

〔二〕水底　「水」，原校：「一曰井。」按，錦繡萬花谷後集卷四〇、古今合璧事類備要别集卷七三引酉陽雜俎並作「井」。

雀　釋氏書言：「雀沙生，因浴沙塵受卵。」蜀弔烏山〔一〕，至雉雀來弔，最悲。百姓夜燃火，伺取之。無嗉不食〔二〕，似特悲者，以爲義，則不殺。

〔一〕弔烏山　原作「弔烏山」，今據水經注改。按，水經注葉榆河：「郡有葉榆縣，縣西北十里，有弔鳥山。」

〔三〕無嗉不食　太平廣記卷四六二「弔鳥山」條引酉陽雜俎句前有「其」字。

鴿　大理丞鄭復禮言：「波斯舶上多養鴿，鴿能飛行數千里。輒放一隻至家，以爲平安信。」

鸜鵒　能飛。衆鳥趾前三後一，唯鸜鵒四趾齊分。凡鳥下瞼眨上，獨此鳥兩瞼俱動，如人目。

玄宗時，有五色鸜鵒能言，上令左右試牽帝衣，鳥輒瞋目叱咤。岐府文學能延京，獻鸜鵒篇以贊其事。張燕公有表賀，稱爲「時樂鳥」。

杜鵑　始陽相催而鳴，先鳴者吐血死。嘗有人山行，見一群寂然，聊學其聲，即死。初鳴，先聽其聲者，主離別。廁上聽其聲，不祥。厭之法，當爲犬聲應之〔一〕。

〔一〕爲犬聲應之　「犬」，原作「大」，今據説郛本及太平廣記改。按，太平廣記卷四六三「杜鵑」條引酉陽雜俎：「杜鵑，始陽相催而鳴，先鳴者吐血死。嘗有人山行，見一群寂然，聊學其聲，即死。初鳴，先聽者主離別。廁上聽其聲，不祥，厭之之法，當爲犬聲以應之。」

雊鵒　舊言可使取火。效人言，勝鸚鵡。取其目睛，和人乳研，滴眼中，能見煙霄外物也。

鶈　濟南郡張公城西北，有鶈浦〔一〕。南燕世，有漁人居水側，常聽鶈之聲，衆中有鈴聲，甚清亮。候之，見一鶈，咽頸極長，羅得之。項上有銅鈴，綴以銀鏁，有隱起「元鼎元年」字〔二〕。

〔一〕鶈浦　太平廣記卷四六二「鶈溝」條引酉陽雜俎作「鶈溝」。

〔二〕有隱起元鼎元年字　「有」字原闕，今據太平廣記卷四六二「鶈溝」條引酉陽雜俎補。

晉時，營道縣令何潛之〔一〕，於縣界得鳥，大如白鷺，膝上髀下，自然有銅鐶貫之。

〔一〕營道縣令何潛之　「何潛之」，太平廣記卷四六二「何潛之」條引酉陽雜俎同，而同上書卷四六三「營道令」條引酉陽雜俎作「何偕之」，又太平御覽卷九二八引盛弘之荊州記作「何諧之」，金樓子卷六作「何潛之」。

鴆鶹　舊言辟火災。巢於高樹，生子穴中，銜其母翅飛下養之。

鴟〔一〕　相傳鶹生三子〔二〕，一爲鴟。肅宗張皇后專權，每進酒，常寘鴟腦酒〔三〕，鴟腦酒令人久醉健忘。

〔一〕鴟　原作「鵄」，鴟俗字，今據太平廣記卷四六二、紺珠集卷六、類説卷四二引酉陽雜俎改。

〔二〕鶹生三子　紺珠集卷六引酉陽雜俎作「鶹生二子，若三子，則爲鴟」。

〔三〕常寘鴟腦酒　太平廣記卷四六二「鴟」條引酉陽雜俎作「常以鴟腦和酒」。

異鳥　天寶三年〔一〕，平盧有紫蟲食禾苗，時東北有赤頭鳥，群飛食之。

〔一〕天寶三年　原作「天寶二年」，舊唐書作「天寶三年」，新唐書作「（開元）三載」，今據舊唐書改。按，舊唐書五行志：「天寶三年，青州（許按：原作「貴州」，今據新唐書五行志改。）紫蟲食苗，時有赤鳥群飛，自東北來食之。」

開元二十三年〔一〕，榆關有蚜蝣蟲，延入平州界，亦有群雀食之。

又開元中，貝州蝗蟲食禾，有大白鳥數千，小白鳥數萬，盡食其蟲。

〔一〕開元二十三年　「二十三年」，新唐書五行志二作「二十二年」。

大曆八年，大鳥見武功，群鳥隨噪之，行營將張日芬射獲之〔一〕。肉翅，狐首，四足，足有爪，廣四尺三寸，狀類蝙蝠。又郊州有白頭鳥乳鴝鵒。

〔一〕行營將　舊唐書五行志作「神策將軍」。

王母使者　齊郡函山有鳥，足青，嘴赤黄，素翼絳顙，名王母使者。昔漢武登此山，得玉函，長五寸。帝下山，玉函忽化爲白鳥飛去。世傳山上有王母藥函，常令鳥守之。

吐綬鳥　魚復縣南山有鳥，大如鴝鵒，羽色多黑，雜以黄白，頭頰似雉。有時吐物，長數寸，丹采彪炳，形色類綬，因名爲吐綬鳥。又食必蓄嗉，臆前大如斗，慮觸其嗉，行每遠草木，故一名避株鳥。

鸛鶇　一名墮羿〔一〕。形似鵲。人射之，則銜矢反射人。

〔一〕 𪆂 原作「墮」，今據爾雅郭璞注改。按，爾雅釋鳥：「鷏鶫，鶅鶸，如鵲，短尾，射之，銜矢射人。」郭璞注：「或說曰：『鷏鶫，鶅鶸，一名𪆂羿。』」

鸏鶥 喙大而句，長一尺，赤黄色，受二升，南人以爲酒杯也。

菘節鳥 四脚，尾似鼠，形如雀，終南深谷中有之。

老鵵 秦中山谷間，有鳥如梟，色青黄，肉翅，好食煙，見人輒驚落，隱首草穴中，常露身。其聲如嬰兒啼，名老鵵。

柴蒿 京之近山有柴蒿鳥，頭有冠。如戴勝，大若野雞。

兜兜鳥 其聲自號。正月以後作聲，至五月節，不知所在。其形似鴝鵒。

蝦蟆護 南山下有鳥，名蝦蟆護。多在田中，頭有冠，色蒼，足赤，形似鷺。

夜行遊女　一曰天帝女，一名釣星。夜飛晝隱，如鬼神。衣毛爲飛鳥，脱毛爲婦人。無子，喜取人子。胸前有乳。凡人飴小兒，不可露處，小兒衣亦不可露曬。毛落衣中，當爲鳥祟，或以血點其衣爲誌。或言産死者所化。

鬼車鳥　相傳此鳥昔有十首，能收人魂，一首爲犬所噬。秦中天陰，有時有聲，聲如力車鳴，或言是水雞過也。白澤圖謂之蒼鸆，帝鵠書謂之逆鶬〔一〕，夫子、子夏所見。寶曆中，國子四門助教史迴語成式，常見裴瑜所注爾雅，言「鶬，麋鴰」是九頭鳥也。

〔一〕帝鵠書謂之逆鶬　「帝鵠書」，津逮本、學津本作「帝嚳書」，蓋託名帝嚳之書。

細鳥　漢武時，勒畢國獻細鳥〔一〕，以方尺玉爲籠，數百頭，狀如蠅，聲如鴻鵠。此國以候日，因名候日蟲。集宮人衣，輒蒙愛幸。

〔一〕勒畢國　原作「畢勒國」，今據洞冥記改。按，洞冥記卷二：「元封五年，勒畢國貢細鳥，以方尺之玉籠，盛數百頭。」

嗽金鳥　出昆明國。形如雀，色黄，常翱翔於海上。魏明帝時，其國來獻此鳥，飴以真珠及龜腦，常吐金屑如粟，鑄之，乃爲器服。宫人争以鳥所吐金爲釵珥，謂之辟寒金，以鳥不畏寒也〔一〕。宫人相嘲弄曰：「不服辟寒金，那得帝王心；不服辟寒鈿，那得帝王憐。」

〔一〕不畏寒　拾遺記謂「此鳥畏雪霜」，因疑「不」字衍。按，太平御覽卷一七八引王子年拾遺記：「魏明帝即位五年，起靈禽之園，方國所獻異鳥殊獸，皆畜此園也。時昆明國貢嗽金鳥，國人云：『其地去涼州九千里，出此鳥，形如雀，色黄，毛羽柔密，常翱翔海上，羅者得之，以爲至瑞。聞大魏之德，被於荒遠，故越山航海，來獻大國。』帝得此鳥，畜於靈禽之園，飴以真珠，飲以龜腦。鳥常吐金屑如粟，鑄之，以爲器服。昔漢武時，有獻大雀，此之類也。此鳥畏雪霜，乃起小屋以處之，名曰辟寒臺，皆用水晶爲户牖，使内外通光而風露恒隔。宫人争以鳥所吐之金，用飾釵珮，謂之辟寒金。宫人相嘲曰：『不服辟寒金，那得帝王心。』於是媚惑者，亂争此寶以爲身飾，及行卧皆懷挾，以要寵也。魏代喪滅，珍寶池臺，鞠爲煨燼，嗽金之鳥，亦自高翔矣。」

背明鳥　吴時，越嶲之南，獻背明鳥。形如鶴，止不向明，巢必對北。其聲百變。

嵜嵐鳥　出河西赤塢鎮。狀似烏而大。飛翔於陣上，多不利。

鸓鸐　狀如燕，稍大，足短，趾似鼠。未常見下地，常止林中。偶失勢控地，不能自振，及舉，上淩青霄。出涼州也。

鸋烏〔一〕　武周縣合火山，山上有鸋烏。形類雅烏〔二〕，觜赤如丹，一名赤觜烏〔三〕，亦曰阿鸋烏。

〔一〕鸋烏　原作「鸋烏」，今據水經注改。按，水經注㶟水：「（火）井北百餘步，有東西谷，廣十許步，南崖下有風穴，厥大容人，其深不測，而穴中肅肅常有微風，雖三伏盛暑，猶須襲裘，寒吹陵人，不可暫停。而其山出鸋烏，形類雅烏，純黑而姣好，音與之同，繢采紺發，觜若丹砂，性馴良而易附，丱童幼子，捕而執之。赤觜烏，亦曰阿鸋烏。」

〔二〕形類雅烏　「雅」字原闕，今據水經注補。

〔三〕赤觜烏　「烏」，原作「鳥」，今據同上書改。

訓胡　惡鳥也，鳴則後竅應之。

百勞　博勞也。相傳伯奇所化。取其所踏枝鞭小兒，能令速語。南人繼母有娠乳兒，兒病如瘧，唯鵙毛治之。

毛篇

師子　釋氏書言：「師子筋爲絃，鼓之，衆絃皆絶。」西域有黑師子、捧師子〔一〕。集賢校理張希復言：「舊有師子尾拂，夏月，蠅蚋不敢集其上。」

舊説，蘇合香，師子糞也。

〔一〕西域有黑師子捧師子　此句及下「集賢校理張希復」三句、「舊説蘇合香」二句，原各自獨立成條，今據太平廣記卷四四一「雜説」條引酉陽雜俎併爲一條，以其皆言師子事也。又「捧師子」，太平廣記卷四四二作「棒師子」。

象　舊説象性久識，見其子皮必泣。一枚重千觔。釋氏書言：「象七支拄地〔一〕，六牙。牙生花〔二〕，必因雷聲。」

〔一〕七支拄地　原作「七久柱地」，今據起世經改。按，起世經卷一閻浮洲品：「次復有山，名曰金脇。於此山中，有八萬窟，有八萬龍象在中居住，並皆白色，如拘牟陀華。七支拄地，悉有神通，乘空而行。其頂赤色，似因陀羅瞿波迦蟲。六牙具足，其牙纖利，雜色金填。」

〔二〕牙生花　原作「牙生理」，今據大般涅槃經改。按，大般涅槃經卷八如來性品：「一切象牙上皆生花，若無雷震，花則不生，亦無名字，衆生佛性亦復如是。」

又言：龍象，六十歲骨方足。今荆地象，色黑，兩牙，江豬也。

咸亨二年〔一〕，周澄國遣使上表言：「訶伽國有白象，首垂四牙〔二〕，身運五足，象之所在，其土必豐，以水洗牙，飲之愈疾，請發兵迎取。」

〔一〕咸亨二年　「二年」，原作「三年」，今據册府元龜卷一六八及白孔六帖卷九七、太平廣記卷四四一「雜説」條引酉陽雜俎改。

〔二〕首垂四牙　「首」，太平廣記卷四四一「雜説」條引酉陽雜俎作「口」。

象膽　隨四時在四腿，春在前左，夏在前右，如龜無定體也。鼻端有爪，可拾鍼。肉有十二般，惟鼻是其本肉。

陶貞白言：「夏月合藥，宜寘象牙於藥旁。南人言象妬，惡犬聲〔一〕，獵者裹糧登高樹，搆熊巢伺之。有群象過，則爲犬聲，悉舉鼻吼叫，循守不復去。或經五六日，困倒其下，因潛殺之。耳後有穴，薄如鼓皮，一刺而斃。胸前小横骨，灰之，酒服，令人能浮水出没。食其肉，令人體重。」

〔一〕惡犬聲　「惡」，太平廣記卷四四一「雜説」條引酉陽雜俎作「尤惡」。

古訓言：「象孕五歲始生。」

虎　交而月暈。仙人鄭思遠常騎虎，故人許隱齒痛求治。鄭曰：「唯得虎鬚，及熱插齒間，即愈。」鄭爲拔數莖與之。因知虎鬚治齒也。虎殺人，能令屍起自解衣，方食之。虎威如乙字，長一寸，在脅兩旁皮内，尾端亦有之。佩之臨官佳；無官，人所媢嫉〔一〕。虎夜視，一目放光，一目看物。獵人候而射之，光墜入地，成白石，主小兒驚。

〔一〕人所媢嫉　「媢嫉」，太平廣記卷四三〇「鄭思遠」條引酉陽雜俎作「憎嫉」。

馬　虜中護蘭馬，五白馬也，亦曰玉面諳真馬，十三歲馬也。以十三歲已下，可以留種。舊種馬、戎馬八尺，田馬七尺，駑馬六尺。瓜州飼馬以藚草，沙州以茨萁，涼州以勃突渾〔一〕，蜀以稗草。以蘿蔔根飼馬，馬肥。安北飼馬以沙蓬根針。

大食國馬解人語〔二〕。

悉怛國、怛幹國出好馬。

馬四歲兩齒，至二十歲，齒盡平。

體名有輸鼠、外凫、烏頭、龍翅、虎口。

豬槽飼馬、石灰泥槽、汗而繫門，三事落駒。

迴毛在頸，白馬黑髦〔三〕，鞍下腋下迴毛，右脅白毛，左右後足白。白馬四足黑〔四〕，目下横毛，黄馬白喙，旋毛在吻後，汗溝上通尾本，目赤、睫亂及反睫，白馬黑目，目白卻視，並不可騎。

夜眼名附蟬，尸肝名懸燧〔五〕，亦曰雞舌。緑袟方言：「以地黄、甘草啖，五十歲生三駒。」

〔一〕涼州以勃突渾　「勃」，原作「敦」，今據太平廣記卷四三五「馬」條引酉陽雜俎改。

〔二〕大食國馬解人語　同上書作「大食國出解人語馬」。按，此句與本書前集卷一〇物異「俱位國以馬種蒔」條後半重出。

〔三〕白馬黑髦　「髦」，原作「馬」，同上書作「毛」，今據齊民要術改。按，齊民要術卷六養牛馬驢騾：「白馬黑髦，不利人。」

〔四〕白馬四足黑　此下十五句原另作一條，今據齊民要術及太平廣記卷四三五「馬」條引酉陽雜俎，將「並不可騎」之前九句與上連屬，其餘則仍另作一條。又「白」字原闕，今據齊民要術卷六補。按，齊民要術卷六養牛馬驢騾：「白馬四足黑，不利人。目下有横毛，不利人。黄馬白喙，不利人。旋毛在吻後，爲銜禍，不利人。溝上通尾本者，蹹殺人。」

〔五〕尸肝名懸燵　「肝」，疑當作「股」；「懸燵」，疑當作「懸薄」。按，齊民要術卷六養牛馬驢騾：「懸薄欲厚而緩，（腳脛。）虎口欲開。」

牛　北人牛瘦者，多以蚍灌鼻口，則爲獨肝。水牛有獨肝者殺人。逆賊李希烈食之而死。

相牛法：岐胡有壽。膺庭欲廣〔一〕，毫筋欲横。（蹄後筋也。）常有聲，有黄也。角冷，有病。旋毛在珠泉，無壽。睫亂，觸人。銜烏角偏，妨主。毛少骨多，有力。溺射前，良牛也。踈肋，難養。三歲二齒，四歲四齒，五歲六齒，六歲以後，每一年接脊骨一節。

〔一〕膺庭欲廣 「庭」，原作「匡」，蓋「廷」之形訛，今據齊民要術改。按，齊民要術卷六養牛馬驢騾：「膺庭欲得廣。（膺庭，胸也。）」

甯公所飾牛，陰虹屬頸。陰虹，雙筋自尾屬頸也。

北虜之先，索國有泥師都，二妻，生四子，一子化爲鴻，遂委三子，謂曰：「爾可從古旃。」古旃，牛也。三子因隨牛，牛所糞，悉成肉酪。

太原縣北有銀牛山〔一〕，漢建武三十一年〔二〕，有人騎白牛，蹊人田。田父訶詰之，乃曰：「吾北海使，將看天子登封。」遂乘牛上山。田父尋至山上，唯見牛跡，遺糞皆爲銀也。明年，世祖封禪焉〔三〕。

〔一〕太原縣 此條原與上條合爲一條，二事一言突厥，一言中國，實不相關，今以銀牛山事另作一條。

〔二〕建武三十一年　「三十一年」，原作「二十一年」，太平廣記卷四三四「銀牛」條引酉陽雜俎作「建武二十四年」，「二十一」與「二十四」皆悞，按，後漢書光武帝紀下：「（中元元年春正月）丁卯，東巡狩。二月己卯，幸魯，進幸泰山。北海王興、齊王石朝於東嶽。辛卯，柴望岱宗，登封泰山。甲午，禪於梁父。」「中元元年（五六）」即下文所説之「明年」，則本年必是建武三十一年，「二」、「三」形近易混，今據後漢書改。

〔三〕世祖封禪焉　「焉」字原闕，今據太平廣記卷四三四「銀牛」條引酉陽雜俎補。

鹿　虞部郎中陸紹弟，爲盧氏縣尉，常觀獵人獵，忽遇鹿五六頭臨澗，見人不驚，毛斑如畫。陸恠獵人不射，問之。獵者言：「此仙鹿也，射之不能傷，且復不利。」陸不信，强之。獵者不得已，一發矢，鹿帶箭而去。及返，射者墜崖，折左足。

南康記云：「合浦有鹿，額上戴科藤一枝，四條直上，各一丈。」

犀之通天者，必惡影，常飲濁水。當其溺時，人趕不復移足。角之理，形似百物。或云犀角通者〔一〕，是其病。然其理有倒插、正插、腰鼓插，倒者一半已下通，正者一半已上通，腰鼓者中斷不通。故波斯謂牙爲「白暗」，犀爲「黑暗」。成式門下醫人吴士皋，常職於南海郡，見舶主説，本國取犀，先於山路多植木如徂杙〔二〕，云犀前脚直，常倚木而息，木欄折，則不能起。犀角，一名奴角〔三〕。有鴆處〔四〕，必有犀也。犀三毛一孔。劉孝標言：「犀墮角埋之，人以假角易之。」

〔一〕或云犀角通者　太平廣記卷四四一「雜説」條引酉陽雜俎作「或理不通者」。

〔二〕徂杙　原作「狚杙」，今據太平廣記卷四四一「雜説」條引酉陽雜俎改。

〔三〕犀角一名奴角　「犀角」，原作「犀牛」，今據太平廣記卷四四一「雜説」條引酉陽雜俎改。

〔四〕有鴆處　「鴆」，原作「鴻」，今據朝野僉載改。按，政和證類本草卷一七引朝野僉載：「鴆食水處有犀牛，不濯角，其水物食之必死，爲鴆食蛇之故也。」

䮍　性羞。木蘭篇：「明䮍千里脚。」多悮作「鳴」字。䮍卧，腹不貼地，屈足漏明，則行千里。

天鐵熊〔一〕　高宗時，伽毗葉國獻天鐵熊〔二〕，擒白象、獅子。

〔一〕天鐵熊　「天」字疑是「舔」音之轉。舔鐵熊正名爲貘（貊），亦稱白豹。爾雅釋獸：「貘，白豹。」郭璞注：「貘似熊，小頭，庳脚，黑白駮。能舔食銅鐵及竹骨。骨節强直，中實少髓。或曰，豹白色者則名貘。」

〔三〕加毗葉國獻天鐵熊　「加毗葉國」，當即「迦毗葉國」。按，册府元龜卷九七〇外臣部朝貢三：「（貞觀二十三年）九月，迦毗葉國遣使相天鐵熊，其力生擒白象、獅子。」

狼　大如狗，蒼色，作聲諸竅皆沸。胜中筋，大如鴨卵。有犯盜者，薰之，當令手攣縮。或言狼筋如織絡，小囊蟲所作也。狼糞煙直上，烽火用之。

或言狼狽是兩物，狽前足絶短，每行常駕兩狼，失狼則不能動。故世言事乖者稱狼狽。

臨濟縣西有狼冢〔一〕，近世曾有人獨行於野，遇狼數十頭。其人窘急，遂登草積上。有兩狼，乃入穴中，負出一老狼。老狼至，以口拔數莖草，群狼遂竟拔之。積將崩，遇獵者救之而免。其人相率掘此冢〔二〕，得狼百餘頭，殺之。疑老狼即狽也。

〔一〕臨濟縣　原作「臨濟郡」，但歷史上從無臨濟郡建寘，今據舊唐書改。按，舊唐書地理志一：「（齊州）臨濟漢之菅縣。隋爲朝陽縣，尋改爲臨濟縣。」

〔二〕其人相率　太平廣記卷四四二「狼冢」條引酉陽雜俎「相率」前有「仍」字。

貊澤　大如犬，其膏宣利，以手所承及於銅鐵瓦器中貯，悉透，以骨盛，則不漏。

猰㺐　徼外勃樊州，熏陸香所出也，如楓脂。猰㺐好啖之，大者重十斤，狀似獺，其頭身四肢了無毛，唯從鼻上竟脊至尾有青毛，廣一寸，長三四分。獵得者，斫刺不傷，積薪焚之不死，乃大杖擊之，骨碎乃死。

黄腰　一名虔己〔一〕。人見之，不祥。俗相傳食虎。

〔一〕虔己　原作「唐己」，今據蜀地志改。按，太平御覽卷七一三引蜀地志：「黄要獸，一名㻴微，一名虔己，鼬身狐首，生子長大自活，群逐其母，令不得飲食。將有所求，而先見此獸，則不得矣。」

香狸　取其水道連囊，以酒澆，乾之，其氣如真麝。

耶希　有鹿兩頭，食毒草，是其胎矢也。夷謂鹿爲耶，矢爲希。

蝛　似黄狗，圄有常處，若行遠不及其家〔一〕，則以草塞其尻。

〔一〕不及其家　「家」，原校：「一作處。」

猳玃　蜀西南高山上，有物如猴狀，長七尺，名猳玃〔一〕，一曰馬化。好竊人妻，多時，形皆類之。盡姓楊〔二〕，蜀中姓楊者往往玃爪。

〔一〕名猳玃　太平廣記卷四四四「猳國」條引搜神記作「名曰猳國」。

〔二〕盡姓楊　同上書引搜神記作「故今蜀中西南多姓楊，率皆是猳國馬化子孫也」。

狒狒　飲其血，可以見鬼。力負千觔。笑輒上吻掩額，狀如獼猴。作人言，如鳥聲。能知生死。血可染緋，髮可爲髲。舊説反踵，獵者言無膝，睡常倚物。宋孝建中〔一〕，高城郡進雌雄二頭〔二〕。

〔一〕宋孝建中　「孝建」，原作「建武」，「中」字闕，今據政和證類本草卷一七引陳藏器本草拾遺補。按，政和證類本草卷一七引陳藏器本草拾遺：「𥡴𥡴，亦作𥡴，無毒。飲其血，令人見鬼也，亦可染緋。髮可爲頭髮。出西南夷。如猴。宋孝建中，獠子以西波尸地高城郡安西縣主簿韋文禮，進雌雄二頭。」

〔二〕高城郡　政和證類本草卷一七引陳藏器本草拾遺作「高城郡安西縣」。按，唐之前未見有高城郡安西縣建寘，南齊有高興郡（今廣東化州）高城縣，亦似與此處所說不合，「高城郡」三字疑有悮。

在子者，鼈身人首，炙之以藿，則鳴曰「在子」。

大尾羊　康居出大尾羊，尾上旁廣，重十觔。

又僧玄奘至西域，大雪山高嶺下有一村養羊，大如驢。罽賓國出野青羊〔一〕，尾如翠色，土人食之。

〔一〕罽賓國　「罽」字原闕，今據太平廣記卷四三九罽賓青羊條引酉陽雜俎補。

酉陽雜俎前集卷十七

廣動植之二

鱗介篇

龍　頭上有一物，如博山形，名尺木。龍無尺木，不能昇天。

井魚　井魚腦有穴，每翕水〔一〕，輒於腦穴蹙出，如飛泉，散落海中，舟人競以空器貯之。海水鹹苦，經魚腦穴出，反淡如泉水焉。成式見梵僧菩提勝説〔二〕。

〔一〕翕　太平廣記卷四六五「井魚」條引酉陽雜俎作「噏」。

〔二〕梵僧菩提勝　「菩」，原作「普」，原校：「一曰菩。」按，本書前集卷四境異「嶺南溪洞中」條作「梵僧菩薩勝」，今據改。

異魚　東海漁人言：「近獲魚，長五六尺，腸胃成胡鹿刀槊之狀〔一〕，或號秦皇魚。」

〔一〕腸胃成胡鹿刀槊之狀　「腸胃」，太平廣記卷四六五「異魚」條引酉陽雜俎作「腹胃」。

鯉　脊中鱗一道，每鱗有小黑點，大小皆三十六鱗。國朝律：取得鯉魚，即宜放，仍不得喫。號赤鯶公，賣者杖六十〔一〕，言鯉爲李也。

〔一〕賣者杖六十　「杖」，原校：「一作決。」按，太平廣記卷四六五「赤鯶公」條引酉陽雜俎作「決」。

黄魚　蜀中每殺黄魚，天必陰雨。

烏賊　舊説名河伯度事小吏〔一〕。遇大魚，輒放墨，方數尺，以混其身。江東人或取墨書契，以脱人財物，書跡如淡墨，逾年字消，唯空紙耳。海人言：「昔秦王東遊，棄筭袋於海，化爲此魚。形如筭袋，兩帶極長。」一説烏賊有矴，遇風，則蚪前一鬚下矴。

〔一〕河伯度事小吏　「度」，原校：「一曰從。」「小吏」，一作「小史」。

鰡魚　凡諸魚欲産，鰡魚輒舐其腹，世謂之衆魚之生母。

鯌魚　章安縣出焉〔一〕。出入鯌，腹子朝出索食〔二〕，暮還入母腹。腹中容四子。頰赤如金，甚健，網不能制，俗呼爲「河伯健兒」。

〔一〕章安縣出焉　「焉」字原闕，今據太平廣記卷四六五「鯌魚」條引酉陽雜俎補。

〔二〕出入鯌腹子朝出索食　太平廣記卷四六五「鯌魚」條引酉陽雜俎作「鯌子朝出索食」。

鮫魚　鮫子驚，則入母腹中。

馬頭魚　象浦有魚，色黑，長五丈餘，頭如馬。伺人入水，食人。

印魚　長一尺三寸，額上四方如印，有字。諸大魚應死者，先以印封之。

石斑魚　僧行儒言：「建州有石斑魚，好與蚍交。南中多隔蜂窠，大如壺，常群螫人。

土人取石斑魚，就蜂樹側炙之，標於竿上，向日，令魚影落其窠上。須臾，有鳥大如鷰，數百，互擊其窠，窠碎落如葉，蜂亦全盡。」

鯢魚　如鮎，四足，長尾，能上樹。天旱，輒含水上山，以草葉覆身，張口，鳥來飲水，因吸食之。聲如小兒。峽中人食之，先縛於樹鞭之，身上白汗出如構汁，去此方可食，不爾有毒。

鱟　雌常負雄而行，漁者必得其雙，南人列肆賣之，雄者少肉。舊説過海輒相負於背〔一〕，高尺餘，如帆，乘風遊行。今鱟殼上有一物，高七八寸，如石珊瑚，俗呼爲鱟帆，成式荆州常得一枚。至今閩、嶺重鱟子醬。鱟十二足，殼可爲冠，次於白角。南人取其尾爲小如意也。

〔一〕過海輒相負於背　「負」，太平廣記卷四六五「鱟」條引酉陽雜俎作「積」。

飛魚　朗山浪水有之。魚長一尺，能飛。飛即淩雲空，息即歸潭底。

温泉中魚　南人隨溪有三亭城〔一〕，城下温泉中生小魚。

〔一〕南人隨溪有三亭城　「南人」，疑當作「南入」或「南中」。

羊頭魚　故陵溪中有魚〔一〕，其頭似羊，俗呼爲羊頭魚。豐肉少骨，殊美於餘魚。

〔一〕故陵溪中有魚　「故陵」，原作「周陵」，今據水經注改。按，水經注江水一：「江水又逕魚復縣之故陵，舊郡治故陵溪西二里故陵村，溪即永谷也。」

鱓魚　濟南郡東北有鱓坑。傳言魏景明中，有人穿井得魚，大如鏡。其夜，河水溢入此坑，坑中居人，皆爲鱓魚焉。

瑇瑁蟲　不再交者，虎、鴛與瑇瑁也。

螺蚌　鸚鵡螺如鸚鵡，見之者，凶。蚌，當雷聲則㾓。

蟹　八月，腹中有芒。芒，真稻芒也。長寸許，向東輸與海神。未輸〔一〕，不可食。

〔一〕未輸　太平廣記卷四六五「蟹」條引酉陽雜俎句下有「芒」字。

善苑國出百足蟹，長九尺，四螯。煎爲膠，謂之螯膠，勝鳳喙膠也。

平原郡貢糖蟹，採於河間界。每年生貢。斲冰火照，懸老犬肉，蟹覺老犬肉即浮，因取之，一枚直百金〔一〕。以氈密束於驛馬，馳至於京。

〔一〕直百金　「金」，太平廣記卷四六五「螗蟹」條引酉陽雜俎作「錢」。

蝤蛑〔一〕　大者長尺餘，兩螯至强，八月，能與虎鬬，虎不如。隨大潮退殼，一退一長。

〔一〕蝤蛑　太平廣記卷四六五「蝤蝶」條引酉陽雜俎作「蝤蝶」。嶺表録異卷下作「蝤蝥」。

奔䱐　奔䱐一名瀱，非魚非蛟，大如船，長二三丈，色如鮎，有兩乳在腹下，雌雄陰陽類人。取其子著岸上，聲如嬰兒啼。頂上有孔通頭，氣出嚇嚇作聲，必大風，行者以爲候。相傳嬾婦所化，殺一頭，得膏三四斛，取之燒燈，照讀書、紡績輒暗，照歡樂之處則明。

係臂　如龜。入海捕之，人必先祭，又陳所取之數，則自出，因取之。若不信，則風波覆船〔一〕。

〔一〕風波　太平廣記卷四六五「係臂」條引酉陽雜俎作「風浪」。

蛤梨〔一〕　候風雨，能以殼爲翅飛。

〔一〕蛤梨　類説卷四二引酉陽雜俎作「蛤蜊」。

擁劍　一螯極小，以大者鬬，小者食。

寄居　殼似蝸，一頭小蟹，一頭螺蛤也。寄在殼間，常候螺開出食〔一〕。螺欲合，遽入殼中。

〔一〕常候螺開出食　「螺」，原作「蝸」，並校：「一作螺。」今據陳藏器本草拾遺改。按，政和證類本草卷二二引陳藏器本草拾遺：「寄居蟲蝸牛注，陶（弘景）云：『海邊大有，似蝸牛，火炙殼，便走出。食之，益顔色。』按，寄居在殼間，而非螺也。候螺蛤開，當自出食，螺蛤欲合，已還殼中。亦名寄生，别無功用，海族多被其寄。又南海一種，似蜘蛛，入螺殼中，負殼而走，一名辟，亦呼寄居，無别功用也。」

牡蠣　言牡，非謂雄也。介蟲中，唯牡蠣是鹹水結成也。

玉珧〔一〕　似蚌，長二寸，廣五寸。殼中柱，炙之，如牛頭胘項。

〔一〕玉珧　原作「玉桃」，今據郭璞江賦改。按，文選郭景純江賦：「玉珧海月。」李善注：「珧亦蚌屬也。」

數丸　形似彭蜞，競取土，各作丸，丸數滿三百而潮至。一曰沙丸。

千人捏　形似蟹，大如錢，殼甚固，壯夫極力捏之不死，俗言千人捏不死，因名焉。

蟲　篇

蟬　未蜕時名復育〔一〕，相傳言蛣蜣所化。秀才韋翾〔二〕，莊在杜曲，常冬中掘樹根，見復育附於朽處，恠之。村人言：「蟬固朽木所化也。」翾因剖一視之，腹中猶實爛木。

〔一〕未蜕時名復育　「蜕」，原作「脱」，今據論衡改。按，論衡論死篇：「蟬之未蜕也，爲復育。已蜕也，去復育之體，更爲蟬之形。」

〔二〕秀才韋翾　「翾」，原校：「一曰翻。」按，太平廣記卷四七七「腹育」條引酉陽雜俎作「韋翾」，其人無考。

蝶　百蛺蝶，尺蠖蠒所化也。秀才顧非熊少時，常見郁棲中壞緑裙幅，旋化爲蝶。工部員外郎張周封言：「百合花合之，泥其隙，經宿化爲大胡蝶。」

蟻　秦中多巨黑蟻，好鬬，俗呼爲馬蟻。次有色竊赤者細蟻，中有黑者遲鈍，力舉等身鐵。有竊黃者，最有兼弱之智。成式兒戲時，常以棘刺標蠅，寘其來路〔一〕，此蟻觸之而返，或去穴一尺或數寸，纔入穴中者，如索而出，疑有聲而相召也。其行每六七，有大首者間之，整若隊伍。至徙蠅時，大首者或翼或殿，如備異蟻狀也。元和中，成式假居在長興里。庭中有一穴蟻，形狀如竊赤之蟻之大者，而色正黑，腰節微赤，首鋭足高，走最輕迅。每生致蠖及小蟲入穴〔二〕，輒壞垤窒穴，蓋防其逸也。自後徙居數處，更不復見此。

〔一〕寘其來路　「寘」，太平廣記卷四七七「螘」條引酉陽雜俎作「直」。

〔二〕小蟲　原作「小魚」，今據太平廣記卷四七六「赤腰蟻」條引酉陽雜俎改。

山人程宗乂云：「程執恭在易、定，野中蟻樓〔一〕，高三尺餘。」

〔一〕野中蟻樓　太平廣記卷四七七「蟻樓」條引酉陽雜俎「野中」下有「見」字。

蜘蛛　道士許象之言：「以盆覆寒食飦於暗室地上，入夏，悉化爲蜘蛛〔一〕。」

〔一〕悉化爲蜘蛛　「蜘蛛」，太平廣記卷四七八「飦化」條引酉陽雜俎作「赤蜘蛛」。

吴公　綏安縣多吴公，大者數尋〔一〕能以氣吸兔，小者吸蜥蜴，相去三四尺，骨肉自消。

〔一〕大者數尋　「數」，原作「兔」，按子史精華卷一三九「以氣吸兔」條引酉陽雜俎作「兔尋」，四庫考證卷六七云：「蟲豸『以氣吸兔』注：『大者數尋。』刊本『數』訛『兔』。」今據改。

蠮螉　成式書齋多此蟲，蓋好窠於書卷也。或在筆管中，祝聲可聽。有時開卷視之，悉是小蜘蛛，大如蠅虎，旋以泥隔之，時方知不獨負桑蟲也。

顛當　成式書齋前，每雨後多顛當窠，秦人所呼。深如蚓穴，網絲其中，土蓋與地平〔一〕，大如榆莢。常仰捍其蓋，伺蠅蠖過，輒翻蓋捕之，纔入復閉，與地一色，並無絲隙可尋也。其形似蜘蛛，如墻角亂緺中者〔二〕。爾雅謂之「王蛈蜴」，鬼谷子謂之「蛈母」。秦中兒童戲曰：「顛當顛當牢守門，蠮螉寇汝無處奔。」

〔一〕土蓋　「土」，太平廣記卷四七八「顛當」條引酉陽雜俎作「吐」。

〔二〕亂緺　太平廣記卷四七八「顛當」條引酉陽雜俎作「負網」。

蠅　長安秋多蠅，成式蠹書，常日讀百家五卷，頗爲所擾，觸睫隱字，毆不能已。偶拂殺一焉，細視之，翼甚似蜩，冠甚似蜂。性察於腐，嗜於酒肉。按理首翼，其類有蒼者聲雄壯，負金者聲清聒，其聲在翼也。青者能敗物，巨者首如火。或曰，大麻蠅，茅根所化也。

壁魚　補闕張周封言：「嘗見壁上白瓜子化爲白魚，因知列子言『朽瓜爲魚』之義。」

蛣蟯　草中有蛣蟯樹。

天牛蟲　黑甲蟲也。長安夏中，此蟲或出於籬壁間〔一〕，必雨。成式七度驗之，皆應。

〔一〕籬壁間　「籬」，原作「離」，今據太平廣記卷四七七「天牛蟲」條引酉陽雜俎改。

異蟲　温會在江州，與賓客看打魚。漁子一人忽上岸狂走，温問之，但反手指背，不能語。漁者色黑，細視之，有物如黄葉，大尺餘，眼遍其上，囓不可取。温令燒之，方落。每對一眼底，有觜如釘，漁子出血數升而死，莫有識者。

冷虵　申王有肉疾，腹垂至骭，每出，則以白練束之。至暑月，常鼾息不可過。玄宗詔南方取冷虵二條賜之。虵長數尺，色白，不螫人，執之，冷如握冰。申王腹有數約，夏月寘於約中，不復覺煩暑。

異蜂　有蜂如蠟蜂，稍大，飛勁疾。好圓裁樹葉，卷入木竅及壁罅中作窠。成式常發壁尋之，每葉卷中，實以不潔，或云將化爲蜜也。

白蜂窠　成式修行里私第〔一〕，菓園數畝。壬戌年，有蜂如麻子，蜂膠土爲窠於庭前簷，大如雞卵，色正白可愛，家弟惡而壞之。其冬，果釁鍾手足。南史言宋明帝惡言白門〔二〕，金樓子言予婚日，疾風雪下，幃幕變白，以爲不祥，抑知俗忌白久矣。

〔一〕修行里　原作「修竹里」，按唐代長安城以朱雀門街爲界，街東街西各五十四坊，無名「修竹」者，而本書前集卷一一廣知既稱「成式親故常會修行里」，前集卷一七蟲篇又稱「成式修行里私第」，因知「竹」乃「行」之顯悮，今據改。

〔二〕白門　原作「白問」，按宋書明帝紀：「宣陽門，民間謂之白門，上以白門之名不祥，甚諱之。」今據改。

毒蜂　嶺南有毒菌，夜明，經雨而腐，化爲巨蜂，黑色，喙若鋸，長三分餘。夜入人耳鼻中，斷人心繫。

竹蜜蜂　蜀中有竹蜜蜂，好於野竹上結窠。窠大如雞子，有蔕，長尺許。窠與蜜並紺色可愛，甘倍於常蜜。

水蛆　南中水磎澗中多此蟲，長寸餘，色黑。夏深，變爲宝，螫人甚毒。

水蟲　象浦，其川渚有水蟲，攢木食船，數十日船壞。蟲甚微細。

抱槍　水蟲也。形如蛣蜣，稍大。腹下有刺似槍，如棘鍼，螫人有毒。

負子　水蟲也，有子多負之。

避役　南中有蟲名避役，一曰十二辰蟲〔一〕。狀似虵醫，腳長，色青，赤肉鬣。暑月時，見於籬壁間。俗云，見者多稱意事。其首倏忽更變，爲十二辰狀。成式再從兄䣙常覩之。

〔一〕一曰十二辰蟲　太平廣記卷四七七「避役」條引酉陽雜俎作「應一日十二辰」。

食膠蟲　夏月，食松膠，前腳傳之，後腳聶之，内之尻中。

䗞蝺〔一〕形如蟬，其子如蝦〔二〕，著草葉。得其子，則母飛來就之。煎食，辛而美。

〔一〕䗞蝺　太平廣記卷四七七「䗞蝺」條引酉陽雜俎作「䗞蝺」。

〔二〕其子如蝦　「蝦」，同上書作「蟲」。

竈馬　狀如促織，稍大，腳長，好穴於竈側。俗言竈有馬，足食之兆〔一〕。

〔一〕足食之兆　類說卷四二引酉陽雜俎作「必足食」。

謝豹　虢州有蟲，名謝豹，常在深土中。司馬裴沆子〔一〕，常治坑獲之〔二〕。小類蝦蟆，而圓如毬，見人，以前兩腳交覆首，如羞狀。能穴地如鼢鼠，頃刻深數尺。或出地，聽謝豹鳥聲，則腦裂而死，俗因名之。

〔一〕裴沆　原作「裴沈」，今據本書前集卷二玉格「病鶴」條改。

〔二〕治坑獲之　「治坑」，太平廣記卷四七七「謝豹」條引酉陽雜俎作「掘穴」。

碎車蟲　狀如唧聊，蒼色，好棲高樹上，其聲如人吟嘯。終南有之。

一本云，滄州俗呼爲搔前，太原有大而黑者，聲唧聊〔一〕。碎車，别俗呼爲没鹽蟲也。

〔一〕聲唧聊　此下三句，山堂肆考卷二二八引酉陽雜俎作「聲亦呼唧聊，俗呼没鹽蟲」。

度古　似書帶，色類蚓，長二尺餘，首如鏟，背上有黑黄襴，稍觸則斷。常趁蚓，蚓不復動，乃上蚓掩之，良久蚓化。惟腹泥如涎，有毒，雞喫輒死，俗呼土蟲。

雷蜞　大如蚓，以物觸之，乃蹙縮，圓轉若鞠。良久，引首，鞠形漸小，復如蚓焉。或云，齧人毒甚。

矛　虵頭鼈身，入水，緣樹木，生嶺南，南人謂之矛。膏至利，銅瓦器貯浸出，惟雞卵殼盛之不漏。主腫毒。

藍虵　首有大毒，尾能解毒，出梧州陳家洞。南人以首合毒藥，謂之藍藥，藥人立死。取尾爲腊〔一〕，反解毒藥。

〔一〕取尾爲腊　太平廣記卷四五六「藍蛇」條引酉陽雜俎作「取尾脂」，「脂」即「腊」之形訛。

蚺虵　長十丈，常吞鹿，鹿消盡，乃繞樹出骨。養創時，肪腴甚美。或以婦人衣投之，則蟠而不起。其膽上旬近頭，中旬在心，下旬在尾。

蝎　鼠負蟲巨者多化爲蝎。蝎子多負於背，成式常見一蝎負十餘子，子色猶白，纔如稻粒。成式常見張希復言：「陳州古倉有蝎，形如錢，螫人必死。」江南舊無蝎，開元初，常有一主簿，竹筒盛過江，至今江南往往而有，俗呼爲主簿蟲。蝎常爲蝸所食，以跡規之，蝎不復去。舊説：「過滿百，爲蝎所螫。」蝎前謂之螫，後謂之蠆。

虱　舊説虱蠱〔一〕，飲赤龍所浴水則愈，虱惡水銀。人有病虱者，雖香衣沐浴，不得已。道士崔白言：「荆州秀才張告，常捫得兩頭虱。」有草生山足濕處，葉如百合，對葉獨莖，莖微赤，高一二尺，名虱建草，能去蟣虱。有水竹，葉如竹，生水中，短小，亦治虱。

〔一〕虱蠱　「蠱」，原作「蟲」，按太平廣記卷四七七「虱建草」條引酉陽雜俎作「虱蠱症」，今據改。

蝗　荆州有帛師號法通，本安西人，少於東天竺出家，言蝗蟲腹下有梵字，或自天下來者，乃叨利天、梵天來者，西域驗其字，作本天壇法禳之〔一〕。今蝗蟲首有「王」字，固自不可曉。或言魚子變，近之矣。舊言蟲食穀者，部吏所致，侵漁百姓，則蟲食穀。蟲身黑頭赤，武吏也；頭黑身赤，儒吏也。

〔一〕作本天壇法襛之　「本天壇法」，津逮本、學津本作「木天壇法」，疑是。

野狐鼻涕　螵蛸也，俗呼爲野狐鼻涕。

酉陽雜俎前集卷十八

廣動植之三

木篇

松　凡言兩粒、五粒，粒當言鬣。成式修行里私第大堂前，有五鬣松兩株，大財如椀，甲子年結實，味與新羅、南詔者不別。五鬣松，皮不鱗。中使仇士良水磑亭子在城東，有兩鬣皮不鱗者，又有七鬣者，不知自何而得，俗謂孔雀松，三鬣松也。松命根，下遇石則偃蓋，不必千年也。

竹　竹花曰覆，死曰荮。六十年一易根，則結實枯死〔一〕。

〔一〕則結實枯死　太平廣記卷四一二「竹箹」條引酉陽雜俎句前有「易根」二字。

䈄墮竹　大如腳指，腹中白幕攔隔，狀如濕麪。將成竹而筒皮未落，輒有細蟲齧之，隕籜後，蟲齧處呈赤跡，似繡畫可愛。

棘竹　一名笆竹。節皆有刺，數十莖爲叢。南夷種以爲城，卒不可攻。或自崩根出，大如酒甕，縱橫相承，狀如繰車。食之，落人髮〔一〕。

〔一〕落人髮　「髮」，原作「齒」，並校：「齒作髮。」今據齊民要術、太平御覽引竹譜改。按，齊民要術卷五引晉戴凱之竹譜：「棘竹，筍味淡，落人鬢髮。」

筋竹〔一〕　南方以爲矛。筍未成竹時〔二〕，堪爲弩絃。

〔一〕筋竹　「筋」，原作「筯」，今據太平廣記卷四一二「筋竹」條引酉陽雜俎改。

〔二〕筍未成竹時　「竹」字原闕，今據太平廣記卷四一二「筋竹」條引酉陽雜俎補。

百葉竹　一枝百葉，有毒。

竹譜，竹類有三十九。

慈竹　夏月經雨，滴汁下地生蓐，似鹿角，色白，食之已痢也。

異木　大曆中，成都百姓郭遠，因樵，獲瑞木一莖，理成字曰「天下太平」，詔藏於秘閣。

京西持國寺〔一〕，寺前有槐樹數株。金監買一株，令所使巧工解之。及入内迴，工言木無他異。金大嗟惋，令膠之，曰：「此不堪矣，但使爾知予工也。」乃别理解之，每片一天王，塔戟成就焉。

〔一〕京西持國寺　「京西」，太平廣記卷四〇六「天王槐」條引酉陽雜俎作「長安」。

都官陳脩古員外言〔一〕：「西川一縣，不記名，吏因換獄卒木薪之〔二〕，天尊形像存焉〔三〕。」

〔一〕都官陳脩古員外　太平廣記卷四〇六「天尊薪」條引酉陽雜俎作「都官員外陳修古」。

〔二〕薪之　太平廣記卷四〇六「天尊薪」條引酉陽雜俎作「爲薪」。

〔三〕有天尊形像存焉　「有」字原闕，今據同上書補。

異樹　婁約居常山，據禪座，有一野嫗，手持一樹，植之於庭，言此是蜻蜓樹。歲久芬芳鬱茂，有一鳥，身赤尾長，常止息其上。

異果　瞻波國有人牧牛千百餘頭〔一〕，有一牛離群，忽失所在，至暮方歸，形色鳴吼異常，群牛異之〔二〕。明日，遂獨行，主因隨之。入一穴，行五六里，豁然明朗，花木皆非人間所有。牛於一處食草，草不可識。有果作黄金色，牧牛人竊一將還，爲鬼所奪。又一日，復往取此果。至穴，鬼復欲奪，其人急吞之，身遂暴長，頭纔出，身塞於穴，數日化爲石矣。

〔一〕瞻波國　原作「瞻披國」，今据太平廣記卷四一〇「瞻波異果」條引酉陽雜俎改。按，瞻波國爲印度古代十六大國之一。大唐西域記卷一〇：「瞻波國周四千餘里。國大都城北背殑伽河，周四十餘里。」

〔二〕群牛異之　「群牛」，太平廣記卷四一〇「瞻波異果」條引酉陽雜俎作「牛主」。

甘子　天寶十年，上謂宰臣曰：「近日於宮内種甘子數株，今秋結實一百五十顆，與江南、蜀道所進不異。」宰臣賀表曰：「雨露所均，混天區而齊被；草木有性，憑地氣而潛通。故得資江外之珍果，爲禁中之華實。」相傳玄宗幸蜀年，羅浮甘子不實。嶺南有蟻，大於秦中馬蟻，結窠於甘樹，實時，常循其上，故甘皮薄而滑，往往甘實在其窠中。冬深取之，味數倍於常者。

樟木　江東人多取爲船，船有與蛟龍鬭者。

石榴　一名丹若。梁大同中，東州後堂石榴皆生雙子。南詔石榴，子大，皮薄如藤紙，味絶於洛中。石榴甜者，謂之天漿，能已乳石毒。

柹　俗謂柹樹有七絶〔一〕：一壽，二多陰，三無鳥巢，四無蟲，五霜葉可翫，六嘉實，七落葉肥大。

〔一〕柹樹有七絶　「七絶」，太平廣記卷四一一「柹」條引酉陽雜俎作「七德」。

漢帝杏　濟南郡之東南，有分流山，山上多杏，大如梨，色黄如橘，土人謂之漢帝杏，亦曰金杏。

脂衣柰〔一〕　漢時，紫柰大如升，核紫花青，研之有汁，可漆，或著衣〔二〕，不可浣也。

〔一〕脂衣柰　別國洞冥記卷二作「闇衣柰」。

〔二〕研之有汁可漆　「可」，洞冥記作「如」。按，別國洞冥記卷二：「有紫柰，大如斗，甜如蜜。核紫，花青，研之，有汁如漆，可染衣。其汁著衣，不可湔浣，亦名闇衣柰。」

仙人棗　晉時，太倉南有翟泉，泉西有華林園。園有仙人棗，長五寸，核細如鍼。

楷　孔子墓上特多楷木。

梔子　諸花少六出者，唯梔子花六出。陶貞白言：「梔子翦花六出，刻房七道，其花香甚。」相傳即西域薝蔔花也。

仙桃　出郴州蘇躭仙壇。有人至心祈之，輒落壇上〔一〕，或至五六顆。形似石塊，赤黄色，破之，如有核，三重。研飲之，愈衆疾，尤治邪氣。

〔一〕輒落壇上　「輒」，太平廣記卷四一〇「仙桃」條引酉陽雜俎作「桃」。

娑羅　巴陵有寺，僧房牀下，忽生一木，隨伐隨長。外國僧見曰：「此娑羅也。」元嘉初，出一花如蓮。天寶初，安西道進娑羅枝，狀言：「臣所管四鎮，有拔汗那，最爲密近。木有娑羅樹，特爲奇絶。不庇凡草，不止惡禽。聳幹無慙於松栝，成陰不愧於桃李。近差官拔汗那，使令採得前件樹枝二百莖。如得託根長樂，擢潁建章，布葉垂陰，隣月中之丹桂，連枝接影，對天上之白榆。」

赤白檉　出涼州。大者爲炭，入以灰汁，可以煮銅爲銀。

仙樹　祁連山上有仙樹實，行旅得之，止饑渴。一名四味木。其實如棗，以竹刀剖則甘，鐵刀剖則苦，木刀剖則酸，蘆刀剖則辛。

一木五香〔一〕　根旃檀，節沉香，花雞舌，葉藿，膠薰陸。

〔一〕一木五香　「一」字原闕，今據説郛（涵芬樓本）卷三六、太平廣記卷四一四「一木五香」條引酉陽雜俎補。

椒　可以來水銀。茱萸氣好上，椒氣好下。

構〔一〕　穀田久廢，必生構。葉有瓣曰楮，無曰構〔二〕。

〔一〕構　太平廣記卷四〇六「楮」條引酉陽雜俎作「楮」。

〔二〕葉有瓣曰楮無曰構　太平廣記卷四〇六「楮」條引酉陽雜俎作「葉有瓣，大曰楮，小曰構」。

黄楊木　性難長。世重黄楊，以無火。或曰，以水試之，沉則無火。取此木，必以陰晦，夜無一星，則伐之爲枕不裂。

蒲萄　俗言：「蒲萄蔓好引於西南。」庾信謂魏使尉瑾曰：「我在鄴，遂大得蒲萄，奇有滋味。」陳昭曰：「作何形狀？」徐君房曰：「有類軟棗。」信曰：「君殊不體物，何得不言似生荔枝？」魏肇師曰：「魏文有言〔一〕：『朱夏涉秋〔二〕，尚有餘暑。酒醉宿酲，掩露而食。甘而不飴，酸而不酢。』道之固以流沫稱奇，況親食之者。」瑾曰：「此物實出於大宛，張騫所致，有黄、白、黑三種。成熟之時，子實逼側，星編珠聚。西域多釀以爲酒，每來歲貢。在漢西京，似亦不少。杜陵田五十畝中，有蒲萄百樹。今在京兆〔三〕，非直止禁林也。」信曰：「乃園種户植，接蔭連架。」昭曰：「其味何如橘柚？」信曰：「津液奇勝，芬芳減之。」瑾曰：「金衣素裹，見苞作貢。向齒自消，良應不及。」

〔一〕魏文有言　「魏文」，原作「魏武」，今據藝文類聚、太平御覽引魏文帝詔改。按，藝文類聚卷八七引魏文帝詔：「魏文帝詔群臣曰：『且説蒲萄，醉酒宿酲，掩露而食，甘而不飴，酸而不脆，冷而〔不〕寒，味長汁多，除煩解餇。又釀以爲酒，甘於麴米，善醉而易醒。道之固以流涎咽唾，況親食之耶？他方之果，寧有匹之者。』」又太平御覽卷九七二引魏文帝詔：「魏文帝詔群臣曰：『中國珍果甚多，且復爲説蒲萄。當其朱夏涉秋，尚有餘暑，醉酒宿酲，掩露而食，甘而不餇，脆而不酸，冷而不寒，味長汁多，除煩解餇。又釀以爲酒，甘於麴蘖，善醉而易醒。道之固以流羨咽唾，況親食之耶？他方之果，寧有疋者。』」

〔二〕朱夏　原作「末夏」，今據太平御覽卷九七二引魏文帝詔改。

〔三〕京兆　太平廣記卷四一一「蒲萄」條引酉陽雜俎作「京邑」。

貝丘之南，有蒲萄谷，谷中蒲萄，可就其所食之，或有取歸者，即失道，世言王母蒲萄也。天寶中，沙門曇霄，因遊諸嶽，至此谷，得蒲萄食之。又見枯蔓堪爲杖，大如指，五尺餘，持還本寺，植之遂活。長高數仞，蔭地幅員十丈，仰觀若帷蓋焉。其房實磊落，紫瑩如墜，時人號爲草龍珠帳焉。

凌霄　花中露水，損人目。

松楨　即鍾藤也。葉大者，晉安人以爲盤。

侯騷　蔓生，子如雞卵，既甘且冷，輕身消酒。廣志言，因王太僕所獻。

蠡薺　子如彈丸，魏武帝常啖之。

酒杯藤　大如臂，花堅可酌酒。實大如杯〔一〕，食之消酒。

〔一〕實大如杯 「杯」，原作「指」，今據古今注改。按，太平御覽卷九九五引古今注：「酒杯藤出西域，大如臂，去實，皆可以酌酒。自有文章，映徹可愛。實大如杯，味如荳蔻，香美消酒。土人來至藤下，摘花酌酒，以其實消酒。」

白柰 出涼州野豬澤，大如兔頭。

比閭 出白州。其華若羽，伐其木爲車，終日行不敗。

菩提樹 出摩伽陁國，在摩訶菩提寺。蓋釋迦如來成道時樹，一名思惟樹，莖幹黄白，枝葉青翠，經冬不凋。至佛入滅日，變色凋落，過已還生。至此日，國王、人民大作佛事，收葉而歸，以爲瑞也。樹高四百尺，下有銀塔，周迴繞之。彼國人四時常焚香散花，繞樹作禮。貞觀中〔一〕，頻遣使往，於寺設供，并施袈裟。至高宗顯慶五年，於寺立碑，以紀聖德。此樹梵名有二，一曰賓撥梨力叉〔二〕，二曰阿濕曷哋婆力叉。西域記謂之卑鉢羅〔三〕，以佛於其下成道，即以道爲稱，故號菩提婆力叉，漢翻爲「道樹」〔四〕。昔中天無憂王剪伐之，令事火婆羅門積薪焚焉〔五〕。熾焰中忽生兩樹，無憂王因懺悔，號灰菩提樹，遂周以石垣。至賞設迦王，復掘之，至泉，其根不絶，坑火焚之，溉以甘蔗汁，欲其燋爛。後摩揭陁國滿胄王，無憂之曾孫也，乃以千牛乳澆之，信宿，樹生如舊。更增石垣，高二丈四尺。玄奘至西域，見樹出垣上二丈餘。

〔一〕貞觀中　原作「唐貞觀中」，按，段成式記年號不自稱「唐」，此字蓋後人所加，今删。

〔二〕賓撥梨力叉　太平廣記卷四〇六「菩提樹」條引酉陽雜俎作「賓撥梨婆力叉」。

〔三〕西域記謂之卑鉢羅　「卑鉢羅」爲菩提樹梵文之音譯，西域記中有兩種譯音，一稱「卑鉢羅」，一稱「畢鉢羅」。

〔四〕漢翻爲道樹　「道」字原闕，今據太平廣記卷四〇六「菩提樹」條引酉陽雜俎補。

〔五〕事火婆羅門　「火」，原作「大」，今據大唐西域記改。按，大唐西域記卷八摩揭陁國上：「如來寂滅之後，無憂王之初嗣位也，信受邪道，毁佛遺跡，興發兵徒，躬臨翦伐。根莖枝葉，分寸斬截，次西數十步而積聚焉，令事火婆羅門燒以祠天。」

貝多　出摩伽陁國。長六七丈，經冬不凋。此樹有三種：一者多羅娑力叉貝多〔一〕，二者多梨婆力叉貝多，三者部闍婆力叉多羅多梨〔二〕。並書其葉，部闍一色，取其皮書之。「貝多」是梵語，漢翻爲「葉」。「貝多婆力叉」者，漢言「葉樹」也。西域經書用此三種皮葉，若能保護，亦得五六百年。嵩山記稱嵩高寺中有思惟樹，即貝多也。釋氏有貝多樹下思惟經。顧微廣州記稱「貝多葉似枇杷」，並謬。交趾近出貝多枝，彈材中第一。

〔一〕多羅娑力叉貝多　太平廣記卷四〇六「貝多樹」條引酉陽雜俎作「貝多婆力叉貝多」。

〔二〕三者部闍婆力叉多羅多梨　「闍」字原闕，今據下文「部闍一色」補。

龍腦香樹　出婆利國，婆利呼爲固不婆律〔一〕，亦出波斯國。樹高八九丈，大可六七圍，葉圓而背白，無花實。其樹有肥有瘦，瘦者有婆律膏香。一曰瘦者出龍腦香，肥者出婆律膏也。在木心〔二〕，中斷其樹，劈取之，膏於樹端流出，斫樹作坎而承之。入藥用，別有法。

〔一〕固不婆律　太平廣記卷四一四「龍腦香」條引酉陽雜俎作「箇不婆律」。

〔二〕在木心　太平廣記卷四一四「龍腦香」條引酉陽雜俎作「香在木心」。

安息香樹　出波斯國，波斯呼爲辟邪樹。長三丈，皮色黄黑，葉有四角，經寒不凋。二月開花，黄色，花心微碧，不結實。刻其樹皮，其膠如飴，名安息香。六七月堅凝，乃取之。燒之通神明，辟衆惡。

無石子　出波斯國，波斯呼爲摩賊。樹長六七丈〔一〕，圍八九尺，葉似桃葉而長。三月開花，白色，花心微紅。子圓如彈丸，初青，熟乃黄白。蟲食成孔者正熟，皮無孔者入藥用。其樹一年生無石子，一年生跋屢子，大如指，長三寸，上有殼，中仁如栗黄，可啖。

〔一〕樹長六七丈　「丈」，疑爲「尺」字之悮。

紫鉚樹〔一〕　出真臘國，真臘國呼爲勒佉。亦出波斯國。樹長一丈，枝條鬱茂。葉似橘，經冬不凋〔二〕，三月開花，白色，不結子。天大霧露及雨，沾濡其樹枝條，即出紫鉚。波斯國使烏海及沙利深所説並同。真臘國使折衝都尉沙門陁沙尼拔陁言：「蟻運土於樹端作窠，蟻壤得雨露，凝結而成紫鉚。」崑崙國者善，波斯國者次之。

〔一〕紫鉚　原作「紫鉟」，今據唐本草改。按，政和證類本草卷一三「紫鉚」條引唐本草：「紫色，如膠，作赤麖（音京）皮及寶鈿用爲假色，亦以膠實物，云蟻於海畔樹藤皮中爲之。」

〔二〕經冬不凋　「不」，原作「而」，今據圖經本草引酉陽雜俎改。按，證類本草卷一三「紫鉚」條圖經本草引酉陽雜俎：「紫鉚出真臘國，人呼爲勒佉。亦出波斯國。木高丈許，枝幹繁鬱，葉似橘柚，冬不凋落。」

阿魏　出伽闍那國，即北天竺也。伽闍那呼爲形虞。亦出波斯國，波斯國呼爲阿虞截。樹長八九丈，皮色青黄。三月生葉，葉似鼠耳，無花實。斷其枝，汁出如飴，久乃堅凝，名阿魏。拂林國僧彎所説同，摩伽陁國僧提婆言：「取其汁，和米荳屑，合成阿魏。」

婆䣘娑樹〔一〕出波斯國，亦出拂林，呼爲阿薩𬬻〔二〕。樹長五六丈，皮色青緑。葉極光浄，冬夏不凋。無花結實，其實從樹莖出，大如冬瓜，有殼裹之，殼上有刺，瓤至甘甜，可食。核大如棗，一實有數百枚。核中仁如栗黄〔三〕，炒食之，甚美。

〔一〕婆䣘娑樹　太平廣記卷四一〇「波那婆樹實」條引酉陽雜俎作「波那婆樹」。

〔二〕阿薩𬬻　「薩」，原作「蔭」，殘不成字，今據太平廣記卷四一〇「波那婆樹」條引酉陽雜俎改。

〔三〕核中仁如栗黄　「栗黄」，原作「粟黄」，今據津逮本、學津本改。按，本卷前文「無石子」條亦謂「中仁如栗黄」。

波斯棗　出波斯國，波斯國呼爲窟莽。樹長三四丈，圍五六尺。葉似土藤，不凋。二月生花，狀如蕉。花有兩甲，漸漸開罅，中有十餘房。子長二寸〔一〕，黄白色，有核，熟則紫黑，狀類乾棗，味甘如餳〔二〕，可食。

〔一〕子長二寸　「寸」，原作「尺」，今據津逮本、學津本改。按，太平廣記卷四一〇「波斯棗」條引酉陽雜俎有校語曰：「明鈔本尺作寸。」

〔二〕味甘如餳　「餳」，同上書作「飴」。

偏桃　出波斯國，波斯呼爲婆淡。樹長五六丈，圍四五尺，葉似桃而闊大。三月開花，白色。花落結實，狀如桃子而形偏，故謂之偏桃。其肉苦澀，不可噉〔一〕。核中仁甘甜，西域諸國並珍之。

〔一〕不可噉　太平廣記卷四一〇「偏桃」條引酉陽雜俎作「不堪」，屬上讀。

槃砮穡樹〔一〕　出波斯國，亦出拂林國，拂林呼爲群漢。樹長三丈，圍四五尺。葉似細榕，經寒不凋。花似橘，白色。子緑，大如酸棗，其味甜膩，可食。西域人壓爲油，以塗身，可去風痒。

〔一〕槃砮穡樹　「砮」，原校：「一作碧。」太平廣記卷四〇六「槃碧穡波樹」條引酉陽雜俎作「槃碧穡波樹」。

齊暾樹　出波斯國，亦出拂林國，拂林呼爲齊䖘音陽兮反〔一〕。樹長二三丈，皮青白，花似柚，極芳香。子似楊桃，五月熟〔二〕。西域人壓爲油，以煮餅菓，如中國之用巨勝也。

〔一〕齊䖘　原作「䖘」，字書無此字，今據太平廣記卷四〇六「齊暾樹」條引酉陽雜俎改。按，「䖘」即「虒」，通「榹」。

〔二〕五月熟　「五月」，同上書引作「六月」。

胡椒　出摩伽陁國，呼爲昧履支。其苗蔓生，莖極柔弱〔一〕。葉長寸半，有細條，與葉齊。條上結子，兩兩相對。其葉晨開暮合，合則裹其子於葉中。子形似漢椒〔二〕，至辛辣〔三〕，六月採。今人作胡盤肉食，皆用之。

〔一〕莖極柔弱　「莖」字原闕，今據太平廣記卷四一四「胡椒」條引酉陽雜俎補。

〔二〕子形似漢椒　「子」字原闕，今據同上書補。

〔三〕至辛辣　「辛」，同上書作「芳」。

白豆蔻　出伽古羅國，呼爲多骨。形似芭蕉，葉似杜若，長八九尺，冬夏不凋。花淺黄色，子作朵，如蒲萄。其子初出，微青，熟則變白。七月採。

蓽撥　出摩伽陁國，呼爲蓽撥梨，拂林國呼爲阿梨訶咃。苗長三四尺，莖細如箸。葉似蕺葉，子似桑椹，八月採。

䅟齊　出波斯國，拂林呼爲頂勃梨咃。長一丈餘，圍一尺許，皮色青，薄而極光浄。葉似阿魏，每三葉生於條端，無花實。西域人常八月伐之，至臘月，更抽新條，極滋茂。若不剪除，反枯死。七月斷其枝，有黄汁，其狀如蜜，微有香氣，入藥療病〔一〕。

〔一〕入藥療病　太平廣記卷四一四「䅟齊香」條引酉陽雜俎作「入缶，療百病」。

波斯皂莢　出波斯國，呼爲忽野簷默，拂林呼爲阿梨去伐。樹長三四丈，圍四五尺。

葉似枸緣而短小，經寒不凋。不花而實，其莢長二尺，中有隔，隔内各有一子，大如指頭，赤色，至堅硬，中黑如墨，甜如飴，可啖，亦入藥用。

没樹　出波斯國，拂林呼爲阿縒。長一丈許，皮青白色。葉似槐葉而長，花似橘花而大。子黑色，大如山茱萸，其味酸甜，可食。

阿勃參　出拂林國。長一丈餘，皮青白色。葉細，兩兩相對。花似蔓菁，正黄。子似胡椒，赤色。斫其枝，汁如油，以塗疥癬，無不瘥者〔一〕。其油極貴，價重於金。

〔一〕無不瘥者　「瘥」，太平廣記卷四一四「阿勃參」條引酉陽雜俎作「瘳」。

捺祇　出拂林國。苗長三四尺，根大如鴨卵。葉似蒜，葉中心抽條甚長，莖端有花六出，紅白色，花心黄赤，不結子。其草冬生夏死，與薺麥相類〔一〕。取其花，壓以爲油，塗身，除風氣，拂林國王及國内貴人皆用之。

〔一〕薺麥　原作「蕎麥」，今據太平廣記卷四〇八「柰祇草」條引酉陽雜俎改。

野悉蜜　出拂林國，亦出波斯國。苗長七八尺，葉似梅葉，四時敷榮。其花五出，白色，不結子。花若開時，遍野皆香，與嶺南詹糖相類。西域人常採其花，壓以爲油，甚香滑〔一〕。

〔一〕甚香滑　太平廣記卷四〇九「野悉密花」條引酉陽雜俎句前有「塗」字。

底橎實　阿驛〔一〕，波斯國呼爲阿驛，拂林呼爲底珍〔二〕。樹長丈四五〔三〕，枝葉繁茂。葉有五出，似椑麻，無花而實。實赤色，類椑子，味似乾柿，而一月一熟〔四〕。

〔一〕阿驛　津逮本、學津本作「阿駬」，本草綱目卷三一「無花果」條作「阿駔（原注：音楚）」。

〔二〕底珍　太平廣記卷四一一「底橎樹實」條引酉陽雜俎作「底橎」。

〔三〕樹長丈四五　「丈四五」，原作「四五丈」，今據太平廣記卷四一一「底橎樹實」條引酉陽雜俎改。

〔四〕一月一熟　「月」，原校：「一作年。」太平廣記卷四一一「底橎樹實」條引酉陽雜俎作「年」。

酉陽雜俎前集卷十九

廣動植之四

草篇

芝　天寶初，臨川郡人李嘉胤，所居柱上生芝草，形類天尊。太守張景佚，截柱獻之。

大曆八年，廬州廬江縣紫芝生，高一丈五尺。芝類至多。

參成芝　斷而可續。

夜光芝　一株九實，實墜地如七寸鏡，夜視如牛目。茅君種於句曲山。

隱辰芝〔一〕　狀如斗，以屋爲節〔二〕，以莖爲剛〔三〕。

〔一〕隱辰芝　「辰」，太平廣記卷四一三「隱晨芝」條引酉陽雜俎作「晨」。

〔二〕以屋爲節　「屋」，原校：「一作星。」同上書作「星」。

〔三〕以莖爲剛　「剛」，原校：「一作綱。」同上書作「綱」。

鳳腦芝　仙經言：「穿地六尺，以環寶一枚種之〔一〕，灌以黄水五合，以土堅築之。三年，生苗如匏，實如桃，五色，名鳳腦芝。食其實，唾地爲鳳，乘升太極。」

〔一〕環寶　津逮本、學津本作「鐶實」。

白符芝　大雪而華〔一〕。

〔一〕大雪而華　「華」，太平廣記卷四一三「白符芝」條引酉陽雜俎作「白華」。

五德芝　如車馬〔一〕。

〔一〕如車馬　抱朴子作「狀似樓殿」。按，抱朴子内篇仙藥：「五德芝，狀似樓殿，莖方，其葉五色各具而不雜，上如偃蓋，中常有甘露，紫氣起數尺矣。」

菌芝　如樓。凡學道三十年不倦，天下金翅鳥銜芝至。羅門山，食石芝〔一〕，得地仙。

〔一〕食石芝　「食」，原校：「一作生。」

蓮　石蓮入水必沉，唯煎鹽鹹鹵能浮之〔一〕。鴈食之，糞落山石間，百年不壞。相傳橡子落水爲蓮。

〔一〕鹽鹹鹵　太平廣記卷四〇九「蓮實」條引酉陽雜俎作「鹹滷」。

苔　慈恩寺唐三藏院後簷階，開成末，有苔狀如苦苣，布於塼上，色如藍緑，輕嫩可愛。談論僧義林，太和初，改葬基法師。初開冢，香氣襲人，側卧塼臺上，形如生。塼上苔厚二寸餘，作金色，氣如栴檀〔一〕。

〔一〕栴檀　太平廣記卷四一三「如苣苔」條引酉陽雜俎作「爇檀」。

瓦松　崔融瓦松賦序曰：「崇文館瓦松者，產於屋霤之下」，「謂之木也，訪山客而未詳；謂之草也，驗農皇而罕記。」賦云：「煌煌特秀，狀金芝之產霤；歷歷虛懸，若星榆之種天。葩條鬱毓，根柢連卷，間紫苔而裛露，淩碧瓦而含煙。」又曰：「慙魏宮之烏韭〔一〕，恧漢殿之紅蓮。」崔公學博，無不該悉，豈不知瓦松已有著說乎？博雅：「在屋曰昔耶，在墻曰垣衣。」廣志謂之蘭香，生於久屋之瓦。魏明帝好之，命長安西載其瓦，於洛陽，以覆屋。前代詞人詩中，多用「昔耶」。梁簡文帝詠薔薇曰：「緑階覆碧綺，依簷映昔耶。」或言構木上多松栽，土木氣泄，則瓦生松。大曆中，修含元殿。有一人投狀請瓦，且言：「瓦工惟我所能，祖父已嘗瓦此殿矣。」衆工不服，因曰：「若有能瓦畢，不生瓦松乎？」衆方服焉。又有李阿黑者，亦能治屋，布瓦如齒，間不通綖，亦無瓦松。本草：「瓦衣謂之屋遊。」

〔一〕烏韭　原作「烏悲」，今據崔融瓦松賦改。按，文苑英華卷一四七崔融瓦松賦：「慙魏宮之烏韭，惡漢宮之紅蓮。」

瓜　惡香，香中尤忌麝。鄭注太和初，赴職河中，姬妾百餘，盡騎，香氣數里，逆於人鼻。是歲，自京至河中，所過路，瓜盡死，一蔕不獲。

芰　今人但言菱芰，諸解草木書，亦不分別，惟伍安貧武陵記言〔一〕：「四角、三角曰芰，兩角曰菱。」今蘇州折腰菱多兩角。成式曾於荊州，有僧遺一斗郢城菱，三角而無芒，可以挼莎〔二〕。

〔一〕伍安貧武陵記　「伍安貧」，原作「王安貧」，今據方輿勝覽改。按，方輿勝覽卷三〇常德府事要：「伍安貧，梁朝漢壽（許按：今湖南常德東北。）人。撰武陵記。」

〔二〕挼莎　「挼」，原作「接」，今據太平廣記卷四〇九「菱」條引酉陽雜俎改。

芰　一名水栗，一名薢茩。

漢武昆明池中，有浮根菱，根出水上，葉淪没波下，亦曰青冰菱〔一〕。

玄都有菱，碧色，狀如雞飛，名翻雞芰，仙人鳧伯子常採之。

〔一〕青冰菱　原作「青水芰」，今據洞冥記改。按，别國洞冥記卷一：「浮根菱，根出水上，葉沉波下，實細薄，皮甘香。葉半青半白，霜降彌美，因名青冰菱也。」

兔絲子　多近棘及藋，山居者疑二草之氣類也。

天名精　一曰鹿活草。昔青州劉憻〔一〕，宋元嘉中射一鹿，剖五臟，以此草塞之，蹶然而起。憻恠而拔草，復倒。如此三度。憻密録此草種之，多主傷折〔二〕。俗呼爲「劉憻草」。

〔一〕青州劉憻　「劉憻」，原作「劉㦸」，太平廣記卷四〇八「鹿活草」條引酉陽雜俎作「劉炳」，政和證類本草卷七引陳藏器本草拾遺作「劉燼」，太平御覽卷九〇七引異苑作「劉幡」，今據御覽卷九九四引異苑改。按，御覽卷九九四引異苑：「青州劉憻（音獲），元嘉初，射得一麞，割五臟，以草塞之，蹶然起走。憻恠而拔塞，便復還倒。」

〔二〕多主傷折　「主」，太平廣記卷四〇八「鹿活草」條引酉陽雜俎作「愈」。

牡丹　前史中無説處，惟謝康樂集中，言竹間水際多牡丹。成式檢隋朝種植法七十卷中，初不記説牡丹，則知隋朝花藥中所無也。開元末，裴士淹爲郎官，奉使幽冀迴，至汾州衆香寺，得白牡丹一窠，植於長安私第〔一〕。天寶中，爲都下奇賞。當時名公有裴給事宅看牡丹詩，詩尋訪未獲。一本有詩云：「長安年少惜春殘，争認慈恩紫牡丹。別有玉盤承露冷〔二〕，無人起就月中看。」太常博士張乘，嘗見裴通祭酒説。又房相有言：「牡丹之會，琯不預焉。」至德中，馬僕射鎮太原，又得紅紫二色者，移於城中。元和初猶少，今與戎葵角多少矣。

韓愈侍郎有疏從子姪，自江淮來，年甚少，韓令學院中伴子弟，子弟悉爲淩辱。韓知之，遂爲街西假僧院，令讀書。經旬，寺主綱復訴其狂率，韓遽令歸，且責曰：「市肆賤類營衣食，尚有一事長處，汝所爲如此，竟作何物？」姪拜謝，徐曰：「某有一藝，恨叔不知。」因指階前牡丹曰：「叔要此花青、紫、黄、赤，唯命也。」韓大奇之，遂給所須試之。乃豎箔曲，盡遮牡丹叢，不令人窺。掘窠四面〔三〕，深及其根，寛容人座。唯賫紫鑛、輕粉、朱紅，旦暮治其根。凡七日，乃填坑，白其叔曰：「恨校遲一月。」時冬初也。牡丹本紫，及花，發色白紅歷緑。每朵有一聯詩，字色紫分明，乃是韓出官時詩，一韻曰「雲横秦嶺家何在，雪擁藍關馬不前」十四字。韓大驚異。姪且辭歸江淮，竟不願仕。

興唐寺有牡丹一窠，元和中，著花一千二百朵。其色有正暈、倒暈、淺紅、淺紫、深紫、黄白檀等，獨無深紅。又有花葉中無抹心者，重臺花者，其花面徑七八寸。興善寺素師院牡丹，色絶佳。元和末，一枝花合歡。

〔一〕長安私第　太平廣記卷四〇九「白牡丹」條引酉陽雜俎作「長興」。

〔二〕承露冷　「承」，原作「乘」，今據文苑英華改。按，文苑英華卷三二一盧綸裴給事宅白牡丹：「長安豪貴惜春殘，争説街西紫牡丹。別有玉盤承露冷，無人起就月中看。」

〔三〕掘窠四面　「窠」，太平廣記卷四〇九「染牡丹花」條引酉陽雜俎作「棵」。

金燈　一曰九形。花葉不相見，俗惡人家種之，一名無義草。

合離　根如芋魁，有遊子十二環之，相須而生，而實不連，以氣相屬。一名獨摇，一名離母。若土人所食者，合呼爲赤箭。

蜀葵〔一〕　本胡中葵也，一名胡葵。似葵，大者紅，可以緝爲布。枯時燒作灰，藏火，火久不滅。花有重臺者。

〔一〕蜀葵　「蜀」，原校：「一作莪。」按，太平廣記卷四〇九「莪葵」條引酉陽雜俎作「莪葵」。

茄子　「茄」字本蓮莖名〔一〕，革遐反。今呼「伽」，未知所自。成式因就廊下食伽子數蔕〔二〕，偶問工部員外郎張周封伽子故事。張云：「一名落蘇，事具食料本草〔三〕。」此悮作食療本草，元出拾遺本草。成式記得隱侯行園詩云：「寒瓜方卧壠，秋菰正滿陂。紫茄紛爛漫，緑芋鬱參差。」又一名崑崙瓜。

嶺南茄子，宿根成樹，高五六尺。姚向曾爲南選使，親見之。故本草記廣州有慎火樹，樹大三四圍。慎火即景天也，俗呼爲護火草。

茄子熟者，食之厚腸胃，動氣發疾〔四〕。根能治竈瘃〔五〕。欲其子繁，待其花時，取葉布於過路，以灰規之，人踐之，子必繁也，俗謂之嫁茄子。僧人多炙之，甚美。有新羅種者，色稍白，形如雞卵，西明寺僧造玄院中，有其種。

水經云：「石頭西對蔡浦，浦長百里，上有大荻浦〔六〕，下有茄子浦。」

〔一〕本蓮莖名　「蓮莖」，原作「蓮經」，今據太平廣記卷四一一「茄子故事」條引酉陽雜俎改。

〔二〕因就廊下食伽子　「廊」，原作「節」，今據太平廣記卷四一一「茄子故事」條引酉陽雜俎改。按，大唐開元禮卷一〇九嘉禮朝集使朝見：「其朝集使，三品以上，引升殿賜食，四品以下，廊下賜食，並臨時奏聽進止。」

〔三〕食料本草　原作「食療本草」，今據太平廣記卷四一一「茄子故事」條引酉陽雜俎改。按，舊題宋王執中（叔權）鍼灸資生經卷七「産後餘疾」條曰：「産後血暈，寒熱往來，或血搶心，惡疾也。予閲食料本草，見有用鹿角燒爲末，酒調服，日夜數服驗者。」載籍中僅此一處提及食料本草，似此書宋時尚存，今已難知其詳。

〔四〕動氣發痰　「痰」，太平廣記卷四一一「茄子故事」條引酉陽雜俎作「疾」。

〔五〕龜瘃　原作「竈瘃」，今據同上書改。

〔六〕大荻浦　「荻」字原重出，今據津逮本、學津本删一字。

異菌　開成元年春，成式修行里私第書齋前〔一〕，有枯紫荆數枝蠹折，因伐之，餘尺許。至三年秋，枯根上生一菌，大如斗，下布五足，頂黄白兩暈，緣垂裙，如鵝鞴，高尺餘。至午〔二〕，色變黑而死。焚之，氣如芋香。成式常寘香爐於枿臺上，每念經，門生以爲善徵。後覽諸志怪：南齊吴郡褚思莊，素奉釋氏，眠於梁下，短柱是柟木，去地四尺餘，有節。永明中〔三〕，忽有一物如芝，生於節上，黄色鮮明，漸漸長〔四〕，數日，遂成千佛狀，面目爪指及光相衣服，莫不完具，如金鍱隱起，摩之殊軟。常以春末生，秋末落，落時佛形如故，但色褐耳。至落時，其家貯之箱中。積五年，思莊不復住其下，亦無他顯盛，闔門壽考〔五〕。思莊父終九十七，兄年七十，健如壯年。

〔一〕修行里　原作「修竹里」，按，西京外郭城無「修竹里」，本書前集卷一七蟲篇「白蜂窠」條、卷一八木篇「松」條皆稱「成式修行里私第」，今據改。修行里即修行坊。見唐兩京城坊考卷三西京外郭城。

〔二〕至午　「午」，太平廣記卷四一三「異菌」條引酉陽雜俎作「冬」，疑是。

〔三〕永明　原作「大明」，蓋以「永」字形殘而悮。

〔四〕漸漸長　津逮本、學津本句下有「數尺」二字。

〔五〕闔門壽考　「考」，太平廣記卷四一三「異菌」條引酉陽雜俎作「老」。

又梁簡文延香園，大同十年，竹林吐一芝，長八寸，頭蓋似雞頭實，黑色。其柄似藕柄，内通幹空〔一〕，皮質皆純白〔二〕，根下微紅。雞頭實處似竹節，脱之又得脱也。自節處别生一重，如結網羅，四面，周可五六寸，圓繞周匝，以罩柄上，相遠不相著也。其似結網衆目，輕巧可愛，其與柄皆得相脱。驗仙書，與威喜芝相類。

〔一〕内通幹空　原校：「一曰柄幹通空。」

〔二〕純白　「純」，原作「絶」，今據太平廣記卷四一三「竹芝」條引酉陽雜俎改。

舞草　出雅州。獨莖三葉，葉如決明。一葉在莖端，兩葉居莖之半，相對。人或近之歌及抵掌謳曲〔一〕，必動葉如舞也〔二〕。

〔一〕人或近之歌及抵掌謳曲　太平廣記卷四〇八「舞草」條引酉陽雜俎作「人或近之則歃，抵掌謳曲」。

〔二〕必動葉如舞也　太平廣記卷四〇八「舞草」條引酉陽雜俎作「則搖動如舞矣」。

護門草　常山北有草〔一〕，名護門。寘諸門上，夜有人過〔二〕，輒叱之。

〔一〕常山北有草　「有」字原闕，今據太平廣記卷四〇八「護門草」條引酉陽雜俎補。

〔二〕夜有人過　「人」，原校：「一曰物。」

仙人絛　出衡嶽。無根蔕，生石上。狀如同心帶，三股，色緑，亦不常有。

睡蓮　南海有睡蓮，夜則花低入水。屯田韋郎中從事南海，親見。

蔓金苔　晉時，外國獻蔓金苔。色如金，若螢火之聚，大如雞卵。投之水中，蔓延波上，光泛鑠日如火〔一〕。亦曰夜明苔。

〔一〕光泛鑠日　「日」，原校：「一作目。」

異蒿　田在宥〔一〕，布之子也。大和中，嘗過蔡州北，路側有草如蒿，莖大如指，其端聚葉，似鴝鵒巢在顛〔二〕。折視之，葉中有小鼠數十，纔若皂筴子，目猶未開，啾啾有聲。

〔一〕田在宥　原作「田在賓」，按新唐書宰相世系表下，田布二子，一在宥，一在賓，無名「在實」者。又按，舊唐書田弘正傳：「布子在宥，大中年爲安南都護，頗立邊功。」今據改。

〔二〕似鴝鵒巢在顛　「顛」，太平廣記卷四一七「田布」條引酉陽雜俎作「葦」。

蜜草　北天竺國出蜜草，蔓生大葉，秋冬不死。因重霜露，遂成蜜〔一〕，如塞上蓬鹽。

〔一〕遂成蜜　太平廣記卷四〇七「蜜草蔓」條引酉陽雜俎作「遂結成蜜」。

老鵶笊籬　葉如牛蒡而狹，子熟時，色黑，狀如笊籬。

鴨舌草　生水中，似蓴。俗呼爲鴨舌草。

胡蔓草　生邕、容間。叢生，花偏如梔子，稍大，不成朵，色黄白，葉稍黑。悞食之，數日卒。飲白鵝、白鴨血則解。或以一物投之，祝曰：「我買你。」食之不死〔一〕。

〔一〕食之不死　「不」，原作「立」，今據太平廣記卷四〇七「胡蔓草」條引酉陽雜俎改。

銅匙草　生水中，葉如剪刀。

水耐冬　此草經冬在水不死〔一〕，成式城南村墅池中有之〔二〕。

〔一〕經冬　「經」，太平廣記卷四〇八「水耐冬」條引酉陽雜俎作「終」。

〔二〕成式城南村墅池中有之　「成式」下原有「於」字，今據同上書引酉陽雜俎删。

天芋　生終南山中，葉如荷而厚。

水韭　生於水湄，狀如韭而葉細長，可食。

地錢　葉圓莖細，有蔓，生溪澗邊。一曰積雪草，亦曰連錢草。

蚍蜉酒草　一曰鼠耳，象形也。亦曰無心草。

盆甑草　即牽牛子也。結實後斷之[一]，狀如盆甑，其中有子，似龜。蔓如署預。

〔一〕結實後斷之　「結實」，太平廣記卷四〇八「盆甑草」條引酉陽雜俎作「秋節」。

蔓胡桃　出南詔。大如扁螺，兩隔，味如胡桃。或言蠻中藤子也。

油點草　葉似莙達，每葉上有黑點，相對。

三白草　此草初生不白，入夏，葉端方白。農人候之蒔田，三葉白，草畢秀矣。其葉似署預。

博落迴[一]　有大毒，生江淮山谷中。莖葉如麻，莖中空，吹作聲，如勃邏迴[二]，因名之。

〔一〕博落迴　原作「落迴」，並校：「一曰博落迴。」今據太平廣記卷四〇八「毒草」條引酉陽雜俎補。

〔二〕勃邏迴　政和證類本草卷八引陳藏器本草拾遺作「博落迴」。

蒟蒻　根大如椀。至秋，葉滴露，隨滴生苗。

鬼皂筴　生江南地澤，如皂筴，高一二尺，沐之，長髮。葉亦去衣垢。

通脱木　如蜱麻，生山側。花上粉，主治惡瘡。心空，中有瓤，輕白可愛，女工取以飾物。

毗尸沙花　一名日中金錢。花本出外國，梁大同二年進來中土〔一〕。

〔一〕大同二年　「二年」，原作「一年」，按初始之年習稱「元年」，無作「一年」者，今據太平廣記卷四〇九「毗尸沙花」條引酉陽雜俎及北户録卷三改。按，此條與下「金錢花」條所記疑爲同一種花。

左行草　使人無情，范陽長貢。

青草槐　龍陽縣裨牛山南，有青草槐，蘘生，高尺餘。花若金燈，仲夏發花。一本云迄千秋。

竹肉　江淮有竹肉，生竹節上，如彈丸，味如白雞〔一〕。竹皆向北〔二〕。有大樹雞〔三〕，如栝棬，呼爲胡孫頭〔四〕。

〔一〕白雞　天中記卷五三、本草綱目卷二八引酉陽雜俎並作「白樹雞」。

〔二〕竹皆向北　太平廣記卷四一三「竹肉」條引酉陽雜俎作「代北」，屬下讀，所附校勘記曰：「『雞』下原有『竹皆』二字，據明鈔本、陳校本删」，「『代』原作『向』，據明鈔本、陳校本改。」

〔三〕有大樹雞　同上書句上有「又」字。

〔四〕胡孫頭　「頭」，原作「眼」，今據太平廣記卷四一三「竹肉」條引酉陽雜俎改。按，「胡孫」，通「猢猻」，即猴子。樹雞既大如栝棬（杯盤），則其字不當作「眼」可知。

石耳　廬山有石耳，性熱。

野狐絲　庭有草，蔓生，色白，花微紅，大如粟，秦人呼爲野狐絲。

金錢花　一云本出外國，梁大同二年進來中土。梁時，荆州掾屬雙陸，賭金錢，錢盡，以金錢花相足。魚弘謂得花勝得錢。

荷　漢昭帝時〔一〕，池中有分枝荷，一莖四葉，狀如駢蓋。子如玄珠，可以飾珮也。靈帝時，有夜舒荷，一莖四蓮，其葉夜舒晝卷。

〔一〕漢昭帝　原作「漢明帝」，今據三輔黄圖、拾遺記改。按，三輔黄圖卷四池沼：「漢昭帝始元元年穿琳池，廣千步，池南起桂臺以望遠，東引太液之水。池中植分枝荷，一莖四葉，狀如駢蓋。日照則葉低蔭根莖，若葵之衛足，名曰低光荷。」

夢草　漢武時異國所獻，似蒲，晝縮入地，夜若抽萌。懷其草，自知夢之好惡。帝思李夫人，懷之輒夢。

烏蓮〔一〕 葉如鳥翅，俗呼爲仙人花。

〔一〕烏蓮 原作「烏蓬」，古今注作「萬連」，今據蘇氏演義引古今注改。按，蘇氏演義卷下引古今注：「烏蓮花，細六葉，色多紅緑，紅者紫點，緑者紺點。俗謂之仙人花，一名連緌花，一名鳳翼。」

雀芋 狀如雀頭，寘乾地反濕，寘濕地復乾。飛鳥觸之墮，走獸遇之僵。

望舒草 出扶枝國。草紅色，葉如蓮。葉月出則舒，月没則卷。

紅草 山戎之北有草，莖長一丈，葉如車輪，色如朝虹〔一〕。齊桓時，山戎獻其種，乃植於庭，以表霸者之瑞。

〔一〕朝虹 太平廣記卷四〇八「紅草」條引酉陽雜俎作「朝霞」。

神草 魏明時，苑中合歡草，狀如蓍，一株百莖，晝則衆條扶疏，夜乃合一莖，謂之神草。

三蔬　晉時，有芳蔬園，在金墉之東〔一〕。有菜名芸薇〔二〕，類有三種：紫色爲上蔬，味辛；黄色爲中蔬，味甘；青者爲下蔬，味鹹。常以三蔬充御菜，可以藉食。

〔一〕金墉　原作「墉」，並校：「一曰金墉。」今據拾遺記改。按，拾遺記卷九晉時事：「咸寧四年，立芳蔬園於金墉之東，多種異菜。」

〔二〕芸薇　「薇」，原作「薇」，並校：「一作薇。」今據拾遺記改。

掌中芥　末多國出也。取其子寘掌中，吹之，一吹一長，長三尺，乃植於地。

水網藻　漢武昆明池中，有水網藻，枝横側水上，長八九尺，有似網目。鳧鴨入此草中，皆不得出，因名之。

地日草　南方有地日草，三足烏欲下食此草〔一〕，羲和之馭，以手掩烏目，食此〔二〕，則美悶不復動。東方朔言：「爲小兒時，井陷，墜至地下，數十年無所寄託。有人引之，令往此草〔三〕，中隔紅泉，不得渡。其人以一隻屐，因乘泛紅泉，得至草處，食之。」

〔一〕三足烏欲下食此草　「欲」，别國洞冥記卷四作「數」。

〔二〕食此　同上書作「蓋鳥獸食此草」。

〔三〕令往此草　「往」，原作「住」，今據太平廣記卷四〇八「地日草」條引酉陽雜俎改。

挾劍豆　樂浪東，有融澤。之中生豆莢，形似人挾劍，横斜而生。

牧靡　建寧郡烏句山南五百里，生牧靡草〔一〕，可以解毒。百卉方盛，烏鵲悞食烏喙中毒，必急飛牧靡山〔二〕，啄牧靡以解也。

〔一〕生牧靡草　「生」字原闕，今據太平廣記卷四〇八「解毒草」條引酉陽雜俎補。

〔二〕牧靡山　「山」，原作「上」，今據同上書改。

酉陽雜俎前集卷二十

肉攫部

取鷹法　七月二十日爲上時，内地者多，塞外者殊少。八月上旬爲次時，八月下旬爲下時，塞外鷹畢至矣。

鷹網目，方一寸八分，縱八十目，横五十目。以黄蘗和杼汁染之，令與地色相類。螽蟲好食網，以蘗防之。

有網竿、都杙、吴公。

磔竿二，一爲鶉竿，一爲鴿竿。鴿飛能遠察見鷹，常在人前，若竦身動盼，則隨其所視候之。

取木雞、木雀鷂　網目方二寸，縱三十目，横八十目。

凡鷙鳥，雛生而有惠，出殼之後，即於窠外放巢〔一〕。大鷙恐其墮墜，及爲日所曝，熱暍致損，乃取帶葉樹枝，插其巢畔，防其墜墮及作陰涼也。欲驗雛之大小，以所插之葉爲候。若一日、二日，其葉雖萎，而尚帶青色。至六七日，其葉微黃。十日後枯瘁，此時雛漸大，可取。

〔一〕窠外放巢　埤雅作「巢外放條」。按，埤雅卷六釋鳥：「舊説凡鷙鳥，雛生而有慧，出殼之後，即於巢外放條，大鷙恐其墜及爲日所曝，熱暍致損，乃取帶葉枝插其巢畔，防其外墜及作陰涼也。」

凡禽獸，必藏匿形影，同於物類也。是以蚳色逐地，茅兔必赤，鷹色隨樹。

鷹巢　一名菆。鷹呼菆子者，雛鷹也。鷹四月一日停放，五月上旬拔毛入籠。拔毛先從頭起，必於平旦過頂，至伏鶉則止。從頸下過颺毛，至尾則止。尾根下毛名颺毛，其背毛并兩翅大翎，覆翮及尾毛十二根等，并拔之。兩翅大毛合四十四枝，覆翮翎亦四十四枝。八月中旬出籠。

彫、角鷹等，三月一日停放，四月上旬寘籠。

鶻，北回鷹過盡停放，四月上旬入籠，不拔毛。

鶻，五月上旬停放，六月上旬拔毛，入籠。

凡鷙擊等，一變爲鴘，二變爲鶬轉鶬，三變爲正鶬。自此已後，至累變，皆爲正鶬。

白鴘〔一〕 觜爪白者，從一變爲鶬，至累變，其白色一定，更不改易。若觜爪黑者，臆前縱理，翎尾斑節。微微有黄色者，一變爲鶬，則兩翅封上及兩髀之毛間，似紫白，其餘白色不改。

〔一〕白鴘 原作「白鴿」，諸本同。按本卷爲「肉攫部」，通篇言鷙鳥，與養鴿事絶無涉，疑「鴿」字當作「鴘」，即下條「潘子晃所送白鶻」之「鶻」字，今據下「青麻色」條逕言「羅烏鴘、羅麻鴘」改。

齊王高緯，武平六年，得幽州行臺僕射河東潘子晃所送白鶻〔二〕，合身如雪色，視臆前微微有縱白斑之理，理色曖昧如纁。觜本之色，微帶青白，向末漸烏。其爪亦同於觜，蠟脛並作黄白赤。是爲上品。黄麻色，一變爲鶬，其色不甚改易，惟臆前縱斑漸闊而短。鶬轉出後，乃至累變，背上微加青色，臆前從理轉就短細〔二〕，漸加膝上鮮白。此爲次色。

〔一〕幽州行臺僕射河東潘子晃　「潘子晃」，原作「潘子光」，今據北齊書本傳改。按，潘子晃爲北齊司徒潘樂子，尚公主，拜駙馬都尉。武平末，爲幽州道行臺右僕射、幽州刺史。北齊書卷一五、北史卷五三並有傳。

〔二〕臆前從理轉就短細　「從」，通「縱」。集韻鍾韻：「從，南北曰從。」

青麻色　其變色，一同黄麻之鶬。此爲下品。又有羅烏鴘〔一〕、羅麻鴘。

〔一〕羅烏鴘　原校：「一曰鶻。」

白兔鷹　觜爪白者，從一變爲鶬，乃至累變，其白色一定，更不改易。觜爪黑而微帶青白色，臆前縱理及翎尾斑節，微有黄色者，一變背上翅尾微爲灰色，臆前縱理變爲横理，變色微漠若無，髀間仍白。至於鶬轉已後，其灰色微褐，而漸漸向白。其觜爪極黑，體上黄鵲斑色微深者，一變爲青白鶬，鶬轉之後，乃至累變，臆前横理轉細，則漸爲鵨色也。

齊王高洋，天保三年，獲白兔鷹一聯，不知所得之處。合身毛羽如雪，目色紫，爪之本白，向末爲淺烏之色〔一〕。蠟脛並黃，當時號爲「金腳」。

〔一〕目色紫爪之本白向末爲淺烏之色　原校：「一曰『目赤色，觜爪之本色白』。」

又高齊武平初〔二〕，領軍將軍趙野叉獻白兔鷹一聯，頭及頂，遥看悉白，近邊熟視，乃有紫跡在毛心。其背上以白地紫跡點其毛心，紫外有白赤周繞，白色之外，以黑爲緣。翅毛亦以白爲地，紫色節之。臆前以白爲地，微微有纁赤縱理。眼黃如真金，觜本之色微白，向末漸烏。蠟作淺黃色，脛指之色亦黃，爪色與觜同。

〔二〕高齊武平初　「高齊」，原作「高帝」，並校：「一曰高齊。」今據改。按，武平是北齊後主高緯年號（五七〇—五七五），不得稱「高帝」。

散花白　觜爪黑而微帶青白色者，一變爲紫理白鶬。鶬轉以後，乃至累變，横理轉細，臆前紫漸滅成白。其觜爪極黑者，一變爲青白鶬。鶬轉之後，乃至累變，横理轉細，臆前漸作灰白色。

赤色　一變爲鶬，其色帶黑。鶬轉已後，乃至累變，横理轉細，臆前微微漸白，其背色不改。此上色也。

白唐　一變爲青鶬，而微帶灰色。鶬轉之後，乃至累變，横理轉細，臆前微微漸白。

鶻爛堆黄〔一〕　一變之鶬，色如鶖鷖。鶬轉之後，乃至累變，横理轉細，臆前漸漸微白。

〔一〕鶻爛堆黄　原校：「（堆）一曰唯，一曰難。」

黄色　一變之後，乃至累變，其色似於鶖鷖，而色微深，大況鶻爛堆黄〔一〕，變色同也。

〔一〕鶻爛堆黄　「堆」，原作「雄」，今據本卷上條改。

青斑　一變爲青父鶬。鶬轉之後，乃至累變，横理轉細，臆前微微漸白。此次色也。

白唐〔一〕　「唐」者，黑色也，謂斑上有黑色。一變爲青白鶬〔二〕，褋帶黑色〔三〕。鶬轉之後，乃至累變，横理轉細，臆前漸漸微白。

〔一〕白唐　上文亦有「白唐」條，二者文字大同小異，所説應屬一物。

〔二〕青白鶬　上文「白唐」條作「青鶬」。

〔三〕褖帶黑色　上文「白唐」條作「微帶灰色」。

赤斑唐〔一〕　謂斑上有黑色也。一變爲鶬，其色多黑。鶬轉之後，乃至累變，横理轉細，臆前黑雖漸褐，世人仍名爲黑鶬。

〔一〕赤斑唐　上文「白唐」條與本條及下「青斑唐」條，三者應爲同一種屬，惟史料有闕，未知其詳。

青斑唐　謂斑上有黑色也。一變爲鶬，其色帶青黑。鶬轉之後，乃至累變，横理雖細，臆前之色，仍常暗黲。此下色也。

鷹之雌雄〔一〕，唯以大小爲異，其餘形相，本無分別。雉鷹雖小，而是雄鷹，羽毛褖色，從初及變，既同兔鷹，更無别述。雉鷹一歲，臆前縱理闊者，世名爲觛斑，至後變爲鶬鶬之時，其臆縱理變作横理，然猶闊大。若臆前縱理本細者，後變爲鵧鶬之時，臆前横理亦細。

〔一〕鷹之雌雄　本條與上條原合爲一條，今據津逮本、學津本另作一條。按説郛（四庫本）卷一〇七引段成式肉攫部亦分作兩條，上條題「青斑唐」，本條題「鳦斑」。

荆窠白者，短身而大，五觔有餘，便鳥而快，一名沙裹白。生代北沙漠裹荆窠上，向鴈門、馬邑飛。

代都赤者，紫背黑鬢，白睛白毛〔一〕，三觔半已上，四觔已下，便兔。生代川赤巖裹，向靈丘〔二〕、中山、白㵎飛。

〔一〕白睛　「睛」，原作「精」，今據津逮本改。按，山堂肆考卷二三七引酉陽雜俎作「睛」。

〔二〕靈丘　原作「虚丘」（四庫本説郛卷一〇七引作「虚坵」），按，「虚丘」爲春秋邾地，在今山東費縣西南，與「中山、白㵎」地望不相屬，下文「白皂驪」條作「向靈丘、中山、范陽、章武飛」，此亦當作「靈丘」爲是，今據山西通志卷四七引段成式肉攫部改。

漠北白者，身長且大，五觔有餘，細斑短脛，鷹内之最。生沙漠之北，不知遠近，向代川、中山飛。一名西道白。

房山白者，紫背細斑，三觔已上，四觔已下，便兔。生代東房山白楊、椵樹上，向范陽、中山飛。

漁陽白　腹背俱白，大者五觔，便兔。生徐無及東西曲，一名大曲、小曲。白葉樹上生，向章武、合口、博海飛〔一〕。

〔一〕博海　歷代未見此地名，或當爲「博陵」之悞。

東道白　腹背俱白，大者六觔，餘鷹内之最大。生盧龍、和龍以北，不知遠近，向涣林〔一〕、巨里〔二〕、章武、合口、光州〔三〕飛。雖稍軟，若值快者，越於前鷹。

〔一〕涣林　津逮本、學津本並作「涣休」，皆未詳所在，似有悞字。

〔二〕巨里　原作「巨黑」，津逮本、學津本校：「一曰里。」今據改。

〔三〕光州　原校：「一曰川。」

土黄　所在山谷皆有。生柞、櫟樹上，或大或小。

黑皂驪　大者五觔。生漁陽山松杉樹上，多死。時有快者，章武飛。

白皂驪　大者五觔。生漁陽、白道、河陽、漠北，所在皆有，生柏枯樹上，便鳥。向靈丘、中山、范陽、章武飛。

青斑　大者四觔。生代北及代川白楊樹上。細斑者快。向靈丘、中山〔一〕、范陽飛。

〔一〕向靈丘中山　「中」字原闕，今據上條補。

鴘鷹茌子　青黑者快。蜕浄眼明，是未嘗養雛，尤快。若目多眵，蜕不浄者，已養雛矣，不任用，多死。又條頭無花，雖遠而聚。或條出句然作聲，短命之候。口内赤，反掌熱，隔衣蒸人，長命之候。疊尾、振捲、打格，隻立理面毛，藏頭睡，長命之候也。

凡鷙鳥飛〔一〕，尤忌錯喉，病入叉，十無一活。叉在咽喉骨前皮裹〔二〕，鈌盆骨内〔三〕，膝之下。

〔一〕凡鷙鳥飛　本條原與上條連屬爲一條，今據津逮本、學津本析出，另作一條。

〔二〕叉在咽喉骨前　「叉」，原作「汊」，今據説郛（四庫本）卷一〇七引段成式肉攫部改。

〔三〕缺盆骨　説郛卷一〇七引段成式肉攫部作「缺盆骨」。

吸筒　以銀鍒爲之，大如角鷹翅管。鷹以下，筒大小准其翅管。

凡夜條，不過五條數者，短命。條如赤小荳汁，與白相和者死。凡網損、擺傷、兔蹋傷、鶻兵爪，皆爲病。

酉陽雜俎續集卷一

支諾皋上

新羅國有第一貴族金哥，其遠祖名旁㐌，有弟一人，甚有家財。其兄旁㐌因分居，乞衣食。國人有與其隙地一畝，乃求蠶穀種於弟。弟蒸而與之，㐌不知也。至蠶時，有一蠶生焉，日長寸餘〔一〕，居旬，大如牛，食數樹葉不足。其弟知之，伺間殺其蠶。經日，四方百里内蠶，飛集其家。國人謂之巨蠶，意其蠶之王也。四隣共繰之，不供。穀唯一莖植焉，其穗長尺餘，旁㐌常守之。忽爲鳥所折，啣去。旁㐌逐之，上山五六里，鳥入一石罅。日没徑黑，旁㐌因止石側。至夜半，月明，見群小兒赤衣共戲。一小兒云：「爾要何物？」一曰：「要酒。」小兒露一金錐子，擊石，酒及樽悉具。一曰：「要食。」又擊之，餅餌羹炙，羅於石上。良久，飲食而散，以金錐插於石罅。旁㐌大喜，取其錐而還。所欲隨擊而辦，因是富侔國力，常以珠璣贍其弟。弟方始悔其前所欺蠶穀事，仍謂旁㐌：「試以蠶穀欺我，我或如兄得金錐也。」旁㐌知其愚，諭之不及，乃如其言。弟蠶之，止得一蠶，如常蠶。穀種之，復一莖植焉。將㮣，亦爲鳥所啣。其弟大悦，隨之入山。至鳥入處，遇群鬼，怒曰：「是竊予金錐者！」乃執之，謂曰：「爾欲爲我築糠三版乎？欲爾鼻長一丈乎？」其弟請築糠三版。三日饑困不成，求哀於鬼，乃拔其鼻〔二〕。鼻如象而歸，國人恠而聚觀之，慙恚而卒。其後，子孫戲擊錐求狼糞，因雷震，錐失所在。

〔一〕日長寸餘　「日」，原作「目」，今據太平廣記卷四八一「新羅」條引酉陽雜俎改。

〔二〕乃拔其鼻　同上書句前有「鬼」字。

臨淄西北有寺〔一〕，寺僧智通，常持法華經入禪。每晏坐，必求寒林静境，殆非人所至〔二〕。經數年，忽夜有人環其院呼「智通」，至曉，聲方息。歷三夜，聲侵户。智通不耐，應曰：「汝呼我何事？可入來言也。」有物長六尺餘，皂衣青面，張目巨吻，見僧，初亦合手。智通㮣視良久，謂曰：「爾寒乎？就是向火〔三〕。」物亦就坐〔四〕，智通但念經。至五更，物爲火所醉，因閉目開口，據爐而鼾。智通睹之，乃以香匙舉灰火，寘其口中。物大呼起走，至閫，若蹶聲。其寺背山，智通及明，視其蹶處，得木皮一片。登山尋之，數里，見大青桐，樹稍已童矣，其下凹根若新缺然。僧以木皮附之，合無綖隙〔五〕。其半，有薪者創成一蹬，深六寸餘，蓋魅之口，灰火滿其中，火猶熒熒。智通以焚之〔六〕，其恠自絶。

〔一〕臨湍　原作「臨瀨」，並校：「一作湍。」今據太平廣記卷四一五「僧智通」條引酉陽雜俎改。

〔二〕殆非人所至　同上書作「殆非人跡所至處」。

〔三〕就是向火　「是」，同上書作「此」。

〔四〕物亦就坐　「亦」，同上書作「乃」。

〔五〕綖隙　原作「蹤隙」，今據同上書改。

〔六〕智通以焚之　同上書無「以」字。

南人相傳，秦漢前有洞主吴氏，土人呼爲吴洞。娶兩妻，一妻卒。有女名葉限，少惠，善陶鈞〔一〕，父愛之。末歲父卒，爲後母所苦，常令樵險汲深。時嘗得一鱗，二寸餘，赬鬐金目，遂潛養於盆水。日日長，易數器，大不能受，乃投於後池中。女所得餘食，輒沉以食之。女至池，魚必露首枕岸，他人至，不復出。其母知之，每伺之，魚未嘗見也。因詐女曰：「爾無勞乎？吾爲爾新其襦。」乃易其弊衣。後令汲於他泉，計里數里也〔二〕。母徐衣其女衣，袖利刃，行向池呼魚，魚即出首，因斤殺之〔三〕。魚已長丈餘，膳其肉，味倍常魚，藏其骨於鬱棲之下。逾日，女至向池，不復見魚矣，乃哭於野。忽有人披髮麄衣，自天而降，慰女曰：「爾無哭，爾母殺爾魚矣，骨在糞下。爾歸，可取魚骨藏於室，所須第祈之，當隨爾也。」女用其言，金璣衣食，隨欲而具。及洞節，母往，令女守庭菓。女伺母行遠，亦往，衣翠紡上衣，躡金履。母所生女認之，謂母曰：「此甚似姊也。」母亦疑之。女覺，遽反，遂遺一隻履，爲洞人所得。母歸，但見女抱庭樹眠，亦不之慮。其洞隣海島，島中有國名陀汗，兵强，王數十島〔四〕，水界數千里。洞人遂貨其履於陀汗國，國主得之，命其左右履之，足小者，履減一寸，乃令一國婦人履之，竟無一稱者。其輕如毛，履石無聲。陀汗王意其洞人以非道得之，遂禁錮而拷掠之，竟不知所從來。乃以是履棄之於道旁，即遍歷人家捕之，若有女履者，捕之以告。陀汗王恠之，乃搜其室，得葉限，令履之而信。葉限因衣翠紡衣，躡履而進，色若天人也。始具事於王，載魚骨與葉限俱還國。其母及女即爲飛石擊死，洞人哀之，埋於石坑，命曰懊女冢。洞人以爲媒祀，求女必應。陀汗王至國，以葉限爲上婦。一年，王貪求，祈於魚骨，寶玉無限。逾年，不復應。王乃葬魚骨於海岸，用珠百斛藏之，以金爲際。至徵卒叛，時將發以贍軍。一夕，爲海潮所淪。成式舊家人李士元所説。士元本邕州洞中人，多記得南中恠事。

〔一〕陶鈞　原作「陶金」，並校：「一作鉤。」諸本並同。按，「陶金」、「陶鉤」皆不詞，皆當是「鈞」字之訛。

〔二〕計里數里　原作「計里數百」，「百」字下並校：「一作里。」作「數百」顯然不合情理，今據改。

〔三〕因斤殺之　「斤」，學津本作「斫」。

〔四〕王數十島　「王」，原作「三」，今據津逮本、學津本改。

太和五年，復州醫人王超，善用鍼，病無不差。於午忽無病死，經宿而蘇。言始夢至一處，城壁臺殿，如王者居。見一人卧，召前袒視〔一〕，左髆有腫，大如杯。令超治之。即爲鍼，出膿升餘。顧黄衣吏曰：「可領視畢也〔二〕。」超隨入一門，門署曰畢院。庭中有人眼數千，聚成山，視内迭瞬明滅〔三〕。黄衣曰：「此即畢也。」俄有二人，形甚奇偉，分處左右，鼓巨箑，吹激眼聚〔四〕。扇而起，或飛，或走，或爲人者〔五〕，頃刻而盡。超訪其故，黄衣吏曰：「有生之類，先死而畢〔六〕。」言次忽活。

〔一〕召前袒視　「袒」，太平廣記卷三四九「王超」條引酉陽雜俎作「脈」。

〔二〕可領視畢也　「視」字原闕，今據同上書補。

〔三〕視内迭瞬明滅　「内」，原作「肉」，今據同上書改。

〔四〕吹激眼聚　「眼聚」，同上書作「聚眼」。

〔五〕或爲人者　同上書無「或」字。

〔六〕先死而畢　「而」，同上書作「爲」。

前秀才李鵠，覲於潁川。夜至一驛，纔卧，見物如豬者，突上廳階。鵠驚走，透後門，投驛廄，潛身草積中，屏息且伺之。怪亦隨至，聲遶草積數匝，瞪目相視鵠所潛處，忽變爲巨星，騰起，數道燭天。鵠左右取燭〔一〕，索鵠於草積中。已卒矣〔二〕。半日方蘇，因説所見。未旬，無病而死〔三〕。

〔一〕鵠左右取燭　「燭」，太平廣記卷三六四「李鵠」條引酉陽雜俎作「炬」。

〔二〕已卒矣　同上書句上有「鵠」字。

〔三〕無病而死　「病」，同上書作「疾」。

元和中，國子監學生周乙者，常夜習業，忽見一小鬼，鬅鬙頭，長二尺餘，滿頭碎光如星，眨眨可惡〔一〕，戲燈弄硯〔二〕，紛搏不止〔三〕。學生素有膽，叱之稍卻，復傍書案。因伺其所爲，漸逼近，乙因擒之。踞坐求哀，辭頗苦切。天將曉，覺如物折聲，視之，乃弊木杓也，其上粘粟百餘粒。

〔一〕眨眨　原校：「一作熒熒。」按，太平廣記卷三七〇「國子監生」條引酉陽雜俎作「熒熒」。

〔二〕戲燈弄硯　同上書作「戲弄筆硯」。

〔三〕紛搏不止　「紛搏」，同上書作「紛紜」。

貞元中〔一〕，蜀郡有僧志⿱玨言〔二〕，住寶相寺持經〔三〕。夜久，忽有飛蟲五六枚，大如蠅，金色，迸飛赴燈焰〔四〕。或蹲於炷花上鼓翅，與火一色，久乃滅焰中。如此數夕，童子擊墮一枚，乃薰陸香也，亦無形狀，自是不復見。

〔一〕貞元　太平廣記卷四一七「僧智⿱玨言」條引酉陽雜俎作「上元」。

〔二〕蜀郡有僧志⿱玨言　「志⿱玨言」，原作「志功言」三字，「志功」下並校：「一作志⿱玨言。」今據同上書改。按，「⿱玨言」乃「辯」之俗體。

〔三〕住寶相寺　「住」，同上書作「在」。

〔四〕飛赴燈焰　「赴」，原作「起」，今據同上書改。

元和初，上都東市惡少李和子，父名努眼〔一〕。和子性忍，常攘狗及貓食之，爲坊市之患。常臂鷂立於衢，見二人紫衣，呼曰：「公非李努眼子名和子乎？」和子即遽祗揖。又曰：「有故，可隙處言也。」因行數步，止於人外，言：「冥司追公，可即去。」和子初不受，曰：「人也，何紿言！」又曰：「我即鬼。」因探懷中，出一牒，印窠猶濕〔二〕。見其姓名分明，爲貓犬四百六十頭論訴事。和子驚懼，乃棄鷂子，拜祈之，且曰：「我分死，爾必爲我暫留，具少酒〔三〕。」鬼固辭不獲已。初，將入畢羅肆，鬼掩鼻，不肯前。乃延於旗亭杜家，揖讓獨言，人以爲狂也。遂索酒九盌，自飲三盌，六盌虛設於西座，且求其爲方便以免。二鬼相顧：「我等既受一醉之恩，須爲作計。」因起曰：「姑遲我數刻，當返。」未移時至，曰：「君辦錢四十萬，爲君假三年命也。」和子諾，許以翌日及午爲期。因酬酒直，且返其酒。嘗之，味如水矣，冷復冰齒。和子遽歸，貨衣具鑿楮，如期備酹焚之，自見二鬼挈其錢而去。及三日，和子卒。鬼言三年，蓋人間三日也。

〔一〕父名努眼　「名」字原闕，今據太平廣記卷三四三「李和子」條引酉陽雜俎補。

〔二〕印窠猶濕　「窠」，同上書作「文」。

〔三〕具少酒　同上書句前有「當」字。

貞元末，開州軍將冉從長，輕財好事〔一〕，而州之儒生道者多依之。有畫人甯采，圖爲竹林會〔二〕，甚工。坐客郭萱、柳成二秀才，每以氣相軋。柳忽眄圖，謂主人曰：「此畫巧於體勢，失於意趣〔三〕。今欲爲公設薄技，不施五色，令其精彩殊勝，如何？」冉驚曰：「素不知秀才藝如此，然不假五色，其理安在？」柳笑曰：「我當入彼畫中治之。」郭撫掌曰〔四〕：

「君欲紿三尺童子乎？」柳因邀其賭，郭請以五千抵負，冉亦爲保。柳乃騰身赴圖而滅，坐客大駭。圖表於壁，衆摸索不獲。久之，柳忽語曰：「郭子信未〔五〕？」聲若出畫中也。食頃，瞥自圖上墜下，指阮籍像曰：「工夫祇及此。」衆視之，覺阮籍圖像獨異，吻若方嘯〔六〕。甯采睹之，不復認。冉意其得道者，與郭俱謝之。數日，竟他去。宋存壽處士在冉家時〔七〕，目擊其事。

〔一〕輕財好事　「事」，太平廣記卷八三「柳城」條引酉陽雜俎作「士」。

〔二〕竹林會　類説卷四二引酉陽雜俎作「竹林圖」。

〔三〕失於意趣　「失」，原作「先」，今據太平廣記卷八三「柳城」條引酉陽雜俎改。

〔四〕郭撫掌　同上書作「萱抵掌」。

〔五〕郭子信未　「未」，原作「來」，今據同上書改。

〔六〕吻若方嘯　「嘯」，原作「笑」，今據同上書改。

〔七〕在冉家時　原作「在釋時」，今據同上書改。

奉天縣國盛村百姓姓劉者，病狂，發時亂走，不避井塹，其家爲迎禁咒人侯公敏治之。公敏纔至，劉忽起曰：「我暫出，不假爾治。」因杖薪擔至田中，袒而運擔，狀若擊物。良久而返，笑曰：「我病已矣。適打一鬼頭落，埋於田中。」兄弟及咒者，猶以爲狂，不實之〔一〕，遂同往驗焉。劉掘出一髑髏，戴赤髮十餘莖，其病竟愈。是會昌五年事。

〔一〕不實之　太平廣記卷三五〇「奉天縣民」條引酉陽雜俎無此三字。

柳璟知舉年，有國子監明經，失姓名，晝寢，夢徙倚於監門。有一人，負衣囊，衣黃，訪明經姓氏，明經語之，其人笑曰：「君來春及第。」明經因訪隣房鄉曲五六人，或言得者。明經遂邀入長興里畢羅店，常所過處，店外有犬競，驚曰：「差矣！」夢覺〔一〕，遽呼隣房數人，語其夢。忽見長興店子入門曰：「郎君與客食畢羅，計二斤，何不計直而去也？」明經大駭，褫衣質之〔二〕。且隨驗所夢，相其榻器，皆如夢中，乃謂店主曰：「我與客俱夢中至是，客豈食乎？」店主驚曰：「初怪客前畢羅悉完，疑其嫌寘蒜也。」來春，明經與隣房三人夢中所訪者及第〔三〕。

〔一〕夢覺　此二字原闕，今據太平廣記卷二七八「國子監明經」條引酉陽雜俎補。

〔二〕褫衣質之　「褫」，同上書作「解」。

〔三〕及第　同上書作「悉上第」。

潞州軍校郭誼，先爲邯鄲郡牧使，因兄亡，遂於鄆州舉其先〔一〕，同塋葬於磁州滏陽縣之西崗〔二〕。縣界接山，土中多石，有力葬者〔三〕，率皆鑿石爲穴。誼之所卜，亦鑿焉。積日倍工，忽透一穴。穴中有石，長可四尺，形如守宫，支體首尾畢具，役者悞斷焉。誼惡之，將別卜地，白於劉從諫。從諫不許，因葬焉。後月餘，誼陷於廁，體仆幾死，骨肉、奴婢相繼死者二十餘人。自是常恐悸，唵囈不安〔四〕。因哀請罷職〔五〕，從諫以都押衙焦長楚之務，與誼對換。及賊稹阻兵，誼爲其魁，軍破梟首，其家無少長，悉投井中死。鹽州從事鄭賓于言：「石守宫見在磁州官庫中。」

〔一〕遂於鄆州　「於」，太平廣記卷三九〇「郭誼」條引酉陽雜俎作「入」。

〔二〕同塋葬於磁州滏陽縣　「同塋」，原校：「一作兄柩。」

〔三〕有力葬者　太平廣記卷三九〇「郭誼」條引酉陽雜俎作「有力者卒」。

〔四〕唵囈　同上書作「寤寐」。

〔五〕因哀請罷職　「哀」，同上書作「表」。

伊闕縣令李師晦，有兄弟任江南官，與一僧往還。常入山採藥，遇暴風雨，避於欹樹〔一〕。須臾大震，有物瞥然墜地。倏而朗晴，僧就視，乃一石，形如樂器，可以懸擊者。

其上平齊如削，其中有竅可盛，其下漸闊而圓，狀若垂囊，長二尺，厚三分。其左小缺，班如碎錦〔二〕，光澤可鑒，叩之有聲。僧意其異物，寘於樵中歸。櫝而埋於禪牀下，爲其徒所見，往往有知者。李生懇求一見，僧確然言無。忽一日，僧召李生，既至，執手曰：「貧道已力衰弱，無常將至。君前所求物，聊用爲別。」乃盡去侍者，引李生入卧内，撤榻掘地，捧匣授之而卒。

〔一〕避於欹樹　「欹樹」，太平廣記卷三九八「墜石」條引酉陽雜俎作「榿樹」。

〔二〕班如碎錦　同上書作「色理如碎錦」。

賊積阻命之時，臨洺市中百姓〔一〕，有推磨盲騾無故死，因賣之。屠者剖腹中，得二石，大如合拳，紫色赤班，熒潤可愛〔二〕。屠者遂送積，乃留之。

〔一〕臨洺　原作「臨洛」，今據舊唐書改。按，舊唐書地理志二：「臨洺，漢易陽縣，隋改爲臨洺。武德元年，寘紫州，領臨洺、武安、肥鄉、邯鄲等縣。四年，罷紫州，臨洺屬磁州。五年，改屬洺州。」按，洺州即今河北永年。

〔二〕熒潤可愛　「熒」，同上書作「瑩」。

韋温爲宣州，病瘡於首，因託後事於女壻，且曰：「予年二十九，爲校書郎，夢渡滻水〔一〕，中流，見二吏賫牒相召。一吏至，言：『彼墳至大，功須萬日，今未也。』今正萬日，予豈逃乎〔二〕！」不累日而卒。

〔一〕夢渡滻水　「渡」字原闕，今據太平廣記卷一四三「韋温」條引酉陽雜俎補。

〔二〕予豈逃乎　「逃」，同上書作「免」。

醴泉尉崔汾，仲兄居長安崇賢里。夏月，乘涼於庭際踈曠，月色方午，風過，覺有異香。傾聞，聞南垣土動簌簌，崔生意其蛇鼠也。忽睹一道士，大言曰：「大好月色！」崔驚懼遽走〔一〕。道士緩步庭中，年可四十，風儀清古。良久，妓女十餘，排大門而入，輕綃翠翹，豔冶絶世。有從者具香茵，列坐月中〔二〕。崔生疑其狐媚〔三〕，以枕投門闔警之。道士小顧，怒曰：「我以此差静，復貪月色，初無延佇之意，敢此麁率。」復厲聲曰：「此處有地界耶？」欻有二人，長纔三尺，巨首儋耳，唯伏其前。道士頤指崔生所止曰：「此人合有親屬入陰籍，可領來。」二人趨出。一餉間，崔生見其父母及兄悉至，衛者數十，捽曳批之〔四〕。道士叱曰：「我在此，敢縱子無禮乎！」父母叩頭曰：「幽明隔絶，誨責不及。」道士叱遣之，復顧二鬼曰：「捉此癡人來。」二鬼跳及門，以赤物如彈丸，遥投崔生口中，乃細赤綆也。遂釣出於庭中，又詬辱之。崔驚失音，不得自理。崔僕妾悉號泣〔五〕。其妓羅拜曰：「彼凡人，因訝僊官無故而至〔六〕，非有大過〔七〕。」怒解，乃拂衣由大門而去。崔病如中惡，五六日方差。因迎祭酒醮謝，亦無他。崔生初隔紙隙，見亡兄以帛抹脣如損狀，僕使共訝之。一婢泣曰：「幾郎就木之時，面衣忘開口。其時忽忽就剪，悮傷下脣，然傍人無見者。不知幽冥中二十餘年，猶負此苦。」

〔一〕遽走　太平廣記卷三〇五「崔汾」條引酉陽雜俎作「避之」。
〔二〕月中　同上書作「月下」。
〔三〕狐媚　同上書作「妖魅」。
〔四〕批之　同上書作「批抶之」。
〔五〕崔僕妾悉號泣　「悉」字原闕，今據同上書補。
〔六〕因訝僊官　「因」，同上書作「固」。
〔七〕非有大過　同上書作「似非大過」。

辛秘五經擢第後，常州赴婚。行至陝，因息於樹陰。傍有乞兒箕坐，痂面蟣衣，訪辛行止。辛不耐而去，乞兒亦隨之。辛馬劣，不能相遠，乞兒强言不已。前及一衣緑者，辛揖而與之語，乞兒後應和。行里餘，緑衣者忽前馬驟去。辛恠之，獨言：「此人何忽如是？」乞兒曰：「彼時至，豈自由乎！」辛覺語異，始問之曰：「君言『時至』，何也？」乞兒曰：「少傾當自知之。」將及店，見數十人擁店，問之，乃緑衣者卒矣。辛大驚異，遽卑下之，因褫衣衣之，脱乘乘之。乞兒初無謝意，語言往往有精義。至汴，謂辛曰：「某止是矣，公所適何事也？」辛以娶約語之，乞兒笑曰：「公士人，業不可止。此非君妻〔一〕，公婚期甚遠。」隔一日，乃扛一器酒與辛别，指相國寺刹曰：「及午而焚，可遲此而别。」如期，刹無故火發，壞其相輪。臨去，以綾帕複贈辛，帶有一結，語辛：「異時有疑，當發視也。」積二十餘年，辛爲渭南尉，始婚裴氏。洎裴生日，會親賓，忽憶乞兒之言，解帕複結，得楮幅〔二〕，大如手板，署曰「辛秘妻河東裴氏，某月日生」，乃其日也。辛計别乞兒之年，妻尚未生。豈蓬瀛籍者〔三〕，謫於人間乎！方之蒙袂輯履，有憒於黔婁，擿埴索塗〔四〕，見稱於楊子〔五〕，差不同耳〔六〕。

〔一〕業不可止此非君妻　太平廣記卷三〇五「辛秘」條引酉陽雜俎此二句作「業不可止此行，然非君妻」。

〔二〕楮幅　同上書作「幅紙」。

〔三〕豈蓬瀛籍者　同上書無此下七句。

〔四〕擿埴索塗　「埴」，原作「植」，今據揚子法言改。按，揚子法言修身：「三年不目日，視必盲；三年不目月，精必矇。熒魂曠枯，糟莩曠沈，擿埴索塗，冥行而已矣。」

〔五〕楊子　「楊」，一作「揚」。

〔六〕差不同耳　原校：「『方之蒙袂』五句不屬，當有缺文。」

酉陽雜組續集卷二

支諾皐中

上都渾瑊宅，戟門内一小槐樹〔一〕，樹有穴，大如錢。每夜月霽後，有蚓如巨臂〔二〕，長二尺餘，白頸紅班，領數百條〔三〕，如索，緣樹枝條。及曉，悉入穴。或時衆鳴，往往成曲。學士張乘言：「渾令公時〔四〕，堂前忽有一樹，從地踴出，蚯蚓遍掛其上。」已有出處，忘其書名目。

〔一〕戟門内　「内」，太平廣記卷四七四「樹蚓」條引酉陽雜俎作「外」。

〔二〕有蚓如巨臂　「如」，同上書作「大如」。

〔三〕領數百條　同上書「領」下有「蚓」字。

〔四〕渾令公時　同上書作「渾瑊時」。

東都尊賢坊田令宅，中門内有紫牡丹成樹〔一〕，發花千朶〔二〕。花盛時，每月夜，有小人五六，長尺餘，遊於上。如此七八年，人將掩之，輒失所在。

〔一〕中門内　「内」，太平廣記卷四一六「崔玄微」條引酉陽雜俎作「外」。

〔二〕發花千朶　「千朶」，同上書作「千餘朶」。

太和七年，上都青龍寺僧契宗，俗家在樊川〔一〕。其兄樊竟，因病熱，乃狂言虚笑。契宗精神總持，遂焚香敕勒。兄忽訢駡曰：「汝是僧，第歸寺住持，何横於事？我止居在南柯，愛汝苗碩多穫，故暫來耳。」契宗疑其狐魅，復禁桃枝擊之。其兄但笑曰：「汝打兄不順，神當殛汝，可加力勿止。」契宗知其無奈何，乃已。病者欻起，牽其母，母遂中惡。援其妻，妻亦卒。邇摹其弟婦〔二〕，回面失明。經日，悉復舊。乃語契宗曰：「爾不去，當唤我眷屬來。」言已，有鼠數百，縠縠作聲，大於常鼠，與人相觸，駈逐不去。及明，失所在，契宗恐怖加切。其兄又曰：「慎爾聲氣，吾不懼爾。今須我大兄弟自來。」因長呼曰：「寒月，寒月，可來此！」至三呼，有物大如狸，赤如火，從病者腳起，緣衾止於腹上，目光四射。契宗持刀就擊之，中物一足，遂跳出户。燭其穴，蹤至一房，見其物潛走甕中。契宗舉巨盆覆之，泥固其隙。經三日發視，其物如鐵，不得動。因以油煎殺之，臭達數里。其兄遂愈。

月餘，村有一家，父子六七人暴卒，衆意其興蠱。

〔一〕樊川　原作「樊州」，並校：「一作川。」今據改。

〔二〕邇摹其弟婦　「邇」，津逮本、學津本作「乃」。

貞元中，望苑驛西有百姓王申，手植榆於路傍成林，構茅屋數椽。夏月，常饋漿水於行人，官者即延憩具茗。有兒年十三，每令伺客。忽一日，白其父：「路有女子求水。」因令呼入。女少年〔一〕，衣碧襦白幅巾，自言：「家在此南十餘里，夫死無兒，今服禫矣，將適馬嵬訪親情，丐衣食。」言語明悟，舉止可愛。王申乃留飰之，謂曰：「今日暮，夜可宿此，達明去也。」女亦欣然從之。其妻遂納之後堂，呼之爲妹。倩其成衣數事，自午至戌悉辦，鍼綴細密，殆非人工。王申大驚異，妻猶愛之〔二〕，乃戲曰：「妹既無極親，能爲我家作新婦子乎？」女笑曰：「身既無託，願執麄井竈。」王申即日賃衣貰酒，禮納爲新婦〔三〕。其夕暑熱，戒其夫：「近多盜，不可闢門〔四〕。」即舉巨椽捍户而寢〔五〕。及夜半，王申妻夢其子披髮訴曰：「被食將盡矣！」驚，欲省其子，王申怒之：「老人得好新婦〔六〕，喜極囈言耶！」妻還睡，復夢如初。申與妻秉燭〔七〕，呼其子及新婦，悉不復應。啓其户〔八〕，户牢如鍵。乃壞門闔，纔開，有物圓目鑿齒，體如藍色，衝人而去，其子唯餘腦骨及髮而已。

〔一〕女少年　太平廣記卷三六五「王申子」條引酉陽雜俎作「女年甚少」。

〔二〕猶愛之　「猶」，同上書作「尤」，二字通。

〔三〕賃衣貰酒禮納爲新婦　原作「賃衣貰禮爲新婦」，脱「酒」、「納」二字，今據説郛（涵芬樓本）卷三六、太平廣記卷三六五「王申子」條引酉陽雜俎補。

〔四〕不可闢門　「闢」，説郛本作「開」。

〔五〕捍户而寢　「户」字原闕，今據同上書補。

〔六〕老人得好新婦　「老人」，同上書作「渠」。

〔七〕秉燭　説郛（涵芬樓本）卷三六引酉陽雜俎作「爇茭」。

〔八〕啓其户　「啓」，太平廣記卷三六五「王申子」條引酉陽雜俎作「扣」。

枝江縣令張汀，子名省躬，汀亡，因住枝江。有張垂者，舉秀才下第，客於蜀，與省躬素未相識。太和八年，省躬晝寢，忽夢一人，自言姓張〔一〕，名垂，因與之接，懽狎彌日。將去，留贈詩一首曰：「戚戚復戚戚，秋堂百年色。而我獨茫茫，荒郊遇寒食。」驚覺，遽録其詩。數日卒。

〔一〕自言姓張　「姓張」，太平廣記卷二七九「張省躬」條引酉陽雜俎作「當家」。

江淮有何亞秦，彎弓三百斤，常解鬭牛，脱其一角。又過蘄州，遇一人，長六尺餘，髯而甚口，呼亞秦：「可負我過橋。」亞秦知其非人，因爲背，覺腦冷如冰，即急投至交午柱〔一〕，乃擊之，化爲杉木，瀝血升餘。

〔一〕交午柱 「午」，原作「牛」，今據史記集解改。按，史記孝文本紀：「古之治天下，朝有進善之旌，誹謗之木，所以通治道而來諫也。」集解：「服虔曰：『堯作之，橋梁交午柱頭。』應劭曰：『橋梁邊板，所以書政治之愆失也。至秦去之，今乃復施也。』」

長慶初，洛陽利俗坊，有百姓行車數輛，出長夏門。有一人負布囊，求寄囊於車中，且戒勿妄開，因返入利俗坊。纔入坊，有哭聲起。受寄者發囊視之，其口結以生綆，内有一物，狀如牛胞，及黑繩長數尺。百姓驚，遽斂結之。有頃，其人亦至，復曰：「我足痛，欲憩君車中數里，可乎？」百姓知其異，許之。其人登車，覽其囊不悦，顧曰〔一〕：「何無信！」百姓謝之。又曰：「我非人，冥司俾予録五百人，明歷陜、虢、晉、絳。及至此，人多蟲，唯得二十五人耳。今須往徐、泗。」又曰：「君曉予言蟲乎？患赤瘡即蟲耳。」車行二里，遂辭：「有程，不可久留。君有壽者，不復憂矣。」忽負囊下車，失所在。其年夏，天下多患赤瘡〔二〕，少有死者〔三〕。

〔一〕顧曰　太平廣記卷三四六「利俗坊民」條引宣室志作「顧謂民曰」。

〔二〕天下多患赤瘡　「天下」，同上書作「諸州」。

〔三〕少有死者　「少」，同上書作「亦」。

元和中，光宅坊百姓，失名氏，其家有病者，將困迎僧持念，妻兒環守之。一夕，衆髣髴見一人入户，衆遂驚逐，乃投於甕間。其家以湯沃之，得一袋，蓋鬼間所謂搐氣袋也〔一〕。忽聽空中有聲，求其袋，甚哀切，且言：「我將别取人，以代病者。」其家因擲還之，病者即愈。

〔一〕搐氣袋　太平廣記卷三四五「光宅坊民」條引酉陽雜俎作「取氣袋」。

相傳人將死〔一〕，虱離身。或云，取病者虱於牀前，可以卜病。將差，虱行向病者，背則死。

〔一〕相傳人將死　紺珠集卷六、類説卷四二、海録碎事卷九五、六帖補卷一一引酉陽雜俎並作「嶺南人有病」。按，類説卷四二引酉陽雜俎：「嶺南人有病，以虱卜之，向身爲吉，背身爲凶。」

興州有一處名雷穴，水常半穴。每雷聲，水塞穴流，魚隨流而出。百姓每候雷聲，繞樹布網，獲魚無限。非雷聲，漁子聚鼓擊於穴口〔一〕，魚亦輒出，所獲半於雷時。韋行規爲興州刺史時，與親故書，說其事。

〔一〕聚鼓擊於穴口　「擊」字原闕，今據太平廣記卷四六五「雷穴魚」條引酉陽雜俎補。

上都務本坊，貞元中，有一家，因打墻掘地，遇一石函。發之，見物如絲蒲滿函〔一〕，飛出於外。驚視之次，忽有一人起於函，被白髮，長丈餘，振衣而起，出門，失所在。其家亦無他。前記之中多言此事。蓋道門太陰鍊形，日將滿，人必露之。

〔一〕如絲蒲滿函　「絲蒲」，太平廣記卷三七五「石函中人」條引酉陽雜俎無「蒲」字。

于季友爲和州刺史時，臨江有一寺，寺前漁釣所聚。有漁子，下網，舉之重，壞網。視之乃一石，如拳。因乞寺僧，寘於佛殿中。石遂長不已，經年重四十斤。張周封員外入蜀〔一〕，親睹其事。

〔一〕張周封員外入蜀　太平廣記卷三九八「網石」條引酉陽雜俎句末有「時」字。

進士王惲，才藻雅麗，猶長體物，著送君南浦賦，爲詞人所稱。會昌二年，其友人陸休符，忽夢被録至一處，有騶卒止之屏外，見若胥靡數十，王惲在其中。陸欲就之，惲面若愧色。陸强牽與語，惲垂泣曰：「近受一職司，厭人聞〔一〕。」指其類：「此悉同職也。」休符恍惚而覺。時惲往楊州〔二〕，有妻子居住太平側。休符異所夢，遲明，訪其家信，得王至洛書。又七日，其訃至。計其卒日，乃陸之夢夕也。

〔一〕厭人聞　「聞」，原作「間」，蓋襲上「人」字而悮，今據同上書改。

〔二〕時惲往楊州　「往」，同上書作「住」。

武宗元年〔一〕，金州軍事典鄧儼，先死數年。其案下書手蔣古者，忽心痛暴卒，如有人捉至一曹司，見鄧儼，喜曰：「我主張甚重，籍爾録數百幅書也。」蔣見堆案繞壁，皆涅楮朱書，乃紿曰：「近損右臂，不能搦管。」有一人謂鄧：「既不能書，可令還〔二〕。」蔣草草被遣還，隕一坑中而覺。因病，右手遂廢。

〔一〕武宗元年　太平廣記卷三七八「鄧儼」條引酉陽雜俎作「會昌元年」。

〔二〕可令還　原作「令可還」，今據同上書乙正。

姚司馬者，寄居邠州〔一〕，宅枕一溪。有二小女，常戲釣溪中，未常有獲。忽撓竿，各得一物，若鱣者而毛，若鼈者而鰓。其家異之，養以盆池。經年〔二〕，二女精神恍惚，夜常明燈剉針〔三〕，染藍涅皂，未常暫息，然莫見其所取也。時楊元卿在邠州，與姚有舊，姚因從事邠州。又歷半年，女病彌甚。其家張燈戲錢〔四〕，忽見二小手出燈下，大言曰：「乞一錢。」家人或唾之，又曰：「我是汝家女壻，何敢無禮。」一稱烏郎，一稱黄郎，後常與人家狎褻〔五〕。楊元卿知之，因爲求上都僧瞻。瞻善鬼神部，持念，治病魅者多著效〔六〕。瞻至其家，標釘界繩〔七〕，印手敕劍，召之。後設血食盆酒於界外。中夜，有物如牛，鼻於酒上。瞻乃匿劍，躧步大言，極力刺之。其物匣刃而走，血流如注。瞻率左右，明炬索之。跡其血，至後宇角中，見若烏革囊，大可合簣，喘如鞲囊〔八〕，蓋烏郎也。遂燬薪焚殺之，臭聞十餘里，一女即愈。自是風雨夜，門庭聞啾啾。次女猶病，瞻因立於前，舉伐折羅叱之〔九〕，女恐怖泚額〔一〇〕。瞻偶見其衣帶上有皂袋子，因令侍婢解視之，乃小籥也。遂搜其服翫，籥勘得一簣〔一一〕，簣中悉是喪家搭帳衣，衣色唯黄與皂耳。瞻假將滿，不能已其魅，因歸京。逾年，姚罷職入京，先詣瞻，爲加功治之。浹旬，其女臂上腫起如漚，大如瓜。瞻禁鍼刺之，出血數合，竟差。

〔一〕寄居邠州　「邠州」，原作「汾州」，下文云「時楊元卿在邠州」，作「邠州」是，今據太平廣記卷三七〇「姚司馬」條引酉陽雜俎改。

〔二〕經年　同上書作「經夕」。

〔三〕夜常明燈㓷針　同上書作「夜常明炷對作戲」。「㓷針」，原作「挫箴」，今據津逮本、學津本改。

〔四〕其家張燈戲錢　太平廣記卷三七〇「姚司馬」條引酉陽雜俎「家」下有「嘗」字。

〔五〕狎褻　同上書作「狎昵」。

〔六〕治病魅者　「病魅」，原作「魅病」，今據同上書乙正。

〔七〕標釭界繩　「標釭」，原作「摽扛」，今據同上書改。

〔八〕喘如韝囊　「韝囊」，同上書作「韝槖」。「韝」，亦作「鞴」。

〔九〕伐折羅　「折」，原作「析」，今據同上書改。按，「伐折羅」乃梵文之音譯，又譯「伐闍羅」、「跋折羅」，意譯則爲金剛，此指金剛杵。

〔一〇〕泚額　同上書作「叩額」。

〔一一〕篇勘得一簣　「勘」字原闕，今據同上書補。

東都龍門有一處，相傳廣成子所居也。天寶中，北宗雅禪師者，於此處建蘭若。庭中多古桐，枝幹拂地。一年中，桐始華，有異蜂，聲如人吟詠。禪師諦視之，具體，人也，但有翅，長寸餘。禪師異之，乃以捲竹幂巾網獲一焉，寘於紗籠中。意嗜桐花，採華致其傍。經日，集於一隅，微聆吁嗟聲。忽有數人翔集籠者，若相慰狀。又一日，其類數百，有乘車輿者，其大小相稱，積於籠外，語聲甚細，亦不懼人。禪師隱於柱，聽之，有曰：「孔昇翁爲君筮，不祥，君頗記無？」有曰：「君已除死籍，又何懼焉！」有曰：「叱叱，予與青桐君弈，勝，獲琅玕紙十幅，君出，可爲禮星子詞，當爲料理。」語皆非世人事，終日而去。禪師舉籠放之，因祝謝之。經次日〔一〕，有人長三尺，黄羅衣，步虚止禪師屠蘇前，狀如天女：「我三清使者，上仙伯致意多謝。」指顧間失所在，自是遂絶。

〔一〕經次日　古文無此用例，「經」字蓋涉上「經日」而衍，疑即「次日」。

倭國僧金剛三昧，蜀僧廣昇，與峨眉縣邑人約遊峨眉〔一〕，同雇一夫負笈，荷糗藥。山南頂徑狹，俄轉而待，負笈忽入石罅。僧廣昇先覽，即牽之，力不勝。視石罅甚細，若隨笈而開也。衆因組衣斷蔓，厲其腰，扐出之〔二〕。笈纔出，罅亦隨合。衆詰之，曰：「我常薪於此，有道士住此隙内，每假我舂藥。適亦招我，我不覺入。」時元和十三年。

〔一〕與峨眉縣邑人約遊峨眉　原作「峨眉縣與邑人約遊峨眉」，「峨眉縣」三字語意未足，或以爲指峨眉縣令，但下文並無此人行跡可資確認。况一縣既有「令」，亦有「尉」，如何一定是「令」而非「尉」？説既難圓，莫如將「與」字提前，以「峨眉縣邑人」五字連讀爲是。

〔三〕扐出之　「扐」，原作「肋」，今據學津本改。

上都僧太瓊者，能講仁王經。開元初，講於奉先縣京遥村〔一〕，遂止村寺。經兩夏，於一日，持鉢將上堂，闔門之次，有物墜簷前。時天纔辨色，僧就視之，乃一初生兒，其襁褓甚新。僧驚異，遂袖之，將乞村人。行五六里，覺袖中輕，探之，乃一弊帚也。

〔一〕奉先縣　原作「奉化縣」，今據太平廣記卷三六八「僧太瓊」條引酉陽雜俎改。按，唐上都指西京長安，奉先縣即今陝西蒲城，而奉化縣則遠在今之浙江，故以「奉先縣」爲是。

陝州西北白徑嶺上邏村，村人田氏，常穿井，得一根，大如臂，節中麄，皮若茯苓，氣似术〔一〕。其家奉釋，有像設數十，遂寘於像前。田氏女名登娘，年十六七，有容質，父常令供香火焉。經歲餘，女常見一少年出入佛堂中，白衣躡履，女遂私之，精神舉止，有異於常矣。其物根每歲至春擢芽〔二〕，其女有娠，乃以其事白於母，母疑其恠。常有衲僧過門，其家因留之供養。僧將入佛宇，輒爲物拒之。一日，女隨母他出，僧入佛堂，門纔啓，有鴿一隻拂僧飛去。其夕，女不復見其恠。視其根，頓成朽蠹。女娠纔七月，産物三節，其形如像前根也。田氏併火焚之，其恠亦絶。成式常見道者論枸杞、茯苓、人參、朮形有異，服之獲上壽。或不葷血，不色欲，遇之必能降真爲地仙矣。田氏無分〔三〕，故見恠而去之〔四〕，宜乎！

〔一〕氣似朮　太平廣記卷四一七「田登孃」條引酉陽雜俎作「香氣似朮」。

〔二〕擢芽　同上書作「萌芽」。

〔三〕無分　同上書作「非冀」。

〔四〕故見恠而去之　原作「見恠而去」，今據同上書改。

寶曆二年，明經范璋居梁山讀書。夏中深夜，忽聽廚中有拉物聲，范慵省之。至明，見束薪長五寸餘，齊整可愛，積於竈上，地上危累蒸餅五枚。又一夜，有物叩門，因轉堂上笑〔一〕，聲如嬰兒。如此經三夕。璋素有膽氣，乃乘其笑，曳巨薪逐之。其物狀如小犬，璋欲擊之，變成火，滿川，久而乃滅。

〔一〕因轉堂上　太平廣記卷三七三「范璋」條引酉陽雜俎作「因拊掌大笑」。

建中初，有人牽馬訪馬醫，稱馬患腳，以二十鐶求治〔一〕。其馬毛色骨相，馬醫未常見，笑曰：「君馬大似韓幹所畫者〔二〕，真馬中固無也。」因請馬主遶市門一匝，馬醫隨之。忽值韓幹，幹亦驚曰：「真是吾設色者，乃知隨意所匠，必冥會所肖也。」遂摩挲，馬若蹶，因損前足，幹心異之。至舍，視其所畫馬本，腳有一點黑缺，方知是畫通靈矣。馬醫所獲錢，用歷數主，乃成泥錢。

〔一〕二十鐶　太平廣記卷二一二「韓幹」條引酉陽雜俎作「二千」。

〔二〕大似韓幹所畫者　「大似」，同上書作「酷似」。

萊州即墨縣，有百姓王豐，兄弟三人。豐不信方位所忌，常於太歲上掘坑，見一肉塊，大如斗，蠕蠕而動。遂填其坑〔一〕，肉隨填而出。豐懼，棄之。經宿肉長〔二〕，塞於庭。豐兄弟奴婢，數日内悉暴卒，唯一女存焉。

〔一〕遂填其坑　「坑」字原闕，今據太平廣記卷三六二「王豐」條引酉陽雜俎補。

〔二〕經宿肉長　「肉」字原闕，今據同上書補。

虢州玉城縣黑魚谷〔一〕，貞元中，百姓王用，業炭於谷中。中有水，方數步，常見二黑魚，長尺餘，遊於水上。用伐木饑困，遂食一魚。其弟驚曰：「此魚或谷中靈物，兄奈何殺此？」有傾，其妻餉之，用運斤不已。久乃轉面，妻覺狀貌有異，呼其弟視之。忽褫衣號躍，變爲虎焉，徑入山。時時殺麞鹿，夜擲庭中。如此二年〔二〕。一日日昏，叩門自名曰：「我，用也。」弟應曰：「我兄變爲虎三年矣，何鬼假吾兄姓名？」又曰：「我往年殺黑魚，冥謫爲虎。比因殺人，冥官笞余一百，今免放，杖傷遍體。汝第視予，無疑也。」弟喜，遽開門，見一人，頭猶是虎，因怖死。舉家叫呼奔避，竟爲村人格殺之。驗其身，有黑子〔三〕，信王用也，但首未變。元和中，處士趙齊約常至谷中，見村人說。

〔一〕虢州玉城縣　「玉城縣」，原作「五城縣」，今據舊唐書改。按太平廣記卷四二九「王用」條引酉陽雜俎作「王城縣」，「王」、「玉」字通。

〔二〕如此二年　「二」，太平廣記卷四二九「王用」條引酉陽雜俎作「三」。

〔三〕黑子　同上書作「黑誌」。

元和初，上都義寧坊有婦人風狂，俗呼爲五娘，常止宿於永穆墻垣下。時中使茹大夫使於金陵，有狂者〔一〕，衆名之信夫，或歌或哭，往往驗未來事，盛暑擁絮，未常沾汗，沍寒袒露，體無跔坼〔二〕。中使將返，信夫忽叫攔馬曰：「我有妹五娘在城中，今有少信，必爲我達也。」中使素知其異，欣然許之。乃探懷出一襆，内中使靴中，仍曰：「爲語五娘，無事速歸也。」中使至長樂坡，五娘已至，攔馬笑曰：「我兄有信，大夫可見還。」中使久而方悟，遽令取信授之。五娘因發襆，有衣三事，乃衣之而舞，大笑而歸。復至墻下，一夕而死，其坊率錢葬之。經年，有人自江南來，言信夫與五娘同日死矣。

〔一〕有狂者　太平廣記卷八四「義寧坊狂人」條引酉陽雜俎句前有「金陵」二字。

〔二〕跔坼　原作「拘折」，今據同上書改。

元和中，有淮西道軍將，使於汴州，止驛。夜久，眠將熟，忽覺一物壓己。軍將素健，驚起，與之角力，其物遂退。因奪手中革囊，鬼闇中哀祈甚苦。軍將謂曰：「汝語我物名，我當相還。」良久曰：「此搐氣袋耳〔一〕。」軍將乃舉甓擊之，語遂絶。其囊可盛數升，無縫，色如藕絲〔二〕，攜於日中無影。

〔一〕搐氣袋　太平廣記卷三四五「淮西軍將」條引酉陽雜俎作「蓄氣袋」。

〔二〕色如藕絲　「色」，同上書作「絳色」。

建中末，書生何諷，常買得黄紙古書一卷。讀之，卷中得髮卷，規四寸，如環無端。何因絶之，斷處兩頭滴水升餘。燒之，作髮氣。諷嘗言於道者，吁曰〔一〕：「君固俗骨，遇此不能羽化，命也。據仙經曰，蠹魚三食『神仙』字，則化爲此物，名曰脈望。夜以規映當天中星，星使立降，可求還丹，取此水和而服之，即時换骨上賓〔二〕。」因取古書閲之，數處蠹漏，尋義讀之，皆「神仙」字，諷方哭伏〔三〕。

〔一〕吁曰　太平廣記卷四二「何諷」條引原化記、天中記卷二二引酉陽雜俎並作「道者曰吁」，海録碎事卷一三上引酉陽雜俎作「驚嘆曰」，錦繡萬花谷前集卷三〇、韻府群玉卷一六引酉陽雜俎作「嘆曰」。

〔二〕换骨上賓　「上賓」，太平廣記卷四二「何諷」條引原化記、天中記卷二二引酉陽雜俎並作「上昇」。

〔三〕諷方哭伏　「哭」，同上書作「嘆」。

華陰縣東七級趙村，村路因水齧成谷，梁之〔一〕。村人日行車過橋，橋根壞，墜車焉，村人不復收。積三年，村正嘗夜度橋，見群小兒聚火爲戲。村正知其魅，射之，若中木聲，火即滅，聞啾啾曰〔二〕：「射着我阿連頭。」村正上縣回，尋之。見敗車輪六七片，有血，正銜其箭〔三〕。

〔一〕梁之　太平廣記卷三六九「華陰村正」條引酉陽雜俎句下尚有「以濟往來」四字。

〔二〕聞啾啾曰　「聞」字原闕，今據同上書補。

〔三〕有血正銜其箭　同上書作「有頭杪尚銜其箭者」。

相國李公固言，元和六年下第，遊蜀，遇一老姥，言：「郎君明年芙蓉鏡下及第，後二紀拜相，當鎮蜀土。某此時不復見郎君出將之榮也，願以季女爲託〔一〕。」明年，果然狀頭及第，詩賦題有「人鏡芙蓉」之目。後二十年，李公登庸，其姥來謁。李公忘之，姥通曰：「蜀民老姥，嘗囑季女者。」李公省前事，具公服謝之，延入中堂，見其妻女。坐定，又曰：「出將入相定矣。」李公爲設盛饌，不食，唯飲酒數杯，即請別。李固留不得，但言「乞庇我女」。贈金皂襦幗〔二〕，並不受，唯取其妻牙梳一枚〔三〕，題字記之。李公從至門，不復見。及李公鎮蜀日，盧氏外孫子九齡不語，忽弄筆硯，李戲曰：「爾竟不語，何用筆硯爲？」忽曰：「但庇成都老姥愛女，何愁筆硯無用也。」李公驚悟，即遣使分詣諸巫〔四〕。巫有董氏者，事金天神，即姥之女，言能語此兒。請祈華嶽三郎。如其言〔五〕，詰旦，兒忽能言。因是蜀人敬董如神，祈無不應。富積數百金，恃勢用事，莫敢言者〔六〕。洎相國崔鄲來鎮蜀，遽毁其廟，投土偶於江，仍判責事金天王董氏杖背，遞出西界。今在貝州，李公壻盧生舍之於家，其靈歇矣。

〔一〕願以季女爲託　此六字原闕，致使下文「嘗囑季女者」一句無所來由，今據太平廣記卷一五五「李固言」條引酉陽雜俎補。

〔二〕贈金皂襦幗　同上書句上有「因」字。

〔三〕分詣諸巫　同上書作「分訪之」。

〔四〕如其言　同上書作「李公如巫所説」。

〔五〕莫敢言者　新編分門古今類事卷四引酉陽雜俎此句下無「洎相國崔鄲來鎮蜀」云云，而有「然則富貴早晚皆有定時，鬼神皆知而人獨不知，善人君子修己以俟可也」三句。

登封嘗有士人，客遊十餘年，歸莊，莊在登封縣。夜久，士人睡未著，忽見星火，發於牆堵下。初爲螢，稍稍芒起，大如彈丸，飛燭四隅，漸低。輪轉來往，去士人面纔尺餘。細視光中，有一女子，貫釵，紅衫碧裙，摇首擺尾〔一〕，具體，可愛。士人因張手掩獲，燭之，乃鼠糞也。大如雞棲子，破視，有蟲首赤身青，殺之。

〔一〕摇首擺尾　「尾」，太平廣記卷四七七「登封士人」條引酉陽雜俎作「臂」。

融州河水，有泉半巖，將注其下。相次九磴，每磴下，一白石浴斛承之，如似鐫造。嘗有人攜一婢，取下浴斛中浣巾。須臾，風雨忽至，其婢震死，所浣巾斛，碎於山下。自别安一斛，新於向者。

有人遊終南山一乳洞，洞深數里。乳旋滴瀝成飛仙狀，洞中已有數十，眉目衣服，形製精巧。一處滴至腰已上，其人因手承漱之。經年再往，見其所承滴像已成矣，乳不復滴，當手承處，衣缺二寸不就。

滕王圖一日，紫極宫會，秀才劉魯封云：「嘗見滕王蛺蝶圖〔一〕，有名江夏班、大海眼、小海眼、村裏來、菜花子。」

〔一〕蛺蝶圖　原作「蜂蝶圖」，今據圖書見聞誌卷五、廣川書跋卷三改。

酉陽雜俎續集卷三

支諾皐下

開元末，蔡州上蔡縣南李村百姓李簡，癇疾卒。瘞後十餘日，有汝陽縣百姓張弘義，素不與李簡相識，所居相去十餘舍，亦因病死，經宿卻活，不復認父母妻子，且言：「我是李簡，家住上蔡縣南李村，父名亮。」遂徑往南李村，入亮家。亮驚問其故〔一〕，言：「方病時，夢有二人着黄，賫帖見追。行數里，至一大城，署曰王城。引入一處，如人間六司院。留居數日，所勘責事，悉不能對。忽有一人自外來，稱錯追李簡，可即放還。一吏曰：『李簡身壞，須令別託生。』時憶念父母親族，不欲別處受生，因請卻復本身。少傾，見領一人至，通曰：『追到雜職汝陽張弘義。』吏又曰：『弘義身幸未壞，速令李簡託其身，以盡餘年。』遂被兩吏扶持卻出城，但行甚速，漸無所知。忽若夢覺，見人環泣及屋宇，都不復認。」亮訪其親族名氏，及平生細事，無不知也。先解竹作，因自入房，索刀具，破篾成器。語音舉止，信李簡也，竟不返汝陽。時成式三從叔父，攝蔡州司户，親驗其事。昔扁鵲易魯公扈、趙齊嬰之心〔二〕，及寤，互返其室，二室相諮。以是稽之，非寓言也。

〔一〕遂徑往南李村入亮家亮驚問其故　「遂徑往南李村入亮家亮」十字原闕，今據太平廣記卷三七六「李簡」條引酉陽雜俎補。

〔二〕扁鵲易魯公扈趙齊嬰之心　「趙齊嬰」，原作「趙嬰齊」，今據同上書改。按，列子湯問篇：「魯公扈、趙齊嬰二人有疾，同請扁鵲求治。扁鵲治之。」

武宗六年，揚州海陵縣，還俗僧義本且死，託其弟，言：「我死，必爲我剃鬚髮，衣僧衣三事。」弟如其言。義本經宿卻活，言：「見二黄衣吏追至冥司，有若王者問曰：『此何州縣？』吏言：『揚州海陵縣僧。』王言：『奉天符沙汰僧尼，海陵無僧，因何作僧領來？』令迴，還俗了領來。」僧遽索俗衣，衣之而卒。

汴州百姓趙懷正，住光德坊。太和三年，妻阿賀，常以女工致利〔一〕。一日，有人攜石枕求售，賀一環獲焉。趙夜枕之，覺枕中如風雨聲。因令妻子各枕一夕，無所覺，趙枕輒復如舊。或喧悸不得眠，其姪請碎視之〔二〕。趙言：「脱碎之無所見，棄一百之利也〔三〕。待我死後，爾必破之。」經月餘〔四〕，趙病死。妻令姪毁視之，中有金銀各一鋌，如模鑄者。

所函鋌處，無絲隙〔五〕，不知從何而入也。鋌各長三寸餘，闊如巨指〔六〕。遂貨之，辨其殮及償債，不餘一錢。阿賀今住洛陽會節坊，成式家雇其紉針，親見其説。

〔一〕致利　太平廣記卷四〇〇「趙懷正」條引酉陽雜俎作「致錙」。

〔二〕其姪　同上書作「其子」。

〔三〕棄一百之利也　同上書句上有「是」字。

〔四〕經月餘　「月」，同上書作「歲」。

〔五〕無絲隙　同上書作「無絲髮隙」，其上並有「其模似預曾勘入」七字。

〔六〕闊如巨指　「指」，原作「臂」，太過誇飾，今據同上書改。

成式三從房叔父某者〔一〕，貞元末，自信安至洛，暮達瓜洲，宿於舟中。夜久彈琴，覺舟外有嗟嘆聲，止息即無。如此數四，乃緩軫還寢。夢一女子，年二十餘，形悴衣敗，前拜曰：「妾姓鄭名瓊羅，本居丹徒，父母早亡，依於孀嫂。嫂不幸又殁，遂來楊子尋姨。夜至逆旅，市吏子王惟舉乘醉將逼辱，妾知不免，因以領巾絞項自殺，市吏子乃潛埋妾於魚行西渠中。其夕，再見夢楊子令石義留〔二〕，竟不爲理。復見冤氣於江，石尚謂非煙之祥〔三〕，圖而表奏。抱恨四十年，無人爲雪。妾父母俱善琴，適聽郎君琴聲，奇音翕響，心感懷嘆，不覺來此。」尋至洛北河清縣温谷，訪内弟樊元則。元則自少有異術，居數日，忽曰：「兄安得此一女鬼相隨，請爲遣之。」乃張燈焚香作法。頃之，燈後窣窣有聲，元則曰：「是請紙筆也。」即投紙筆於燈影中。少頃，旋紙疾落燈前，視之，書盈於幅。書若雜言七字〔四〕，辭甚悽恨。元則遽令録之，言鬼書不久輒漫滅。及曉，紙上若煤污，無復字也。元則復令具酒脯紙錢，乘昏焚於道，有風旋灰，直上數丈，及聆悲泣聲。詩凡二百六十二字，率叙幽冤之意，語不甚曉，詞故不載。其中二十八字曰：「痛填心兮不能語，寸斷腸兮訴何處。春生萬物妾不生，更恨香魂不相遇〔五〕。」

〔一〕成式三從房叔父某者　「成式」，原校：「一作段文昌。」按，太平廣記卷三四一「鄭瓊羅」條引酉陽雜俎作「段文昌從弟某者」，「段文昌從弟」亦即段成式從房叔父，段成式不可能自呼其父名，故「段文昌」三字必是後人所加。

〔二〕石義留　同上書作「石義」。

〔三〕石尚謂非煙之祥　「尚」，原作「上」，今據同上書改。

〔四〕書若雜言七字　「若」字原闕，今據同上書補。

〔五〕香魂　原作「魂香」，今據同上書改。

廬州舒城縣蚓　成式三從房伯父，大和三年，任廬州某官。庭前忽有蚓出，大如食指，長三尺，當項下有兩足〔一〕，足正如雀腳，步於垣下，經數日方死。

〔一〕當項下有兩足　「當」，原作「白」，今據太平廣記卷四七六「步蚓」條引酉陽雜俎改。

荆州百姓孔謙蚓　成式姪女乳母阿史，本荆州人，嘗言：「小兒時，見隣居百姓孔謙籬下有蚓〔一〕，口露雙齒，肚下足如蚿，長尺五，行疾於常蚓。謙惡，遽殺之。其年謙喪母及兄，謙亦不得活〔二〕。」

〔一〕見隣居百姓孔謙　太平廣記卷四七六「蚓齒」條引酉陽雜俎作「見隣居有姪孔謙」，下文則作「謙喪母及兄叔」。

〔二〕謙亦不得活　同上書作「因不得活」，南部新書庚集作「因不可得活」。

越州有盧冉者，時舉秀才，家貧，未及入京，因之顧頭堰，堰在山陰縣顧頭村，與表兄韓確同居，自幼嗜鱠，在堰嘗憑吏求魚。韓方寐〔一〕，夢身爲魚，在潭有相忘之樂。見二漁人，乘艇張網，不覺入網中，被擲桶中，覆之以葦。復睹所憑吏，就潭商價，吏即揭鰓貫綆〔二〕，楚痛殆不可忍。及至舍，歷認妻子婢僕。有傾，寘碪斮之，苦若脱膚。首落方覺，神癡良久。盧驚問之，具述所夢。遽呼吏，訪所市魚處，洎漁子形狀，與夢不差。韓後入釋，住祇園寺。時開成二年〔三〕，成式書吏沈郅家在越州，與堰相近，目睹其事。

〔一〕韓方寐　「寐」，原作「寤」，今據太平廣記卷二八二「韓確」條引酉陽雜俎改。

〔二〕揭鰓貫綆　原作「擢鰓貫鞭」，今據同上書改。

〔三〕開成二年　原作「開元二年」，今據同上書改。按，此事既爲段成式書吏沈郅所目睹，則作開成二年（八三七）爲是，以開元二年（七一四）成式猶未出生也。

曹州南華縣端相寺，時尉李藴至寺巡檢，偶見尼房中，地方丈餘，獨高，疑其藏物。掘之，數尺，得一瓦鉼，覆以木槃。視之，有髗骨、大方隅顴下屬骨兩片，長八寸，開罅徹上，容釵股，若合筒瓦，下齊如截，瑩如白牙。藴意尼所産〔一〕，因毁之。

〔一〕尼所産　原作「所尼産」，今據津逮本、學津本改。

中書舍人崔嘏弟崔暇，娶李續女〔一〕。李爲曹州刺史〔二〕，令兵馬使國邵南勾當障車。

後邵南因睡，忽夢崔女在一廳中，女立於牀西，崔暇在牀東。女執紅箋〔三〕，題詩一首，笑授暇，暇因朗吟之。詩言：「莫以貞留妾，從他理管絃。容華難久駐，知得幾多年？」夢後纔一歲，崔暇妻卒。

〔一〕娶李續女　原作「娶李氏」，今據太平廣記卷二七九「崔暇」條引酉陽雜俎改。

〔二〕李爲曹州刺史　「李」字原闕，今據同上書補。

〔三〕女執紅箋　「女」字原闕，今據同上書補。

李正己，本名懷玉，侯希逸之内弟也〔一〕。侯鎮淄青，署懷玉爲兵馬使。尋搆飛語，侯怒，囚之，將寘於法。懷玉抱冤無訴，於獄中壘石象佛，默期冥報〔二〕。時近臘日，心慕同儕，嘆吒而睡，覺有人在頭上語曰：「李懷玉，汝富貴時至。」即驚覺，顧不見人，天尚黑，意甚怪之。復睡，又聽人謂曰：「汝看墻上有青鳥子噪〔三〕，即是富貴時至〔四〕。」及覺，復不見人〔五〕。有傾，天曙，忽有青鳥數十，如雀，飛集墻上。俄聞三軍叫呼〔六〕，逐出希逸，壞鏁〔七〕，取懷玉，扶知留後〔八〕。成式見台州喬庶説。喬之先官於東平，目擊其事。

〔一〕侯希逸：原悮作「侯逸希」，今據舊唐書卷一二四、新唐書卷一四四本傳改。

〔二〕默期冥報　太平廣記卷一三七「李正己」條引酉陽雜俎作「默祈冥助」，新編分門古今類事卷三「正己看墻」條引酉陽雜俎作「默祈之」。

〔三〕青烏子　新編分門古今類事卷三「正己看墻」條引酉陽雜俎作「青雀」。

〔四〕富貴時至　「至」字原闕，今據太平廣記卷一三七「李正己」條引酉陽雜俎補。

〔五〕復不見人　原作「不復見人」，今據同上書及新編分門古今類事卷三「正己看墻」條引酉陽雜俎改。

〔六〕叫呼　原作「叫喚」，今據同上二書改。

〔七〕壞鑠　原作「壞鍊」，今據同上二書改。

〔八〕扶知留後　同上書作「權知留後」，新編分門古今類事卷三「正己看墻」條引酉陽雜俎此句下尚有「然則富貴真有時，時未至而區區强圖，其蔽甚矣」十九字。

河南少尹韋絢，少時，常於夔州江岸，見一異蟲。初疑棘鍼一枝〔一〕，從者驚曰：「此蟲有靈，不可犯之，或致風雷。」韋試令踏地驚之，蟲伏地如滅〔二〕，細視地上，若石脈焉。良久，漸起如舊。每刺上有一爪，忽入草，疾走如箭，竟不知是何物。

〔一〕初疑棘鍼一枝　太平廣記卷四七七「蟲變」條引酉陽雜俎作「初疑一棘刺」。

〔二〕蟲伏地如滅　同上書作「蟲飛，伏地如滅」。

永寧王相涯三怍〔一〕：淅米匠人蘇潤，本是王家炊人，至荆州方知，因問王家咎徵，言宅南有一井，每夜常沸湧有聲，晝窺之，或見銅廝羅〔二〕，或見銀熨斗者，水腐不可飲；又王相内齋有禪牀，柘材絲繩，工極精巧，無故解散，各聚一處。王甚惡之，命焚於竈下；又長子孟博晨興，見堂地上有凝血數滴〔三〕，蹤至大門方絶，孟博遽令鏟去。王相初不知也，未數月及難。

〔一〕永寧王相涯　「王相涯」，原作「王相王涯」，下「王」字衍，今據太平廣記卷一四四「王涯」條引酉陽雜俎删。

〔二〕銅廝羅　同上書作「銅叵羅」。

〔三〕有凝血數滴　「滴」，同上書作「瀝」。

許州有一老僧，自四十已後〔一〕，每寐熟，即喉聲如鼓簧，若成韻節。許州伶人伺其寢，即譜其聲，按之絲竹，皆合古奏。僧覺，亦不自知。二十餘年如此。

〔一〕自四十已後　太平廣記卷三六七「許州僧」條引酉陽雜俎「四十」下有「歲」字。

荆有魏溪，好食白魚，日命僕市之。或不獲，輒笞責。一日，僕不得魚，訪之於獵者可漁之處，獵者紿之曰：「某向打魚，網得一麞〔一〕，因漁而獲，不亦異乎？」僕依其所售，具白於溪〔二〕。溪喜曰：「審如是，或有靈矣。」因寘諸榻，日夕薦香火。歷數年不壞，頗有吉凶之驗。溪友人惡溪所爲，伺其出，烹而食之，亦無其靈〔三〕。

〔一〕網得一麞　「麞」，原作「麝」，今據白孔六帖卷九〇「魏溪魔神」條引酉陽雜俎改。

〔二〕具白於溪　「白」，原作「事」，今據同上書改。

〔三〕亦無其靈　「其」，同上書作「甚」。

成都坊正張和，蜀郡有豪家子，富擬卓、鄭，蜀之名姝，無不畢致。每按圖求麗，媒盈其門，常恨無可意者。或言：「坊正張和，大俠也，幽房閨稚，無不知之，盍以誠投乎？」豪家子乃具籯金篋錦〔一〕，夜詣其居，具告所欲，張欣然許之。異日，謁豪家子，偕出西郭一舍。入廢蘭若，有大像巋然。與豪家子昇像之座，坊正引手捫佛乳揭之，乳壞成穴，如盌，即挺身入穴，因拽豪家子臂，不覺同在穴中。道行十數步〔二〕，忽睹高門崇墉，狀如州縣。

坊正叩門五六，有丸髻婉童啓迎，拜曰：「主人望翁來久矣。」有傾，主人出，素衣貝帶，侍者十餘，見坊正甚謹。坊正指豪家子曰：「此少君子也，汝可善待之。予有切事須返，不坐而去。」言已，失坊正所在。豪家子心異之，不敢問。主人延於堂中，珠璣緹繡，羅列滿目。又有瓊杯，陸海備陳。飲徹，命引進妓數四，支鬟撩鬢，縹若神仙。其舞杯閃毬之令，悉新而多思。有金器，容數升，雲擎鯨口，鈿以珠粒。豪家子不識，問之，主人笑曰：「此次皿也〔三〕，本擬伯雅。」豪家子竟不解。至三更，主人忽顧妓曰：「無廢歡笑，予暫有所適。」揖客而退，騎從如州牧，列燭而出。豪家子因私於墻隅，妓中年差暮者，遽就謂曰：「嗟乎，君何以至是？我輩早爲所掠，醉其幻術，歸路永絶。君若要歸，第取我教。」授以七尺白練，戒曰：「可執此，候主人歸，詐祈事設拜，主人必荅拜，因以練蒙其頭。」將曙，主人還，豪家子如其教，主人投地乞命曰：「死嫗負心，終敗吾事，今不復居此。」乃馳去〔四〕。所教妓即共豪家子居。二年，忽思歸，妓亦不留，大設酒樂餞之。飲既闌，妓自持鍤，開東墻一穴，亦如佛乳，推豪家子於墻外，乃長安東墻堵下。遂乞食方達蜀，其家失已多年，意其異物，道其初始信。貞元初事。

〔一〕乃具籯金篋錦　太平廣記卷二八六「張和」條引酉陽雜俎作「乃以金帛」。

〔二〕十數步　同上書作「數十步」。

〔三〕此次皿也　「次皿」，謂承接口水之器皿。原作一「盜」字，並校：「一作次皿。」

〔四〕乃馳去　同上書作「乃馳騎他去」。

興元城固縣有韋氏女，兩歲能語，自然識字，好讀佛經。至五歲，一縣所有經，悉讀遍。至八歲，忽清晨薰衣靚粧，默存牖下。父母訝移時不出，視之，已蜕衣而失，竟不知何之。荆州處士許卑得於韋氏隣人張弘郢。

忠州墊江縣縣吏冉端，開成初，父死，有嚴師者善山岡，爲卜地，云：「合有生氣群聚之物〔一〕。」掘深丈餘，遇蟻城，方數丈，外重雉堞皆具，子城譙櫓，工若彫刻。城内分徑街，小垤相次，每垤有蟻數千，憧憧不絕。徑甚淨滑，樓中有二蟻，一紫色，長寸餘，足作金色，一有羽，細腰稍小，白翅，翅有經脈，疑是雌者。衆蟻約有數斛。城隅小壞，上以堅土爲蓋，故中樓不損。既掘露，蟻大擾，若求救狀。縣吏遽白縣令李玄之，既睹，勸吏改卜。嚴師伐其卜驗，爲其地吉。縣吏請遷蟻於巖側，狀其所爲，仍布石粟〔二〕，覆之以板。經旬，嚴師忽得病若狂，或自批觸，穢詈叫呼，數日不已。玄之素厚嚴師，因爲祝禱，療以雄黄丸方愈。

〔一〕合有生氣群聚之物　「生氣」，太平廣記卷四七六「冉端」條引酉陽雜俎作「王氣」。

〔二〕仍布石粟　「粟」字原闕，今據同上書補。

朱道士者，太和八年，常遊廬山，憩於澗石。忽見蟠虵如堆繒錦，俄變爲巨龜。訪之山叟，云是玄武。

朱道士又曾遊青城山丈人觀，至龍橋，見巖下有枯骨，背石平坐，接手膝上〔一〕，狀如鈎鏁，附苔絡蔓，色白如雪。云祖父已嘗見，不知年代。其或鍊形擢魄之士乎？

〔一〕接手膝上　「接手」，原作「按手」，今據太平廣記卷三六六「朱道士」條引酉陽雜俎改。按，「接手」爲道教習語。

武宗之元年〔一〕，戎州水漲，浮木塞江。刺史趙士宗召水軍接木，約獲百餘段。公署卑小地窄，不復用，因併修開元寺。後月餘日，有夷人，逢一人如猴，着故青衣，亦不辨何製，云：「關將軍差來採木，今被此州接去，不知爲計，要須明年卻來取〔二〕。」夷人説於州人。至二年七月，天欲曙，忽暴水至。州城臨江枕山，每大水，猶去州五十餘丈。其時水高百丈，水頭漂二千餘人〔三〕，州基地有陷深十丈處。大石如三間屋者，堆積於州基。水黑而腥，至晚方落，知州官虞藏玘及官吏，纔及船投岸。旬月後，舊州地方乾，除大石外，更無一物。惟開元寺玄宗真容閣，去本處十餘步〔四〕，卓立沙上，其他鐵石像，無一存者〔五〕。

〔一〕武宗之元年　太平廣記卷三六六「趙士宗」條引酉陽雜俎作「會昌元年」。
〔二〕卻來取　「取」，同上書作「收」。
〔三〕二千餘人　同上書作「二十餘人」，尤近於實。
〔四〕去本處　「本」，同上書作「舊」。
〔五〕無一存者　同上書作「一無有者」。

成都乞兒嚴七師，幽陋凡賤，塗垢臭穢不可近，言語無度，往往應於未兆，居西市悲田坊。常有帖衙俳兒干滿川、白迦、葉珪、張美、張翱等五人爲火，七師遇於塗，各與十五文，勤勤若相別爲贈之意。後數日，監軍院晏，滿川等爲戲，以求衣糧。少師李相怒，各杖十五，遞出界。凡四五年間，人爭施與，每得錢帛，悉用修觀。語人曰：「寺何足修。」方知折寺之兆也。今失所在。

荆州百姓郝惟諒，性麁率，勇於私鬭。武宗會昌二年寒食日，與其徒遊於郊外，蹴鞠角力，因醉於墦間〔一〕。迨宵分，方始寤，將歸。歷道在里餘，值一人家，室絶卑陋〔二〕，雖張燈而頗昏闇。遂詣乞漿，睹一婦人，姿容慘悴，服裝羸弊〔三〕，方向燈紉縫。延郝，以漿授郝，良久謂郝曰：「知君有膽氣，故敢陳情〔四〕。妾本秦人，姓張氏，嫁於府衙健兒李自歡〔九〕，自歡自太和中，戍邊不返。妾遘疾而歿〔五〕，别無親戚，爲隣里殯於此處，已逾一紀，遷葬無因。凡死者肌骨未復於土，魂神不爲陰司所籍，離散恍惚，如夢如醉。君或留念幽魂，亦是陰德，使妾遺骸得歸泉壤，精爽有託，斯願畢矣。」郝謂曰：「某生業素薄，力且不辦，如何？」婦人云：「某雖爲鬼，不廢女工。自安此，常造雨衣，與胡氏家傭作，凡數歲矣。所聚十三萬，備掩藏固有餘也。」郝許諾而歸。遲明，訪之胡氏，物色皆符，乃具以告。即與偕往殯所，毁瘞視之，散錢培櫬，緡之數如言〔六〕。胡氏與郝，哀而異之，復率錢與同輩，合二十萬，盛其凶儀，瘞於鹿頂原。其夕，見夢於胡、郝。

〔一〕醉於墦間　太平廣記卷三五〇「郝惟諒」條引酉陽雜俎作「醉卧冢間」。

〔二〕室絶卑陋　「陋」字原闕，今據同上書補。

〔三〕羸弊　同上書作「雅素」。

〔四〕陳情　同上書作「情託」。

〔五〕 遘疾而殁　「疾」，同上書作「疫」。
〔六〕 緡之數如言　同上書作「數如其言」。

衡岳西原，近朱陵洞，其處絶險，多大木、猛獸。人到者率迷路，或遇巨虵不得進。長慶中，有頭陀悟空，常裹糧持錫，夜入山林，越兕侵虎〔一〕，初無所懼。至朱陵原，遊覽累日，捫蘿垂踵，無幽不跡。因是趼跃，憩於巖下，長吁曰：「饑渴如此，不遇主人。」忽見前巖有道士，坐繩牀。僧詣之，不動。遂責其無賓主意，復告以饑困。道士欻起，指石地曰：「此有米。」乃持钁斸石，深數寸，令僧探之，得陳米升餘。即着於釜，承瀑水〔二〕，敲火煑飰。勸僧食，一口未盡，辭以未熟。道士笑曰：「君飧止此，可謂薄分。我當畢之。」遂喫硬飰。又曰：「我爲客設戲。」乃處木裹枝，投蓋危石，猿懸鳥跂，其捷閃目。有頃，又旋繞繩牀，匆步漸趍，以至蓬轉渦急，但睹衣色成規，倏忽失所。僧尋路歸寺，數日不復饑渴矣〔三〕。

〔一〕 越兕侵虎　「兕」，太平廣記卷八四「衡嶽道人」條引酉陽雜俎作「兕」。
〔二〕 承瀑水　「水」字原闕，今據同上書補。
〔三〕 數日　同上書作「數月」。

嚴綬鎮太原，市中小兒如水際泅戲，忽見物中流流下，小兒爭接，乃一瓦瓶，重帛冪之。兒就岸破之，有嬰兒長尺餘，遂走〔一〕，群兒逐之。頃間，足下旋風起，嬰兒已蹈空數尺。近岸舟子，遽以篙擊殺之。髮朱色，目在頂上。

〔一〕遂走　太平廣記卷三六五「太原小兒」條引酉陽雜俎作「遂迅走」。

王哲，虔州刺史，在平康里治第西偏，家人掘地，拾得一石子，朱書其上曰「修此不吉」。家人揩拭，轉分明，乃呈哲。哲意家人惰於畚鍤，自磨，朱深若石脈。哲甚惡之，其年哲卒〔一〕。

〔一〕其年哲卒　「年」，太平廣記卷一四四「王哲」條引酉陽雜俎作「月」。

世有村人供於僧者，祈其密言，僧紿之曰：「驢。」其人遂日夕念之。經數歲，照水，見青毛驢附於背。凡有疾病魅鬼，其人至其所立愈。後知其詐，咒效亦歇。

秀才田瞫云：「太和六年秋，梁州西縣百姓妻〔一〕，産一子，四手四足，一身分兩面，頂上髮一穗〔二〕，長至足。時朝伯峻爲縣令。」

〔一〕梁州西縣　「梁州」，原作「涼州」，按新、舊唐書地理志，西縣在梁州（今陝西漢中東）非屬涼州（今甘肅武威），今據改。

〔二〕頂上髮一穗　「頂」，原作「項」，今據太平廣記卷三六七「田瞫」條引酉陽雜俎改。

韋斌雖生於貴門，而性頗厚質，然其地望素高，冠冕特盛。雖門風稍奢，而斌立朝侃侃，容止尊嚴，有大臣之體。每會朝，未嘗與同列笑語。舊制，群臣立於殿庭，既而遇雨雪，亦不移步於廊下。忽一旦，密雪驟降，自三事以下，莫不振其簪裾，或更其立位，獨斌意色益恭〔一〕，俄雪甚至膝。朝既罷，斌於雪中拔身而去，見之者咸嘆重焉。斌兄陟，早以文學識度，著名於時，善屬文，攻草隸書。出入清顯，踐歷崇貴，自以門地才華，坐取卿相，而接物簡傲，未常與人款曲。衣服車馬，猶尚奢侈，侍兒閹豎，左右常數十人。或隱几搘頤，竟日懶爲一言。其於饌羞，猶爲精潔，仍以鳥羽擇米。每食畢，視廚中所委棄，不啻萬錢之直。若宴於公卿，雖水陸具陳，曾不下筯。每令侍婢主尺牘〔二〕，往來復章，未常自札，受意而已。詞旨重輕，正合陟意，而書體遒利，皆有楷法，陟唯署名。嘗自謂所書「陟」字如五朵雲，當時人多倣效，謂之「郇公五雲體」。嘗以五彩紙爲緘題，其侈縱自奉，皆此類也。然家法整肅，其子允，課習經史，日加誨勵，夜分猶使人視之。若允習讀不輟，旦夕問安，顏色必悦。若稍怠惰，即遽使人止之，令立於堂下，或彌旬不與語。陟雖家僮數千人〔三〕，應門賓客，必遣允爲之，寒暑未嘗輟也，頗爲當時稱之。然陟竟以簡倨恃才，常爲持權者所忌。

〔一〕意色益恭　「益」，原悮作「葢（蓋）」，今據太平廣記卷二三七「韋陟」條改。

〔二〕尺牘　同上書作「尺題」。

〔三〕數千人　「千」，同上書作「十」。

天寶中，處士崔玄微，洛東有宅〔一〕，躭道，餌朮及茯苓三十載。因藥盡，領童僕輩入嵩山採芝，一年方回。宅中無人，蒿萊滿院。時春季夜間，風清月朗，不睡，獨處一院，家人無故輒不到。三更後，有一青衣云：「君在院中也，今欲與一兩女伴過，至上東門表姨處，暫借此歇，可乎？」玄微許之。須臾，乃有十餘人，青衣引入。有緑裳者前曰：「某姓楊氏。」指一人曰：「李氏。」又一人曰：「陶氏。」又指一緋衣小女曰：「姓石名阿措。」〔二〕各有侍女輩。玄微相見畢，乃坐於月下〔三〕，問行出之由，對曰：「欲到封十八姨。數日云欲來相看，不得，今夕衆往看之。」坐未定，門外報封家姨來也，坐皆驚喜出迎。楊氏云：「主人甚賢，只此從容不惡，諸處亦未勝於此也。」玄微又出見封氏，言詞泠泠，有林下風氣。遂揖入坐，色皆殊絶，滿座芬芳，馥馥襲人〔四〕。命酒〔五〕，各歌以送之，玄微誌其一二焉。有紅裳人與白衣送酒，歌曰：「皎潔玉顔勝白雪，況乃青年對芳月〔六〕。沈吟不敢怨春風，自嘆容華暗消歇。」又白衣人送酒，歌曰：「絳衣披拂露盈盈，淡染胭脂一朵輕。自恨紅顔留不住，莫怨春風道薄情。」至十八姨持盞，性頗輕佻，翻酒污阿措衣。阿措作色曰：「諸人即奉求，余不奉畏也〔七〕。」拂衣而起。十八姨曰：「小女弄酒。」皆起，至門外別，十八姨南去，諸人西入苑中而别。玄微亦不知異〔八〕。明夜又來，云〔九〕：「欲往十八姨處。」阿措怒曰：「何用更去封嫗舍，有事只求處士，不知可乎？」諸女皆曰：「可。」阿措來，言曰：「諸女伴皆住苑中，每歲多被惡風所撓，居止不安，常求十八姨相庇。昨阿措不能低回〔一〇〕，應難取力。處士倘不阻見庇，亦有微報耳。」玄微曰：「某有何力，得及諸女？」阿措曰：「但求處士每歲歲日，與作一朱幡，上圖日月五星之文，於苑東立之，則免難矣。今歲已過，但請至此月二十一日，平旦，微有東風，即立之，庶可免也。」玄微許之，乃齊聲謝曰：「不敢忘德！」各拜而去，玄微於月中隨而送之。踰苑墻，乃入苑中，各失所在。乃依其言，至此日立幡。是日，東風振地，自洛南折樹飛沙，而苑中繁花不動。玄微乃悟，諸女曰姓楊姓李，及顔色衣服之異，皆衆花之精也。緋衣名阿措，即安石榴也。封十八姨，乃風神也。後數夜，楊氏輩復至媿謝，各裹桃李花數斗，勸崔生：「服之，可延年卻老。願長如此住〔一一〕，護衛某等，亦可致長生〔一二〕。」至元和初，玄微猶在，可稱年三十許人〔一三〕。

〔一〕洛東有宅　「洛東」，博異志「崔玄微」條作「洛苑東」。

〔二〕阿措　博異志「崔玄微」條作「醋醋」。

〔三〕乃坐於月下　同上書「乃」下有「命」字。

〔四〕馥馥　博異志「崔玄微」條作「馞馞」。

〔五〕命酒　博異志「崔玄微」條作「處士命酒」，太平廣記卷四一六「崔玄微」條引酉陽雜俎作「諸人命酒」。

〔六〕況乃青年對芳月　「青年」，同上二書並作「當年」。

〔七〕余不奉畏也　博異志「崔玄微」條作「余不奉求」；太平廣記卷四一六「崔玄微」條引酉陽雜俎作「余即不知奉求耳」。

〔八〕亦不知異　「知」，原作「至」，今據太平廣記卷四一六「崔玄微」條引酉陽雜俎改。

〔九〕云　此字原闕，今據同上書補。

〔一〇〕低回　原作「依回」，今據博異志「崔玄微」條改。

〔一一〕長如此住　博異志「崔玄微」條作「長於此住」。

〔一二〕亦可致長生　「致」，原作「至」，今據博異志「崔玄微」、太平廣記卷四一六「崔玄微」條引酉陽雜俎改。

〔一三〕年三十許人　博異志「崔玄微」條此下尚有「言此事於時人，得不信也」二句。

酉陽雜俎續集卷四

貶誤

小戲中，於弈局一枰，各布五子，角遲速，名蹙融。予因讀坐右方，謂之「蹙戎」。又嘗覽王充論衡之言秦穆爲「繆」音謬，及往往見士流遇人促裝，必謂之曰「車馬有行色」，直臺、直省者云「寓直」，實爲可笑。乃録賓語甚悞者，著之於此。

予太和初，從事浙西贊皇公幕中。嘗因與曲宴，中夜，公語及國朝詞人優劣，云世人言「靈芝無根，醴泉無源」，張曲江著詞也。蓋取虞翻與弟求婚書，徒以「芝草」爲「靈芝」耳。予後偶得虞翻集，果如公言。開成初，予職在集賢，頗獲所未見書，始覽王充論衡，自云：「充細族孤門，或啁之，答曰：『鳥無世鳳凰，獸無種麒麟，人無祖聖賢。必當因祖，有以效賢，是則甘泉有故源〔一〕，而嘉禾有舊根也。』」

〔一〕是則甘泉有故源　「是」，原作「號」，今據論衡改。按，論衡自紀篇：「充細族孤門，或啁之曰：（略）答曰：『鳥無世鳳凰，獸無種麒麟，人無祖聖賢，物無常嘉珍。才高見屈，遭時而然。士貴故孤興，物貴故獨産。文孰常在，有以放賢。是則醴泉有故源，而嘉禾有舊根也。』」

范傳正中丞舉進士，省試風過簫賦〔一〕，甚麗，爲詞人所諷。然爲從竹之「簫」，非蕭艾之「蕭」也。荀子云：「如風過簫〔二〕，忽然已化。」義同「草上之風，必偃」，相傳至今已爲悞。予讀淮南子云：「夫播棊丸於地，圓者趣窐，方者止高，各從其所安，夫人又何上下焉！若風之過簫也，忽然感之，可以清濁應矣。」高誘註云：「清，商；濁，宮也。」

〔一〕風過簫賦　原作「風過竹賦」，今據文苑英華卷一三范傳正文改。

〔二〕荀子云如風過簫　今本荀子未見有「如風過簫」語，而近似之表達則見於文子自然篇和淮南子齊俗訓，疑此所謂「荀子」者，或即「文子」、「淮南子」之悞。

相傳云，釋道欽住徑山，有問道者，率爾而對，皆造宗極。劉忠州晏嘗乞心偈，令執鑪而聽，再三稱「諸惡莫作，諸善奉行」。晏曰：「此三尺童子皆知之。」欽曰：「三尺童子皆知之，百歲老人行不得。」至今以爲名理。予讀梁元帝雜傳云：「晉惠末，洛中沙門耆域，蓋得道者。長安人與域食於長安寺，流沙人與域食於石人前，數萬里同日而見。沙門竺法行嘗稽首乞言，域升高坐曰：『守口攝意，心莫犯戒。』竺語曰：『得道者當授所未聽，今有八歲沙彌，亦以誦之。』域笑曰：『八歲而致誦，百歲不能行。』」嗟乎！人皆敬得道者，不知行即是得〔一〕。

〔一〕行即是得「是」，太平廣記卷九六「釋道欽」條引酉陽雜俎作「自」。

相傳云，韓晉公滉在潤州，夜與從事登萬歲樓。方酣，寘杯不説，語左右曰：「汝聽婦人哭乎？當近何所？」對：「在某街〔一〕。」詰朝，命吏捕哭者訊之。信宿，獄不具。吏懼罪，守於屍側。忽有大青蠅集其首，因發髻驗之。果婦私於隣，醉其夫而釘殺之。吏以爲神。吏問晉公，晉公云：「吾察其哭聲，疾而不悼，若强而懼者。」王充論衡云：「鄭子産晨出，聞婦人之哭，拊僕之手而聽。有間，使吏執而問之，即手煞其夫者也〔二〕。異日，其僕問曰：『夫子何以知之？』子産曰：『凡人與其所親愛，知病而憂，臨死而懼，已死而哀。今哭已死而懼，知其姦也。』」

〔一〕對在某街　太平廣記卷一七二「韓滉」條引酉陽雜俎作「或對在某橋某街」。

〔二〕手煞其夫者也　「者也」二字原闕，今據論衡補。按，論衡非韓篇：「鄭子産晨出，過東匠之宫，聞夫人之哭也，撫其僕之手而聽之。有間，使吏執而問之，手殺其夫者也。」

相傳云，德宗幸東宮，太子親割羊脾，水澤手，因以餅潔之。太子覺上色動，乃徐捲而食。司空贊皇公著次柳氏舊聞，又云是肅宗。劉餗傳記云：「太宗使宇文士及割肉，以餅拭手，上屢目之。士及佯不寤，徐捲而啖。」

相傳云，張上客藝過十全。有果毅，因重病虚悸，每語腹中輒響，詣上客請治，曰：「此病，古方所無。」良久，思曰：「吾得之矣。」乃取本草，令讀之。凡歷藥名，六七不應，因據藥療之，立愈。據劉餗傳記：「有患應病者，問醫官蘇澄。澄言：『無此方。吾所撰本草，網羅天下藥，可謂周。』令試讀之，其人發聲輒應。至某藥，再三無聲，過至他藥，復應如初。澄因爲方，以此藥爲主，其病遂差。」

今人云：「借書、還書，等爲二癡。」據杜荆州書告耽云〔一〕：「知汝頗欲念學，今因還車致副書，可案録受之。當別寘一宅中，勿復以借人。古諺云：『有書借人爲嗤，借人書送還爲嗤也。』」

〔一〕杜荆州書告眖　「書告眖」，資暇集作「遺子書」，不言其名。按，按晉書杜預傳附杜錫傳，預有子名錫，字世嘏，累遷尚書左丞，年四十八卒。此所謂「眖」，或即「錫」字之訛。

世呼病瘦爲「崔家疾」。據北史，北齊李庶無鬚，時人呼爲「天閹」。博陵崔諶，暹之兄也，嘗調之曰：「何不以錐刺頤，作數十孔，拔左右好鬚者栽之〔一〕？」庶曰：「持此還施貴族〔二〕，藝眉有驗，然後藝鬚。」崔家時有惡疾，故庶以此調之。俗呼滹沱河爲「崔家墓田」。

〔一〕「博陵崔諶」至「拔左右好鬚者栽之」　太平廣記卷二四七「李庶」條引酉陽雜俎作「崔諶調之曰：『教弟種鬚法，以錐遍刺作孔，插以馬尾』」。

〔二〕持此還施貴族　「持」，原作「特」，今據同上書改。

俗好於門上畫虎頭，書「聻」字，謂陰司鬼名〔一〕，可息瘧癘也。予讀漢舊儀，説儺逐疫，又立桃人、葦索、滄耳、虎等，「聻」爲合滄耳也〔二〕。

〔一〕陰司鬼名　「司」，原作「刀」，今據歲時廣記卷五「書聻字」條引酉陽雜俎改。

〔二〕　譚爲合滄耳　「合」字疑衍，或當爲「名」字之悮。

予在秘丘，嘗見同官説，俗説樓羅，因天寶中，進士有東西棚，各有聲勢，稍傖者多會於酒樓食畢羅，故有此語。予讀梁元帝風人辭云：「城頭網雀，樓羅人着。」則知「樓羅」之言，起已多時。一云「城頭網張雀，樓羅會人着」。

世説曹著輕薄才，長於題目人。常目一達官爲「熱鏊上猢猻」，其實舊語也。朝野僉載云：「魏光乘好題目人。姚元崇長大行急〔一〕，謂之『趂蛇鸛鵲』。侍御史王旭短而黑醜，謂之『煙薰地朮』〔二〕。楊仲嗣躁率，謂之『熱鏊上猢猻』。」

〔一〕　姚元崇　原作「姚元之」，今據朝野僉載改。按，朝野僉載卷四：「唐兵部尚書姚元崇長大行急，魏光乘目爲『趂蛇鸛鵲』；黄門侍郎盧懷慎好視地，目爲『覷鼠貓兒』；殿中監姜皎肥而黑，目爲『飽椹母豬』；紫微舍人齊處沖好眇目視，目爲『暗燭底覓虱老母』；舍人呂延嗣長大少髮，目爲『日本國使人』；又有舍人鄭勉爲『醉高麗』；目拾遺蔡孚『小州醫博士詐諳藥性』；又有殿中侍御史短而醜黑，目之『煙薰地朮』；目御史張孝嵩爲『小村方相』；目舍人楊仲嗣爲『熱鏊上猢猻』。」

〔二〕煙薰地朮　「地朮」，原作「木虵」，今據同上書改。

蜀石笋街，夏中大雨，往往得雜色小珠，俗謂地當海眼，莫知其故。蜀僧惠嶷曰：「前史説，蜀少城飾以金璧珠翠，桓温惡其太侈，焚之，合在此。今拾得小珠，時有孔者，得非是乎？」予開成初，讀三國典略：「梁大同中驟雨，殿前有雜色珠。梁武有喜色，虞寄因上瑞雨頌。梁武謂其兄荔曰：『此頌清拔，卿之士龍也。』」

俗好劇語者云：「昔有某氏，破産貰酒，少有醒時。其友題其門閭云：『今日飲酒醉，明日飲酒醉。』隣人讀之不解，曰：『今日飲酒醉，是何等語！』于今青衿之子無不記者。」談藪云：「北齊高祖常宴群臣，酒酣，各令歌。武衛斛律豐樂歌曰：『朝亦飲酒醉，暮亦飲酒醉。日日飲酒醉，國計無取次。』帝曰：『豐樂不諂，是好人也。』」

相傳玄宗嘗令左右，提優人黄翻綽入池水中。復出，翻綽曰：「向見屈原笑臣：『爾遭逢聖明，何爾至此？』」據朝野僉載：「散樂高崔嵬善弄癡，大帝令没首水底〔一〕，少頃，出而大笑。上問之，云：『臣見屈原，謂臣云：「我遇楚懷無道，汝何事亦來耶？」』帝不覺驚起，賜物百段。」又北齊書：「顯祖無道，内外各懷怨毒，曾有典御丞李集面諫，比帝甚於桀、紂。帝令縛致水中，沉没久之。後令引出，謂曰：『我何如桀、紂？』集曰：『向來彌不及矣〔二〕。』如此數四，集對如初。帝大笑曰：『天下有如此癡漢，方知龍逄、比干非是俊物。』遂解放之。」蓋事本起於此。

〔一〕大帝　太平廣記卷三四九「高崔嵬」條引朝野僉載作「太宗」。

〔二〕彌不及　「彌」，原作「你」，今據北史改。

今人每睹棟宇巧麗，必强謂魯般奇工也。至兩都寺中，亦往往託爲魯般所造，其不稽古如此。據朝野僉載云：「魯般者，肅州燉煌人，莫詳年代，巧侔造化。於涼州造浮圖，作木鳶，每擊楔三下，乘之以歸。無何，其妻有娠，父母詰之，妻具説其故。父後伺得鳶，擊楔十餘下，乘之，遂至吴會。吴人以爲妖，遂殺之。般又爲木鳶乘之，遂獲父屍。怨吴人殺其父，於肅州城南作一木仙人，舉手指東南。吴地大旱三年，卜曰：『般所爲也。』賫物具千數謝之。般爲斷一手，其日吴中大雨。國初，土人尚祈禱其木仙。六國時，公輸般亦爲木鳶，以窺宋城。」

俗説沙門杯渡入梁，武帝召之，方弈棋呼殺，閽者悞聽，殺之。浮休子云：「梁有榼頭師〔一〕，高行神異，武帝敬之。常令中使召至，陛奏：『榼頭師至。』帝方棋，欲殺子一段，應聲曰：『殺！』中使人遽出斬之。帝棋罷，命師入，中使曰：『向者陛下令殺，已法之矣。』師臨死云：『我無罪。前生爲沙彌〔七〕，悞鋤殺一蚓。帝時爲蚓，今此報也。』」

〔一〕榼頭師　朝野僉載卷二作「磕頭師」。

予門吏陸暢，江東人，語多差悞，輕薄者加諸以爲劇語。予爲兒時，常聽人説，陸暢初娶董溪女〔一〕，每旦，群婢捧匜，以銀奩盛澡豆〔二〕，陸不識，輒沃水服之。其友生問：「君爲貴門女壻，幾多樂事？」陸云：「貴門禮法，甚有苦者，日俾予食辣麨，殆不可過。」近覽世説新書云：「王敦初尚公主〔三〕，如廁，見漆箱盛乾棗，本以塞鼻，王謂廁上下果，食至盡。既還，婢擎金漆盤貯水，琉璃椀進澡豆。因倒著水中，既飲之，群婢莫不掩口。」

〔一〕陸暢初娶董溪女　「董溪」，原作「童溪」，今據昌黎文集改。按，昌黎文集卷二九唐故朝散大夫商州刺史除名徙封州董府君墓誌銘：「公諱溪，字惟深，丞相贈太師隴西恭惠公第二子。（下略）」

〔二〕澡豆　「澡」，原作「藻」，今據世説新語紕漏改。下同。

〔三〕王敦　原作「王敷」，今據津逮本、學津本及世説新語改。

焦贛易林乾卦云：「道陟多阪〔一〕，胡言迷蹇。譯瘖且聾〔二〕，莫使道通。」據梁元帝易連山，每卦引歸藏、斗圖、立成、委化、集林及焦贛易林，乾卦卦辭與贛易林卦辭同，蓋相傳悮也。

〔一〕道陟多阪　原作「道涉多版」，今據焦氏易林改。按，焦氏易林卷一：「乾道陟多阪，胡言連蹇。譯瘖且聾，莫使道通。請謁不行，求事無功。」

〔二〕譯瘖且聾　「譯」，原作「澤」，今據焦氏易林改。

予別著鄭涉好爲查語，每云：「天公映冢，染豆削棘，不若致余富貴。」至今以爲奇語。釋氏本行經云：曰穿藏〔一〕。阿邏仙言〔二〕：「磨棘畫羽，爲自然義。」蓋從此出也。

〔一〕曰穿藏　「曰」，原作「自」，今據佛本行集經改。按，佛本行集經卷二〇觀異諸道品：「有一仙人住止之所，名曰穿藏。彼有一仙，名阿露邏。」

〔二〕阿邏仙言　「阿邏」，佛本行集經作「阿羅邏」。見上注。

續齊諧記云：「許彥於綏安山行〔一〕，遇一書生，年二十餘，臥路側，云足痛，求寄鵝籠中。彥戲言許之〔二〕，書生便入籠中，籠亦不更廣〔三〕。書生與雙鵝並坐〔四〕，負之不覺重。至一樹下，書生乃出籠，謂彥曰：『欲薄設饌。』彥曰：『甚善。』乃於口中吐一銅盤〔五〕，盤中海陸珍羞方丈盈前〔六〕。酒數行，謂彥曰：『向將一婦人相隨，今欲召之。』彥曰：『甚善。』遂吐一女子，年十五六，容貌絶倫，接膝而坐。俄書生醉臥，女謂彥曰：『向竊一男子同來〔七〕，欲暫呼，願君勿言。』又吐一男子，年二十餘，明恪可愛，與彥叙寒温，揮觴共飲。書生似欲覺，女復吐錦行障，障書生〔八〕。久而書生將覺，女又吞男子，獨對彥坐。書生徐起，謂彥曰：『暫眠，遂久留君。日已晚，當與君別。』還復吞此女子及諸銅盤，悉納口中。留大銅盤，與彥別曰〔九〕：『無以藉意〔一〇〕，與君相憶也。』」釋氏譬喻經云：「昔梵志作術，吐出一壺，中有女，與屏處作家室。梵志少息，女復作術，吐出一壺，中有男子，復與共臥。梵志覺，次第互吞之，拄杖而去。」余以吴均嘗覽此事，訝其説，以爲至恠也。

〔一〕許彥於綏安山行　太平廣記卷二八四「陽羨書生」條引續齊諧記「許彥」前有「陽羨」二字。

〔二〕彥戲言許之　同上書作「彥以爲戲言」。

〔三〕不更廣　「更」字原闕，今據同上書補。

〔四〕書生與雙鵝並坐　同上書作「書生亦不更小，宛然與雙鵝並坐，鵝亦不驚」。

〔五〕銅盤　同上書作「銅盤奩子」。

〔六〕方丈盈前　同上書此句下有「氣味芳美，世所罕見」八字。

〔七〕向竊一男子同來　同上書此句前有「雖與書生結好，而實懷外心」十一字。

〔八〕障書生　同上書此句以下尚有如是情節：「書生仍留女子共卧，男子謂彥曰：『此女子雖有情，心亦不盡。向復竊將女子同行，今欲暫見之，願君勿洩言。』彥曰：『善。』男子又於口中吐一女子，見二十許，共讌酌，戲調甚久。聞書生動聲，男曰：『二人眠已覺。』因取所吐女子，還内口中。須臾，書生處女子乃出，謂彥曰：『書生欲起。』更吞向男子，獨對彥坐。」

〔九〕與彥别　「别」字原闕，今據同上書補。

〔一〇〕藉　原作「籍」，今據同上書改。

相傳天寶中，中嶽道士顧玄績，嘗懷金遊市中。歷數年，忽遇一人，强登旗亭，扛壺盡醉。日與之熟，一年中輸數百金。其人疑有爲，拜請所欲。玄績笑曰：「予燒金丹八轉矣，要一人相守，忍一夕不言，則濟吾事。予察君神静有膽氣，將煩君一夕之勞。或藥成，相與期於太清也。」其人曰：「死不足酬德，何至是也。」遂隨入中嶽。上峰險絶，巖中有丹竈盆，乳泉滴瀝，亂松閉景。玄績取乾餅食之，即日上章封罡。及暮，授其一板云：「可擊此知更，五更當有人來此，慎勿與言也。」其人曰：「如約。」至五更，忽有數鐵騎呵之曰：

「避！」其人不動。有傾，若王者，儀衛甚盛，問：「汝何不避？」令左右斬之。其人如夢，遂生於大賈家。及長成，思玄績不言之戒。父母爲娶，有三子。忽一日，妻泣：「君竟不言，我何用男女爲！」遂次第殺其子。其人失聲，豁然夢覺。鼎破如震，丹已飛矣。釋玄奘西域記云：「中天婆羅痆斯國鹿野東〔一〕，有一涸池，名救命，亦曰烈士。昔有隱者於池側結庵，能令人畜代形，瓦礫爲金銀。未能飛騰諸天，遂築壇作法，求一烈士，曠歲不獲。後遇一人於城中，乃與同遊，至池側，贈以金銀五百，謂曰：『盡當來取。』如此數返，烈士屢求效命。隱者曰：『祈君終夕不言。』烈士曰：『死盡不憚，豈徒一夕屏息乎！』於是令烈士執刀，立於壇側，隱者按劍念咒。將曉，烈士忽大呼，空中火下。隱者疾引此人入池。良久出，語其違約，烈士云：『夜分後，惛然若夢，見昔事主躬來慰諭，忍不交言，怒而見害。託生南天婆羅門家住胎，備嘗艱苦〔二〕，每思恩德，未嘗出聲。及娶生子，喪父母，亦不語。年六十五，妻忽怒，手劍提其子：「若不言，殺爾子！」我自念已隔一生，年及衰朽，唯止此子，應遽止妻，不覺發此聲耳。』隱者曰：『此魔所爲，吾過矣。』烈士慙忿而死。」蓋傳此之悞，遂爲中嶽道士。

〔一〕中天婆羅痆斯國鹿野東　「婆羅痆斯國」，原作「婆羅厖斯國」，今據大唐西域記改。引文見大唐西域記卷七婆羅痆斯國烈士池及傳說。

〔二〕備嘗艱苦　「備」，原作「被」，今據同上書改。

相傳云，一公初謁華嚴，嚴命坐，頃曰：「爾看吾心在何所？」一公曰：「師馳白馬過寺門矣。」又問之，一公曰：「危乎！師何爲處乎剎末也？」華嚴曰：「聰明果不虛，試復觀我。」一公良久，泚顙，面洞赤，作禮曰：「師得無入普賢地乎？」集賢校理鄭符云：「柳中庸善易，嘗詣普寂公。公曰：『筮吾心所在也。』柳云：『和尚心在前簷第七題。』復問之，在某處。寂曰：『萬物無逃於數也。吾將逃矣，嘗試測之。』柳久之，瞿然曰：『至矣。寂然不動，吾無得而知矣。』」又詵禪師本傳云：「日照三藏詣詵，詵不迎接，直責之曰：『僧何爲俗入囂湫處〔一〕？』詵微瞋，亦不答。又云：『夫立不可過人頭，豈容摽身鳥外。』詵曰：『吾前心於市，後心剎末〔二〕，三藏果聰明者。且復我。』日照乃彈指數十，曰：『是境空寂，諸佛從自出也。』」予按列子曰：「有神巫自齊而來處於鄭，命曰季咸。列子見之心醉，以告壺丘子。壺丘子曰：『嘗試與來，以吾示之。』明日，列子與見壺丘子。壺丘子曰：『嚮吾示之以地文，殆見吾杜德機也。嘗又與來。』列子又與見壺丘子。壺丘子曰：『嚮吾示之以天壤。』列子明日又與見壺丘子。出曰：『子之先生不齊，吾無得而相焉。』『吾示之以太沖莫眹〔三〕。嘗又與來。』明日，又與之見壺丘子。立未定，失而走。壺丘子曰：『吾與之虛而猗移，因以爲茅靡〔四〕，因以爲流波，故逃也。』」予謂諸説悉互竄是事也。如晉時，有人百擲百盧，王衍曰：「後擲似前擲矣。」蓋取於列子「鈞後於前」之義〔五〕，當時人聞以爲名言。人之易欺，多如此類也。

〔一〕囂湫　「囂」，原作「嚚」，今據津逮本、學津本改。

〔二〕後心剎末　「末」字原闕，今據津逮本、學津本補。按，上文曰：「師何爲處乎剎末也？」無「末」字不足見其所處之高。

〔三〕太沖莫眹　「眹」，原作「朕」，今據列子改。按，列子黃帝篇：「壺子曰：『向吾示之乙太沖莫眹，是殆見吾衡氣幾也。鯢旋之潘爲淵，止水之潘爲淵，流水之潘爲淵，濫水之潘爲淵，沃水之潘爲淵，氿水之潘爲淵，雍水之潘爲淵，汧水之潘爲淵，肥水之潘爲淵，是爲九淵焉。嘗又與來！』」

〔四〕茅靡　原作「方靡」，今據列子改。

〔五〕鈞後於前　「鈞」，原作「均」，今據同上書改。

相傳江淮間有驛，俗呼露筋。嘗有人醉止其處，一夕，白鳥咕嘬，血滴筋露而死。據江德藻聘北道記云：「自邵伯埭三十六里〔一〕，至鹿筋，梁先有邏。此處多白鳥〔二〕，故老云，有鹿過此，一夕爲蚊所食，至曉見筋，因以爲名。」

〔一〕邵伯埭　「埭」，原作「棣」，今據類説卷四二引酉陽雜俎改。

〔二〕此處多白鳥　「多」，説郛（涵芬樓本）卷三六引酉陽雜俎作「足」。

昆明池中有冢，俗號渾子。相傳昔居民有子名渾子者，嘗違父語，若東則西，若水則火。父病且死〔一〕，欲葬於陵屯處〔二〕，矯謂曰：「我死，必葬於水中。」及死，渾泣曰：「我今日不可更違父命。」遂葬於此。據盛弘之荆州記云：「固城臨沔水〔三〕，沔水之北岸，有五女激〔四〕。西漢時，有人葬沔北〔五〕，墓將爲水所壞。其人有五女，共創此激，以防其墓。又云一女嫁陰縣佷子，子家貲萬金，自少及長，不從父言。臨死，意欲葬山上，恐子不從，乃言：『必葬我於渚下磧上。』佷子曰：『我由來不聽父教，今當從此一語。』遂盡散家財，作石冢，以土繞之，遂成一洲，長數步。元康中，始爲水所壞。今餘石成半榻許，數百枚，聚在水中。」

〔一〕父病且死　「父」字原闕，今據太平廣記卷三八九「渾子」條引酉陽雜俎補。

〔二〕陵屯處　同上書作「高陵之處」。

〔三〕沔水　原作「洱水」，今據水經注沔水中改。

〔四〕五女激　「激」，原作「墽」，今據同上書改。

〔五〕有人葬沔北　「北」字原闕，按太平廣記卷三八九「渾子」條引酉陽雜俎「沔北」作「洱北」，「洱」字悞，今據補「北」字。

今軍中將射鹿，往往射棚上亦畫鹿。李繪封君義聘梁記曰〔一〕：「梁主客賀季指馬上立射，嗟美其工。繪曰：『養由百中，楚恭以爲辱。』季不能對。又有步從射版，版記射的，中者甚多。繪曰：『那得不射麞？』季曰：『上好生行善，故不爲麞形。』自麞而鹿，亦不差也。」

〔一〕李繪封君義聘梁記　「李繪」，原作「李績」，今據隋志改。按，隋書經籍志二：「封君義行記一卷，李繪撰。」封君義行記應即封君義聘梁記之省稱。

今言梟鏡者，往往謂壁間蛛爲鏡，見其形規而匾，伏子，必爲子所食也。西漢春祠黃帝〔一〕，用一梟、破鏡，以梟食母，故五月五日作梟羹也。破鏡食父，如貙虎眼。黃帝欲絕其類，故百物祠皆用之〔二〕。傅玄賦云：「薦祠破鏡，膳用一梟。」

〔一〕西漢春祠黄帝　「西漢」下原有「云」字，顯爲衍文，今據紺珠集卷六、類説卷四二引酉陽雜俎删。

〔二〕百物祠皆用之　「祠」字原闕，今據史記集解補。按，史記孝武本紀集解：「孟康曰：『梟，鳥名，食母。破鏡，獸名，食父。黄帝欲絶其類，使百物祠皆用之。破鏡如貙而虎眼。或云直用破鏡。』」

朝野僉載云：「隋末，有昝君謨善射〔一〕，閉目而射，應口而中。云志其目則中目，志其口則中口。有王靈智學射於謨，以爲曲盡其妙，欲射殺謨，獨擅其美。謨執一短刀，箭來輒截之。唯有一矢，謨張口承之，遂齧其鏑，笑曰：『學射三年，未教汝齧鏃法。』」列子云：「甘蠅，古之善射者。弟子名飛衛，巧過於師。紀昌又學射於飛衛，以燕角之弧〔二〕，朔蓬之簳〔三〕，射貫虱心。既盡飛衛之術，計天下敵己者，一人而已，乃謀殺飛衛。相遇於野，二人交射，矢鋒相觸墜地，而塵不揚。飛衛之矢先窮，紀遺一矢。既發，飛衛以棘刺之端扞之〔四〕，而無差焉。於是二子泣而投弓，請爲父子。刻臂以誓，不得告術於人。」孟子曰：「逄蒙學射於羿，盡羿之道，唯羿爲愈己，於是殺羿。」

〔一〕昝君謨　原作「督君謨」，今據類説卷四〇引朝野僉載改。按，昝君謨見舊唐書太宗諸子庶人祐傳。

〔二〕燕角之弧　「燕」，原作「蒸」，太平廣記卷二二七「督君謨」條引酉陽雜俎作「徵」，並悞，今據列子湯問篇改。

〔三〕朔蓬之簳　楊伯峻列子集釋：「『朔』字當爲『荆』，形近而訛。考工記：『燕之角，荆之幹，此材之美者也』，即此文所本。且『荆』與『燕』對舉，似非泛指朔方而言。御覽卷三四七及七四五及九五一所引已悞。」

〔四〕以棘刺之端扞之　「扞」，原作「搏」，「搏」之義爲迴旋，與此處針芒相對義不諧，今據列子改。

予未虧齒時，嘗聞親故説：「張芬中丞在韋南康臯幕中，有一客於宴席上，以籌椀中緑豆擊蠅，十不失一，一坐驚笑。芬曰：『無費吾豆。』遂指起蠅，拈其後腳，略無脱者。又能拳上倒椀〔一〕，走十間地不落。」朝野僉載云：「僞周藤州録事參軍袁思中，平之子，能於刀子鋒杪倒筯，揮蠅起，拈其後腳，百不失一。」

〔一〕倒椀　「椀」，原作「枕」，並校：「一作椀。」今據津逮本、學津本改。

士林間多呼殿榱桷護雀網爲罘罳，其淺悞也如此。禮記曰：「疏屏，天子之廟飾。」鄭注云：「屏謂之樹，今罘罳也。刻之爲雲氣〔一〕、蟲獸，如今之闕。」張揖廣雅曰：「罦罳謂之屏。」劉熙釋名曰：「罘罳在門外。罘，復也。臣將入請事，此復重思。」西漢曰：「文帝七年，未央宫東闕罘罳災〔二〕。罘罳在外，諸侯之象。後果七國舉兵。」又：「王莽性好時日小數，遣使壞渭陵、延陵園門罘罳，曰：『使民無復思漢也。』」魚豢魏略曰：「黄初三年，築諸門闕外罘罳。」予自筮仕已來，凡見搢紳數十人，皆謬言梟鏡、罘罳事。

〔一〕刻之爲雲氣　「刻」，原作「列」，今據禮記改。按，禮記明堂位：「山節、藻梲、復廟、重簷、刮楹、達鄉、反坫、出尊、崇坫、康圭、疏屏，天子之廟飾也。」鄭玄注：「屏謂之樹，今桴思也。刻之爲雲氣、蟲獸，如今闕上爲之矣。」

〔二〕未央宫東闕　「闕」，原作「閣」，今據漢書改。按，漢書文帝紀：「（七年）六月癸酉，未央宫東闕罘罳災。」

世説蕁泥爲窠，聲多稍小者，謂之漢鷰。陶勝力注本草云：「紫胸輕小者是越鷰，胸斑黑聲大者是胡鷰，其作巢喜長。越鷰不入藥用〔一〕。」越於漢〔二〕，亦小差耳。

〔一〕越鷰不入藥用　「越鷰」，原作「越巢」，今據太平廣記卷四六一「漢鷰」條引世説（許按，當作酉陽雜俎）改。

〔三〕越於漢　「於」，同上書作「與」。

予數見還往說，天后時，有獻三足烏，左右或言：「一足僞耳。」天后笑曰：「但史册書之〔一〕，安用察其真僞乎？」唐書云：「天授元年，有進三足烏，天后以爲周室嘉瑞。睿宗云：『烏前足僞。』天后不悦。須臾，一足墜地。」

〔一〕但史册書之　太平廣記卷四六二「三足烏」條引酉陽雜俎「但」下有「令」字。

世説挽歌起於田横，爲横死，從者不敢大哭，爲歌以寄哀也。摯虞新禮議〔一〕：「挽歌出於漢武帝役人勞苦歌〔二〕，聲哀切，遂以送終，非古制也。」工部郎中嚴厚本云：「挽歌其來久矣。據左氏傳：『公會吴子伐齊，將戰，公孫夏命其徒歌虞殯。』示必死也。」予近讀莊子云：「紼謳所生〔三〕，必於斥苦。」司馬彪註云：「紼讀曰拂，引柩索。謳，挽歌。斥，疏緩。苦，急促。言引紼謳者爲人用力也。」

〔一〕摯虞新禮議　「新禮」，原作「初禮」，並校：「一曰新禮。」按，宋書禮志二、南齊書禮志上、藝文類聚卷三九、卷四九、卷五九並曾引「摯虞新禮議」，今據改。

〔二〕挽歌出於漢武帝役人勞苦歌　「勞苦歌」，説郛（涵芬樓本）卷三六引酉陽雜俎作「勞懽善歌」。

〔三〕紼謳所生　「所」字上原有「於」字，蓋涉下而衍，今據莊子刪。按，初學記卷一四引莊子及司馬彪注（不見於今本）：「莊子曰：『紼謳所生，必於斥苦。』司馬彪注曰：『紼，引柩（許按：原作「疏」，今據太平御覽卷五五二改）索也。斥，慢緩若用力也。引紼所（以）有謳者，爲人用力慢緩不齊，促急之（許按：「之」字原闕，今據同上書補。）也。』」

舊言藏鉤起於鉤弋，蓋依辛氏三秦記云：「漢武鉤弋夫人手拳，時人效之，目爲藏鉤也。」列子云：「凡摳者巧，鉤摳者憚，黄金摳者昏。」殷敬順敬訓曰：「彄與摳同。衆人分曹，手藏物，探取之。又令藏鉤，剩一人，則來往於兩朋，謂之餓鴟。」風土記曰：「藏鉤之戲，分二曹以校勝負。若人耦則敵對，若奇則使一人爲遊附，或屬上曹，或屬下曹，名爲飛鳥。」又今爲此戲，必於正月。據風土記，在臈祭後也。庾闡藏鉤賦序云：「予以臈後，命中外以行鉤爲戲矣。」

世説云：「彈棊起自魏室，粧奩戲也。」典論云：「予於他戲弄之事少所喜，唯彈棊略盡其巧。京師有馬合鄉侯、東方世安〔一〕、張公子，恨不與數子對。」起於魏室明矣。今彈棊用棊二十四，以色别貴賤，棊絶後一豆。座右方云：「白黑各六棊，依六博棊形〔二〕，頗似枕狀。又魏戲法，先立一棊於局中，餘者間白黑圍繞之〔三〕，十八籌成都。」

〔一〕東方世安　金樓子作「東方安世」，其人無考，未知孰是。按，金樓子自序篇：「魏文帝曰：『余於彈棊，略盡其妙。能用手巾角拂，有儒生能以低巾角而拂之。合鄉侯、東方安世、張公子，並皆一時佳手。』」

〔二〕依六博棊形　原校：「一作依大棊形。」

〔三〕間白黑圍繞之　「間」，原作「聞」，並校：「一作鬭。」今據太平廣記卷二二八「魏文帝」條引酉陽雜俎改。

梁職儀曰：「八座尚書以紫紗裹手版，垂白絲於首如筆。」通志曰〔一〕：「令〔二〕、録、僕射、尚書手版，以紫皮裹之，名曰笏。梁中世已來，唯八座尚書執笏者，白筆綴頭，以紫囊之。其餘公卿，但執手版。」今人相傳云，陳希烈不便税笏騎馬，以帛裹令左右執之，李右座見云：「便爲將來故事。」甚失之矣〔三〕。

〔一〕通志　通志二百卷，南宋鄭樵（一一〇三—一一六二）撰，段成式必不及見，疑當作隋志，「隋」亦作「隨」，或字形殘闕而訛「通」字。

〔二〕令　原作「今」，今據晉書輿服志改。按，晉書輿服志：「(笏)上書令、僕射、尚書，手版頭復有白筆，以紫皮囊之，名曰笏。」

〔三〕甚失之矣　「失」，原作「先」，今據津逮本、學津本改。

今人謂醜爲貌寢，悞矣。魏志曰：「劉表以王粲貌侵，體通侻，不甚重之。」一云：「貌寢，體通侻〔一〕，甚重之。」註云：「侵，貌不足也。」

〔一〕通侻　原作「通說」，今據三國志改。按三國志魏書王粲傳：「乃之荊州依劉表。表以粲貌寢而體弱通侻，不甚重也。」按，「侻」通「脱」。

予太和末，因弟生日觀雜戲。有市人小說，呼「扁鵲」作「褊鵲」，字上聲。予令座客任道昇正之，市人言：「二十年前，嘗於上都齋會設此，有一秀才甚賞某呼『扁』字與『褊』同聲，云世人皆悞。」予意其飾非，大笑之。近讀甄立言本草音義引曹憲云：「扁，布典反。今步典，非也。」案，扁鵲姓秦，字越人，扁縣郡屬渤海。

今六博，齒采妓乘，「乘」字去聲呼，無齒曰乘。據博塞經云：「無齒爲繩，三齒爲雜繩。」今檽蒲塞行十一字。據晉書：「劉毅與宋祖、諸葛長民等，東府聚戲，併合大擲，判應至數百萬〔一〕，餘人並黑犢已還，毅後擲得雉〔二〕。」

〔一〕判應至數百萬　「判」，原作「制」，今據晉書改。按，晉書劉毅傳：「後於東府聚摴蒱大擲，一判應至數百萬，餘人並黑犢以還，唯劉裕及毅在後。毅次擲得雉，大喜，褰衣繞牀叫，謂同坐曰：『非不能盧，不事此耳。』裕惡之，因挼五木久之，曰：『老兄試爲卿答。』」

〔二〕後擲得雉　「雉」，原作「稚」，今據同上書改。

今閤門有宫人垂帛引百寮，或云自則天，或言因後魏。據開元禮疏曰：「晉康獻褚后臨朝，不坐，則宫人傳百寮拜。有虜中使者見之，歸國遂行此禮。時禮樂盡在江南，北方舉動法之。周、隋相沿，國家承之不改。」

侍中，西漢秩甚卑，若今千牛官。舉中者，皆禁中言。中嚴，謂天子已被冕服，不敢斥，故言中也。今侍中品秩與漢殊，猶奏「中嚴」、「外辦」，非也。

禮：「婚禮必用昏，以其陽往而陰來也。」今行禮於曉；「祭，質明行事。」今俗祭先又用昏，謬之大者矣。夫宮中祭邪魅及葬竁，則用昏。又今士大夫家昏禮，露施帳，謂之入帳，新婦乘鞍，悉北朝餘風也。聘北道記云：「北方婚禮，必用青布幔爲屋，謂之青廬。於此交拜，迎新婦。夫家百餘人挾車，俱呼曰：『新婦子！』催出來，其聲不絶，登車乃止。今之催粧是也。以竹杖打堉爲戲，乃有大委頓者。」江德藻記此爲異，明南朝無此禮也。至於奠鴈曰鵝，稅纓曰合髻，見燭舉樂，鋪母巹童，其禮太紊，雜求諸野。

今之士大夫喪妻，往往杖竹，甚長，謂之過頭杖。據禮：「父在適子妻喪不杖，衆子則杖。」據禮：「彼以父服我，我以母服報之，杖同削杖也。」

酉陽雜俎續集卷五

寺塔記上

武宗癸亥三年夏，予與張君希復善繼同官秘丘，鄭君符夢復連職仙署。會暇日，遊大興善寺，因問兩京新記及遊目記，多所遺略。乃約一旬尋兩街寺，以街東興善爲首，二記所不具，則別録之。遊及慈恩，初知官將併寺，僧衆草草，乃泛問一二上人及記塔下畫跡，遊於此遂絶。後三年，予職於京洛及刺安成，至大中七年歸京，在外六甲子，所留書籍，揃壞居半。於故簡中，睹與二亡友遊寺，瀝血淚交，當時造適樂事，邈不可追。復方刊整，纔足續穿蠹，然十亡五六矣。次成兩卷，傳諸釋子。東牟人段成式字柯古。

靖善坊大興善寺〔一〕，寺取「大興」兩字，坊名取一字爲名。新記云：「優填像，摠章初，爲火所燒。」據「梁時西域優填在荆州」，言「隋自臺城移來此寺」，非也。今又有旃檀像，開目，其工頗拙，猶差謬矣。

〔一〕靖善坊大興善寺　「靖善坊」，原作「靖恭坊」，按，大興善寺在靖善坊，今據説郛（四庫本）卷六七上引段成式京師塔記改。

不空三藏塔前，多老松。歲旱，則官伐其枝，爲龍骨，以祈雨。蓋三藏役龍，意其樹必有靈也。

行香院堂後壁上，元和中，畫人梁洽畫雙松，稍脱俗格。

曼殊堂工塑極精妙。外壁有泥金幀，不空自西域賫來者。

髮塔内有隋朝舍利，塔下有記云：「爰在宫中，興居之所。舍利感應，前後非一。時仁壽元年十二月八日。」

旃檀像堂中，有時非時經，界朱寫之，盛以漆龕，僧云隋朝舊物。

寺後先有曲池，不空臨終時，忽然涸竭。至惟寬禪師止住，因潦通泉，白蓮藻自生，今復成陸矣。

東廊之南素和尚院庭，有青桐四株，素之手植。元和中，卿相多遊此院。桐至夏有汗，污人衣如輠脂，不可浣。昭國東門鄭相，嘗與丞郎數人避暑，惡其汗，謂素曰：「弟子爲和尚伐此樹，各植一松也。」及暮，素戲祝樹曰：「我種汝二十餘年，汝以汗爲人所惡，來歲若復有汗，我必薪之。」自是無汗。寶曆末，予見説已十五餘年無汗矣。素公不出院，轉法華經三萬七千部。夜嘗有貉子聽經，齋時，烏鵲就掌取食。長慶初，庭前牡丹一朵合歡，有僧玄幽題此院詩，警句云：「三萬蓮經三十春，半生不踏院門塵〔一〕。」今有梵僧憍陳如難陁〔二〕，以粉畫壇，性狷急，我慢，未甚通中華經。

〔一〕半生不踏院門塵　太平廣記卷九八「素和尚」條引酉陽雜俎此下有「當時以爲佳句也」七字。

〔二〕今有梵僧憍陳如難陁　此下凡二十四字，太平廣記卷九八「素和尚」條、唐詩紀事卷五七引成式記皆無之，不知由何處羼入，憍陳如難陁其人亦未詳。

左顧蛤像　舊傳云，隋帝嗜蛤，所食必兼蛤味，數逾數千萬矣。忽有一蛤，椎擊如舊，帝異之。寘諸几上，一夜有光。及明，肉自脱，中有一佛、二菩薩像。帝悲悔，誓不食蛤。非陳宣帝。

于闐玉像〔一〕，高一尺七寸，闊寸餘，一佛，四菩薩，一飛仙，一段玉成。截肪無玷，膩彩若滴。

〔一〕于闐玉像　説郛（四庫本）卷六七上引段成式京師塔記作「陳宣帝有于闐玉像」，另起一條，與上條不接，亦無上條末句「非陳宣帝」之「非」字。按，本條原與上條合爲一條，而太平廣記卷九九「蛤像」條引酉陽雜俎上條至「誓不食蛤」止，唐詩紀事卷五七引成式記上條至「非陳宣帝」止，據此，今亦將「于闐玉像」條别析爲一條。

天王閣，長慶中造，本在春明門内，與南内連墻，其形大，爲天下之最。太和二年，敕移就此寺。拆時〔一〕，腹中得布五百端，漆數十篅。今部落鬼神形像隳壞，唯天王不損。

〔一〕拆　原作「折」，今據津逮本、學津本改。

辭　二十字連句〔一〕：乘晴入精舍，語默想東林。盡是忘機侶，誰驚息影禽。善繼　有松堪繫馬，遇鉢更投針。記得湯師句，高禪助朗吟〔二〕。柯古　一雨微塵盡，支郎許數過。方同嗅薝蔔，不用筭多羅。夢復

〔一〕二十字連句　唐詩紀事卷五七引成式記作「二十字連絶句」，全唐詩卷七九二段成式名下引酉陽雜俎作「老松青桐聯二十字絶句」。

〔二〕助朗吟　「助」，原作「朗」，並校：「一作助。」今據唐詩紀事卷五七段成式名下引酉陽雜俎改。

蛤像連二十字絶句：雖因雀變化，不逐月虧盈。縱有天中匠，神工詎可成。柯古　相好全如梵，端倪祇爲隋。寧同蚌頑惡，但與鷸相持。善繼

聖柱連句：上有鐵索跡。天心助興善〔一〕，聖跡此開陽。柯古　載恐雷輪重〔二〕，組疑電索長。善繼　上衝扶螮蝀，不動束鋃鐺〔三〕。柯古　饑鳥未曾啄，乖龍寧敢藏。善繼

〔一〕助興善　唐詩紀事卷五七引成式記、全唐詩卷七九二段成式名下引酉陽雜俎並引作「惟助善」。

〔二〕載恐雷輪重　「恐」，原作「想」，按「恐」與下「疑」字互文見義，「想」乃「恐」之形悞，今據同上二書改。

〔三〕鋃鐺　原作「銀鐺」，今據同上二書改。

語　各徵象事須切，不得引俗書。一寶之數，無鉤不可〔一〕。鼎上人　唯猊可伏，非駞所堪。柯古　坑中無底，跡中爲勝〔二〕。文上人　與馬同渡，負猴而行。善繼　色青力劣，名香幾重。夢復　尾既出牖，身可取興。約上人　六牙生花，七支拄地。柯古　形如珂雪，力絶羈瑣。善繼　園開脅上，河出鼻中。柯古　一醉難調，六對曾勝。日高上人

〔一〕無鉤不可　「無」，原作「元」，或以「無」亦寫作「无」而致悞，今據津逮本、學津本改。

〔二〕跡中爲勝　「爲」，原作「無」，蓋涉上句「坑中無底」而悞，今據大般涅槃經改。按，大般涅槃經卷二壽命品：「譬如耕田，秋耕爲勝。如諸跡中，象跡爲勝。於諸想中，無常想爲勝。」

長樂坊安國寺　紅樓，睿宗在藩時舞榭。東禪院，亦曰木塔院，院門北西廊五壁，吴道玄弟子釋思道畫釋梵八部，不施彩色，尚有典刑。禪師法空影堂，世號吉州空者，久養一騾，將終，鳴走而死。有弟子允嵩患

風〔一〕，常於空室埋一柱鏁之。僧難，輒愈。

〔一〕允嵩患風　「允」，唐詩紀事卷五七段成式名下引寺塔記校云：「一曰元。」

佛殿　開元初，玄宗拆寢室施之〔一〕。當陽彌勒像，法空自光明寺移來。未建都時，此像在村蘭若中，往往放光，因號光明寺。寺在懷遠坊，後爲延火所燒，唯像獨存。法空初移像時，索大如虎口，數十牛曳之，索斷不動。法空執爐，依法作禮九拜，涕泣發誓，像身忽曝曝有聲，迸分竟地，爲數十段。不終日，移至寺焉。

〔一〕拆寢室　「拆」，原作「折」，今據唐詩紀事卷五七段成式名下引寺塔記改。

利涉塑堂　元和中，取其處爲聖容院，遷像廡下。上忽夢一僧，形容奇偉，訴曰：「暴露數日，豈聖君意耶？」及明，駕幸，驗問如夢。即令移就堂中，側施帷帳安之。光明寺中，鬼子母及文惠太子塑像，舉止態度如生。工名李岫。

山庭院　古木崇阜，幽若山谷，當時輦土營之。

上座璘公院　有穗柏一株，衢柯偃覆，下坐十餘人。

辭　紅樓連句：隱侯體。重疊碎晴空，餘霞更照紅。蟬蹤近鳷鵲〔一〕，鳥道接相風。善繼　苔静金輪路，雲輕白日宮。元和中，帝幸此處。壁詩傳謝客，詞人陳至題此院詩云：「藻井尚寒龍跡在，紅樓初啓日光通。」門牓占休公。廣宣上人住此院，有詩名，號爲紅樓集。柯古

〔一〕蟬蹤近鳷鵲　「蟬」，原作「蟾」，今據唐詩紀事卷五七段成式名下引寺塔記、全唐詩卷七九二段成式紅樓聯句改。

穗柏連句：一院暑難侵，莓苔可影深〔一〕。標枝争息鳥，餘吹正開衿。柯古　宿雨香添色，殘陽石在陰。乘閑動詩思〔二〕，助静入禪心。善繼

〔一〕莓苔可影深　「可」，全唐詩卷七九二穗柏聯句作「共」。

〔二〕乘閑動詩思　「思」，同上書作「意」。

題璘公院：一言至七言，每人占兩題。靜，虛。熱際，安居。夢復　龕燈斂，印香除〔一〕。東林賓客，西澗圖書。簷外垂青豆，經中發白蕖。縱辯宗因衮衮，忘言理事如如〔二〕。柯古竟。泉臺定將入流否，隣笛足疑清梵餘〔三〕。柯古新續。

〔一〕印香除　「除」，原作「餘」，今據唐詩紀事卷五七段成式名下引寺塔記、全唐詩卷七九二題璘公院改。

〔二〕忘言理事如如　「理事」，原校：「一作事理。」

〔三〕隣笛足疑清梵餘　「清」，原作「青」，今據唐詩紀事卷五七段成式名下引寺塔記、全唐詩卷七九二題璘公院改。

語　徵釋門中僻事，須對。麋字，莎燈。華綿，象薦。昇上人　集鬘地，雜殿林〔一〕。柯古夜續，不竟。

〔一〕雜殿林　原作「効殿林」，今據正法念處經改。按，正法念處經卷二七觀天品：「於雜殿林受雜果報，因果相似，如種種子，得相似果。」。

常樂坊趙景公寺　隋開皇三年寘，本曰弘善寺，十八年改焉。南中三門裏，東壁上，吴道玄白畫地獄變，筆力勁怒，變狀陰怪，睹之不覺毛戴。吴畫中得意處。

三階院西廊下，范長壽畫西方變及十六對觀寶池〔一〕，池尤妙絶〔二〕，諦視之，覺水入深壁。院門上白畫樹石，頗似閻立德。予攜立德行天祠粉本驗之〔三〕，無異。

〔一〕范長壽畫西方變及十六對觀寶池　「十六對觀寶池」，原作「十六對事寶池」，今據全唐詩卷七九二常樂坊趙景公寺題注引寺塔記改。

〔二〕池尤妙絶　「池」，説郛（涵芬樓本）卷三六引酉陽雜俎作「池中龍」。

〔三〕行天祠粉本　「祠」，原作「詞」，今據唐詩紀事卷五七段成式名下引寺塔記、全唐詩卷七九二常樂坊趙景公寺題注引寺塔記改。

西中三門裏門南，吴生畫龍及刷天王鬚，筆跡如鐵。有執爐天女，竊眸欲語。

華嚴院中，鍮石盧舍立像，高六尺，古樣精巧。

塔下有舍利三斗四升，移塔之時，僧守行建道場，出舍利，俾士庶觀之。唄贊未畢，滿地現舍利，士女不敢踐之，悉出寺外。守公乃造小泥塔及木塔近十萬枚葬之，今尚有數萬存焉。

寺有小銀象六百餘軀，金佛一軀長數尺，大銀象高六尺餘，古樣精巧。又有嵌七寶字多心經小屏風，盛以寶函，上有雜色珠及白珠，駢甃亂目。禄山亂，宮人藏於此寺。屏風十五牒，三十行，經後云：「發心主司馬恒存願，成主上柱國索伏寶息上柱國真德爲法界衆生，造黄金牒經。」善繼疑外國物。

辭　吴畫連句：慘淡十堵内，吴生縱狂跡。柯古　風雲將逼人，鬼神如脱壁。柯古　其中龍最恠，張甲方汗栗。黑夜窸窣時〔一〕，安知不霹靂。善繼　此際忽仙子，獵獵衣舄奕。妙瞬乍疑生，參差奪人魄。夢復　往往乘猛虎，衝梁聳奇石。蒼峭束高泉，角睞驚欹側〔二〕。柯古　冥獄不可視，毛戴腋流液。苟能水成剎，那更沉火宅。善繼

〔一〕黑夜窸窣時　唐詩紀事卷五七段成式名下引寺塔記、全唐詩卷七九二吴畫聯句引作「黑雲夜窸窣」。

〔二〕角睞驚欹側　「角睞」，原作「角膝」，今據津逮本、學津本改。「驚」，原作「警」，今據唐詩紀事卷

五七段成式名下引寺塔記、全唐詩卷七九二吴畫聯句改。

語　各録禪師佳語。蘭若和尚云：「家家門有長安道。」柯古　荆州些些和尚云：「自看工夫多少。」善繼　無名和尚云：「最後一大息須分明。」夢復

題約公院：四言。印火熒熒，燈續焰青。善繼　七俱胝咒〔一〕，四阿含經。柯古　各録佳語，聊事素屏。夢復　丈室安居，延賓不扃。昇上人

〔一〕七俱胝咒「俱胝」，原作「俱那」，今據唐詩紀事卷五七段成式名下引寺塔記、全唐詩卷七九二題約公院改。

大同坊雲花寺　大曆初，僧儼講經，天雨花，至地咫尺而滅，夜有光燭室，敕改爲雲華。儼即康藏之師也。康本住靖恭里氈曲，忽睹光如輪，衆人皆見，遂尋光至儼講經所滅。

佛殿西廊，立高僧一十六身。天寶初，自南内移來，畫跡拙俗。

觀音堂〔一〕，在寺西北隅。建中末〔二〕，百姓屈儼患瘡且死〔三〕，夢一菩薩摩其瘡曰：

「我住雲花寺。」儼驚覺汗流，數日而愈。因詣寺尋檢，至聖畫堂，見菩薩〔四〕，一如其睹。傾城百姓瞻禮，儼遂立社，建堂移之。

〔一〕觀音堂　太平廣記卷一〇一「雲花寺觀音」條引酉陽雜俎作「長安雲花寺有觀音堂」。

〔二〕建中　同上書作「大中」。

〔三〕屈儼　同上書作「屈巖」。

〔四〕見菩薩　「見」下原衍「之」字，今據同上書、唐詩紀事卷五七段成式名下引寺塔記、全唐詩卷七九二大同坊雲華寺題注删。

聖畫堂中，構大枋爲壁〔一〕，設色焕縟。本邵武宗畫，不知何以稱聖？據西域記：「菩提樹東有精舍，昔婆羅門兄弟，欲圖如來初成佛像，曠歲無人應召。忽有一人，自言善畫如來妙相，但要香泥及一燈照室，可閉户六月。終恡之，餘四日未滿，遂開户，已無人矣。唯右膊上，工未畢。」蓋好事僧移此説也〔二〕。堂中有于闐鍮石立像，甚古。

〔一〕枋　原作「坊」，今據津逮本改。

〔二〕移此説　「移」，津逮本、學津本作「侈」。

遊目記所説刺柏，太和中，伐爲殿材。

辭　偶連句：共入夕陽寺，因窺甘露門。昇上人　清香惹苔蘚，緦草雜蘭蓀。夢復　捷偈飛鉗答〔一〕，新詩倚杖論。柯古　壞幡摽古刹，聖像煥崇垣。善繼　豈慕穿籠鳥，難防在牖猿。柯古　一音唯一性，三語更三幡。善繼

〔一〕捷偈飛鉗答　「飛鉗」，原作「飛箝」，唐詩紀事卷五七段成式名下引寺塔記作「飛箝」，今據唐詩紀事卷七九二引偶聯句改。

道政坊寶應寺　韓幹，藍田人。少時，常爲貰酒家送酒，王右丞兄弟未遇，每一貰酒漫遊。幹常徵債於王家，戲畫地爲人馬。右丞精思丹青，奇其意趣，乃歲與錢二萬，令學畫十餘年。今寺中釋梵天女，悉齊公妓小小等寫真也。寺有韓幹畫下生幀，彌勒衣紫袈裟，右邊仰面菩薩及二獅子，猶入神。

有王家舊鐵石及齊公所喪一歲子，漆之如羅睺羅，每盆供日出之。寺中彌勒殿，齊公寢堂也。東廊北面，楊岫之畫鬼神，齊公嫌其筆跡不工，故止一堵〔一〕。

〔一〕嫌其筆跡不工故止一堵　原作「嫌其筆跡故工止一堵」，今據津逮本、學津本及全唐詩卷七九二段成式名下引道政坊寶應寺題注改。

辭　僧房連句：古畫思匡嶺〔一〕，上方疑傅巖。蝶閑移綛草，蟬曉揭高杉。柯古　香字消芝印，金經發茝函。井通松底脈，書坼洞中緘〔二〕。善繼

〔一〕古畫思匡嶺　「匡嶺」，唐詩紀事卷五七段成式名下引寺塔記作「匡崖」。

〔二〕書坼洞中緘　「坼」，原作「折」，今據同上二書改。

哭小小寫真連句：如生小小真，猶自未棲塵。夢復　褕袂將離壁〔一〕，斜柯欲近人。柯古　昔時知出衆，清寵占横陳。善繼　不遣遊張巷，豈教窺宋隣。夢復　庾樓吹笛裂，弘閣賞歌新。柯古　蟬怯折腰步，蛾驚半額嚬。善繼　圖形誰有術，買笑詎辭貧。柯古　複隴迷村徑，重泉隔漢津。夢復　同心知作羽，比目定爲鱗。善繼　殘月巫山夕，餘霞洛浦晨。柯古

〔一〕將離壁　「壁」，唐詩紀事卷五七段成式名下引寺塔記、全唐詩卷七九二引小小寫真聯句作「座」。

安邑坊玄法寺[一]　初，居人張頻宅也[二]。嘗供養一僧，僧以念法華經爲業，積十餘年。張門人譖僧通其侍婢，因以他事殺之。僧死後，闔宅常聞經聲不絶。張尋知其冤，慙悔不及，因捨宅爲寺。鑄金銅像十萬軀，金石龕中皆滿，猶有數萬軀。

東廊南觀音院，盧奢那堂内槽北面壁畫維摩變。屏風上相傳有虞世南書，其日，善繼令徹障，登榻讀之，有世南獻之白，方知不謬矣。

〔一〕安邑坊玄法寺　「玄」，原作「立」，並校：「一作玄。」今據太平廣記卷一〇一「玄法寺」條引酉陽雜俎、類編長安志卷五改。按，類編長安志卷五寺觀：「玄法寺在安邑坊街之北，本隋禮部尚書張穎宅，開皇六年立爲寺。」

〔二〕初居人張頻宅也　「初居人」，太平廣記卷一〇一「玄法寺」條引酉陽雜俎、南部新書庚集作「本里人」。「張頻」，長安志卷八、類編長安志卷五、唐兩京城坊考卷三並作「張穎」。按，新唐書卷五七藝文志一：「張頻禮粹二十卷。」又文獻通考卷一八一經籍考八：「禮粹二十卷，崇文總目：『唐寧州參軍張頻纂，凡一百三十五條，直鈔崔氏義宗之説，無他異聞。』」據此，作張頻近是。

西北角院内，有懷素書顔魯公序，張謂侍郎[一]、錢起郎中讚。

〔一〕張謂　原作「張渭」，今據顔真卿懷素上人草書歌序改。按，文苑英華卷七三七顔真卿懷素上人草書歌序：「今禮部侍郎張公渭（集作謂），賞其不羈，引共遊處。兼好事者同作歌以讚之，動盈卷軸。」

曼殊院東廊，大曆中，畫人陳子昂，畫廷下象馬人物一時之妙也。及簷前額，上有相觀法，法凝韓，混同。西廊壁，有劉整畫雙松，亦不循常轍。

徵内典中禽事：須切對。鷲頭作嶺，雞足名山。夢復　孔雀爲經，鸚鵡語偈。善繼　共命是化，入數論貪。柯古　未解出籠，豈能獻菓。昇上人　鵶居其上，鴈墮於前。柯古　巢頂既安，入影不怖。字中疑鶴〔一〕，珠裏認鵝。柯古

〔一〕字中疑鶴　原校：「疑鶴，一作疑鸖。」

徵獸中事：須切對。金翅鳥王，銀角犢子。柯古　地名鹿苑，塔號雀離。善繼　啐啄同時，惟悷調伏。昇上人

徵馬事：加諸楚毒。昇上人　乾陟〔二〕。善繼　馬寶。夢復　馱經。柯古　愛馬。昇上人

紺馬。善繼　馬麥約食粳。柯古　鐵馬。昇上人　先陀婆〔二〕。柯古　勝步。昇上人　遊入正路。柯古

〔一〕乾陟　「乾」，原作「軋」，今據莊嚴經改。按，方廣大莊嚴經卷三誕生品：「駿馬生駒，其數二萬。於諸馬中，乾陟爲上。」

〔二〕先陀婆　原作「先陀和」，今據涅槃經改。按，大般涅槃經卷九如來性品：「先陀婆者，一者鹽，二者器，三者水。四者馬。」

平康坊菩提寺〔一〕　佛殿東西障日及諸柱上圖畫，是東廊跡，舊鄭法士畫。開元中，因屋壞，移入大佛殿内槽北壁。

食堂東壁上，吴道玄畫智度論色偈變，偈是吴自題，筆跡遒勁，如磔鬼神毛髮。次堵畫禮骨仙人，天衣飛揚，滿壁風動。

〔一〕平康菩提寺　「菩提寺」，原作「菩薩寺」，今據太平廣記卷九八「東草師」條引酉陽雜俎改。

佛殿内槽後壁面，吴道玄畫消災經事，樹石古嶮。元和中，上欲令移之，慮其摧壞，乃

下詔擇畫手寫進。

佛殿内槽東壁維摩變，舍利佛角而轉睞〔一〕。元和末，俗講僧文淑裝之，筆跡盡矣。

〔一〕舍利佛角而轉睞　「睞」，原作「膝」，今據説郛卷六七上引段成式京師塔記改。「角而轉睞」疑即「角睞」。

故興元鄭公尚書題北壁僧院詩曰：「但慮彩色污，無虞臂胛肥。」寘寺碑陰，彫飾奇巧，相傳鄭法士所起様也。初，會覺上人以利施〔一〕，起宅十餘畝，工畢，釀酒百石，列缾甕於兩廡下，引吴道玄觀之。因謂曰：「檀越爲我畫，以是賞之。」吴生嗜酒，且利其多，欣然而許。予以踪跡，似不及景公寺畫。中三門内，東門塑神，善繼云是吴生弟子王耐兒之工也。其側一鬼有靈，往往百姓戲犯之者，得病，口目如之。寺之制度，鐘樓在東，唯此寺緣李右座林甫宅在東，故建鐘樓於西。寺内有郭令玳瑁鞭及郭令王夫人七寶帳。寺主元竟〔二〕，多識釋門故事，云：「李右座每至生日，常轉請此寺僧，就宅設齋。有僧乙嘗嘆佛〔三〕，施鞍一具，賣之，材直七萬。又僧廣有聲名，口經數年，次當嘆佛，因極祝右座功德，冀獲厚襯。齋畢，簾下出綵篚，香羅帕籍一物，如朽釘，長數寸。僧歸，失望〔四〕，慙惋數日。且意大臣不容欺己，遂攜至西市，示於商胡〔五〕。商胡見之，驚曰：『上人安得此物，必貨此，不違價。』僧試求百千，胡人大笑曰：『未也，更極意言之。』加至五百千，胡人曰：『此直一千萬。』遂與之。僧訪其名，曰：『此寶骨也。』」

〔一〕利施　原作「施利」，今據唐詩紀事卷五七段成式名下引寺塔記改。

〔二〕寺主元竟　「元竟」，太平廣記卷四〇三「寶骨」條引酉陽雜俎作「元意」，未詳孰是。

〔三〕嘆佛　同上書作「讚佛」。

〔四〕失望　同上書作「大失所望」。

〔五〕商胡　同上書作「胡商」，且下有「索價一千」四字。

又寺先有僧，不言姓名，常負束藁，坐卧於寺兩廊下〔一〕，不肯住院。經數年，寺綱維或勸其住房，曰：「爾厭我耶？」其夕，遂以束藁焚身。至明，唯灰燼耳。無血膋之臭，衆方知異人，遂塑灰爲像。今在佛殿上，世號束草師。

〔一〕兩廊下　「兩」，太平廣記卷九八「束草師」條引酉陽雜俎作「西」。

辭　書事連句：悉爲無事者，任被俗流憎。夢復　客異干時客，僧非出院僧。柯古　遠聞疏牖磬，曉辨密龕燈。善繼　步觸珠幡響，吟窺鉢水澄。夢復　句饒方外趣，遊愜社中朋。柯古　静裏已馴鴿，齋中亦好鷹。善繼　金塗筆是褧，彩溜紙非繒〔一〕。昇上人　錫杖已剋鋟，田衣從壞塍。柯古　占牀甎一脅〔二〕，卷箔賴長肱。善繼　佛日初開照，魔天破幾層。柯古　咒中陳秘計，論處正先登。善繼　勇帶綻針石，危防丘井藤。昇上人。

〔一〕彩溜紙非繒　「繒」，原作「罾」，今據津逮本、學津本改。按，唐詩紀事卷五七段成式名下引寺塔記作「曾」，全唐詩卷七九二引書事聯句作「繒」。

〔二〕占牀甎一脅　「甎」，原作「敷」，唐詩紀事卷五七段成式名下引寺塔記作「甎」，全唐詩卷七九二書事聯句引作「暫」，今據津逮、學津本改。

酉陽雜俎續集卷六

寺塔記下

宣陽坊奉慈寺　開元中，虢國夫人宅。安禄山僞署百官，以田乾真爲京兆尹，取此宅爲府，後爲郭暧駙馬宅。今上即位之初，太皇太后爲昇平公主追福，奏寘奉慈寺，賜錢二十萬，繡幀三車，抽左街十寺僧四十人居之。今有僧惟則，以七寶末摹阿育王舍利塔，自明州負來〔一〕。寺成後二年，司農少卿楊敬之小女，年十三，以六韻詩題此寺，自稱關西孔子二十七代孫，字德隣。警句云：「日月金輪動，旃檀碧樹秋。塔分鴻鴈翅，鍾掛鳳凰樓。」事因見敕賜衣。

徵釋門衣事：語須對。如象鼻，捉羊耳〔二〕。柯古　五納，三衣。善繼　慙愧，斗藪。昇上人　壞衣，嚴身。約上人　畜長十日，應作三誌。入上人　離身四寸〔三〕，掩手兩指。柯古　裸形〔四〕，刀賤〔五〕。善繼　其形如稻，其色如蓮〔六〕。昇上人　赤麻白豆，若青若黑。柯古

〔一〕自明州負來　「來」，原作「米」，今據唐詩紀事卷五七段成式名下引寺塔記改。

〔二〕捉羊耳　原作「投牛耳」，並校：「（牛）一云羊。」今據摩訶僧祇律改。按，摩訶僧祇律卷二一明衆學法之初：「佛告諸比丘：『依止舍衛城住者，皆悉令集，以十利故，與諸比丘制戒，乃至已聞者當重聞，齊整被衣應當學。齊整被衣時，不得如纏軸，應當通肩被著，紐齊兩角，左手捉，捉時不得手中出角頭如羊耳。』」

〔三〕離身四寸　「離」，原作「雜」，今據大般涅槃經改。按，大般涅槃經卷二七師子吼菩薩品：「（菩薩）心常在定，初無散亂，相好嚴麗，莊飾其身。所遊之處，丘墟皆平，衣服離身四寸不墮。」

〔四〕裸形　原作「𤣥形」，今據長阿含經改。按，長阿含經卷八第二分散陀那經：「佛告梵志：『汝所行者，皆爲卑陋。離服裸形，以手障蔽，不受瓨食。』」

〔五〕刀賤　原作「刀殘」，今據四分律改。按，四分律卷五八毗尼僧一：「復有三賤法：刀賤，衣賤，色賤。」

〔六〕其色如蓮　「蓮」，疑當作「藺」。

光宅坊光宅寺　本官蒲萄園。中禪師影堂，師號惠中〔一〕，肅宗上元二年，徵至京師，初居此寺。徵詔云：「杖錫而來，京師非遠。齋心已久，副朕虛懷。」

〔一〕惠中　一作「慧忠」，宋高僧傳卷九有傳。

建中中，有僧竭造曼殊堂，將版基於水際，慮傷生命，乃建三日道場〔一〕，祝一足至多足、無足，令他去。及掘地至泉，不遇蟲蟻。又以複素過水〔二〕，有蟲，投一井水中，號護生井〔三〕，至今涸。又鑄銅蟾爲息煙燈，天下傳之。今曼殊院嘗轉經，每賜香。寶臺甚顯，登之，四極眼界。其上層牕下，尉遲畫，下層牕下，吴道玄畫，皆非其得意也。丞相韋處厚，自居内廷至相位，每歸，輒至此塔焚香瞻禮。

〔一〕乃建三日道場　「乃」，原作「及」，今據津逮本、學津本改。又「三日」，原作「三月」，今據宋高僧傳改。按，宋高僧傳卷二七唐京師光宅寺僧竭傳：「釋僧竭者，不知何許人也。生在佛家，化行神甸，護珠言戒，止水澄心。每嗟靳固之夫，不自檀那之度，乃於建中中，造曼殊堂，擬摹五臺山之聖相。議築臺至於水際，竭懼傷生命，俾立三日道場，咒其多足至無足，當移窟相避，勿成某梵行之難。將知至誠所感，徵驗弗虚，掘土及泉，了無蠢動焉。常以複素爲漉袋，遇汲有蟲，投諸井坎，時號護生井，恒盈不涸。」

〔二〕以複素過水　宋高僧傳作「以複素爲漉袋」。見前注。

〔三〕護生井　「生」，原作「圭」，今據同上書改。見前注。

普賢堂，本天后梳洗堂，蒲萄垂實，則幸此堂。今堂中尉遲畫，頗有奇處，四壁畫像及脱皮白骨，匠意極嶮。又變形三魔女，身若出壁。又佛圓光，均彩相錯亂目成。講東壁佛座前錦，如斷古標。又左右梵僧及諸蕃徃奇〔一〕，然不及西壁〔二〕，西壁逼之摽摽然。

〔一〕諸蕃徃奇　「徃」即「往」之俗字，「往奇」不辭，疑有悮字。

〔二〕然不及西壁　此句及上「又左右梵僧及諸蕃徃奇」句凡十五字，説郛（四庫本）卷六七上引段成式京師塔記無。

辭　中禪師影堂連句：名下固無虚，敖曹貌嚴毅。洞達見空王，圓融入佛地。善繼　一言當要害，忽忽醒諸醉。不動須彌山〔一〕，多方辨無匱〔二〕。夢復　坦率對萬乘，偈答無所避。爾如毗沙門，外形如脱屣。柯古　但以理爲量，不語恡力事。木石摧貢高，慈悲引貪恚。昇上人　當時乏支許，何人契深致。隨宜詎説三，直下開不二。柯古

〔一〕不動須彌山　原校：「一云『不動如須彌』。」

〔二〕多方辨無匱　「方」，原校：「一作言。」按，唐詩紀事卷五七段成式名下引中禪師影堂連句作「言」。

翊善坊保壽寺　本高力士宅。天寶九載，捨爲寺。初鑄鍾成，力士設齋慶之，舉朝畢至，一擊百千，有規其意，連擊二十杵。經藏閣規構危巧，二塔火珠，受十餘斛。

河陽從事李涿，性好奇古，與僧智增善〔一〕。嘗俱至此寺，觀庫中舊物。忽於破甕中，得物如被，幅裂污坌，觸而塵起。涿徐視之，乃畫也。因以州縣圖三及縑三十獲之〔二〕，令家人裝治之，大十餘幅。訪於常侍柳公權，公權方知張萱所畫石橋圖也，玄宗賜高，因留寺中。後爲鬻畫人宗牧言於左軍，尋有小使領軍卒數十人至宅，宣敕取之，即日進入。先帝好古〔三〕，見之大悦，命張於雲韶院〔四〕。

〔一〕與僧智增善　太平廣記卷二一三「保壽寺」條、類編長安志卷五並引酉陽雜俎作「與僧善」，圖畫見聞誌卷五石橋圖作「與寺僧善」。

〔二〕以州縣圖三及縑三十獲之　「州」字原闕，今據同上三書補。又「獲」，同上三書並作「换」。

〔三〕先帝　同上三書叙事與本條全同，開端第一句直謂「文宗朝」，是「先帝」者，文宗也。

〔四〕雲韶院　原作「盧韶院」，今據太平廣記卷二一三「保壽寺」條引酉陽雜俎改。

寺有先天菩薩幀，本起成都妙積寺。開元初，有尼魏八師者，常念大悲咒。雙流縣百姓劉乙，名意兒，年十一，自欲事魏尼，尼遣之不去，常於奧室立禪。嘗白魏云：「先天菩薩見身此地。」遂篩灰於庭，一夕，有巨跡數尺，輪理成就。因謁畫工，隨意設色，悉不如意。有僧楊法成，自言能畫。意兒常合掌仰祝，然後指授之。以近十稔，工方畢。後塑先天菩薩，凡二百四十二首，首如塔勢，分臂如意蔓〔一〕。其榜子有一百四十日鳥樹，一鳳四翅，水肚樹，所題深恠，不可詳悉。畫樣凡十五卷，柳七師者，崔寧之甥，分三卷，往上都流行。時魏奉古爲長史，進之。後因四月八日，賜高力士。今成都者，是其次本。

〔一〕分臂如意　太平廣記卷二一三「先天菩薩」條引酉陽雜俎、圖畫見聞誌卷五先天菩薩作「分臂如蔓」。

辭　先天幀讚連句：觀音化身，厥形孔恠。胣膃淫厲〔一〕，衆魔膜拜。善繼　指蔓鴻紛〔二〕，膀列區界。其事明張，何不可解？柯古　閻河德川，大士先天。衆象參羅〔三〕，暾暾田田〔四〕。夢復　百億花發，百千燈燃。膠如絡繹，浩汗連綿。善繼　焰摩界戚〔五〕，洛迦苫霽。正念皈依〔六〕，衆青如簪〔七〕。柯古　戾滓可汰，癡膜可蛻。稽首如空，睟容若睇。善繼　闡提墨屎〔八〕，睹而面之。寸念不生，未遇乎而。柯古

〔一〕胣⿰月留　原校：「一作胣腦。」按，唐詩紀事卷五七段成式名下引寺塔記、全唐詩卷七九二引光天幀讚連句並作「胣腦」。

〔二〕指蔓鴻紛　「蔓」，原作「夢」，今據津逮本、學津本改。

〔三〕衆象參羅　「象」，原作「像」，今據唐詩紀事卷五七段成式名下引寺塔記、全唐詩卷七九二引光天幀讚連句改。

〔四〕暾暾　原作「暾暾」，並校：「一作福源。」按，全唐詩卷七九二引光天幀讚連句作「福源」。

〔五〕焰摩界戚　「戚」，原校：「一作滅。」

〔六〕正念皈依　「皈依」，原作「歸依」，今據唐詩紀事卷五七段成式名下引寺塔記、全唐詩卷七九二引光天幀讚連句改。

〔七〕衆青如簪　唐詩紀事卷五七段成式名下引寺塔記作「衆如青簪」。

〔八〕闡提墨屎　「墨屎」，原作「墨尿」，並校：「一作黑師。」按，唐詩紀事卷五七段成式名下引寺塔記、全唐詩卷七九二引光天幀讚連句作「墨師」。「墨師」當即「墨屎」之音轉，今據改。

事徵：高力士。呼「二兄」。柯古　呼「阿翁」。善繼　呼「將軍」。夢復　呼「火老」〔一〕。柯古　五輪磑。善繼　初施棨戟。夢復　常卧鹿牀。柯古　長六尺五寸。善繼　陪葬泰陵。夢復　詠薺。柯古　齒成印。善繼　上國下國。夢復　夢鞭。柯古　呂氏生髭。善繼

〔一〕呼火老　唐詩紀事卷二〇高力士名下引段柯古高力士事徵作「呼父老」。按，「火老」、「父老」皆當是「爹」字之悮。按，新唐書宦官高力士傳：「肅宗在東宮，兄事力士，它王、公主皆呼爲翁，戚里諸家尊曰爹，帝或不名而呼將軍。」今以作「爹無直接版本證據，姑存舊文。

宣陽坊浄域寺〔一〕　本太穆皇后宅。寺僧云：「三階院門外，是神堯皇帝射孔雀處。」禪院門内外，遊目記云王昭隱畫。門西裏面，和修吉龍王有靈。門内之西，火目藥叉及北方天王〔六〕，甚奇猛。門東裏面，賢門野叉部落〔二〕，鬼首上蟠虵，汗煙可懼。東廊樹石嶮怪〔三〕，高僧亦怪。西廊萬菩薩院門裏南壁〔三〕，皇甫軫畫鬼神及彫形，勢若脱〔四〕。軫與吴道玄同時，吴以其藝逼己，募人殺之。

〔一〕宣陽坊浄域寺　「浄域寺」，原作「静域寺」，今據太平廣記卷二一二「浄域寺」條引酉陽雜俎改。

〔二〕賢門野叉部落　「賢門」下原衍「也」字，今據説郛本、太平廣記卷二一二「浄域寺」條引酉陽雜俎删。

〔三〕萬菩薩院　原作「萬壽菩薩院」，按本卷下條稱「萬菩薩」，圖畫見聞誌卷五浄域寺作「萬菩薩院」，今據改。

〔四〕勢若脱　太平廣記卷二一二「浄域寺」引酉陽雜俎作「鶻勢若脱壁」，圖畫見聞誌卷五浄域寺作

「鶻若脱壁」。

萬菩薩堂内有寳塔，以小金銅塔數百飾之。大曆中，將作劉監有子，合手出胎，七歲念法華經，及卒，焚之，得舍利數十粒，分藏於金銅塔中。善繼云：「合是劉銘〔一〕。」佛殿東廊有古佛堂，其地本雍村〔二〕，堂中像設，悉是石作，相傳云隋恭帝終此堂。

〔一〕善繼云合是劉銘　「銘」，原校：「一作銛。」按，唐詩紀事卷五七段成式名下引寺塔記、全唐詩卷七九二引宣陽坊静域寺題注並作「劉銛」。惟劉銘、劉銛二者皆於史無徵。

〔二〕雍村　原校：「一作維村。」

三門外畫〔一〕，亦皇甫軫跡也，金剛舊有靈。天寳初，駙馬獨孤明宅與寺相近。獨孤有婢名懷春〔二〕，稚齒俊俏，常悦西隣一士人，因宵期於寺門，有巨虵束之，俱卒。

〔一〕三門外畫　説郛本句前有「萬菩薩堂」四字。

〔二〕懷春　津逮本、學津本作「懷香」。

佛殿内，西座蕃神，甚古質〔一〕。貞元已前，西蕃兩度盟，皆載此神立於壇而誓，相傳摩時頗有靈〔二〕。

〔一〕古質　「質」，原作「實」，今據津逮本、學津本改。

〔二〕相傳摩時頗有靈　「摩時」，津逮本、學津本作「當時」。

辭　三階院連句：密密助堂堂，隋人歌檿桑〔一〕。雙弧摧孔雀〔二〕，一矢隕貪狼。柯古　百步望雲立，九規看月張。善繼　獲蛟徒破浪，中乙漫如墻〔三〕。善繼　還似貫金鈹，更疑穿石梁。因添挽河力，爲滅射天狂。柯古　絶藝卻南牧，英聲來鬼方。麗龜何足敵，殪豕未爲長。善繼　龍臂勝猿臂，星芒超箭芒〔四〕。虚誇絶高鳥，垂拱議明堂。柯古

〔一〕檿桑　原作「壓桑」，今據津逮本、學津本改。按，唐詩紀事卷五七段成式名下引寺塔記、全唐詩卷七九二引三階院聯句並作「檿桑」。

〔二〕雙弧摧孔雀　「雙弧」，原作「雙髇」，並校：「一作雙弧。」按，唐詩紀事卷五七段成式名下引寺塔記、全唐詩卷七九二引三階院連句並作「雙弧」，今據改。

〔三〕中乙漫如墻　「乙」，原作「無」，並校：「一作一。」按全唐詩卷七九二引三階院聯句作「乙」，唐詩紀事卷五七段成式名下引寺塔記作「一」，今據津逮本、學津本改。

〔四〕星芒超箭芒　「超」，原作「起」，今據唐詩紀事卷五七段成式名下引寺塔記、全唐詩卷七九二引

三階院聯句改。

崇義坊招福寺　本曰正覺，國初毁之，以其地立第賜諸王，睿宗在藩居之。乾封二年，移長寧公主佛堂於此，重建此寺。寺内舊有池，下永樂東街數方土填之，今地底下樹根多露。長安二年，内出等身金銅像一鋪，并九部樂，南北兩門額，上與岐、薛二王親送至寺，綵乘象輿，羽衛四合，街中餘香，數日不歇。景雲二年〔一〕，又賜真容坐像，詔寺中別建聖容院，是睿宗在春宮真容也〔二〕。先天二年，敕出内庫錢二千萬，巧匠一千人，重脩之。

〔一〕景雲　原作「景龍」，類編長安志卷五「招福寺」條引酉陽雜俎：「景龍（原校：當作景雲，此承宋志之悞。）二年，詔寺中別建聖容院，是睿宗在春宮真容也。」今據改。

〔二〕睿宗在春宮真容　「睿宗」，原作「玄宗」，今據同上書改。

睿宗聖容院門外，鬼神數壁，自内移來，畫跡甚異。鬼所執野雞，似覺毛起。庫院鬼子母，貞元中李真畫，往往得長史規矩，把鏡者猶工。寺西南隅僧伽像，從來有靈，至今百姓上幡繖不絶。先，寺奴朝來者，常續明塗地，數十年不懈。李某爲尹時，有賊引朝來，吏將收捕，奴不勝其冤，乃上鍾樓，遥啓僧伽而碎身焉。恍惚間，見異僧以如意擊曰：「無苦，自將治也。」奴覺，奴跳下數尺地，一毛不損。因聞之，悔懊自服，奴竟無事。

辭　贈諸上人連句：翻了西天偈，燒餘梵字香〔一〕。撚眉愁俗客，支頰背殘陽。柯古

洲號唯思沃，山名柢記匡。辨中摧世智，定裏破魔强。善繼　許叡禪心徹，湯休詩思長。

朗吟疏磬斷，久語貫珠妨。柯古　乘興書芭葉，閑來入豆房。漫題存古壁，恠畫匝長廊。

善繼

〔一〕梵字香　「字」，原作「宇」，今據唐詩紀事卷五七段成式名下引寺塔記改。

事徵：釋門古今謎字。　爭田書「貞」字。善繼　焉兜知伯叔。柯古　解夢羊負魚。夢復　問

入日下人〔一〕。善繼　塔上書師子。柯古

〔一〕問入日下人　「日」，原作「曰」，今據高僧傳改。按，高僧傳卷二晉長安鳩摩羅什傳：「什謂龜茲王白純曰：『國運衰矣，當有勍敵。日下人從東方來，宜恭承之，勿抗其鋒。』純不從而戰，光遂破龜茲，殺純，立純弟震爲王。」

徵前代關釋門佳譜：何充志大宇宙。善繼　此子疲於津梁。柯古　生天在丈人後。夢

復　二何佞於佛。善繼　問年，答「小如來五歲」。柯古　答四聲，云「天保寺剎」〔一〕。夢復　菩薩嚬眉，所以慈悲六道。善繼　周妻何肉。柯古

〔一〕答四聲云天保寺剎　「天保」，原作「天寶」，今據談藪改。按，太平御覽卷六五五引談藪：「高祖問曰：『弟子聞在外有四聲，何者爲是？』重公應聲答曰：『天保寺剎。』及出，向劉孝綽道，以此爲能。」

昭國坊崇濟寺〔一〕　寺内有天后織成蛟龍披、襖子及繡衣六事。東廊從南第二院，有宣律師製袈裟堂。曼殊堂有松數株，甚奇。

〔一〕昭國坊崇濟寺　「昭」，原作「招」，今據類編長安志、唐兩京城坊考改。按，類編長安志卷五寺觀：「〈崇濟寺〉在昭國坊西南隅。本隋慈恩寺，開皇三年，魯郡夫人孫氏所立。貞觀二十三年，以尼寺與慈恩僧寺相近，而勝業坊甘露尼寺又比於崇濟僧寺，勅換所居焉。本『弘』字，神龍中改。酉陽雜俎曰：『寺内有天后織成蛟龍被、襖子及繡衣六事。』」

辭　宣律和尚袈裟絶句：共覆三衣中夜寒，披時不鎮尼師壇。無因蓋得龍宮地，畦裏塵飛業相殘。善繼　和前：南山披時寒夜中〔一〕，一角不動毗嵐風。何人見此生慙愧，斷續

猶應護得龍。柯古

〔一〕南山披時寒夜中　「披」，原作「杪」，今據唐詩紀事卷五七段成式名下引寺塔記改。

奇松二十字：柳桂何相踈〔一〕，榆枷方迴屑〔二〕。無人擅談柄，一枝不敢折。柯古　半庭苔蘚深〔三〕，吹餘鳴佛禽。至於摧折枝，凡草猶避陰。善繼　僻徑根從露，閑房枝任侵。一株風正好，來助碧雲吟。夢復　時時掃牕聲，重露滴寒砌。風颭一枝遒〔四〕，閑窺別生勢。昇上人　偃蓋入樓妨，盤根侵井窄。高僧獨惆悵，爲與澄嵐隔。柯古

〔一〕柳桂　唐詩紀事卷五七段成式名下引寺塔記、全唐詩卷七九二引奇松聯二十字絶句並作「杉松」。

〔二〕榆枷　同上二書並作「榆柳」。

〔三〕半庭　同上二書並作「中庭」。

〔四〕風颭一枝遒　「遒」，原作「道」，今據同上二書改。

永安坊永壽寺〔一〕　三門東，吴道子畫，似不得意。佛殿名會仙，本是内中梳洗殿。

貞元中，有證智禪師，往往著靈驗，或時在張橨蘭若中治田〔二〕，及夜，歸寺。蘭若在金州

界〔三〕，相去七百里。

〔一〕永安坊永壽寺　「永安坊」，一説當作「永樂坊」，見辛德勇隋唐兩京叢考二永壽寺辨訛。

〔二〕在張檟蘭若　「張檟」，宋高僧傳卷二〇唐吴郡義師傳附證智傳作「張濆」。

〔三〕蘭若在金州界　「蘭」字原闕，今據同上書補。又「金州」，原作「金山」，今據同上書改。

辭　閑中好：閑中好，盡日松爲侣。此趣人不知，輕風度僧語。夢復　閑中好，塵務不縈心。坐對當牕木，看移三面陰。柯古　閑中好，幽磬度聲遲。卷上論題肇，畫中僧姓支。善繼

崇仁坊資聖寺　浄土院門外，相傳吴生一夕秉燭醉畫，就中戟手，視之惡駭。院門裏，盧楞伽畫〔一〕。盧常學吴勢〔二〕，吴亦授以手訣，乃畫總持寺三門〔三〕，方半，吴大賞之，謂人曰：「楞伽不得心訣，用思太苦，其能久乎！」果畫畢而卒〔四〕。

〔一〕盧楞伽畫　「畫」字原闕，今據類編長安志卷五「資聖寺」條下引酉陽雜俎、唐兩京城坊考卷三「崇仁坊」條下引寺塔記補。

〔二〕盧常學吴勢　「盧」字原闕，今據同上二書補。

〔三〕揔持寺三門　原作「揔持三門寺」，今據歷代名畫記卷九改。按，歷代名畫記卷九唐朝上：「吴生嘗於京師畫揔持寺三門，大獲泉貨。稜伽乃竊畫莊嚴寺三門，鋭意開張，頗臻其妙。」

〔四〕果畫畢而卒　「果」字原闕，今據類編長安志卷五「資聖寺」條下引酉陽雜俎、唐兩京城坊考卷三「崇仁坊」條下引寺塔記補。

中門牕間，吴道子畫高僧，韋述贊，李嚴書。中三門外，兩面上層，不知何人畫，人物頗類閻令。

寺西廊北隅，楊坦畫。近塔天女，明睇將瞬〔一〕。

團塔院北堂，有鐵觀音，高三丈餘。觀音院兩廊四十二賢聖，韓幹畫，元中書載贊。

東廊北頭散馬，不意見者，如將嘶蹀。

聖僧中龍樹、商那和修，絶妙。團塔上菩薩，李真畫〔二〕。四面花鳥，邊鸞畫。當藥上菩薩頂，茂葵猶佳。

塔中藏千部法華經。

〔一〕明睇將瞬　「瞬」，太平廣記卷二一二「資聖寺」條引酉陽雜俎作「舞」。

〔二〕李真畫　「真」，原作「異」，並校：「一作真。」今據同上書、唐詩紀事卷五七段成式名下引寺塔記改。

辭　諸畫連句：栢梁體。吴生畫勇矛戟攢，柯古　出奇變勢千萬端〔一〕。善繼　蒼蒼鬼怪層壁寬，夢復　睹之忽忽毛髮寒。柯古　稜伽之力所瘮瘕〔二〕，柯古　李真、周昉優劣難。夢復　活禽生卉推邊鸞，柯古　花房嫩彩猶未乾。善繼　韓幹變態如激湍，夢復　惜哉壁畫勢未殫，柯古　後人新畫何漫汗。善繼

〔一〕出奇變勢千萬端　太平廣記卷二一二「資聖寺」條引酉陽雜俎作「出奇騁變勢萬端」。又「出奇變勢」，唐詩紀事卷五七段成式名下引寺塔記作「出奇勢變」，全唐詩卷七九二引諸畫聯句作「出變奇勢」。

〔二〕稜伽之力所瘮瘕　太平廣記卷二一二「資聖寺」條引酉陽雜俎作「稜伽効之力所瘴」。又「瘮瘕」，全唐詩卷七九二引諸畫聯句作「疲殫」。

楚國寺　寺内有楚哀王等金身銅像，哀王繡襖半袖猶在。長慶中，賜織成雙鳳夾黄襖子，鎮在寺中。門内有放生池。

太和中，賜白氎黄胯衫。

寺墻西，朱泚宅。

事徵：地獄等活。約上人 八抹洛伽〔一〕。義上人 波吒〔二〕。昇上人 壞從獄不生。柯古 鉛河〔三〕。約上人 劒林。義上人 烊銅。昇上人

〔一〕八抹洛伽　「抹洛伽」，疑即「摩呼洛伽」、「莫呼洛伽」。見三彌勒經疏。

〔二〕波吒　疑即「波吒鼇」、「波吒羅」。見大唐西域記卷八摩揭陁國上。

〔三〕鉛河　疑當作「鹹河」。按，大智度論卷一六釋初品：「八炎火地獄者，一名炭坑，二名沸屎，三名燒林，四名劒林，五名刀道，六名鐵刺林，七名鹹河，八名銅橛，是爲八。」

諸上人以予該悉内典，請予獨徵：無中陰〔一〕，五無間〔二〕，黑繩，赤樹，火厚二百肘，風吹二千年，陡陁羅炭，鉢頭摩鬘〔三〕，鑊量五十由旬〔四〕，舌長三車賒〔五〕，銅鷲〔六〕，鐵蟻，阿鼻，十一義，九千鉢頭摩，如一婆訶麻〔七〕，百年除一晝〔八〕。並柯古

〔一〕無中陰　「陰」，原作「蔭」，今據大乘義章改。

〔二〕五無間　「五」字疑衍。按，「無間」即八熱地獄之阿鼻地獄，在八大地獄中列名第八。

〔三〕鉢頭摩鬘　「鬘」，原作「赫」，今據正法念處經改。按，正法念處經卷五生死品：「有大地獄，名

活地獄。復有別處，別處有幾？名爲何等？處有十六：一名屎泥，二名刀輪，三名甕熟，四名多苦，五名闇冥，六名不喜，七名極苦，八名衆病，九名兩鐵，十名惡杖，十一名爲黑色鼠狼，十二名爲異異迴轉，十三名苦逼，十四名爲鉢頭摩鬘，十五名陂池，十六名爲空中受苦。此名十六活地獄處。」

〔四〕鑊量五十由旬　「鑊」，原作「護」，今據同上書改。

〔五〕舌長三車賒　「三車賒」，疑當作「一居賒」。按，正法念處經卷一四地獄品：「彼復執已，擘口出舌，如是惡舌，長一居賒。其舌柔軟，實在赤銅焰燃鐵地，畫爲阡陌，遣人耕之。」

〔六〕銅鷲　「銅」，疑當作「鐵」。按，正法念處經卷七地獄品：「所謂雨火，彼地獄人常被燒煮，炎燃頭髮，乃至腳足。有熱鐵狗啖食其足，炎嘴鐵鷲破其髑髏而飲其腦，熱鐵野干食其身中。」

〔七〕如一婆訶麻　「婆訶」，原作「裟訶」，今據阿毗達磨俱舍論改。按，阿毗達磨俱舍論卷一一分別世品：「寒那落迦云何壽量，世尊寄喻顯彼壽言，如此人間佉梨二十，成摩揭陀國一麻婆訶量。有實巨勝平滿其中，設復有能百年除一，如是巨勝易有盡期。」

〔八〕百年除一畫　「除」，原作「餘」，今據阿毗達磨俱舍論改。見上。

慈恩寺　寺本浄覺故伽藍〔一〕，因而營建焉。凡十餘院，摠一千八百九十七間，勑度三百僧。初，三藏自西域迴，詔太常卿江夏王道宗設九部樂，迎經像入寺，綵車凡千餘輛，上御安福門觀之。太宗常賜三藏衲，約直百餘金，其工無鍼綖之跡。初，三藏翻因明，譯經僧棲玄，以論示尚藥奉御吕才，才遂張之廣衢，指其長短，著破義圖。其序云：「豈謂象繫之表，猶開八正之門；形器之先，更弘二知之教。立難四十餘條。」詔才就寺對論，三藏謂才云：「檀越平生未見太玄〔二〕，詔問須臾即解；由來不窺象戲，試造旬日即成。以此有限之心，逢事即欲穿鑿。」因重申所難，一一收攝，析毫藏耳〔三〕，衮衮不窮，凡數千言。才屈不能領，辭屈禮拜。

塔西面畫濕耳師子，仰摹蟠龍，尉遲畫。及花〔四〕，千鉢曼殊〔五〕，皆一時絶妙。

〔一〕寺本浄覺故伽藍　「本」，原作「不」，今據説郛（四庫本）卷六七上引段成式京師塔記改。

〔二〕太玄　原作「太女」，今據大慈恩寺三藏法師傳卷八改。按，大慈恩寺三藏法師傳卷八：「師乃從容謂才曰：檀越復研味於六經，探賾於百氏，退陰陽之愆伏，察律吕之忽微。又聞生平未見太玄，詔問須臾即解，由來不窺象戲，試造旬日即成。」

〔三〕析毫　「析」，原作「折」，今據津逮本、學津本改。

〔四〕及花　此二字文義與前不接，疑即「趺心花」之訛略，按，太平廣記卷二一二「吴道玄」條引盧氏雜説：「西明、慈恩多名畫。慈恩塔前壁有濕耳師子，趺心花，爲時所重。」

〔五〕千鉢曼殊　原作「子鉢曼殊」，今據大乘瑜伽金剛性海曼殊室利千臂千鉢大教王經改。

寺中柿樹、白牡丹，是法力上人手植。上人時常執爐循諸屋壁〔一〕，有變相處，輒獻虔祝，年無虚月。又殿庭大莎羅樹，大曆中，安西所進。其木椿賜此寺四橛，橛皆灼固。其木大德行逢自種之，一株不活。

〔一〕上人時常執爐 「時」，原作「是」，今據津逮本、學津本改。

酉陽雜俎續集卷七

金剛經鳩異

貞元十七年，先君自荆入蜀，應韋南康辟命。洎韋之暮年，爲賊闢讒構，遂攝尉靈池縣。韋尋薨，賊闢知留後。先君舊與闢不合，聞之，連夜離縣。至城東門，闢尋有帖，不令諸縣官離縣。其夕陰風，及返，出郭二里，見火兩炬夾道，百步爲導。初意縣吏迎候，且恠其不前，高下遠近不差，欲及縣郭方滅。及問縣吏，尚未知府帖也。時先君念金剛經已五六年，數無虚日，信乎至誠必感〔一〕，有感必應，向之導火〔二〕，乃經所著跡也。後闢逆節漸露，詔以袁公滋爲節度使。成式再從叔少從軍〔三〕，知左營事，懼及禍，與監軍定計，以蠟丸帛書通謀於袁。事旋發，悉爲魚肉，賊謂先君知其謀於一時。先君念經夜久，不覺困寐。門户悉閉，忽覺，聞開户而入，言「不畏」者再三，若物投案，嚗然有聲。驚起之際，言猶在耳，顧視左右，吏僕皆睡，俾燭樺四索，初無所見，向之關扃，已開闢矣。先君受持此經十餘萬遍，徵應事孔著。成式近觀晉、宋已來，時人咸著傳記彰明其事。又先命受持講解有唐已來金剛經靈驗記三卷，成式當奉先命受持講解。太和二年，於揚州僧栖簡處，聽平消御注一遍。六年，於荆州僧靖奢處，聽大雲疏一遍。開成元年，於上都懷楚法師處，聽青龍疏一遍。復日念書寫，猶希傳照罔極，盡形流通，摭拾遺逸，以備闕佛事，號金剛經鳩異。

〔一〕至誠必感　「至」，太平廣記卷一〇六「段文昌」條引酉陽雜俎作「志」。

〔二〕導火　同上書作「導左右」。

〔三〕成式再從叔　同上書作「文昌從弟」。按，本條「先君」二字，廣記悉改爲「文昌」，當係宋人所爲。

張鎰相公先君齊丘，酷信釋氏。每旦，更新衣執經，於像前念金剛經十五遍，積數十年不懈。永泰初，爲朔方節度使。衙内有小將負罪，懼事露，乃扇動軍人數百，定謀反叛。齊丘因衙退，於小廳閑行，忽有兵數十，露刃走入。齊丘左右唯奴僕，遽奔宅門，過小廳數步迴顧，又無人，疑是鬼物。將及門〔一〕，其妻女奴僕復叫呼出門，云「有兩甲士，身出廳屋上」。時衙隊軍健聞變，持兵亂入。至小廳前，見十餘人佗然庭中，垂手張口，投兵於地，衆遂擒縛。五六人瘖不能言，餘者具首云：「欲上廳，忽見二甲士，長數丈，嗔目叱之，初如中惡。」齊丘聞之，因斷酒肉。張鳳翔，即予門吏盧邁親姨夫，邁語予云。

〔一〕將及門　「門」，太平廣記卷一〇五「張鎰」條引酉陽雜俎、南部新書庚集並作「宅」。

劉逸淮在汴時，韓弘爲右廂虞候，王某爲左廂虞候，與弘相善。或謂二人取軍情〔一〕，將不利於劉。劉大怒，俱召詰之。弘即劉之甥，因控地碎首，大言數百〔二〕，劉意稍解。王某年老股戰，不能自辯。劉叱令拉坐，杖三十。時新造赤棒，頭徑數寸，固以筋漆，立之不仆〔三〕，數五六當死矣。韓意其必死，及昏，造其家，恠無哭聲。又謂其懼不敢哭，訪其門卒，即云大使無恙。弘素與熟，遂至臥内問之。王云：「我讀金剛經四十年矣，今方得力。記初被坐時〔四〕，見巨手如簸箕，翕然遮背。」因袒示韓，都無撻痕。韓舊不好釋氏，由此始與僧往來。日自寫十紙，及貴〔五〕，計數百軸矣。後在中書，盛暑，有諫官因事謁見，韓方洽汗寫經，諫官恠問之〔六〕，韓乃具道王某事。予職在集仙，常侍柳公爲予說。

〔一〕或謂二人取軍情　「謂」，因話録卷六作「譖」。按，因話録卷六：「博陵崔子年出書一通示余曰：『劉逸淮在汴時，韓弘爲右廂虞候，王某爲左廂虞候，與弘相善。或譖二人取軍情，將不利於劉。劉大怒，俱召詰之。弘即劉之甥，因控地碎首，大言數百，劉意稍解。』」

〔二〕大言數百　「數百」二字原闕，今據同上書補。

〔三〕立之不仆　「立」，原作「拉」，今據因話録、太平廣記卷一〇六「劉逸淮」條引因話録改。

〔四〕記初被坐時　「記」，原作「言」，今據同上二書改。

〔五〕及貴　原作「乃積」，連下讀，今據同上二書改。

〔六〕諫官恬問之　「諫官」二字原闕，今據同上二書補。

梁崇義在襄州，未阻兵時，有小將孫咸暴卒，信宿卻蘇。夢至一處，如王者所居，儀衛甚嚴，有吏引與一僧對事。僧法號懷秀，亡已經年，在生極犯戒，及入冥，無善可録，乃紿云：「我常囑孫咸寫法華經。」故咸被追對。咸初不省，僧故執之〔一〕，經時不決。忽見沙門曰：「地藏尊者語云：『弟子若招承，亦自獲祐。』」咸乃依言，因得無事。又説對勘時，見一戎王，衛者數百，自外來，冥王降階，齊級升殿，坐未久，乃大風捲去。又見一人，被拷覆罪福，此人常持金剛經，又好食肉，左邊有經數千軸，右邊積肉成山，以肉多，將入重論。俄經堆中有火一星，飛向肉山，頃刻銷盡，此人遂履空而去。咸問地藏：「向來外國王，風吹何處？」地藏云：「彼王當入無間，向來風即業風也。」因引咸看地獄。及門，煙焰扇赫，聲若風雷，懼不敢視。臨回，鑊湯跳沫〔二〕，滴落左股，痛入心髓。地藏乃令一吏送歸，不許漏洩冥事。及迴，如夢，妻兒環泣，已一日矣。遂破家寫經，因請出家。夢中所滴處成瘡，終身不差。

〔一〕僧故執之　「故」，太平廣記卷一〇六「孫咸」條引酉陽雜俎作「固」。

〔二〕臨回鑊湯跳沫　同上書作「臨視鑊湯」。

貞元中，荆州天崇寺僧智燈，常持金剛經，遇疾死。弟子啓手足猶熱，不即入木。經七日卻活，云：「初見冥中若王者，以念經故，合掌降階，因問訊言：『更容上人十年在世，勉出生死。』又問：『人間衆僧，中後食薏苡仁及藥食，還是已否〔一〕？此大違本教。』燈報云：『律中有開遮條，如何？』云：『此後人加之，非佛意也。』」今荆州僧衆中後無飲藥者。

〔一〕還是已否　此四字原闕，與上「問」字不相應，今據宋高僧傳補。按，宋高僧傳卷二四唐荆州天崇寺僧智燈傳：「貞元中，遇疾而死，弟子啓手猶熱，不即入木。經七日還蘇，云：『初見冥中若王者，以念經故，合掌降階，因問訊言：「更容上人十年在世，勉出生死。」又問：「人間衆僧，中後食薏苡人爲藥食，還是已否？此大違本教。」燈報云：「律中有正非正開遮之條，如何？」王曰：「此乃後人所加，非佛意也。」』遠近聞之，渚宮僧至中後無有飲藥者。」

公安潺陵村百姓王從貴妹〔一〕，未嫁，常持金剛經。貞元中，忽暴疾卒。埋已三日，其家覆墓〔二〕，聞冢中呻吟，遂發視之。果有氣，輿歸〔三〕。數日，能言，云：「初至冥間，冥吏以持經功德，放還。」王從貴能治木，常於公安靈化寺起造，其寺禪師曙中常見從貴，説。

〔一〕公安潺陵村　「潺」，當作「孱」。「村」，原作「林」，今據太平廣記卷一四六「王氏」條引酉陽雜俎改。

〔二〕其家覆墓　「覆」，原作「復」，今據同上書改。

〔三〕輿歸　「輿」，同上書作「舁」。

韋南康鎮蜀，時有左營伍伯，於西山行營，與同火卒學念金剛經。性頑，初一日，纔得題目。其夜堡外拾薪，爲蕃騎縛去，行百餘里乃止。天未明，遂踣之於地，以髮繫橛，覆以𩣡毯〔一〕，寢其上。此人惟念經題，忽見金一鋌，放光止於前。試舉首動身，所縛悉脱，遂潛起，逐金鋌走。計行未得十餘里，遲明，不覺已至家。家在府東市，妻兒初疑其鬼，具陳來由。到家五六日，行營將方申其逃。初，韋不信，以逃日與至家日不差，始免之。

〔一〕覆以𩣡毯　「毯」，太平廣記卷一〇六「左營伍伯」條引酉陽雜俎作「罽」。

元和初，漢州孔目典陳昭，因患病〔一〕，見一人着黄衣，至牀前云：「趙判官喚爾。」昭問所因，云：「至自冥間，劉闢與竇懸對事，要君爲證〔二〕。」昭即留坐。逡巡，又有一人，手持一物，如毬胞。前吏恠其遲，答之曰：「緣此〔三〕，候屠行開。」因笑謂昭曰：「君勿懼，取生人氣，須得豬胞。君可面東側卧。」昭依其言，不覺已隨二吏行。路甚平，可十餘里，至一城，大如府城，甲士守門焉。及入，見一人怒容可駭，即趙判官也。語云：「劉闢收東川，竇懸捕牛四十七頭，送梓州，稱准闢判殺。闢又云，先無牒。君爲孔目典，合知是實〔四〕。」未及對，隔壁聞竇懸呼：「陳昭好在〔五〕？」及問兄弟妻子存亡。昭即欲參見，冥吏云：「竇使君形容極惡，不欲相見。」昭乃具説殺牛實奉劉尚書委曲，非牒也。紙是麻面，見在漢州某司房架。即令吏領昭至漢州取之，門館扃鎖，乃於節竅中出入。委曲至，闢乃無言。趙語昭：「爾自有一過，知否？竇懸所殺牛，爾取一牛頭。」昭未及對，趙曰：「此不同人間，不可抵假。」須臾，見一卒挈牛頭而至，昭即恐懼求救。趙令檢格，合決一百，考五十日。因謂昭曰：「爾有何功德？」昭即自陳，設若干人齋，畫某像〔六〕。趙云：「此來生緣爾〔七〕。」昭又言：「曾於表兄家轉金剛經。」趙曰：「可合掌請。」昭依言。有頃，見黄襆箱經，自天而下，住昭前。昭取視，即表兄所借本也，有燒處尚在〔八〕。又令合掌，其經即滅。趙曰：「此足以免。」便放迴。復令昭往一司，曰生禄，檢其修短。吏報云：「昭本名釗，是金傍刀，至某年改爲昭，更得十八年。」昭聞惆悵，趙笑曰：「十八年大得作樂事，何不悅乎！」乃令吏送昭。至半道，見一馬當路，吏云：「此爾本屬，可乘此。」即騎乃活，死已一日半矣〔九〕。

〔一〕因患病　「病」字原闕，今據太平廣記卷一〇六「陳昭」條引酉陽雜俎補。
〔二〕要君爲證　「君」，太平廣記卷一〇六「陳昭」條引酉陽雜俎作「召」。
〔三〕緣此　同上書句前有「衹」字。
〔四〕合知是實　「是」，同上書作「事」。
〔五〕陳昭好在　「好」，同上書作「何」。
〔六〕畫某像　「某」，同上書作「佛」。
〔七〕來生緣　「緣」，同上書作「福」。
〔八〕有燒處尚在　同上書句前有「標」字。
〔九〕死已一日半矣　同上書作「死半日矣」。

荆州法性寺僧惟恭，三十餘年念金剛經，日五十遍。不拘僧儀，好酒，多是非，爲衆僧所惡。後遇疾且死，同寺有僧靈歸，其跡類惟恭，爲一寺二害。因他故出，去寺一里，逢五六人，年少甚都，衣服鮮潔，各執樂器，如龜兹部，問靈歸：「惟恭上人何在？」靈歸即語其處，疑其寺中有供也。及晚迴，入寺，聞鍾聲，惟恭已死，因説向來所見。其日，合寺聞絲竹聲，竟無樂人入寺。當時名僧云：「惟恭蓋承經之力，生不動國，亦以其跡勉靈歸也。」靈歸感悟，折節緇門。

董進朝，元和中，入軍。初在軍時，宿直城東樓上。一夕月明，忽見四人着黄，從東來，聚立城下，説己姓名，狀若追捕。因相語曰：「董進朝常持金剛經，以一分功德祝庇冥司，我輩久蒙其惠，如何殺之，須枉命相代。若此人他去，我輩無所賴矣。」其一人云：「董進朝對門有一人，同姓同年，壽限相埒，可以代矣。」因忽不見。進朝驚異之。及明，已聞對門復魂聲。問其故，死者父母云：「子昨宵暴卒。」進朝感泣説之，因爲殯葬，供養其父母焉。後出家，法號慧通，住興元唐安寺。

元和中，嚴司空綬在江陵，時涔陽鎮將王沔，常持金剛經。因使歸州勘事，迴至咤灘，船破，五人同溺。沔初入水，若有人授竹一竿，隨波出没。至下牢鎮着岸，不死。視手中物，乃授持金剛經也。咤灘至下牢三百餘里。

長慶初，荆州公安僧會宗，姓蔡，常中蠱得病骨立，乃發願念金剛經以待盡。至五十遍，晝夢有人令開口，喉中引出髮十餘莖，夜又夢吐大蟥，長一肘餘，因此遂愈。荆山僧行堅見其事。

江陵開元寺般若院僧法正，日持金剛經三七遍。長慶初，得病卒。至冥司，見若王者，問：「師生平作何功德？」答曰：「常念金剛經。」乃揖上殿，令登繡坐。念經七遍，侍衛悉合掌，階下拷掠論對，皆停息而聽。念畢，後遣一吏引還。王下階送云：「上人更得三十年在人間，勿廢讀誦。」因隨吏行數十里，至一大坑。吏因臨坑，自後推之，若隕空焉。死已七日，唯面不冷。法正今尚在，年八十餘。荆州僧常靖親見其事。

石首縣有沙彌道蔭，常持念金剛經。寶曆初〔一〕，因他出夜歸，中路忽遇虎，吼擲而前。沙彌知不免，乃閉目而坐，但默念經，心期救護，虎遂伏草守之。及曙，村人來往，虎乃去。視其蹲處，涎流於地。

〔一〕寶曆　原校：「一云長慶。」按，太平廣記卷一〇七「沙彌道蔭」條引酉陽雜俎作「長慶」。

大和三年〔一〕，賊李同捷阻兵滄景，帝命李祐統齊德軍討之〔二〕。初圍德州城，城堅不拔。翌日又攻之，自卯至未，十傷八九，竟不能拔。時有齊州衙内八將官健兒王忠幹，博野人，常念金剛經〔三〕，積二十餘年，日數不闕。其日，忠幹上飛梯，將及堞，身中箭如蝟，爲櫑木擊落。同火卒曳出羊馬城外，寘之水濠裏岸。祐以暮夜，命抽軍。其時城下矢落如雨〔四〕，同火人忩忙，忘取忠幹屍。忠幹既死，夢至荒野〔五〕，遇大河，欲渡無因，仰天大哭。忽聞人語聲，忠幹見一人，長丈餘，疑其神人，因求指營路。其人云：「爾莫怕，我令爾得渡此河。」忠幹拜之，頭低未舉，神人把腰，擲之空中，久方着地。忽如夢覺，聞賊城上交二更。初不記過水，亦不知瘡，擡手捫面，血塗眉睫，方知傷損。乃舉身强行，百餘步卻倒，復見向人持刀叱曰：「起！起！」忠幹驚懼，遂走一里餘，坐歇，方聞本軍喝號聲，遂及本營。訪同火卒，方知身死在水濠裏，即夢中所過河也。忠幹見在齊德軍。

〔一〕大和三年　原作「元和三年」，按兩唐書，李祐收復德州在大和三年（八二九），今據太平廣記卷一〇七「王忠幹」條引酉陽雜俎改。

〔二〕李祐統齊德軍討之　「李祐」，原作「劉祐」，按兩唐書並作李祐，今據太平廣記卷一〇七「王忠幹」條引酉陽雜俎改。

〔三〕常念金剛經　「常」，同上書作「長」。

〔四〕城下矢落如雨　「城下」，同上書作「城上」。

〔五〕夢至荒野　同上書作「如夢，至荒野」。

何軫，鬻販爲業。妻劉氏，少斷酒肉，常持金剛經。先焚香像前，願年止四十五，臨終心不亂，先知死日。至太和四年冬，四十五矣，悉捨資裝供僧。欲入歲假〔一〕，遍别親故。何軫以爲病魅，不信。至歲除日，請僧授以八關〔二〕，沐浴易衣，獨處一室趺坐，高聲念經。及辨色〔三〕，悄然，兒女排室入看之，已卒，頂熱灼手。軫以僧禮葬，塔在荆州北郭。

〔一〕欲入歲假　太平廣記卷一〇八「何軫」條引酉陽雜俎無「假」字。

〔二〕請僧授以八關　「授八關」，原作「受入關」，同上書作「授入關」，今據金剛般若波羅蜜經感應傳卷一引酉陽雜俎改。按，「八關」謂「八關齋戒」，亦稱「八齋戒」，是在家佛教徒修行之戒律。據中阿含經卷五五、俱舍論卷一四，八戒律即不殺生，不偷盜，不淫欲，不妄語，不飲酒，不眠坐高廣華麗之牀，不妝飾及觀聽歌舞，不食非時食（正午過後不食）。受戒者臨時奉行，期間之生活有似僧人，但其時間可長可短，長者數日乃至數月，短者亦可一晝夜。

〔三〕辨色　「辨」，原作「辦」，今據同上書改。

蜀左營卒王殷，常讀金剛經，不茹葷飲酒。爲賞設庫子，前後爲人悮累，合死者數四，皆非意得免。至太和四年，郭釗司空鎮蜀，郭性嚴急，小不如意皆死。王殷因呈錦纈，郭嫌其惡弱，令袒背，將斃之。郭有番狗，隨郭卧起，非使宅人，逢之輒噬。忽吠數聲，立抱王殷背，駈逐不去。郭異之，怒遂解。

郭司空離蜀之年，有百姓趙安，常念金剛經。因行野外，見衣一襆，遺墓側。安以無主，遂持還至家，言於妻子。隣人即告官趙盜物，捕送縣。賊曹怒其不承認，以大關挾脛，折三段。後令杖脊，杖下輒折。吏意其有他術，問之，唯念金剛經。及申郭，郭亦異之，判放。及歸，其妻云：「某日，聞君經函中震裂數聲，懼不敢發。」安乃馳視之，帶斷軸折，紙盡破裂。安今見在。

太和五年，漢州什邡縣百姓王翰，常在市日逐小利。忽暴卒，經三日卻活，云：「冥中有十六人同被追，十五人散配他處。翰獨至一司，見一青衫少年，稱是己姪，爲冥官廳子，遂引見推典，又云是己兄，貌甚不相類。其兄語云：『有冤牛一頭，訴爾燒畬，枉燒殺之。爾又曾賣竹與殺狗人作箜篌，殺狗兩頭，狗亦訴爾。爾今名未係死籍〔一〕，猶可以免，爲作何功德？』翰欲爲設齋及寫法華經、金光明經，皆曰：『不可。』乃請曰：『持金剛經日七遍與之。』其兄喜曰：『足矣。』」及活，遂捨業出家。今在什邡縣。

〔一〕未係死籍　「係」，太平廣記卷一〇八「王翰」條引酉陽雜俎作「注」。

太和七年冬，給事中李公石爲太原行軍司馬〔一〕。孔目官高涉，因宿使院，至鼕鼕鼓起時，詣隣房，忽遇一人，長六尺餘，呼曰：「行軍喚爾。」涉遂行，行稍遲，其人自後拓之，不覺向北。約行數十里，至野外，漸入一谷底。後上一山，至頂四望，邑屋盡眼下。至一曹司，所追者呼云：「追高涉到。」其中人多衣朱綠，當案者似崔行信郎中，判云：「付司對。」復引出，至一處，數百人露坐，與豬羊雜處。領至一人前，乃涉妹壻杜則也，逆謂涉曰：「君初得書手時，作新人局，遣某買羊四口，記得否？今被相債〔二〕，備嘗苦毒〔三〕。」涉遽云：「爾時祇使市肉，非羊也。」則遂無言。因見羊人立齧則。逡巡被領他去，倏忽又見一處，露架方梁，梁上釘大鐵環，有數百人，皆持刀，以繩繫人頭，牽入環中，刳剔之。涉懼，走出，但念金剛經。倏忽逢舊相識楊演云：「李尚書時〔四〕，杖殺賊李英道，爲劫賊事，已於諸處受生三十年，今卻訴前事，君常記得無？」涉辭以年幼，不省。又遇舊典段怡，先與涉爲義兄弟，逢涉云：「先念金剛經〔五〕，莫廢忘否？向來所見，未是極苦處，勉樹善業。今得還，乃經之力。」因送至家，如夢，死已經宿。向所拓處，數日青腫。

〔一〕李公石　太平廣記卷一〇八「高涉」條引酉陽雜俎作「李石」。

〔二〕今被相債　「債」，同上書作「責」。

〔三〕備嘗苦毒　「備嘗」，同上書作「意甚」。

〔四〕李尚書　同上書作「李說尚書」。

〔五〕先念金剛經　同上書句前有「弟」字。

永泰初，豐州烽子暮出，爲党項縛入西蕃易馬〔一〕。蕃將令穴肩骨，貫以皮索，以馬數百蹄配之。經半歲，馬息一倍，蕃將賞以羊革數百，因轉近牙帳。贊普子愛其了事，遂令執纛左右，有剩肉餘酪與之。又居半年，因與酪肉，悲泣不食。贊普問之，云：「有老母，頻夜夢見。」贊普頗仁，聞之悵然。夜召帳中語云：「蕃法嚴，無放還例。我與爾馬有力者兩疋，於某道縱爾歸，無言我也。」烽子得馬極騁，俱乏死，遂晝潛夜走。數日後，爲刺傷足，倒磧中。忽有風吹物，窸窣過其前，因攬之裹足。有頃，不復痛，試起步走如故，經信宿方及豐州界。歸家，母尚存，悲喜曰：「自失爾，我唯念金剛經，寢食不廢，以祈見爾，今果其誓。」因取經拜之，縫斷，亡數幅，不知其由。子因道磧中傷足事，母令解足視之，所裹瘡物乃數幅經也，其瘡亦愈。

〔一〕爲党項縛入西蕃易馬　「易馬」，太平廣記卷一〇五「豐州烽子」條引酉陽雜俎作「養馬」。

大曆中，太原偷馬賊誣一王孝廉同情，拷掠旬日，苦極强首。推吏疑其冤，未即具獄〔五〕。其人惟念金剛經，其聲哀切，晝夜不息。忽一日，有竹兩節，墜獄中，轉至於前〔一〕，他囚争取之。獄卒意藏刃〔二〕，破視，内有字兩行云「法尚應捨，何況非法」，書跡甚工。賊首悲悔，具承以匿嫌誣之〔三〕。

〔一〕轉至於前　「至」，太平廣記卷一〇六「太原孝廉」條引酉陽雜俎作「止」。

〔二〕藏刃　説郛（涵芬樓本）卷三六引酉陽雜俎作「藏刀」。

〔三〕以匿嫌誣之　「匿」，原校：「一曰舊。」按，同上書同原校。

酉陽雜俎續集卷八

支動

北海有木兔，類顛頤〔一〕。

〔一〕顛頤 同「鵂鶹」。王念孫廣雅疏證引酉陽雜俎作「鵂鶹」，郝懿行爾雅義疏引酉陽雜俎作「鵂鶹」，二者同指貓頭鷹。

鼠食鹽則身輕。

烏賊魚骨，如通草，可以刻爲戲物。

章舉，每月三、八則多。

蝦姑，狀若蜈蚣，管蝦〔一〕。

〔一〕管蝦　類説卷四二引酉陽雜俎作「食蝦」。

南海有水族，前左腳長，前右腳短，口在脅旁背上。常以左腳捉物，寘於右腳，右腳中有齒嚼之，方内於口。大三尺餘。其聲「朮朮」，南人呼爲海朮。

獵者不殺豺，以「財」爲同聲。

又南方惡豺，向人作聲。

衛公幼時，常於明州見一水族，有兩足，觜似雞，身如魚。

衛公年十一，過瞿塘，波中睹一物，狀如嬰兒，有翼，翼如鸜鵒。公知其恠，即時不言，晚風大起方説。

句容赤沙湖食朱砂鯉，帶微紅，味極美。

負朱魚，亦絶美，每鱗一點朱。

向北有濮固羊〔一〕，大而美。

〔一〕濮固　疑即「僕固」，或作「僕骨」，在今蒙古國土拉河北。按，新唐書回鶻傳下：「僕骨亦曰僕固，在多覽葛之東」，「始臣突厥，後附薛延陀。延陀滅，其酋沙匐俟利發歌濫拔延始内屬，以其地爲金微州。」

丙穴魚，食乳水，食之甚温。

蜃，身一半已下，鱗盡逆。

太和七年，河陰忽有蠅，蔽天如蝗，止三日。河陽界，經旬方散。有李犨，時爲尉，向予三從兄説。

南中瑇瑁，斑點盡模糊，唯振州瑇瑁如舶上者。嘗見衛公先白書上作此「𤳸瑁」字。

衛公言：「鵝警鬼，鵁鶄厭火，孔雀辟惡。」

洪州有牛尾貍，肉甚美。

威遠軍子將臧平者〔一〕，好鬬雞，高於常雞數寸，無敢敵者。威遠監軍與物十疋强買之，因寒食乃進。十宅諸王皆好鬬雞，此雞凡敵十數，猶擅場怙氣。穆宗大悦，因賜威遠監軍帛百疋。主雞者想其蹠距，奏曰：「此雞實有弟，長趾善鳴，前歲賣之河北軍將，獲錢二百萬。」

〔一〕威遠軍子將臧平　「威遠軍」，疑當作「成德軍」。「威遠」蓋「成德」之形訛。按，臧平乃牛元翼部將，當隸屬成德軍。見舊唐書王廷湊傳、新唐書牛元翼傳。

韋絢云：「巴州兔作貍班。」

凡鷙鳥，雄小雌大，庶鳥皆雄大雌小。

予同院宇文獻云：「吉州有異蟲，長三寸餘，六足，見蚓必齧爲兩段，纔斷，各化爲異蟲，相似無别。」

又有赤腰蜂，養子於蜘蛛腹下。

鯸鮧魚，肝與子俱毒。食此魚，必食艾，艾能已其毒。江淮人食此魚，必和艾。

夔州刺史李貽孫云：「嘗見木枝化爲蚓。」

道書以鯉魚多爲龍，故不欲食，非緣反藥。庶子張文規又曰：「醫方中畏食鯉魚，謂若魚中豬肉也。」

衛公畫得峽中異蝶[一]，翅闊四寸餘，深褐色，每翅上有二金眼。

〔一〕衛公畫得峽中異蝶　古今事文類聚、古今合璧事類備要引酉陽雜俎並無「畫」字，疑是。

公又説：「道書中言，麞鹿無魂，故可食。」

予幼時，嘗見説郎巾謂狼之筋也。武宗四年，官市郎巾，予夜會客，悉不知郎巾何物，亦有疑是狼筋者。坐老僧泰賢云：「涇帥段祐宅在招國坊，嘗失銀器十餘事。貧道時爲沙彌，每隨師出入段公宅，因令貧道以錢一千，詣西市賈胡求郎巾。出至修行南街金吾鋪〔一〕，偶問官健朱秀，秀曰：『甚易得，但人不識耳。』遂於古培摘出三枚〔二〕，如巨蟲，兩頭光，帶黄色。祐得，即令集奴婢環庭炙之。蟲慄蠕動，有一女奴臉唇瞤動，詰之，果竊器而欲逃者。」

〔一〕修行南街　「修行」，原作「修竹」，按，唐長安無「修竹坊」，而段成式宅在修行坊，「竹」、「行」形近易訛，今據改。

〔二〕古培　「培」，原作「琣」，今據津逮本、學津本改。

象管　環王國野象成群，一牡管牝三十餘。牝牙纔二尺，迭供牡者水草，卧則環守。

牝象死，共窆地埋之，號吼移時方散。又國人養馴，可令代樵。

熊膽，春在首，夏在腹，秋在左足，冬在右足。

南安蠻江蛇　至五、六月，有巨蛇泛江岸〔一〕，首如張帽，萬萬蛇隨之，入越王城。

〔一〕泛江岸　太平廣記卷四五六引酉陽雜俎作「泛流登岸」。

野牛　高丈餘，其頭似鹿，其角了戾〔一〕，長一丈，白毛，尾似鹿。出西域。

〔一〕了戾　原作「丫戾」，今據太平廣記卷四三四「牛」條引酉陽雜俎改。

潛牛　勾漏縣大江中，有潛牛，形似水牛。每上岸鬭，角軟還入江水，角堅復出。

貓　目睛旦暮圓〔一〕，及午，竪斂如綖。其鼻端常冷，唯夏至一日煖。其毛不容蚤虱。黑者，闇中逆循其毛，即若火星。俗言貓洗面過耳，則客至。楚州射陽出貓〔二〕，有褐花者。靈武有紅叱撥及青驄色者〔三〕。貓一名蒙貴，一名烏員。平陵城，古譚國也〔四〕。城中有一貓，常帶金鎖，有錢，飛若蛺蝶，士人往往見之。

〔一〕目睛旦暮圓　「旦」字原闕，今據太平御覽卷二三引酉陽雜俎、太平廣記卷四四〇「貓」條引酉陽雜俎補。

〔二〕楚州射陽　「射陽」，原作「謝陽」，今據天中記卷五四「貓」條引酉陽雜俎改。

〔三〕靈武有紅叱撥　「有」字原闕，今據太平廣記卷四四〇「貓」條引酉陽雜俎補。

〔四〕古譚國　「譚」，原作「潭」，今據左傳改。按，左傳莊公十年：「齊侯之出也，過譚，譚不禮焉。及其入也，諸侯皆賀，譚又不至。冬，齊師滅譚，譚無禮也。譚子奔莒，同盟故也。」

鼠　舊説鼠王，其溺精，一滴成一鼠〔一〕。一説，鼠母，頭腳似鼠，尾蒼口鋭，大如水中獺〔二〕。性畏狗，溺一滴成一鼠。時鼠災，多起於鼠母，鼠母所至處，動成萬萬鼠。其肉極美。凡鼠食死人目睛，則爲鼠王。俗云，鼠齧上服，有喜。凡齧衣，欲得有蓋〔三〕，無蓋凶。

〔一〕成一鼠　「一」字原闕，今據太平廣記卷四四〇「鼠」條引酉陽雜俎補。

〔二〕大如水中獺　「獺」字原闕，今據同上書補。按，天中記卷五四引酉陽雜俎「水中獺」作「水牛」，似亦可通。

〔三〕欲得有蓋　「有」，類説卷四二引酉陽雜俎作「其」。

千歲鸛　齊、魯之間，謂鸛爲乙，作巢避戊己。玄中記云：「千歲之鸛，户北向。」述異記云〔一〕：「五百歲鸛，生胡髯。」

〔一〕述異記　原作「述異要」，按埤雅卷八「鸛」條引述異記、説郛（四庫本）卷六五下引任昉述異記並作「鸛之千年，生胡髯。」今本述異記（漢魏叢書本）卷上同，今據改。

鷓鴣　飛數逐月。如正月，一飛而止於窠中，不復起矣。十二月，十二起，最難採，南人設網取之〔一〕。

〔一〕設網取之　「網」，原作「綱」，今據太平廣記卷四六一「飛數」條引酉陽雜俎改。

鵲窠　鵲構窠，取在樹杪枝，不取墮地者，又傳枝受卵〔一〕。端午日午時，焚其窠，灸病者，疾立愈。

〔一〕傳枝受卵　「傳」，原作「纏」，今據歲時廣記卷二三引酉陽雜俎改。按，埤雅卷六釋鳥：「鵲知人，喜作巢，取在木杪枝，不取墮地者。皆傳枝受卵，故一曰乾鵲，而莊子云：『烏鵲孺，魚傳沫。』鵲以傳枝少欲，故曰孺也。」

勾足　鸜鴿交時，以足相勾。促鳴鼓翼如鬭狀，往往墜地。俗取其勾足爲媚藥〔一〕。

〔一〕媚藥　太平廣記卷四六二「鸜鴿」條引酉陽雜俎作「魅藥」。

壁鏡　一日，江楓亭會，衆說單方。成式記治壁鏡用白礬。重訪許君，用桑柴灰汁，三度沸，取汁，白礬爲膏，塗瘡口即差，兼治蚍毒。自商、鄧、襄州，多壁鏡，毒人必死。坐客或云：「巳年不宜殺蚍。」

大蝎　安邑縣北門，縣人云：「有一蝎如琵琶大，每出來，不毒人。人猶是恐其靈。」積年矣〔一〕。

〔一〕積年矣　太平廣記卷四七七「大蝎」條引傳載句前有「閉之」二字。

紅蝙蝠　劉君云：「南中紅蕉，花時，有紅蝙蝠集花中，南人呼爲紅蝙蝠。」

青蚨　似蟬而狀稍大，其味辛，可食。每生子，必依草葉，大如蠶子。人將子歸，其母亦飛來，不以近遠，其母必知處。然後各致小錢於巾〔一〕，埋東行陰墻下，三日開之，即以母血塗之。如前每市物，先用子，即子歸母；用母者，即母歸子。如此輪還，不知休息。若買金銀珍寶，即錢不還。青蚨，一名魚伯。

〔一〕各致小錢於巾　「錢」字原闕，又「於」（于）字原悮作「子」，今據太平廣記卷四七七「青蚨」條引窮神秘苑補正。按，太平御覽卷九五〇、說郛卷五下並引淮南萬畢術作「各寘甕中」。

寄居之蟲　如螺而有腳，形似蜘蛛。本無殼，入空螺殼中，載以行。觸之縮足，如螺閉户也。火炙之，乃出走，始知其寄居也。

蜾蠃　今謂之蠮螉也。其爲物，純雄無雌，不交不産。取桑蟲之子，祝之，則皆化爲己子。蜂亦如此耳。

鯽魚〔一〕　東南海中有祖州，鯽魚出焉。長八尺，食之宜暑而避風〔二〕。此魚狀，即與江湖小鯽魚相類耳。潯陽有青林湖，鯽魚大者二尺餘，小者滿尺，食之肥美，亦可止寒熱也。

〔一〕鯽魚　太平御覽卷九三七、説郛（四庫本）卷六六上引神異經作「鮒魚」。

〔二〕避風　續博物志卷四九引神異經作「避風寒之气」。

黄魟魚　色黄無鱗，頭尖，身似大槲葉。口在頷下，眼後有耳，竅通於腦。尾長一尺，末三刺，甚毒。

螃𩸃　傍海大魚，脊上有石十二時〔一〕。一名籬頭溺，一名螃𩸃，其溺甚毒。

〔一〕脊上有石十二時　異魚圖贊補卷上「毒魚」條引酉陽雜俎「有石十二」上有「應」字，近是。

郫縣侯生者〔一〕，於漚麻池側，得鱓魚，大可尺圍。烹而食之，髮白復黑，齒落更生，自此輕健。

〔一〕鄮縣　原作「鄮縣」，太平廣記卷四六五「鱓魚」條、異魚圖贊箋卷三引録異記並作「鄮縣」，今據改。按，太平廣記卷四六五「鱓魚」條引録異記：「鄮縣侯生者，於漚麻池側得鱓魚，大可尺圍。烹而食之，髮白復黑，齒落更生，自此輕健。」

劒魚　海魚千歲爲劒魚。一名琵琶魚，形似琵琶而喜鳴，因以爲名。虎魚老則爲蛟。江中小魚，化爲蝗而食五穀者，百歲爲鼠。

金驢　晉僧朗往金榆山，及卒，所乘驢上山失之。時有人見者，乃金驢矣。樵者往往聽其鳴響，土人言：「金驢一鳴，天下太平。」

聖龜　福州，貞元末，有村人賣一籠龜，其數十三。販藥人徐仲，以五鍰獲之。村人云：「此聖龜，不可殺。」徐寘庭中，一龜藉龜而行，八龜爲導，悉大六寸。徐遂放於乾元寺後林中，一夕而失。

運糧驢　西域厭達國〔一〕，有寺户以數頭驢，運糧上山，無人驅逐，自能往返，寅發午至，不差晷刻。

〔一〕西域厭達國　洛陽伽藍記卷五引宋雲行記作「烏場（萇）國」。

鄧州卜者　有書生住鄧州，嘗遊郡南，數月不返。其家詣卜者占之，卜者視卦曰：「甚異！吾未能了，可重祝。」祝畢，拂龜改灼，復曰：「君所卜行人，兆中如病非病，如死非死，逾年自至矣。」果半年〔一〕，書生歸，云：「遊某山深洞，入值物蟄，如中疾，四支不能動，昏昏若半醉。見一物自明入穴中，卻返。良久，又至，直附身，引頸臨口鼻，細視之，乃巨龜也。十息頃方去。」書生酌其時日，其家卜吉時焉〔二〕。

〔一〕果半年　「年」，太平廣記卷二一七「鄧州卜者」條引酉陽雜俎作「稔」。

〔二〕其家卜吉時也　「吉」，疑當作「占」，以與前「詣蓟者占之」相應。

五時雞　影娥池北〔一〕，有鳴琴苑〔二〕。伺夜雞鳴〔三〕，隨鼓節而鳴，從夜至曉，一更爲一聲，五更爲五聲，亦曰五時雞。

〔一〕影娥池　原作「影鵝池」，今據三輔黃圖改。按，三輔黃圖卷四：「影娥池，武帝鑿池以翫月。其旁起望鵲臺以眺月，影入池中，使宫人乘舟弄月影，名影娥池，亦曰眺蟾臺。」

〔二〕鳴琴苑　「琴」，洞冥記作「禽」。按，别國洞冥記卷三：「影娥池北，作鳴禽之苑。有生金樹，破之，皮間有屑，如金而色青，亦名青金樹。」

〔三〕伺夜雞　「伺」，同上書作「司」。按，别國洞冥記卷三：「有司夜雞，隨皷節而鳴不息。從夜至曉，一更爲一聲，五更爲五聲，亦曰五時雞。」

鷓鴣　似雌雉，飛但南，不向北。楊孚交州異物志云：「鳥像雌雉，名鷓鴣。其志懷南，不向北徂。」

蛸　見虎，則跳入虎耳。

鷂子　兩翅各有複翎〔一〕，左名「撩風」，右名「掠草」。帶兩翎出獵〔二〕，必多獲。

〔一〕複翎　原作「復翎」，今據紺珠集卷六、海録碎事卷二二上引酉陽雜俎改。

〔二〕兩翎　「兩」，原作「雨」，今據津逮本、學津本改。

世俗相傳云，鴟不飲泉及井水，惟遇雨濡翮，方得水飲。

開元二十一年〔一〕，富平縣産一角神羊，肉角當頂，白毛上捧，議者以爲獬豸。

〔一〕開元二十一年　「二十一年」，太平御覽卷八九〇、册府元龜卷二四並引作「二十年」。按，太平御覽卷八九〇引唐書：「開元二十年，有一角神羊産於京兆之富平縣。肉角當頂，白毛上捧，識者以獬豸名之。」

獬豸見聞不直者觸之，窮奇見聞不直者煦之。均是獸也，其好惡不同。故君子以獬鳶爲冠，小人以窮奇爲名。

鼠膽在肝〔一〕，活取則有。

〔一〕鼠膽在肝　「肝」，類説卷四二引酉陽雜俎作「頭」。

酉陽雜俎續集卷九

支植上

衛公平泉莊，有黄辛夷、紫丁香。

都勝花，紫色，兩重心，數葉卷上，如蘆朵，蘂黄葉細。

那提槿，花紫色，兩重葉，外重葉卷心。心中抽莖，高寸餘。葉端分五瓣，如蔕，瓣中紫蘂，莖上黄蘂〔一〕。

〔一〕莖上黄蘂　「蘂」，原作「葉」，今據太平廣記卷四〇九「那提槿花」條引酉陽雜俎改。

月桂，葉如桂，花淺黄色，四瓣，青蘂。花盛發如柿蔕〔一〕。出蔣山。

〔一〕如柿蔕 原作「如柿葉蔕稜」，今據太平廣記卷四〇九「月桂花」條引酉陽雜俎改。

溪蓀，如高良薑〔一〕，生水中。出茆山。

〔一〕高良薑 「良」，原作「梁」，今據證類本草卷九「高良薑」條本經改。

山茶，似海石榴，出桂州。蜀地亦有。

貞桐，枝端抽赤黄條，條復旁對，分三層。花大如落蘇，花作黄色，一莖上有五六十朵。

俱那衛，葉如竹，三莖一層，莖端分條如貞桐，花小，類木榍。出桂州。

瘴川花，差類海石榴〔一〕，五朵簇生。葉狹長重沓，承於花底，色中第一，蜀色不能及。出黎州按彎嶺。

〔一〕差類海石榴　「石」字原闕，今據太平廣記卷四〇九「海石榴花」條引酉陽雜俎補。

木蓮花，葉似辛夷，花類蓮，花色相傍。出忠州鳴玉溪。邛州亦有。

牡桂，葉大如苦竹葉，葉中一脈如筆跡。花蔕葉三瓣，瓣端分爲兩歧。其表色淺黄，近歧淺紅色。花六瓣，色白，心凸起如荔枝，其色紫。出婺州山中。

簇蝶花，花爲朵，其簇一蘂，蘂如蓮房〔一〕，色如退紅〔二〕。出温州。

〔一〕花爲朵其簇一蘂蘂如蓮房　太平廣記卷四〇九「簇蝶花」條引酉陽雜俎此三句作「花朵簇一蘂，如蓮房」。

〔二〕色如退紅　同上書引作「色淺紅」。

山桂，葉如麻，細花，紫色，黄葉簇生，如慎火草。出丹陽山中。

那伽花，狀如三春，無葉，花色白，心黄，六瓣。出舶上。

安南有人子藤〔一〕，紅色，在蔓端有刺。其子如人狀。崑崙燒之集象。南中亦難得。

〔一〕安南　原作「南安」，太平廣記卷四〇七「人子藤」條、東西洋考卷一交阯物産並引酉陽雜俎作「安南」，今據改。

三賴草，如金色，生於高崖，老子弩射之〔一〕，魅藥中最切用〔二〕。

〔一〕老子弩射之　太平廣記卷四〇八「三賴草」條引酉陽雜俎無此五字。「老子」，疑即本書前集卷八「越人習水」條所説「南中繡面妵子」之類。

〔二〕最切用　「用」字原闕，今據同上書補。

衛公言：「桂花三月開，黄而不白。」大庾詩皆稱「桂花耐日」。又張曲江詩「桂華秋皎潔」，妄矣。

木中根固，柿爲最，俗謂之柿盤。

曹州及揚州淮口，出夏梨。

衞公言：「滑州櫻桃，十二枚長一尺。」

韋絢云：「湖南有靈壽花，數蔕簇開〔一〕，視日如槿〔二〕，紅色，春秋皆發，非作杖者。」

〔一〕數蔕簇開　「蔕」，原作「帶」，今據學津本改。

〔二〕視日如槿　「視」，原校：「一曰規。」

又言：「衡山祝融峰下法華寺，有石榴花如槿，紅花，春秋皆發。」

衞公又言：「衡山舊無棘，彌境草木無有傷者。曾録知江南，地本無棘，潤州倉庫或要固墻隙，植薔薇枝而已。」

衞公言：「有蜀花鳥圖，草花有金粟、石鬬、水禮、獨用將軍、藥管。石鬬葉甚奇，根似椶，葉大。凡木葉脈皆一脊，唯桂葉三脊。近見菝葜，亦三脊。」

蕁根〔一〕，羹之絶美，江東謂之蕁龜。

〔一〕蕁根　類説卷四二引酉陽雜俎句前有「李衛公言」四字。

王旻言：「蘿蓄根莖〔一〕，並生熟俱涼。」

〔一〕蘿蓄　原校：「一曰蔔。或蓄恐悞。」按，此校非是。此云某者「根莖」，必有根有莖者方可當之，而「蘿蔔」自身即根莖，何須重複言之？作「蘿蔔」顯有語病，疑「蓄」字不悞而「蘿」字悞，當作「萹蓄」。一則「萹」、「蘿」形近易悞，二則「萹蓄」所在多有，方士亦常用之入藥。

重臺朱槿，似桑，南中呼爲桑槿。

金松，葉似麥門冬，葉中一縷如金綖。出浙東，台州猶多。

衛公言：「迴紇草皷〔一〕，如皷。及難，果能菜。」

〔一〕迴紇草皷　「草皷」，疑當作「草豉」，下「如皷」亦當作「如豉」。按，政和證類本草卷六引陳藏器本草拾遺：「草豉，味辛平，無毒，主惡氣調中，益五藏，開胃，令人能食。生巴西諸國。草似韭，豉出花中，人食之。」

江淮有孟娘菜，並益肉食。

又青州防風子，可亂畢撥。

又太原晉祠，冬有水底蘋，不死，食之甚美。

衛公言：「蜀中石竹，有碧花。」

又言：「貞元中，牡丹已貴。柳渾詩〔一〕：『近來無奈牡丹何，數十千錢買一窠〔二〕。今朝始得分明見，也共戎葵校幾多。』」成式又嘗見衛公圖中有馮紹正雞圖，當時已畫牡丹矣。

〔一〕柳渾詩　「詩」，原作「善言」，今據能改齋漫録卷八「蜀葵詩」條引酉陽雜俎改。

〔二〕窠　全唐詩卷一九六柳渾牡丹詩作「顆」。

衛公莊上，舊有同心蔕木芙蓉。

衛公言：「金錢花損眼。」

紫薇，北人呼爲猴郎達樹，謂其無皮，猴不能捷也。北地其樹絶大，有環數夫臂者。

衛公言：「石榴甜者〔一〕，謂之天漿〔二〕，能已乳石毒。」

〔一〕石榴　本條與前集卷一八廣動植三「石榴」條末句重出，惟多「衛公言」三字。

〔二〕天漿　原作「大漿」，今據本書卷一八「石榴」條及白孔六帖等引酉陽雜俎改。

東都勝境有三溪〔一〕，今張文規莊近溪〔二〕，有石竹一竿生癭，今大如李〔三〕。

〔一〕東都勝境　「東都」，太平廣記卷四一二「癭竹」條引酉陽雜俎作「東洛」，二者並指今河南洛陽。

〔二〕今張文規莊近溪　同上書作「張文軌有莊近溪」。

〔三〕今大如李　同上書無「今」字。

麻黄，莖端開花，花小而黄，簇生。子如覆盆子，可食。至冬枯死，如草，及春卻青。

太常博士崔碩云〔一〕：「汝西有練溪，多異柏。及暮秋，葉上斂，俗呼合掌柏。」

〔一〕太常博士崔碩　「崔碩」，太平廣記卷四〇六「合掌柏」條引酉陽雜俎作「崔石」，二者均於史無徵，未詳孰是。

洛中㸑花木者言：「嵩山深處，有碧花玫瑰，而今亡矣。」

崔碩又言：「常盧潘云：衡山石名懷〔一〕。」

〔一〕衡山石名懷　諸本並同，意頗費解。按本卷題爲支植篇，專記各類植物，此則插言「衡山石」，突兀扞格，令人生疑。而下條重見「衡山石」三字，所言乃是「衡山石枏花」，據此逆推之，可疑處或可冰釋。蓋本條與下條本屬一條，崔碩引常盧潘説必指「衡山石枏花」，而非所謂「衡山石」。今試合本條與下條讀之如下：「崔碩又言：『常盧潘云：衡山石枏花，有紫、碧、白三色，花大如牡丹，亦有無花者。』」考其致悮由來，亦似有跡可尋，先是一條斷裂爲兩條，繼之「枏」字形訛爲「懷」字，又以「衡山石懷」意有不足，遂在「懷」前臆補「名」字。然而「衡山石名懷」有解乎？無解也。可見本條與下條理應歸併爲一條纔是，但原文流傳已久，且諸本並同，校改過甚，諒非所宜，今略陳己見，仍存原本舊貌。

三色石枏花　衡山石枏花有紫、碧、白三色，花大如牡丹，亦有無花者。

衛公言：「三鬣松與孔雀松別〔一〕。」又云：「欲松不長，以石抵其直下根，便不必千年方偃〔二〕。」

〔一〕三鬣松與孔雀松別　按，本書前集卷一八廣動植三：「松，凡言兩粒。五粒，粒當言鬣。成式修行里私第大堂前，有五鬣松兩株，大財如椀，甲子年結實，味與新羅、南詔者不別。五鬣松，皮不鱗。中使仇士良水磑亭子在城東，有兩鬣皮不鱗者，又有七鬣者，不知自何而得。俗謂孔雀松，三鬣松也。松命根下遇石則偃蓋，不必千年也。」是孔雀松即三鬣松，一物二名耳。然而李德裕則以爲二者有別，並非一物，故段成式別記之。二者究竟有何不同，未見相關記載。也許此「別」字本作「無別」，今脱一字而終成疑案。

〔二〕便不必千年方偃　「便」，太平廣記卷四〇六「三鬣松」條引酉陽雜俎作「便偃」，屬上讀。

東都敦化坊百姓家，太和中，有木蘭一樹，色深紅。後桂州觀察使李渤看宅人以五千買之〔一〕，宅在水北，經年花紫色。

〔一〕桂州觀察使李渤　「渤」，原作「勃」，今據舊唐書卷七一、新唐書卷一一八本傳改。

處士鄭又玄云：「閩中多佛桑樹，樹枝葉如桑，唯條上勾，花房如桐花，含長一寸餘，似重臺狀，花亦有淺紅者〔一〕。」

〔一〕淺紅者　太平廣記卷四〇九「佛桑花」條引酉陽雜俎作「淺黄者」，且其下尚有「南中桐花有深色者」八字。

獨梪樹　頓丘南應足山有之〔一〕。山上有一樹，高十餘丈，皮青滑，似流碧，枝幹上聳，子若五綵囊，葉如七子鏡〔二〕，世名之仙人獨梪樹。

〔一〕頓丘南應足山有之　太平廣記卷四〇六「獨梪樹」條引酉陽雜俎作「頓丘南有應足山」。

〔二〕七子鏡　言其形圓。原作「亡子鏡」，不辭，今據梁簡文帝詩改。按，藝文類聚卷一引梁簡文帝望月：「流輝入畫堂，初照上梅梁。形同七子鏡，影類九秋霜。桂花那不落，團扇與誰裝？空聞北牕彈，未舉西園觴。」

木龍樹　徐之高冢城南，有木龍寺。寺有三層磚塔，高丈餘。塔側生一大樹，縈繞至塔頂。枝幹交横，上平，容十餘人坐。枝杪四向下垂，如百子帳。莫有識此木者，僧呼爲龍木。梁武曾遣人圖寫焉。

魚甲松　洛中有魚甲松。

酉陽雜俎續集卷十

支植下

青楊木　出峽中。爲牀，卧之無蚤。

夏州槐　夏州唯一郵，有槐樹數株，鹽州或要葉，行牒求之〔一〕。

〔一〕行牒求之　白孔六帖卷九九、類説卷四二並引酉陽雜俎作「西夏無槐，他州或要其葉，則移牒取之」。

蜀楷木　蜀中有木類柞，衆木榮時，如枯枿〔一〕，隆冬方萌芽布陰，蜀人呼爲楷木。

〔一〕如枯枿　「如」字原闕，今據太平廣記卷四〇六「楷木」條引酉陽雜俎補。

古文柱　齊建元二年夏，廬陵長溪水衝擊山麓崩，長六七尺，下得柱千餘根，皆十圍，長者一丈，短者八九尺，頭題古文，字不可識。江淹以問王儉，儉云：「江東不閑隸書，秦漢時柱也。」

色綾木　臺山有色綾木，理如綾文〔一〕。百姓取爲枕，呼爲色綾枕。

〔一〕理如綾文　「文」，太平廣記卷四〇六「色陵木」條引酉陽雜俎作「窠」。

鹿木　武陵郡北，有鹿木二株，馬伏波所種。木多節。

倒生木　此木依山生，根在上，有人觸則葉翕，人去則葉舒。出東海。

黝木　節似蟲獸〔一〕，可以爲鞭。

〔一〕節似蟲獸　「似」，原作「以」，今據太平廣記卷四〇七「黝木」條引酉陽雜俎改。

桄榔樹　古南海縣有桄榔樹，峰頭生葉，有麵，大者出麵百斛〔一〕。以牛乳啖之，甚美。

〔一〕大者出麵百斛　太平廣記卷四〇七「桄榔樹」條引酉陽雜俎「百斛」前有「乃至」二字。

㤝松　南康有㤝松，從前刺史每令畫工寫松〔一〕，必數枝衰悴。後因一客，與妓環飲其下，經日松死。

〔一〕每令畫工寫松　「每」字原闕，今據太平廣記卷四〇七「㤝松」條引酉陽雜俎補。

河伯下材〔一〕　中宿縣山下有神宇，溱水至此，沸騰鼓怒，槎木汎至此淪没，竟無出者，世人以爲河伯下材。

〔一〕河伯下材　本條與前集卷一〇物異「材」條重出。

交讓木　武陵郡記：「白雉山有木，名交讓，衆木敷榮後，方萌芽，亦更歲迭榮也。」

三枝槐　相國李石，河中永樂有宅，庭槐一本，抽三枝，直過堂前屋脊，一枝不及。相國同堂兄弟三人，曰福，曰程，皆登宰執〔一〕，唯福一人，歷七鎮使相而已〔二〕。

〔一〕皆登宰執　「登」下原衍「第」字，今據太平廣記卷四〇七「三枝槐」條引酉陽雜俎删。

〔二〕歷七鎮使相而已　玉泉子此句下尚有「蓋一枝稍短爾」六字。按，李福晚至乾符四年（八七七）始爲相，而段成式早於咸通四年（八六三）已卒，顯不及聞見，故有「歷七鎮使相而已」之説，若蓋棺論定，此語則於史不合。

無患木　燒之極香，辟惡氣。一名噤婁，一名桓。昔有神巫曰瑶眊，能符劾百鬼，擒魑魅，以無患木擊殺之。世人競取此木爲器用卻鬼，因曰無患木。

醋心樹　杜師仁常賃居，庭有巨杏樹。隣居老人每擔水至樹側，必嘆曰：「此樹可惜！」杜詰之，老人云：「某善知木病，此樹有疾，某請治。」乃診樹一處，曰：「樹病醋心。」杜染指於蠹處嘗之，味若薄醋。老人持小鉤披蠹，再三鉤之，得一白蟲，如蝠。乃傅藥於瘡中，復戒曰：「有實，自青皮時，必摽之，十去八九，則樹活。」如其言，樹益茂盛矣。又云：「嘗見栽植經三卷，言木有病醋心者。」

女草　葳蕤草，一名麗草，亦呼爲女草，江湖中呼爲娃草〔一〕。美女曰娃，故以爲名。

〔一〕江湖　太平廣記卷四〇八「女草」條引酉陽雜俎同，述異記作「江浙」。按，述異記卷下：「葳蕤草，一名麗草，又呼爲女草，江浙中呼娃草。美女曰娃，故以爲名。」

山茶花　山茶，葉似茶樹，高者丈餘，花大盈寸，色如緋，十二月開。

異木花　衛公嘗獲異木一株，春花紫。予思木中一歲發花，唯木蘭。

王母桃　洛陽華林園内有之。十月始熟，形如栝蔞。俗語曰：「王母甘桃，食之解勞。」亦名西王母桃。

胡榛子　阿月生西國，蕃人言與胡榛子同樹，一年榛子，二年阿月。

橄欖子　獨根樹，東向枝曰木威，南向枝曰橄欖。

東荒栗　東方荒中有木，名曰栗。有殼徑三尺三寸，殼刺長丈餘。實徑三尺，殼亦黄。其味甜，食之多〔一〕，令人短氣而渴。

〔一〕食之多　「多」字原闕，今據説郛（四庫本）卷六六上引神異經補。

猴栗　李衛公一夕甘子園會客，盤中有猴栗，無味。陳堅處士云：「虔州南有漸栗，形如棗核〔一〕。」

〔一〕形如棗核　「棗」，原作「素」，今據白孔六帖卷九九、天中記卷五二引酉陽雜俎改。

儋崖芥　芥高者五六尺，子大如雞卵。

儋崖瓠　儋崖種瓠，成實，率皆石餘。

童子寺竹　衛公言：「北都惟童子寺有竹一窠，纔長數尺。相傳其寺綱維，每日報竹平安。」

石桂芝　生山石穴中，似桂樹而實石也。高大如絞尺〔一〕，光明而味辛。有枝條，擣服之，一斛得千歲也。

〔一〕高大如絞尺　太平廣記卷四一三「石桂芝」條引酉陽雜俎作「高如大絞尺」，按抱朴子作「高尺許，大如徑尺」，疑「絞」乃「徑」字之悮。

石髪　張乘言：「南中水底有草，如石髪。每月三四日始生，至八九日已後可採，及月盡悉爛，似隨月盛衰也。」

席箕　一名塞蘆，生北胡地。古詩云：「千里席箕草。」

泉州莆田縣破岡山〔一〕，武宗二年，巨石上生菌，大如合簣，莖及蓋黄白色，其下淺紅。盡爲過僧所食，云美倍諸菌。

〔一〕泉州　原作「宋州」，「泉」、「宋」形近而悮，今據舊唐書地理志三改。

大食勿斯離國石榴，重五六斤。

南中桐花，有深紅色者。

東官郡〔一〕，漢順帝時屬南海，西接高涼郡。又以其地爲司鹽都尉〔二〕，東有蕪地，西隣大海。有長洲，多桃枝竹，緣岸而生。

〔一〕東官郡　原作「東宫郡」，今據太平廣記卷四一二「桃枝竹」條引酉陽雜俎改。

〔二〕司鹽都尉　原作「司諫都尉」，今據宋書、寰宇記改。按，宋書州郡志四：「東官太守，何志故司鹽都尉，晉成帝立爲郡。廣州記：『晉成帝咸和六年，分南海立。』」

楓樹　子大如雞卵，二月華，已乃著實，八九月熟，曝乾，燒之香馥。

酉陽雜俎輯佚

許按：新唐書藝文志三：「段成式酉陽雜俎三十卷。廬陵官下記二卷。」又宋史藝文志五：「段成式酉陽雜俎二十卷續酉陽雜俎十卷。廬陵官下記二卷。」酉陽雜俎與廬陵官下記皆著録於子部小説家類，可見二書性質大略相同。

類説卷六有段成式廬陵官下記節本，凡録六條，其中「栽植經」條亦見今本酉陽雜俎續集卷一〇支植下，其餘則不見於今本酉陽雜俎。又類説卷六引廬陵官下記六條，説郛（四庫本）卷一一七下引廬陵官下記十六條，悉數見於今本酉陽雜俎。（一説説郛本廬陵官下記「除首條蛙謎取類説節本外，餘皆截取酉陽雜俎以冒，僞書也」，見李劍國唐五代志怪傳奇叙録第七一七頁。）

類説之廬陵官下記節本與今本酉陽雜俎相出入，説郛之廬陵官下記則由酉陽雜俎本裁篇別出，這兩種情況當可證明，二書雖曾在唐、宋兩代各自單行，但自元、明以降，無論公私著録中僅有酉陽雜俎，已不見廬陵官下記，後者之佚文勢必已爲輯佚家闌入酉陽雜俎一書。以此爲據，本輯佚實則包括廬陵官下記和酉陽雜俎兩部分，凡見於類説卷六者原稱廬陵官下記，見於類説卷四二者則原稱酉陽雜俎。其餘諸條，則摭取唐詩紀事、白孔六帖、太平廣記、紺珠集、錦繡萬花谷、五色線等書，今各於條末一一注明出處。

此次所録入者，悉爲諸書明確標注引自「酉陽雜俎」或「雜俎」者，如含混稱爲「酉陽編」、「雜録」之類，則一概不録。其間容有明確標注爲「酉陽雜俎」，而實屬悮植者，亦有存疑莫辨者，今雖收録，但會有按語酌加考辨。

凡墨涴衣，閉氣於水上作白字，即濯之，不過七遍，即浄。 類説卷六、海録碎事卷五　按，海録碎事所引與類説有三處不同：一是「凡墨涴衣」之「涴」作「浣」；二是「即濯之」之「即」作「急」，三是「即浄」作「墨跡即浄」。

有武將見梁元帝，自陳「癡鈍」，乃訛爲「颸段」。帝笑曰：「颸非涼風，段非干木。」 類説卷六　按，顔氏家訓卷七音辭：「古人云：『膏粱難整。』以其爲驕奢自足，不能剋勵也。吾見王侯外戚，語多不正，亦由内染賤保傅，外無良師友故耳。梁世有一侯，嘗對元帝飲謔，自陳『癡鈍』，乃成『颸段』，元帝答之曰：『颸異涼風，段非干木。』」此蓋段氏所本。

有人悮讀「芋」爲「羊」，因人惠羊，乃謝云：「損惠蹲鴟。」 類説卷六　按，顔氏家訓卷三勉學：「江南有一權貴，讀悮本蜀都賦，注解『蹲鴟，芋也』，乃爲『羊』字。人饋羊肉，答書云：『損惠蹲鴟』。舉朝驚駭，不解事義。久後尋跡，方知如此。」此蓋段氏所本。

曹著機辯，有客試之，因作謎云：「一物坐也坐，臥也坐，立也坐，行也坐，走也坐。」著應聲曰：「在官地，在私地。」復作一謎云：「一物坐也臥，立也臥，行也臥，走也臥，臥也臥。」客不能曉，曹曰：「我謎吞得你謎。」客大慙。 類説卷六、説郛（四庫本）卷一七下 按，説郛卷一七下、天中記卷五七引此並題曰「蛙謎」。

予以坐客聯句互送爲煩，乃取斑竹，以白金絡首，如茶莢，以遞送聯句，謂之句枝。或角押惡韻，或煎椀茶爲八韻詩，皆謂之雜連。若志於不朽，則汰客，揀穩韻，無所得輒已，謂之苦連。句句共押平聲好韻不僻者，書於竹簡，謂之韻牒。 類説卷六、唐詩紀事卷五七 按，唐詩紀事卷五七段成式名下引酉陽雜俎，文字較此爲詳，曰：「一夕，予坐客以互送連句爲煩，乃命工取細斑竹，以白金鎖首，如茶挾，以遞聯名之。予在城時，常與客連句，初無虚日。小酌求押，或窮韻相角，或押惡韻，或煎茗一椀，爲八韻詩，謂之雜連。若志於不朽，則汰揀穩韻，無所得輒已，謂之苦連。連時，共押平聲好韻不僻者，出（許按，當作「書」，蓋涉下「出城」句而悞。）於竹簡，謂之韻牒，出城悉攜行。坐客句挾韻牒之語，必爲好事者所傳矣。因説故相牛公揚州賞秀才蒯希逸詩：『蟾蜍醉裹破，蛺蝶夢中殘。』每坐吟之。予因請坐客各吟近日爲詩者佳句，有吟賈島『舊國别日多，故人無少年』，馬戴『猿啼洞庭樹，人在木蘭舟』，又『骨銷金鏃在』，有吟僧無可『河來當塞斷（一曰盡），山（一曰岸）遠與沙平』，又『開門落葉深』，有吟張祜『河流側讓關（一曰山）』，又『泉聲到池盡』，有吟僧靈準『晴看漢水濱，秋覺峴山高』，有吟朱景玄『塞鴻先秋去，邊草入夏生』，予吟上都僧元礎『寺隔殘潮去』，又『採藥過泉聲』，又『林塘秋半宿，風雨夜深來』。予識蜀中客龐季子，每云：『寒雲生易滿，秋草長難高。』」又唐音癸籤卷二九談叢五：「韻牒始段成式。段押句好押窮韻、惡韻，其平聲好韻不僻者，書竹簡，稱爲韻牒。又有遞聯，細斑竹爲之，以白金鎖首，如茶挾形，分客以免互送之煩，今韻牌之類是也。」

處士許畢云：「樺根爇之，如煎香。」説郛（涵芬樓本）卷三六　按，説郛（四庫本）卷三六引酉陽雜俎二十卷續集十卷凡七十九條，惟本條謂出自語録，不見於今本酉陽雜俎。按，宋黄伯思東觀餘論卷下跋段太常語録後云：「此卷本是廬陵官下記上篇，亦段太常作。政和四年四月，以秘閣本校。長睿書。」可知所謂「語録」者，實則廬陵官下記之上篇也。

元退居士年逾七十，口食無齒，咀嚼愈壯。常曰：「今方知齒爲妨物。」　類説卷四二　按，天中記卷二二亦引此，文字稍異，且不注出處。天中記曰：「元退居士年七十三，口中無齒。每磨裝胡餅，疾齧如刀，年少不及。嘗言：『而今方知齒爲妨物。』」

衡州石室山，有僧，不剃髮，髮垂拂履。蓋慕留髮表丈夫也。　類説卷四二　按，太平廣記卷二六二「長鬚僧」條引王氏見聞：「三蜀有長鬚長老，自言是宰相孔謙子，莫知誰何。不剃髮鬚，皓然垂腹。擁百餘衆，自江湖入蜀。所在甿俗，瞻駭儀表，争相騰踐而禮其足。凡所經由，傾城而出，河目海口，人莫之測。至蜀，螺鈸迎焉。先謁樞密使宋光嗣，因問曰：『師何不剃鬚？』答曰：『落髮除煩惱，留髭表丈夫。』宋大恚曰：『吾無髭，豈是老婆耶？』遂揖出。『俟剃卻髭，即引朝見。』徒衆既多，旬日盤桓，不得已剃髭而入。徒衆恥其失節，悉各散亡。僞蜀主問曰：『遠聞師有長鬚之號，何得如是？』對曰：『臣在江湖，嘗聞陛下已證須陀洹果，是以和鬚而來，今見陛下將證阿那舍果，是以剃鬚而見。』少主初未喻，首肯之。及近臣解釋，大爲歡笑。後住持浄亂寺，數爲大衆論訟。」

雍公云：「卧欲縮足，不欲左脅寢。每夕濯足，已四十餘年，今年六十九，未嘗有病。」

類説卷四二、白孔六帖卷八九、續博物志卷九　按，「雍公」當即雍益堅，本書前集卷五恠術：「雍益堅云：『主夜神咒，持之有功德，夜行及寐，可已恐怖惡夢。咒曰婆珊婆演底。』」

徵姓凡舉事，當忌亥日，以火絶在亥，徵家絶氣日也。亦忌戌，徵家之墓日。類説卷四
二、續博物志卷一〇

人清晨欲封五嶽七遍，謂屈食指等四指，運頭，指掠之，名「封五嶽」。類説卷四二、五色
線卷下　按，五色線卷下「等四指」作「藏四指」，「指掠之」作「指押之」。

猢猻無脾，以頤行食。類説卷四二　按，本書前集卷一六廣動植總叙有「蝦蟆無腸」之説，此亦其類也。

踐壞竈土，令人患瘡。踏雞子殼，令人得白癜風。醫説（宋張杲撰）卷一〇、類説卷四二、續博
物志卷九　按，續博物志卷九所引文字略異，曰：「積皁莢油瓶，其中永不蛀。踏雞子殼，令人患白癜風。踐壞竈土，令
人害瘡。」

鄭康成居不其城南山中教授，所居山下生草如薤，長而紉，謂之書帶草。紺珠集卷六
按，本條又見太平廣記卷四〇八、太平御覽卷三八七、古今事文類聚後集卷三二、全芳備祖後集卷一〇、韻府群玉卷一
一、記纂淵海卷九四，惟諸書所引皆爲三齊記（或稱三齊要記、三齊略記），未見逕稱酉陽雜俎者。茲録太平廣記卷四〇
八「書帶草」條引三齊記如下：「鄭司農，常居不其城南山中教授，黄巾亂，乃避。遣生徒崔琰、王經諸賢於此，揮涕而散。
所居山下草如薤，葉長尺餘許，堅韌異常，士人名作康成書帶。」

徐州一士人暴卒，復生，云：「初，吏召，云天使行雨。」隸右落隊。雨有兩種：一瓶貯
水，作人間雨；一如銷石末，名乾雨。紺珠集卷六、錦繡萬花谷前集卷一　按，錦繡萬花谷前集卷一引

酉陽雜俎，文字較此爲詳，曰：「徐州王忠政死，十二日卻蘇，語云：見一人引臂，曰：『天召汝行雨。』左落千隊，右落千隊，各五方甲馬。一般小項瓶中貯人間水，一般如馬牙消，謂之乾雨。兩隊在前，風車在後。」又本條又見白孔六帖卷二、太平廣記卷三九五、説郛卷四二，並謂出自馬總唐年小録（或稱唐年補録），兹録太平廣記卷三九五「王忠政」條引唐年小録如下：「唐泗州門監王忠政云，開成（許按，原作「城」，今據白孔六帖卷二引改）中，曾死十二日卻活。始見一人，碧衣赤幘，引臂登雲，曰：『天召汝行，汝隸於左落隊。』其左右落隊，各有五萬甲馬，簇於雲頭。俯向下，重樓深室，囊櫃之内，纖悉皆見。更異者，見米粒長數尺。凡兩隊，一隊於小項缾子，貯人間水，一隊所貯如馬牙硝，謂之乾雨。皆在前，風車爲殿。每雷震，多爲捉龍。龍有過者，謫作蛇魚。數滿千，則能淪山。行雨時，先下一黄旗，次下四方旗。乃隨龍所在，或霆或雷，或雨或雹。若吾（許按，疑當作「悮」）傷一物，則刑以鐵杖。忠政役十一日，始服湯三甌，不復飢困。以母老哀求，得歸。」

周長史善畫，得色訣。嘗理采色於霤下，旋取飛研之。　紺珠集卷六、白孔六帖卷三二　按，白孔六帖卷三二引酉陽雜俎文字稍異，曰：「周長史偏得色訣，常理采色於霤下，旋取飛用。」「周長史」即周昉。太平廣記卷二一三「周昉」條引畫斷一則，可爲本條注腳，曰：「唐周昉字景玄，京兆人也，節制之後。好屬學，畫窮丹青之妙。遊卿相間，貴公子也。長兄皓，善騎射，隨歌舒往征吐蕃，收石堡城，以功授執金吾。時德宗修章敬寺，召皓問曰：『卿弟昉善畫，朕欲請畫章敬等神，卿特言之。』經數日，帝又請之，方乃下手。初如障蔽，都人觀覽，寺低國門，賢愚必至。或有言其妙者，指其瑕者隨日改之。經月餘，是非語絶，無不嘆其妙，遂下筆成之，爲當代第一。又郭令公女壻趙縱侍郎，嘗令韓幹寫真，衆皆稱美，後又請昉寫真。二人皆有能名，令公嘗列二畫於座，未能定其優劣。因趙夫人歸省，令公問曰：『此何人？』對曰：『趙郎。』『何者最似？』云：『兩畫揔似，後畫者佳。』又問：『何以言之？』『前畫空得趙郎狀貌，後畫兼移其神思情性笑言之姿。』令公問：『後畫者何人？』乃云：『周昉。』是日定二畫之優劣，令送錦綵數百疋。」

周時，西域貢幻伎，能興雲噴火，或爲獅子、巨象、龍、蛇之狀，中國頓效之。其國本名扶婁，語訛爲婆候伎爾。　紺珠集卷六　按，本條又見初學記卷一五「扶婁伎」條引司馬相如上林賦注、太平廣記卷二八四「扶婁國人」條及卷四八二「扶婁」條，三者原始出處均爲王子年拾遺記，見今本拾遺記卷二，曰：「（周成王）七年，南陲之南，有扶婁之國。其人善能機巧變化，易行改服，大則興雲起霧，小則於纖毫之中。綴金玉、毛羽爲衣裳。能吐雲噴火，鼓腹則如雷霆之聲。或化爲犀、象、師子、龍、蛇、犬、馬之狀。或變爲虎、兕，口中生人，備百戲之樂，宛轉屈曲於指掌間。人形或長數分，或復數寸，神怪欻忽，衒麗於時。樂府皆傳此伎，至末代猶學焉。得粗亡精，代代不絕。故俗謂之婆候伎，則扶婁之音，訛替至今。」

新羅多海紅并海石榴，唐贊皇李德裕言：「花中帶海者，悉從海東來。」　太平廣記卷四〇九、海棠譜卷上、白孔六帖卷九九、記纂淵海卷九三　按，海棠譜（宋陳思撰）卷上叙事：「凡草木以『海』爲名者，酉陽雜俎云：『唐贊皇李德裕嘗言：「花中之帶海者，悉從海外來。」』故知海棠、海柳、海石榴、海木瓜之類，俱無聞於記述，豈以多而爲稱耶？又非多也，誠恐近代得之海外耳。」

南海四時皆有朱槿，花常開，然一本之內，所發不過一二十花，且開不能如圖畫者叢發爛漫。　太平廣記卷四〇九「南海朱槿」條　按，遵生八箋卷一六槿花二種：「籬槿，花之最惡者也。其種外，有千瓣白槿，大如勸杯。有大紅、粉紅千瓣，遠望可觀，即南海朱槿那提槿也。且插種甚易。」此以爲南海朱槿即那提槿。然而本書續集卷九支植上既有「重臺朱槿」條曰：「重臺朱槿，似桑，南中呼爲桑槿。」復有「那提槿花」條曰：「那提槿花，紫色，兩重葉，外重葉卷心，心中抽莖，高寸餘。葉端分五瓣如蔕，瓣中紫蘂，莖上黃葉。」二者皆與此所謂南海朱槿有別。太平廣記卷四〇九亦引酉陽雜俎，録南海朱槿、那提槿花、佛桑花凡三條，此南海朱槿似可視爲佚文。

河雲院中有劉晏木曲杖，是尋運路所乘者。白孔六帖卷一四　按，本條又見格致鏡原（清陳元龍撰）卷五八。

鷹相同鶥，唯尾長翅短爲異耳。白孔六帖卷九四　按，本條又見埤雅卷六、天中記卷五九、格致鏡原卷七九。

四時有人。白孔六帖卷九五　按，此四字乃白孔六帖詞目，雖注明引自酉陽雜俎，但其下並無引文。

桐城縣百姓胡舉家，有青龍鬬死於樹中，鱗鬣皆似魚，唯有鬚長可三尺，角各長二尺餘。白孔六帖卷九五　按，太平廣記卷四二三「孔威」條亦引此事，謂出唐年補録，曰：「唐咸通末，舒州刺史孔威進龍骨一具，因有表奏其事狀云：『州之桐城縣善政鄉百姓胡舉，有青龍鬬死於庭中。時四月，尚有繭箔在庭。忽雲雷暴起，聞雲中擊觸聲，血如灑雨。灑繭箔上，血不汙箔，漸旋結聚，可拾寘掌上，須臾令人冷痛入骨。初，龍拖尾及地，繞一泔桶，即騰身入雲，及雨，悉是泔也。龍既死，剖之，喉中有大瘡。凡長十餘尺，身尾相半，尾本褊薄，鱗鬣皆魚，唯有鬚長二丈。其足有赤膜翳之，雙角各長二丈，其腹相自齟齬。』時遣大雲倉使督而送州，以肉重不能全舉，乃剸之爲數十段，載之赴官。」段成式卒於咸通四年（八六三），此云事在咸通末（八七三），顯非段成式所及聞見。廣記引唐年補録爲是，六帖引酉陽雜俎蓋悮也。

明月兔，狀如兔，前腳長數寸，後腳長尺餘，尾長白而彎，趫捷善走。出河西。白孔六帖卷九七　按，本條又見格致鏡原卷八八。

驢走少有雙擲者，但四足迅行耳。　白孔六帖卷九七　按，本條又見淵鑒類函卷四三五。

狗，豺之舅。豺遇狗輒跪，如拜狀。　白孔六帖卷九八、古今事文類聚後集卷四〇、爾雅翼卷一九　按，本條又見天中記卷五四、淵鑒類函卷四二九。

鼉爲臛數，食可長髮。　白孔六帖卷九八、續博物志卷三　按，白孔六帖「臛」誤作「曜」，今據續博物志改。本條又見天中記卷五七、格致鏡原卷一一和卷九四，並作「臛」，本書前集卷七酒食「武溪夷田强」條，亦記有「白鼉爲臛」事。

水麝，臍中惟水，瀝一滴於斗水中，用麗衣，至敗，其香不歇。每取，以針刺之。捻以真雄黃，則合香氣倍於肉麝。天寶初，虞人獲詔養之。　政和證類本草卷一六「麝香」條　按，本條前半又見爾雅翼卷二〇「麝」條，後半又見陳氏香譜（宋陳敬撰）及緯略卷一〇、類説卷五九、錦繡萬花谷後集卷三五、韻府群玉卷一六、續博物志卷一〇引香譜，文字較此爲詳，兹録類説引文如下：「天寶中，虞人獲水麝，臍皆香水也。每取，以針刺之，香氣倍於肉麝。」又爾雅翼「麗衣」作「灑衣」、「敗」作「弊」。

曹植説疫氣曰：「鹹水之魚，不遊於江；淡水之魚，不入於海。寧去累世宅，不去鯯魚頭。」　五色線卷上　按，本書前集卷一六廣動植總叙有末二句，作「寧去累世宅，不去鯯魚額」，此五色線引文顯有誤字。又前四句，今見藝文類聚卷九六，曰：「曹植説疲氣曰：『鹹水之魚，不遊於江；淡水之魚，不入於海。』」汪紹楹校勘記云：「疲，疑當作疫。太平御覽七百四十二曾引曹植説疫氣。」五色線引文「説疫氣」原作「説庾冰」，蓋以字形漫漶致誤，今據御覽改正。

龜有八名：一曰北斗，二曰南辰，三曰五星，四曰八風，五曰二十八宿，六曰日月，七曰九州，八曰玉虛，凡八名。其龜圖各有文在腹下，云：「某之龜。得之者，財物歸之，富至十萬。」蠅蜹不敢集其上。　五色線卷上　按，史記龜策列傳褚先生曰：「聞古五帝、三王發動舉事，必先決蓍龜」，「記曰：『能得名龜者，財物歸之，家必大富至千萬。』一曰『北斗龜』，二曰『南辰龜』，三曰『五星龜』，四曰『八風龜』，五曰『二十八宿龜』，六曰『日月龜』，七曰『九州龜』，八曰『玉龜』，凡八名龜。龜圖各有文在腹下，文云云者，此某之龜也。略記其大指，不寫其圖。取此龜不必滿尺二寸，民人得長七八寸，可寶矣。」

鬼蝶一足，著木如乾木葉。　東坡詩集注（宋王十朋注）卷二七、施注蘇詩（宋施元之注）卷二二　按，二書注蘇軾鬼蝶詩，並引酉陽雜俎此條於詩題下。又本書續集卷八「異蝶」條云：「衛公畫得峽中異蝶，翅闊四寸餘，深褐色，每翅上有二金眼。」古今合璧事類備要別集卷九一引之，題作「鬼蝶翅有金眼」，是「峽中異蝶」即鬼蝶也。

玄宗起涼殿，陳知節上疏極諫。上令力士召對。時毒暑方盛，在涼殿，水激扇車，風獵衣，於石榻陰溜，仰不見日，四隅積冰成山。復賜冰消麻飲，陳體生粟，腹中雷鳴，再三請起方許，上猶拭汗。陳纔及門，遺洩狼藉。復召，謂曰：「卿論事宜審，勿以己妨萬乘也。」古今合璧事類備要前集卷一一引廬陵官下記　按，本條又見唐語林卷四、天中記卷六，唐語林不言出處，天中記則明署廬陵官下記。今録唐語林卷四備考，曰：「玄宗起涼殿，拾遺陳知節上疏極諫。上令力士召對。時暑毒方甚，上在涼殿，座後水激扇車，風獵衣襟。知節至，賜坐石榻，陰霤沈吟，仰不見日，四隅積水成簾，飛灑座內含凍。復賜冰屑麻節飲，陳體生慄，腹中雷鳴，再三請起方許，上猶拭汗不已。陳纔及門，遺洩狼藉。逾日，復故，謂曰：『卿論事宜審，勿以己方萬乘也。』」

段成式酉陽雜俎曰：「自地去天十一萬餘里。」 學林卷二「天地」條、錦繡萬花谷前集卷一按，本書前集卷二玉格曰：「天地相去四十九萬九千里，四方相去萬萬九千里。」與學林所引恐非同一條。茲録學林本條全文如下：「晉書天文志曰：『日去地當八萬里。』又曰：『地上去天之數，得八萬一千三百餘里。』又晉書地理志曰：『八極之廣，東西二億三萬餘里。自地至天，半八極之數。』段成式酉陽雜俎曰：「自地去天十一萬餘里。」觀國按：周禮：『以土圭之法，測土深，正日景。日至之景，尺有五寸，謂之地中。』鄭氏注曰：『凡日景，於地千里而差一寸，景尺有五寸者，南戴日下萬五千里。地與星辰四遊升降於三萬里之中，是以半之得地之中也。以夏日至，立八尺之表，其景適與土圭等，謂之地中，今潁川陽城地爲然。』此乃古之聖人推測天地高深之法，不可易也。是則自地至天萬五千里耳。而晉書與雜俎其言至於八萬里、十一萬里，又無推測之法，荒唐無根，可恠也已。」

段成式酉陽雜俎云：「蔣山有應潮井，在半山之間。俗傳云江潮相應，嘗有破船朽板自井中出。貞觀中，有牧兒汲水，得杉板，長尺餘，上有朱漆字曰『吴赤烏二年，豫章王子駿之船』。」 景定建康志（宋周應合撰）卷一九 按，本條又見至大金陵新志（元張鉉撰）卷五下、江南通志卷三〇、清一統志卷五〇。又本條末云「吴赤烏二年」，而本書前集卷一四諾皋記上記有同一年事，曰：「烏山下無水，魏末，有人掘井五丈，得一石函，函中得一龜，大如馬蹄，積炭五枝於函傍。復掘三丈，遇磐石，下有水流洶洶然。遂鑿石穿，水北流甚駛。俄有一船觸石而上，匠人窺船上，得一杉木板，板刻字曰『吴赤烏二年八月十日，武昌王子義之船』。」二者除船板所刻年代相同外，餘皆迥異，顯非同一事。

段成式廬陵官下記：韋令去西蜀，時彭州刺史被縣令密論訴，韋前期勘知，屈刺史詣府陳謝。及迴日，諸縣令悉遠迎，所訴者爲首，大言曰：「使君今日可謂朱研益丹矣。」刺史笑曰：「則公便是研朱漢子也。」　輟耕録卷八　按，本條又見説略（明顧起元撰）卷五、天中記卷三八，並引作廬陵官下記。輟耕録在引録廬陵官下記本條文字前，尚有起首數句曰：「今人謂賤丈夫曰漢子。按北齊魏愷自散騎常侍遷青州長史，固辭。文宣帝大怒，曰：『何物漢子，與官不就！』」

崔郊出妾，臨行，賦詩曰：「公子王孫逐後塵，緑珠垂淚裛羅巾。侯門一入深如海，從此蕭郎是路人。」　錦繡萬花谷後集卷一五　按，本條又見紺珠集卷五、類説卷二七，古今事文類聚後集卷一六引作唐宋遺史，唐語林卷四引之而不注所出，而太平廣記卷一七七「于頔」條、天中記卷一九則引作雲谿友議。考其本事今見范攄雲谿友議卷上，全唐詩卷五〇五録崔郊此詩，其題注亦引雲谿友議。錦繡萬花谷引作酉陽雜俎，恐悮。兹録雲谿友議卷上本條備考，曰：「鄭太穆郎中爲金州刺史，致書於襄陽于司空頔。鄭傲倪自若，似無部吏之禮。書曰：『閣下爲南溟之大鵬，作中天之一柱，騫騰則日月暗，摇動則山嶽頽，真天子之爪牙，諸侯之龜鏡也。太穆孤幼二百餘口，飢凍兩京，小郡俸薄，尚爲衣食之憂，溝壑之期，斯須至矣。伏惟賢公，息雷霆之威，垂特達之節，賜錢一千貫，絹一千疋，器物一千兩，米一千石，奴婢各十人。』且曰：『分千樹一葉之影，即是濃陰；減四海數滴之泉，便爲膏澤。』于公覽書，亦不嗟訝，曰：『鄭使君斯須，各依來數一半。以戎費之際，不全副其本望也。』又有匡廬符戴山人，遣三尺童子賚數幅之書，乞買山錢百萬，公遂與之，仍加紙墨衣服等。又有崔郊秀才者，寓居於漢上，蘊積文藝，而物産罄懸。無何，與姑婢通，每有阮咸之從。其婢端麗，饒音律之能，漢南之最也。姑貧，鬻婢於連帥。連帥愛之，以類無雙，（無雙即薛太保愛妾，至盡圖畫觀之。）給錢四十萬，寵眄彌深。郊思慕無已，即强親府署，願一見焉。其婢因寒食來從事家，值郊立於柳陰，馬上連泣，誓若山河。崔生贈之以詩曰：『公子王孫逐後塵，緑珠垂淚滴羅巾。侯門一入深如海，從此蕭郎是路人。』或有嫉郊者，寫其詩於座。于公睹詩，令召崔生，左右莫之測也。郊則憂悔而已，無處潛遁也。及見郊，握手曰：『「侯門一入深如海，從此蕭郎是路人」，便是公製作也？四千小哉！何靳一書，不早相示。』遂命婢同歸。至於幃幌奩匣，悉爲增飾之，小阜崔生矣。（下略）」

唐宣宗大中初，女蠻國獻明霞錦，練水香麻以爲也。光耀芳馥著人，五色相間，而美麗於中國之錦。錦繡萬花谷後集卷三一　按，本條又見天中記卷四九、山堂肆考卷一八七引作酉陽雜俎，而太平廣記卷四八〇、類説卷四四、説郛卷四六下並引作杜陽雜編，白孔六帖卷八則引作酉陽編（實爲杜陽編之訛）。今觀其全文，作杜陽雜編爲是，錦繡萬花谷悞也。兹録廣記卷四八〇「女蠻國」條引杜陽雜編如下：「大中初，女蠻國貢雙龍犀，有二龍，鱗鬣爪角悉備；明霞錦，云鍊水香麻以爲色，光輝映曜，芬馥著人，五色相間，而美於中華錦。其國人危髻金冠，纓絡被體，故謂之菩薩蠻。當時倡優，遂製菩薩蠻曲，文士亦往往聲其詞。」

酉陽雜俎：唐明皇好羯鼓，云：「八音之領袖，諸樂不可爲比。」嘗遇二月初，詰旦，巾櫛方畢。時宿雨初晴，景色明麗，小殿亭前，柳杏將吐，睹而嘆曰：「對兹景物，豈可不與他判斷乎？」左右相目將命備酒，獨高力士遣取羯鼓。旋命之，臨軒縱擊一曲，名春光好。神思自得，及顧杏柳，皆已發坼，指而笑之，謂嬪嬙内官曰：「此一事，不唤我作天公，可乎！」皆呼萬歲。歲時廣記（宋陳元靚撰）卷一　按，本條又見碧雞漫志、太平廣記二〇五、太平御覽卷五八三、紺珠集卷五、類説卷一三、錦繡萬花谷前集卷三，悉引作南卓羯鼓録。作羯鼓録是，歲時廣記蓋悞植。今録太平廣記卷二〇五「玄宗」條引羯鼓録備考，曰：「唐玄宗洞曉音律，由之天縱，凡是管絃，必造其妙。若製作調曲，隨意即成，不立章度，取適短長，應指散聲，皆中點指。至於清濁變轉，律吕呼召，君臣事物，迭相制使。雖古之夔、曠，不能過也。尤愛羯鼓，常云八音之領袖，諸樂不可爲比。嘗遇二月初，詰旦，巾櫛方畢，時宿雨始晴，景色明麗，小殿内亭，柳杏將吐，睹而嘆曰：『對此景物，豈可不與他判斷之乎？』左右相目，將命備酒，獨高力士遣取羯鼓。上旋命之，臨軒縱擊一曲，曲名春光好，（上自製也。）神思自得。及顧柳杏，皆已發坼，指而笑謂嬪嬙内官曰：『此一事，不喚我作天公，可乎！』皆呼萬歲。又製秋風高，每至秋空迥澈，纖翳不起，即奏之。必遠風徐來，庭葉徐下，其妙絶入神如此。」

酉陽雜録：長沙樊著作三日一開頂。永樂大典卷一一九五一 按，永樂大典引作「酉陽雜録」，與「酉陽雜俎」僅一字之差，極易令人以爲此即酉陽雜俎之筆悮。然今考類説一六倦遊雜録「三拗」條云：「皇祐中，長沙有三拗：開福寺長老每季一剃頭，而致仕樊著作三日一開頂，一拗也；蘇推官喪父樂飲，林察推喪妻廬墓，二拗也；時右邊臣爲守，非賂不行，孔目官陸静，平生不受賕，三拗也。」皇祐乃宋仁宗年號（一〇四九—一〇五三），絶非段氏所及見。可證此所謂「酉陽雜録」實乃「倦遊雜録」之訛也。

何軫妻劉氏，年二十六歲，生一男得兩周，一女方周滿。忽夜夢入冥司，判決劉氏來春三月命終。覺後思之，憂惶涕泣不已。其夫與親屬咸問哭泣之因，答曰：「嘗夢入冥司，判我只有半年在世。至期果死無憾，但愧兒女無依。」忽一日，自遂命畫士繪畫佛菩薩像一軸，恭敬供養。斷除葷酒，晝夜躬對佛前，精處持念金剛般若經，回向發願云：「惟願我佛慈悲，增延世壽。若滿四十五歲，兒女皆有娶嫁之期，死入黄泉，亦自瞑目。」每日專心持念。至三十八歲，兒得娶婦。及四十三歲，女得嫁人，以滿所願。至太和四年冬，恰滿四十五歲，悉捨衣資，莊嚴佛像。爲善俱畢，一日，徧告骨肉親緣曰：「吾死期已至。」何軫以爲鬼魅所纏，不信有此。至歲除日，劉氏自請大德沙門，衹對三寶之前，授以八關齋戒，沐浴更衣，獨處一室，跏趺而坐，高聲誦念金剛般若波羅蜜經。誦畢，寂然無聲。兒女親屬，俱入室看視，端然而坐，已化去矣。凜然如生，唯頂上熱而灼手。凡四衆士庶見者聞者，無不歸敬三寶，讚嘆希有。其夫何軫，一依亡僧之禮，營塔安葬於荆之北郭。金剛般若波羅蜜經感應傳卷一引酉陽雜俎，又永樂大典卷七五四三金剛感應事跡引酉陽雜俎　按，今本酉陽雜俎續集卷七金剛經鳩異有何軫妻劉氏事，情節與此一般無二，惟文字特簡而已。

酉陽雜俎附録

一、書目著録

（宋）歐陽修、宋祁　新唐書　藝文志

段成式酉陽雜俎三十卷

盧陵官下記二卷（新唐書卷五九藝文志三子部小説家類）

（元）脱脱等　宋史　藝文志

段成式酉陽雜俎二十卷

又續酉陽雜俎十卷

盧陵官下記二卷（宋史卷二〇六藝文志五子部小説家類）

（宋）王堯臣等　崇文總目

酉陽雜俎二十卷段成式撰。

盧陵官下記二卷。（崇文總目卷三子部小説家類）

（宋）陳騤等　中興館閣書目

酉陽雜俎二十卷

唐太常少卿段成式撰，志聞見恑譎，凡三十二類。

段成式續雜俎十卷

録異事續之。（玉海卷五五引中興館閣書目）

（宋）鄭樵　通志　藝文略

酉陽雜俎三十卷段成式撰。（通志藝文略卷六子部小説家類）

（宋）晁公武　郡齋讀書志

酉陽雜俎二十卷續酉陽雜俎十卷

右段成式撰。自序云：「縫掖之徒，及怪及戲，無侵於儒。詩書爲太羹，史爲折俎，子爲醯醢。」大小二酉山多藏奇書，故名篇曰酉陽雜俎。分三十門，爲二十卷。其後，續十卷。（郡齋讀書志（衢本）卷一三子部小説家類）

（宋）陳振孫　直齋書録解題

酉陽雜俎二十卷續十卷

唐太常少卿臨淄段成式柯古撰。所記故多譎怪，其標目亦奇詭，如天咫、玉格、壺史、貝編、尸穸之類。成式，文昌之子。（直齋書録解題卷一一子部小説家類）

（宋）王應麟　玉海

志小説家：段成式酉陽雜俎三十卷。（崇文總目同。）中興書目：二十卷，唐太常少卿段成式撰。閶見譎恠，凡三十二類。李淑書目：詩書謂之太羹，史爲折俎，子爲醯醢，故名曰雜俎。酉陽，取大小二酉山多藏奇書。方輿記：辰州小酉山有石穴，中有秦人書千卷，故湘東王云「訪酉陽之逸典」。書目：段成式續雜俎十卷，録異事續之。（卷五五唐酉陽雜俎）

（清）永瑢等　四庫全書總目

酉陽雜俎二十卷續集十卷

唐段成式撰。成式字柯古，臨淄人。宰相文昌之子。官至太常卿。事跡具唐書本傳。是書首有自序云：「凡三十篇，爲二十卷。」今自忠志至肉攫部，凡二十九篇，尚闕其一。考語資篇後有云：「客徵鼠虱事，余戲摭作破蝨録。」今無所謂破蝨録者，蓋脱其一篇，獨存其篇首引語，綴前篇之末耳。至其續集六篇十卷，合前集爲三十卷，諸史志及諸家書目並同。而胡應麟筆叢云：「酉陽雜俎世有二本，皆二十卷，無所謂續者。近於太平廣記中鈔出續記，不及十卷，而前集漏軼者甚多，悉鈔入續記中爲十卷，俟好事者刻之。」又似乎其書已佚，應麟復爲鈔合者，然不知應麟何以得其篇目，豈以意爲之耶？

其書多詭恠不經之談，荒渺無稽之物，而遺文秘籍，亦往往錯出其中。故論者雖病其浮誇，而不能不相徵引。自唐以來，推爲小説之翹楚，莫或廢也。其曰酉陽雜俎者，蓋取梁元帝賦「訪酉陽之逸典」語。二酉，藏書之義也。其子目有曰諸皋記者，吴曾能改齋漫録以爲「諸皋」，太陰神名，語本抱朴子，未知確否。至其貝編、玉格、天咫、壺史諸名，則在可解不可解之間，蓋莫得而深考矣。（四庫全書總目卷一四三子部小説家存目一）

（清）文津閣本四庫全書提要

酉陽雜俎二十卷續集十卷

臣等謹案：酉陽雜俎二十卷、續集十卷，唐段成式撰。成式字柯古，臨淄人。宰相文昌之子，官至太常卿。事跡具唐書本傳。其書首有自序云：「凡三十篇，爲二十卷。」今自忠志至肉攫部，凡二十九篇，尚闕其一。考語資篇後有云：「客徵鼠虱事，余戲摭作破蝨録。」今無所謂破蝨録者，蓋脱其一篇，獨存其篇首引語，綴前篇之末耳。至其續集六篇十卷，合前集爲三十卷，諸史志及諸家書目並同。而胡應麟筆叢云：「酉陽雜俎世有二本，皆二十卷，無所謂續者。近於太平廣記中鈔出續記，不及十卷，而前集漏軼者甚多，悉鈔入續記中爲十卷，俟好事者刻之。」又似乎其書已佚，應麟復爲鈔合者，然不知應麟何以得其篇目，豈以意爲之耶？

其書多詭恠不經之談，荒渺無稽之物，而遺文秘籍，亦往往錯出其中。故論者雖病其浮誇，而不能不相徵引。自唐以來，推爲小説之翹楚，莫或廢也。其曰酉陽雜俎者，蓋取梁元帝賦「訪酉陽之逸典」語。二酉，藏書之義也。其子目有曰諸皐記者，吴曾能改齋漫録以爲「諸皐」，太陰神名，語本抱朴子，未知確否。至其貝編、玉格、天咫、壺史諸名，則在可解不可解之間，蓋莫得而深考矣。乾隆四十九年三月恭校上（文津閣本四庫全書子部小説家類瑣記之屬）

余嘉錫　四庫提要辨證

嘉錫案：楊守敬日本訪書志卷八云：「酉陽雜俎二十卷，續集十卷，明刊本。（許按，以下全引楊氏語，今已見日本訪書志條下，兹從略。）」余謂楊氏以鄧復及趙琦美序，證續集亦出自南宋人之手，則仍爲意斷之詞，無以見其必然也。陸心源皕宋樓藏書志卷六十四載此書勞權校本，有泰昌紀元玉峰張丑跋云：「酉陽雜俎今刻本，有前後二種，皆二十卷，而續集不傳。雖以胡元瑞之廣收博取，卒未遇其原本，僅於太平廣記録出爲一册，亦未能完十卷之舊。語具二酉綴遺中。自雜俎續集十卷，字畫樸拙，次序詳整，的是宋人寫本。」是則雜俎續集自趙琦美所得舊本外，又有宋人寫本，不知視趙本何如。張丑一生侈言收藏，提要謂爲誇飾其富，不足盡信。（見一百二十三雜家類七清秘藏條下。）則此所謂宋寫本，蓋其誇飾之故智。勞權跋亦云：「米庵定爲宋鈔，殆未必然，乃從宋刻傳鈔爾。」然足知續集尚存，非胡應麟所輯，又得一證。應麟殆偶未見原本，漫自鈔綴，欲以補亡。其後原本既出，書遂不行耳。（四庫提要辨證卷一八）

傅增湘 藏園訂補郘亭知見傳本書目

酉陽雜俎二十卷續集十卷唐段成式撰

稗海本，無續，萬曆戊申李雲鵠刊。津逮本。學津本。昭文張氏有元刊本二十卷。明崇禎間毛氏汲古閣刊津逮秘書本。清嘉慶十年張氏照曠閣刊學津討原本。清光緒元年刊崇文書局彙刻書本。

唐段少卿酉陽雜俎二十卷續集十卷唐段成式撰

明萬曆三十五年李雲鵠刊本，十行二十三字，白口，四周雙闌，有趙開美序。楊守敬氏謇之爲此書最善之本。渠尚有明黑口本，自云不如此本之佳。余藏。

唐段少卿酉陽雜俎二十卷唐段成式撰

明刊本，十行十九字，黑口，四周雙闌。楊守敬氏藏。云不如李雲鵠本，亦無續集。

酉陽雜俎二十卷唐段成式撰

明萬曆商濬刊稗海本，九行二十字，白口，四周單闌。明刊本，九行二十字，李木齋先生藏。

續酉陽雜俎十卷唐段成式撰

明寫本，九行二十一字，有毛晉、揆叙藏印。（藏園訂補郘亭知見傳本書目卷十一上子部十二小説家類瑣記之屬）

傅增湘　藏園群書經眼録

酉陽雜俎前集二十卷續集十卷

明萬曆三十五年李雲鵠刊本，十行二十三字，白口，四周雙闌。（余藏）按，是書蔣鳳藻秦漢十印齋藏有宋刊本，葉鞠裳前輩尚及見之，親向余道及，今不知在何許。

續酉陽雜俎十卷唐段成式撰

明寫本，九行二十一字。鈐有「毛鳳苞印」、「謙牧堂藏書記」、「謙牧堂書畫記」各印。

（庚午）（藏園群書經眼録卷九子部三小説家類筆記小説之屬）

楊守敬　日本訪書志

酉陽雜俎二十卷續集十卷明刊本

新唐書及崇文總目並三十卷，中興書目則云雜俎二十卷，續雜俎十卷（見玉海），郡齋讀書志、書録解題同。説者謂唐志、崇文之三十卷，蓋合續雜俎計之。顧近代著録家有宋、元本前集，無舊本續集。胡應麟少室山房筆叢云：「酉陽雜俎世有二本，皆二十卷，無所謂續者。近於太平廣記中鈔出續記，不及十卷。而前集漏佚者甚多，悉鈔入續記中，爲十卷，俟好事者刻之。」而稗海及津逮秘書皆祇有前集，通行坊本有續集，不言是鈔綴而成，故四庫提要致疑於此。余辛巳於日本市上購得明萬曆戊申四川道監察御史内鄉李雲鵠刻本，前有宋嘉定癸未武陽鄧復序云：「陳君江刊止前集二十卷，又闕其序。余以家藏續集十卷並前集之序畀之，遂爲全書。」然則續集在宋時已微，自鄧氏重刻以後，始有全書。又有明海虞趙琦美序，言得是書之原委，並增補續集之由。然則此書之前集根原於宋刻本，而續集則鄧氏所藏，亦宋本也，唯趙氏有所綴緝耳。趙氏以收購鳴一代，所謂「清常老人」者是也，其語必不誣。提要疑續集從太平廣記鈔出，何以得其六篇之目，意胡應麟以意爲之，今閲此書，乃知本於李刻，非原於胡氏。

又提要云段氏自序「凡三十篇，爲二十卷。今自忠志至肉攫部，凡二十九篇，尚闕其一」，遂疑語資篇後當有破蝨録一篇。今以此本校稗海本，第四卷禍兆篇下，此本有物革一篇，津逮本亦有之，目録則無。蓋稗海本禍兆篇共十條，此以前四條爲禍兆，而以後六條爲物革。觀後六條言物變，並無禍患。提要所録，亦同稗海本，故有「破蝨」一疑。

又按段氏序云凡三十篇，今核之，自忠志至尸穸凡二十七篇，加以諾臯上下、廣動植四卷，實五類八篇，又加末卷肉攫部，實三十六篇。按玉海引中興書目云三十二篇，與自序不合。余疑段氏原書本三十卷，無所謂續集，經宋人删削爲二十卷，而南渡後，好事者又從他書鈔綴爲續集十卷，以合於唐志。其自序篇卷所云「二十卷」、「三十篇」、「三十二篇」者，當亦後人各就所見録之，故參錯不相應。今以動植四卷爲一篇，恐古無此式也。其續集六篇之目，亦鈔綴者意撰，恐非胡應麟創始耳。（日本訪書志卷八）

北京（國家）圖書館　古籍善本書目

唐段少卿酉陽雜俎前集二十卷續集十卷
　唐段成式撰　明萬曆三十六年李雲鵠刻本　佚名校並跋　二册　十行二十一字　白口四周單邊（編號三六九一）

唐段少卿酉陽雜俎前集二十卷續集十卷
　唐段成式撰　明萬曆三十六年李雲鵠刻本　六册　十行二十一字　白口四周單邊（編號一六六九〇）

唐段少卿酉陽雜俎前集二十卷續集十卷
　唐段成式撰　明萬曆三十六年李雲鵠刻本　四册（編號一五三一）

唐段少卿酉陽雜俎二十卷

唐段成式撰　明刻本八册十行十九字　黑口四周雙邊(編號一五三二)

唐段少卿酉陽雜俎二十卷

唐段成式撰　明刻本　四册　十行二十三字　白口四周雙邊(編號三六九一)

酉陽雜俎二十卷續集十卷

唐段成式撰　明刻本(續集配明萬曆三十六年李雲鵠刻本)　清黄丕烈校並跋

三册　九行二十字,白口左右雙邊(編號五四四五)

北京大學圖書館藏古籍善本書目

唐段少卿酉陽雜俎二十卷

唐段成式撰　日本傳鈔明弘治朝鮮李士高等刻本　李木齋跋　卷一至二,日人

據毛氏汲古閣刻本校卷十一有闕葉四册(編號六七四〇)

唐段少卿酉陽雜俎前集二十卷續集十卷

唐段成式撰　明萬曆三十六年李雲鵠刻本　李木齋跋　有鈔配　六册（編號八一二七）

酉陽雜俎二十卷

唐段成式撰　明新都汪士賢刻本　李木齋跋　八册（編號七八六九）

酉陽雜俎二十卷續集十卷

唐段成式撰　明虞山毛氏汲古閣刻津逮秘書本（有闕葉）　三册（編號三四〇五）

酉陽雜俎二十卷續集十卷

唐段成式撰　日本元禄十年（一六九七）覆刻毛氏汲古閣本（編號七七七六）

中國古籍善本書目

唐段少卿酉陽雜俎前集二十卷續集十卷

唐段成式撰　明萬曆三十六年李雲鵠刻本

唐段少卿酉陽雜俎前集二十卷續集十卷

唐段成式撰　明萬曆三十六年李雲鵠刻本　李盛鐸跋

唐段少卿酉陽雜俎二十卷

唐段成式撰　明刻本

唐段少卿酉陽雜俎二十卷

唐段成式撰　明刻公文紙印本

唐段少卿酉陽雜俎二十卷

唐段成式撰　明刻本　清丁丙跋

唐段少卿酉陽雜俎續集九卷

唐段成式撰　清初鈔本　清勞權題款

酉陽雜俎二十卷續集十卷

唐段成式撰　明刻本（續集配明萬曆三十六年李雲鵠刻本）　清黄丕烈校並跋

酉陽雜俎二十卷續集十卷

唐段成式撰　清光緒三年湖北崇文書局刻本　清譚獻校並跋

酉陽雜俎二十卷　唐段成式撰　明閩城瑯嬛齋刻本

酉陽雜俎二十卷　唐段成式撰　明刻本　李盛鐸跋

二、版本序跋

（宋）周登　酉陽雜俎二十卷後叙

右酉陽雜俎二十卷，唐段成式少卿所撰也。余舊不識此書，惟見諸家詩詞多引據其説。及假來此，以其書之所名者訪焉，則無有也。郡博士管君容成偶得之，以示余。其書類多仙佛詭恠、幽經秘録之所出，至於推析物理，器奇、藝絶、廣動植等篇，則有前哲之所未及知者。其載唐事，修史者或取之。

按唐史，成式世居青徐齊，褒公志玄四世孫，宰相文昌子也。文昌少客荆州，酉陽，荆之屬，成式豈嘗寓遊於此耶？余聞方輿記云：「昔秦人隱學於小酉山石穴中，有所藏書千卷。」梁湘東王尤好聚書，故其賦曰：「訪西陽之逸典。」或者成式以所著書有異乎世俗，故取諸「逸典」之義以名之也。然自唐以前，若古雜家小説，今既不傳，而瑣碎之觀，未有近於此者，詎可棄之而不存乎！且其書以西陽名，而客之過此者，未嘗不以是書爲問也。因刻之於此，以備客對。嘉定七祺甲戌十月既望，永康周登書。（見明趙氏脈望館刻本）

（宋）鄧復　西陽雜俎序

段成式西陽雜俎三十卷，唐書藝文志載之於丙部子録小説家。今陳君所刊，止前集二十卷，又缺其序。余以家藏續集十卷，并前集之序畀之，遂爲全書。謹按，成式出於將相之胄，襲乎珪組之榮，而史氏稱其博學强記，且多奇篇秘籍。今考其所論撰，蓋有書生終身耳目之所不能及者，信乎其爲博矣。然是書也，世所罕睹，是以周使君訪之而無有，管博士得之而未全。余家聚書萬有餘卷，奥編隱帙居多，而此書偶在所録。陳君知而求之甚力，姑序所以，俾廣其傳。嘉定癸未六月既望，武陽鄧復應甫題。（見明趙氏脈望館刻本卷首）

（宋）佚名　酉陽雜俎序

昔太史公好奇，周遊天下，取友四海，歸而爲書。然則是書也，其亦段氏寓其好奇之意歟？余嘗過閩中，號多士之國，見其類書甚多，有所謂通志天文、七音、六書、昆蟲、草木等略，比事、集句、史韻、姓氏、會元等書，浩乎博哉，猶有恨不得見酉陽之雜俎也。己酉夏，被閫檄，攝事于斯，始得其書觀之。嗚呼！何其記之奇且繁也。惜其字畫漫漶，考諸舊籍，乃再刊而新之，廣文彭君奎實董其事。噫！後豈無太史公者，嘉其所好而備采録哉。淳祐十載。（見明趙氏脈望館刻本卷首）

（朝鮮）李士高　酉陽雜俎跋

段氏之聞見博矣，用心亦勤矣。蓋其窮宇宙，閲千古，搜討幽隱，該括萬物，其非聞見博而用心勤者，能之乎！但其言多涉於荒恠不經，又雜以佛老之説，若以性命道德之説之味論之，其自謂雜俎宜也。然古人用事多採此語，若不參究是書，無以得用事之旨。定公永嘉權君叔强將主文後，以斯文爲己任，出家藏唐本一秩，囑吾教事李僞仲鈞，俾壽諸梓。仲鈞氏亦博雅君子，所謂同聲相求、同志相成者也。吁！余則老矣，無心於翰墨，第嘉兩先生之志，遂募工刊於月城，以廣流布云。弘治壬子臘前二日，廣原李士高識。（見明弘治五年朝鮮刻本卷末，轉引自潘建國西陽雜俎明初刊本考，臺北東吴大學第一屆中國古典文獻國際研討會論文集）

（朝鮮）李宗準　西陽雜俎跋

嘗讀宋朝蘇、黄諸公詩，多用事嶮僻，有可喜可愕可驚可恠者，而不知其所自來也。如行深山大澤，卒遇龍蛇鬼物而莫之較，甚則令人或似唉咍而爲病者矣。予之南來也，永嘉權侯叔强以西陽雜俎一秩見遺，曰：「此編吾東方無版本，子其圖之。」僕謹受以來，適吾使相國，諮詢宣化，簿領簡少。予在幕下優遊，多有暇而披目之。其敦美威惡，所以明戒也；窮物詳理，所以廣知也；曼衍自適，所以窮年也。而向之喜愕驚恠者，皆在此一部矣。於是予之前日唉咍病惑者，釋然以愈，恍若睹禹鼎，而神姦恠物無所遁其形者。予乃囅然笑曰：「此予刮膜之金篦也！」其該括萬象，補摭史傳，賢於筆談遠矣，實翰苑所不可無者也。若曰恠力亂神，夫子所不語，而浸淫於異端，吾傳之罪人，則此書亦當使之獨行於天地之間可也，其自謂不曰「雜俎」也邪？顧此本多缺文悮字，今承相國指教，考校而塗改者不啻十七八，而疑則闕之。然愚管鹵莽，無子夏三家之辨，有阿昶金根之竄，博雅君子幸覽而正之。時弘治五年玄黓困敦臘月有日，月城李宗准謹識。（同上）

（朝鮮）崔應賢　酉陽雜俎跋

夫天覆地載，何物不包，君子法之，博學於文，其必細者大者平常者奇異者兼括不捐，然後可謂云爾矣。唐太常段先生撰酉陽雜俎，傳之天下久矣。簿書餘力，取而咀之，如麟羞虬葅，味頗稀異，雖不得齒於商羹，亦傳筵之所不可無也。食前方丈者，取歟？不取歟？此博雅君子，所以奇愛而不寘也。吁！人莫不飲食，鮮能知味，知其味而能與人共之者，尤爲鮮矣。永嘉權相叔强味其味，而捐家藏，囑諸教事李偶仲鈞，仲鈞味其味，而白於使相廣原李公，公味之，誠悦以口，稱□廣布，以補聖上人才之養，使欲博之士，如饑遇炊，如渴得泉，莫不充然心腹。譬如宗廟之祭，主人導飲而衆賓皆醉，三先生可謂博施而不病者乎？如竇臣者，特走肉耳，焉知其味，染指以旋，妄以傾喜，其猶望屠門而大嚼者

耶？噫！弘治壬子臘前有日，睡翁崔應賢寶臣謹志。（同上）

（明）趙琦美　酉陽雜俎序

文獻通考載：「酉陽雜俎前集二十卷，續集十卷，世僅行其前集。」吴中廛市鬧處，輒有書籍列入簷葡下，謂之書攤子，所鬻者，悉小説、門事唱本之類。所謂門事，皆閨中兒女之所唱説也。或有一二遺編斷簡，如玄珠落地，間爲罔象得之。美每從吴門過，必於書攤子上覓書一遍。

歲戊子，偶一攤見雜俎續集十卷，宛然具存，乃以銖金易歸。奮然思校，恨無善本。美堂兄可菴案頭有校本雜俎前集，因詢其據何本校定。兄曰：「吾婦翁繆含齋可貞氏，平生好奇讀書，嘗見崑山俞質夫先生有宋刻雜俎，因讎是書，吾轉録此册耳。」美喜甚，便攜之歸，開窗拂几，較三四過。其間錯悮，如數則合爲一則者輒分之，脱者輒補之，魚亥者就正之，不可勝屈指矣。又爲搜廣記、類書及雜説所引，隨類續補。歲乙巳，嘉禾項群玉氏，復以數條見示，又所未備也，復爲續之。乃知是書必經人删取，不然，何放逸之多乎？

美每欲刻之，而患力不勝。丁未，官留臺侍御内鄉李公，有士安、元凱之僻，與美同好，自美案頭見之，欣然欲刻焉。美曰：「子不語恠，而雜俎所記多恠事，奈何先生廣齊諧也？」先生曰：「否，否。禹鑄九鼎而神姦别，周公序山海經而奇邪著，使人不逢不若焉。」噫！世有頗行涼德者。

侍御既以章疏爲鼎爲經以别之矣，乃兹刻又大著恠事而廣之。豈謂有若尸穸、諸臯所記，存之於心，未見之於行事者？又章奏所不及攻，而人所不及避也，藉此以誅其心，僇其意，使暗者昧者皆趨朗日，不至煩白簡矣，是亦息人心奇瑰之一端云。迪功郎南京都察院照磨所照磨海虞趙琦美撰。（見明趙氏脈望館刻本卷首）

（明）李雲鵠　刻酉陽雜俎序

周官御史主柱下文書，秦因之，有石室、蘭臺，掌秘書圖籍。漢逮宣室，齊居決事，則令侍御史、治書侍側，故御史即古史官也。凡「六藝」九種之藏，七略四部之府，以及偏方瑣記，幽經秘籙，靡不隸焉。後世耑用惠文彈治，而柱後之籍，稍遜於古。余時有遠心，惡弗任也。會臺郎玄度趙君，出其先宗伯所藏酉陽雜俎見眎。余少時即披誦其策，經緯事物，跌宕古今，可以代捉麈之譚，資捫虱之論，故足述也。而傳寫往往脱悮，因取玄度所緒，正而梓之。

臺中炙鴞羞鱉，豈獨少卿染俎一指，自有真味？柳子厚云：「太羹玄酒，體節之薦，味之至者。而又設以奇異，小蟲冰草，餳梨橘柚，苦鹹酸辛，析吻裂鼻，縮舌澀齒，然後盡天下之奇味，以足於口。獨文異乎？」爾其標記唐事，足補子京、永叔之遺。至於天咫、玉格、壺史、貝編之所賅載，與夫器藝、酒食、黥盜之瑣細，冥跡、尸穸、諾臯之荒唐，昆蟲、草木、肉攫之汗漫，無所不有，無所不異。使讀者忽而頤解，忽而髮衝，忽而目眩神駭，愕眙而不能禁。辟羹藜含糗者，吸之以三危之露；草蔬麥飣者，供之以壽木之華；屠沽飲市門而淋漓狼籍，令人不敢正視；村農野老，小小治具，而氣韻酸薄，索然神沮，一旦進王膳侯鯖，金虀玉膾，能不滿堂變容哉！

余閒讀古之食經，淮南王、馬琬、劉休、鄭虎臣諸人所撰，不下二百卷，蓋人間之豪幾盡矣。而以四時御食志、梁太官食法按之，則十不得一焉。宇宙大矣，少所見，多所異耳。食者以爲奇，知味者以爲尋常，珍俎所供，豈藿肉家思議能到耶？昔斲輪説劍，謔浪於蒙莊；佞幸滑稽，詼諧於司馬。苟小道之可觀，亦大方之不棄。況柯古擅武庫於臨淄，識時鐵於太常，固唐代博古多聞之士，而所傳僅此三十篇。忍使方平之麟脯，劈而不嘗；茂先之龍炙，辨而弗咀哉？嗚呼！老子藏室，王氏青箱，斯亦御史之掌故也夫，不佞亦猶行古之道也。萬曆戊申中秋日，賜進士第南京四川道監察御史内鄉李雲鵠書於清議堂。

（見明趙氏脈望館刻本卷首）

（明）張丑　跋

唐段成式以將相之冑，博學强記，尤好語怪，著酉陽雜俎二十卷續集十卷行世。今刻本有前後二種，皆二十卷，而續集不傳。雖以胡元瑞之廣收博取，卒未遇其原本，僅於太平廣記録出爲一册，亦莫能完十卷之舊。語具二酉綴遺中。

此雜俎續集十卷，字畫樸拙，次序詳整，的系宋人寫本，實典常妹倩所贈也。典常，陸其姓，子餘給諫之曾孫。以余酷嗜宋鈔書籍，故割愛見與。乃命工裝成，因紀歲月，時泰昌紀元八月望日。玉峰張丑廣德甫記。（見清陸心源皕宋樓藏書志卷六四）

（明）胡應麟　增校酉陽雜俎序

志怪之書，自神異、洞冥下，亡慮數十百家，而獨唐段氏酉陽雜俎最爲迥出。其事實譎宕亡根，馳騁於六合九幽之外，文亦健急瑰邁稱之。其睎諸志怪小說，允謂奇之又奇者也。唐會昌而後，文章衰颯弗振極矣。成式與温、李輩同時，才力豪勁，特與杜紫薇類，而學術遠過之。惜其亡所用心，而託好於是，殆滑稽俳笑之雄耳。然非是亡以抵後人之好，而永傳不廢至今。夫世固有享大名，顯當代，製作盛行，身殁而其言繼之泯焉，偕草木腐。而小說志怪之書，即筆力遠出雜俎下，迺遺籍什九爛然。而其人之才氣豪勁，素奇於文，而製作未繇考見者，尚因小說之傳而獲睹一斑，則段氏之託好是書，要未可以盡訾也。

昔杜征南勒文於石，率一寘山上，一沈水中，以豫防陵谷之遷毁。其苦心爲身後謀，可謂備極。至於石有時以泐，而征南之術於是遂窮。然則欲爲不朽計，誠亡若著述之足恃，而著述傳與弗傳，又弗足以盡憑，則亡若大肆其力於遠且難。而小見其能於近且易，則好之彌衆，而其傳可必於後，則雜俎之流是也。故大丈夫志於立言，固當以删詩書、制禮樂爲務。（六朝張融語，見本傳。）而業成之後，間一染指於斯，俾吾之不朽，於來世可以萬全，亦豈非征南勒石遺意哉？

段氏書近多彫本，而魯亥殊衆，師儒老宿弗易徵，又軼漏幾過半。余谷居孔暇，稍稍據廣記校定之，並録其所謂續編，通三十卷，藏篋笥中。弔詭士旦暮遇，將群起互傳之。若其爲說致詭誕，不可盡信，則余業蔽以滑稽俳笑之雄，君子毋求備焉可也。（見少室山

房集卷八三）

（明）毛晉　跋

此録二十卷，天上天下，方内方外，無所不有。柯古多奇編秘笈，博學强記，故其撰多非耳目所及也。嘗於私第鑿池，得片鐵，命周尺量之，笑而不言，寘之密室，則有金書二字，報十二時，其博物殆張茂先之流耶？予向欲梓其全集，與温飛卿諸公並行，而姑先以此爲嚆矢云。湖南毛晉識。（見津逮秘書本酉陽雜俎前集卷二十末尾）

酉陽雜俎前集余既以梓之矣，兹續集也。前、後俱有諸皐記，其命名之義，從來難解。宋人有以中行獻子許梗陽人巫皐事爲解，理或近之。或曰靈奇秘要辟兵法有咒曰「諸皐」，則益近於誕矣。寺塔記載長安兩街梵刹，徵釋門事甚委，更著壁障繪畫，而不及土木之宏麗。蓋以文皇帝掃靖一處煙塵，便建一伽藍爲功德，其輦轂之下，已有燕許諸公立金石而表彰之，柯古不作贅疣也。若與楊衒之對案，西京、東都，各自生面。癸酉嘉平月鐫工告竣，漫爲識。湖南毛晉。（見津逮秘書本酉陽雜俎續集卷十末尾）

（清）黄丕烈　批校并跋

酉陽雜俎無宋、元刻及舊鈔，故所儲止明刻焉。明刻別有内鄉李雲鵠校本，雖出自宋刻，而增删已經動手，所謂趙本也，校如右。續以五柳居（每葉二十行，每行二十三字）本校趙本異字，有不同者，加墨圈識之。復翁。（黄校本酉陽雜俎卷二〇末葉）

乙亥夏，吴丈枚庵於新交處，借一明刻本酉陽雜俎，前集、續集俱全。既自校矣，又轉付張訒庵校之。余即從訒庵處借其手校本，校於明刻新都本上。訒庵云前集頗佳，續集與汲古本不甚異。且余所藏新都本止二十卷，故借校止前集云。張本從内鄉李雲鵠校本補趙琦美序，又補嘉定時人二序，又淳祐時人一序，皆未之傳録。惟趙序煞有關係，知此二十卷源流，實出於宋刻，又出於校勘，故與此新都本迥異，又與汲古本亦殊，就所見本，此較勝矣。趙因得續集，而又得前集。蓋琦美之堂兄可庵，於婦翁繆含齋可貞氏處，轉録崑山俞質夫先生宋刻雜俎，琦美又校三四過，錯悮分合，補脱正悮，不可指屈。並爲搜廣記、類書及雜説所引，隨類續補。嘉禾項群玉氏復以數條見示，續前所未備。噫！此趙本之雜俎耳，姑臨校以俟宋本可乎。復翁臨張訒庵校本訖並記。（見繆荃孫等校輯蕘圃

藏書題識）

（清）勞權　跋

此米庵舊藏鈔本，少末一卷，又卷二、三及後二卷凡少四十七則。雖多傳寫之悞，以勘刊本，有絶勝處。刊本多所校改，有不得其語意而妄改者，非此本末由正之。（見清陸心源皕宋樓藏書志卷六四）

李盛鐸　題識

此本乃從弘治壬子朝鮮刊本鈔出，後有朝鮮人之跋可證。其刻前於萬曆中李雲鵠本幾百年，必從宋、元本出無疑也。壬戌春分前二日，盛鐸記。（北京大學藏日本傳録明弘治五年朝鮮刻本扉頁。按，宿白曾以此本與四部叢刊影印之明趙琦美本對勘，並有題識云：「日本江户時代傳録明弘治間朝鮮刻本，有『養安院藏書』、『朱文長』方印記，現藏北大圖書館，德化李氏木犀軒故物也。三十七年十二月廿八日移校。」）

三、傳記資料

（後晉）劉昫等　舊唐書

成式字柯古，以蔭入官，爲秘書省校書郎。研精苦學，秘閣書籍，披閱皆遍。累遷尚書郎。咸通初，出爲江州刺史。解印，寓居襄陽，以閑放自適。家多書史，用以自娱。尤深於佛書。所著酉陽雜俎傳於世。（舊唐書卷一六七段文昌傳附段成式傳）

（後晉）劉昫等　舊唐書

商隱能爲古文，不喜偶對。從事令狐楚幕，楚能章奏，遂以其道授商隱，自是始爲今體章奏。博學强記，下筆不能自休，尤善爲誄奠之辭。與太原温庭筠、南郡段成式齊名，時號「三十六」。（舊唐書卷一九〇下李商隱傳）

（宋）歐陽修、宋祁　新唐書

（文昌）子成式，字柯古，推蔭爲校書郎。博學彊記，多奇篇秘籍，侍父於蜀，以畋獵自放。文昌遣吏自其意諫止，明日，以雉兔徧遺幕府。人爲書，因所獲儷前世事，無復用者，衆大驚。擢累尚書郎，爲吉州刺史，終太常少卿。著酉陽書數十篇。子安節，爲國子司業。善樂律，能自度曲云。（新唐書卷八九段志玄傳附段成式傳）

（宋）歐陽修、宋祁　新唐書

（處州縉雲郡）麗水（上。本括蒼，武德八年省麗水縣入焉，大曆十四年更名。有銅，出豫章、孝義二山。東十里有惡溪，多水恠，宣宗時刺史段成式有善政，水恠潛去，民謂之好溪。）（新唐書卷四一地理志五）

（宋）歐陽修、宋祁　新唐書

商隱初爲文瑰邁奇古，及在令狐楚府，楚本工章奏，因授其學。商隱儷偶長短，而繁縟過之。時温庭筠、段成式俱用是相誇，號「三十六體」。（新唐書卷二〇三李商隱傳）

（唐）范攄　雲溪友議

故太尉李德裕鎮渚宫，嘗謂賓侣曰：「余偶欲遥賦巫山神女一詩，下句云：『自從一夢高唐後，可是無人勝楚王。』晝夢宵征巫山，似欲降者，如何？」段記室成式曰：「屈平流放湘沅，椒蘭友而不争，卒葬江魚之腹，爲曠代之悲。宋玉則招屈之魂，明君之失，恐禍及身，遂假高唐之夢，以惑襄王，非真夢也。我公作神女之詩，思神女之會，唯慮成夢，亦恐非真。」李公退慚，其文不編集於卷也。（雲溪友議卷一）

李校書群玉，既解天禄之任而歸涔陽，經湘中，乘舟，題二妃廟詩二首，曰：「小孤洲北浦雲邊，二女明粧共儼然。野廟向江空寂寂，古碑無字草芊芊。東風近暮吹芳芷，落日深山哭杜鵑。猶似含嚬望巡狩，九疑如黛隔湘川。」又：「黄陵廟前莎草春，黄陵女兒茜裙新。輕舟小檝唱歌去，水遠山長愁殺人。」後又題曰：「黄陵廟前春已空，子規滴血啼松風。不知精爽落何處，疑是行雲秋色中。」李君自以第三篇「春空」便到「秋色」，踟躇欲改之，乃有二女郎見曰：「兒是娥皇、女英也。二年後，當與郎君爲雲雨之遊。」李君乃悉具所陳，俄而影滅，遂掌其神塑而去。重涉湖嶺，至於潯陽，潯陽太守段成式郎中，素爲詩酒之交，具述此事。段公因戲之曰：「不知足下是虞舜之辟陽侯也。」群玉題詩後二年，乃逝於洪井，段乃爲詩哭李四校書也：「酒裏詩中三十年，縱横唐突世喧喧。明詩不作禰衡死，傲盡公卿歸九泉。」又曰：「曾話黄陵事，今爲白日催。老無男女累，誰哭到泉臺。」（雲溪友議卷中，又見唐詩紀事卷五四，文字略異）

（唐）尉遲樞　南楚新聞

段成式詞學博聞，精通三教，復强記，每披閲文字，雖千萬言，一覽略無遺漏。嘗於私第鑿一池，工人於土下獲鐵一片，恠其異質，遂持來獻。成式命尺，周而量之，笑而不言。乃静一室，懸鐵其室中之北壁，已而泥户，但開一牖，方纔數寸，亦緘鐍之。時與近親闢牖

竅之，則有金書兩字，以報十二時也。其博識如此。（太平廣記卷一九七「段成式」條引，又見唐詩紀事卷五七，文字略異）

太常卿段成式，相國文昌子也。與舉子温庭筠親善，咸通四年六月卒。庭筠居閑輦下，是歲十一月十三日冬至，大雪。淩晨，有扣門者，僕夫視之，乃隔扉授一竹筒，云：「段少常送書來。」庭筠初謂悮，發筒獲書，其上無字，開之，乃成式手札也。庭筠大驚，馳出户，其人已滅矣。乃焚香再拜而讀，但不諭其理。辭曰：「慟發幽門，哀歸短數，平生已矣，後世何云。況復男紫悲黄，女青懼緑，杜陵分絶，武子成䎸。自是井障流鸎，庭鍾舞鵠，交昆之故，永斷私情。慷慨所深，力占難盡，不具。荆州牧段成式頓首。」自後寂無所聞。書云「䎸」字，字書所無，以意讀之，當作「群」字耳。温、段二家，皆傳其本。子安節，前沂王傅，乃庭筠壻也，自説之。（同上書卷三五一「段成式」條引）

（唐）馮贄　雲仙雜記

徐峰善棋，段成式欲盡窮其術。峰曰：「子若以墨狻猊與我，當使子過我十倍。」（雲仙雜記卷六引大唐龍髓記）

（唐）林寶　元和姓纂

〔齊郡鄒平縣〕（段）卬十九代孫紛，（案唐世系表，「十九代」作「十四代」。）後魏晉興太守；五代孫偃師，唐太子家令，今貫河南。偃師生志元，左驍衛大將軍。生懷古、懷藝、懷簡。（案唐世系表，志元生瓚、瓘、珪，瓚生懷簡。此作志元生懷簡，中缺一代。）懷藝，坊州刺史、少詹事。瓘，符璽郎、朝邑令，生懷昶、懷晏、懷皎。懷昶，德州參軍。生文昌，（案唐世系表，懷昶生諤，諤生文昌，此作懷昶生文昌，中缺一代。）左補闕、長慶太和中書侍郎、西川淮南京東三節度，生成式。（卷九）按，岑仲勉校：「余按舊書一六七文昌傳固云高祖志元，新書七五下同，如連本身計，文昌乃志元五世孫，若三世孫，即曾孫，文字罕作如是稱謂，『三』或『五』之訛也。復考元龜一三一，元和十五年，贈文昌祖懷皎給事中，父諤左僕射，是文昌乃懷皎孫，姓纂當有脱文，新表即沿本姓纂而訛。廣記一五五引定命録，文昌父鍔，爲支（枝）江宰，後任江陵□，户外韋處厚出任潤州刺史時，文昌任都官員外，判鹽鐵。」（卷九）

（後唐）王仁裕　玉堂閒話

成式多禽荒，其父文昌嘗患之。復以年長，不加面斥其過，而請從事言之。幕客遂同詣學院，具述丞相之旨，亦唯唯遜謝而已。翌日，復獵於郊原，鷹犬倍多。既而諸從事各送兔一雙，其書中徵引典故，無一事重疊者。從事輩愕然，多莫曉其故實，於是齊詣文昌，各以書示之，文昌方知其子藝文該贍。山簡云：「吾年四十，不爲家所知。」頗亦類此。（太平廣記卷一九七「段成式」條引）

（南唐）劉崇遠　金華子雜編

段郎中成式，博學精敏，文章冠於一時。著書甚衆，酉陽雜俎最傳於世。牧廬陵日，常遊山寺，讀一碑文，不識其間兩字，謂賓客曰：「此碑無用於世矣，成式讀之不過，更何用乎？」客有以此兩字遍諮字學之衆，實無有識者，方驗郎中奥古絶倫焉。連牧江南，名山九江匡廬、縉雲爛柯、廬陵麻姑，皆有吟詠。前進士許棠寄詩云：「十年三領郡，郡郡管仙山。」爲廬陵頑民妄訴，逾年方明其清白，乃退隱於峴山。時温博士庭筠，方謫尉隨縣，廉帥徐太師商留爲從事，與成式甚相善。以其古學相遇，常送墨一鋌與飛卿，往復致謝，遞搜故事者九函，在禁集中。爲其子安節娶飛卿女。安節仕至吏部郎中、沂王傅，善音律，著樂府新行於世。（金華子雜編卷上，又見唐語林卷二）

（宋）計有功　唐詩紀事

光風亭夜宴，妓有醉毆者，温飛卿曰：「若狀此，便可以『疻面』對『捽胡』。」成式乃曰：「捽胡雲彩落，疻面月痕消。」又曰：「擲履仙鳬起，撦衣蝴蝶飄。羞中含薄怒，嚬裏帶餘嬌。醒後猶攘腕，歸時更折腰。狂夫自纓絶，眉勢倩誰描。」韋蟾云：「争揮鉤弋手，競聳踏摇身。傷頰詛關舞，捧心非效嚬。」飛卿云：「吴國初成陣，王家欲解圍。拂巾雙雉叫，飄瓦兩鴛飛。」（唐詩紀事卷五七）

（宋）黄伯思　東觀餘論

段柯古博綜墳素，著書倬越可喜。嘗與張希復輩敖上都諸寺，麗事爲令，以段該悉内典，請其獨徵，皆事新對切。今觀靖居碑，亦晝上人以其博涉三學，故諉録寺讚也。文傷太擁釀，要爲不凡。雖奇澀不至若樊紹述絳碑之甚，然亦軋軋難句矣。碑大中中作，而左金吾長史顔稷所書，殊有楷法。唐中葉以後，書道下衰之際，故弗多得云。政和六年十月十八日，黄某長睿父於楚棲鳳堂書。（東觀餘論卷下跋段柯古靖居寺碑後）

（宋）晁公武　郡齋讀書志

漢上題襟集十卷，右唐段成式輯其與温庭筠、余知古酬和詩箋牋題。（郡齋讀書志〔衢本〕卷二〇）

（宋）陳振孫　直齋書録解題

漢上題襟集三卷，唐段成式、温庭筠、逢皓、余知古、韋蟾、徐商等倡和詩什、往來簡牘，蓋在襄陽時也。（直齋書録解題卷一五）

唐宋史料筆記叢刊　書目

隋唐嘉話　朝野僉載
〔唐〕劉餗　〔唐〕張鷟

明皇雜録　東觀奏記
〔唐〕鄭處誨　〔唐〕裴庭裕

大唐新語
〔唐〕劉肅

唐語林校證
〔宋〕王讜

東齋記事　春明退朝録
〔宋〕范鎮　〔宋〕宋敏求

澠水燕談録　歸田録
〔宋〕王闢之　〔宋〕歐陽脩

龍川略志　龍川别志
〔宋〕蘇轍

東坡志林
〔宋〕蘇軾

默記　燕翼詒謀録
〔宋〕王銍　〔宋〕王栐

涑水記聞
〔宋〕司馬光

東軒筆録
〔宋〕魏泰

青箱雜記
〔宋〕吴處厚

齊東野語
〔宋〕周密

癸辛雜識
〔宋〕周密

邵氏聞見録
〔宋〕邵伯温

邵氏聞見後録
〔宋〕邵博

桯史
〔宋〕岳珂

游宦紀聞　舊聞證誤
〔宋〕張世南　〔宋〕李心傳

鐵圍山叢談
〔宋〕蔡絛

四朝聞見録
〔宋〕葉紹翁

春渚紀聞
〔宋〕何薳

蘆浦筆記
〔宋〕劉昌詩

鶴林玉露
〔宋〕羅大經

湘山野録　續録　玉壺清話
〔宋〕文瑩

泊宅編
〔宋〕方勺

老學庵筆記
〔宋〕陸游

西溪叢語　家世舊聞
〔宋〕姚寬　〔宋〕陸游

石林燕語
〔宋〕葉夢得　〔宋〕宇文紹奕考异

雲麓漫鈔
〔宋〕趙彦衛

鷄肋編
〔宋〕莊綽

清波雜志校注
〔宋〕周煇

建炎以來朝野雜記
〔宋〕李心傳

麟臺故事校證
〔宋〕程俱

師友談記　曲洧舊聞　西塘集耆舊續聞
〔宋〕李廌　〔宋〕朱弁　〔宋〕陳鵠

墨莊漫録　過庭録　可書
〔宋〕張邦基　〔宋〕范公偁　〔宋〕張知甫

侯鯖録　墨客揮犀　續墨客揮犀
〔宋〕趙令畤　〔宋〕彭□輯

北夢瑣言
〔五代〕孫光憲

南部新書
〔宋〕錢易

范成大筆記六種
〔宋〕范成大

容齋隨筆
〔宋〕洪邁

封氏聞見記校注
〔唐〕封演

開元天寶遺事　安禄山事迹
〔五代〕王仁裕　〔唐〕姚汝能

朝野類要
〔宋〕趙升

後山談叢　萍洲可談
〔宋〕陳師道　〔宋〕朱彧

愛日齋叢抄　浩然齋雅談　隨隱漫録
〔宋〕葉寘　〔宋〕周密　〔宋〕陳世崇

蘇氏演義（外三種）
〔唐〕蘇鶚　〔五代〕馬縞　〔唐〕李匡文
〔唐〕李涪

教坊記（外三種）
〔唐〕崔令欽　〔唐〕李德裕　〔唐〕鄭綮
〔唐〕段安節

丁晉公談録（外三種）

〔宋〕潘汝士　〔宋〕夷門君玉

〔宋〕孫升口述　〔宋〕劉延世筆録

〔宋〕孔平仲

奉天録（外三種）

〔唐〕趙元一　〔唐〕佚名　〔南唐〕尉遲偓

〔南唐〕劉崇遠

靖康緗素雜記

〔宋〕黄朝英

夢溪筆談

〔宋〕沈括

愧郯録

〔宋〕岳珂

錢塘遺事校箋考原

〔宋〕劉一清

曾公遺録

〔宋〕曾布

儒林公議

〔宋〕田況

雲溪友議校箋

〔唐〕范攄

嬾真子録校釋

〔宋〕馬永卿

王文正公筆録

〔宋〕王曾

王文正公遺事　清虚雜著三編

〔宋〕王素　〔宋〕王鞏

酉陽雜俎

〔唐〕段成式

新輯實賓録

〔宋〕馬永易

志雅堂雜鈔　雲煙過眼録　澄懷録

〔宋〕周密

大唐傳載（外三種）

不著撰人　〔唐〕張固　〔唐〕李濬　〔唐〕李綽

劉賓客嘉話録

〔唐〕韋絢

唐國史補校注

〔唐〕李肇

唐摭言校證

〔五代〕王定保

賓退録

〔宋〕趙與旹

北户録校箋

〔唐〕段公路　〔唐〕崔龜圖